Alicia Giménez-Bartlett
Die stumme Braut

PIPER

Zu diesem Buch

Inspectora Petra Delicado geht ins Kloster – aus rein informativen Gründen – und muss feststellen, dass es dort alles andere als andächtig zugeht. Denn die Herz-Jesu-Schwestern haben gerade ein Problem mit gleich zwei Männern. Der eine, ein Mönch vom Kloster Poblet, liegt tot in der Kapelle, der andere, der heilige Asercio de Montcada, ist spurlos aus seinem Sarkophag verschwunden. Schnell machen Gerüchte um fanatische Kleriker und Geheimorganisationen des Vatikans die Runde. Doch da es sich bei dem ermordeten Mönch um einen Wissenschaftler und bei dem Entführten um eine mittelalterliche Mumie handelt, vermutet Petra das Motiv eher im kirchengeschichtlichen Bereich. Als nacheinander die Füße und eine Hand des mumifizierten Heiligen an verschiedenen Orten Barcelonas auftauchen, an denen einstmals Klöster zu finden waren, scheint dies ihre Theorie zu bestätigen. Aber dann geschieht ein weiterer Mord, der in eine ganz andere Richtung weist – und die Herz-Jesu-Schwestern in arge Erklärungsnöte bringt.

Alicia Giménez-Bartlett ist seit Jahren die Nummer eins unter Spaniens Krimiautoren und eroberte mit ihrem unnachahmlichen Ermittlerduo Petra Delicado und Fermín Garzón längst die Welt. In Italien verdrängte sie Andrea Camilleri und den Papst von der Bestsellerliste, und in Deutschland lobte die Brigitte die Scharfzüngigkeit von Barcelonas schlagfertigster Ermittlerin, die in ihrem achten Fall, »Die stumme Braut«, zur Höchstform aufläuft.

Alicia Giménez-Bartlett

DIE STUMME BRAUT

Ein Fall für Petra Delicado

Aus dem Spanischen von
Sybille Martin

Piper München Zürich

Mehr über unsere Autoren und Bücher:
www.piper.de

MIX
Papier aus verantwortungsvollen Quellen
FSC
www.fsc.org
FSC® C083411

Deutsche Erstausgabe
1. Auflage August 2011
2. Auflage September 2011

Titel der spanischen Originalausgabe:
»El Silencio de los Claustros«, Ediciones Destino, S. A. 2009

Umschlagkonzept: semper smile Werbeagentur GmbH, München
Umschlaggestaltung und -motiv: Hauptmann & Kompanie Werbeagentur, Zürich
Satz: Kösel, Krugzell
Gesetzt aus der Quadraat
Druck und Bindung: CPI – Clausen & Bosse, Leck
Printed in Germany ISBN 978-3-492-27205-6

Zwei Eckpfeiler der Freundschaft:

Für Álvaro Pombo,
ein Meister und Freund, der lachen kann.

Für Begoña Martínez Santos,
eine sanfte und zugleich starke Frau
wie Petra Delicado.

1

Ich fand sie auf dem Sofa. Das offene, zerzauste Haar hing ihr übers Gesicht. Ihr Kopf auf dem großen Kissen war unnatürlich verrenkt. Die ausgestreckten Beine ragten nackt und weiß nach oben. Der Rock hatte sich um ihre Hüften gelegt. Verblüfft rief ich: »Marina! Was, zum Teufel, machst du da?«

Daraufhin löste sich die neunjährige Tochter meines dritten Mannes und demzufolge meine Stieftochter aus der ungewöhnlichen Position, setzte sich aufrecht hin und erwiderte mit hochrotem Gesicht vom Kopfstand: »Ich habe alles verkehrt herum gesehen.«

»Ich finde es gar nicht witzig, dich in dieser Haltung vorzufinden.«

»Weil du dann an ermordete Leute denkst.«

Dieses kleine Mädchen verfügte über die erschreckende Gabe, mühelos zu erahnen, was in meinem Kopf vorging. Verschwiegen, scharfsinnig und intelligent wie sie war, brauchte sie mich nur mit ihren blauen Augen anzusehen und wusste sogleich, was ich gerade dachte. Das gefiel mir überhaupt nicht, denn es nötigte mich zu permanenter Verstellung und wie in diesem Fall auch noch zu der unverfrorenen Lüge: »Ermordete Leute? Auf was für Ideen du kommst! Ich habe überhaupt nicht an ermordete Leute gedacht.«

»Warum findest du's dann nicht gut?«

Ich improvisierte rasch: »Du hast ausgesehen ... wie ein Huhn am Haken in einer Metzgerei!«

Sie dachte darüber nach, welchen Reiz es haben könnte, ein Huhn am Haken zu sein, und musste zweifelsohne einen gefunden haben, denn sie manövrierte sich wortlos und ausgesprochen geschickt erneut in die Kopfüberposition.

Ich seufzte. Vor meiner dritten Ehe hatte ich nie mit Kindern zu tun gehabt, und ihr Verhalten faszinierte mich. Sie erschienen mir sonderbar und unbegreiflich, sie verfügten über die Beobachtungsgabe eines Psychologen und waren so ehrlich, wie es sonst nur Verrückte sein können. Wie dem auch sei, wenn ich fürchtete, von ihnen durchleuchtet zu werden, und mich angesichts ihrer Gabe, mich zu durchschauen, verstellte, lag das an meiner sprichwörtlichen Fähigkeit, mir das Leben schwer zu machen. Marcos, mein Mann, hatte mich nie darum gebeten, im Beisein seiner Kinder nicht über meine Polizeiarbeit zu sprechen. Natürlich war klar, dass ich beim Frühstück nicht detailliert von einer Obduktion berichtete, aber es war allein meine Entscheidung gewesen, die Kinder nicht zu viel über meine Arbeit im Kommissariat wissen zu lassen. Mein Fehler, denn mit dieser Vorsichtsmaßnahme erreichte ich lediglich, ihre Neugier erst richtig anzustacheln und ihre Phantasie wie Kometen am Himmel der Spekulationen kreisen zu lassen. Die Zwillinge Hugo und Teo zeigten großes Interesse daran, Hypothesen über meine Arbeit aufzustellen. Wenn sie eine Akte auf dem Tisch liegen sahen, kam sogleich die Frage, ob ich einen »tollen« Fall in Arbeit hätte. Ich brauchte ein Weilchen, bis ich begriff, dass sie unter »toll« ein möglichst blutiges Verbrechen mit verstümmelten und ausgeweideten Leichen verstanden. Ihre größte Hoffnung war, dass ich eines Tages einen grausamen Serienmörder verfolgen müsste. Ich erklärte ihnen vergeblich, dass Serienmörder nicht allzu häufig vorkamen und schon gar nicht in Spanien, doch sie waren immun gegen meine Argumente und hofften weiter.

Wirklich unangenehm war mir all das nicht. Marcos' Kinder kamen nur an bestimmten Wochenenden zu uns, und ich muss einräumen, dass es mir im Grunde Spaß machte, ihre blutigen Luftschlösser mit meinen abschlägigen Antworten zum Einsturz zu bringen. Ansonsten hatte ich mich problemlos an mein neues Eheleben gewöhnt. In den ersten Monaten waren meine Alarmglocken ständig in Bereitschaft gewesen. Ich hegte die grundlose Angst, dass meine Macken der einsamen Steppenwölfin zutage treten und die eheliche Harmonie zunichte machen könnten. Außerdem erzählten mir meine Freundinnen mit haarsträubender Verbitterung immer wieder banale Vorfälle aus ihrem Ehealltag. Meist handelte es sich um Bagatellen, doch da gerade die das Zusammenleben durchaus erschweren können, war ich in Alarmbereitschaft. Eine von ihnen erzählte beispielsweise, dass die schlichte Tatsache, jeden Morgen die Zahnpastatube offen vorzufinden, wahre Mordgelüste in ihr weckte. Dergleichen konnte mir nicht passieren, denn ich hatte mir vorgenommen, kleine egoistische Marotten geflissentlich zu übergehen und meine dritte Ehe erfolgreich werden zu lassen. Wir waren schließlich keine blutigen Anfänger, sondern Veteranen in diesem Unternehmen, und das musste sich doch irgendwie bemerkbar machen. Inzwischen waren wir knapp ein Jahr verheiratet, und es funktionierte ziemlich gut.

An dem Tag, als Marina kopfüber auf dem Sofa stand, war sie außer der Reihe bei uns. Ihre Mutter hatte einen Taxifahrer beauftragt, sie von der Schule abzuholen und zu uns zu bringen. Ich hatte den Nachmittag frei und sollte bei ihr bleiben, bis ihr Vater heimkam und sie zum Zahnarzt begleitete. Sie verharrte in ihrer unnatürlichen Position, und ich ging duschen. Ich kam von der Arbeit und musste wieder munter werden.

Als ich ins Wohnzimmer zurückkam, stand Marina noch immer mit dem Kopf nach unten.

»Hör auf damit, Marina. Das kann doch nicht gesund sein.«

Sie gehorchte und setzte sich. Dann sagte sie plötzlich wie nebenbei: »Die Mutter Oberin meiner Schule will mit dir sprechen.«

Was?, rief ich im Geiste. Das ging doch weit über meine

Kompetenzen als Stiefmutter hinaus. Aber ich wollte nicht schroff sein zu dem Kind.

»Hast du ihr von mir erzählt?«

»Ja, schon öfter. Ich habe ihr gesagt, dass du Polizistin bist und all das.«

»Aber sie weiß schon, dass deine Eltern die Erziehungsberechtigten sind, nicht wahr?«

»Sicher.«

»Hast du eine Ahnung, was sie möchte?«

»Nein, aber sie hat mir gesagt, es sei dringend, du sollst sie gleich zurückrufen. Die Nummer liegt auf dem Tisch.«

»Willst du damit sagen, dass sie gerade eben erst angerufen hat?«

»Ja, als du unter der Dusche warst.«

»Warum hast du das nicht gleich gesagt?«

»Du hast mich ja nicht gefragt ...«

Das durchtriebende Mädchen hatte recht, doch das mochte ich nicht zugeben. Eher besorgt als neugierig (ich fragte mich, was, zum Teufel, eine Nonne von mir wollte), wählte ich besagte Nummer und wartete. Marina war so klug und flüsterte mir noch den Namen zu, nach dem zu fragen ich ganz vergessen hatte.

»Sie heißt Guillermina, Mutter Guillermina.«

Ich weiß nicht, ob dieses kleine Geschöpf perfekt war, auf jeden Fall war sie weniger zerstreut als ich. Es meldete sich eine Stimme mit eigenwilligem Singsang: »Hier ist das Kloster des Herz-Jesu-Ordens. Was kann ich für Sie tun?«

»Ich möchte mit Mutter Guillermina sprechen. Mein Name ist Petra Delicado, sie hat vorhin bei mir angerufen.«

»Ja, warten Sie bitte einen Augenblick.«

Marina starrte mich an. Sie war sehr neugierig, doch das kaschierte sie mit ihrem stoischen Verhalten ziemlich gut.

»Inspectora Delicado?«, fragte jemand mit tiefer Stimme am anderen Ende der Leitung.

»Ja, am Apparat.«

»Gott sei Dank, dass Sie anrufen!«

»Ist was passiert, Mutter Guillermina?«

»Ja, Inspectora, eine wahre Tragödie. Ich bitte Sie, so schnell wie möglich herzukommen.«

»Aber ...«

»Ich möchte es Ihnen nicht am Telefon sagen, Inspectora, haben Sie bitte Verständnis dafür. Es ist besser, wenn Sie sofort herkommen.«

»In Ordnung, aber sagen Sie mir: Handelt es sich um eine Angelegenheit für die Polizei?«

»Ich fürchte, ja, unglücklicherweise.«

»Ich komme, geben Sie mir die Adresse.«

Kaum hatte ich sie notiert, fragte Marina, was passiert sei. Sie wirkte gleichmütig, tat aber nur so. Ich lächelte sie an.

»Ich weiß es nicht. Hast du den Nonnen erzählt, dass dein Vater eine Polizistin geheiratet hat?«

»Ja, sie waren platt.«

»Kann ich mir vorstellen. Aber das ist doch nicht deine normale Schule, oder?«

»Nein, dort muss ich einmal die Woche hin, weil meine Mutter will, dass ich Religionsunterricht bekomme, mein Vater mich aber nicht in die Klosterschule schicken wollte ... Da lerne ich christliche Nächstenliebe und so.«

»Verstehe.«

Das Problem war nur, dass unsere neue Hausangestellte Jacinta Freitagnachmittag frei hatte; wenn ich also sofort losfuhr, müsste das Mädchen über eine Stunde allein bleiben, bis ihr Vater nach Hause kam. Ich ging ins Wohnzimmer zurück und betrachtete sie. Sie stand wieder kopfüber auf dem Sofa und streckte die rosafarbenen Strümpfe nach oben. Wie konnte ich beruhigt gehen? Wenn sie imstande war, den halben Nachmittag kopfüber zu verbringen, um die Welt verkehrt herum zu betrachten, könnte ihr auch noch Abwegigeres einfallen.

Die Verantwortung dafür war mir zu groß, also rief ich Marcos an.

»Marina kann problemlos allein bleiben. Sie ist fast immer brav. Was macht sie gerade?«, fragte mein Mann beiläufig.

»Sie steht kopfüber auf dem Sofa.«

Er schwieg einen Augenblick, gewiss hatte er auch nicht damit gerechnet, dass sich seine Tochter derart ungewöhnlich die Zeit vertrieb.

»Geh ruhig, Petra, ich mache hier gleich Schluss. Es wird nicht lange dauern.«

Mit zugeknöpftem Mantel und der Tasche in der Hand baute ich mich vor ihr auf.

»Marina, kannst du die Welt mal kurz richtig herum ansehen?«

Sie drehte sich um und blickte mich mit hochrotem Gesicht und wirrem Haar an.

»Dein Vater kommt gleich, aber ich muss jetzt sofort los.«

»Ist eine Nonne ermordet worden?«

Ich seufzte geduldig.

»Im wirklichen Leben gibt es nicht so viele Morde wie im Fernsehen. Es ist eher die Ausnahme, dass jemand ermordet wird, normal ist, dass alle Welt weiterlebt, verstehst du?«

»Ja.«

»Glaubst du, du kannst ein Stündchen allein bleiben?«

»Ja.«

Ich gewöhnte mich allmählich an ihre kategorische Einsilbigkeit, auch wenn sie nicht sehr aufschlussreich war.

»Mach niemandem die Tür auf und kein Feuer in der Küche. Häng dich nicht zum Fenster raus. Und rühr kein elektrisches Kabel und keine Steckdose an.«

»So viel schaffe ich in einer Stunde eh nicht.«

»Gut. Du kannst ja ein Buch lesen, Musik hören und auch fernsehen, wenn du keine Angst hast, zu verblöden.«

»Kann ich einen Apfel essen?«

»Ja, aber nicht im Kopfstand, du könntest dich verschlucken.«

Ungerührt erwog sie die Risiken des Apfelessens mit den Beinen in der Luft und nickte schließlich. Im festen Vorsatz, nicht mehr an die unzähligen Gefahren zu denken, die in einem Haus lauerten, machte ich mich auf den Weg.

Das Kloster der Herz-Jesu-Schwestern befand sich in der Nähe der Plaza Sant Just i Pastor. In einer Nebenstraße überragte die ansatzweise barocke, im Grunde jedoch jeglichen Architekturstils bare Fassade die angrenzenden Altbauten und wirkte beunruhigend und friedlich zugleich, sollte das denn möglich sein. Eine geschickt versteckte Klingel stellte die Verbindung dieses Gemäuers zum modernen Leben her. Ich klingelte, und kaum eine Sekunde später fragte durch die rauschende Gegensprechanlage eine unangenehme Stimme, die eher auf eine erschöpfte Hausfrau als auf eine engelhafte Novizin schließen ließ, wer da sei. Als ich antwortete »Inspectora Petra Delicado«, fühlte ich mich plötzlich wie in einer Blase der Unwirklichkeit gefangen. Was, zum Teufel, hatte ich hier verloren? Was erwartete mich hinter diesen uralten Mauern? Was wollte eine Klostergemeinschaft von mir? Es konnte sich nur um etwas Belangloses handeln: Ein kleines Mädchen, das hier zur Schule ging, hatte sich einen Streich erlaubt, oder ein angeblich kulturbeflissener Tourist hatte einen mäßig wertvollen Kelch mitgehen lassen. Bestimmt brauchte ich die Angelegenheit nur den zuständigen Kollegen weiterzuleiten und freundlich zu sein, um keinen schlechten Eindruck von Marinas Familie zu hinterlassen.

Eine Nonne mit so vielen Dioptrien wie Jahren öffnete die Tür und musterte mich durch ihre altmodische Brille. Sie trug ein schwarzes Ordenskleid, in dem sie wie ein unheilvoller, hässlicher Vogel aussah. Um mich besser sehen zu können, reckte sie den Kopf und rümpfte die Nase.

»Sind Sie die Polizistin?«, vergewisserte sie sich. »Kommen Sie hier entlang. Mutter Guillermina wird Sie gleich empfangen.«

Sie brachte mich in einen schwach beleuchteten Raum. Es roch nach Ammoniak, Weihrauch und überraschenderweise auch nach Zigarettenrauch. Ich setzte mich auf ein Sofa aus der Zeit der Polka und ließ meinen Blick über die Heiligenbilder an den Wänden schweifen. Sie waren schrecklich: Engel so muskulös wie Schlägertypen vor Diskotheken und bewaffnet mit Flammen sprühenden Schwertern, Heilige mit geschmacklosen Girlanden um den Hals, die in unergründlicher Ekstase die Augen verdrehten ... Doch am augenfälligsten in seinem schlechten Geschmack war das Bild eines unbezweifelbar übergewichtigen Jesuskindes, das von den Heiligen Drei Königen beehrt wird, die vom Karneval ausgeborgt schienen. Wenn in diesem Kloster ein Diebstahl begangen worden und das Diebesgut vom künstlerischen Wert dieser Scheußlichkeiten war, bräuchte ich nicht mal Verstärkung zu holen. Mit der Aufnahme einer Anzeige und dem sofortigen Vergessen des Vorfalls wäre Genüge getan. In dem Moment kam die Schwester Pförtnerin oder wie zum Teufel sie sich nannte, zurück und bat mich, sie zu begleiten.

»Wir gehen ins Büro der Mutter Oberin«, erklärte sie.

Ich folgte ihr durch lange, düstere Flure ohne Anzeichen von Leben. Beim Betreten des angekündigten Büros änderte sich das Bild. Es handelte sich um einen großen Raum, der funktional eingerichtet war und in dessen Mitte ein nagelneuer Computer auf einem Schreibtisch stand. Die Wärme machte die Atmosphäre weniger ungastlich, und es roch, da war ich mir absolut sicher, stark verraucht. Ich setzte mich auf einen gemütlichen Sessel und entspannte mich. Diese Mutter Guillermina ließ länger auf sich warten als ein Minister, was darauf hinwies, dass das Problem nicht so ernst sein konnte. Endlich ging in einer Nische eine Tür auf, und eine große und kräftige

Nonne in den Fünfzigern mit hellen Augen hinter einer Brille betrat energischen Schritts den Raum und gab mir eine fast männliche Hand, deren Druck mir wehtat.

»Inspectora Delicado, danke, dass Sie so schnell gekommen sind. Ich bin Guillermina de Arrinoaga, Mutter Oberin des Herz-Jesu-Ordens. Bleiben Sie bitte sitzen.«

Sie ließ sich schwerfällig nieder und seufzte. Ihr Blick durchbohrte mich, und sie seufzte erneut. Ich war noch immer beeindruckt von ihrem imposanten Auftritt und der Energie, die sie ausstrahlte.

»Petra, darf ich Sie Petra nennen? Marina erzählt uns oft von Ihnen. Sie mag Sie sehr, und sie sagt, Sie seien die beste Polizistin der Stadt.«

»Ich glaube kaum, dass sie noch andere kennt. Und ich bezweifle, dass es im Freundeskreis ihrer Mutter Polizisten gibt.«

Mutter Guillermina lachte kurz und trocken auf.

»Ja, Polizisten und Nonnen haben keinen guten Ruf in bürgerlichen Kreisen. Uns fehlt das, was man heute *glamour* nennt. Rauchen Sie, Inspectora?«

»Nicht unbedingt. Ich kann warten.«

»Gut, bei dem, was Sie hier noch zu sehen bekommen, glaube ich nicht, dass es Sie aufregen wird, wenn ich eine rauche. Ich habe fünfzehn Jahre in Miami gelebt und dort eine Gemeinde aufgebaut, alle Nonnen waren natürlich Kubanerinnen. Davon sind mir zwei Schwächen geblieben: Ich ertrage die Kälte nicht mehr, und ich rauche, was soll man da machen! In der Öffentlichkeit pflege ich mich zurückzuhalten, aber heute bin ich so durcheinander …«

Sie zog eine Schublade auf und bot mir eine Zigarette aus ihrem Päckchen an. Ich griff zu. Ich wollte nicht drängen, sondern sie reden lassen. Wir bliesen den Rauch aus, sie wie ein Fabrikschlot.

»Sind Sie Baskin, Mutter Oberin?«

»Aus Pamplona.«

»Schöner Ort.«

»Eigentlich hat eine Nonne keinen Ort, keine Familie, nicht einmal einen Vornamen, wir bekommen neue. Das ist schwerer, als man denkt. Aber man wird entschädigt, und wissen Sie, wodurch man dafür entschädigt wird?«

»Durch den Glauben?«

»Ganz genau. Durch den Glauben und den Frieden. Im Innern von Klöstern herrscht Frieden, Inspectora. Ich will nicht behaupten, dass es keine Arbeit gäbe, viel Papierkram und dazu der Kampf, das Kloster am Leben zu erhalten, aber vor den Stürmen da draußen bleiben wir verschont. Sie verstehen mich doch, nicht wahr?«

»Ich verstehe Sie sehr gut.«

»Deshalb habe ich Sie angerufen. Es ist etwas Schreckliches passiert, was uns zur Beute einer öffentlichen Hetzjagd machen könnte, und das würde unser Leben und unseren Status zunichte machen. Deshalb ist Diskretion unerlässlich, absolute Diskretion.«

»Wovon reden Sie?«

Wir drückten unsere Zigaretten in einem dicken Glasaschenbecher aus und standen auf. Ich folgte ihr und passte mich ihrem athletischen Schritt an. Inzwischen hatte ich aufgehört, Mutmaßungen anzustellen, ich verstand gar nichts mehr, doch mein Herz klopfte wie vor einem Infarkt, so groß war die Neugier, die ihre Worte in mir geweckt hatten. Abrupt blieb die Oberin vor einer zweiflügeligen Tür aus edlem Holz stehen, die geschichtsträchtiger wirkte als alle anderen, an denen wir vorbeigekommen waren. Sie griff in die Tasche ihres Ordenskleides und suchte hektisch etwas.

»Dieser verflixte Schlüssel!«

Ich glaubte, sie würde gleich fluchen, aber sie hatte ihn schon gefunden. Es war ein großer, alter schmiedeeiserner Schlüssel. Sie schloss auf, und wir traten ein. Schwaches Licht fiel in eine kleine, aber in ihrer Schlichtheit wunderschöne gotische Kapelle.

»Kommen Sie, hier entlang.«

Ihr energischer Schritt wurde gemessener, als wir um den Altar herumgingen. Dahinter blieb Mutter Guillermina unvermittelt stehen und zeigte auf ein unförmiges Häuflein auf dem Boden. Ich konnte es nicht richtig erkennen und sah sie inquisitorisch an.

»Gehen Sie näher, ich habe schon genug gesehen.«

Ich trat in das Halbdunkel und sah jetzt deutlich, worum es sich handelte. Es war ein Mann, der mit dem Gesicht nach unten auf dem Boden lag. Ich ging näher. Er war zweifelsohne tot, um ihn herum hatte sich eine dunkle Blutlache gebildet, die von einer Wunde oder einem Loch in seinem Schädel zu stammen schien. Mehr konnte ich nicht erkennen, die Verblüffung hinderte mich daran, professionell zu reagieren. Ich ging zur Oberin zurück und wies sie absurderweise scharf zurecht: »Wissen Sie, dass der Mann tot ist?«

»Was glauben Sie, warum ich Sie angerufen habe? Natürlich ist er tot, er ist ermordet worden!«

»Seit wann wissen Sie das?«

»Die Schwester, die sauber macht, hat ihn im Morgengrauen gefunden.«

»Wie ... Wissen Sie, wie lange das her ist?«

»Natürlich weiß ich das, ich kann genauso gut rechnen wie Sie!«

Wir waren beide wütend und schrien uns an. Ich fuhr mir übers Gesicht, als wollte ich mich aus einem schlechten Traum zurück in die Realität holen, das konnte einfach nicht wahr sein!

»Wissen Sie, dass Sie sofort die Polizei hätten rufen müssen? Wissen Sie ...«

Empört brach ich ab und holte mein Handy heraus.

»Was tun Sie da?«, erkundigte sich die Nonne ziemlich

barsch. »Wenn wir so lange mit dem Anruf gewartet und schließlich beschlossen haben, Sie anzurufen, dann deshalb, weil wir äußerst diskret sein wollen. Wir können bei so einem Vorfall im Kloster nicht die Totenglocken läuten.«

»Was schlagen Sie vor? Dass wir ihn in der Krypta beerdigen und die Spuren verwischen?«

»Reden Sie keinen Unsinn und werden Sie nicht unverschämt. Das hier ist ein Kloster, und hier befehle ich! Haben Sie eine Ahnung, wer dieser Mann ist? Das ist Bruder Cristóbal del Espíritu Santo, Mönch vom Heilig-Geist-Orden in Poblet! Wollen Sie einen Skandal provozieren, in den gleich zwei Orden verwickelt sind?«

Die Lippen zusammengekniffen, sah ich sie wütend an und stieß dann hervor: »Sie können die Oberin dieses Klosters und siebzehn weiterer sein und dieser Mann der zerstückelte Papst von Rom, das ist mir wurscht; wir leben in einem Land, in dem Gesetze gelten, von denen niemand ausgeschlossen ist.«

Ich spürte, wie sie innerlich kochte, wie sie ausholte, um mir die nächste Breitseite zu verpassen, aber bevor sie noch den Mund aufmachen konnte, redete ich weiter.

»Mutter Guillermina, wenn Sie mich noch eine Sekunde länger daran hindern, meiner Pflicht als Polizistin nachzukommen, oder die notwendigen Ermittlungen weiter hinauszögern, dann versichere ich Ihnen, dass ich Sie wegen Behinderung der Staatsgewalt festnehmen lasse.«

Sie schwieg, obwohl sie mich noch immer mit dem Blick eines wütenden Kampfhundes ansah, dem ich standhielt. Dann wandte sie die Augen ab und knurrte: »Tun Sie, was Sie tun müssen, aber ich bitte Sie, diskret zu sein.«

Ich wollte mich nicht an meinem Sieg berauschen und wählte Garzóns Nummer, wobei ich ihr zuraunte: »Keine Sorge, das werde ich.«

Der Subinspector musste auf einer Feier sein, denn im Hintergrund war unglaublicher Lärm.

»Hallo, Petra! Ich kann nicht glauben, dass Sie mich anrufen, wir haben heute Nachmittag frei, erinnern Sie sich?«

»Es handelt sich um etwas Ernstes, Subinspector. Ich will, dass Sie die Spurensicherung benachrichtigen, wir haben eine Leiche. Schicken Sie sie zum Kloster der Herz-Jesu-Schwestern an der Plaza Sant Just i Pastor. Und kommen Sie auch, so schnell wie möglich.«

»Ha! Ich schätze Ihren Sinn für Humor ja sehr. Sie erwarten mich also im Kloster, als wären Sie Tenorio und ich Doña Inés, wie?«

Ich entfernte mich ein paar Schritte von der Ordensschwester und senkte die Stimme.

»Subinspector Garzón, stellen Sie das Glas beiseite, und trinken Sie einen Kaffee. Ich will Sie augenblicklich hier haben, verstanden?«

»Aber ... Meine Frau hat heute Geburtstag!«

»Augenblicklich!«

Ich legte auf. In Mutter Guillerminas vielsagendem Blick blitzte Bewunderung auf. Führungspersönlichkeiten treffen gern andere, die aus demselben Holz geschnitzt sind. Ich ging auf sie zu.

»Und bis meine Kollegen, der Gerichtsmediziner und der Richter eintreffen, erzählen Sie mir, was passiert ist.«

»Aber Sie haben noch gar nicht alles gesehen.«

Meine Knie wurden weich.

»Sie wollen doch nicht sagen, dass es noch einen Toten gibt?«

Sie ging zu einer Nische und zeigte auf einen großen leeren Sarkophag.

»Im Gegenteil, es gibt einen Toten weniger. Unser Heiliger ist verschwunden.«

»Also noch mal, Mutter Oberin, beginnen wir von vorn, oder ich werde verrückt.«

»Es ist ganz einfach, werden Sie nicht nervös. Bruder Cristóbal war seit Tagen mit der Restaurierung und Erhaltung unseres Heiligen, Bruder Asercio de Montcada, beschäftigt, einer mittelalterlichen Mumie, damit Sie besser verstehen.«

»Ja, langsam begreife ich. Also, heute Morgen haben Sie Bruder Cristóbal tot aufgefunden, und die Mumie von Bruder Asercio war verschwunden.«

»Genau. Sie werden doch verstehen, Inspectora, dass ich mir zunächst persönlich ein Bild vom Ausmaß der Geschehnisse machen musste, bevor ich entschied, die Polizei einzuschalten.«

»Zumindest hoffe ich, dass niemand etwas angerührt hat.«

»Mitnichten. Ich selbst habe den Schlüssel geholt und die Tür abgeschlossen, damit niemand hinein kann.«

»Soll heißen, wäre jemand hier drin gewesen, hätte derjenige, nachdem Sie gegangen waren, auch nicht hinaus gekonnt.«

»Hier drin war niemand, das kann ich Ihnen versichern.«

»Wenn es so war, wie Sie sagen ...«

»Schwester Marcela kam zum Putzen, fand Bruder Cristóbal tot auf dem Boden und hat mich sofort informiert.«

»In der Zeit hätte jemand hinausgehen können.«

»Und wer sollte hier gewesen sein?«

»Wenn wir diese Frage beantworten können, haben wir auch gleich die Erklärung dafür, Mutter Oberin. War die Kapelle abgeschlossen?«

»Das ist sie nie. Wir beten zu bestimmten Zeiten, aber es kommt immer wieder vor, dass eine Schwester die Kapelle zu einem anderen Zeitpunkt für eine persönliche Andacht aufsucht.«

»Aha. Und die Tür zum Kloster? Ist sie nachts verschlossen?«

»Selbstverständlich, immer! Außerdem hat Bruder Cristóbal abgeschlossen, wenn er ging. Solange er hier war, konnte niemand von draußen herein, aber sehr wohl hinaus. Schlecht ist nur, dass letzte Nacht die Kapellentür zur Straße nicht abgeschlossen war. Entweder hat er seinem Mörder aufgemacht, oder er hat die Tür aus irgendeinem Grund offen gelassen.«

»Ansonsten ist die Tür immer verschlossen.«

»Sie wird nur sonntags für die Touristen aufgeschlossen.«

»Und wer hat den Schlüssel?«

»Das ist kein Geheimnis. Er hängt dort hinten«, sagte sie und zeigte in einen Winkel.

Nach wenigen Minuten, in denen ich mir jede Kleinigkeit genau ansah, tauchte die Schwester Pförtnerin auf, die mir noch hässlicher vorkam als zuvor.

»Mutter Oberin, die Polizei ist da und jede Menge Leute mit ihr.«

Die Oberin seufzte, holte Luft, bekreuzigte sich und sagte resigniert: »Lassen Sie sie herein.«

Garzón war verblüfft, und seine Verblüffung bewirkte, dass er viel langsamer begriff als sonst. Nachdem er sich endlich ein genaues Bild gemacht hatte, kam sofort seine praktische Seite zum Tragen.

»Hören Sie, Inspectora, das müssen wir sofort Comisario Coronas melden. Höchstwahrscheinlich fällt die Sache nicht in unsere Zuständigkeit, also müssen wir uns nicht wirklich den Kopf zerbrechen.«

»Sind Sie gar nicht neugierig? Es ist doch ein Hammer, an solch einem Ort einen Mönch umzubringen, und ein noch größerer Hammer, einen jahrhundertealten Leichnam zu stehlen.«

»Neigen Sie zum Wunderglauben, oder was?«

Die Mutter Oberin kam zu uns. Sie war schneeweiß und sichtlich irritiert angesichts des ganzen Trubels, den wir veranstalteten. Um uns herum wimmelten der Pathologe, der Untersuchungsrichter, die Spurensicherung, der Fotograf … Ich verstand, dass sie das nervös machte.

»Wie lange dauert das alles, Inspectora?«

»Kommt darauf an. Ich würde sagen, noch eine ganze Weile.«

»Und Sie beginnen inzwischen nicht zu ermitteln?«

»Wir wissen noch nicht einmal, ob wir den Fall übertragen bekommen, denn es ist wahrscheinlicher, dass er in die Zuständigkeit der Mossos d'Esquadra, der katalanischen Kollegen, fällt.«

»O nein! Ich habe Sie angerufen, weil ich möchte, dass Sie sich um diese schreckliche Sache kümmern. Ich werde nicht zulassen, dass noch mehr Polizisten ihre Nase in unser Kloster stecken.«

»Mutter Guillermina, ich danke Ihnen für Ihr Vertrauen, obwohl Sie mich gar nicht kennen, aber ich bin keine Privatdetektivin. Ich unterstehe meinen Vorgesetzten und kann Ihnen versichern, dass die Polizei eigene interne Richtlinien und Vorgehensweisen hat.«

»Mag sein, aber ... Haben Sie noch nie von der Hartnäckigkeit einer Nonne gehört? Sie ist sprichwörtlich, und ich beabsichtige, mich höchst energisch durchzusetzen, also ...«

»Das werden wir ja sehen, es ist absurd, dass ich mich mit Ihnen herumstreite.«

Eine Stunde später traf Coronas ein. Er stellte Fragen und wollte rundum informiert werden.

»Wie es aussieht, ist der Mann seit über zehn Stunden tot, Petra. Was ist hier passiert, verdammt noch mal?«

»Die Mutter Oberin hat mich aus Gründen der Diskretion so spät angerufen.«

»Es ist zum Auswachsen.«

»Sie müssen berücksichtigen, was so etwas für eine Gemeinschaft bedeutet, die gewöhnlich keinen Umgang mit Außenstehenden hat.«

»Wovon leben sie?«

»Sie geben Religionsunterricht. Sie erledigen Büroarbeiten für Firmen außerhalb des Klosters, erhalten Subventionen von der Diözese und private Spenden. Sonntagmorgens lassen sie Touristen ihre unversehrte Heiligenmumie besichtigen und verlangen Eintritt dafür.«

»Du lieber Gott, dann hat man ihnen ja einen Teil der Einkünfte geklaut!«

»Sollen wir uns in der Nachbarschaft umhören, Señor? Es muss doch jemand gesehen haben, wie die Mumie weggeschafft wurde.«

»Nein, nein, kommt nicht infrage. Es müssen gleich die von der Policía Autónoma da sein. Damit haben wir nichts zu schaffen. Sie können gehen, wenn Sie wollen. Ich bleibe bis zur Übergabe der Befugnisse und Schluss.«

Wir stahlen uns regelrecht davon, denn ich wusste, wenn ich mich von der Mutter Oberin verabschiedete, würde sie mich erneut in eine endlose Diskussion verwickeln.

»Tut mir leid, Sie gestört zu haben, Garzón.«

»Machen Sie sich keine Sorgen. Ich fahre gleich zurück.«

»Richten Sie Emilia meinen herzlichsten Glückwunsch aus?«

»Selbstverständlich, klar doch.«

Im Wagen war mein Kopf mit dem beschäftigt, was mich nichts anging. Wer ermordet einen Mumienrestaurator, der dem Kloster von Poblet und demzufolge dem Zisterzienserorden angehört? Und vor allem, wer riskiert seine Haut und schleppt im Morgengrauen eine Mumie aus dem Kloster und wozu? Wenn sie gestohlen worden war, konnte das heißen, dass sie für etwas benötigt wurde. Ist eine Mumie zerbrechlich? Vermutlich schon. Sie muss höchst vorsichtig transportiert werden. Hat eine Mumie auf dem Antiquitätenmarkt einen Wert? Um ehrlich zu sein, fiel es mir schwer, das zu glauben, es sei denn, sie trägt ein wertvolles Totenhemd, einen mit Edelsteinen besetzten Mantel oder eine besondere Reliquie. Doch wäre es in dem Falle nicht einfacher gewesen, den armen Heiligen auszuziehen, seine Gewänder mitzunehmen und ihn traurig und nackt zurückzulassen? Wenn zudem das Motiv Diebstahl war, warum musste dann der arme Mönch sterben? Hatte er so spät noch gearbeitet und die Leichenfledderer überrascht? In meiner Polizeikarriere hatte ich mir zu Beginn eines Falles selten so viele Fragen gestellt. Selbst wenn die Ermittlungsbefunde uns später auf andere Wege führten, erscheint das Verbrechen zunächst normalerweise mehr oder weniger logisch, wenn man sich damit auseinandersetzt. Meistens gibt es mehr Hypothesen als Fragen, und alles verweist auf ein nicht sonderlich variables Strickmuster. Aber egal, von jetzt an war mir lediglich erlaubt, neugierig bei der Policía Autónoma nachzufragen, wie sie in dem Fall vorankam, sollten die Kollegen denn gewillt sein, mir etwas zu erzählen.

Als ich nach Hause kam, war Marina bereits von ihrer Mutter abgeholt worden, und Marcos wartete lesend auf mich.

»Warum bist du nicht ins Bett gegangen?«

»Ich wollte dich sehen.«

Wir umarmten uns. Sein Körper verströmte Wärme, und er roch nach einem dezenten Parfüm, nach trockener Kleidung. Ich hatte Lust, ohne ein weiteres Wort sofort ins Bett zu gehen. Plötzlich war ich müde. Die Wissbegier, die mich bisher wach gehalten hatte, war schlagartig verschwunden.

»Ich habe dir einen Salat gemacht, damit du wenigstens etwas isst.«

Ich hatte wirklich keinen Appetit, wollte meinen Mann aber nicht kränken. Also zog ich meinen Mantel aus, wusch mir die Hände und ging in die Küche. Er hatte schon den Tisch gedeckt und nahm einen appetitlich aussehenden Thunfischsalat und Bier aus dem Kühlschrank.

»Du hättest dir nicht so viel Mühe machen müssen.«

»Du bist doch viel später von der Arbeit gekommen als ich. Wäre es anders herum gewesen, hättest du bestimmt das Gleiche getan.«

»Na schön!«, rief ich. »Es ist immer gut zu wissen, dass zu Hause jemand auf einen wartet.«

Ich küsste ihn lachend.

»Mal im Ernst, du solltest mir nichts zu essen machen.«

»Darf man erfahren, warum nicht?

»Manchmal lässt sich nicht absehen, wann ich gehen kann, es gibt Komplikationen, die Arbeit zieht sich hin, und wenn du dann daran denkst, dass im Kühlschrank dein Salat vor sich hinwelkt, macht es das noch schwieriger.«

»Also gut, in dem Fall kündige ich meine Stelle als Mitternachtskoch.«

»Verdammt! Hast du dich nicht ein bisschen zu schnell überreden lassen?«

Er machte Anstalten, mich zu erwürgen, und umarmte mich dann.

Beim Essen kam der Appetit. Natürlich wollte Marcos wissen, warum mich die Oberin der Herz-Jesu-Schwestern hatte sprechen wollen. Ich erzählte es ihm, und er zeigte sich ebenso neugierig wie ich. Er stellte Fragen, die ich mir auch gestellt hatte.

»Das ist alles sehr merkwürdig, Petra! Und wenn es sich um eine geheimnisvolle Sekte handelt? Oder um einen Fluch der Mumie wie aus diesem alten Film? Ich weiß nicht, das klingt alles unglaublich.«

»Also wirklich, du bist schlimmer als deine Kinder!«

»Ich fürchte, dass in diesem Fall auch ich dich mit Fragen löchern werde.«

»Da wirst du nicht viel von haben. Der Mord fällt in die Zuständigkeit der Mossos d'Esquadra, wir werden ihn also nicht untersuchen. Ich muss dir gestehen, ein bisschen frustriert bin ich schon, denn ich würde nur zu gern meine Nase in diesen Sumpf stecken. Das Geheimnis ist bestimmt viel logischer und irdischer, als es scheint.«

»Du beklagst dich zwar ständig, aber es ist nicht zu übersehen, dass du deinen Beruf gern ausübst.«

»Manchmal ist er ganz unterhaltsam. Weißt du, was Marina

dieser Nonne erzählt hat? Ich sei die beste Polizistin in Barcelona.«

»Das bezweifle ich keinen Moment, obwohl es auch eine Tatsache ist, dass meine Tochter dich sehr liebt.«

»Warum geht sie einmal die Woche in dieses Kloster?«

»Weil ihre Mutter glaubt, eine nicht konfessionelle Schule könne ihr gewisse christliche Werte, die sie für unverzichtbar hält, nicht vermitteln. Die Teilnahme am Religionsunterricht ergänzt ihre Erziehung. Obwohl ich eigentlich der Meinung bin, sie schickt sie nur da hin, weil ich dagegen bin. Du hast auch zwei Scheidungen hinter dir, aber das Glück, aus keiner deiner Ehen Kinder zu haben. Wenn es Kinder gibt, trennt man sich selten friedlich.«

»Wie schade. Weißt du, die Oberin war mir sympathisch. Sie scheint eine Frau mit sehr klaren Vorstellungen zu sein und wollte auf Biegen und Brechen, dass ich den Fall übernehme.«

»Da wird sie aber enttäuscht sein!«

»Bei dem Trubel, der auf sie zukommt, wird ihr nicht viel Zeit bleiben, an mich zu denken.«

»Mir schon, ich habe alle Zeit der Welt, um an dich zu denken. Gehen wir ins Bett?«

Ich folgte ihm die Treppe hinauf. Marcos war wirklich ein eigenartiger Mann: Er stritt nicht, er wurde nicht ärgerlich, er sorgte sich aufrichtig um mein Wohlbefinden ... Vielleicht hatte ich den Prototyp des idealen Ehemannes erwischt und maß diesem Glücksfund nicht genügend Wert bei. Ganz schlecht. Vielleicht wäre es meine Pflicht, ihn auf einer Website auszustellen, damit Hunderte anderer Frauen nicht ihr Vertrauen in das Schicksal verlören.

Ich schlief die Nacht durch. Als ich erwachte, war es neun Uhr samstagmorgens, und Marcos lag nicht mehr neben mir. Die Kinder mussten schon da sein. Ich ging im Morgenmantel in die Küche, wo er mit den dreien am Tisch saß und frühstückte. Marcos küsste mich, alle küssten mich. Dann stand er auf.

»Petra, mach dir einen Kaffee. Ich werde ein paar Stunden in meinem Arbeitszimmer verschwinden, ich bin mit meinem Projekt etwas in Zeitdruck.«

Ich füllte lächelnd die Espressokanne. Die Kinder waren extrem schweigsam. Noch immer war ich irgendwie auf der Hut, wenn ich mit ihnen allein blieb. Ich fürchtete ihre Fragen mehr als einen bewölkten Himmel, besonders die von Hugo und Teo, die beide nicht auf den Mund gefallen waren. Insgeheim hoffte ich, dass Marina ihnen nichts von dem Anruf aus dem Kloster erzählt hatte. Ich schenkte mir Kaffee ein und setzte mich zu ihnen. Zu diesem Zeitpunkt unseres gelegentlichen Zusammenlebens hatte ich noch immer nicht den richtigen Ton im Umgang mit ihnen gefunden. Immer fürchtete ich, mich zu kindisch oder zu erwachsen zu verhalten. Diesmal versuchte ich es mit aufgesetzter Freude.

»Wie geht's, Kinder, wie war eure Woche?«

Sie sahen einander an, als entbehre diese Frage jeglichen Sinns. Teo ließ sich gnädig zu einer Antwort herab: »Jeden Tag Unterricht.« Er sagte es in einem Ton, der alle Nöte sowie die Langeweile des Schuldaseins zum Ausdruck brachte.

»Na wunderbar, oder?«, beendete ich meinen eindeutig gescheiterten Versuch.

»Und bei dir?«, hakte daraufhin Hugo sichtlich interessiert nach. Es bestand nicht der geringste Zweifel daran, dass Marina ihnen von dem Anruf aus dem Kloster erzählt hatte.

»Jeden Tag im Kommissariat«, erwiderte ich in seiner Manier.

»Und, alles gut im Kommissariat?«, versuchte es nun Teo.

»Gut, normal, Routine eben.«

»Und, das, obwohl du solche Probleme hast, oder?« Hugo testete die Grenzen aus. Doch ich war bereit standzuhalten.

»Nicht mehr als sonst.«

Daraufhin sagte Marina, die bisher geschwiegen hatte, mit der größten Natürlichkeit: »Sie wollen etwas über das Verbrechen im Kloster wissen.«

Dieser Gongschlag löste einen Platzregen aus mühsam zurückgehaltenen Fragen aus.

»Ist eine Nonne ermordet worden?«, fragte Hugo.

»War es ein Psychopath?«, fragte Teo.

»Habt ihr viele Spuren?«, wieder Hugo.

»Habt ihr ein Phantombild von dem Mörder gemacht?«, wieder Teo.

»Von Psychopathen werden keine Phantombilder gemacht, sondern ein psychologisches Profil!«, rief Marina dazwischen.

Ich schoss buchstäblich vom Stuhl.

»Was, zum Teufel, redet ihr denn da? Seid ihr verrückt geworden?«

»Marina hat uns erzählt, dass du gestern angerufen worden bist, und Papa hat uns gesagt, dass ein Toter gefunden wurde. Wir haben ihn gefragt, wer, und er hat gesagt, er wüsste es nicht; mit anderen Worten, er weiß es bestimmt und wollte nichts rauslassen.«

»Eins nach dem anderen. Erstens müsst ihr das glauben, was euch gesagt wird, denn wenn ihr das nicht tut, braucht ihr auch gar nicht weiter zu fragen.«

Sie nickten halb zustimmend und halb skeptisch. Ich redete weiter, eine Selbstbeherrschung vortäuschend, die ich bei Weitem nicht besaß.

»Es stimmt, es gibt einen Toten im Kloster der Herz-Jesu-Schwestern, einen Mönch. Aber mehr weiß ich nicht und werde es auch nicht erfahren, weil die Mossos d'Esquadra für den Fall zuständig sind.«

»Das wissen wir schon aus dem Fernsehen«, kommentierte Teo geringschätzig.

»Ich glaube nicht, dass ihr eure Zeit mit solchen Dingen verschwenden solltet. Aber gut, das ist eure Sache.«

»Du weißt bestimmt viel mehr als die in der Glotze. Können wir dir ein paar Fragen stellen?«

»Nein, könnt ihr nicht, und wenn ihr es versucht, werde ich

nicht antworten, denn höchstwahrscheinlich weiß ich es nicht.«

»Also wirklich!«, rief Hugo enttäuscht.

»Ich werde dich nichts fragen«, sagte Marina, und ich dankte ihr die Absichtserklärung mit einem Lächeln. Doch sie brachte es sofort zum Erlöschen.

»Sag mir nur eins: Es stimmt doch, dass man von Psychopathen ein psychologisches Profil erstellt?«

»Ja, das stimmt, dafür wird ein Psychiater herangezogen.«

»Siehst du?« Marinas Augen blitzten ihren Bruder an.

»Du bist doof«, lautete dessen Antwort.

»Bitte, streitet euch nicht!«, rief ich mit gespielter Autorität. In dem Moment kam Marcos herein.

»Ihr seid immer noch beim Frühstück? Geht euch duschen und anziehen. Dann bringe ich euch zu eurem Fußballspiel.«

»Ich will auch mit«, bettelte das Mädchen.

»Fein, du kommst auch mit. Ach, ich habe ganz vergessen, euch zu sagen, dass Petra und ich heute Abend zu einem Essen müssen, Sandra wird auf euch aufpassen.«

»Sandra ist eine Schlaftablette«, unterstrich Teo.

»Ja, ich weiß, wenn ich gewollt hätte, dass jemand Lustigerer auf euch aufpasst, hätte ich einen Trupp Majoretten bestellt.«

Hugo lachte laut auf. Teo fletschte wie ein tollwütiger Hund die Zähne, und ich begriff, dass man viel kaltblütiger sein musste, wenn man Kinder hatte, als wenn man einen Mörder stellen wollte.

Als die drei das Feld geräumt hatten, fragte ich Marcos:

»Was war das mit dem Abendessen?«

»Also wirklich, Petra, ich habe es dir doch gesagt, es ist das jährliche Essen der Architektur-Fakultät.«

»Davon höre ich zum ersten Mal.«

»Stimmt nicht, ich hab's dir gesagt, ich bin mir sicher.«

»Und ich bin mir sicher, dass du es nicht gesagt hast.«

»Wollen wir uns deshalb streiten?«

»Scheint mir ein guter Grund.«

»Warum?«

»Ist ja gut, lassen wir das. Du solltest nicht so zerstreut sein.«

»Und du nicht immer so geistesabwesend, wenn ich mit dir rede.«

Ich blieb allein mit meinem kalten Kaffee. Wie zerbrechlich die häusliche Harmonie sein kann, dachte ich, und fragte mich als Nächstes, was ich am Abend anziehen sollte.

Auf dem Weg zu dem Galadinner holte mich Marcos aus meinem düsteren Schweigen.

»Du riechst nach grünen Orangen.«

»Ja, das ist ein neues Parfüm. Levante-Träume oder Brise ... Ich weiß nicht mehr, ich kann mir die Namen nie merken. Jedenfalls habe ich den Eindruck, es riecht aufdringlich.«

»Warum bist du verstimmt, Petra?«

»Ich bin nicht verstimmt, ich bin besorgt.«

»Worüber?«

»Über alles.«

»Dann ist das höchste Besorgnis.«

»Ich scherze nicht. Ich mache mir Sorgen um deine Kinder und um das Essen, zu dem wir fahren.«

»Ja, ich kann mir vorstellen, dass dich die Kinder heute Morgen einer schweren Prüfung unterzogen haben, mir blieb nichts anderes übrig, als ihnen etwas zu erzählen, nur das Nötigste. Aber das Essen?«

»Ich befürchte, dass mich deine Kollegen mit ungesunder Neugier anstarren werden. Wissen sie, dass ich Polizistin bin?«

»Einige vermutlich schon, andere nicht ... Ist das wichtig?«

»Natürlich. Sie werden sich fragen, wie einer wie du eine Bullette heiraten konnte.«

Er lachte kurz auf.

»Also wirklich, Petra, wenn wir uns um alles, was die Leute denken oder sagen könnten, Sorgen machten, würden wir unser Leben lang in einem Brunnen der Angst zubringen. Vergiss es, du solltest dir nur über das Sorgen machen, worauf du Einfluss hast.«

»Verdammt! Warum schreibst du keine Selbsthilfebücher, statt Häuser zu entwerfen? Du klingst wie ein Buddhist oder so was!«

Er sah mich schräg an, schien aber nicht die Absicht zu haben, einen Ehekrach heraufzubeschwören. Ich auch nicht. Es wäre ungerecht gewesen. Er hatte recht, du kannst nicht erwarten, dass alle Facetten deines Lebens millimetergenau passen und ein geistreiches Puzzle ergeben. Obwohl auch stimmte, dass das Eheleben mein Puzzle komplizierter gestaltete, weil ich zu viele Teile hatte. Also gab ich mich meinen Sorgen hin. Ich war davon überzeugt, dass die meisten Kollegen meines Mannes von meinem Beruf wussten und mich neugierig anstarren würden. Warum erregte der Beruf des Polizisten bei den Leuten viel mehr Interesse als andere Berufe? Warum haben wir den Ruf, abgestumpft und ein bisschen gemein zu sein? Weil wir uns mit dem Bösen abgeben? Logischer wäre es, wenn sich die Leute für einen Insektenkundler, einen Fado-Sänger oder einen Stammzellenforscher interessieren würden. Aber nein, was das morbide Interesse anbelangte, standen wir Polizisten ganz oben auf der Liste.

Nach dem Essen musste ich einräumen, dass es ein angenehmer Abend mit höflichen Gästen und unverfänglichen Gesprächen gewesen war. Alles war darauf ausgerichtet gewesen, niemanden in Verlegenheit zu bringen und die Gespräche so zwanglos wie einen Windhauch wirken zu lassen. Niemand hatte gefragt, was er wirklich wissen wollte, und alle schienen mit ihren Gedanken woanders gewesen zu sein. Das war nicht meine Welt, aber was war dann meine Welt? Ich kann unumwunden zugeben, die jährlichen Essen im Kommissariat auch nicht. Vielleicht gehörte ich zu keiner Welt. Jedenfalls hatte uns das ausgesprochen korrekte, bürgerliche Verhalten erlaubt zu reden, ohne etwas zu sagen, zu denken, ohne zu überlegen, da zu sein und zugleich abwesend. Ein behaglicher Rahmen.

Auf der Heimfahrt konnte ich mir nicht verkneifen zu sagen: »Ich glaube, ich habe auf den Treffen mit deinen Kollegen nichts verloren.«

Etwas gekränkt fragte er zurück: »Habe ich denn bei deinen etwas verloren?«

»Auch nicht.«

»Was schlägst du also vor?«

»Nicht an den Pflichtveranstaltungen des anderen teilzunehmen.«

»So funktioniert das nicht. Wir haben beide unseren Beruf, unsere Vergangenheit, aber etwas müssen wir schon teilen, findest du nicht?«

»Ein Abendessen mit Kollegen?«

»Ich möchte, dass die Leute dich kennenlernen. Ich bin stolz auf dich.«

»Wir teilen doch schon anderes!«

»Was denn, und wer bestimmt, ob das reicht oder nicht?«

Er war zerknirscht, aber standhaft und gelassen. Plötzlich sah ich mich als egoistisches, launisches Mädchen.

»Marcos, sei mir bitte nicht böse.«

»Das bin ich nicht.«

»Doch, das bist du, und ich versichere dir, dass ich es nicht ertrage. Wenn du mir böse bist, schreibe ich mich für einen Kurs bei den Tibetern ein, um in einem dieser verdammten Tempel zu verschwinden, wo man keinen Finger rühren muss.«

»Petra, du bist eine unflätige Bullette mit vulgärer Ausdrucksweise.«

»Ach ja, und was noch?«

»Dein Parfüm stinkt.«

Wir wechselten einen heiteren, liebevollen Blick.

Zwei Tage des Insistierens reichten. Entweder war sie wirklich ungemein hartnäckig, oder sie hatte den Nerv der heiklen Angelegenheit getroffen, wie auch immer, zwei Tage später musste die Policía Autónoma den Mordfall im Kloster an die Policía Nacional abtreten, und dort wurde er Garzón und mir übertragen. Als Comisario Coronas es uns mitteilte, als wäre es das Natürlichste von der Welt, konnte ich es kaum fassen und wusste nicht, ob ich das der Tatsache, dass die katholische Kirche seit Jahrhunderten immer alles erreichte, was sie wollte, oder aber der einzigartigen Mutter Guillermina verdankte. Vermutlich hatte beides zusammengewirkt. Das Komische war, dass ich auch nicht wusste, ob ich mich über diese unverhoffte Wendung freuen sollte oder nicht. Einerseits war mein Kopf schon ziemlich damit beschäftigt, andererseits konfrontierten wir uns mit einem Mordfall, der ganz danach aussah, sich teuflisch kompliziert zu gestalten. Als wäre das nicht schon genug, würden die außergewöhnlichen Nebeneffekte einschließlich gestohlener Mumie die Medien anlocken, und auch der Druck, den der Zisterzienser- sowie der Herz-Jesu-Orden auf die Ermittlungen ausüben würden, war nicht zu unterschätzen und würde Scherereien mit sich bringen. Garzón hatte Coronas' Ausführungen gelauscht, als hätte er es gewusst. Er sagte auch keinen Ton, als ich die Frage aufwarf: »Aber Comisario, die Ermittlungen müssten doch schon im Gange sein.«

»Ich gebe Ihnen gleich die Namen der zuständigen Kollegen bei den Mossos. Sie müssen Ihnen sämtliche Unterlagen aushändigen.«

»Die werden nicht gerade begeistert sein.«

»Es bleibt ihnen nichts anderes übrig. Das wurde in hohen politischen Kreisen ausgehandelt. Unterschätzen Sie nie die Macht der Kirche. Damit will ich Ihnen auch kundtun, dass ich gute und vor allem schnelle Arbeit erwarte. Wegen dieser verdammten Abtretung werden wir im Fokus aller stehen, ganz abgesehen vom Aufsehen, das der Fall selbst erregen wird.«

»Und was ist mit Asercio, Comisario?«

»Wer zum Teufel ist Asercio?«

»Die verschwundene Mumie.«

»Verdammt, Petra! Ich hatte keine Ahnung, dass der so heißt. Asercio also ... Was wollen Sie genau wissen?«

»Das ist Diebstahl. Müssen wir in dem Fall auch ermitteln?«

»Niemand ist bisher auf die Idee gekommen, dass er nicht mit dem Mord an Bruder Cristóbal in Zusammenhang stehen könnte, also ...«

»Also gehört die Mumie dazu.«

»Unter diesen Umständen weiß ich wirklich nicht, ob ich Ihren Sinn für Humor schätze, Petra. Warum machen Sie sich nicht endlich an die Arbeit, verdammt noch mal? Ich muss wohl nicht erst betonen, dass die Berichte jeden Tag pünktlich im Computer zu stehen haben. Denken Sie daran, dass sich sogar der Polizeipräsident für den Fall interessiert, habe ich mich klar ausgedrückt?«

Er hatte sich ziemlich klar ausgedrückt, doch auch auf dem Weg durch den Flur war bei Garzón keinerlei Anzeichen davon zu bemerken, dass er Coronas' Worte oder irgendeinen anderen menschlichen Gedanken erfasst hatte. Ich entschied mich zu einer Notoperation seines Gehirns.

»Fühlen Sie sich schlecht, oder haben Sie sich mit der Mumie solidarisiert?«

Abrupt blieb er stehen und sah mich verdattert an.

»Warum sagen Sie das?«

»Weil Sie keinerlei Zeichen von intelligentem Leben von sich geben.«

»Ja, stimmt. Aber wissen Sie, was mit mir los ist, Petra? Ich verstehe das nicht. Normalerweise keimen zu Beginn einer Ermittlung jede Menge Ideen und Vermutungen in meinem Kopf, manchmal muss ich mich bremsen, weil ich zu viel voraussetze. Aber diesmal ... ist er leerer als die Wüste Gobi.«

»Wenn es nur das ist! Ich dachte, Sie hätten einen Kater.«

»Einen kleinen Kater habe ich auch, stimmt schon.«

»Dann überwinden Sie den schleunigst, oder ich fordere einen anderen Kollegen an.«

»Also wirklich, Inspectora, ich war davon überzeugt, dass Sie sich in ein tolerantes, freundliches Wesen verwandeln würden, wenn Sie erst einmal verheiratet sind. Aber ich muss feststellen, Ihre Schale ist so hart wie immer.«

»Wollen Sie mich verarschen, Subinspector? Übrigens, woher stammt denn diese Bräune vom Typ Glamourwelt in Ihrem Gesicht?«

»Übrigens? Hat das, worüber wir reden, etwas mit meiner Bräune zu tun?«

»Na schön, da wir gerade über unsere Ehen sprechen, muss ich Ihnen sagen, dass Sie früher nach einem Wochenende nie so gesund ausgesehen haben.«

»Wie geschickt Sie das Gespräch dort hinbringen, wo Sie es haben wollen! Na schön, ich habe nichts zu verbergen, ich bin so braun, weil ich am Sonntag zum ersten Mal mit meiner Frau in einem vornehmen Club am Stadtrand Golf gespielt habe. Und wissen Sie was? Es gefällt mir, und wie man mir sagte, bin ich gar nicht schlecht.«

»Ich glaub's nicht! Der Bürgersport par excellence! Ausgerechnet Sie, immer so proletarisch und kritisch gegenüber dem behaglichen Leben!«

»Da habe ich mir ja was eingehandelt. Inzwischen müsste ich wirklich längst wissen, dass Sie im Spotten nicht zu überbieten sind. Also, was ist Ihnen lieber, scherzen wir weiter, oder soll ich Ihnen mein Herz ausschütten?«

»Ärgern Sie sich nicht, lieber Kollege, Sie wissen doch, dass Sie mir immer Ihr Herz ausschütten können, auch Ihre Galle.«

»In dem Fall muss ich Ihnen gestehen, dass ich mir ernsthaft Sorgen mache.«

»Worüber?«

»Darüber, dass ich mich im Eiltempo an das bequeme Leben

gewöhne. Zu Beginn meiner Ehe mit Emilia fand ich den ganzen Luxus ziemlich oberflächlich, aber schon nach kurzer Zeit wurde es für mich immer selbstverständlicher, in einem erstklassigen Restaurant zu essen, guten Wein zu trinken, in die Oper zu gehen, teuer einzukaufen ... Und jetzt spiele ich zu allem Überfluss auch noch Golf!«

»Und wo liegt das Problem.«

»Und wenn es mit Emilia und mir zum Bruch käme? Wir lieben uns, aber diese Möglichkeit lässt sich nie ausschließen, wie Sie sehr wohl wissen. Ich habe lange darüber nachgedacht, und mir ist klar geworden, wie schwer es mir fiele, zu meinen schlichten Gewohnheiten von früher zurückzukehren.«

»Ich habe eine Frage: Haben Sie Emilia aus finanziellen Gründen geheiratet?«

»Nein, das wissen Sie doch.«

»Richtig. Nächste Frage: Arbeiten Sie etwa nicht mehr wie früher?«

»Doch, natürlich! Und das werde ich auch bis zu meiner Pensionierung tun.«

»Beuten Sie jemanden aus? Sind Sie ein Angeber geworden? Verachten Sie diejenigen, die nicht so ein Leben führen wie Sie?«

»Überhaupt nicht.«

»Dann weiß ich nicht, worüber Sie sich Sorgen machen. Genießen Sie das, was Sie haben. Das Leben hat Ihnen ein Geschenk gemacht, nachdem es Ihnen viele Jahre die Freude versagt hat. Und wer lehnt schon ein Geschenk ab? Ich sage es Ihnen: die Verbitterten, die Geizhälse, die glauben, dass sie etwas abgeben müssten, die vom Schuldbewusstsein Gepeinigten, das die katholische Kirche ihnen eingetrichtert hat, mit einem Wort: die Seelenfreaks, nur die.«

»Verdammt, wie einfach und überzeugend Sie anderen die Dinge erklären können, und bei sich selbst zerbrechen Sie sich immer den Kopf!«

»Das ist das Wesen guter Ratschläge, mein Freund, deshalb sind die meisten Psychiater verrückt, und kaum ein Priester glaubt an Gott.«

»Sie sagen beunruhigende Dinge, Inspectora.«

»Und das war erst der Anfang. Warten Sie auf die Frage, die ich jetzt für Sie habe. Folgendes: Wie können wir, verdammt noch mal, in aller Seelenruhe über Privates plaudern, während in Barcelona ein Mörder frei herumläuft und der arme Asercio in den Händen von Entführern ist?«

Da Garzón mir keine zufriedenstellende Antwort geben konnte, machten wir uns schleunigst auf den Weg zum Hauptquartier der Mossos d'Esquadra. Das war der offizielle Beginn eines der merkwürdigsten und kompliziertesten Fälle unserer Laufbahn.

Z

Inspector Palafolls war früher unser Kollege bei der Policía Nacional und jetzt bei den Mossos d'Esquadra. Er freute sich, uns zu sehen.

»Gott ist mein Zeuge! Ich hatte so einen Riecher, dass du und der gute Garzón mir den Fall klauen würden, und jetzt habe ich die Bestätigung! Verdammt, da haben wir einmal einen richtig schönen Fall ... und das ist nicht das erste Mal. Kannst du dich erinnern, Petra, als ich noch bei euch war, habt ihr mir schon mal einen Fall weggeschnappt ...?«

»Reg dich nicht auf, Palafolls! Ich habe keinen Finger gerührt, um diesen verflixten Fall zu kriegen.«

»Und wenn du es getan hättest, würdest du es bald bereuen, denn dieser Kirchenkram hat es in sich.«

»Habt ihr schon was?«

»Immer mit der Ruhe. Gehen wir lieber erst mal in die Bar rüber und trinken einen Kaffee.«

Das taten wir. Der glückliche Zufall, dass wir uns kannten, verhinderte jegliche Spannung zwischen den Polizeikorps. Palafolls war ein guter Mann, und ich war davon überzeugt, dass er uns die Übergabe leicht machen würde. Am Tisch erhielten wir dann die unerlässlichen Erläuterungen, um die Arbeit aufnehmen zu können.

»Also«, begann Palafolls und trank einen Schluck Kaffee. »Ich muss euch gleich vorweg sagen, dass der neue Untersuchungsrichter Juan Manacor noch jung und ziemlich unerfahren ist und, wie mir gesagt wurde, einer der besten seines Jahrgangs. Soll heißen: schöne Scheiße.«

»Warum?«, fragte Garzón träge.

»Das wisst ihr ganz genau. Wie jeder brillante Anfänger ist er gesetzestreu, umständlich, theoretisch und lässt nichts durchgehen. Wir haben ihn zum Beispiel gebeten, die Geheimhaltung des Ermittlungsverfahrens anzuordnen, und er hat abgelehnt, also unterhalten wir die ganze Presse mit dieser amüsanten Geschichte: jawohl, Mönche und Nonnen, jawohl, eine verschwundene Mumie ... Ein gefundenes Fressen für die. Und das, obwohl noch nichts durchgesickert ist. Das mit dem Zettel, zum Beispiel.«

»Was für ein Zettel?«

»Haltet euch fest. An der Brust des Toten haftete ein Zettel mit einem Text in gotischer Schrift, der lautet: Suchet mich, wo ich nicht sein kann.«

»Mach keinen Scheiß!«

»Du hast richtig gehört, alles dran an der Sache, inklusive Geheimnis. Der Zettel ist im Labor und die Leiche beim Gerichtsmediziner, die Obduktionsergebnisse müssten bald da sein.«

»Wisst ihr, wie es passiert ist?«

»Offensichtlich hat der Mönch bis spät in die Nacht gearbeitet. Sie haben die Tür offen gelassen, damit er jederzeit gehen konnte. Abgeschlossen hat dann er. Doch die sind von außen in die Kapelle eingedrungen. Er oder sonst jemand muss die Tür aufgemacht haben. Es wurde ihm von hinten ein Schlag auf den Schädel versetzt.«

»War es ein gezielter Anschlag?«

»Diebstahl haben wir ausgeschlossen. Es gibt nicht viel in der Kirche, nur ein paar Kelche in der Sakristei, aber die wurden nicht angerührt. Nur der Vertrocknete ist verschwunden.«

»Verdammt, Inspector, ein bisschen mehr Respekt, das war ein Heiliger!«, warf Garzón lachend ein.

»Und wie heilig! Eine Mumie aus dem fünfzehnten Jahrhundert, natürlich war der knochentrocken. Und das mit dem Zettelchen ... Ich glaube, das ist das Werk eines völlig Bekloppten, Petra, eines religiösen Fanatikers oder so was.«

»Kann auch sein, dass der Mönch einen Feind hatte, der uns mit einer historisch-religiösen Spur irreführen will«, warf ich ein.

»Dann hat sich besagter Feind aber viel Mühe gegeben, denn eine Mumie mal eben so mit den Füßen voraus wegzuschaffen ...«

»So stellen wir uns das vor, aber er kann ihn auch zerstückelt und in eine Mülltüte gesteckt haben.«

»So war es aber nicht. Er wurde von zwei Typen abtransportiert, und zwar ganz vorsichtig. Einer trug den Kopf und der andere die Beine.«

»Woher weißt du das denn?«

»Ich habe mir das Bonbon für den Schluss aufgehoben: Es gibt einen Zeugen.«

Garzón und ich beugten uns gleichzeitig nach vorn.

»Verdammt noch mal, Palafolls, das hättest du gleich sagen müssen!«

»Beruhige dich, der Zeuge ist nicht gerade Gold wert. Es handelt sich um eine Frau, eine Obdachlose, eine schon ältere Bettlerin, die sich mit ihren Habseligkeiten in der Nähe des Klosters eingerichtet hatte. Sie hat uns erzählt, dass im Morgengrauen ein Lieferwagen vorfuhr, aus dem jemand ausstieg und seelenruhig hineinging. Sie weiß weder, wie viele es insgesamt waren noch, wie sie aussahen, nur dass später zwei Personen einen Kranken heraustrugen – so hat sie es ausgedrückt –, ihn in den Fond legten und der Wagen wieder verschwand.«

»Was noch?«

»Nichts weiter. Sie ist nicht in der Lage, die Leute zu beschreiben, und von dem Lieferwagen konnte sie nur sagen, dass er hell war. Nicht gerade viel.«

»Hat sie vielleicht vor dem ganzen Rummel noch jemanden hineingehen sehen?«

»Nein. Mehr hat sie nicht gesehen und scheint auch nicht gerade viel mitzubekommen. Du weißt ja, wie die so sind. Ich glaube, ihre beste Freundin ist die Flasche, also …«

»Wisst ihr, wo wir sie finden können?«

»Wir haben den Richter gebeten, sie kurzfristig in irgendeiner Einrichtung unterbringen zu können, aber dieser Blödmann hat sich rundheraus geweigert. Der einzige Ort, den sie regelmäßig fast jeden Tag aufsucht, ist eine Suppenküche in der Calle Ferran. Und ihr Luxusschlafzimmer auf der verdammten Straße. Eine offizielle Zeugenaussage können wir wohl vergessen. Aber vorsichtshalber haben wir ein Foto von ihr gemacht. Der Fall hat es in sich, oder was meint ihr?«

»Ich meine, dass ich erst mal gar nichts verstehe«, erklärte Garzón.

»Das wäre alles. Irgendwie freut es mich, dass ihr euch jetzt damit rumschlagen müsst. Denn zu diesem Leckerbissen kommt noch hinzu, dass die Nonnen mit ihrer Diskretion nerven, dass die Mönche von Poblet nervös sind, dass die Jungs von der Presse wie Schakale herumschleichen und die Chefs tönen: Dieser Fall hat absoluten Vorrang. Wirklich, ich schenke ihn euch gern.«

»Du bist ganz schön dreist, Palafolls.«

»Meine Mutter ist Madrilenin, liegt in den Genen.«

»Und was ist mit Hinweisen, Haaren, Spuren?«

»Sieht schlecht aus. Es wurde einiges gesammelt, aber an einem Ort, an dem Touristen herumwimmeln … Das kannst du alles vergessen. Lasst uns ins Büro gehen, ich gebe euch die Unterlagen, und damit ist meine Pflicht erfüllt.«

Von allem, was er uns erzählt hatte, war das Zettelchen am interessantesten: »Suchet mich, wo ich nicht sein kann.« Eine beunruhigende Nachricht, wie jede Botschaft, die ein Mörder der Polizei am Tatort hinterlässt.

Gut, der Fall lag nun in unserer Verantwortung. Und er gab uns so viele Rätsel auf, dass es schwerfiel, die ersten Schritte zu planen. Während die Ergebnisse der Obduktion noch auf sich warten ließen, fuhren wir ins Kloster der Herz-Jesu-Schwestern. Mutter Guillermina war über die Veränderungen, die sie selbst veranlasst hatte, bereits im Bilde. Sie empfing uns recht selbstgefällig in ihrem Büro.

»Ich danke Gott, dass Sie sich um diese Tragödie kümmern.«

»Ich habe den Eindruck, Ihre Wertschätzung ist etwas übertrieben, Mutter Oberin.«

»Ich bin davon überzeugt, dass Sie echte Profis sind. Außerdem möchte ich nicht, dass Fremde im Kloster herumschnüffeln.«

»Wir müssen Ihnen ein paar Fragen stellen.«

»Worüber?«

»Über die Arbeit, die Bruder Cristóbal hier verrichtete.«

»Das habe ich mir schon gedacht. Ich werde Schwester Domitila rufen lassen. Sie ist unsere Expertin in Sachen Kunst und Kultur, eine Art Instandhalterin der Schätze unseres Klosters. Sie stand in engem Kontakt mit dem armen Bruder Cristóbal.«

»Selbstverständlich sprechen wir auch mit ihr, aber was ist mit der restlichen Gemeinschaft?«

»Wir sind fünfzehn Nonnen.«

»Ich möchte mit allen reden.«

Sie verzog das Gesicht und sagte mit einem Anflug von unverhohlener Ungeduld: »Eigentlich hatte ich gehofft, ihnen das Ganze mehr oder weniger ersparen zu können.«

»Das ist verständlich, aber sie sind alle potenzielle Zeugen, und deshalb müssen sie befragt werden, zumindest kurz.«

»Zeugen ... Das bezweifle ich, sie alle waren mit ihren täglichen Aufgaben beschäftigt, wenn Bruder Cristóbal zum Arbeiten kam. Die meisten von ihnen haben ihn nicht einmal gesehen.«

»Dann befrage ich sie alle zusammen. Ich möchte Sie bitten, das zu organisieren, damit wir keine Zeit verlieren.«

»Wie Sie meinen.«

Widerwillig verließ sie den Raum, und ich sah Garzón an, der die ganze Zeit wie ein Toter geschwiegen hatte.

»Vielleicht hat diese Oberschwester geglaubt, sie könne den Fall nach ihren Vorstellungen lenken, wenn Sie ermitteln.«

»Sollte sie das geglaubt haben, hat sie sich geirrt. Und nennen Sie sie nicht Oberschwester. Sie können sie Mutter Oberin oder Ehrwürdige Mutter nennen.«

»Wie kompliziert, verdammt! Mutter, Schwester ... zu viel Verwandtschaft ...«

»Ja, es wird nicht leicht sein, und das ist noch nicht alles: Wenn wir hier fertig sind, bleibt uns noch Poblet.«

»Glauben Sie, es handelt sich um eine interne Angelegenheit der Orden, dass der Mörder unter den Nonnen und Mönchen zu finden ist?«

»Ich weiß es nicht, Garzón.«

»Und das gotische Zettelchen, und die Kerle, die die Mumie im Lieferwagen abtransportiert haben? Das ist doch alles völlig abstrus, Inspectora, das klingt wie ein Fernsehkrimi.«

»Ihnen mag das alles abstrus erscheinen, Fermín, aber es gibt einen Toten.«

»Ja, und ein anderer Toter wird spazieren gefahren.«

»Seien Sie besser still. Die Wände hier haben Ohren.«

Obwohl ich ihn zum Schweigen brachte, teilte ich sein Gefühl, dass das alles ein schlechter Witz zu sein schien. Und auch wenn ich es ungern zugab, fand ich das, was er gesagt hatte, komisch. Aber wir konnten uns unter diesen Umständen keinen Lachanfall erlauben.

Nach einer Weile kehrte die Mutter Oberin zurück.

»Die Schwestern sind alle mit ihren jeweiligen Aufgaben beschäftigt, und es wird ein bisschen dauern, sie zusammenzurufen. Warum sprechen Sie inzwischen nicht mit Schwester Domitila und ihrer Assistentin Schwester Pilar?«

»Dagegen ist nichts einzuwenden.«

Nach weiteren Minuten des Wartens traten zwei Nonnen ein. Sie waren die Ersten, die wir außer der Mutter Oberin und der schrecklichen Pförtnerin zu Gesicht bekamen. Die größere war um die vierzig und hatte ein intelligentes, heiteres Gesicht. Die andere war noch sehr jung, sie wirkte wie ein Mädchen, das sich als Nonne verkleidet hatte, und sah uns mit ihren großen schönen Augen neugierig an. Die Bibliothekarin stellte sich und ihre Assistentin lächelnd vor.

»Die Mutter Oberin hat gesagt, wir sollen Sie, so gut wir es vermögen, unterstützen. Also, fragen Sie.«

Auch ich nannte unsere Namen und musste feststellen, dass Garzóns männliche Präsenz den Schwestern unangenehm war. Wahrscheinlich kamen sie seltener mit Menschen außerhalb des Klosters in Berührung als Mutter Guillermina.

»Zuerst müssen wir Sie fragen, ob Sie die Leiche vor dem Abtransport gesehen haben.«

Sie schüttelten die Köpfe, beide verhielten sich respektvoll und andächtig.

»Mutter Guillermina hat uns diese bittere Erfahrung erspart.«

»Sie haben sich mit ihm an den Tagen, an denen er hier gearbeitet hat, regelmäßig getroffen, stimmt das, Schwester Domitila?«

»Ja, Schwester Pilar und ich unterstützten ihn in allem, was er brauchte.«

»Und um was handelte es sich dabei?«

»Hauptsächlich darum, ihm die nötigen Unterlagen zu besorgen.«

»Man hat mir gesagt, dass Bruder Cristóbals Arbeit darin bestand, eine Art ›Instandhaltung‹ des mumifizierten Körpers des Heiligen durchzuführen. Benötigte er die Unterlagen für diese Aufgabe?«

»Eigentlich war Bruder Cristóbal Archäologe und Geschichtswissenschaftler, ein Weiser, ein Gelehrter wie viele der Zisterziensermönche. Er verrichtete in vielen Klöstern und Kirchen seine Arbeit: Altersbestimmungen, Dokumentationen von Daten oder Heiligen ... Zu uns kam er auf Ersuchen der Landesoberin und von Mutter Guillermina, die sehr zu Recht meinte, dass wir unseren Heiligen ziemlich vernachlässigt hätten, um es irgendwie verständlich auszudrücken. Es lag uns keine vollständige Geschichte vor. Außerdem wurde sein Leichnam im medizinischen Sinne nie erneuert. Bruder Cristóbal vereinte beide Qualitäten in einer Person: Als Historiker und als Mumienrestaurator leistete er großartige Arbeit. Deshalb besorgten wir ihm die Unterlagen, um die er uns bat.«

»Verstehe. Seit wann hat er hier gearbeitet?«

»Seit ungefähr vierzehn Tagen.«

»An welchem Punkt seiner Arbeit war er gerade?«

»Er trug Fakten zusammen und ordnete sie. Er notierte sich alles in seinem Laptop. Mit der Arbeit am Körper des Heiligen hatte er noch nicht begonnen.«

»Wann haben Sie ihn zum letzten Mal gesehen?«

»Am Morgen seines Todestages. Er sagte, er brauche uns nicht, er werde den ganzen Nachmittag in der Kapelle verbringen und erst spät fertig werden und dass er dann abschließen werde, wie er es in diesen Fällen immer tat.«

»Haben Sie darauf geachtet, ob die Kapellentür zur Straße abgeschlossen war?«

»Nein, habe ich nicht.«

»Hat er Ihnen gesagt, dass er sie aus irgendeinem Grund aufschließen würde?«

»Er hat die Tür nicht erwähnt.«

»Hat er sie schon einmal aufgeschlossen?«

»Soweit ich weiß, nein.«

»Haben Sie etwas Besonderes an ihm wahrgenommen?«

»Wie meinen Sie das?«

»Fanden Sie ihn nervös, traurig, müde, oder hat er irgendetwas Ungewöhnliches gesagt?«

»Nein. Bruder Cristóbal war ein stiller Mann, sehr höflich, geduldig und sorgfältig, wie es seine Arbeit erforderte. Er unterlag keinen Stimmungsschwankungen.«

»Wo ist sein Laptop?«

»Haben Sie ihn nicht gefunden?«

»Nicht unter den Dingen hier vor Ort.«

»Haben Sie in seiner Klosterzelle in Poblet nachgesehen?«

»Noch nicht.«

»Dann muss er dort sein, manchmal kam er ohne ihn.«

»Hat er sonst keinerlei Material mitgebracht?«

»Seine Aktentasche und sein Notizbuch.«

»Und wo sind die jetzt?«

»Ich weiß es nicht, Inspectora.« Schwester Domitila wandte sich an die junge Nonne und fragte sie: »Wissen Sie es, Schwester Pilar?«

»Nein, ich weiß es auch nicht.«

»Haben Sie in der Bibliothek nachgesehen? Dort hat er oft gearbeitet. Obwohl die anderen Polizisten schon alles abgesucht haben.«

Garzón und ich sahen uns irritiert an. Die Nonne nickte und drehte sich entschlossen um.

»Ich werde mal nachsehen«, sagte sie, schon im Begriff, den Raum zu verlassen, als ich sie stoppte.

»Augenblick, Schwester, Augenblick! Ich fürchte, dass wir diese Bibliothek inspizieren müssen.«

»Dann müssen Sie die Mutter Oberin um Erlaubnis bitten. Die Bibliothek gehört zum Klausurbereich.«

»Hören Sie, wir ermitteln hier in einem Mordfall, das heißt, alle zum Tatort gehörenden Räume müssen zwangsläufig überprüft werden.«

»Ja, das weiß ich, aber Sie haben Ihre Hierarchie und wir unsere. Sie können bestimmt auch nicht so einfach Ihren

Comisario übergehen und dem Polizeipräsidenten Bericht erstatten, oder?«

»Alle Achtung, Sie sind ja richtig versiert in polizeilichen Dingen!«

»Bevor ich dem Orden beigetreten bin, habe ich gern Krimis gelesen. Keine Sorge, ich bin gleich mit der Erlaubnis der Mutter Oberin zurück.«

Die jüngere Ordensschwester wollte ihr folgen wie ein Schoßhündchen, aber die Archivarin flüsterte ihr zu: »Bleiben Sie hier, Schwester.«

Schwester Pilar schaute schüchtern zu Boden. Ich überlegte, was ich sie fragen könnte, doch Garzón kam mir zuvor, und er tat es nicht im Rahmen der Ermittlungen, sondern fragte sie ganz direkt: »Und seit wann sind Sie Nonne?«

»Ich?«, stammelte sie überrumpelt. »Ich habe freitags am Religionsunterricht teilgenommen und bin schließlich dem Orden beigetreten. Jetzt bin ich dreiundzwanzig und seit vier Jahren Nonne«, leierte sie herunter wie eine oft wiederholte Lektion.

»Und so jung!«, erwiderte Garzón in einem Tonfall, in dem etwas wie Überraschung und Missbilligung mitschwang.

»Ja«, fügte sie etwas irritiert hinzu. »Ich studiere an der Universität.«

»Fein, zumindest gibt es eine gute Ausbildung.«

Ohne zu wissen, worauf sich dieses »zumindest« bezog, und aus Angst, es gleich erfahren zu müssen, brachte ich das Gespräch wieder auf den Fall.

»Was für ein Mensch war Bruder Cristóbal?«

»Sehr nett und sehr fleißig. Er scherzte immer mit mir und sagte, ich solle fleißig lernen.«

»Was studieren Sie?«

»Geschichte, im vierten Semester.«

Sie sah unablässig zu Boden, wenn sie mit uns redete. Mit dieser Schüchternheit durfte sie es an der Universität schwer haben. Als Schwester Domitila zurückkam, sah Schwester Pilar erleichtert auf.

»Schon erledigt, Sie können in die Bibliothek, auch der Subinspector.«

Ich begriff, dass es sich im Falle Garzóns um eine doppelte Ausnahme handelte.

Durch leere Flure folgten wir Schwester Pilar in die Bibliothek. Sie war nicht sonderlich beeindruckend, eher bescheiden. In den offenen Regalen an den Wänden befanden sich die neuen Bücher und die alten in einer verschlossenen Vitrine. Mitten im Raum standen um einen großen, leeren Tisch unbequeme Stühle.

»Hier hat der Bruder gearbeitet, wenn er nicht in der Kapelle war.«

»Und seine Aktentasche?«

»Ist nicht da.«

»Wissen Sie, ob sie jemand weggenommen hat?«

»Die Mutter Oberin sagte, es sei alles so, wie er es hinterlassen hat. Die Tasche ist bestimmt in Poblet.«

»Vielleicht ist sie in der Zelle des Bruders, haben Sie dort nachgesehen? Die müssen wir auch durchsuchen.«

»Bruder Cristóbal ist jeden Abend nach Poblet zurückgefahren.«

»Er war nicht hier untergebracht?«

»Nein, wir dürfen keine Männer unterbringen, Inspectora, auch wenn sie einem religiösen Orden angehören. So sind die Regeln.«

»Das muss ja ziemlich beschwerlich für ihn gewesen sein!«

»Er kam zwei, drei Mal in der Woche und blieb gelegentlich bis spät in die Nacht. Aber er sagte immer, er könne am nächsten Tag ausruhen. Er hätte hier in Barcelona in einem der Klöster anderer Mönchsgemeinschaften übernachten können, aber er stieg lieber in sein kleines Auto und fuhr zurück. Deshalb müssten seine Sachen alle in Poblet sein.«

»Das werden wir dann morgen sehen.«

»Ist es sehr wichtig?« Plötzlich schien Schwester Domitila sich der Wichtigkeit der Ermittlungen bewusst zu werden. »Wenn Sie wollen, kann ich Ihnen die Telefonnummer von Poblet geben, und Sie rufen jetzt gleich an.«

»Das ist nicht nötig. Wir müssen morgen sowieso mit dem Prior sprechen.«

»Wäre es schlecht für Ihre Ermittlungen, wenn Sie die Aktentasche nicht finden?« Ihr Interesse überraschte mich. Ich lächelte sie an.

»Wollen Sie wissen, wie wir arbeiten?«

Sie errötete leicht und lachte auf.

»Entschuldigen Sie, ich bin über Bruder Cristóbals Tod sehr bekümmert, und das sollte das Einzige sein, was mir wichtig ist. Doch wenn ich ehrlich bin, alles, was mit der Polizei zu tun hat, ist so ...«

»Spannend?«

»Das ist das richtige Wort!«

»Es ist viel weniger reizvoll, wenn man sich täglich mit diesen Dingen herumschlagen muss.«

»Kann ich mir vorstellen. Mein Gott, wenn ich den Tod so von Nahem erleben müsste! Sie haben einen schrecklichen Beruf.«

»Kann ich jetzt gehen, Schwester?«, fragte plötzlich die junge Nonne.

»Wenn die Herrschaften nichts mehr von Ihnen wollen ...«

Ich schüttelte den Kopf. Schwester Pilar verließ den Raum, als wünschte sie sich nichts sehnlicher, als zu verschwinden. Ich lächelte Schwester Domitila an.

»Sie ist nicht sehr gesprächig.«

»Die Ärmste hat Angst. Das alles ist zu viel für sie. Ist es zwar für uns alle, aber in ihrem Fall ist es besonders schlimm. Schwester Pilar ist ausgesprochen sensibel. Sie hat keine Familie und ist in einem Erziehungsheim aufgewachsen. An den

Wochenenden kam sie in unseren Religionsunterricht. Wie Sie sehen, ist sie geblieben. Sie ist ein wundervoller, edler Mensch. Und eine ausgezeichnete Studentin, die Mutter Oberin glaubt, dass sie es weit bringen wird.«

»Apropos, glauben Sie, Schwester, dass die Mutter Oberin die Gemeinschaft schon zusammengerufen hat?«

»Ich werde nachsehen. Warten Sie einen Moment.«

Als Garzón und ich allein waren, dachten wir beide das Gleiche und brachten es auch sofort zum Ausdruck. Garzón sprach zuerst, und direkt, wie er ist, klangen seine Worte nachdrücklicher, als ich es formuliert hätte.

»Ich fühle mich wie in einem beschissenen Gefängnis. Wie sollen wir hier ermitteln?«

»Sie haben recht, es ist eine Art Freiheitsberaubung. Unmöglich, sich ohne Erlaubnis zu bewegen.«

»Aber wir sind hier an einem Tatort!«

»Der Tatort ist die Kapelle.«

»Und das ganze Kloster ... Gibt es keinen legalen Weg, um nach Belieben agieren zu können?«

»Ich werde Coronas fragen.«

»Haben Sie diese kesse Nonne gesehen? Sie würde sonst was dafür geben, bei unseren Ermittlungen mitzumischen.«

»Ja, sogar hier gibt es selbsternannte Hilfssheriffs.«

Der Ort der Zusammenkunft der fünfzehn Nonnen war das Refektorium. Dort standen sie beunruhigt in einer Reihe vor dem Esstisch, als sollten sie hingerichtet werden. Ich sah sie mir genauer an. Die meisten waren um die fünfzig, einige älter. Ihr Anblick verursachte mir ein merkwürdiges Gefühl: alle gleich gekleidet, aber von unterschiedlicher Größe und Statur. Es herrschte hermetisches Schweigen. Die Mutter Oberin ergriff das Wort, ihre Autorität war auf diesem Territorium eindeutig größer als unsere.

»Schwestern, Inspectora Petra Delicado und Subinspector

Garzón ermitteln im Mordfall des armen Bruders Cristóbal und im Diebstahl unseres Heiligen. Sie wollen Ihnen Fragen stellen, um die Umstände zu klären. Denken Sie gut nach, bevor Sie antworten.«

Eine dicke und ziemlich betagte Nonne begann verhalten zu weinen und schlug die Hände vors Gesicht. Die Oberin tadelte sie nicht sonderlich heftig, aber mit unleugbarem Nachdruck.

»Schwestern, ich bitte Sie, zum Nutzen dieser Ermittlungen, Ihre Gefühle zurückzuhalten.«

Ihr Stil gefiel mir, sie erwies sich als präzise und unerschütterlich wie ein General. Schade, dass nicht sie detektivischen Versuchungen erlegen war. Ich sagte im Bemühen, gelassen und überzeugend zu klingen: »Schwestern, zunächst muss ich Sie darauf hinweisen, dass alles, was Sie über die letzten Stunden, die Bruder Cristóbal bei Ihnen verbrachte, wissen, von größter Wichtigkeit für uns sein kann. Sagen Sie mir, wer von Ihnen hat ihn zuletzt gesehen?«

Ich spürte, dass etwas nicht stimmte, denn sie wechselten verständnislose Blicke. Die Mutter Oberin schaltete sich wieder ein.

»Wie ich Ihnen bereits sagte, haben nur wenige Bruder Cristóbal überhaupt gesehen.« Sie wandte sich an die Versammelten und erklärte: »Wer ihn kannte oder ihn irgendwann einmal getroffen hat, soll die Hand heben.«

Erhobene Hände von Domitila und Pilar, der Pförtnerin und einer weiteren Nonne, die, wie man mich aufklärte, zuständig für das Putzen war und den Toten gefunden hatte. Ich trat auf sie zu.

»Haben Sie ihn noch vor seinem Tod gesehen?«

Sie nickte, als hätte sie etwas im Hals, das sie nicht sprechen ließ.

»Ich habe ihm um sieben Uhr einen Milchkaffee gebracht.«

»Und als Sie ihn das nächste Mal sahen, war er tot.«

Sie bekreuzigte sich.

»Haben Sie darauf geachtet, ob die Tür abgeschlossen war?«

»Nein, Señora.«

»Hat Bruder Cristóbal etwas zu Ihnen gesagt?«

»Ja, ich solle der Schwester Pförtnerin sagen, dass er wahrscheinlich bis Mitternacht arbeiten müsse.«

»Und das war alles.«

»Ja.«

Ich wandte mich an die gesamte Gemeinschaft.

»Hat eine von Ihnen gesehen, dass die Kapellentür zur Straße offen war?«

Es folgte einmütiges Kopfschütteln mit Hauben.

»Um welche Uhrzeit waren Sie in dieser Nacht in Ihren Zellen?«

»Ab halb zehn«, antwortete die Oberin, ohne zu zögern.

»Keine von Ihnen hat aus irgendeinem Grund nochmals die Zelle verlassen, keine hat etwas Außergewöhnliches getan?«

Schweigen und auf den Boden geheftete Augen waren die einzige Antwort.

»Haben Sie ein merkwürdiges Geräusch gehört, irgendetwas, das Sie erschreckt oder neugierig gemacht hat?«

Weiterhin Schweigen. Hier war wenig zu holen, und zu allem Überfluss kannten wir noch nicht einmal den genauen Todeszeitpunkt. Mir kam eine Lösung in den Sinn.

»Ich gebe Ihnen Zeit zum Nachdenken. Manchmal erinnert man sich erst nach längerem Grübeln wieder. Wir kommen in ein paar Tagen wieder, und sollte Ihnen inzwischen etwas einfallen, das Sie stutzig macht …«

Es folgte rasches Nicken, möglicherweise aus Erleichterung, dass es vorbei war. Die Nonnen kehrten in ihre Zellen zurück, und die Oberin sah uns an.

»Die Befragung war nicht sehr hilfreich, oder?«

»Man weiß nie«, wich ich aus.

»Zeigen Sie uns die Tür zur Straße, Mutter Guillermina, wir wollen sie uns noch einmal ansehen«, bat Garzón.

Erneut mussten wir feststellen, dass die Tür unmöglich von außen zu öffnen war. Hatte tatsächlich niemand gehört, wie zwei Männer die Mumie hinaustrugen? Möglicherweise nicht, das hing auch davon ab, wie vorsichtig das Ganze durchgeführt worden war. Wahrscheinlich hatten zu dem Zeitpunkt, als laut der Obdachlosen der Leichnam aus dem Kloster entwendet wurde, alle tief geschlafen.

Es dauerte noch ein paar Tage, bis die Ergebnisse der Obduktion vorlagen. Die Pathologie rief am Morgen an, als ich gerade das Haus verlassen wollte, und ich informierte Garzón. Wir verabredeten, zusammen zu frühstücken. Rasch verabschiedete ich mich von Marcos, der sich rasierte.

»Liebster, ich bin jetzt weg.«

»Trinkst du nicht mal einen Kaffee?«

»Marcos, dieser Fall ist kompliziert. Außerdem ist die Chefetage ziemlich nervös. Rechne prinzipiell nicht mit mir zum Abendessen, Frühstück oder sonstigen Ritualen eines normalen Lebens. In ein paar Tagen kann ich dir mehr sagen.«

»Werdet ihr den Mörder denn bald haben?«

»Wenn ein Mörder Zettelchen und anderes Zeugs hinterlässt, liegt der Gedanke nahe, dass es länger dauern wird.«

Er zuckte mit den Schultern, und ich glaubte, hinter dem Rasierschaum in seinem Gesicht Resignation zu erkennen. Mir schoss durch den Kopf, dass er zum ersten Mal seit unserer Heirat erleben musste, welche Unannehmlichkeiten der Beruf einer Polizistin mit sich brachte, Unannehmlichkeiten, die jede Alltagsroutine sprengten und das Leben heikler und irrsinniger machten.

Wir hatten uns in einer Cafetería in der Nähe des Leichenschauhauses verabredet. Seit Garzón verheiratet war, hatte sich sein Kleidungsstil einschneidend verändert. Er trug jetzt sportliche Hemden und Hosen, legere Jacken, der Krawatte hatte er abgeschworen und nie wieder einen dieser steifen Anzüge getragen, die ihn in all den Jahren als Witwer ausgezeichnet hatten. Da ich ihn an dem Morgen besonders elegant fand, ließ ich mich dazu hinreißen, es ihm zu sagen. Wie zu erwarten war, reagierte er beleidigt.

»Mein Gott! Bestimmt hat Emilia Sie angerufen und gebeten, mir Komplimente zu machen.«

»Wie können Sie nur so misstrauisch und so grantig sein! Man sieht doch gleich, dass sich Ihr Outfit um Klassen verbessert hat.«

»Mir war lieber, wie ich mich früher angezogen habe. Ich finde, es passt besser zu meinem Alter. Meine Frau glaubt nämlich, ich wäre noch ein junger Bursche wie die Jungs mit Baseballkappe, die überall herumlaufen. Im Anzug zur Arbeit zu gehen, verleiht einem Würde.«

»Wie viele Kollegen kommen denn im Anzug ins Kommissariat?«

»Die sind doch alle jünger als ich! Es ist doch praktisch jeder inner- und außerhalb des Kommissariats inzwischen jünger als ich.«

»Blödsinn!«

»Nichts Blödsinn! Wenn ich weiter auf Emilia höre, laufe ich bald wie diese amerikanischen Polizisten in Lederjacke und Sportschuhen herum, lächerlich!«

Verstimmt, oder vielleicht tat er nur so, bestellte er beim Kellner ein Chorizo-Bocadillo, einen Milchkaffee und ein Croissant.

»Wollen Sie das alles essen?«

»Ja! Vor allem, weil uns niemand garantieren kann, dass wir heute noch mal zum Essen kommen. Außerdem muss ich Ihnen gestehen, dass ich die Sojasprossen und das ganze leichte, gesunde Essen bei uns zu Hause satt habe. Und das alles nur, um Klamotten zu tragen, die mir überhaupt nicht stehen!«

Ich beobachtete, wie er genussvoll in sein Bocadillo biss, und verspürte Lust zu lachen, hielt mich aber zurück.

»Man könnte meinen, Sie wären zutiefst unglücklich in Ihrer Ehe.«

»Das stimmt nicht, Petra, und Sie wissen das. In Wirklichkeit war ich in meinem verdammten Leben noch nie so glücklich. Ich bin es nur nicht gewohnt, dass sich jemand um mich kümmert.«

»Wissen Sie, mir geht es ganz ähnlich. Es ist merkwürdig, ich mag diese Aufmerksamkeiten, aber ich fühle mich auch irgendwie versklavt.«

»Wenn das so ist, dann stellen Sie sich mich als eine Art Sklaven im Sezessionskrieg vor, mit Fußeisen und Kette um den Hals. Emilia kümmert sich um meine Gesundheit, meine Ernährung, mein Aussehen, meinen Gemütszustand ... ich hoffe nur, dass sie bald einer Entwicklungshilfeorganisation beitritt und ihre Beschützerinstinkte dort auslebt.«

Jetzt konnte ich mich nicht mehr beherrschen und musste laut auflachen.

»Lachen Sie nur, lachen Sie mich nur aus. Eigentlich tun Sie sowieso nichts anderes, seit wir uns kennen.«

»Ach was, lieber Kollege. Ich lache, weil Sie so übertreiben und weil ich mich freue, dass Emilia sich so um Sie kümmert. Ohne sie wären Sie ein ...«

»Ein was?«

»Eine Vogelscheuche.«

»Na schön, ich akzeptiere die Vogelscheuche, ich hatte mit Schlimmerem gerechnet. Und warum essen Sie kaum was, wollen Sie kein Bocadillo?«

»Ich bereite meinen Magen lieber auf das vor, was uns erwartet.«

»Dieser Fall hat's in sich, Petra. Ich bin heute Nacht zig Mal aufgewacht und habe gegrübelt. Wo fangen wir an?«

»Am Anfang und vor allem ohne Vorurteile.«

»Ich weiß schon, dass Ihnen diese ganzen Hypothesen von einem religiösen Fanatiker ...«

»Es geht nicht um mich. Noch einen Kaffee?«

»Ich neige eher zu einem Schlückchen Cognac. Sie auch?«

»Vielleicht fällt uns die Konfrontation mit dem Tod dann leichter.«

Wieder einmal würden wir den Tod über das Leben befragen. Der Tod, ein Begriff von großer Tragweite, der beim Öffnen eines Kühlfachs seine Erhabenheit verliert. Angesichts einer gekühlten, in eine Hülle verpackten Leiche, wirkt das Ganze wie ein Industriekühllager, in dem ebenso gut Lämmer liegen könnten, bevor sie in die Metzgerei transportiert werden. Nie werde ich mich an die Kälte gewöhnen, die den Raum zu rein und völlig frei von Gerüchen und Regungen macht. Auch nicht an den Anblick des bedauernswerten Inhalts des Faches, der kaltblütig ausharrt, bis ihn die Lebenden endgültig von dieser Welt verschwinden lassen.

In der Gerichtsmedizin war eine Frau zuständig, Doktor Nuria Port. Sie war ungefähr in meinem Alter und hatte den distanzierten Blick, den die Berufserfahrung mit sich bringt. Sie sagte, sie habe den Bericht im Kopf, aber ich wollte den Körper erst in aller Stille betrachten, bevor ich von den Umständen erfuhr, die ihn zur Leiche gemacht hatten. Sie suchte die Nummer heraus und führte uns zu ihr. Sachte zog sie das Fach und den Reißverschluss der Hülle auf. Mir bot sich der Anblick eines weißen, friedlichen Gesichts mit sanften Zügen, deren einzige Unstimmigkeit die große Adlernase war. Auf beiden Nasenflügeln waren deutlich die Abdrücke einer Brille zu erkennen. Wie gewohnt spürte ich, dass ich in diesem Moment den Fall übernahm. Mönch oder nicht, da lag ein Mann von knapp vierzig Jahren, tot, absurderweise tot, denn es gibt keinen gewaltsamen oder natürlichen Tod, der, von Nahem betrachtet, nicht absurd wirkt, auch keinen Menschen, der nicht für immer am Leben bleiben sollte. Ich schloss die Augen, um seinen Anblick in meinem Gehirn zu speichern. Wenn später die Lust an der Arbeit nachließe, wenn die Ermittlungen routinierter und unpersönlicher wurden und sich in sinnloses Kopfzerbrechen verwandelten, würde ich dieses Bild wieder heraufbeschwören. Nein, alles begann hier, mit diesem leblosen Mann, der noch immer den Brillenabdruck auf der eleganten, bläulich angelaufenen Intellektuellennase hatte.

Garzón war an mein langes Meditieren angesichts von Toten gewöhnt, aber Doktor Port räusperte sich. Sie lebte mit dem Tod, und trotzdem gestaltete sich ihr Arbeitsalltag ausgesprochen lebendig. Ich drehte mich um, als erwachte ich aus einem Traum. Sie begann ihren Bericht vorzulesen: »Person kaukasischer Abstammung. Ungefähr vierzig Jahre alt. Zum Todeszeitpunkt wies sie ...«

Ich unterbrach sie müde.

»Bitte, Frau Doktor, warum ersparen Sie uns nicht die schreckliche Pathologensprache, wenn Sie die Einzelheiten auswendig kennen, wie Sie sagten?«

Sie sah mich eher neugierig als verärgert an. Und hatte allen Grund dazu, denn ich benahm mich wie eine Künstlerin, die sich beim Nachdenken gestört fühlt. Ich korrigierte mich nicht sonderlich würdevoll.

»Dieser Tote hat mich beeindruckt. Er war Mönch, wussten Sie das?«

»Natürlich weiß ich das! Da draußen sitzt noch einer und hält Totenwache. Wir fordern ihn abends, wenn wir schließen, zum Gehen auf. Sie wechseln sich ab. Nur bei Zigeunerfamilien habe ich bisher eine derartige Achtung ihrer Toten erlebt.«

»Berichten Sie uns von der Obduktion, Frau Doktor.«

»Da gibt's nicht viel zu berichten. Er war gesund und starb an den Folgen eines kräftigen Schlages auf den Hinterkopf. Der Schlag wurde mit außergewöhnlicher Kraft ausgeführt, mit einem stumpfen Gegenstand. Anhand des Ortes der Prellung und der Form der Fraktur wurde er von leicht oben ausgeführt. Das bedeutet, dass der Mörder wahrscheinlich ein kräftiger und ziemlich großer Mann war, zumindest größer als das Opfer, das auch schon ein Meter achtundsiebzig ist.«

»Schließt das eine Frau aus?«

»Sollte es eine gewesen sein, muss es sich unter körperlichen Gesichtspunkten um eine außergewöhnlich starke Frau handeln, denken Sie an eine Gewichtheberin oder so was.«

»Verstehe. Im Prinzip müssen wir also eher von der Möglichkeit ausgehen, dass es ein Mann war.«

»So ist es. Außerdem wurde der Schlag von links nach rechts ausgeführt.«

»Ein Linkshänder?«

»Das lässt sich nicht zweifelsfrei sagen. Es gibt Leute, die schlagen lieber mit der anderen Hand zu. Jedenfalls gibt es keinerlei Spuren eines Kampfes, aber da der Mann von hinten erschlagen wurde, heißt das nur, dass er vielleicht überrascht wurde, vielleicht von einem Bekannten, dem er geöffnet hat und der ihn angriff, als er ihm den Rücken zudrehte.«

»Das können Sie nicht herausfinden?«

»In manchen Fällen hat das Opfer versucht, sich umzudrehen, was man an der gespannten Muskulatur nachweisen kann. Aber dieser Mann wurde geschlagen und fiel einfach um, er prallte mit der Nase auf den Boden. Es gibt noch andere Spuren des Aufschlags und Abschürfungen an Stirn und Kinn, eine Folge des Sturzes.«

»Haben Sie den genauen Todeszeitpunkt bestimmen können?«

»Um drei Uhr nachts vergangenen Donnerstag.«

»Gibt es noch etwas, das wir wissen müssen?«

»Es steht alles im Bericht. Aber Sie können mich anrufen, wenn Sie noch Fragen haben.«

»Wo ist der Mönch, der die Totenwache hält?«

Sie schnaubte ungehalten.

»Im Besucherraum. Ich möchte, dass die Leiche abgeholt wird. Das geht zu weit. Auch wenn die armen Männer sich ruhig verhalten, stören sie, wenn sie sich ablösen; dann klopfen sie, man muss ihnen öffnen, sie hereinführen ... Außerdem ist es lästig, wenn sie hier herumlaufen. Und wozu? Heißt es im Christentum nicht, dass die unsterbliche Seele den Körper verlässt, wenn wir gestorben sind? Wozu also wollen sie stundenlang einem Stück Fleisch Gesellschaft leisten?«

»Na ja, das ist ein schöner Brauch zum Ausdruck von Mitgefühl, wenn man es recht betrachtet. Wenn ich sterbe, wird wohl niemand bei mir Totenwache halten.«

»Klar, Inspectora, bei mir auch nicht! Nicht mal mein Hund wäre so treu. Mitgefühl ist besser, wenn man es im Leben erfährt.«

Sie führte uns zum Besucherraum und verabschiedete sich mit einem festen Händedruck von uns, bevor sie die Tür öffnete und einen Blick hineinwarf.

»Jetzt ist wieder das alte Männchen dran. Er ist ein bisschen schräg, stört aber nicht. Er liest den ganzen Tag in der Bibel. Alle, die herkommen, sind alt, man schickt wohl nicht die Begehrtesten der Bruderschaft zur Totenwache. Vermutlich schafft man sie sich für ein Weilchen vom Hals. So schlagen sie zwei Fliegen mit einer Klappe.«

Sie entfernte sich mit ausladenden Schritten und wehendem Kittel. Garzón flüsterte mir ins Ohr: »Ganz schön brutal, die Frau Doktor.«

»Ich nehme an, wenn man so eng mit dem Tod zusammenarbeitet, sieht man das Leben gnadenlos realistisch. Es ist eine Art Schutzmechanismus.«

Bei unserem Eintreten stand das mindestens hundert Jahre alte Mönchlein leichtfüßig auf. Er war kaum größer als ein Meter fünfzig und sagte uns lächelnd mehrfach Guten Tag. Als ich uns vorstellte, lächelte er weiter ausdruckslos, eher wie ein Buddhist als ein Zisterziensermönch.

»Kannten Sie Bruder Cristóbal?«

»Bruder Cristóbal, ja. Er ist bei Gott, Gott wacht über ihn.«

»Wir fahren gleich in Ihr Kloster in Poblet, Bruder, und würden vorher gern ein wenig mehr über den Verstorbenen erfahren, wie er war, ob er Vorlieben hatte …«

»Bruder Cristóbal ist bei den Engeln, die Engel des Herrn haben ihn in seinem heiligen Schoß aufgenommen.«

»Es ist zwecklos«, murmelte der Subinspector. »Er ist taub wie eine himmlische Friedhofsmauer.«

Wir verabschiedeten uns mit ebenso wiederholtem freundlichem Kopfnicken wie er. Wieder draußen, sagte ich zu meinem Kollegen: »Ich glaube, er hat uns ganz genau verstanden, er hat nur keine Erlaubnis von seinem Prior, mit uns zu sprechen.«

»Was soll's, was hätte er uns schon sagen können …«

»Ich würde mich lieber nicht so ganz unvorbereitet in die Höhle des Löwen begeben. Ich finde es nämlich überhaupt nicht witzig, von einem Kloster ins nächste zu ziehen. Das macht die Sache nicht leichter. Ach ja, rufen Sie Coronas an, und sagen Sie ihm, dass wir nach Poblet fahren.«

»Wäre es nicht besser, vorher diese Zeugin, die Obdachlose, zu befragen, Inspectora?«

»Eins nach dem anderen, Garzón, dieser Fall hat viele Fronten, und wir stoßen spät dazu. Aber wenn es Sie beruhigt, sagen Sie Yolanda Bescheid, sie soll versuchen, die Frau zu finden und sie für heute am Spätnachmittag einzubestellen. Sollten wir noch nicht zurück sein, dann für morgen.«

Er gehorchte entzückt, und dann machten wir uns auf den Weg zu unserem Ausflug.

3

Ich hatte das Kloster von Poblet schon öfter besucht. Das Gebäude hatte immer einen sehr vornehmen Eindruck auf mich gemacht. Wenn man durch das alte Gemäuer den ersten Innenhof betritt, taucht man in eine Art außergewöhnlichen Frieden ein, der jedem Stein etwas Heiliges verleiht. Es ist, als wäre man kein Fremder, als gehörte man hierher und würde alle Sorgen eines kulturell interessierten Besuchers oder einfachen Touristen hinter sich lassen. Man strahlte selbst etwas Harmonisches und Überirdisches aus.

Da das Areal sehr groß war, steuerten wir die nächstbeste Tür an, in der Hoffnung, jemanden anzutreffen. Unter den Zypressen schlichen ein paar Katzen herum und musterten uns gelangweilt. Garzón war ergriffen.

»Ich bin beeindruckt.«

»Waren Sie noch nie hier? Ist wirklich imposant! Es gibt drei große Areale, und das Kirchenportal ist unglaublich schön. In diesen Gemäuern dürfte es einem nicht schwer fallen, ein heiliges Leben zu führen. Golf kann man hier natürlich nicht spielen.«

Er warf mir mit zusammengekniffenen Augen einen boshaften Blick zu, ließ sich aber nicht provozieren.

»Und was für Mönche sind das?«

»Zisterzienser.«

Wir klingelten an einer Seitentür, und nach längerem Warten öffnete uns ein junger Mönch im weißen Ordenskleid. Ich stellte uns vor, und der Geistliche beschränkte sich auf ein Nicken.

»Folgen Sie mir bitte«, sagte er schließlich.

Da die Gemeinschaft über unseren Besuch informiert war, gestaltete sich alles viel einfacher als erwartet. Ein paar Minuten später tauchte ein großer und hagerer Mönch um die sechzig auf, der wirkte, als wäre er von Geburt an Ordensbruder gewesen. Ich glaubte, er wäre der Abt, doch er belehrte mich gleich eines Besseren.

»Ich bin Bruder Magí. Der Abt ist zu einem Konvent der Zisterziensermönche nach Frankreich gereist. Er hat mich autorisiert, Sie zu empfangen und Ihnen in allem behilflich zu sein.«

»Wissen Sie, Bruder, wir würden gern mit jemandem sprechen, der eine engere Beziehung zu dem Verstorbenen hatte, also möglichst viel über Bruder Cristóbal weiß.«

»Das habe ich mir gedacht. Deshalb habe ich Sie empfangen. Ich bin zuständig für unsere Bibliothek. Bruder Cristóbal und ich haben oft zusammengearbeitet. Sie können sich vorstellen, dass wir alle fassungslos sind. Wie ich schon Ihren Kollegen sagte, können wir Ihnen in diesem schrecklichen Fall kaum weiterhelfen, aber ...«

»Bruder Magí, bevor Sie weitersprechen, eine wichtige Sache müssen wir sofort wissen: Ist Bruder Cristóbals Computer hier, seine Arbeitsunterlagen über die Besuche bei den Herz-Jesu-Schwestern?«

»Es gibt ein paar Dinge in seiner Zelle. Doch ich kann mit Bestimmtheit sagen, dass der Computer nicht dabei ist. Er hat ihn bei seiner letzten Fahrt mitgenommen.«

Garzón und ich wechselten einen Blick zwischen gegenseitigem Einverständnis und Enttäuschung. Einerseits konnten wir der Datenbank, in der wir vielleicht einen Hinweis hätten finden können, Lebewohl sagen, andererseits ließ das vermuten, dass der Mönch aus irgendeinem Grund, der mit seiner aktuellen Arbeit zu tun hatte, ermordet worden war. Und wenn das stimmte, waren Bruder Magí und Schwester Domitila die idealen Gesprächspartner. Ich sah mich schon an der Spitze einer Bruderschaft aus Detektiven von Gottes Gnaden.

»Wir müssen Bruder Cristóbals Zelle sehen, Bruder Magí, und ich vermute, dazu müssen Sie erst die Erlaubnis einholen, also ...«

»In Abwesenheit des Abts bin ich autorisiert, Ihnen, soweit ich es vermag, behilflich zu sein, nur ... Da Sie eine Frau sind, müsste ich vorher die Mönche über Ihre Anwesenheit unterrichten, damit sie sich angemessen zurückziehen können. Es ist wirklich kein Problem, aber da es sich um den Klausurbereich handelt ... Warten Sie hier, es dauert nicht lange.«

»Was, zum Teufel, hat dieser Mönch herausgefunden, dass man ihn so brutal umlegt?«

»Achten Sie auf Ihre Wortwahl, Garzón, wir befinden uns hier auf heiligem Boden, und ich hätte nur ungern Probleme diplomatischer Art.«

»Aber dieser heilige Boden ist ein Minenfeld: Besuchserlaubnis, die Mönche warnen, damit sie sich zurückziehen ... im Grunde der ideale Ort für einen Mord.«

»Der Rahmen stimmt, aber was ist mit dem Motiv? An diesem Ort bleiben die Bedürfnisse der Welt außen vor, welchen Grund zum Töten gibt es dann noch?«

»Was nennen Sie denn Bedürfnisse der Welt?«

»Sie wissen schon. Die Welt, der Teufel und das Fleisch. Mit anderen Worten: Liebe, Sex, Geld, Macht ... Nun ja, all das Interessante eben.«

»Man muss bescheuert sein, wenn man auf all das freiwillig verzichtet. Und was hat man davon?«

»Frieden, die Vereinigung mit Gott ... Ich fürchte, ich bin nicht die Richtige, um Ihnen das zu erklären. Und um ehrlich zu sein, ich verstehe es auch nicht.«

Bruder Magí kehrte mit verhaltenem Lächeln zurück.

»Folgen Sie mir bitte.«

Als wir durch das schöne Kloster gingen, fragte ich ihn nach der Organisation des Ordens.

»Wir sind Zisterziensermönche und halten uns an die

Ordensregeln der Benediktiner, obwohl wir nicht direkt zu ihnen gehören. Die Benediktiner tragen ein schwarzes Ordenskleid und wir ein weißes. Die Maxime unserer Organisation ist einfach: Ora et labora. Wir beten vier Mal am Tag, das erste Mal um vier Uhr morgens.«

»Donnerwetter!«, entfuhr es Garzón schon gemäßigter. »Ein bisschen früh, oder?«

»Das ist ein erstes und angenehmes Treffen mit Gott. Man gewöhnt sich schnell daran.«

»Dazu bedarf es sicher großer Selbstdisziplin. Denn wenn man den ganzen Tag vor sich und nicht viel zu tun hat ...«

»Es gibt durchaus einiges zu tun, Subinspector. Bedenken Sie, dass wir Mitglieder dieser Gemeinschaft Selbstversorger sind. Damit sind wir gut beschäftigt.«

Garzón schüttelte wenig überzeugt den Kopf, er verglich die angeblichen Beschäftigungen der Mönche bestimmt gerade mit seiner Polizeiarbeit. Wir waren in einen Flur gelangt, in dem sich zu beiden Seiten einfache Holztüren aneinanderreihten. Der Mönch öffnete eine und ließ uns mit feierlicher Miene – als wäre ihm gerade wieder Bruder Cristóbals Tod in den Sinn gekommen – eintreten. Es handelte sich um einen kargen Raum mit einem Bett, einem Schrank und einem kleinen Arbeitstisch. Durch ein schmales Fenster konnte man ein Stück Himmel sehen. Diese Kammer verströmte Ruhe und erinnerte eher an ein Studentenzimmer als an eine Klosterzelle. Auf dem Tisch lag ein Stapel Papiere. Ich sah sie durch.

»Gehört das zu seiner Arbeit an dem Heiligen?«

Bruder Magí überflog den ersten Absatz.

»Ja, ich glaube schon.«

»Hat er mit Ihnen über seine Fortschritte gesprochen?«

»Er hielt mich nicht ständig auf dem Laufenden, aber manchmal tauschten wir Eindrücke aus.«

»Hat er Ihnen etwas Wichtiges gesagt, etwas Ungewöhnliches, etwas, das ... ich weiß nicht, wie ich es ausdrücken soll.«

»Etwas, das seine Ermordung erklären könnte? Das meinen Sie doch nicht ernst, Inspectora. Welche Information über eine mittelalterliche Mumie könnte diesen entsetzlichen Tod erklären?«

»Irgendein Geheimnis, irgendeine Enthüllung, die jemandem unangenehm werden könnte.«

»Diese Art Geheimnisse existieren nicht, Inspectora. Das sind Volkslegenden über Klöster.«

»Ich bin ganz Ihrer Meinung, möchte Sie aber daran erinnern, dass dieser Heilige entwendet wurde. Er könnte also für jemanden von großem Wert sein.«

»Es kann sich auch um einen schlichten Bubenstreich handeln, eine Schändung. Es wurden schon öfter aus einer Laune heraus Gräber geschändet.«

»Der heilige Asercio de Montcada wurde mit größter Vorsicht aus dem Kloster getragen.«

Sehr weltliche Neugier verdrängte unvermittelt den metaphysischen Gleichmut in Bruder Magís intelligenten braunen Augen.

»Woher wissen Sie das?«

»Es gibt einen Zeugen, der beobachtet hat, wie die Mumie in einen Lieferwagen geladen wurde. Das ist im Moment unser einziger Anhaltspunkt.«

»Ich fasse es nicht! Wozu stiehlt man denn einen mumifizierten Heiligen?«

»Wenn wir das wissen, sind wir der Lösung des Falls sicher schon sehr nahe. Fällt Ihnen ein Grund ein?«

»Keiner. Das ist absurd, völlig verrückt.«

»Gibt es einen Schwarzmarkt für Mumien, ähnlich wie für religiöse Objekte und archäologische Funde?«

»Ganz bestimmt nicht. Es gibt internationale Netzwerke, die mit sakralen Kunstobjekten handeln, das wissen Sie besser als ich, aber eine Mumie? Für eine Mumie könnte sich nur ein Museum interessieren, aber welches Museum würde die Beute eines Raubmordes ausstellen?«

»Vielleicht ein ausländisches Museum, in einem fernen Land.«

»Und wie bringt man die Mumie außer Landes? Mit dem Lastwagen?«

»Das ist nicht das Problem; das Problem ist, dass wohl kein Museumsdirektor, so verrückt er auch sein mag, für ein nur mäßig bedeutsames weiteres Stück in seiner Sammlung töten würde. Das ergibt keinen Sinn.«

Garzón war dabei, Bruder Cristóbals Unterlagen durchzusehen. Plötzlich fuhr er hoch.

»Schauen Sie, Inspectora, die müssen von dem Heiligen sein.«

Er reichte mir mehrere Fotos, auf denen Bruder Asercio in seiner Mauernische abgebildet war. Er war kaum mehr als ein in ein halb verfaultes Mönchsgewand gehüllter Schatten seiner selbst. In den fast nur noch aus Knochen bestehenden Händen hielt er einen hölzernen Rosenkranz. Garzón starrte ihn angewidert an.

»Schauen Sie, das ist eine Nahaufnahme. Der sieht ja vielleicht aus!«

Ich räusperte mich lautstark, um ihn auf sein Fehlverhalten hinzuweisen. Ungeschickt versuchte er, sich zu korrigieren.

»Ich meine, er sieht aus wie von Motten zerfressen.«

Bruder Magí sagte unerschütterlich, als hätte er nichts gehört: »Die Mumie war tatsächlich in sehr schlechtem Zustand. Das war einer der Gründe, weshalb sich Bruder Cristóbal mit ihr befasste. Abgesehen von der Restaurierung sollte er ihre Geschichte erforschen, da sie Lücken aufwies.«

»Das wissen wir, Bruder. Ich glaube, es wäre gut, ein Arbeitstreffen mit Ihnen und Schwester Domitila von den Herz-Jesu-Schwestern zu organisieren. Wir könnten alle zusammen die Schlussfolgerungen erörtern, zu denen Bruder Cristóbal gelangt ist.«

»Geben Sie mir einen Tag vorher Bescheid, ich komme gern dafür nach Barcelona. Aber lassen Sie uns jetzt gehen. Wenn Sie noch einen Augenblick Zeit haben, würde ich Ihnen gern unsere Kirche zeigen.«

Als wir nach dem Anblick der wunderschönen Fassade mit der goldenen Tür vor dem Altarbild von Damiá Forment standen, hörte ich den Subinspector endlich passenderweise rufen: »Mein Gott, was für ein Schmuckstück!«

Anschließend gingen wir durch den majestätischen Kreuzgang. Kurz vor dem Brunnen fragte ich unseren Gastgeber: »Was für ein Mensch war Bruder Cristóbal?«

»Ein sehr freundlicher Mensch und sehr gebildet. Er arbeitete viel und war sehr mit seinen Forschungen beschäftigt.«

»Wurde er in der Gemeinschaft geschätzt?«

»Er wurde ... von der Gemeinschaft verehrt! Er war immer hilfsbereit und gefällig. Er sorgte sich um den Gesundheitszustand der älteren Brüder, er war stets guter Laune. Ich kann Ihnen versichern, dass er sehr beliebt war und dass die Nachricht von seinem Tod für uns alle schrecklich ist, wir beten für seine Seele.«

»Seine Familie ... Ich darf doch annehmen, dass sie unterrichtet wurde?«

»Selbstverständlich.«

»Könnten Sie mir die Adresse geben.«

»Er stammte aus dem Ebro-Delta. Die Mossos d'Esquadra haben die Anschrift schon, aber ich gebe sie auch Ihnen.«

Auf der Rückfahrt zeigte sich Garzón überwältigt.

»Was für ein schönes Kloster, grandios, ein höchst elegantes Bauwerk !«

»Hören Sie auf, den Touristen zu spielen, und sagen Sie mir, was Sie von dem Gespräch mit dem Mönch halten.«

»Wenig Interessantes, Inspectora. Keiner weiß, warum, zum Teufel, ausgerechnet dieser Mönch dran glauben musste, geschweige denn, wer die hässlichste Mumie, die es je auf Erden gegeben hat, mit nach Hause genommen hat.«

»Rufen Sie Yolanda an. Sagen Sie ihr, dass wir in knapp zwei Stunden die Zeugin befragen wollen, falls sie sie gefunden hat, und dass sie das Verhörzimmer vorbereiten soll.«

Ich warf einen schrägen Blick auf den Subinspector. Seit seiner Heirat war er viel besserer Laune. Wenn sich früher ein Fall als besonders kompliziert erwiesen hatte, fluchte er immer wie ein Kutscher, wenn er etwas in die Wege leiten sollte. Jetzt war das anders. Er war weniger eifrig bei der Sache, ging aber wesentlich natürlicher mit der Arbeit um. War es tatsächlich so, dass stabile Beziehungen zu größerem Gleichgewicht in unserem Leben führten? Allerdings war das die Theorie, die verliebten Generälen eine gute Strategie, in Liebe entflammten Künstlern die Genialität und Polizisten mit erfülltem Liebesleben den Scharfblick absprach. Und das durfte nicht sein. Ich glaube, in dem Augenblick nahm ich die Herausforderung des Mordfalles in seinem ganzen Ausmaß an und versprach mir selbst, dass wir ihn lösen würden, auch wenn ich eine Zeit lang die anderen Facetten meines Lebens vernachlässigen müsste.

In meine Gedanken vertieft, schenkte ich der Tatsache, dass Garzón beim Telefonieren mit Yolanda schon drei Mal »So ein Scheiß!« wiederholt hatte, keine Beachtung. Dann sagte er »Einverstanden« und legte auf.

»Sie findet die Obdachlose nicht.«

»So ein Scheiß!«

»Sag ich doch. Yolanda muss aber noch in der Unterkunft nachfragen, wo sie manchmal übernachtet. Sie ist gerade auf dem Weg dorthin.«

»Rufen Sie sie noch mal an. Sagen Sie ihr, sie soll Sonia mitnehmen und mit ihr, wenn nötig, jedes Haus in der Stadt abklappern, aber sie müssen sie finden.«

Er gehorchte. Dann fragte er mich: »Halten Sie diese Frau für so wichtig?«

»Wir haben keine anderen Zeugen für den Abtransport der Mumie.«

»Aber ihre Aussage ist nicht besonders zuverlässig.«

»Und wenn schon, sie ist die einzige! Außerdem wurde sie bei der Aufnahme des Falls sicher nur so am Rande befragt, nicht so eingehend wie bei einem regulären Verhör.«

Ich sah, wie er skeptisch mit den Schultern zuckte, und wir schwiegen.

Im Kommissariat wurden wir bereits sehnsüchtig erwartet. Der wachhabende Polizist Domínguez eilte auf mich zu, kaum dass wir in der Tür auftauchten.

»Inspectora, Comisario Coronas hat gesagt, Sie sollen sofort in sein Büro kommen, wenn Sie zurück sind.«

»Ist gut, Domínguez. Sie haben mir den Befehl weitergegeben, jetzt ist es meine Sache, ob ich ihn befolge oder nicht.«

Der arme Domínguez, von Natur aus zahm und freundlich, litt immer unter meinen Antworten solchen Kalibers. Einen Augenblick stand er ratlos an der Gabelung in Sachen Pflichterfüllung, die sich plötzlich vor ihm aufgetan hatte. Er entschied sich für den kürzeren Weg.

»Wie Sie meinen, Inspectora.«

Ich sah Garzón an und flüsterte ihm zu: »Gehen Sie und schauen Sie nach Yolanda und Sonia. Es reicht, wenn ich meine Zeit im Büro des Chefs verschwende. Sobald Sie etwas vom Aufenthaltsort der Zeugin wissen, melden Sie sich bei mir.«

In aller Seelenruhe betrat ich mein Büro und vertiefte mich in die kenntnisreichen Ausführungen des verstorbenen Bruders Cristóbal. In den Notizen seiner historischen Forschungen war die Rede vom heiligen Asercio und dem Versuch, die jeweiligen Etappen zu rekonstruieren, die der angeblich unversehrte Leichnam hinter sich hatte. Ich las die unvollendeten Schlussfolgerungen: In der Kathedrale von Girona befinden sich Dokumente aus dem Jahr 1423, in denen die Lebensumstände von Bruder Asercio de Montcada beschrieben sind, dass er sehr fromm war und dass sich sein Ruf als Wohltäter in der ganzen Region und später im ganzen Königreich verbreitete. Später fanden wir in einem Schriftstück aus dem Jahre 1619, das sich im Archiv der Diözese Barcelona befindet, eine höchst wichtige Denkschrift. Darin geht es um den Prozess gegen drei Geistliche, die im Mai desselben Jahres in einer »nächtlichen Aktion« in einer (nicht genannten) Kirche einen mumifizierten Körper ausgegraben hatten. Laut den Ermittlungen jener Epoche könnte es sich um die Mumie von Bruder Asercio gehandelt haben. In dem Legat steht nichts über das Motiv der Geistlichen, die Mumie zu entwenden, obgleich in der Gerichtsakte hervorgehoben wird, dass der bekanntermaßen heilige und unversehrte Leichnam in einer kleinen Kapelle ausgestellt werden sollte, die sakraler Besonderheiten zur Anziehung von Gläubigen entbehrte.

Ich musste den Absatz mehrmals lesen, um richtig zu verstehen, was gemeint war. Also war dieser Asercio nicht zum ersten Mal zur Diebesbeute geworden. Und das nur, um zu einer – euphemistisch genannten – »sakralen Besonderheit« zu werden, etwas, was im heutigen Sprachgebrauch »Touristenattraktion« heißt. Möglich, dass sich die Welt ständig weiterentwickelte, doch die Beweggründe der verschiedenen Gesellschaften schienen unumstößlich die gleichen zu sein. Ich wusste nicht, wie das Leben des Heiligen verlaufen war, aber seine Abenteuer als Toter klangen spannender als die von Indiana Jones. Ich war neugierig auf das Gesicht des Subinspectors, wenn er das erfuhr.

Auf anderen Seiten der Forschungsarbeit waren sämtliche Zeremonien aufgelistet, die zu Ehren des Heiligen abgehalten worden waren, immer in Klöstern verschiedener religiöser Bruderschaften. Die Informationsquellen dafür waren Archivdokumente aus der Bibliothek der Herz-Jesu-Schwestern.

Schließlich hatte Bruder Cristóbal noch die Arbeitsziele aufgelistet: Bestimmung wichtiger Daten, zurückgelegter Weg der sterblichen Überreste und Erhalt der Mumie. Plötzlich fiel mein Blick auf eine Rubrik mit der kryptischen Aufzählung: 1) Diagnose der Unversehrtheit. 2) Behandlung der Textilien. 3) Untersuchung der Organe, Möglichkeit einer DNA-Analyse. 4) Behandlung der Reste mit COMPLUCAD. Arbeit noch nicht begonnen.

Die von mir vorgeschlagene Expertenrunde mit Schwester Domitila und Bruder Magí schien mehr als notwendig zu sein. Ansonsten mussten wir Hilfe von außen anfordern, doch wer hatte schon bessere Kenntnisse in der Kirchenarchäologie als die Gelehrten im Klerus selbst.

Es klopfte an die Tür. Domínguez steckte kurz seine beachtliche Nase ins Zimmer.

»Inspectora …«

»Sagen Sie ihm, ich komme gleich.«

»Es handelt sich nicht um den Comisario, es ist ein Bericht für Sie eingetroffen.«

Ohne eine Miene zu verziehen, nahm ich ihn entgegen. Beim Hinausgehen erlaubte sich Domínguez den Kommentar: »Aber der Comisario wartet auf Sie, Sie vergessen es doch nicht?«

Ich sah ungeduldig auf, und er war schon verschwunden. Der Umschlag enthielt den Bericht der Spurensicherung über den Zettel mit den gotischen Schriftzeichen, den man bei der Leiche gefunden hatte. Ich freute mich über die klare Sprache, in der er verfasst war:

Das analysierte Dokument ist ein weißes 19 Millimeter Papier in DIN-A4-Format. Üblich auf dem Markt. Auf der Oberfläche gibt es keinerlei Fingerabdrücke, was darauf hinweist, dass es mit Handschuhen angefasst wurde. Die Buchstaben sind schwungvoll und erprobt gezeichnet, weshalb mit geringem Spielraum eines Irrtums behauptet werden kann, dass diese Person über gute Kenntnisse der spätmittelalterlichen gotischen Schrift verfügt.

Besser als nichts, dachte ich, zumindest konnten wir jetzt davon ausgehen, dass dieses Zettelchen das Werk eines Experten war. Aber eines Experten in was? In Schriften, in Geschichte, in Fälschungen? Alles verdichtete sich immer stärker zu einem Labyrinth, in dem man sich leicht verlaufen konnte. Wo anfangen? Nach Auswertung der ersten Hinweise durften wir jedoch auch nicht zu stürmisch in eine bestimmte Richtung loslegen. Ich sah auf die Uhr. Nicht einmal mit der ganzen Kaltblütigkeit der Welt konnte ich den Besuch bei Coronas länger hinausschieben. In dem Moment rief der Subinspector an.

»Schlechte Nachrichten, Petra. Die Zeugin ist nicht aufzufinden. In der Obdachlosenunterkunft hieß es, sie habe seit drei Tagen nicht dort übernachtet.«

»Ist es ungewöhnlich, dass sie so lange nicht auftaucht?«

»Anscheinend ja. Sie ist hin und wieder mal eine Nacht nicht aufgetaucht, aber drei hintereinander ist zu lange, vor allem bei dieser Kälte. Zumindest konnten sie uns sagen, dass die Frau Eulalia Hermosilla heißt und als schwere Alkoholikerin geführt wird. Was sollen wir tun?«

»Kommen Sie mit den beiden Kolleginnen her. Sollte ich nicht in meinem Büro sein, warten Sie dort auf mich.«

Entschlossen machte ich mich auf den Weg in die Höhle des Ungeheuers und klopfte energisch drei Mal an die Tür. Ich wusste, dass er mich zu einem Duell herausfordern würde, und wappnete mich im Geiste für die Schlacht. Das Ungeheuer ging mit ironischem Tonfall auf mich los.

»Wie schön, Sie zu sehen, Petra! Das Ganze fängt ja mehr als bescheiden an! Ich habe weniger Berichte im Computer als ein Broker in Sibirien. Ist es sehr anmaßend zu fragen, womit Garzón und Sie sich eigentlich beschäftigen?«

»Comisario, Sie wissen ganz genau, dass wir den Fall von den Mossos d'Esquadra übernommen haben und dass die erst ganz am Anfang standen. Wir mussten viele Schritte wiederholen, auf die Berichte der Spurensicherung warten ...«

»Genug, genug, ersparen Sie mir Ihre offizielle Rhetorik! Der Polizeipräsident will sofort Berichte auf seinem Tisch sehen. Zudem hält er es für dringend nötig, dass Sie mit dem Pressesprecher reden, damit der dem Reporterschwarm die erbetene Audienz gewährt. Wir müssen handeln, bevor etwas durchsickert und es womöglich heißt, die Mumie hätte den Mönch umgebracht und wäre auf der Flucht. Also, sobald Sie hier fertig sind, gehen Sie zu Enrique Villamagna, dem neuen Pressesprecher.«

»Zu Befehl, Señor. Aber vorher ...«

»Mein Gott, Petra, wenn ich Sie ›Zu Befehl, Señor‹ sagen höre, beschleunigt sich schon mein Puls! Darf man erfahren, was Sie noch wollen?«

»Ich brauche eine Sonderkommission von zwanzig Leuten.«

»Donnerwetter! Wissen Sie, wie viele das sind? Aber da wir gerade dabei sind, warum bitten wir nicht die berittene Polizei von Kanada um Verstärkung? Und wozu brauchen Sie das ganze Bataillon?«

»Die Zeugin, die gesehen hat, wie die Mumie aus dem Kloster geschafft wurde, ist verschwunden, Señor. Wir können sie nicht finden.«

»War das nicht eine Obdachlose? Die kann doch überall sein!«

»Genau das ist das Problem, Señor, dass sie überall sein kann, und ich muss sie dringend befragen.«

»Das haben schon die Mossos d'Esquadra getan, und wie es scheint, ist sie nicht in bester Verfassung, viel mehr wird sie Ihnen auch nicht sagen können.«

»Wir können nicht auf eine eingehendere Befragung verzichten, Señor, schon gar nicht bei einer gerade einsetzenden Ermittlung, deren Umstände bisher wirklich nicht gerade glücklich sind.«

Er fuhr sich mit einer etwas theatralischen Geste verzweifelt über die Augen.

»Ist ja gut, Inspectora, ist ja gut. Ich gebe Ihnen zwanzig Leute für drei Tage. Nicht einen länger. Wenn dabei nichts Neues herauskommt, machen Sie mit Ihrem gewohnten Team weiter.«

»Vielen Dank, Señor. Das ist angemessen.«

»Tun Sie mir den verdammten Gefallen, mich selbst einschätzen zu lassen, was angemessen ist und was nicht, und schreiben Sie endlich die Berichte, aber vorher reden Sie mit Villamagna. Ist das klar?«

»Glasklar, Señor.«

Alles in allem war Coronas kein schlechter Mensch. Hätte ich diese verfluchten Berichte geschrieben, würde er mich in Ruhe lassen. Fressen und gefressen werden. Ich würde den Bericht aufsetzen und sowohl den Comisario als auch den Polizeipräsidenten zufriedenstellen. Und woher bekam ich die Nahrung? Von denjenigen unter meinem Kommando, die mich jetzt in meinem Büro erwarteten. Es war eigentlich ganz einfach. Doch gab es auch Parasiten, die eine Extraration brauchten, für die Presse und die Bevölkerung. Zur Bestätigung dieser Anomalie lief mir im Flur Enrique Villamagna über den Weg. Er war rothaarig wie Judas und fast ebenso dienstbeflissen. Er hatte seinen Posten erst vor wenigen Monaten angetreten und war nicht älter als dreißig. Parallel zum Studium an der Polizeiakademie hatte er sein Examen in Publizistik gemacht. Aus diesem Grund und wegen seines ehrgeizigen Vorhabens, gute Arbeit zu leisten, galt er als Spitzenmann. Was mich an ihm amüsierte war eine Art doppelte Persönlichkeit à la Dr. Jekyll und Mister Hide. Ich meine damit, dass er bei Pressekonferenzen den braven Jungen gab, zielstrebig und rücksichtsvoll, der mit ausgesuchter Höflichkeit Reporterfragen beantwortete. Dafür benutzte er eine sachliche und informative Polizeisprache, die effektiv und modern klang. Zu diesen Anlässen trug er stets tadellose moderne Anzüge, die ihn als Vertreter einer Generation erfolgreicher Führungskräfte auswiesen. Im Kommissariat hingegen, geschützt vor dem Blick der Öffentlichkeit, wirkte er wie ein Hooligan beim Fußballspiel: ausgefranste Jeans, T-Shirts mit frechen Sprüchen und Turnschuhe. Und er nahm kein Blatt vor den Mund. Ich hatte noch nie einen so natürlichen Fall von Janusgesicht gesehen.

Als er mich erblickte, kam er breit grinsend auf mich zu.

»Donnerwetter, die berühmte Petra Delicado! Was bin ich doch für ein Glückspilz: die hübscheste Kollegin, das Schnuckeligste, was die Polizei von Barcelona zu bieten hat.«

»Wie geht's, Villamagna? Schnuckelig oder nicht, ich bin alt genug, um Komplimenten zu misstrauen.«

»Nur keine falsche Bescheidenheit! Anstelle des Polizeipräsidenten würde ich dich auf die Schmierfinken loslassen, um sie über den Fall des religiösen Fanatikers zu informieren, damit die mal sehen, was die Polizei so zu bieten hat.«

»Religiöser Fanatiker? Keine Ahnung, wovon du sprichst.«

»Komm schon, Petra, weich mir nicht aus. Seit das mit dem Mord an dem Mönch bekannt wurde, ist von nichts anderem die Rede.«

»Ich weiß nicht, welcher Idiot das in die Welt gesetzt hat, aber ich kann dir versichern, dass das die falsche Fährte ist.«

Er zückte sein Notizbuch samt Kugelschreiber.

»Gut, dann erzähl mal. Ich bin ganz Ohr, obwohl ...«

»Lass gut sein, Villmagna! Du kannst über den Mord an Bruder Cristóbal berichten und erklären, was er im Kloster der Herz-Jesu-Schwestern gemacht hat. Anschließend lässt du dich weitschweifig über Kunst und Kultur aus, die Eckdaten bekommst du von mir. Du kannst auch verkünden, dass der heilige Bruder Asercio de Montcada verschwunden ist und über mittelalterliche Mumien, Einbalsamierungen, Ausgrabungen in Kirchen und so weiter schwafeln. Zum Schluss fügst du hinzu, dass wir glauben, dass beide Verbrechen zusammenhängen. Raub ist ausgeschlossen, und es gibt einen Zeugen. Das war's.«

»Verdammte Scheiße, Petra, die werden mich kreuzigen! Ist dir klar, was das für Auswirkungen auf die blühende Phantasie des Volkes haben kann? Oh, verschwundene Mumien, oh, hinterrücks gemeuchelte Mönche, Verwünschungen, Geheimnisse, Rache ... Und ich soll den verdammten Reportern eine Geschichtsstunde geben. Die werden mich lynchen!«

»Du kannst ja ein wenig Kirchengeschichte beimischen, über Bruderschaften, *ora et labora*, den Monte Tabor, die Seligpreisungen aus der Bergpredigt ...«

»Ja toll, ich kann ihnen auch *Die zehn Gebote* auf DVD schenken, doch das werden die nicht schlucken.«

»Ist es nicht deine Aufgabe, die Medien auf Distanz zu halten?«

»Keineswegs. Meine Aufgabe ist, dir was aus der Nase zu ziehen, um es der Presse so zu verkaufen, als wäre es viel mehr, und dafür zu sorgen, dass die Polizei gut dasteht.«

»Das ist doch eine Presseerklärung, aus der man etwas machen kann.«

»Diese Presseerklärung ist fader als eine Einladung zum Tee. Wenn ich denen nur das zum Fraß vorwerfe, werden sie sich was ausdenken, oder es wird was durchsickern, weil sie noch den letzten Affen von der Polizei bedrängen werden. Das gibt einen Riesenaufstand.«

»Dann sag ihnen doch die Wahrheit, dass wir nicht die geringste Spur haben, dass wir im Trüben fischen und dass die Mumie an einem unbekannten Ort vergammeln wird, wenn wir so weitermachen.«

Ich ließ ihn stehen, und er maulte vor sich hin. Religiöser Fanatiker! Besonders einfallsreich waren die Schmierfinken, wie er sie nannte, nicht. Aber so war das nun mal, dem kriminellen Alltag in Spanien fehlte es an aufsehenerregenden, originellen Fällen, und wenn man das so beließ, würde es nicht lange dauern, bis etwas durchsickerte oder die Presse sich etwas ausdachte, wie Villamagna zu Recht behauptet hatte. Er brauchte hin und wieder ein wenig Futter, das er der Journaille in den Rachen werfen konnte.

Ich nahm mir vor, mich trotz dieses zusätzlichen Problems nicht von meinen dringenden Aufgaben ablenken zu lassen, und steuerte mein Büro an. Die Tür war nur angelehnt. Ich spitzte die Ohren und konnte hören, wie sich Yolanda und Sonia beschwerten. Es ging um die auszufüllenden Formulare, deren Anzahl in letzter Zeit deutlich gestiegen war. Wie über jede neue Maßnahme, die Zusatzarbeit bedeutete, waren die Kollegen darüber nicht gerade erfreut. Und nicht so helle Köpfe wie Sonia hatten ständig Probleme mit der Bürokratie. Sie war am Rande der Verzweiflung.

»Also, noch mal, Yolanda: Wenn ich einen Minderjährigen aufgreife, der allein auf der Straße herumlungert, benutze ich das Kästchen C, aber wenn es nicht das erste Mal ist, welches Kästchen fülle ich dann aus? Das der minderjährigen Wiederholungstäter?«

Ich trat unvermittelt ein, und beide verstummten.

»Ich sehe, Ihr habt es nicht leicht.«

Yolanda antwortete prompt: »Halb so schlimm, Inspectora. Es nervt nur manchmal. Diese ganzen Vordrucke sind verdammt kompliziert. Manchmal würde man am liebsten auf eine Festnahme verzichten, weil man nicht weiß, in welches Kästchen man sie später eintragen soll. Und das alles nur, damit die Politiker in ihren Reden mit Zahlen um sich werfen können!«

»Eigentlich bist du zu jung, um so über die Politiker zu reden. Zudem müsstest du wissen, dass Statistiken wichtig sind.«

»Ja, Inspectora«, antwortete sie darauf wie ein Marine-Infanterist.

»Wo ist der Subinspector?«

»Hier«, trällerte Garzón im Türrahmen. »Ich war mal kurz für kleine Jungs, mit Verlaub.«

Sonia lachte albern auf.

»Ich will wissen, wie die Suche nach der Zeugin abgelaufen ist.«

»Wir haben alle Orte, an denen sie sich normalerweise aufhält, abgesucht und dort nachgefragt. Wir waren in der Obdachlosenunterkunft, wo uns gesagt wurde, dass sie die letzten drei Nächte nicht aufgetaucht sei, was die Leiterin merkwürdig fand. Wir haben außerdem erfahren, dass sie gewöhnlich auch im Stadtteil Born anzutreffen ist, wo sie in letzter Zeit aber niemand gesehen hat. Sie ist auch nicht mehr an dem Ort gegenüber dem Kloster der Herz-Jesu-Schwestern aufgetaucht, von wo aus sie den Abtransport des Heiligen beobachtet hat.«

»Gut. Ich möchte, dass ihr beiden von jetzt an in diesem Fall mitarbeitet.«

Sonia war weder besonders helle noch eine gute Schauspielerin, sodass sie sofort jubelte: »In dem Mumienfall, wie toll!«

Ich entschädigte sie mit einem Blick, der ihr das Blut in den Adern hätte gefrieren lassen sollen, aber sie hatte noch Schwung für einen neuen Versuch und säuselte: »Ich meine, alle Welt spricht davon, und es heißt, das sei ein Mord wie im Kino, wie in *Der Fluch der Mumie* und ich …«

»Von wegen *Der Fluch der Mumie*! Das ist ein verdammt ernst zu nehmender Mordfall, in dem wir ermitteln, und Schluss. Comisario Coronas stellt uns drei Tage lang eine Soko von zwanzig Leuten zur Seite, um diese Zeugin zu finden. Ihr beiden tragt die täglichen Berichte der Kollegen zusammen.«

»Eine Soko von zwanzig Leuten? Ich glaub's nicht!«, rief Garzón und imitierte Sonia: »Wie toll!«

»Ich fände es toll, wenn Sie mich nicht ständig unterbrechen würden. Erstellen Sie eine Liste der Orte, die Eulalia Hermosilla regelmäßig aufsuchte oder die im Allgemeinen von Obdachlosen aufgesucht werden, insbesondere, wenn sie in der Nähe von Klöstern liegen. Es versteht sich von selbst, dass keine von euch beiden, ebenso wenig wie die Leute von der Soko, Informationen über den Verlauf der Ermittlungen erhalten. Sollte mir außerdem zu Ohren kommen, dass irgendwer mit einem Reporter spricht, mache ich ihn fertig. Solltet ihr erfahren, dass einer der Kollegen mit der Presse plaudert, habt ihr mir das unverzüglich mitzuteilen. Und keine dämlichen Kommentare über einen Fluch der Mumie oder die Rache des Heiligen Geistes! Verstanden?«

»Ja, Inspectora«, antworteten sie unisono und kampfbereit.

Als sie gingen, hörte ich Sonia Yolanda leise fragen: »Und welche Formulare müssen wir für diesen ganzen Aufstand ausfüllen?«

Yolanda zischte erbost: »Bist du bescheuert, oder was?«

Ich wandte mein irritiertes Gesicht Garzón zu und ertappte ihn dabei, wie er versuchte, sich das Lachen zu verkneifen.

»Sie können so viel lachen, wie Sie wollen, aber ich muss Ihnen mitteilen, dass Coronas noch heute einen Bericht haben will, über alles. Es wird besser sein, wir teilen uns das und machen uns an die Arbeit.«

»Ich muss Emilia anrufen und ihr sagen, dass ich später komme.«

Er drehte sich um, und ich tat so, als beschäftigte ich mich mit meinen Unterlagen. Ich hörte ihn mehrfach »Schatz« sagen.

»Rufen Sie Marcos nicht an?«, fragte er mich anschließend, ohne eine Miene zu verziehen.

»Ich habe ihm schon gesagt, dass ich mich in der nächsten Zeit häufig verspäten werde.«

»Aber ein Anruf kostet doch nichts.«

»Ich will ihn nicht daran gewöhnen«, erwiderte ich nur, um ihn zu ärgern.

»Sie sind eine ganz Harte, was, Inspectora?«

»Sie kennen mich doch, so sind wir eben, Bogart und ich.«

Wir teilten uns die Arbeit auf und machten uns lustlos an die Anfertigung der Berichte. Unser Abendessen bestand aus einem Bocadillo aus dem *La Jarra de Oro* und viel Kaffee. Um Mitternacht streckte Garzón den Kopf in mein Büro.

»Ich habe jetzt alles einigermaßen auf der Reihe, was meinen Sie, hauen wir ab?«

»Ich bin auch fertig.«

Ich streckte mich, und er rieb sich die Augen. Als ich den Computer ausschaltete, schlug der Subinspector vor: »Und wenn wir noch ein Bierchen trinken gehen? Das *La Jarra de Oro* müsste noch aufhaben.«

Nur an den leicht hochgezogenen Mundwinkeln konnte ich erkennen, dass er mich provozierte. Ich wollte nur noch nach Hause und zu meinem Mann, aber nach meiner vorangegangenen Prahlerei blieb mir nichts anderes übrig, als die Herausforderung anzunehmen.

»Auch zwei, wenn es nötig ist! Ich muss mich nur noch ein wenig frisch machen, dann bin ich so weit.«

Seine Mundwinkel sanken beträchtlich nach unten, woraus ich schloss, dass auch er nichts sehnlicher wünschte, als in die Arme seiner Liebsten zu sinken. Dennoch war keiner von uns beiden bereit, unseren neuen Status als glückliche Eheleute und das damit einhergehende Sklaventum einzugestehen, also saßen wir einen Augenblick später am Tresen, an dem es um diese Uhrzeit nur so wimmelte vor einsamen Seelen.

»Haben Sie das Gefühl, dass wir mit zwanzig Leuten Verstärkung die Frau finden werden, Inspectora?«

»Wir sind doch angeblich hier, um uns von einem langen Arbeitstag zu erholen, also reden wir über etwas anderes.«

»Sie haben ja so recht. Wie kommen Sie mit Marcos' Kindern klar?«

»Über die Familie möchte ich auch nicht reden.«

Er trank einen gemächlichen Schluck von seinem Bier und fragte boshaft: »Glauben Sie, dass Deportivo La Coruña Real Madrid besiegen wird?«

Ich sah ihn furchtlos an.

»Ja, Fermín, ich wette mein ganzes Vermögen darauf.«

Als ich gegen ein Uhr nach Hause kam, war Marcos noch wach und las. Er kam mir entgegen und umarmte mich. Er wirkte besorgt.

»Ist alles in Ordnung?«

»So einigermaßen.«

»Es ist furchtbar, dass du dich den ganzen Tag mit diesen schrecklichen Dingen beschäftigen musst.«

»Aber Marcos, das ist mein Beruf!«

»Ich weiß, aber das mit dem toten Mönch ist ausgesprochen unerfreulich. Ich würde dich gern vor dieser blutigen Realität bewahren.«

Ich sah ihn zärtlich an.

»Wenn du mich vor den unschönen Dingen der Realität bewahren würdest und ich dich, würde keiner von uns beiden etwas von der Wirklichkeit mitkriegen.«

»Vermutlich ist das so, aber als ich eben euren Pressesprecher über den Fall berichten hörte ...«

»Wann war das?«

»In den Zweiundzwanzig-Uhr-Nachrichten. Lass uns in die Küche gehen, zwischendurch kommen immer wieder Zusammenfassungen. Außerdem erwartet dich eine kleine Kürbistortilla. Ich weiß schon, du willst nicht, dass ich für dich koche, aber ich war mir nicht sicher, ob du zu Abend gegessen hast. Jacinta hat sie gemacht.«

Ich lächelte gequält. Das Leben ist unglaublich, dachte ich, abertausend Frauen beklagen sich über die mangelnde Aufmerksamkeit ihrer Ehemänner, und ich, die nur noch ausruhen will, fühle mich verpflichtet, eine gut gemeinte Tortilla zu essen, die mir ganz bestimmt nicht gut bekommt.

Ich schaltete den Fernseher ein, stellte den Ton ab, und wir setzten uns an den Küchentisch.

»Erzähl mir von deiner Arbeit, Marcos«, bat ich beim Essen.

»Es ist wie immer. Das ganze Team streitet sich über die Pläne für das neue Hotel.«

»Wie interessant!«

»Findest du wirklich?«

»Natürlich!«

»Ich verstehe nicht, warum.«

»Das ist doch klar: die vielen Zimmer, die Gemeinschaftsräume ... die große Küche!«

Er lachte auf, weil er meinen Versuch, ihm weiszumachen, dass ich die Planung eines Hotelbaus aufregend fand, schätzte.

»Wenn es dich wirklich interessiert, dann zeige ich dir die Pläne und erkläre sie dir.«

»Wunderbar!«

Ich griff rasch zur Fernbedienung und schaltete den Ton ein. Villamagna war auf dem Bildschirm aufgetaucht. Er trug einen eleganten Anzug und drückte sich ausgesprochen gewählt aus. Ich hörte ihn sagen: »Die Polizei verfolgt mehrere zuverlässige Spuren, im Augenblick kann noch nichts ausgeschlossen werden. Um die Ermittlungen zu beschleunigen, sind Sondereinheiten im Einsatz. Mehr kann ich Ihnen im Augenblick nicht sagen. Sie wissen ja, meine Herrschaften, dass in solchen Fällen Diskretion und kluges Vorgehen dringend notwendig sind.«

»Als ich ihn vorhin gesehen habe, hat er länger geredet.«

»Worüber denn?«

»Er hat herumgeschwafelt, aber nicht mehr gesagt, als ich schon von dir weiß. Er redete zehn Minuten lang ohne Inhalt.«

»Das genau ist sein Job.«

»Ich weiß aber nicht, ob das hilft, das Gerede der Leute verstummen zu lassen.«

»Was für Gerede?«

»Alles Mögliche. Meine Kollegen waren gestern schon auf dem Horror-Trip. Sie behaupteten, die Mumie wäre an ein Kreuz genagelt worden.«

»Was für Barbaren! Und das, obwohl noch gar nichts durchgesickert ist. Wenn es erst mal so weit ist, wird die Phantasie mit ihnen durchgehen.«

»Könnt ihr das nicht verhindern?«

»Das ist schwierig. Ein aufsehenerregender Mord ist wie ein altes Haus: Obwohl das Dach repariert wird, tropft es weiter hinein. Ich hoffe nur, dass deine Kinder nicht allzu viele phantastische Geschichten darüber hören.«

»Mach dir darüber keine Gedanken. Du hast schon genug mit deinen Problemen zu tun.«

»Mein Problem ist, dass man ohne ersichtlichen Grund einen guten Hirten ermordet hat.«

»Ich finde es schrecklich. Der Mensch ist und bleibt ein Tier!«

Ich räumte das Geschirr weg, während Marcos mit hängendem Kopf nach oben ging. Wie es aussah, hatte ich ihn nicht vor meiner schrecklichen Realität bewahren können. Ich hatte meine traurige Polizeiarbeit auf ihm abgeladen. Andererseits hatte er mir auch nicht gerade Gutes getan: Die Kürbistortilla lag mir schwer im Magen. Möglich, dass die Liebe fähig ist, das Wesen des Menschen zu verändern oder gar sein Leben, aber den täglichen Nöten kann sie nicht abhelfen.

4

Als ich am nächsten Morgen ins Kommissariat kam, waren Garzón, Yolanda und Sonia schon da. Garzón pinnte Nadeln in den großen Barcelona-Stadtplan an der Wand.

»Was wird das?«, fragte ich. »Ein Golfturnier?«

»Das sind die Orte, an denen sich Obdachlose treffen, wir haben auch Unterkünfte und Suppenküchen gekennzeichnet.«

»So viele Nadeln!«

Garzón breitete seufzend und in gespielter Verzweiflung die Arme aus.

»In den Städten wimmelt es von Menschen ohne Dach über dem Kopf!«

»Ja, ich weiß, in diesem Land gibt es mehr Obdachlose als Bars, um es übertrieben auszudrücken, aber ich hoffe doch, Sie haben die Orte nach vernünftigen Kriterien ausgewählt.«

Yolanda ergriff das Wort.

»Die kirchlichen Ausspeisungen haben wir weggelassen. In der Unterkunft, in der Eulalia die Nacht verbrachte, wurde uns gesagt, dass sie gegen die Kirche war und häufig über Mönche und Nonnen schimpfte.«

»Einverstanden.«

»Desgleichen haben wir eine Bar weggelassen, die von gewissen Obdachlosen wegen ihrer sexuellen Neigung frequentiert wird.«

»Was soll das heißen?«

»Dass da Schwuchteln hingehen«, entfuhr es Sonia.

»Mensch, Sonia«, rief Yolanda, als sie ihre gewählte Ausdrucksweise so schnöde vereitelt sah.

»Die Inspectora soll es doch verstehen!«

»Das habe ich in der Tat. Yolanda, besorg dir vom Comisario die Liste der Kollegen der Sonderkommission, und bestell sie für heute Nachmittag um vier her. Bis dahin müssen die Zonen bestimmt sein, die durchkämmt werden sollen.«

»Finden Sie das mit dem Stadtplan gut?«

»*Nihil obstat*, was, wie Sie bestimmt wissen, heißt: An die Arbeit.«

Sie verließen mein Büro wie pflichtbewusste Legionäre. Garzón sah mich höhnisch an.

»*Nihil obstat!* Den Mädchen mit so einem Ausdruck zu kommen! Und dann beklagen Sie sich darüber, bei den Kollegen als exzentrisch zu gelten.«

»Kommen Sie, Subinspector. Die Familie des Verstorbenen wartet, wir haben zweihundert Kilometer vor uns.«

Bruder Cristóbals Familie lebte in Sant Carles de la Rápita, einem kleinen, blühenden Dorf nahe der Grenze zur Comunidad Valencia. Die Eltern empfingen uns in ihrem gemütlichen und geräumigen Bungalow. Sie erzählten uns, dass sie die größte und gut florierende Bäckerei des Ortes betrieben und fünf Kinder hätten, die alle schon eigene Familien gegründet hatten. Sie waren zutiefst erschüttert über den Tod ihres Ältesten.

»Von dem Schlag werden wir uns nie erholen«, verkündete der Vater ruhig und voller Trauer. Ich sah zu Boden. Das Beste, was wir in solchen Fällen tun konnten, war, respektvoll zu schweigen. Garzón bemühte jedoch die einschlägigen Worte aus dem Floskelkatalog.

»Wir möchten Ihnen unser größtes Mitgefühl zum Ausdruck bringen.«

Beide dankten ihm dafür mit so ernstem Schweigen, dass es das Blut gefrieren ließ. Es gab weder Tränen noch Klagen, nur die würdevolle Haltung derer, die ein schreckliches Schicksal hinnehmen, ohne es zu begreifen. Ich musste den Anfang machen, aber meine Worte klangen mir absurd, kaum dass ich sie ausgesprochen hatte.

»Ich weiß, dass das alles sehr schwer für Sie ist und dass die Fragen, die ich stellen werde, Ihnen unangebracht erscheinen mögen, aber wir müssen einiges ausschließen können, um zum Kern dieses schrecklichen Mordes vorzudringen. Sagen Sie mir: Hatte Ihr Sohn Feinde?«

Sie sahen sich an, als wären sie außerstande, den eigentlichen Sinn meiner Frage zu erfassen. Die Mutter antwortete: »Mein Sohn war ein guter Mensch, er ist vor über zwanzig Jahren dem Orden beigetreten. Hier hatte er nur Freunde.«

»Gibt es in Ihrer Familie irgendwelche Feindseligkeiten mit anderen Familien, ich meine solche, die sich wegen Streitereien um Ländereien oder Erbschaften über Jahre hinziehen können.«

Jetzt reagierte der Vater schneller.

»Nein, Inspectora, diese Gegend ist sehr fortschrittlich, hier arbeiten die Leute und leben friedlich miteinander. Bei uns passiert das nicht, was man im Fernsehen von rückschrittlichen Dörfern sieht, wo die Leute mit Äxten oder Jagdgewehren Blutrache an ihren Nachbarn üben.«

»Wann haben Sie Ihren Sohn zuletzt gesehen?«

»Vor drei Monaten hatte er eine Besuchserlaubnis und war zum Essen hier.«

»Hat er etwas Seltsames erwähnt, etwas Außergewöhnliches?«

»Nein, er war so heiter wie immer. Im Kloster hatte er sein Leben und seine Arbeit. Als er uns als junger Mann eröffnete, dass er ins Kloster eintreten wolle, hat uns das gar nicht gefallen. Er war der Erbe, er war immer ein guter Junge ... Später haben wir eingesehen, dass er in Poblet glücklich war. Er hat es nie bereut, Mönch geworden zu sein, wir haben ihn nie in schlechter Verfassung erlebt. Am Ende waren auch wir glücklich, dass er seinen Platz gefunden hatte. Als Mutter dachte ich, dass er dort, bei all dem Frieden und mit den anderen Mönchen, die füreinander sorgen, vor allem Schlechten des Lebens sicher wäre, und jetzt das ...«

Ihre Selbstbeherrschung war dahin,und sie begann, still zu weinen. Der Mann legte ihr den Arm um die Schultern.

»So viele Tränen«, sagte er. »So viele Tränen. Wer ist fähig, einen Mönch zu töten, der ein Heiliger ist? Wer?«

Er sah uns verzweifelt an. Garzón sagte den zweiten vorformulierten Satz: »Wir können Ihnen keinen Trost spenden, aber ich möchte Sie zumindest wissen lassen, dass derjenige, der Ihren Sohn ermordet hat, dafür bezahlen wird. Er wird die ganze Macht des Gesetzes zu spüren bekommen, das verspreche ich Ihnen.«

Der Mann wirkte etwas getröstet, die Frau weinte weiter.

»Wollen Sie mit meinen Kindern sprechen?«, fragte er.

»Ich glaube nicht, dass das nötig ist. Fragen Sie sie, ob ihnen an ihrem Bruder irgendetwas aufgefallen ist oder ob er ihnen etwas anvertraut hat. Und sollte es etwas geben, so geringfügig es auch sein mag, sagen Sie uns Bescheid.«

Ich reichte ihm unsere Karte, und wir wollten uns schon verabschieden. Da bat der Vater uns: »Lassen Sie nicht zu, dass die Presse Unsinn verbreitet, schon zum Gedenken an Cristóbal.«

»Das liegt nicht allein an uns, aber wir werden es versuchen«, erwiderte Garzón und fragte dann zu meiner größten Verblüffung ganz natürlich: »Könnten Sie uns ein Lokal zum Essen empfehlen?«

Ohne an diesem drastischen Themenwechsel Anstoß zu nehmen, empfahl uns der Mann ebenso ungezwungen: »Gehen Sie ins El Peix an der Promenade.«

Die Mutter trocknete sich die Tränen, um hinzuzufügen: »Fisch und Meeresfrüchte sind dort wirklich frisch.«

Als wir ins Auto stiegen, sagte ich zu Garzón: »Sie sind unschlagbar, Subinspector. Es ist Ihnen tatsächlich gelungen, sie mit vier Floskeln zu trösten.«

»Natürlich, einfache Leute schätzen Floskeln, weil sie sich dann, unabhängig von Anteilnahme, Glückwünschen oder was auch immer, höflich behandelt fühlen.«

»Darüber habe ich nie nachgedacht. Auch das mit dem Restaurant war sehr gut. Als ich Sie danach fragen hörte, hielt ich es für unpassend, aber wie ich sehen konnte, fanden sie das ganz normal.«

»Klar, Inspectora, wir vom Dorf wissen, dass Essen nichts mit irgendwelchen Gefühlen zu tun hat, Essen ist was Grundlegendes, das Wichtigste, das uns alle eint. Und wenn man um eine Empfehlung bittet, gibt man den Leuten zu verstehen, dass sie sich in ihrer Gegend auskennen und auch, dass man sie wertschätzt.«

»Unglaublich. Ich wusste ja gar nichts von Ihrer anthropologischen Weisheit.«

»Sie kennen das Dorfleben nicht, Sie sind ein bisschen versnobt, wie man so sagt.«

»Gehen Sie nicht zu weit, oder es gibt nur ein Bocadillo.«

Er beließ es dabei, also landeten wir in dem Restaurant an der Promenade, um die Reisspezialität der Region zu essen. Sant Carles de la Rápita war ein reizender kleiner Ort mit einem Anflug von Kolonialstil. Die vielen Restaurants entlang der Promenade und in den Dorfstraßen ließen auf gute Küche schließen. Der Ort hatte einen so guten Ruf, dass viele Reisende von der nahe gelegenen Mittelmeerautobahn abbogen, um hier zu essen.

Als wir uns über eine köstliche Fischpaella hermachten, fühlte ich mich inspiriert genug zu der Behauptung: »Ich glaube, es ist an der Zeit, ein persönliches Motiv in diesem Mordfall auszuschließen, Subinspector. Bruder Cristóbal hatte weder im Kloster noch außerhalb Feinde, sein Leben beschränkte sich ausschließlich auf die Arbeit und den Glauben.«

»Wäre er in Poblet ermordet worden, hätten wir überprüfen müssen, ob er homosexuell war. Das hätte sicher viel Staub aufgewirbelt. Stellen Sie sich das mal vor.«

»Ich will mir nichts anderes vorstellen als das, was ich vor Augen habe. Ich glaube, wir müssen uns intensiver mit der Arbeit des Opfers beschäftigen. Das ist alles.«

»Wenn wir uns auf seine Arbeit stürzen, dann kommt wieder der religiöse Fanatiker ins Spiel, der allen so gut gefällt und Ihnen die Haare zu Berge stehen lässt.«

»Wo ist denn da der Zusammenhang?«

»Es könnte jemand gewesen sein, der verhindern möchte, dass der unversehrte Körper manipuliert wird, oder der die Tatsache, dass in der Vergangenheit eines Heiligen geforscht wird, als Sakrileg empfindet ... Was weiß denn ich! Wenn wir von einem religiösen Fanatiker ausgehen, reden wir von einem verwirrten Geist, der zu jeder Grausamkeit fähig ist.«

»Zu weit hergeholt.«

»Haben Sie an die Möglichkeit gedacht, dass es sich um einen fanatischen Anhänger einer anderen Religion handeln könnte, zum Beispiel einen Muslimen? Jemand aus einem extremistischen Umfeld, der mit seiner Tat die Aufmerksamkeit auf eine Glaubensgemeinschaft lenken will, der man hier bei uns nicht erlaubt, Moscheen zu bauen ... so was in der Art.«

Ich dachte konzentriert über seine Worte nach.

»In dem Fall gäbe es eine Forderung. Und was haben Sie zu den gotischen Schriftzeichen zu sagen?«

»Das bringt mich auf den Gedanken, dass es sich um einen Verrückten mit einem ebenso bekloppten Komplizen handelt. Und der Comisario wird verlangen, dass Sie dieser Möglichkeit nachgehen.«

»Mal sehen. Wir sollten uns schleunigst mit den Gelehrten der beiden Ordensgemeinschaften zusammensetzen, und es wird nicht das einzige Treffen bleiben.«

»Zumindest werden wir viel über Mumien lernen.«

»Ja, das wird uns im Alltagsleben wirklich sehr nützlich sein.«

Garzón aß mit großem Genuss weiter. Als er auch das letzte Reiskorn verschlungen hatte, rief er: »Nicht im Traum möchte ich Mönch sein, Inspectora. Schon der Gedanke daran, dass Enthaltsamkeit meine Pflicht wäre, würde mich in einen Zustand größter Verzweiflung stürzen und mich um den Verstand bringen.«

»Ja, ich habe mir schon gedacht, dass Ihr spirituelles Wesen nicht sehr ausgeprägt ist.«

»Vielleicht habe ich dieses Wesen gar nicht.«

»Dann dürfte Ihnen aber auch einiges entgehen.«

»Was ist mit Ihrem spirituellen Wesen, Petra?«

»Vermutlich schlummert es in irgendeinem Winkel meiner Persönlichkeit, obwohl ich mir auch nicht ganz sicher bin, ob ich eines habe. Und um Ihnen das zu beweisen, bestelle ich mir jetzt zum Nachtisch ein Stück dieser üppigen Torte aus der Vitrine dort.«

Mit der unmittelbaren Realität versöhnt, verließen wir das Lokal und betrachteten das wunderbare Mittelmeer, das nicht einmal im kalten Winterlicht so bedrohlich und düster wie die Nordmeere wirkte. Nein, es behielt seine vertraute, ruhige Oberfläche, es war der Ursprung von allem: dem Genuss beim Essen, dem Sinn des Lebens, vom Wert, den wir den Dingen gaben, dem Humor, mit dem wir sie behandelten, und sogar der geheiligten Klöster, in die uns unser Beruf unverhofft geführt hatte.

Schweigend blickten wir aufs Meer. Der Subinspector seufzte.

»In solchen Momenten fühle ich mich sehr spirituell. Ich glaube, ich habe dieses Wesen doch.«

»Und das nach so einem Fressgelage! Ich weiß nicht, ob Sie in die himmlischen Reihen aufgenommen werden.«

»Sie müssen einem alles kaputt machen, Inspectora. Sie lassen sich wirklich keine Gelegenheit entgehen!«

»Vergessen Sie's, Fermín. Spiritualität ist ein Luxus, den sich weder Sie noch ich leisten können. Um spirituell zu sein, muss man sehr reich oder sehr egoistisch sein, soll heißen, dass man nicht arbeiten muss, dass einem das Schicksal der anderen wurscht ist und man sich ausschließlich um das eigene Seelenheil sorgt. Und wir sind weder das eine noch das andere, fahren wir also nach Barcelona zurück!«

Zwanzig Frauen und Männer aus verschiedenen Kommissariaten der Stadt bildeten die Sonderkommission für die so genannte »Operation Kloster«. Die größtenteils jungen Kollegen saßen da wie Schulkinder, die darauf warteten, eine Aufgabe gestellt zu bekommen. Üblicherweise wurden sie weder detailliert über die Ermittlungen unterrichtet noch wurde ihnen erklärt, wie ihre Arbeit im Geduldsspiel des Falles einzuordnen war. Also musste ihre Aufgabe genau formuliert sein, damit sie effektiv eingesetzt werden konnten. Die Einführung war also von großer Wichtigkeit.

Gut sichtbar waren auf dem Stadtplan die Zonen abgesteckt, die es zu überprüfen galt. Yolanda, Sonia und der Subinspector hatten das Material ausgearbeitet, das an alle verteilt wurde. Es bestand aus einer Kopie besagten Stadtplans, einer weiteren von Eulalias Foto und einer Beschreibung der Dinge, die sie laut den Mossos d'Esquadra bei sich gehabt hatte: einen großen Schlafsack und mehrere Plastiktüten.

Nach der Begrüßung ergriff ich das Wort.

»Das Vorgehen ist ganz einfach, und Sie wissen, worum es geht: Fragen stellen, das Foto zeigen, jeder Spur nachgehen und diese Frau finden. Es gibt nichts, was ich Ihnen sonst noch sagen könnte. Gleich wird Subinspector Garzón Sie für die von uns ausgewählten Zonen der Stadt einteilen. Vorher habe ich noch eine Bitte: Sollte sich jemand von Ihnen in einer Zone sehr gut auskennen, sagen Sie das dem Subinspector, damit er sie Ihnen überträgt. Jegliche Neuigkeit muss augenblicklich per

Handy den Kolleginnen Yolanda und Sonia, die die Soko koordinieren, weitergeleitet werden. Noch Fragen?«

»Wie viel Zeit haben wir?«

»Gute Frage, das hatte ich vergessen. Wir haben nur drei Tage für die Suche. Danach muss aus nachvollziehbaren Gründen die Zahl der Beteiligten reduziert werden, Sie werden in anderen Fällen gebraucht. Ach, und ich bitte Sie um absolutes Stillschweigen. Viel Glück.«

Zustimmendes Gemurmel ging durch den Saal. Ich machte mich zielstrebig auf den Weg in mein Büro, um den Tagesbericht zu schreiben. Da der Comisario sich so anständig verhalten und uns diese große Anzahl Polizisten zur Verfügung gestellt hatte, würde ich die Vorschrift befolgen, die mich trotz aller Disziplin die meiste Mühe kostete.

Um acht war ich fertig und nahm mir vor, zeitig nach Hause zu gehen, zumindest dieses eine Mal. Ich sah, dass sich Garzón den Mantel überzog.

»Wie ist es gelaufen?«

»Problemlos. Die sind startklar. Jeder hat seine Zone, und morgen fangen sie an. Die finden sie bestimmt.«

»Na hoffentlich.«

Zu Hause traf ich zu meiner Überraschung Marcos Kinder in der Küche beim Essen an. Normalerweise kamen sie nur am Wochenende.

»Wir sind heute gekommen, weil wir am Samstag nicht können. Wir sind auf einem Ausflug. Und Marina ist da, weil sie mit uns zusammen sein will«, erklärte mir Hugo.

»Ich komme auch am Samstag, ich habe keinen Ausflug«, sagte Marina.

»Wunderbar. Wo ist euer Vater?«

»Er sagte, er habe noch eine Besprechung und komme später. Jacinta hat uns das Essen gemacht, sie ist gerade gegangen. Aber sie hat uns nicht gesagt, was es zum Nachtisch gibt.«

Ich öffnete den Kühlschrank.

»Mal sehen ... Joghurt, es gibt Joghurt, wenn ihr mögt.«

Der ironische und rebellische Teo sagte mit kühlem, strengem Blick plötzlich: »Ich weiß nicht, wozu wir überhaupt hier sind. Papa ist nie zu Hause, und du kommst auch immer erst spät von der Arbeit. Wir wären besser zu Hause geblieben.«

»Dann hättet ihr weder Marina noch mich gesehen. Ich setze mich zu euch, und wir reden ein bisschen.«

»Reden? Du erzählst uns doch nichts von deinen Ermittlungen in dem Mordfall im Kloster. Unsere Klassenkameraden wissen alle, dass die Frau unseres Vaters Polizistin ist, und fragen uns ständig über den Fall aus. Wir machen uns lächerlich, wenn wir sagen, dass wir nichts wissen.«

Hugo sagte bitter zu ihm: »Mama hat doch gesagt, dass sie nicht will, dass wir mit Petra über Mordfälle reden!«

Ich war sprachlos und versuchte, ruhig und angemessen zu reagieren.

»Es tut mir wirklich leid, aber ihr müsst euren Freunden sagen, dass diese Arbeit sehr wichtig ist, so wichtig, dass es nicht erlaubt ist, darüber zu sprechen.«

Teo war noch immer auf dem Kriegspfad.

»Ja, ich verstehe schon, für dich und meinen Vater ist die Arbeit das Wichtigste. Ihr habt nie Zeit für etwas anderes. Deshalb habe ich gesagt, es wäre besser gewesen, nicht herzukommen.«

Ich nahm all meine Geduld zusammen, über die ich in mir unbekannten Reservoirs offensichtlich noch verfügte. In einer Zeitschrift hatte ich mal gelesen, dass man mit Kindern immer das Gespräch suchen soll.

»Schön, Teo, warum bist du heute hier? Weil du am Samstag einen Ausflug machst, stimmt's? Also hindert dich der Schulausflug, ein Teil deiner Arbeit als Schüler, daran, herzukommen. Mit anderen Worten, du musst auf das Wochenende mit deinem Vater aus schulischen Gründen verzichten, was zeigt, dass dir diese genauso wichtig sind wie allen anderen ihr Beruf.«

Er sprang auf wie von der Tarantel gestochen.

»Ich muss da mitfahren!«

»Glaubst du, dein Vater und ich arbeiten zum Vergnügen?«

»Aber ihr ...«

Da mein Versuch gescheitert war, unterbrach ich ihn mit erhobener Stimme: »Ich habe nicht die Absicht, dieses absurde Gespräch weiterzuführen! Glaubst du, ich hätte nichts Besseres zu tun, als mir das Gerede eines verwöhnten Kindes anzuhören?«

Er starrte mich so wütend an, dass ich erschrak. Mit verkniffenem Mund fragte er: »Kann ich in mein Zimmer gehen?«

»Vorher räumst du das Geschirr weg.«

Er tat es mit versteinerter Miene. Kaum war er fertig, stand Hugo ebenfalls auf und fragte ernst: »Kann ich auch gehen? Ich räume mein Geschirr vorher auch weg.«

Offensichtlich sah er sich genötigt, Partei für seinen Bruder zu ergreifen. Da hatte ich mir was Schönes eingebrockt. Ich hatte die Beherrschung verloren und Teo zurechtgewiesen. Die beiden verließen beleidigt und hoch erhobenen Hauptes die Küche. Marina aß ihre letzten Hühnerkroketten. Sie hatte kein Wort gesagt und ungerührt weitergegessen. Ich sagte wie zu mir selbst: »Na fein, alle sind beleidigt!«

Ich öffnete den Kühlschrank.

»Dann esse ich einen Joghurt. Möchtest du auch einen, Marina?«

»Ja«, antwortete sie. Unerschütterlich machte sie ihn auf und rührte um. Wir saßen einander gegenüber und aßen schweigend. Schließlich sagte sie: »Mach dir nichts draus. Teo muss sich immer mit allen anlegen, und Hugo tut, was er will. Außerdem ist ihre Mutter hysterisch.«

Ich sah sie ungläubig an. Hatte dieses wohlerzogene und zurückhaltende neunjährige Mädchen den letzten Satz wirklich ausgesprochen? Es gab keinen Zweifel, denn sie fuhr im selben Tonfall fort: »Als mein Vater noch mit meiner Mutter verheiratet war und Teo und Hugo am Wochenende zu uns kamen, haben sie ihr auch immer so einen Schwachsinn vorgeworfen und ihr ständig gesagt, was sie laut ihrer Mutter tun oder lassen sollte. Einmal hat meine Mutter zu mir gesagt, ihre Mutter sei hysterisch.«

»Ist möglich, trotzdem habe ich das Gefühl, dass mich deine Brüder nicht besonders mögen. Vermutlich haben sie nicht erwartet, dass euer Vater ein drittes Mal heiratet.«

»Ach, fast alle Väter meiner Klassenkameraden haben dreimal geheiratet.«

Ich wusste, dass sie schwindelte, aber ich dankte ihr die gute Absicht. Abschließend sagte sie: »Ich mag dich.«

Ich lächelte sie an.

»Danke Marina, ich mag dich auch.«

»Kein Mädchen aus meiner Klasse hat eine Mutter oder Stiefmutter, die Polizistin ist. Nur ich.«

Gut, auch wenn es nur eine originelle Note in ihr junges Leben brachte, gab es zwischen Marina und mir keine Probleme. Mit den Zwillingen hingegen ... Ich seufzte. Darauf, dass so etwas passieren könnte, war ich nicht vorbereitet gewesen. Die Heirat mit Marcos hatte eine neue, mir bisher völlig unbekannte Facette in mein Leben gebracht. Ich wusste nicht, ob ich damit umgehen könnte. Es reichte schon, die Arbeit und das Liebesleben unter einen Hut zu bringen. Und jetzt musste ich darüber hinaus auch noch eine Beziehung zu Kindern aufbauen, die ich nicht zur Welt gebracht hatte. Jedenfalls verwarf ich den Gedanken, Marcos von dem Vorfall zu erzählen. Es war noch zu früh, um darin einen echten Konflikt zu sehen.

Am nächsten Morgen, als mein Mann und ich beim Frühstück saßen, fragte er mich wie nebenbei: »Wie war's gestern Abend mit den Kindern?«

»Gut, wir haben ein wenig geplaudert.«

»Petra, bevor Marina heute zur Schule gegangen ist, hat sie mir erzählt, was passiert ist.«

»Es war nichts weiter.«

»Kann sein, aber ich werde mit Teo und Hugo ein ernstes Wort reden.«

»Das lohnt sich nicht, sie werden sich schon an die Situation gewöhnen. Und wenn sie mich nicht mögen, kannst du auch nichts dagegen tun.«

»Ich bezweifle, dass sie dich nicht mögen, sie sind nur sauer, weil du ihnen nichts über deine Arbeit erzählen willst.«

»Verdammt noch mal! Kein Kind auf der Welt interessiert sich ernsthaft für das Berufsleben der Erwachsenen. Aber wegen des Fernsehens, des Kinos und all dieser dämlichen Krimis glauben alle, das Leben eines Polizisten sei wie ein Thriller. Eines Tages werde ich deine Kinder mit aufs Kommissariat nehmen, dann können sie zuschauen, wie ich stundenlang Berichte in den Computer tippe, Formulare ausfülle und Akten ablege. Das wird sie derart langweilen, dass sie nie wieder Interesse an meiner Arbeit zeigen werden.«

»Das ist vielleicht gar keine schlechte Idee.«

»Und mich würde interessieren, was ihre Mütter dazu sagen würden, wenn sie von dem Familienausflug erfahren.«

»Wenn ich mir ständig den Kopf darüber zerbrechen würde, was meine Exfrauen davon halten, wie es bei mir zu Hause zugeht, wäre ich inzwischen wahnsinnig.«

»Du hast ja recht. Meine Exmänner sind Gott sei Dank Vergangenheit.«

»Das ist der Vorteil, wenn man keine gemeinsamen Kinder hat.«

Er beugte sich zu mir herüber und umarmte mich.

»Tut mir leid, wenn ich dein Leben so kompliziere, Petra, es tut mir wirklich leid.«

»Vergiss es, Komplikationen sind mein Schicksal.«

Ich saß noch ein Weilchen bei einer letzten Tasse Kaffee in der Küche. Alles ist kompliziert, alles, und für alles muss man bezahlen. Du findest einen Mann, mit dem es sich gut leben lässt, doch er ist mehrfacher Familienvater, zudem noch mit zwei Müttern! Jeder deiner Schritte führt zu neuen Umständen, mit denen du nicht gerechnet hast. Welche Auswege gab es? Sollte ich versuchen, mich bei Marcos' Kindern einzuschmeicheln, oder ihm sagen, er solle sich ein Haus in der Nähe suchen und wir würden uns nur hin und wieder sehen? Unterschiedliche Lebensformen in Einklang zu bringen, war ein typischer Anspruch von Frauen. Wir glauben uns allmächtig: Ich kann gleichzeitig eine streitbare berufstätige Frau, eine liebevolle Mutter und die beste Geliebte sein. Aber was, wenn sich, wie in meinem Fall, die Herausforderungen plötzlich häuften? Ich wollte einen Mörder und Mumienräuber fassen, freundlich mit meinen Kollegen umgehen und eine ausgezeichnete Ehefrau sein ... Und als wäre das nicht genug, auch noch die beste Stiefmutter geben. Zu viel für dich, Petra!, sagte ich mir und trank nervös einen Schluck Kaffee. Aber auf welches dieser Ziele konnte ich verzichten? Ich konnte mich im Kommissariat unbeliebt machen, aber alles andere ... Ich hatte mich überschätzt. Zweifelsohne gibt es Frauen, die ausgezeichnete Mütter und Ehefrauen sind, gute Nuklearphysikerinnen und ihre Freizeit einer Menschenrechtsorganisation opfern, aber zu denen zählte ich nicht. Eine Polizistin lebt den Augenblick, lebt in der Ungewissheit, sie macht wie ein Pionier Pfade ausfindig, die sie schutzlos betreten muss. Ihr Leben hängt ab von den Umständen, dem Zufall, dem Fall, in dem sie gerade ermittelt. Eine Polizistin kann sich weder einer Routine unterwerfen noch minutiös eine Woche planen, sie kann nicht einmal sagen, was sie in der nächsten Stunde tun wird. Und ich war Polizistin mit Haut und Haar, und darauf würde ich auch nicht verzichten. Gott wird dir beistehen, Petra!, redete ich mir angesichts dieses Dilemmas ein. Dann sah ich auf die Uhr und verließ schnell das Haus.

Garzón strotzte vor Kraft, er war taufrisch und lächelte glücklich. Kein Wölkchen schien seinen blauen Himmel zu trüben. Offensichtlich verursachte ihm seine Ehe kein Kopfzerbrechen und bewahrte ihn vor Problemen. Sie hatte ihm emotionale, wirtschaftliche und soziale Stabilität beschert. Außerdem hatte er keine Stiefkinder.

Er begrüßte mich zufrieden, als wäre es der Tag seiner Erstkommunion. Während der Vorbereitung der Tagesaufgaben pfiff er ein mir unbekanntes Lied, und als ihm der Atem ausging, trällerte er weiter. Ich war mir nicht sicher, welche der beiden musikalischen Varianten mich mehr störte.

»Ist dieses Trällern sehr wichtig für Ihre Inspiration?«

»Stört es Sie? Das wundert mich aber, alle Welt sagt immer, wäre ich nicht Polizist geworden, hätte ich als Sänger Karriere gemacht.«

»Aber jetzt sind Sie Polizist, besser also, Sie vergessen diese zweite Berufung.«

»Haben Sie schlechte Laune, liebe Chefin?«

»Ich habe nicht gut geschlafen.«

»Ich weiß, dass Sie sich über diesen Fall den Kopf zerbrechen, aber bleiben Sie ganz ruhig: Ich bin davon überzeugt, dass wir den Mörder dieses Mönchs erwischen werden. Ich ahne gar, dass wir auch die sterblichen Reste des guten Asercio wiederfinden werden. Das sagt mir mein sechster Sinn.«

»Ich hoffe, Ihr sechster ist besser als Ihr Gehörsinn.«

Weit davon entfernt, beleidigt zu sein, lachte er amüsiert auf.

»Ich schlage vor, wir gehen einen Kaffee trinken, bevor wir uns ans Werk machen. Das macht Sie immer munter.«

»Heute brauche ich aber eine besonders starke Dosis.«

Wir frühstückten im *La Jarra de Oro*, ich noch immer schlecht gelaunt, Garzón in Hochstimmung wie ein Politiker im Wahlkampf. Er redete mit dem Kellner über Fußball, grüßte ein paar Kollegen, die sich zu uns setzten, philosophierte mit einem Gast über das Wetter ...

»Verdammt, Fermín! Können Sie nicht mal ein Weilchen still sein? Dank Ihnen kriege ich gleich einen Nervenzusammenbruch.«

»Könnten Sie mir endlich verraten, was los ist? Denn Sie haben was, ich kenne Sie wie Ihre Mutter, nur dass Gott mich davor bewahrt hat, diesen Schrecken der Menschheit zur Welt gebracht zu haben.«

Ich erlag einer mir unerträglichen persönlichen Schwäche und tat etwas, was ich noch nie getan hatte: Ich legte mein Privatleben offen und erzählte ihm von meinen Problemen mit Marcos' Kindern. Anscheinend war ich im Begriff, eine ganz normale Frau zu werden, denn ich glaubte fest daran, dass mir diese Vertraulichkeit Entspannung und bessere Laune bescheren würde. Ich war sprachlos vor Staunen, als der mir unterstellte Kollege laut auflachte und ausführte: »Ach Inspectora, wie sehr man Ihnen anmerkt, dass Sie zu einer privilegierten Generation gehören!«

»Ich verstehe nicht, was meine verdammte Generation damit zu tun haben soll.«

»Ist doch logisch. Sie gehören zu einem Spanien, das alles erreicht hat. Sie haben ein Ziel, Sie kämpfen dafür, Sie erreichen es, und dann muss alles rund und perfekt sein. Aber ich bin älter als Sie, ich stamme aus dem Spanien der Entbehrungen. Zu meiner Zeit gab es keine Ziele, das Einzige, worauf wir zu hoffen wagten, war, dass es etwas besser werden würde, dass der Lohn etwas anstiege, dass dein Sohn studieren könnte, dass man mal Urlaub am Strand machen könnte ...«

»Verdammt, Garzón, da habe ich ja im richtigen Moment den Mund aufgemacht! Ich erzähle Ihnen von meinem Leben, und Sie zitieren mir Cato.«

»Lassen Sie die Geschichten, Petra, Sie haben großes Glück. Sie haben einen vernünftigen, intelligenten Mann geheiratet, der mit einer modernen Frau umgehen kann und sich nicht über alles und jedes aufregt.«

»Das Problem ist, dass er mehr Kinder hat als ein arabischer Scheich.«

»Welches Problem denn? Finden Sie es problematisch, wenn sich zwei dreizehnjährige Rotznasen über Sie ärgern? Ich hätte das mit zwei Backpfeifen erledigt.«

»Aber was sagen Sie denn da?«

»Wenn sie sich das nächste Mal beklagen, dass Sie ihnen nichts aus Ihrem Berufsleben erzählen, bringen Sie sie mal mit aufs Kommissariat.«

»Daran habe ich auch schon gedacht, dort können sie sich dann zu Tode langweilen. Aber es schickt sich nicht, mit meinen Stiefsöhnen im Büro aufzutauchen.«

»Ich kümmere mich darum, die Chefs müssen ja nichts davon erfahren.«

Hinter uns räusperte sich Sonia.

»Ist was passiert, Sonia?«

»Nein, es ist nur, der Comisario hat mir befohlen, Sie zu suchen. Er kam ins Büro und fragte nach Ihnen, und ich habe ihm gesagt, Sie trinken gerade Kaffee. Da legte er plötzlich los, ob wir die Fälle jetzt in der Bar lösen würden und warum er nichts davon wüsste!«

Garzón riss die Augen auf.

»Verdammt noch mal, und warum musst du ihm flüstern, dass wir Kaffee trinken? Hat dir niemand beigebracht, dass ein Vorgesetzter niemals Kaffee trinkt, wenn ein ranghöherer Vorgesetzter nach ihm fragt?«

»Und was hätte ich sagen sollen?«

»Was auch immer! Dass wir im Leichenschauhaus sind, eine Spur nach China verfolgen, aber doch nicht Kaffeetrinken! Du kannst gehen, wir kommen gleich.«

Ich lachte in mich hinein, während Garzón düster vorhersagte: »Ich weiß nicht, was uns mit dieser Jugend noch bevorsteht!«

An dem Tag war er besonders philosophisch.

Coronas erwischte uns immer dann, wenn wir uns in Sicherheit wägten. Völlig ruhig, weil unsere Berichte auf dem aktuellen Stand waren, fanden wir uns bei ihm ein, doch es ging um etwas ganz anderes.

»Ich muss Ihnen leider sagen, dass die Presse einen wahnsinnigen Druck in dem Fall macht. Die Mutter Oberin der Herz-Jesu-Schwestern hat den Polizeipräsidenten angerufen und um Hilfe gebeten, der Abt von Poblet ebenfalls. Die Reporter belagern beide Klöster und stören den Frieden der Geistlichen. Die Spekulationen in den Medien werden immer fantastischer. Das darf so nicht weitergehen.«

»Und was sollen wir dagegen tun?«

»Zufriedenstellende Erklärungen abgeben.«

»Señor, warum bittet der Polizeidirektor nicht den zuständigen Richter um Verhängung der Geheimhaltung des Ermittlungsverfahrens?«

»Das hat er schon getan, aber der Richter lehnt es ab. Das ist ein Hornochse in Robe, die Justiz möge es mir nachsehen. Er glaubt, er wäre der erste Untersuchungsrichter in der Geschichte unseres Landes.«

»Aber im Augenblick können wir nichts Konkretes sagen.«

»Ihren Berichten zufolge wollen Sie sich auf Bruder Cristóbals wissenschaftliche Studien konzentrieren.«

»Wir treffen uns heute Nachmittag zu einer Arbeitssitzung mit einem Mönch und der Nonne, die ihm zugearbeitet hat.«

»Das bedeutet, dass hinter dem Mord ein religiöses Motiv stehen könnte.«

»Ich weiß nicht, das klingt mir zu gewagt.«

»Sollte es ein religiöses Motiv geben, ist es gut möglich, dass der Mord von einem Fanatiker begangen wurde.«

»Es ist noch zu früh, um das zu behaupten. Meiner Meinung nach ist es sogar ziemlich unwahrscheinlich.«

»Ich will damit nicht sagen, dass Sie die Ermittlungen dahingehend ausrichten sollen, Sie sollen Villamagna nur mitteilen, dass diese Möglichkeit nicht ausgeschlossen ist. Mehr noch, ich glaube, es wäre das Beste, Hilfe von außen zu holen. Ich werde einen Psychiater beauftragen, Profile von religiösen Fanatikern und den ganzen Scheiß auszuarbeiten. Sie berücksichtigen sie bei Ihren Ermittlungen, und der Pressesprecher tischt sie den Reportern auf, dann lassen sie uns vielleicht in Ruhe.«

»Das wird sie nur noch anfeuern und die Geistlichen noch stärker in Bedrängnis bringen.«

»Das kann uns egal sein, sollen die eben die Tür zulassen. Wir haben die Jungs von der Presse zu beschäftigen und müssen im Auge behalten, was sie schreiben, mehr nicht. Haben Sie mich verstanden?«

»Aber Señor ...«

»Kein Wenn und Aber, Petra. Das ist ein Befehl.«

»Und ich befolge ihn, Señor, aber einen Psychiater in diesen Fall einzubinden, ist so absurd wie ...«

»Wie Informationen über ein Verbrechen herauszugeben, von dem wir keinen blassen Schimmer haben. Sie können gehen.«

Polizeipolitik ist nicht meine Stärke, aber ich fand das Ganze völlig unsinnig, und genau das sagte ich dem Subinspector, der es herunterspielte.

»Lassen Sie sich keine grauen Haare wachsen, Inspectora. Sie sind doch stur genug, den Psychiater machen zu lassen, ohne ihn weiter zu beachten.«

»Finden Sie nicht, dass dieser Fall schon kompliziert genug ist?«

Er zuckte mit den Schultern. Wenn er einen guten Tag hatte, war es schwierig, ihn in die Wirklichkeit zurückzuholen.

Pünktlich zur vereinbarten Zeit trafen wir im Kloster der Herz-Jesu-Schwestern ein. Auf der Straße lauerten die Reporter. Vor der Tür stand der Lieferwagen eines Obst- und Gemüsehändlers. Als wir klingelten, kam uns der junge Lieferant entgegen. Er sagte zur Pförtnernonne: »Achten Sie darauf, dass der Lieferschein von letzter Woche unterschrieben wird, denn wenn mein Chef danach fragt …«

Die Schwester scheuchte ihn wie eine lästige Fliege hinaus.

»Ja, ja, in Gottes Namen, das müssen Sie mir nicht jedes Mal sagen, der Lieferschein wird schon unterschrieben. Gehen Sie mit Gott.«

Da entdeckte sie uns, und ihr kurzsichtiger Blick wurde noch finsterer. Sie wollte uns schon wegschicken, erinnerte sich aber rechtzeitig daran, wer wir waren. Das besserte ihre Laune aber auch nicht. Ich hatte den Eindruck, es schien ihr nicht besonders zu gefallen, so viel mit der Außenwelt zu tun zu haben, auch wenn das an der Pforte ihre Aufgabe war.

»Ah ja, die Polizei«, brummelte sie. »Kommen Sie herein. Die Mutter Oberin hat mir gesagt, Sie, Inspectora, mögen einen Augenblick in ihr Büro kommen. Danach begleite ich Ihren Assistenten in die Bibliothek, dort werden Sie schon erwartet.«

»Zur Mutter Oberin brauchen Sie mich nicht zu begleiten, ich kenne den Weg.«

Doch es war unmöglich, einen Schritt allein zu machen. Anscheinend stand in den Klostervorschriften, niemanden unbegleitet durch die Flure streifen zu lassen. Sie klopfte an die Tür zum Büro der Mutter Oberin und kündigte mich mit der Gestik eines buckligen Majordomus aus einem Horrorfilm an: »Ehrwürdige Mutter, die Polizei ist da.«

Dann hinkte sie davon, als litte sie an Arthritis. Mutter Guillermina de Arrinoaga stand auf und begrüßte mich mit ausgebreiteten Armen.

»Wie geht's, Inspectora? Ich freue mich, Sie wiederzusehen.«

»Ehrwürdige Mutter? So würde ich auch gern genannt werden, das klingt gut.«

Sie lachte sonor und bot mir einen Stuhl an.

»Trauen Sie nie dem äußeren Schein, ich werde nur noch selten so genannt. Aber die Schwester Pförtnerin ist noch von der alten Schule.«

»Aber noch in Hochform. Ich habe beobachtet, wie sie einen Lieferanten losgeworden ist. Es war beeindruckend.«

Sie lachte wieder, aber etwas verhaltener.

»Ach, mein Gott! Es stimmt, sie ist etwas aufbrausend, aber man kann ihr das nicht vorwerfen, denn sie muss sich ständig mit Lieferanten, Handwerkern und den Touristen, die unsere Kapelle besichtigen, herumschlagen. Ich müsste sie eigentlich in Pension schicken, aber ich weiß nicht, ob eine junge Nonne diese Arbeit so effizient machen würde wie sie.«

Ich lächelte und sie auch. Als mir einfiel, dass sie mir noch gar nicht gesagt hatte, weshalb sie mich sprechen wollte, blieb mir nichts anderes übrig, als nachzufragen: »Nun gut, worum geht's?«

»Ich habe Sie nicht aus einem besonderen Grund hergebeten, ich hatte einfach Lust, mit Ihnen zu reden, mich von Ihnen über den Verlauf der Ermittlungen unterrichten zu lassen. Denn ich weiß, dass Sie sich mit Schwester Domitila und dem Mönch aus Poblet treffen, der Bruder Cristóbal unterstützt hat.«

»Leider gibt es noch keine großen Fortschritte. Das ist ein ziemlich obskurer Fall. Wir sind zu dem Schluss gekommen, dass das Motiv für den Mord an Bruder Cristóbal mit seinen Forschungen über Bruder Asercio zu tun haben muss.«

»Was Sie nicht sagen! Das ist ja unglaublich! Wie kann denn eine jahrhundertealte Mumie ...«

»Vielleicht hat er etwas entdeckt, was er nicht entdecken sollte.«

»Und warum ist der Heilige dann entwendet worden?«

»Ich weiß es nicht, Mutter Oberin. Das ist eine Frage, die ich nicht beantworten kann.«

Unvermittelt beugte sie sich nach vorn, als wollte sie etwas erwidern, doch dann lehnte sie sich wieder zurück und schwieg.

»Heiliger Gott! Wäre es nicht eine furchtbare Sünde, würde ich sagen, dass mich die Neugier fast umbringt. Nein, nein, besser, Sie sagen nichts, je mehr ich weiß, desto schlechter für mein Seelenheil. Ich habe uns einen Tee zubereiten lassen, trinken Sie ein Tässchen mit mir, und dann können Sie sich an die Arbeit mit den jungen Leuten machen. Wundert mich wirklich nicht, dass die Reporter uns so hartnäckig belagern, das ist alles so mysteriös!«

»Mein Chef hat mir gesagt, Sie hätten den Polizeipräsidenten angerufen und um Hilfe gebeten, damit die Presse Sie in Ruhe lässt.«

»Ja, er war sehr freundlich, aber ich bezweifle, dass er mich ernst genommen hat. Und zwar deshalb, weil ich es in solchen Fällen genauso mache: Wenn ich um etwas gebeten werde, sage ich den Leuten, was sie hören wollen, verspreche aber nichts. Ihr Chef hat mir auch nichts versprochen.«

»Das nennt man Politik.«

»Oder die schlechte Angewohnheit von Führungskräften, die keine Lust haben, die Dinge zu regeln.«

»Mein Comisario ist gern der Chef.«

»Ich nicht. Manchmal bin ich es leid, verstehen Sie, Inspectora?« Sie hatte uns wohlerzogen Tee eingeschenkt. »Ich komme aus einer Großfamilie, außer meiner Schwester Camila habe ich nur Brüder. Mein Vater war Notar in Pamplona, ein sympathischer Mann mit viel Sinn für Humor. Auch meine Mutter war ein heiterer Mensch und hat gern Feste veranstaltet. Jeden Abend nach dem Essen saß die ganze Familie noch ein Weilchen beisammen. Mein Vater erzählte, meine Mutter spielte manchmal Klavier und sang. Meine Geschwister und ich rauften, wir machten Unsinn ... Als ich ihnen verkündete, dass ich Nonne werden wollte, war das eine kleine Tragödie. Niemand hat es verstanden, weil mein Vater darüber hinaus sehr fortschrittlich eingestellt war und die Kirche schrecklich fand. Irgendwann haben sie es akzeptiert, und ich war mit meiner

Berufung immer zufrieden, auch wenn ich die Freude, den Humor vermisst habe ... In diesem Kloster sind alle so ernst!«

»Warum haben Sie es getan?«

»Was?«

»Warum sind Sie Nonne geworden?«

»Dafür gibt es keine Gründe, Inspectora, es ist wirklich eine Berufung, die Stimme Gottes. Ich habe sie gehört und ihr gehorcht, ich bin sehr glücklich. Ich vermisse nur, hin und wieder ein wenig plaudern zu können ... In unseren Vorschriften steht, dass Plaudern überflüssig und bedenklich wäre, aber ganz ehrlich, ich glaube das nicht. Der Mensch unterscheidet sich vom Tier, weil er eine Seele hat, und das Merkmal der Seele ist das Wort.«

Wir sahen uns voller Sympathie an. Sie wollte also nur ein bisschen mit mir plaudern.

»Wie schmeckt der Tee?«, fragte sie plötzlich.

»Ausgezeichnet. Einer der besten Tees, die ich je getrunken habe. Ich hoffe, wir können das wiederholen.«

Ich glaube, sie war mir dankbar dafür, dass ich ihr Bedürfnis nach Gesellschaft verstand. Sie trank einen letzten großen Schluck und sagte abschließend:»Jetzt lasse ich Sie zu den beiden Gelehrten gehen. Sie wissen nicht so viel über das Fachgebiet wie der arme Bruder Cristóbal, aber ansonsten stehen sie ihm in nichts nach.«

»Hoffentlich können sie mir helfen.«

»›So Gott will‹, sagen wir hier in diesem Haus anstelle von ›hoffentlich‹. Ich begleite Sie in die Bibliothek.«

Wir gingen gemeinsam durch Stille und Schatten. Ihr Schritt war so ausladend, dass ihr Ordenskleid flatterte. Vor der Tür angekommen, drückte sie mir wieder so fest die Hand, dass es schmerzte.

»Schauen Sie wieder bei mir vorbei, Inspectora, und erzählen Sie mir, wie Sie in dem Fall vorankommen.«

In der Bibliothek befanden sich Garzón, Bruder Magí, Schwester Domitila und auch Pilar, ihre junge Assistentin, die bei meinem Eintreten aufstand, mich begrüßte und verschwand, immer diskret und flüchtig wie eine Augustbrise. Ich unterstellte, der Grund ihrer Anwesenheit war gewesen, der anderen Nonne in der Gegenwart von zwei Männern Gesellschaft zu leisten. In diesem Gebäude war jede Situation oder Bewegung genau reglementiert.

Garzón brachte mich auf den aktuellen Stand des bereits laufenden Gesprächs.

»Also, Inspectora, ich habe vorgeschlagen, dass wir damit beginnen, die Zielsetzungen durchzugehen, die Bruder Cristóbal, den wir verkürzt ›das Opfer‹ nennen werden, in seinen Papieren formuliert hat. Zunächst sollen die beiden unsere Fragen beantworten. Das soll sie aber nicht daran hindern, als Sachverständige in der Materie sämtliche Informationen oder Fakten, die ihnen wichtig erscheinen, hinzuzufügen oder zu ergänzen.«

Sehr gut, Garzón, dachte ich, perfekt formuliert, und das, obwohl ich versäumt hatte, ihn vorsorglich daran zu erinnern, sich im Beisein von Geistlichen anständig auszudrücken. Er nahm die Fotokopien der Unterlagen des Opfers und las vor: »Punkt eins: Diagnose der Unversehrtheit.«

Absolutes Schweigen. Ich konnte sehen, wie Schwester Domitila und Bruder Magí einen unbehaglichen Blick wechselten. Da sie nichts sagten, fragte ich: »Können Sie uns erklären, was das bedeutet?«

Da die Nonne den Schnabel nicht aufmachte, ergriff der Mönch das Wort, dem ich unterstellte, dass er sonst eher verschwiegen war.

»Theoretisch ist die Leiche des Heiligen in den Kirchenannalen als unversehrt erfasst. Soll heißen, dass Gott ihm als Dank für seine Heiligkeit zu Lebzeiten das Geschenk gemacht hat, als Toter nicht zu verwesen.«

»Ein Wunder?«, hakte Garzón mit plötzlich erwachtem Interesse nach.

»Na ja, die Geschichte der katholischen Kirche ist lang und wechselhaft. Sagen wir, im Mittelalter neigte man stärker dazu, gewisse Naturprozesse als Wunderwerke einzuordnen. Wie Sie bestimmt wissen, ist die Kirche in diesen Dingen heutzutage sehr viel vorsichtiger. Außerdem reden wir hier von weit zurückliegenden Epochen, in denen man noch nicht über die wissenschaftlichen Mittel von heute verfügte. Nicht nur im Schoß der Kirche glaubte man an die Unversehrtheit, sondern in der ganzen Gesellschaft, die im Vergleich zu heute unterentwickelt und ungebildet war.«

Bei dieser Gelegenheit enthüllte Domitilas Blick, den sie dem Glaubensbruder zuwarf, ihre große Bewunderung dafür, wie er das Ansehen der Kirche wahrte und dennoch eine Antwort gab. Garzón fasste es deutlich weniger diplomatisch zusammen.

»Mit anderen Worten, die Behauptung, dass die Leichen nicht verwesten, war ein Scherz, den sich die Priester erlaubten, um die Gläubigen bei Laune zu halten.«

»Subinspector!«, rief der arme Bruder Magí, als wolle er um Gnade bitten.

»Aber in dem Fall …«, mischte ich mich ein. »Wenn es ein probates Mittel ist, dass heutzutage die Unversehrtheit als etwas Symbolisches angesehen wird, warum hat das Opfer diese Diagnose dann in seinen Forschungsarbeiten festgehalten?«

Nun meldete sich Schwester Domitila zu Wort.

»Einen Moment, Inspectora! Dass viele Mumifizierungen auf natürliche Weise oder durch Einbalsamieren des Leichnams stattfanden, heißt nicht, dass es keine echten unversehrten Heiligen gab. Zum Beispiel der heilige Pascual Bailón. Die ikonographische Darstellung, die wir heute haben, ist die Abbildung seines tatsächlich unverwesten Körpers, der im Bürgerkrieg von den Kommunisten geschändet wurde. Außerdem heißt es im Konzil von Trient wörtlich: Die Körper der heiligen

Märtyrer und anderer, die jetzt mit Christus leben, Körper, die Gliedmaßen und Tempel des Heiligen Geistes waren, die eines Tages für Ihn auferstehen und im ewigen Leben gepriesen sein werden, dürfen von den Gläubigen verehrt werden. Durch sie gewährt Gott den Gläubigen Wohltaten.«

Nicht einmal Bruder Magí war auf diese Breitseite vorbereitet gewesen, die unversehens die roten Horden und das Trienter Konzil einschloss. Er war so verdattert wie wir und rief fast entschuldigend: »Ja gewiss, im Fall des heiligen Papstes Johannes XXIII. hat man den Körper einbalsamiert, wie ich weiß, damit die Leiche während der anhaltenden Beerdigungszeremonien ansehnlich blieb. Trotzdem ist es ungewöhnlich, dass sie ohne weitere Behandlung so lange Zeit unversehrt bleibt.«

Doch Schwester Domitila war von konservativ-traditioneller Inbrunst getrieben.

»Und was sagen Sie zu dem unversehrten Arm der heiligen Teresa de Jesús? Die Kirche hat bestätigt, dass es sich um ein Wunder handelt. Andere Körper bleiben nur eine gewisse Zeit unversehrt und trocknen dann ganz langsam aus, zeigen aber keinerlei Symptome der Verwesung, wie zum Beispiel die heilige Bernadette Soubirou, die heilige Catherine Labouré, die sogar nach Rosen duftete, der heilige Vicente de Paúl, die heilige Vittoria ... an mehr Namen erinnere ich mich gerade nicht, aber ich weiß, dass es noch mehr gibt.«

Garzón und ich lauschten dieser bizarren Unterhaltung einigermaßen perplex. Bruder Magí lächelte philosophisch und sagte: »Ich leugne die Wunder nicht, Schwester, aber ich glaube, dass Bruder ... Verzeihung, das Opfer diesen Punkt in seinen Arbeitsunterlagen festgehalten hat, weil es sich dabei um eine Art Kirchenprotokoll über sämtliche Forschungen handelt.«

»Verstehe«, erwiderte ich etwas schwindlig angesichts der Flut von Leichen, die zu Rosenknospen mutierten. »Aber sagen Sie mir, gesetzt den Fall, der heilige Asercio wäre nicht von der

Gnade berührt worden, dass er weder nach Rosen noch sonst was gerochen hätte, wie konnte er so gut erhalten sein?«

»Wie Schwester Domitila bereits erwähnte, gibt es zwei Methoden: die eine, dass er von Menschenhand einbalsamiert wurde, und die andere, dass die Mumifizierung auf natürliche Weise stattfand. Wenn am Ort der Aufbewahrung geringe Feuchtigkeit und hohe Temperaturen herrschen, dann mumifizieren Leichen von selbst.«

»Hatte das Opfer bestimmt, um welchen Vorgang es sich bei dem heiligen Asercio handelte?«

»Wie ich Ihnen schon sagte, hatte Bru... das Opfer noch nicht begonnen, den Körper zu untersuchen«, antwortete Domitila.

»Mir hat er gesagt, dass er schon bald damit anfangen wolle«, warf der Mönch ein.

»Das glaube ich nicht, er war doch mit den historischen Forschungen schon ziemlich in Verzug, und laut seinen Plänen sollte die Untersuchung hinterher erfolgen.«

Als sich Bruder Magí zum zweiten Mal von der Nonne belehrt sah, schwieg er vorsichtshalber. Doch die Uneinigkeit zwischen beiden kam erneut zutage, als ich fragte: »Wollte er eine DNA-Analyse machen?«

»Das hat er mir gesagt«, antwortete der Mönch.

»Keinesfalls. Wir haben geprüft, ob das wirklich notwendig ist, und er kam zu dem Schluss, dass es nur Zeit- und Geldverschwendung wäre.«

Magí schwieg, doch ich spürte, dass ihn die Antwort nicht überzeugte. Das musste auch der kriegerischen Ordensfrau aufgefallen sein, denn sie schloss mit der Behauptung: »Bruder Magí, Sie haben sich mit ihm über die Arbeit ausgetauscht, aber ich habe ihn bei seinen Forschungen unterstützt.«

»Selbstverständlich, Schwester. Gott möge mich davor bewahren, recht haben zu wollen!«

Wie es schien, harmonierten sie nicht gut miteinander, also

erwog ich die Möglichkeit, dass sie sich früher schon mal getroffen hatten.

»Kannten Sie beide sich schon?«

Beide schüttelten die Köpfe und blickten dabei demütig zu Boden. Sie sagte: »Der arme ... das arme Opfer hat mir einmal erzählt, dass er sich mit Ihnen regelmäßig über die Arbeit austausche, er hat Sie sehr geschätzt.«

»Sie auch, Schwester.«

Gut, zum Glück war es nicht zu einem Schisma gekommen. In der momentan entspannten Atmosphäre fragte Garzón höchst sachlich: »Es steht noch etwas in den Notizen des Opfers, das wir nicht verstehen: Was ist Complucad?«

Der ein wenig eingeschüchterte Magí schwieg. Domitila, vielleicht im Bewusstsein ihrer übertrieben heftigen Reaktion, sagte lächelnd: »Sagen Sie es ihnen, Bruder, von diesen Dingen verstehe ich nicht viel.«

»Das ist ein neues Präparat zur Einbalsamierung von Körpern, mit dem man großartige Ergebnisse erzielen kann. Ich weiß nicht, welche chemischen Komponenten es enthält. Es wird auch an den Medizinfakultäten eingesetzt, um die Leichen für die Sezierung vorzubereiten. Fragen Sie mal Ihre Kollegen ... ich meine, gehört zu haben, dass es auch in der Pathologie zum Einsatz kommt. Auf dem Gebiet der Archäologie ist Complucad sehr gefragt für die Konservierung von Mumien, auch um sie flexibel zu machen.«

»Was hätte das Opfer mit der Leiche des Heiligen gemacht?«

»Wenn er keine DNA-Analyse gemacht hätte, dann hätte er den Körper ausgewickelt und vielleicht geöffnet, um sich zu vergewissern, dass die inneren Organe herausgenommen wurden, und dann hätte er ihm an strategischen Punkten Complucad injiziert. Ich glaube nicht, dass er viel mehr gemacht hätte.«

»Schwester, wurde der Sargdeckel einmal angehoben?«

»Nein, soweit ich weiß, nie.«

»Ist er sehr schwer?«

»Ihre Kollegen, die Mossos d'Esquadra, haben festgestellt, dass er nur von mindestens zwei starken Männern angehoben werden kann.«

»Ja, das habe ich in ihrem Bericht gelesen. Hat das Opfer nie gesagt, dass es einen direkten Blick auf die Leiche werfen möchte?«

»Nein, nie, dafür war es noch zu früh.«

»Hat er äußerlich etwas an der Mumie des Heiligen entdeckt, das seine Aufmerksamkeit erregt hat?«

»Ich weiß nicht genau, was Sie meinen, aber nein, diesbezüglich hat er nichts erwähnt.«

»Besteht irgendeine Möglichkeit, oder gibt es irgendeinen Hinweis in den historischen Forschungsunterlagen über die Mumie darauf, dass in der Leiche etwas von Wert verborgen sein könnte?«

»Von materiellem Wert?«

»Ja, natürlich, Gold, Schmuck ... im Körper verborgene Edelsteine.«

Schwester Domitilas Mandelaugen blitzten amüsiert.

»Nein, Inspectora, auf keinen Fall.«

»Uns ist aufgefallen, dass in den Unterlagen des Opfers etwas von einem Prozess stand, den man in der Vergangenheit ein paar Geistlichen wegen Diebstahls des Körpers gemacht hat ...«

»Ja, stimmt! Das war eine Episode, die Bruder Cristóbal von allem, was er über unseren Heiligen zusammentragen konnte, am meisten interessiert hat. Er sagte, das sei etwas, was ihm in späteren Studien allgemeiner Natur dienlich sein könnte«, erläuterte die Schwester.

»Könnten wir dann sagen, dass es sich um etwas Ungewöhnliches handelte, eine Entdeckung, die vom Normalen abweicht?«

»Wenn ich ehrlich sein soll, glaube ich das nicht. Ich weiß nicht, ob Bruder Magí mir da zustimmt, aber Diebstahl von

Reliquien oder heiligen Körpern war im Mittelalter nicht unüblich. Sie auszustellen, förderte die Frömmigkeit der Gläubigen einer Kirchengemeinde, in deren Besitz sie waren. Und Sie wissen ja, wir sprechen von einer ziemlich unruhigen und düsteren Epoche. Die Geistlichen waren oftmals nicht auf ewig berufen wie heute, sondern arme Menschen, die als Kinder in die Klöster gebracht wurden oder nur durch den Eintritt in einen Orden überleben konnten. Unter diesen Umständen sind Diebstähle oder fehlende Moral jeglicher Art nicht verwunderlich.«

»Gab es irgendeinen anderen Grund, der in der Vergangenheit zum Raub von unversehrten Körpern geführt hat?«

Auf der Suche nach einer Antwort richtete die Nonne ihre schönen Augen seufzend nach oben.

»Diese Frage lässt sich nur schwer beantworten, aber es gibt etwas, auch ganz typisch für jene Zeiten des pseudoreligiösen Aberglaubens, das ein Grund sein könnte. Eine Zeit lang glaubte man, dass der Staub des unversehrten Körpers heilende Kräfte haben könnte. Das hat gelegentlich zu Diebstählen geführt, die dokumentiert sind, aber unser Heiliger war davon nicht betroffen.«

Bruder Magí hob einen Finger zum Zeichen, dass er etwas hinzufügen wollte.

»Um es zu präzisieren: Der Staub, den man für heilend hielt, stammte nicht nur vom Zermahlen unversehrter heiliger Körper, sondern von Mumien jeglichen Ursprungs. Sogar im neunzehnten Jahrhundert wurden noch ägyptische Mumien gestohlen und zerstückelt, um den heilenden Staub zu verkaufen. Wie Sie sich denken können, führte das zu einer Vielzahl von Betrügereien und Handel mit Diebesgut, denen ungebildete Menschen zum Opfer fielen.«

»Aber das hat nichts mit unserem Fall zu tun«, erwiderte Domitila pikiert.

»Es ist nur ein kulturgeschichtliches Detail«, erwiderte der

Mönch würdevoll. Garzón kratzte sich am Kopf, als überstiege das alles sein Auffassungsvermögen.

»Ja, aber heutzutage, ich meine, jetzt und in diesem Land, würde wohl niemand stehlen oder töten, um aus Mumien Staub zu machen und ihn im Internet zu verkaufen, glauben Sie nicht auch?«

Die beiden Geistlichen erstarrten und waren sich tatsächlich einmal einig.

»Nein, natürlich nicht«, riefen sie unisono.

Bevor ich einen Lachanfall bekam, fuhr ich fort: »Eine Frage an Sie beide: Wenn Sie an unserer Stelle wären, wenn Sie in dem Fall ermitteln würden, was würden Sie denken, was tun?«

Es folgte längeres Schweigen. Ich beobachtete aufmerksam ihre Mimik. Der Mönch war ernst, ein wenig konsterniert und schüttelte schließlich den Kopf, während die Ordensfrau die Augen zusammengekniffen hatte und ihr Gesicht höchste Konzentration ausstrahlte. Er sprach zuerst.

»Mir fällt dazu nichts ein, Inspectora. Nur ein Verrückter, ein wahrhaftig verwirrter Geist ist zu einer derart schrecklichen Tat imstande.«

»Dann müssten es mindestens zwei Verrückte sein, da man den Sarkophag nur zu zweit öffnen kann. Eine Verschwörung oder eine Organisation mit uns verrückt erscheinenden Zielen?«

»Ich wiederhole, ich weiß es nicht, Inspectora. Ich weiß einfach nicht, was ich denken soll.«

Jetzt ergriff Domitila lebhaft das Wort.

»Und der Zettel, der am Tatort gefunden wurde? Wie kommt es, dass Sie uns dazu keine Fragen stellen?«

»Ich möchte nicht auf das Spiel des Mörders eingehen, denn in den meisten Fällen dieser Art handelt es sich nur um den Versuch, die Polizei in die Irre zu führen«, antwortete ich.

»Aber wenn es sich, wie Bruder Magí sagt, um einen verwirrten Geist handelt, hat es vielleicht etwas zu bedeuten. Können Sie uns noch einmal den Wortlaut nennen?«

»Suchet mich, wo ich nicht sein kann.«

»Was soll das heißen?«

»Wir wissen es nicht, und wir werden uns erst damit beschäftigen, wenn alles andere an seinem Platz ist. Sie möchte ich bitten, so weit wie möglich zu rekonstruieren, was das Opfer bei seinen Forschungen herausgefunden haben könnte, denn sein Laptop ist verschwunden.«

»Ich kann nur beisteuern, was er mir berichtet hat, sollte mir noch etwas einfallen«, sagte Magí.

»Ich werde Ihnen alle Akten zusammenstellen, die er einsehen wollte«, versprach Domitila.

Danach erklärte ich die Sitzung für beendet. Ich hatte Kopfschmerzen, und das Gefühl von Unwirklichkeit, das dieser Fall mir bescherte, war nach dieser unvorhergesehen langen Arbeitsbesprechung noch stärker. Im Kloster war es dunkel wie in der Höhle eines Raubtiers und so still wie in einem Grab. Augenscheinlich schliefen alle. Kaum waren wir ein paar Schritte gegangen, kam eine imposante, dunkle Gestalt auf uns zu, die Mutter Oberin. Sie verabschiedete sich von uns und beauftragte Schwester Domitila, uns zur Tür zu begleiten. Garzón und der Mönch gingen voraus. Unvermittelt flüsterte Mutter Guillermina mir zu: »Wäre es zu viel verlangt, wenn ich Sie bitte, in meinem Büro noch eine Zigarette mit mir zu rauchen, bevor Sie gehen?«

Ich willigte ein, obwohl ich eigentlich keine Lust hatte. Nachdem wir die beiden Männer verabschiedet hatten, gingen wir in ihr Büro, wo sie eine Schachtel Zigaretten herausholte, mir eine anbot und sich selbst mit unerhörtem Genuss eine anzündete.

»Eigentlich müsste ich jetzt behaupten, dass ich Sie hergebeten habe, um zu hören, wie es gelaufen ist, aber das wäre nicht ehrlich. Wenn ich mein Gewissen überprüfe, wird mir klar, dass ich Sie als Ausrede benutze, um noch eine Zigarette zu rauchen. Ich habe mir fest vorgenommen, nach zehn nicht mehr zu rauchen, außer ...«

»Außer es sitzt eine Polizistin in Ihrem Büro.«

Sie lachte gut gelaunt auf, und ich tat es ihr gleich.

»Mein Fleisch ist auch schwach, Inspectora. Manchmal denke ich das mit großem Schuldgefühl, aber dann sage ich mir: Du hast dein ganzes Leben in den Dienst Gottes gestellt, wird Gott dann so kleinlich sein und deine Zigaretten zählen? Was macht schon eine mehr! Vielleicht ist es ja mit meiner Nachsichtigkeit mir gegenüber vorbei, wenn ich einmal vor ihm stehe. Wie war das Treffen?«

Ich zuckte mit den Schultern, machte zuerst ein gleichgültiges und anschließend ein verwirrtes Gesicht.

»Sehr lehrreich. Wir haben erfahren, dass in früheren Zeiten der Staub einer Mumie für heilend gehalten wurde ... Doch abgesehen davon, kein Lichtstrahl in unserem Fall.«

»Mumienstaub? Bah! Das hat Ihnen bestimmt Schwester Domitila erzählt. Sie weiß viel über solche Dinge!«

»Ist die Schwester eine konservative oder eher eine rigorose Frau?«

»Konservativ? Politik ist hier nicht wichtig, wir reden fast nie darüber. Rigoros ist sie schon manchmal, in Glaubensfragen kann sie sehr kategorisch sein. Vermutlich musste sie sich beim Geschichtsstudium viele böse Scherze über den Katholizismus gefallen lassen. Wie dem auch sei, eine Nonne um die vierzig reagiert manchmal etwas überspannt.«

»Können Sie mir erklären, warum?«

»Sind Sie neugierig?«

»Fast so sehr wie Sie auf polizeiliche Ermittlungen.«

Sie lachte leise auf.

»Es ist nichts Besonderes. Mit vierzig Jahren hast du schon viele Jahre im Orden verbracht. Du hast dich von allen weltlichen Versuchungen frei gemacht und dir bewiesen, dass du dieses harte Leben gut ertragen kannst. Das bewirkt ein Gefühl von Allmächtigkeit und bestärkt dich in deinen Überzeugungen. Das ist das ganze Geheimnis.«

»Und in Ihrem Alter, Mutter Oberin? Wie denken Sie darüber?«

Sie lächelte und drückte energisch ihre Zigarette aus.

»Ich bin siebenundfünfzig. In meinem Alter wirst du dir bewusst, dass es, was auch immer du im Leben getan hast, ein echter Erfolg ist, mit einer gewissen Begeisterung weitermachen zu können.«

Ein Anflug von Traurigkeit huschte über ihr Gesicht. Wir schwiegen.

»Noch eine Zigarette?«

»Lassen Sie, Inspectora. Spielen Sie nicht den Teufel der Versuchung. Ich begleite Sie zur Tür, bevor ich ihm erliege.«

5

Es war Samstag, also musste der Fall übers Wochenende warten. Das Suchkommando unter der Leitung von Yolanda und Sonia konnte allerdings keine Pause einlegen. Als gutes Vorbild hätte ich den Morgen eigentlich im Kommissariat verbringen müssen, aber da ich in der letzten Zeit kaum ein Wort mit Marcos gewechselt hatte, beschloss ich, zu Hause zu bleiben, wenn auch mit dem Telefon in Reichweite. An diesem Wochenende waren die Kinder bei uns. Morgens war ihr Vater damit beschäftigt, sie zu ihren vielfältigen kulturellen und sportlichen Aktivitäten zu bringen. Ich konnte tun, wozu ich am meisten Lust hatte: meinen vernachlässigten Körper und meinen nicht weniger hinfälligen Geist zu pflegen. Ich trug eine schreiend grüne Gesichtsmaske auf, ließ mir ein fast zu stark duftendes Kräuterbad ein, legte mich mit einem Buch in die Wanne und begann genüsslich zu lesen. Nach einer Weile fühlte ich mich schon fast wieder wie ein normaler Mensch. Dieser Fall beanspruchte mich dermaßen, dass mir keine Zeit für mich selbst geblieben war. An dem Morgen nahm ich sie mir, was leider zur Folge hatte, dass ich noch unruhiger wurde. Da gab ich mich dem Genuss eines Bades hin, doch der verflixte Mönchsfall war so unerreichbar wie ein Apfel hoch im Baum. Wir hatten zwar noch keine Ahnung, wie wir an ihn rankommen sollten, doch da hing er appetitlich und sonnengereift scheinbar zum Greifen nah. Ich überlegte, ob ich nach dem Bad die Mädchen anrufen sollte, aber das Klingeln des Telefons auf einem Hocker neben der Badewanne kam mir zuvor. Es war Garzón.

»Inspectora, ich habe mir gedacht ... Ich könnte doch heute

Nachmittag Ihre Stiefkinder mal mit ins Kommissariat nehmen.«

»Also wirklich, Fermín, halten Sie das für eine gute Idee?«

»Es wird kaum jemand da sein, ein idealer Zeitpunkt. Dann hören sie vielleicht auf, Ihnen auf die Nerven zu gehen, weil Sie Ihnen nichts von unserer Arbeit erzählen.«

»Und Sie wollen Ihren freien Nachmittag mit diesen Kindern verplempern?«

»Ach was! Ich war schon immer sehr kinderlieb. Wenn ich ehrlich sein soll, sind sie mir lieber als Tiere, obwohl ich weiß, dass Sie da anderer Meinung sind. Außerdem geht Emilia mit ihrer Schwester Concepción einkaufen, und ich gestehe, dieser Besuch wäre die perfekte Ausrede für mich, nicht mitgehen zu müssen. Ich hasse solche Einkaufsbummel. Die schlimmsten Momente sind, wenn die beiden etwas anprobieren und ich mit der Verkäuferin allein herumstehe. Dann habe ich immer das Gefühl, die sieht mich an und denkt: Was hat denn der Bauerntölpel hier verloren?«

»Ich muss Marcos fragen. Vielleicht findet er es nicht so gut, wenn seine Kinder sich das Kommissariat ansehen.«

Marcos fand die Idee klasse. Ein ausgesprochen lehrreicher und origineller Ausflug, wie er sagte. Die drei Betroffenen waren von Garzóns Vorschlag natürlich hellauf begeistert. Marina fragte aufgeregt: »Dürfen wir auch die Häftlinge sehen?«

»Im Kommissariat gibt es keine Häftlinge, Dummerchen, die sind im Gefängnis«, erwiderte Hugo herablassend. Aber sie gab nicht so schnell klein bei.

»Doch, gibt es. Das stimmt doch, Petra? Ich habe das im Film gesehen: Da sind eine Menge Leute im Kommissariat, weil sie was angestellt haben, und alle reden gleichzeitig. Dann sagt der Wachpolizist: Ruhe, Ruhe, oder ich sperre euch ein.«

»Na ja, ihr wisst doch, dass man Filme nicht so ernst nehmen darf«, sagte ich beschwichtigend.

Der beinharte, unerschütterliche Teo war sehr bemüht, sich die Aufregung nicht anmerken zu lassen, in die Garzóns Angebot auch ihn versetzt hatte.

»Bah«, rief er. »Uns Kindern wird man nichts Interessantes zeigen, oder glaubt ihr etwa, die zeigen uns die geheimen Orte?«

Geheime Orte! Ich hatte keine Ahnung, was sich dieser Junge unter Polizeiarbeit vorstellte. Vielleicht war Garzóns Idee doch nützlicher, als ich dachte, obwohl, wie sagte schon Virginia Woolf: »Es ist schwerer, ein Gespenst zu töten, als die Wirklichkeit.«

Um fünf Uhr nachmittags holte der Subinspector gut gelaunt die Kinder ab, als hätte er sein Leben lang nichts anderes getan. Nachdem das seltsame Grüppchen fort war, sagte ich etwas besorgt zu Marcos: »Ich weiß nicht, ob wir das nicht noch bereuen werden.«

»Wieso? Fermín wirkt auf mich wie ein Mann mit gesundem Menschenverstand.«

»Ja, aber der setzt bei ihm manchmal aus, und er kommt auf dumme Ideen.«

»Jetzt ist es zu spät, darüber nachzudenken.«

»Marcos, ich muss dich etwas fragen: Machst du dir manchmal Sorgen?«

»Nun ja ... Lass mich überlegen ... Ich sorge mich nie um etwas, das unvermeidlich ist, und, ja, gelegentlich beunruhigt mich die globale Erderwärmung.«

»Du machst mir Angst. Hast du immer alles unter Kontrolle?«

»Würdest du mich mehr lieben, wenn ich mich leichter aufregen würde und mir bei jeder Entscheidung über mögliche Risiken Gedanken machte?«

»Mir kommen allmählich so meine Zweifel, dass du ein Mensch bist. Ich fürchte, eines Nachts aufzuwachen und neben mir ein schuppiges Wesen aus einer anderen Galaxie vorzufinden.«

»Komm her, Liebste, ich werde dir beweisen, wie menschlich ich bin.«

Die Finger zu Monsterkrallen gekrümmt, kam er auf mich zu, und ich lief hinaus. Er verfolgte mich, ich schrie auf, und nach kurzem Geplänkel landeten wir auf dem Sofa, wo er mir bewies, dass er Mensch und Mann war.

Nachdem wir uns geliebt hatten, seufzte ich, und er döste in den zerwühlten Kissen. Ich fühlte mich wohl. Das rationale, gelassene Wesen dieses Mannes war ideal für eine zum Pessimismus neigende Frau wie mich. Ich betrachtete ihn aufmerksam. Wenn er die Augen geschlossen hatte, fiel sein schönes Profil auf. Warum waren seine beiden ersten Ehen gescheitert? Vielleicht gerade wegen dieses unerschütterlichen Charakters? Hatte diese Haltung bewirkt, dass sich seine Frauen im Vergleich dazu hysterisch oder dämlich fühlten? Würde mir das am Ende auch passieren? Ich schalt mich für diese Gedanken über jemanden, der genauso viele Ehen wie ich hinter sich hatte. Aufgrund meiner eigenen Biographie stand es mir nicht zu, ihn für einen Blaubart zu halten. Außerdem gibt es kein Scheitern der Liebe, es gibt nur Menschen, ihre Verbindungen und die Kombinationen der jeweiligen Umstände. Jedes andere Theorem bleibt Selbsthilfebüchern und den vielen Eheberatern, selbst ernannt oder nicht, überlassen.

Den restlichen Nachmittag verbrachten wir gemütlich zu Hause, wir lasen, plauderten und tranken leckere Cocktails. Glücklichsein ist leicht, wenn man es nicht darauf anlegt, dachte ich. Zwar musste ich hin und wieder Yolanda anrufen, doch die Aussage der jungen Polizistin lautete immer gleich: Die Suche gehe weiter, aber noch hätten sie die Frau nicht gefunden. Unsere Zeugin war wie vom Erdboden verschluckt.

Um neun Uhr kehrte der Subinspector mit seinem Gefolge zurück. Er kam nicht ins Haus, er hatte es eilig. Die drei Kinder wirkten erschöpft. Marcos fragte sie, wie es ihnen gefallen habe, und seine Neugier, die ich teilte, musste sich mit einem knappen »Gut« zufriedengeben.

»›Gut‹ ist ein bisschen wenig nach einem ganzen Nachmittag bei der Polizei.«

»Wir haben Videos von Diebstählen gesehen«, erzählte Marina schließlich großzügig.

»Und einen Raum voller beschlagnahmter Waffen«, ergänzte Hugo, um zu beweisen, dass er das Polizeivokabular perfekt beherrschte. Teo schwieg. Ich versuchte, ihm etwas zu entlocken.

»Und du, Teo, hast du nichts Interessantes gesehen?«

»Doch, Subinspector Garzón war mit uns auch bei der Spurensicherung, und dort hat man uns gezeigt, wie Fingerabdrücke genommen werden.«

»Na also, dann war das doch ein erfolgreicher Nachmittag.«

»Ja, und Subinspector Garzón hat auch erzählt, dass er schon oft in Gefahr war und viele Verbrecher gestellt hat. Er ist ein sehr mutiger Mann, obwohl er ganz normal wirkt«, platzte Marina voller naiver Bewunderung heraus.

»Davon kannst du ausgehen«, bestätigte ich mit einem gewissen Unterton.

»Euer Essen steht auf dem Küchentisch.«

»Wir haben keinen Hunger, Papa. Der Subinspector hat uns ein paar Bocadillos spendiert, die waren sehr lecker«, sagte Hugo. Daraufhin verschwanden alle drei schweigend und im Gänsemarsch in ihren Zimmern. Entweder waren sie wirklich müde oder ausgesprochen beeindruckt von dem Ausflug in die Polizeipraxis. Marcos und ich sahen uns fragend und gespannt an.

»Glaubst du, es hat ihnen gefallen? Sie sind so komisch.«

»Ach was, es ist typisch für Kinder, dass sie nicht gleich losreden: Je besser ihnen etwas gefallen hat, desto schweigsamer sind sie.«

»Das verstehe ich, geht mir genauso …«

»Außerdem sind sie fix und fertig; wie's aussieht, hat Garzón sie überall herumgeschleppt.«

»Und das, obwohl er ganz allein das Verbrechen in diesem Land bekämpft.«

»Sei nicht gemein.«

»Na gut, solange es nicht dazu führt, dass sie Polizisten werden wollen.«

»Es gibt Schlimmeres.«

»Ja, aber das kenne ich nicht aus eigener Erfahrung.«

Am Sonntagmorgen ging ich zeitig zum Frühstück nach unten, weil ich danach ein wenig arbeiten wollte. In der Küche saß Hugo, trank Milch und aß Kekse.

»Aber hallo, ich dachte, ich wäre die Frühaufsteherin, aber heute bist du mir zuvorgekommen.«

»Die anderen schlafen noch.«

Ich machte mir Kaffee und setzte mich zu ihm. Wir schwiegen und kauten gemächlich, bis er plötzlich fragte: »Petra, warum bist du Polizistin geworden?«

»Na ja, früher war ich Anwältin, aber das fand ich nach einer Weile ziemlich langweilig. Also habe ich die Polizeiakademie besucht und bin in den aktiven Dienst eingetreten. Es gefällt mir.«

»Und jetzt langweilst du dich nicht mehr?«

»Überhaupt nicht. Es ist zwar nicht immer aufregend, aber interessant.«

»Ich werde nicht zur Polizei gehen.«

»War es so schlimm, was du gestern gesehen hast?«

»Das nicht, ich habe nur keine Lust, immer mit Leuten zu tun zu haben, die böse sind. Verstehst du, was ich meine?«

»Ganz genau.«

»Wenn ich ehrlich bin, wirkst du gar nicht wie eine Polizistin, Subinspector Garzón viel mehr. Er sagt brutale Dinge.«

Allergrößte Vorsicht untersagte mir, nach den »brutalen

Dingen« zu fragen, die Garzón gesagt hatte. Ich nahm mir allerdings vor, es herauszufinden. Ich befürchtete das Schlimmste und versuchte, das Gespräch auf weniger verfängliche Themen zu lenken.

»Weißt du denn schon, was du später werden willst, vielleicht Architekt wie dein Vater?«

»Nein, ich will Förster werden. Ich werde in einem Holzhaus in den Bergen leben und ganz viele Hunde haben.«

»Das ist kein schlechter Plan, ich hoffe, du lädst mich auch mal ein.«

»Ja, klar, ich lade dich bestimmt ein. Teo sagt, er will muslimischer Terrorist werden.«

»Was für ein Blödsinn!«

»Du weißt doch, wie er ist.«

»Er mag es, wenn alle schlecht von ihm denken.«

»Ja, er spielt den Harten.« Nach einer Pause fügte Hugo hinzu: »Petra, der Subinspector ist wirklich sehr nett, aber ich finde es besser, dass du mit uns zusammenlebst.«

»Klar, eine Stiefmutter mit Schnurrbart wäre seltsam.«

Er lachte und frühstückte mit großem Appetit weiter. Ich zog mich zurück, und Gott war mein Zeuge, dass ich herausfinden würde, was, zum Teufel, Garzón angestellt hatte.

Ich setzte mich ins Wohnzimmer und las noch einmal alle Berichte unseres Falls, als Marcos hereinkam. Er brachte mir eine Tasse Tee und küsste mich.

»Arbeiten am Sonntag? Der Fall beunruhigt dich, stimmt's?«

»Ich muss gestehen, ja. Wir wissen nicht, wo wir anfangen sollen, und alle Welt schaut auf uns.«

»Ich glaube, du hast einen der härtesten Berufe, die es gibt.«

»So schlimm ist es auch wieder nicht.«

»Doch, das ist es. In anderen Berufen können wir uns mit mehr oder weniger Eifer auf ein Projekt stürzen, eine Lösung finden, die normalerweise nur von uns abhängt. Ein Polizist hingegen, der einen Kriminellen verfolgt, muss immer mit einem Haufen Variablen kämpfen, die sich seiner Kontrolle entziehen.«

»Du hast recht, das ist oft frustrierend. Zig Bemühungen ohne jegliche Entschädigung. Ein Wahnsinnsjob, glaub mir.«

»Na ja, gewisse Frustrationen bringt wohl jeder Beruf mit sich. Ich habe gerade ein Hotelprojekt präsentiert, an dem ich viele Stunden gearbeitet habe, und habe noch keine Ahnung, ob es angenommen wird.«

»Ich wusste gar nicht, dass du damit fertig bist.«

»Möchtest du es sehen? Wenn du das hier kurz unterbrechen kannst, zeig ich es dir.«

Ich folgte ihm in sein Arbeitszimmer, und als er mir mit größter Begeisterung die komplizierten Pläne erläuterte, wurde mir bewusst, dass ich der Arbeit meines Mannes nicht die geringste Beachtung geschenkt hatte. Mein Interesse galt immer nur meinen Ermittlungen, und das war schrecklich ungerecht. Gewiss ein großer Fehler von mir. Aber wie soll man dem Partner Aufmerksamkeit schenken, wenn ein schwieriger Fall einen in Atem hält? Sollte man die Ehe nicht als eine zusätzliche Beschäftigung ansehen, wie ein Unternehmen, das es zu führen gilt, wie einen Blumengarten, der Sorgfalt und Fingerspitzengefühl verlangt? Aber wäre sie das wirklich, fände man die Momente der absoluten Entspannung, in denen man ganz für sich allein ist und sich um nichts zu kümmern braucht, nur in der Einsamkeit. Schwierig, die Ehe, wirklich schwierig, und Marcos musste das wissen. Vielleicht machte er mir deshalb Tortillas, wenn ich spät heimkam, und brühte mir Tee auf, wenn er mich beschäftigt sah. Und was tat ich im Gegenzug? Ich lief einer angeblich unversehrten Mumie hinterher, ohne auch nur einen Augenblick lang an das Befinden meines Mannes zu denken. Ich seufzte innerlich, wobei ich vorgab, seinen technischen Ausführungen zu folgen. In dem Augenblick klopfte es sachte an die Tür. Es war Teo.

»Petra, das Kommissariat hat angerufen. Sie sagen, es sei dringend.«

Angespannt griff ich zum Telefon auf Marcos' Schreibtisch.

»Mit wem hast du gesprochen?«

»Weiß nicht. Es war eine Frau, aber sie hat ihren Namen nicht genannt.«

Ich ging mein Handy suchen, darauf war eine SMS von Yolanda: »Kommen Sie so schnell wie möglich!« Ich rief sie mehrfach an, aber sie nahm nicht ab.

»Ich muss gehen, Marcos, ich kann so nicht herausfinden, was los ist. Sobald ich zurück bin, erklärst du mir deine Pläne.«

»Konzentrier dich erst mal auf den Fall.«

Leider musste ich das wirklich. Ich traf mit hängender Zunge und sichtlich besorgt im Kommissariat ein. Yolanda sah mich und hob beschwichtigend die Hände.

»Ruhig, Inspectora, ganz ruhig. So schlimm ist es auch nicht, es war nur so, dass Sonia angerufen hat und …«

Ich verfluchte insgeheim den Tollpatsch Sonia, aber was ich sah, überzeugte mich davon, dass es besser gewesen war, ins Kommissariat zu kommen. Alle arbeiteten, die komplette Sonderkommission, und ich spürte Schuldbewusstsein in mir aufsteigen.

»Was ist passiert?«

»Eine Anwohnerin der Calle Escornalbou ist sich sicher, vorgestern Morgen die Obdachlose gesehen zu haben. Hier ist der Bericht des Kollegen López.«

Ich las ihn begierig. Die Frau hatte sich mit einem Einkaufswagen voller Plastiktüten und ihrem Schlafsack in einem Hauseingang Ecke Calle Escornalbou und Calle Reinaxença eingerichtet. Die Anwohnerin war von ihrem Balkon aus auf sie aufmerksam geworden, weil sie so unruhig war und ziemlich aufgeregt wirkte. Ein halbe Stunde nach ihrem Eintreffen war sie wieder aufgestanden und mit ihrem Wagen Richtung

Parque Guinardó verschwunden. Die Zeugin hatte keinerlei Zweifel, dass es sich um die von uns gesuchte Frau gehandelt hatte.

Als ich von dem Papier aufsah, traf mein Blick Sonias große Augen, ausdruckslos wie Warnscheinwerfer.

»Der Kollege López gehört zu der Gruppe, die mir direkt Bericht erstattet, deshalb habe ich Sie angerufen, Inspectora. Ich wusste nicht …«

»Hast du richtig gemacht, Sonia.«

»Vielleicht habe ich Sie gestört, aber ich dachte …«

»Ich habe dir doch gesagt, dass alles in Ordnung ist. Was soll ich deiner Meinung nach noch tun, klatschen?«

Sie biss sich auf die Lippe, unverwechselbares Zeichen dafür, dass sie es bedauerte, mal wieder ins Fettnäpfchen getreten zu sein.

»Geh López holen, ich will mit ihm reden.«

Als wir allein waren, wagte Yolanda zu sagen: »Nehmen Sie die arme Sonia nicht zu hart ran, Inspectora. Sie schuftet wie ein Tier, ehrlich.«

»Ich weiß, aber ich kann nicht anders. Sie macht mich nervös, sie hat diese Gabe.«

»Und ich kann Ihnen sagen, dass sie Sie sehr bewundert.«

»Vielleicht ist genau das der Grund. Sag ihr, sie soll mich lieber hassen, vielleicht verstehen wir uns dann besser. Aber arbeiten wir weiter, ich bin nicht zu einer humanitären Veranstaltung hier. Du kannst der Hälfte der Sonderkommission ausrichten, dass ihre Mission zu Ende ist. Konzentrier die restlichen Leute auf den Stadtteil Guinardió. Ihr beiden geht mit, ihr müsst jeden Quadratmeter absuchen, ist das klar?«

»Ja, Inspectora«, sagte sie im militärischen Tonfall, in dem ich leichte Kritik mitschwingen hörte.

»Also, abtreten!«, erwiderte ich vorsichtshalber.

Am nächsten Morgen wimmelte es im Kommissariat nur so von Menschen: Jemand hatte der Presse geflüstert, dass wir eine Obdachlose suchten, die die geheimnisvolle Mörderin von Bruder Cristóbal sein könnte. Die Spekulationen in den Tageszeitungen konnten bizarrer nicht sein; einige schrieben, die Frau gehöre vielleicht zu einer Sekte, andere erwogen die Möglichkeit, dass sie eine frühere Geliebte des Mönchs gewesen sein könnte und verrückt wurde, als er sie verließ, um das Gelübde abzulegen. Ich fühlte mich am Rande der Hysterie, Garzón dagegen strahlte eine philosophische Ruhe aus.

»Wir wissen doch, dass bei einer so großen Sonderkommission und dazu in einem Fall, der die öffentliche Neugier weckt, immer etwas durchsickert, Inspectora. Und Sie wissen, wie sinnlos es ist, herausfinden zu wollen, wer es war.«

»Und dieser ganze Quatsch, den die sich ausdenken? Das liest sich wie ein Groschenroman.«

»Die Leser lieben Groschenromane, und die Journalisten müssen die Zeilen füllen.«

»Na prima! Wenn Sie das so gut finden, warum erzählen Sie denen dann nicht, dass die Obdachlose die leibliche Tochter der verschwundenen Zarin Anastasia ist? Das wird ihnen bestimmt gefallen, sie werden es auf die Titelseite setzen!«

»Inspectora, sie regen sich unnötig auf. Mit dem Medienrummel müssen wir eben leben.«

»Haben Sie einen Yoga-Kurs absolviert? Holen Sie Villamagna, ich will mit ihm sprechen.«

Er hatte sich kaum drei Schritte entfernt, als ich ihn zurückrief.

»Garzón, das habe ich ganz vergessen. Ich würde gern erfahren, was bei Ihrem Besuch mit den Kindern im Kommissariat passiert ist.«

»Oh, nichts, ist alles prima gelaufen! Haben sie nichts erzählt? Die Kinder sind wirklich in Ordnung. Wenn Sie sie mir noch mal ausleihen, lade ich sie zu mir nach Hause ein. Emilia möchte sie gern kennenlernen.«

»Ja, sie haben was erzählt, aber ich wüsste gern, ob Teo sich anständig benommen hat. Sie wissen ja, er ist mit Vorsicht zu genießen, der Schwierigere von den Zwillingen.«

»Ja, aber es war nichts Besonderes. Er hat den kleinen Macho gespielt, aber das tun Jungs in seinem Alter oft.«

Das Glänzen in seinen Fischotteraugen zusammen mit der Art, den Blick abzuwenden, bestätigte mir, dass etwas vorgefallen war. Ich hakte nach.

»Ich will keinen psychologischen Bericht über den Jungen hören, ich möchte nur, dass Sie mir erzählen, was los war.«

»Das klingt, als handele es sich um etwas Ernstes, aber es ist nichts Schlimmes passiert. Ich habe es nett gemeint. Teo hat einen auf ganz hart gemacht. Als ich ihnen dann den Waffenraum gezeigt habe und wie man Fingerabdrücke nimmt ... na ja, sie waren begeistert, machten kugelrunde Augen, stellten Fragen, waren überrascht ... das Übliche eben. Vor allem Marina, dieses Mädchen ist ein Sonnenschein, so schlau und so brav ...«

»Konzentrieren wir uns auf den Kern der Geschichte, Fermín.«

»Wie ich Ihnen schon sagte, Marina und Hugo waren hin und weg von dem, was ich ihnen gezeigt habe. Teo spielte den Überlegenen, der alles über das Thema schon längst wusste. Er verzog keine Miene und gab hin und wieder eine zynische Bemerkung von sich, wie: ›Ja, aber die gute Polizei ist die amerikanische. Die spanische Polizei ist miserabel.‹ Da kam ich auf die Idee, dass es nicht schlecht wäre, ihm eine kleine Lektion zu erteilen, gut für die Erziehung, meine ich.«

Ich unterbrach ihn mehr als alarmiert.

»Wollen Sie mir endlich sagen, was passiert ist?«

»Nichts weiter. Sie werden das albern finden, aber ich war etwas pikiert, habe den Kindern gesagt, ich würde ihnen etwas zu trinken holen und ließ sie allein in meinem Büro. Und wie's der Zufall so will, traf ich am Getränkeautomaten Domínguez.«

»Yolandas Mann?«

»Genau der. Er war auf dem Weg nach Hause, schon in Zivil, und da hatte ich die Idee, dass er mir als Statist für eine kleine Verbrecherszene dienen könnte. Sie wissen ja, wie gutmütig er ist, er war sofort einverstanden. Ich sagte ihm, er solle sich im Flur auf eine Bank setzen, und ich holte die Kinder unter dem Vorwand, mir mit den Getränken zu helfen. Wir gingen an Domínguez vorbei, der dort saß, als wäre er verhaftet, und ich flüsterte den Kindern zu, er sei ein gefährlicher Verbrecher. Daraufhin schnauzte mich Domínguez wie vereinbart frech an: ›Was ist, warum starren Sie mich so an, hab ich etwa Flecken im Gesicht?‹ Ich blaffte ein paar Schimpfworte zurück, er tat so, als wollte er auf mich losgehen, und sprang auf. Ich schubste ihn wieder auf die Bank, schnappte ihn an den Jackenaufschlägen, schüttelte ihn und drohte ihm, ihm mit meinem Pistolengriff alle Zähne einzuschlagen, wenn er noch einmal den Mund aufmachte. Wie Sie sehen, eine kleine Posse, aber ich versichere Ihnen, sie zeigte Wirkung. Der kleine Macho wurde schneeweiß und änderte sein Verhalten radikal, was so weit ging, dass er während des restlichen Rundgangs aufmerksam meinen Erklärungen lauschte, dabei hatte er sich fast in die Hose gemacht.«

»Das ist das Letzte, Garzón! Ich habe mir schon so was gedacht. Wie konnten Sie nur? Jedes dieser Kinder hat mehr Verstand im Schädel als Sie!«

»Ich glaube nicht, dass ihr Vater etwas daran auszusetzen hat.«

»Möglich, obwohl ich bezweifle, dass er Freudensprünge machen wird, denn ich muss Sie daran erinnern, dass diese Kinder auch Mütter haben und dass es diesen Müttern vielleicht rein zufällig überhaupt nicht gefällt, wenn ihre Kinder Gewaltszenen aus dem Berufsleben ihrer Stiefmutter zu Gesicht bekommen.«

»Gewaltszenen? Ich habe Ihnen doch schon gesagt, das war eine Lappalie. Ein paar Flüche und Schimpfworte, von den sanften. Diese Kinder sagen in der Schule bestimmt noch ganz was anderes.«

»Das wird unselige Folgen für mich haben, Sie werden schon sehen. Sie sind wirklich ein unzurechnungsfähiger und leichtsinniger Hitzkopf.«

»Jetzt übertreiben Sie aber. Außerdem haben Sie keine Ahnung von kindlicher Psychologie. Ich bin davon überzeugt, dass dieser Bursche ein für allemal kuriert ist. Jetzt hat er begriffen, was hier vorgeht, und wird sich Ihnen gegenüber respektvoller verhalten. Besser, Sie machen mir keine Vorhaltungen, sonst müssen Sie sich hinterher gar entschuldigen und mir für meinen pädagogischen Kunstgriff dankbar sein.«

Daraufhin trabte er seelenruhig davon. Sein pädagogischer Kunstgriff! Das war der Gipfel der Unverschämtheit. Ich konnte es nicht fassen! Auf einen Schlag hatten sich alle Details des Falles aus meinem Kopf verflüchtigt, und ich empfand nur noch allergrößte Empörung, gepaart mit dem dringenden Bedürfnis, Marcos davon zu erzählen. Ich rief ihn an und sagte ihm, wenn er Lust hätte, könnten wir zusammen bei unserem Lieblingsitaliener essen. Und weiß Gott, welch Mühe es mich kostete, mich den restlichen Vormittag auf die Berichte zu konzentrieren.

Um nicht gesehen zu werden, schoss ich um halb zwei wie eine Kugel aus dem Kommissariat. Marcos erwartete mich mit der Speisekarte in der Hand und lächelte mich liebevoll an.

»Was verschafft mir die Ehre, dass meine geliebte Frau sich so unverhofft zu einem vertraulichen gemeinsamen Mittagessen mit mir trifft?«

»Lass die Scherze und hör mir zu.«

Ich erzählte ihm Punkt für Punkt und ohne Auslassungen, was der Subinspector mir berichtet hatte. Anschließend setzte ich, ohne Marcos Zeit zu einer Reaktion zu lassen, zu einer Schimpftirade über Garzón an. Nach Beendigung meiner Schmährede schwieg Marcos. Er nahm seine Brille ab und rieb sich die Augen. Plötzlich bemerkte ich, dass er lachte.

»Verdammt, dieser Garzón ist der Hammer.«

»Ist das alles, was dir dazu einfällt? Zu lachen und zu sagen, er sei der Hammer, als wärst du ein Teenager? Ist dir nicht klar, dass deine Kinder das zu Hause erzählen werden? Deine Exfrauen werden über uns herfallen!«

Er setzte die Brille wieder auf, zuckte mit den Schultern und seufzte vielsagend.

»Petra, wenn ich ständig Angst davor hätte, was meine Exfrauen denken oder tun könnten, wäre ich längst zur Salzsäule erstarrt wie Lots Frau. Sie werden immer einen Schwachpunkt finden. Aber mit der Zeit beruhigt sich alles wieder, daher ist es gut möglich, dass nichts weiter passiert, wenn die Kinder etwas erzählen.«

»Euch Männern muss die Leichtfertigkeit im Blut liegen.«

»Und euch Frauen, bei der geringsten Möglichkeit eines Problems einen Schrei gen Himmel zu stoßen!«, erwiderte er überraschend heftig. Ich riss den Mund auf. So hatte Marcos noch nie mit mir gesprochen. Meine Irritation schien ihn zu amüsieren.

»Vielleicht hat den Kindern der pädagogische Kunstgriff gutgetan, und vielleicht täte dir eine Lektion im Ruhebewahren auch mal ganz gut.«

»Wenn du weiter in diesem Ton mit mir sprichst, stehe ich auf und gehe.«

Der Kellner wartete peinlich berührt auf die Bestellung, denn es war nicht zu überhören, dass wir uns stritten. Ich bestellte einen Teller Pasta, denn im Grunde fand ich es übertrieben, jetzt abzuhauen, auch wenn ich in dem Moment dachte, dass alle Männer ein Haufen selbstgefälliger Kretins waren, die man unbedingt ausrotten sollte.

»Willst du weiter streiten?«, fragte Marcos, als seine Pizza vor ihm stand.

»Nein«, antwortete ich trocken.

Die Atmosphäre beim Essen war angespannt, doch immerhin gelang es uns, einigermaßen normal über neutrale Themen zu sprechen. Mit dem Geschmack des letzten Schlucks Espresso im Mund verließen wir das Lokal, und der Abschied bestand aus einem kühlen Kuss auf die Wange.

Mit einem Kloß im Hals ging ich ins Kommissariat zurück. Ich war so an Marcos' liebevolles Verhalten gewöhnt, dass mich sein Aufbrausen übertrieben schmerzte. War das der Anfang vom Ende? Plötzlich sah ich alles Übel vor meinem inneren Auge aufsteigen.

»Hallo, Inspectora. Ich habe Sie gesucht, weil ich mit Ihnen essen gehen wollte, aber mir wurde gesagt, Sie hätten in aller Eile das Haus verlassen.«

»Eine persönliche Angelegenheit.«

»Sind Sie immer noch böse mit mir wegen der Sache mit den Kindern? Man könnte glatt meinen, ich hätte sie zur Autopsie einer Leiche geschleppt!«

»Vermutlich ist Ihnen das nur nicht rechtzeitig eingefallen.«

»Hören Sie, Petra, Kinder müssen heutzutage ab und zu mit der Realität konfrontiert werden, zu viel Fürsorge führt nur …«

»Kein Wort mehr! Jetzt fehlt mir gerade noch, einen weiteren Vortrag über Ihre neue Facette als Pädagoge ertragen zu müssen. Machen wir uns an die Arbeit, gibt es was Neues?«

»Ja, Pressesprecher Villamagna erwartet Sie im Sitzungsraum.«

»Sagen Sie ihm, er soll in mein Büro kommen.«

Was kann man tun, wenn der Ärger so groß ist, dass er unsere Schwächen potenziert und unsere Stärken reduziert? Es gibt Leute, die bis zehn zählen, andere machen Yoga, wieder andere Knicbeugen und bemühen sich dabei, richtig zu atmen ... Ich biss die Zähne zusammen und sagte mir: Petra, es reicht. Schließlich sind es nicht deine Kinder. Außerdem darf man das Privatleben nicht mit dem Berufsleben vermischen, schon gar nicht als gute Polizistin. Nach diesem Lehrbuchgedanken fühlte ich mich schon besser, aber meine Gelassenheit war sofort wieder dahin, als ich Villamagna Kaugummi kauend und mit einem Totenkopf-T-Shirt hereinkommen sah.

»Hey Petra, wie geht's?«

»Ich bin sauer.«

»Kann ich mir vorstellen. Hast du die Revolverblätter über den Mumienfall gelesen?«

»Ja, und ich fand sie sehr lehrreich bezüglich der Blödmänner, mit denen du zu tun hast.«

»Siehst du, so schwer ist das Leben eines Pressesprechers.«

»Aber der Pressesprecher sollte hin und wieder eine Erklärung abgeben, mit der er die Meute in Schach hält.«

»Verdammt, Petra, du kannst mich mal. Ich habe wiederholt angefragt, ob ihr endlich was habt. Was soll ich deiner Meinung nach denn tun, soll ich mir den Scheißdreck, den die sich aus den Fingern saugen, etwa selbst ausdenken?«

»Du hast gesagt, du würdest sie mit Erklärungen abspeisen, die nichts Wesentliches aussagen! Dann mach das doch.«

»Hör mal, Petra, glaubst du etwa, die Typen, mit denen ich mich herumschlagen muss, sind wohltätige Mönche wie die aus dem Kloster mit der verdammten Mumie? Das sind Schmierfinken der Boulevardpresse, die schlimmsten ihres Berufsstands, und ich weiß, dass sie von unseren Pressekonferenzen die Schnauze voll haben, und wenn du ihnen nichts Verwertbares hinwirfst, werden sie unerträglich! Das ist noch schlimmer, als sie erst gar nicht einzubestellen; sie saugen sich in jedem Fall etwas aus den Fingern, aber dann mit dem Hintergedanken, uns zu schaden.«

»Es reicht, Villamagna, genug der Unflätigkeiten, ich habe dich verstanden.«

»Gut. Was soll ich also deiner Meinung nach tun? Wenn diesem Schwachkopf von Richter nicht in den Schädel will, die Geheimhaltung anzuordnen, sag du's mir! Ich erzähle denen alles, was du mir aufträgst. Los geht's, ich schreibe mit.«

Es war ein rein formeller und nicht wirklich scharfer Schlagabtausch, bei dem uns Garzón vorfand, als er mich holen kam. Wie ein britischer Majordomus der alten Schule sagte er zu mir: »Inspectora Delicado, Comisario Coronas wünscht uns so schnell wie möglich in seinem Büro zu sehen.«

Überzeugt davon, dass er mich auf den Arm nehmen wollte, sah ich ihn erbost an: »Ich komme gleich, lieber Kollege, übermitteln Sie dem Comisario meine Absicht, mich sofort einzufinden.«

»Verdammt!« murmelte Villamagna. »Und was mache ich so lange, mir einen runterholen?«

»Wäre eine Möglichkeit«, erwiderte ich trocken im Hinausgehen.

Coronas war wie immer, soll heißen, überfordert, oder er tat nur so angesichts der vielen Arbeit und der Verantwortung.

»Setzen Sie sich bitte«, gewährte er uns wie eine opferwillige Primadonna. Als wir es getan hatten, hob er den Blick vom Computer und seufzte wie eine selbstlose Mutter.

»Also, Herrschaften, ich sehe, dass Ihre Fortschritte, wenn es denn welche gibt, nur langsam und zögerlich in Gang kommen. Es ist nicht meine Absicht, Sie anzutreiben oder allzu sehr unter Druck zu setzen, denn ich verstehe, dass dieser Fall verteufelter ist, als es zu Beginn aussah. Trotzdem haben wir ein Problem mit dem medialen Druck. Statt nachzulassen, wird er täglich stärker. Ich vermute, Sie haben den saudummen Schwachsinn in den Zeitungen gelesen.«

»So ist es«, bestätigte Garzón unnötigerweise.

»Sehr schön, Sie können es sich leisten, das zu ignorieren,

aber ich muss bei meinen Vorgesetzten den Kopf hinhalten, wenn solche Geschichten veröffentlicht werden, denn sie reagieren in derartigen Fällen ziemlich hysterisch, was nicht als Kritik gemeint ist.«

»Ja, Señor, ich habe gerade mit Inspector Villamagna gesprochen, aber ...«

»Still, Petra, ich bin noch nicht fertig. Ich wollte Ihnen mitteilen, dass ich, wie angekündigt, Hilfe von außen in Anspruch nehme, und zwar vom Starpsychiater Doktor Beltrán.«

»Und wer soll in seine Sprechstunde gehen, wir, die Reporter, die Vorgesetzten?«

»Sparen Sie sich Ihre Scherze, Petra. Doktor Beltrán ist spezialisiert auf verwirrte Geister, die an religiösem Wahn leiden.«

»Aber Señor, es waren zwei Männer nötig, um den Deckel des Sarkophags, in dem die Mumie lag, anzuheben, und laut der Zeugin waren es tatsächlich zwei Männer, die sie in den Lieferwagen gehievt haben. Glauben Sie, das passt zum Profil eines von religiösem Wahn besessenen Psychopathen?«

»Der Doktor sagt, es gibt Psychopathen – natürlich sehr intelligente –, die imstande sind, Menschen mit eher schwachem Willen dazu zu überreden, sie bei ihren Vorhaben zu unterstützen.«

Ich schnaubte lustlos, und Coronas gab vor, es nicht gehört zu haben.

»Außerdem ...« fuhr er fort, »und hier knüpfe ich an das vorher Gesagte an, wird uns dieser Psychiater bei den Presseerklärungen behilflich sein, weil er, soweit ich informiert bin, einen ausgesprochen didaktischen Sprachstil pflegt, denn er hat gerade in einem renommierten Verlag ein Buch veröffentlicht.«

»Soll das heißen, dass wir gegen einen möglichen psychopathischen Mörder und Reliquiendieb ermitteln sollen? Und mit welchen Beweisen, Señor?«

»Warten Sie erst mal ab, was Doktor Beltrán sagt, wenn er

den Fall auf Basis seiner Erfahrungen geprüft hat. Jedenfalls möchte ich Sie daran erinnern, dass Sie noch nicht die geringste handfeste Hypothese erarbeitet haben und der einzig vorhandene Hinweis das Zettelchen des Mörders ist, in dem er ein Spiel vorschlägt, was sehr wohl als typisches Vorgehen eines Psychopathen eingestuft werden kann.«

Ich wollte etwas sagen, ließ es aber. Coronas, begeistert von meiner Artigkeit, lächelte schwach.

»Noch Fragen?«, schloss er, um uns schnell wieder loszuwerden. Ich sah aus dem Augenwinkel, wie sich Garzón hinterm Ohr kratzte, was er immer zu tun pflegte, wenn er sich das Hirn zermarterte, und bevor er noch eine unkluge Frage stellen konnte, stand ich auf.

»Und wann wird Doktor Beltrán dazustoßen?«

»Morgen, gleich morgen«, antwortete der Comisario und wandte sich wieder seinem Bildschirm zu.

Auf dem Flur war Garzón mit Kratzen fertig, was diesmal zu keinem guten Ergebnis geführt hatte, denn er rief: »Um ehrlich zu sein, jetzt verstehe ich gar nichts mehr!«

»Ist doch glasklar, sehen Sie das nicht? Der Comisario halst uns diesen Arzt auf und schlägt damit zwei Fliegen mit einer Klappe: Er füttert die Presse, die begeistert sein wird von der Idee, einen Psychopathen ins Spiel zu bringen, und zugleich bedeutet er seinen Vorgesetzten, wir arbeiteten bereits an einer tiefschürfenden Hypothese. Der Psychiater macht nebenbei Werbung für sein Buch und wird berühmt.«

»Aber das mit dem Psychopathen ist absurd.«

»Sind Sie sich da völlig sicher?«

»Ich weiß nicht, Petra, mir sieht das alles eher nach einem Täuschungsmanöver aus.«

»Niemand hat gesagt, dass es das nicht ist, Fermín. Aber keine Sorge, wir werden uns entsprechend verhalten.«

»Was soll das heißen?«

»Dass wir auf unsere Art weiterermitteln. Den Psychiater

schicken wir zu Sonia, die soll sich um ihn kümmern, damit er uns in Ruhe lässt. Wir werden ja sehen, was passiert; es wird interessant sein, zu sehen, wer wen überlebt.«

»Aber, Inspectora, wir könnten es uns mit dem ganzen Team verscherzen!«

»Gut, sollte man uns rauswerfen, können Sie noch immer ein Erziehungsheim für Kinder eröffnen, und ich ... werde Hausfrau und mache Soufflés.«

Villamagna versteinerte, als ich ihm verkündete: »Alles klar, mein Junge, von jetzt an besprichst du dich mit einem Psychiater, der uns bei der Ermittlung unterstützt.«

»Verarsch mich nicht. Ein Seelenklempner? Und wozu?«

»Du wirst nicht dafür bezahlt, Entscheidungen nach ihrem Nutzen zu hinterfragen. Du wirst begeistert sein, wirklich. Hast du eine Ahnung, wie viele Zeitungsseiten sich mit psychiatrischen Berichten füllen lassen?«

»Das ist mir egal, von mir aus können sie auch einen Flamencosänger einstellen. Andererseits muss man einräumen, dass ein Psychiater das Spiel spannender macht.«

»Fein, alle zufrieden«, schloss ich.

Ich kam spät nach Hause. Marcos schlief schon. Ich erinnerte mich genau daran, dass wir uns gestritten hatten, aber nicht mehr, worüber. Besser, die Erinnerung nicht aufzufrischen. Im Versuch, ihn nicht zu wecken, legte ich mich vorsichtig ins Bett, aber er drehte sich um und umarmte mich. Ohne ein Wort zu wechseln, liebten wir uns, müde, aber lustvoll. Dann schliefen wir ein. Wer hat behauptet, Menschen verstünden sich, wenn sie miteinander reden? Noch so eine Binsenweisheit.

Doktor Beltrán war eine Eminenz, wir konnten dankbar sein, dass er bereit war, mit uns zusammenzuarbeiten. Er hatte seine wissenschaftliche Laufbahn größtenteils in den USA absolviert, war vor Kurzem nach Spanien zurückgekehrt und erwies sich als ausgesprochen aktiv. Er lehrte an der Rechtswissenschaftlichen Fakultät, arbeitete als Psychiater im Hospital Clínico, hielt auf zahlreichen wichtigen Foren Vorträge, fuhr zu internationalen Kongressen, und wenn es seine Zeit erlaubte, schrieb er populäre Bücher mit beachtlichem Verkaufserfolg. Eine echte Nummer eins. Die Informationen, die Villamagna den Reportern übermittelte, waren fundiert und enthielten unverhohlenes Lob, während mir das Treffen, bei dem Coronas den Arzt uns vorstellte, eher kafkaesk erschien. Der Comisario spielte die Rolle des gewissenhaften Zeremonienmeisters, der so entzückt war, unseren Gast bei uns zu begrüßen, dass er bereit schien, noch mehr Mönche zu opfern, um ihn an uns zu binden. Dann kam der Augenblick der Wahrheit, und Garzón und ich blieben allein mit dem Genie zurück. Ich verspürte Lust wegzulaufen, beschränkte mich jedoch darauf, ihn anzulächeln. Statt uns zu fragen, womit er uns helfen könne, ergriff Beltrán unbeirrt die Initiative.

»Bearbeiten Sie beide den Fall allein?«

»Wir werden kurzfristig von einer zehnköpfigen Sonderkommission für die Suche nach der Zeugin unterstützt, und zwei Kolleginnen, Yolanda und Sonia, wurden uns zugeordnet.«

»Halten die beiden sich gerade im Kommissariat auf? Ich denke, es wäre interessant, wenn sie an diesem Gespräch teilnähmen.«

»Sie müssten hier sein«, sagte Garzón und verließ das Zimmer, um sie zu holen. Solange wir alleine waren, wechselte der Psychiater kaum ein Wort mit mir, er war damit beschäftigt, seine Unterlagen durchzugehen. Zum gegebenen Zeitpunkt fragte er: »Funktioniert der Computer?«

Ich schaltete das Gerät wortlos an und forderte ihn mit einer Geste auf, es zu benutzen. Er schob eine CD ein. Meine Kollegen betraten den Raum, die Mädchen schüchtern und beeindruckt, Garzón mit verärgerter Miene. Als der Psychiater uns alle versammelt sah, öffnete er ein Programm und begann, in schulmeisterlichem Tonfall zu dozieren. Überrascht stellte ich fest, dass er im beruflichen Kontext seinem Spanisch einen subtilen amerikanischen Akzent gab. Unvermittelt brach er ab.

»Machen Sie sich keine Notizen?«

Es mussten Schreibblöcke und Stifte geholt werden. Yolanda erbot sich, doch Garzón hielt sie zurück und machte sich selbst auf den Weg. Ich vermutete, er bereitete sich darauf vor, die Koryphäe ordentlich in die Pfanne zu hauen, wenn wir wieder unter uns wären.

Es folgte eine statistische Unterweisung über die Morde, die in den letzten zehn Jahren in den Vereinigten Staaten begangen worden waren. Der Bildschirm zeigte bunte Grafiken. Man war zu dem Schluss gekommen, dass fünfzehn Prozent all dieser Täter ihr Verbrechen aus religiösen Motiven oder Ursachen begangen hatten. Mit anderen Worten, die geistige Verwirrung dieser Täter stand mit dem Thema Religion in Verbindung. Davon hatten fünf Prozent nicht allein, sondern mit Komplizen agiert.

Yolanda und Sonia schrieben wie besessen mit. Garzón notierte sich hin und wieder etwas, und ich kritzelte unter eine Linie ein paar vermeintlich entscheidende Zahlen.

Der zweite Teil des Vortrags bestand aus dem Aufzählen der psychologischen Merkmale eines psychopathischen Mörders aus religiösen Motiven. Uns wurden Beispiele für diese Art von Kranken – alle aus Nordamerika – und die von ihnen begangenen Taten genannt. Es handelte sich ausnahmslos um sehr intelligente, sehr gewinnende Menschen, die geisteskranke Vorfahren in der Familie oder schwere Kindheitstraumata erlitten hatten. Im Allgemeinen seelenlose Personen, unfähig zur Reue über den Schmerz, den sie anderen zufügten, berechnend, Freunde des Spiels und der Herausforderung, bis ins Mark grausam. Nachdem ich das gehört hatte, fand ich, dass man dazu kein Experte sein musste, jeder Fan von amerikanischen Thrillern kannte dieses Profil.

Er schloss mit einem Entwurf der Person, nach der wir suchen sollten. Es handelte sich um einen Mann mit guter Ausbildung, der an Geschichte und ihren unterschiedlichen Epochen interessiert war. Er hatte irgendein sexuelles Trauma erlitten, das seinen Wunsch nach Reinheit und Religiosität verstärkte. Ein manipulativer und glaubwürdiger Mann, dem es gelungen war, einen oder mehrere Freunde von seinen Ideen zu überzeugen, damit sie als Komplizen fungierten. Er entwendete die Mumie des Heiligen, um Aufmerksamkeit zu erregen, mit der Polizei zu spielen und seiner Gruppe zu beweisen, wie weit seine Macht reichte. Im Prinzip sollten wir davon ausgehen, dass der Mord an dem Mönch reiner Zufall gewesen war (sie stolperten in der Kapelle über ihn, als sie die Mumie stehlen wollten, er war ihnen schlicht im Weg), konnten jedoch nicht ganz ausschließen, dass sie ihn beim Ausspionieren des Klosters kommen und gehen sahen und er schlicht eine weitere Trophäe darstellte, ein Opfer des krankhaften Triebes.

Ohne Vorwarnung schaltete der Arzt anschließend den Computer aus und fragte uns schulmeisterlich: »Und jetzt Ihre Fragen.«

Die kleine, spontan einberufene Versammlung schwieg sich aus. Wir sahen uns an wie ertappte Schüler. Schließlich hob Sonia energisch die Hand. Ich fürchtete schon das Schlimmste, doch sie fragte nur respektvoll: »Was bedeutet krankhafter Trieb?«

Beltráns selbstgefälliges Lächeln bewies, dass er die Frage angemessen fand. Antwort und weiter.

»Mehr Fragen.«

Sein inquisitorischer Tonfall störte mich zunehmend. Der Psychiater trat von einem Bein auf das andere, sein Gesicht drückte beherrschte Ungeduld aus, es schien ihm nicht zu gefallen, dass sich die Neugier nicht in einem Schwall von Fragen entfesselte. Da bestätigte Sonia, ermutigt von ihrem Anfangserfolg und im Wunsch, gut vor den anderen dazustehen, alle meine Befürchtungen, als sie fragte: »Also Doktor, woraus lässt sich ableiten, dass es sich bei dem Mann, den wir suchen, um einen Nordamerikaner handelt?«

Einen Moment herrschte allgemeine Irritation. Auf die Irritation folgte Erstaunen, doch die Irritation hielt an.

»Was meinen Sie?«, fragte er ernsthaft verdutzt. Yolanda war rot wie eine Tomate, Garzóns Mund hatte einen höhnischen Zug angenommen, und ich sah mich genötigt, einzugreifen, wenn auch eher aus Erbarmen mit der Koryphäe als mit Sonia.

»Meine Kollegin meint, ob die Angaben, die Sie uns gemacht haben, auch auf Spanien zutreffen.«

Er gackerte wie ein verstörtes Huhn und sagte: »Nur in den Vereinigten Staaten wird diese Art von Studien angefertigt, aber es handelt sich um wissenschaftliche Erkenntnisse von universellem Wert.«

Yolanda verhinderte mit heftigen Ellbogenstößen, dass Sonia etwas erwiderte, weshalb mir durch den Kopf ging, dass ich sie für eine Beförderung vorschlagen sollte. Ich hob die Hand.

»Sagen Sie mir, was raten Sie uns anhand dieser ganzen Informationen zu tun?«

»Sie müssen in allen psychiatrischen Kliniken und Krankenhausabteilungen der Stadt nach Leuten suchen, zu denen die Pathologie, die ich Ihnen gerade beschrieben habe, passt und die ihre Behandlung plötzlich abgebrochen haben. Interessant wäre auch, in den ärztlichen Archiven der nahe gelegenen Gefängnisse nachzuforschen. Es ist nicht unwahrscheinlich, dass der Mörder wegen eines kleineren Verbrechens eine Zeit lang inhaftiert war. Da ich mit Ihnen zusammenarbeite, hätte ich gern, dass Sie mich eingehend informieren und mich zu den herausgefilterten Verdächtigen konsultieren.«

Wie ich mir schon gedacht hatte, konnte der Subinspector

gar nicht schnell genug Feuer speien, als wir wieder unter uns waren.

»Gott, die Wissenschaft und der Präsident der Vereinigten Staaten mögen mir verzeihen, aber dieser Kerl ist ein absoluter Trottel! Und das ist die Koryphäe? Er hat uns doch einen Vortrag aus dem Lehrbuch gehalten: Backen Sie sich Ihren eigenen Psychopathen! Und darüber hinaus will er, dass wir Bekloppte zusammentreiben und sie seinem Urteil unterwerfen. Verdammt noch mal!«

»Beruhigen Sie sich. Wissen Sie, wo die Koryphäe jetzt ist? Mit Villamagna auf der Pressekonferenz.«

»Wenn wir denen erklären, dass wir seinen Vorgaben folgen, wird uns alle Welt auslachen.«

»Ist egal. Villamagna wird sagen, dass es sich um eine neue Spur handelt, eine mehr. Zum gegebenen Zeitpunkt erklären wir, dass sie ins Leere führte, und Schluss.«

»Was haben Sie vor?«

»Sonia in den Psychiatrien nach religiösen Spinnern suchen zu lassen, und wir machen weiter wie gehabt.«

»Sobald dieses Mädchen den ersten Bericht schreibt, sind wir erledigt. Der Comisario wird sagen, dass das so nicht gemeint war.«

»Dann bin nur ich erledigt. Ich übernehme die Verantwortung.«

»Es ist auch keine Lösung, wenn Sie sich wie bei der Meuterei auf der Bounty aufführen.«

»Fahren Sie zur Hölle, Fermín!«

»Wie es aussieht, werden wir beide dort landen.«

6

Als ich nach Hause kam, fand ich zu meiner Überraschung Marina allein mit der Hausangestellten vor.

»Papa und die Jungs sind zu einem Basketballspiel gefahren. Ich wollte hier bleiben.«

»Ist heute euer Tag bei uns?«, fragte ich, unfähig, mir ihren Besuchsplan zu merken.

»Nein. Das ist eine Ausnahme wegen des Spiels. Papa hatte Karten.«

»Hast du schon zu Abend gegessen?«

»Noch nicht.«

»Ich sage Jacinta, dass sie jetzt gehen kann. Dann machen wir uns was Leckeres zu essen.«

»Jacinta hat Spinat gemacht.« Marina tat, als müsste sie sich übergeben.

»Mal sehen, was ich daraus zaubern kann.«

Nachdem ich Jacinta ihrer Verantwortung entbunden hatte, schenkte ich mir einen Whisky ein, ging in die Küche und band mir die Schürze um. Ich briet den gekochten Spinat mit ein wenig Schinken, Knoblauch und Pinienkernen an, nippte hin und wieder an dem belebenden Getränk, holte zwei Pizzaböden aus dem Gefrierschrank und bereitete schließlich zwei spektakuläre Spinatpizzen zu. Als sie im Backofen waren, hüpfte Marina durch die Küche, als tanzte sie Ballett. Plötzlich wurde sie ernst und sagte: »Auf dem Anrufbeantworter ist eine Nachricht. Ich habe mitgehört.«

Sie sah mich mit großen Augen an.

»Was Berufliches?«

»Glaube ich nicht, es war die Mutter von Hugo und Teo.«

Ich erstarrte. Ohne ein weiteres Wort ging ich ins Wohnzimmer und drückte den Wiedergabeknopf des Geräts. Ein paar Nachrichten für Marcos und schließlich eine weibliche, extrem gepresste Stimme.

»An alle, die es betrifft: Ich bin die Mutter von Teo und Hugo Artigas und werde nicht zulassen, dass meine Söhne in die Sitten und Gebräuche der Unterwelt eingeführt werden. Auch wünsche ich nicht, dass einer von beiden dazu ermuntert wird, zur Polizei zu gehen. Ich mache den Erziehungsberechtigten, also ihren Vater, darauf aufmerksam, dass ich beim Familiengericht Beschwerde einlegen werde, sollte sich der unglaubliche Ausflug von kürzlich wiederholen. Das war alles. Ich hoffe, ich habe mich klar genug ausgedrückt.«

Mir lief ein Angstschauer über den Rücken. Als ich mich umdrehte, stand Marina hinter mir. Ich lächelte bitter.

»Lass uns essen«, sagte ich. »Die Pizzen müssten fertig sein.«

Wir aßen schweigend, ich war in meine Gedanken vertieft. Plötzlich fragte sie: »Machst du dir Sorgen wegen der Nachricht?«

»Nein. Ich habe über die Arbeit nachgedacht«, log ich sinnloserweise, denn das Mädchen fügte nach einer kurzen Pause hinzu: »Ich habe dir doch gesagt, dass die Mutter der beiden hysterisch ist.«

»Ja, ich erinnere mich vage.«

»Meine Freundin Alba, die auch in meine Klasse geht, sagt, alle Mütter seien hysterisch.«

»Das ist wohl ein bisschen übertrieben.«

»Kann sein, aber das Schlimme ist, dass ...«

»Was?«

»Dass meine Mutter auch gesagt hat, dass sie dich anrufen will.«

»Hast du ihr von dem Besuch mit dem Subinspector erzählt?«

»Nein, aber Teos und Hugos Mutter hat sie auch angerufen und es ihr gesagt, nur, um zu nerven.«

Im Geiste verfluchte ich Garzón. Verflucht sei dieser gedankenlose Spinner und verflucht seine pädagogischen Experimente! Dann stand ich auf und schenkte mir noch einen Whisky ein.

Coronas gewährte der Sonderkommission noch drei zusätzliche Tage für die Suche, obwohl selbst ich, die an diese Vorgehensweise immer geglaubt hatte, ernsthaft an ihrem Nutzen zu zweifeln begann. Die einzige Person, die uns etwas über den Fall hätte sagen können, war in der Nähe der Calle Escornalbou von der Bildfläche verschwunden. Unsere Leute überprüften Haus für Haus, fragten einen Anwohner nach dem anderen, aber niemand hatte die Obdachlose gesehen. Ich zog Sonia ab und schickte sie in die Psychiatrien. Wir steckten so fest im Nichts, dass selbst die skurrile Möglichkeit eines religiösen Psychopathen nun ernsthaft in Betracht zu ziehen war. Der Subinspector und ich organisierten eine Arbeitssitzung, bei der jeder vollzogene Schritt einen Platz auf der Tafel bekam. Es war frustrierend, feststellen zu müssen, dass nur zwei Wege offen standen und keiner von beiden besonders weit zu führen schien.

»Mal angenommen, wir beschäftigen uns mit den Randerscheinungen, dann sollten wir die Bedeutung der Notiz des Mörders ermitteln«, schlug mein Kollege vor.

»Sie wissen, dass ich mich wiederholt geweigert habe, in dieses Rätsel einzusteigen. Vor allem, weil ich nicht an Mörderspielchen glaube, das gehört ins Reich der Fiktion.«

»Da bin ich anderer Meinung. Erinnern Sie sich an den Kartenmörder? Das war der Kerl, der neben jedem seiner Opfer eine Spielkarte hinterlassen hat. Und das ist erst kürzlich in Madrid passiert. Die Statistiken verweisen darauf, dass immer häufiger willkürlich gemordet wird, ohne wirkliches Motiv. Und Mörder, die nicht besonders helle sind, verschlingen immer mehr Schundromane, also könnten sie auch ganz einfach die Vorbilder imitieren.«

»Gut, nehmen wir das mal an. Aber wir sind uns einig, dass der Zettel auf den Ort verweist, wo die Mumie versteckt wird, oder? Deshalb wurde er hinterlegt.«

»Das ist eine Interpretation, er kann sich aber auch auf den Mörder beziehen, oder vielleicht führt uns die Mumie zum Mörder.«

»Ich weigere mich, diesen Weg einzuschlagen.«

»Weil Sie viel zu rational denken, Inspectora. Aber die Leute werden immer verrückter.«

»Kann sein, aber mir wurde auf der Polizeiakademie beigebracht, dass man erst nach dem Motiv suchen muss, das den Täter zum Töten verleitet hat.«

»Danach geht es immer um Liebe, Sex, Rache, Geld und Macht. Aber vielleicht sind diese Theorien inzwischen obsolet. Heutzutage tötet man auch auf der Suche nach Ruhm, Popularität ...«

Ich seufzte resigniert, suchte unter den Beweisstücken das Zettelchen mit dem gotischen Schriftzug und leierte den Spruch herunter: »Suchet mich, wo ich nicht sein kann.«

Garzón wiederholte den Satz und betonte ihn ganz anders, mit vielversprechenden und rätselhaften Nuancen. Neuerliches Seufzen meinerseits, diesmal gnädiger.

»Und wo kann die verdammte Mumie nicht sein?«

»Erste Möglichkeit: im Kloster. Sie kann dort nicht sein, weil sie von dort weggeschafft wurde.«

Ich sprang auf und griff nach einem Stift, um meine Nerven zu beruhigen.

»Es reicht, Fermín, es reicht! Keine weiteren Rätsel mehr! Wenn wir uns auf das Terrain der Interpretationen begeben wollen, brauchen wir eine geschichtlich fundierte Garantie.«

»Soll ich die Herz-Jesu-Schwestern oder Bruder Magí anrufen?«

»Fragen Sie die Mutter Oberin, ob sie Schwester Domitila Ausgang erteilt. Ich hab's satt, dauernd in dieses Kloster zu fahren.«

Er ging zum Telefonieren in sein Büro, weil er dort die Nummer notiert hatte. Gleich darauf war er zurück.

»Sie ist einverstanden, aber es muss sie jemand begleiten.«

Zwei Stunden später betrat Schwester Domitila, die als Anstandsdame die junge Schwester Pilar gewählt hatte, mit entsetzter Miene das Kommissariat. Wir hatten nicht damit gerechnet, dass unser Arbeitsplatz jemanden derart erschrecken könnte, auch wenn derjenige das uralte Gemäuer, in dem er lebte, gewöhnlich nie verließ. Das Komischste war allerdings, dass die Novizin, von der wir wussten, dass sie sich in der Welt bewegte, weil sie an der Universität studierte, fast noch erschrockener wirkte. Ihre tief liegenden Augen betrachteten mein Büro, als lauerte hinter jedem Aktenordner der Teufel. Schwester Domitila bemühte sich zumindest, sich ihr Entsetzen nicht allzu sehr anmerken zu lassen.

Da ich nicht wusste, wie ich diese Reaktion auffangen sollte, spielte ich die perfekte Gastgeberin und bot ihnen eine Tasse Tee an, die sie schaudernd ablehnten.

»Schwestern, hier sind Sie absolut sicher, Sie haben nichts zu befürchten«, fühlte ich mich angesichts ihrer abweisenden Haltung, die mir übertrieben erschien, genötigt zu sagen. »Ich habe Sie lediglich aus Gründen der Bequemlichkeit hierherkommen lassen, aber wenn Ihnen diese Räumlichkeiten so unangenehm sind, können wir auch in die Bar gegenüber gehen.«

»Nein, das wäre noch schlimmer«, entfuhr es Schwester Domitila in einem Anfall von Aufrichtigkeit. »Verzeihen Sie, Inspectora, aber wir sind nicht daran gewöhnt, das Kloster zu verlassen.«

»Sie aber schon, Sie gehen doch zur Uni, oder?«, sagte ich zu Pilar. Ihre Mentorin antwortete mir: »Ein Kommissariat beeindruckt sicher jeden.«

»Schon gut, ich verspreche Ihnen, Sie nicht noch einmal herzubitten, aber da wir nun schon mal hier sind ... Wir brauchen Ihre Hilfe, um den verborgenen Sinn der Notiz zu entschlüsseln, die bei dem Toten gefunden wurde.«

»Und was könnten wir darüber wissen?«

»Geschichte, Schwester Domitila, damit kennen Sie sich doch aus. Deshalb möchte ich, dass Sie ein wenig Ihre Phantasie bemühen und mir sagen, was dieser Satz bedeuten könnte.«

Sie holte Luft, ballte die Fäuste ...

»Glauben Sie nicht, dass ich nicht schon darüber nachgegrübelt hätte, ehrlich, aber es ist nur ein kurzer Satz ...«

»Ich weiß, aber welcher Art Ihre Grübeleien auch immer sein mögen, teilen Sie sie uns bitte mit.«

»Ich habe überlegt, dass ... Ich meine, meine einzige Erklärung ist, dass der Heilige sich in einem anderen Kloster in Barcelona oder der Provinz befindet.«

»Warum?«

»Es handelt sich um die übliche Praxis, in Kirchen und Klöstern Bestattungen vorzunehmen, doch wenn Sie es etwas ausführlicher wissen wollen, ich habe all diese Daten natürlich in der Bibliothek.«

»Schon gut, Schwester, schon gut. Ich bringe Sie zurück, und Sie erklären mir dort Ihre Theorie.«

Ich ersparte Garzón den Besuch bei den Herz-Jesu-Schwestern, besser, er bliebe im Kommissariat und versuchte, einen nicht allzu unrealistischen Bericht zu schreiben, was ihm schwerfallen dürfte. Ich fuhr die beiden Nonnen ins Kloster und amüsierte mich königlich über Domitilas Reaktionen auf die Außenwelt. Sie betrachtete alles neugierig und zeigte sich verwundert oder erfreut angesichts so alltäglicher Bilder wie einem Hund, den sein Herrchen hinter sich herzerren musste.

»Aber Schwester, verlassen Sie das Kloster denn nie?«

»Doch, natürlich! Wir machen hin und wieder Ausflüge und gehen auch zum Arzt, wenn nötig.«

Im Grunde beneidete ich sie. Alles erschien ihr neu, und sie verhielt sich wie ein Kind in Disneyland. Mir hätte es auch gefallen, wenn mich noch etwas so überraschen könnte. Mönche und Nonnen genießen das Privileg der Unschuld, dachte ich, allerdings nur, weil sie sich an das Prinzip des Verzichts hielten.

Wir durchliefen die ewig gleichen Rituale, die das Betreten eines Klosters verlangen und die ich hatte umgehen wollen, als ich die Schwestern ins Kommissariat bestellte: die Pförtnernonne, das Einholen der Erlaubnis, das Warten im Vorzimmer … und natürlich die Mitteilung, dass Schwester Domitila (die Anstandsdame war verschwunden) wohlbehalten zurückgekehrt war.

»Die Mutter Oberin lässt ausrichten, Sie mögen noch in ihrem Büro vorbeikommen, bevor Sie wieder gehen.«

»Selbstverständlich, mit dem größten Vergnügen.«

Daraufhin zogen Schwester Domitila und ich uns in die Bibliothek zurück, die wie immer leer war, und die Nonne schleppte dicke Bände an, die mit Lesezeichen markiert waren. Bevor sie zum Reden ansetzte, fragte ich sie: »Hatten Sie das Thema schon vorbereitet, Schwester?«

Errötend sah sie zu Boden.

»Nun ja … Sie werden denken, dass ich nur eine alberne Nonne bin, die sich in Dinge einmischt, die sie nichts angehen, Inspectora, aber wie ich Ihnen schon sagte … es war reine Neugier. Als ich allein war, habe ich mich zig Mal gefragt, was dieser Satz bedeuten könnte, und habe schließlich eine möglicherweise passende Erklärung gefunden.«

»Sie irren sich, Schwester. Ich hätte gern, dass Sie mir alles sagen, was Ihnen zu diesem Verbrechen einfällt, alles.«

»Aber ich habe nicht die geringste Ahnung von Polizeiarbeit.«

»Das ist egal. Wenn Sie wollen, kann ich Ihnen etwas darüber erzählen, aber es ist sehr wichtig, dass Sie uns an Ihren

Theorien teilhaben lassen, denn wir sitzen bezüglich möglicher Hinweise völlig auf dem Trockenen, Sie verstehen schon, oder?«

»Ja, natürlich, mit dem größten Vergnügen. Ich werde Ihnen alles sagen, was mir einfällt. Und jetzt hören Sie, das ist interessant. Sie wissen ja, dass im Mittelalter in Kirchen und Klöstern Beerdigungen vorgenommen wurden: Der Adel, der gehobene Klerus und sogar Mitglieder der Königshäuser wurden dort bestattet. Später, im siebzehnten Jahrhundert, als die reichen Kaufleute und Kunsthandwerker in den Städten an Einfluss gewannen, wollten sie ihren Reichtum nicht nur im Leben in Form von Kutschen, schönen Häusern und kostbaren Kleidern zur Schau stellen, sondern auch im Todesfall mit einer prunkvollen Bestattung.« Schwester Domitila nahm ein anderes Buch, schlug die entsprechende Seite auf und fuhr, begeistert von ihrer Geschichte, fort: »Die Kaufleute legten testamentarisch die Zahl der Messen fest, die nach ihrem Tod abgehalten werden sollten, und je mächtiger sie waren, desto mehr waren es. Und nicht genug damit, es wurde außerdem schriftlich festgehalten, wie viele Personen den Leichenzug begleiten sollten. Gehörte der Verstorbene einer Laienbruderschaft an, mussten es, abgesehen von den Verwandten natürlich, die Laienbrüder sowie ein paar Mönche und Waisenkinder und ein paar arme Leute sein.«

»Beeindruckend! Weiß man, wie viele Personen an so einem normalen Leichenzug teilnahmen?«

»Hören Sie, ich lese Ihnen einen Absatz vor: *Pedro de Villanueva erbat die Begleitung von zwanzig Geistlichen des heiligen Ordens und der Herren Priester, denen Almosen zu zahlen und jedem eine Kerze von vier Unzen zu stiften war. Sehr reiche Kaufleute verlangten gar, dass alle Geistlichen der Stadt an ihrem Begräbnis teilnehmen sollten. Wie in diesem Fall: Antonio Ferro, Portugiese, verfügte zum Tod seiner Frau die Teilnahme aller Geistlichen der Stadt an der Totenfeier, zum Begräbnis sollte Musik aus der Kathedrale erklingen und ein Begleitzug von vier-*

undzwanzig Armen mit brennenden Fackeln aufgeboten werden. Wie finden Sie das?«, fragte sie aufgeregt.

»Grandios! Ich will mir gar nicht vorstellen, was für ein Verkehrschaos das heutzutage verursachen würde.«

Meinen dämlichen Kommentar ignorierend, fuhr sie enthusiastisch fort.

»Das Seltsame daran ist, dass diese ganzen Geleitzüge auf einer tief verwurzelten religiösen Tradition beruhen: Da Laienbrüder, Mönche, Arme und Kinder in den Augen Gottes gute Menschen waren, glaubte man, dass sie sich beim Allmächtigen für die Seele des Verstorbenen verwenden würden. Daran sehen Sie, bis zu welchem Grad die wahre Religion vom Aberglauben durchdrungen ist. Und die Kirche jener Epochen hatte natürlich ihren Anteil daran, das müssen wir einräumen. So glaubte man beispielsweise, wenn jemand im Kleid eines religiösen Ordens beigesetzt würde, würden ihm seine Sünden vergeben. Hören Sie, was hier steht: *Die Mitglieder des Franziskanerordens erhielten jede Menge an Schenkungen und Almosen, weil alle Welt in der Mönchskutte dieses Ordens ins andere Leben übergehen wollte. Was daran lag, dass man glaubte, beim Gang zur letzten Ruhestätte die Demut des heiligen Franziskus zur Schau stellen zu müssen, obwohl auch die große Zahl von Ablässen hervorgehoben werden muss, die verschiedene Päpste diesem Orden gewährten.*«

Sie sah mich aufgeregt und heiter an. Ich lächelte.

»Es gibt keinen Zweifel, Geschichte ist Ihre Leidenschaft, Schwester.«

Sie errötete bis in den Haaransatz, der unter ihrer Haube hervorlugte.

»Leidenschaft ist ein Wort, das eine Nonne nicht benutzen darf, aber es stimmt, dass ich mein ganzes Leben Gott und der Geschichte verschrieben habe. Hier findet sich der Schlüssel zum menschlichen Verhalten, dort Beispiele der Fehler, die wir nicht wiederholen sollten. Ich bin sehr stolz auf unsere Bibliothek und würde es gern sehen, dass sich der Orden der Herz-

Jesu-Schwestern durch seine historischen Studien auszeichnet. Und das sage ich Ihnen mit der größten Bescheidenheit und im Wunsch zu dienen. Die Mutter Oberin weiß das genau.«

»Ich verstehe. Doch was diesen Fall anbelangt ...«

»Warten Sie, ich bin noch nicht fertig. Lassen Sie mir bitte noch ein bisschen Zeit.«

Sie verfiel wieder in höchste Verzückung, griff zu einem dritten Buch, schlug es an der markierten Stelle auf und las vor: *»In den Augen der katholischen Kirche und der Gesellschaft im Allgemeinen verlieh die Beisetzung dem Verstorbenen Würde und Rang und bekräftigte den Status eines erfüllten Lebens. So wurde die Bestattung zu einem Indikator des Wunsches nach Ewigkeit, des Überlebens der persönlichen Identität: Die Vorliebe für Bestattungen in Kirchen und Klöstern bezeugt die Absicht, eine enge Bindung zwischen Lebenden und Toten herzustellen, Letztere ruhen so inmitten der Gemeinschaft, der sie angehörten. Die Armen wurden auf Friedhöfen beerdigt, doch sie waren ebenfalls mit den Lebenden verbunden, weil die Friedhöfe mitten in der Stadt lagen.«*

Sie sah mich triumphierend an, als führe uns das zum Kern einer wichtigen Frage. Ich erwiderte den Blick, und da ich mich bei dem ganzen historischen Zeug unbehaglich fühlte, rutschte mir eine weitere unpassende und geschmacklose Bemerkung heraus: »Ich persönlich möchte eingeäschert werden.«

Sie überging das und vertiefte sich in die Seiten eines anderen Wälzers. Das Erarbeiten dieser Hypothese zur Lösung des Verbrechens auf eigene Faust musste sie stundenlanges und hingebungsvolles Nachforschen gekostet haben.

»Wohlhabende konnten die größtmögliche Nähe zu Gott mittels einer Beisetzung in der Kirche erkaufen, da diese die der Göttlichkeit am nächsten liegende Ruhestätte ist. So ist der Ort der Bestattung von der wirtschaftlichen Situation des Verstorbenen abhängig. Im achtzehnten Jahrhundert fanden die meisten Beisetzungen in Kirchen statt, aber diesen Luxus konnte sich nicht die gesamte Bevölkerung leisten. Arme Seidenspinner mussten sich notgedrungen auf dem Friedhof begraben lassen, vermögende Handwerker und Kaufleute konnten zwischen dem Friedhof (was im Grunde ausgeschlossen war), der Kirche und einem Kloster wählen. Die Beisetzung in Kirchen oder Klöstern war wesentlich teurer. Nur in Zeiten von Epidemien wie 1648 und 1677/78, und auch nach katastrophalen Überschwemmungen wie 1651, diente das Feld als Friedhof, wobei außerhalb der Stadt Massenbestattungen erfolgten. Achten Sie mal auf die letzte Information, die wir dem Text entnehmen, den ich jetzt vorlese: *Erst im Jahr 1787 begriff Karl III., dass Bestattungen in Kirchen, Klöstern und innerstädtischen Friedhöfen gesundheitsschädlich waren, also ließ er die Gräber jenseits der Stadtmauern ausheben. Zu jener Zeit wurden in den Städten, die im Süden der Halbinsel neu gegründet wurden, die Friedhöfe gleich außerhalb der Stadtmauern angelegt. Allerdings wurde diese Vorgabe nicht überall respektiert, sie stieß auf enorme Widerstände, und erst im Unabhängigkeitskrieg von 1808 bis 1812 und unter Napoleons Einfluss begann man, Großfriedhöfe einzurichten.*«

Triumphierend schloss sie die Bücher und schob sie beiseite. Dann sah sie mich lächelnd an und erwartete, dass ich dieses Rätsel von reichen und armen Toten allein löste. Ich breitete die Arme aus, als wollte ich um Waffenruhe bitten.

»Tut mir leid, aber ich sehe noch immer keinen Zusammenhang zwischen alldem und dem Mord an Bruder Cristóbal.«

»Inspectora, da der Heilige nicht an einem heiligen Ort begraben werden konnte, hat ihn der Mensch, der ihn geraubt hat, in eine andere Kirche, aber ohne geistlichen Segen gebracht.«

»Aber Schwester, weshalb sollte das jemand tun?«

»Weil er verrückt ist, ein Verrückter würde das tun. Der Psychiater, der Sie unterstützt, scheint davon überzeugt zu sein, dass der Täter verrückt ist.«

»Ich sehe schon, Sie verfolgen die Nachrichten.«

»Das tun wir alle hier, Inspectora, das ist doch verständlich. Wir sind alle erschüttert, wir wollen alle den Grund für dieses

Verbrechen erfahren. Nur ich grüble darüber hinaus auch noch zu viel.«

»Und dieser hypothetische Verrückte hat ebenso gute Geschichtskenntnisse wie Sie?«

»Ganz bestimmt. Ich habe die Fotokopie dieses Zettelchens bei der Mutter Oberin genau studiert und versichere Ihnen, wer das geschrieben hat, kennt die gotische Schrift sehr gut und schreibt sie mit der Sachkundigkeit eines Experten.«

»Ja, das steht auch in unserem Sachverständigenbericht.«

Sie war begeistert wie ein kleines Mädchen, das Detektiv spielt. Ich hingegen war nahe dran, aus der Haut zu fahren. Dieser ganze Unsinn von historischen Gräbern und Toten erschien mir weiterhin absurd, aber ihn darüber hinaus mit der Hypothese des gelehrten Verrückten zu verbinden, brachte mich an den Rand der Verzweiflung. Mit feierlicher Miene – ich wollte ja nicht grob werden – bat ich die Schwester, mir von allen Absätzen, die sie mir vorgelesen hatte, eine Fotokopie zu machen. Auf ihrem Gesicht zeichnete sich ein Siegerlächeln ab.

»Heißt das, Sie werden die Spur verfolgen?«

»Schwester Domitila, das heißt zunächst nur, dass ich einen Bericht darüber schreiben muss, was ich diese ganze Zeit über mit Ihnen gemacht habe.«

In ihren folgenden Worten schwang leichte Enttäuschung mit: »Ach so. Aber Sie zeigen meine geschichtlichen Auslegungen Ihren Vorgesetzten?«

»Davon können Sie ausgehen. Sie werden nicht einfach verworfen. Bis wir eindeutige Hinweise in eine andere Richtung haben, wird bei uns nichts ausgeschlossen.«

Das tröstete sie.

»Sehr gut. Während Sie sich mit der Mutter Oberin unterhalten, mache ich die Fotokopien.«

Selbstverständlich begleitete sie mich vorher bis zur Tür von Mutter Guillerminas Büro. Ich hätte mich ja verlaufen können. Ich klopfte, und nach Mutter Guillerminas gebieterischem

»Herein!« ließ Schwester Domitila mich eintreten und verschwand. Im Büro war es verqualmter als im *La Jarra de Oro* zur Tischzeit.

»Kommen Sie herein, Inspectora, setzen Sie sich. Der Tee ist noch heiß, und ich habe mit dem Einschenken auf Sie gewartet. Hier sind auch ein paar Kekse, aber denken Sie nicht an uralte Klosterrezepte, sie sind gekauft. Wir kaufen sie im Großhandel, da sind sie billiger. Ziemlich weich, wie Sie merken werden, aber das ist das Schicksal des Klosterlebens. Man muss sparen, immer sparen, vor allem in solch unsicheren und unruhigen Zeiten.«

Mir gefiel diese Frau in dem schwarzen Ordenskleid. Mit ihren großen weißen Händen vermittelte sie Stärke, unbestreitbar große persönliche Energie. Sie schenkte uns Tee ein, schob den Teller mit dem Gebäck rüber und zündete sich sogleich eine Zigarette an, deren Rauch sie genüsslich ausblies.

»Der Teufel sagt, dass ich wegen der Zigaretten in die Hölle gehöre. Heute habe ich wahrlich sündhaft viel geraucht, aber es ist der Tag, an dem ich die Klosterrechnungen prüfen muss, und ich muss Ihnen gestehen, dass ich das ausgesprochen ungern mache. Wie geht's Ihnen, wie war's mit Schwester Domitila?«

»Sie hat mir eine interessante Geschichtsstunde gegeben.«

»Ah, diese Frau hat nur Geschichte im Kopf! Sie hat sämtliche Bücher der Bibliothek durchgearbeitet und weitere angeschafft. Schwester Pilar hat sie dazu gebracht, Geschichte zu studieren, seitdem prüft sie sie jeden Tag, aber wissen Sie was? Ich finde das sehr gut, es erhöht das Bildungsniveau der Herz-Jesu-Schwestern, das können wir dringend gebrauchen.«

»Hat sie Ihnen von ihrer Hypothese über den Aufenthaltsort des Heiligen erzählt?«

»Ja, das hat sie. Könnte Sie recht haben?«

»Ich weiß es nicht, Mutter Oberin. Ehrlich gesagt, bin ich unschlüssig, ob ich auf das Spiel mit einem verrückten Mörder, der darüber hinaus ein Ass in Geschichte ist, eingehen soll. Das ist zu abwegig, ich kann es nicht ernsthaft glauben. Meiner Meinung nach gehen Mordmotive auf den Verstand, menschliche Leidenschaften, die Welt des Gewohnten zurück. Es fällt mir schwer, mich an den Gedanken zu gewöhnen, dass das Motiv in diesem Fall außerhalb der Realität liegen könnte.«

»Ja, das sehe ich ähnlich. Ich will natürlich nicht sagen, dass ich ein rein rationaler Mensch bin, aber ein logisch denkender. Obwohl ich manchmal glaube, dass wir uns irren, wenn wir so sind.«

»Glauben Sie das wirklich?«

»Ja, Inspectora, das Leben ist viel mehr, als wir sehen. Es gibt Dinge, die sich der traditionellen Logik entziehen: der Wahnsinn, die Spiritualität, die Liebe ...«

»Sie sind heute sehr philosophisch.«

Sie lachte auf.

»Ja, wahrscheinlich, um dem Materialismus der Rechnungsprüfung etwas entgegenzusetzen! Aber sagen Sie, wie geht es mit dem Fall voran?«

»Offen gestanden schlecht. Wir kommen nicht weiter. Manchmal passiert das, und die Ermittlungen stecken fest, es gibt keine neuen Spuren, die Hinweise laufen ins Leere ... Das ist ein sehr gefährlicher Moment, er könnte bedeuten, dass der Fall ungelöst bleibt.«

»Mein Gott! Ich bin zwar keine Gerechtigkeitsfanatikerin, aber wenn Bruder Cristóbals Tod nicht gesühnt wird, würde mich das wirklich sehr frustrieren. Niemals die Gründe einer solch schrecklichen Tat zu erfahren, zu begreifen ...«

»Unglücklicherweise kommt das vor. Ich weiß, dass ich nicht das Recht habe, Sie darum zu bitten, Mutter Oberin, weil es keine Spur gibt, die auf wirtschaftliche Gründe hinweist, aber würde es Ihnen etwas ausmachen, mir Kopien von der Klosterbuchhaltung zu überlassen? Je mehr es in diesem Fall von Wahnsinn und rätselhaften Hieroglyphen wimmelt, desto größere Lust verspüre ich, mich an die Realität zu halten.«

»Aber natürlich, meine Liebe! Ich lasse die Unterlagen gleich kopieren. Wenn Sie es für effektiver halten, können Sie auch eine Wirtschaftsprüfung machen lassen. Aber Sie werden nichts Besonderes finden, bei uns ist alles klar und durchsichtig und korrekt versteuert! Das Finanzamt erlässt uns nichts, nur weil wir Ordenskleider tragen.«

»Das kann ich mir vorstellen. Aber vielleicht komme ich bei der Durchsicht auf eine Idee oder werde von einer Inspiration überfallen.«

»Besser, ich brenne Ihnen eine CD.«

Sie machte sich sogleich ans Werk. In die Arbeit am Computer vertieft, summte sie beim Tippen vor sich hin. Ich gab der Versuchung nach und fragte: »Sind Sie glücklich, Mutter Guillermina?«

Sie blickte überrascht auf und sah mich ironisch an.

»Na, das ist aber keine Polizistenfrage! Ja, natürlich bin ich glücklich; ich habe Gott, die Gesellschaft der Schwestern, das gute Gefühl, täglich meine Pflicht zu erfüllen ... Wobei ich das auch nicht ständig hinterfrage. Es gehört zur Natur einer Geistlichen, die persönliche Identität abzulegen, das Ich zu minimieren, bis es in der Gemeinschaft aufgeht. Das Ideal wäre, mit Gott zu verschmelzen.«

»Gelingt Ihnen das?«

Sie kniff die Augen zu zwei schmalen Schlitzen zusammen.

»Also wirklich, Inspectora, das ist doch nicht Ihr Ernst. Sie sind wegen Ihrer Ermittlungen hier, und ich bin eine schlichte Nonne, für die sich niemand interessiert.«

»Ich dachte, ich könnte ein wenig Ihre Freundin sein.«

»Nonnen haben keine Freundinnen, aber wenn Sie wollen, gebe ich Ihnen ein Informationsblatt der *Freunde der Herz-Jesu-Schwestern*, dort können Sie sich eintragen lassen und jeden Monat etwas spenden.«

»Ich dachte eher daran, Sie in ein gutes baskisches Restaurant in der Nähe einzuladen.«

Sie lachte herzlich auf und schüttelte den Kopf.

»Sie verstehen es nicht, Inspectora! In der Welt, in der ich lebe, gibt es keine baskischen Restaurants. Außerdem hätte ich nach einem guten Essen zu große Lust auf eine Zigarette, und was, glauben Sie, würden die anderen Gäste denken, wenn sich eine Nonne erst eine Seebrasse genehmigt und hinterher eine Zigarette anzündet?«

Daraufhin musste auch ich lachen. Amüsiert und heiter fügte sie hinzu: »Kommen Sie mal mit ins Refektorium, und essen Sie mit uns. Schwester Teresas Spezialität ist Mangold.«

»Ich weiß nicht, ob ich das so verlockend finde.«

»Etwas anderes kann ich Ihnen nicht anbieten.«

Ich verließ das Kloster beladen mit Fotokopien und CDs, an deren Nützlichkeit ich nicht wirklich glaubte. Bei meinem Eintreffen war Garzón gerade dabei, seine Zeit zu verplempern. Ich erwischte ihn im Gespräch über Fußball mit einem anderen Kollegen. Als er mich erblickte, kam er auf mich zu.

»Und, Inspectora? Haben Sie etwas herausgefunden?«

»Ich bin etwas gebildeter in Geschichte, das ist alles.«

»Was halten Sie von ihrer Interpretation des seltsamen Wortlauts?«

»Sie ist sehr schwach, aber da wir diese Flasche nun mal geöffnet haben, müssen wir sie auch austrinken. Ich fahre nach Poblet, um zu erfahren, was Bruder Magí davon hält.«

»Er ist bestimmt anderer Meinung als Schwester Domitila. Ich hatte den Eindruck, die beiden verstehen sich nicht so gut.«

»Intellektuelle verstehen sich nie gut. Das vertragen ihre Egos nicht.«

»Soll ich Sie ins Kloster begleiten?«

»Kommt nicht in Frage! Sie haben hier zu tun. Bringen Sie diese CD mit der Buchhaltung der Herz-Jesu-Schwestern zu Inspector Sangüesa. Er soll mal einen Blick drauf werfen, ob alles in Ordnung ist. Dann kommen Sie zurück, schließen sich in Ihr Büro ein und schreiben einen verständlichen Bericht über diese Fotokopien. Sie handeln von früheren Bestattungsformen in Kirchen und Klöstern. Sie werden sich wie auf einem Bildungsausflug fühlen.«

»In meiner Schulzeit haben wir immer Ausflüge aufs Land gemacht und sind wie die Ziegen herumgehüpft.«

»Deshalb sind Sie so unbezähmbar.«

Ich sagte ihm nichts vom Anruf der Mutter der Zwillinge. Wozu? Mein Ärger war weitgehend verraucht, und ich glaubte auch nicht mehr, dass der Subinspector in böser Absicht gehandelt hatte. Denn wer war schon so dumm, absichtlich ins Fettnäpfchen zu treten.

Auf der Fahrt Richtung Tarragona beruhigte ich mich zusehends. Dazu trug die Musik von Mozart bei, die ich in voller Lautstärke hörte. Aber leider brachte die Ruhe negative Gedanken hervor: Dieser Fall war dabei, uns aus den Händen zu gleiten, wenn es nicht schon passiert war. Gäbe es nicht den Diebstahl der Mumie, müssten wir uns mit dem Gedanken anfreunden, dass es sich um einen dieser spontanen Morde ohne Motiv handelte, die am schwersten zu lösen waren: ein verrückter Obdachloser, der sich in der Kirche versteckte ... ein junger Bursche, der herumstrich und von Bruder Cristóbal dabei erwischt wurde ... Aber da war die Scheißmumie, Bruder Asercio de Montcada, was für eine Story! So etwas konnte auch nur in Spanien passieren, im Land der Tamburine, der Stiere mit brennenden Kugeln auf den Hörnern, der für Touristen ausgestellten Reliquien wie dem unversehrten Arm der heiligen Teresa, dem geweihten Ohr von San Miguel, dem Dickdarm der heiligen Policarpa ... Widerlich! Widerlich und rückständig natürlich. Ich war so in meine Gedanken vertieft, dass ich, ohne es bemerkt zu haben, Vollgas fuhr. Ich nahm den Fuß vom Gas, auch wenn das Schicksal mir dieses unheilvolle Land als Geburtsort beschert hatte, wollte ich schon noch ein paar Jährchen leben.

Der Anblick des Klosters überraschte mich ebenso sehr wie beim ersten Mal. Alles ist widersprüchlich, dachte ich, dieselbe Kirche, die für den Bau solcher Monumente verantwortlich ist und jahrhundertelang als Förderin der Kultur agierte, hatte zugelassen, dass unter ihrem Dach jedwede Art von aberwitzigem Aberglauben blühen konnte.

Da ich Bruder Magí vor der Fahrt angerufen hatte, erwartete er mich an der Pforte. Er begrüßte mich mit einem Lächeln in seinem intelligenten Gesicht und begleitete mich hinein. Seine Schritte waren so leise wie die einer Katze. Wir setzten uns in einen leeren Raum auf ein schlichtes Kanapee. Er fragte nach unseren Fortschritten in dem Fall, und ich machte seine Hoffnungen auf eine baldige Lösung sogleich zunichte.

»Das tut mir wirklich sehr leid, Inspectora. Denn solange das alles kein Ende findet, erhalten wir keine richterliche Genehmigung für die kirchliche Beisetzung unseres Bruders.«

Diesen strategischen Einstieg nutzend, erzählte ich ihm von Schwester Domitilas Theorie und bat ihn um seine Meinung dazu. Er rührte sich nicht, als wäre er auf dem Sofa festgewachsen. Sein Blick war zu Boden gerichtet, weshalb ich seinen Gesichtsausdruck nicht interpretieren konnte. Als ich langsam ungeduldig wurde, setzte er zum Sprechen an.

»Ich hoffe, Sie sagen der Schwester nichts davon, denn sie könnte es mir übel nehmen, aber ihre Theorie entbehrt meiner Meinung nach jeder Grundlage, ist zu verworren und hat eine enttäuschende Schlussfolgerung.«

»Ich denke genauso.«

Er versank erneut in ein Schweigen, in dem alle Zeit der Welt nicht zu zählen schien, sah mich schließlich geheimnisvoll an und sagte so leise, dass ich ihn kaum verstand: »Ich habe auch eine Theorie erarbeitet.«

»Im Ernst? Ich kann's nicht glauben! Dann spielen Sie also auch gern Detektiv.«

»Also, Inspectora, es ist gar nicht so merkwürdig, dass die

Schwester und ich uns in dieser Hinsicht ähnlich sind. Wir sind beide Historiker und erforschen Ereignisse, die vor langer Zeit geschahen.«

»Verstehen Sie mich nicht falsch. Es überrascht mich einfach, dass Sie so komplexe Hypothesen ausarbeiten und sie dann für sich behalten.«

»Die Polizei arbeitet mit Beweisen, und meine Theorie lässt sich nicht beweisen. Möchten Sie sie hören?«

»Ich muss sie hören!«

»Soll ich Ihnen etwas zu trinken kommen lassen, ein Glas Wasser vielleicht?«

Er verhielt sich wie der perfekte Gastgeber, wartete jedoch nicht darauf zu erfahren, ob ich ein Glas Wasser wollte oder nicht, er wurde sogleich wieder ernst und legte los.

Ich gab vor, interessiert zu lauschen, obwohl sich seine Theorie als ebenso konstruiert wie die Schwester Domitilas herausstellte, auch sie verlor nach und nach an Glaubwürdigkeit.

»Erinnern Sie sich daran, dass in früheren Zeiten in unserem Land Klöster angezündet wurden?«

In dem Moment wurde mir bewusst, dass ich einen winzigen Funken Hoffnung in seine Erklärung gesetzt hatte, der sich beim Formulieren dieser Frage sofort verflüchtigte. Himmel, wir kehrten ins tiefste Innere Spaniens zurück: Bürgerkrieg, das Abfackeln von Klöstern, rote Horden, die über die Städte herfielen! War ich dafür nach Poblet gefahren? Ich wappnete mich mit Geduld und erwiderte: »Davon habe ich gehört.«

Bruder Magí lächelte nicht einmal, ganz ähnlich wie Schwester Domitila war er plötzlich in geschichtlicher Ekstase gefangen.

»Es gab vier Geschichtsepochen in Katalonien, in denen dieser Frevel vorkam: beim Einmarsch Napoleons, während der Desamortisation unter Mendizábal 1835, während der Tragischen Woche in Barcelona und im Bürgerkrieg. Die beiden ersten liegen zu weit zurück, um heutzutage noch Auswirkungen zu zeigen. Bleiben uns der Bürgerkrieg, die damals abgebrannten Klöster und Kirchen sind fast alle wieder aufgebaut, und die Tragische Woche, in der die größte Zahl heiliger Stätten in Katalonien brannte. Ein Großteil davon ist ebenfalls wieder aufgebaut, doch einige sind für immer verschwunden, und an ihrer Stelle wurden andere Gebäude errichtet, oder das Gelände ging in den Besitz anderer Orden über.«

Ich nickte, ohne zu verstehen, worauf er hinauswollte. Er sah mich irgendwie missbilligend an, als würde er unterstellen, dass ich wissen müsste, wovon er sprach.

»Kennen Sie die näheren Umstände der Tragischen Woche, Inspectora?«

»Natürlich, ein antiklerikaler Aufstand in Barcelona zu Beginn des zwanzigsten Jahrhunderts.«

»Es war 1909. Die Zentralregierung versuchte, getreu der Kolonialpolitik den Norden Afrikas unter ihre Herrschaft zu bringen, genauer gesagt, das Rif in Marokko. Es folgte eine militärische Niederlage nach der anderen, was so weit ging, dass sogar Reservisten mobilisiert wurden, viele von ihnen bereits verheiratet und Väter. Das Rekrutierungssystem jener Zeit ermöglichte dem Betroffenen, bei Zahlung einer hohen Summe nicht in den Krieg ziehen zu müssen. Deshalb waren die Männer der Arbeiterklasse gezwungen zu kämpfen. Natürlich lehnten sich die Arbeiter dagegen auf, und als die ersten Reservisten an Bord nach Marokko gehen sollten, kam es spontan zum Widerstand, der zu einem Generalstreik und schließlich zum Volksaufstand führte, wobei die Stadt Barcelona in die Hände der Arbeiterschaft fiel. Es gab keine politische Macht, die sich an die Spitze dieser Revolution stellen mochte. Weder die Lerroux-Anhänger noch die Republikaner noch die Nationalisten. Deshalb ließen die außer Kontrolle geratenen wütenden Massen ihren Zorn an den Kirchen und Klöstern der Stadt aus.«

»Na schön, und?«

»Inspectora, an dem Ort eines der Klöster, die in dieser einen

Woche oder im Bürgerkrieg zerstört wurden, soll heißen, in den Wohnhäusern oder Gebäuden, die an deren Stelle aufgebaut wurden, befindet sich jetzt die Mumie von Bruder Asercio de Montcada. Meiner Ansicht nach ist es das, was der Mörder uns mit dem Zettel sagen will.«

Ich strich mir übers Kinn, dann über die Stirn und rieb mir schließlich ziemlich fassungslos mit beiden Händen das Gesicht.

»Bitte, Bruder Magí, ich glaube, ich werde langsam wahnsinnig. Das alles klingt als theoretische Erklärung zwar einleuchtend, wenn es um eine Studie zu dem Thema ginge, wäre es sogar eine brillante Hypothese. Aber wie passt unser Toter da hinein?«

»Das Ganze liegt noch nicht sehr lange zurück. Hass und Rachsucht aus diesen beiden schrecklichen Ereignissen könnten noch lebendig sein.«

»Zum Teufel noch mal, Bruder Magí! Und wer rächt sich mit einem aufsehenerregenden Mord und einem Mumiendiebstahl, und vor allem, an wem?«

»Inspectora, Bruder Cristóbal war im Begriff, die Mumie gründlich zu erforschen, eine forensische Untersuchung vorzunehmen. Jemand wollte verhindern, dass er etwas an diesem unversehrten Körper entdeckt.«

»Was könnte das laut Ihrer Theorie sein?«

»Da kann ich nur spekulieren, und das gehört nicht zu meinen Arbeitsmethoden.«

»Übertreten Sie Ihre Regeln doch mal.«

»Selbst wenn Schwester Domitila anderer Meinung ist, bin ich mir sicher, Bruder Cristóbal sagen gehört zu haben, dass er in den nächsten Tagen an der Mumie eine DNA-Analyse durchführen wollte.«

»Einverstanden, und wozu hätte das führen können?«

»Vielleicht hätte er entdeckt, dass die Mumie von Bruder Asercio gar nicht aus dem Mittelalter stammt, sondern viel jünger ist, eine Leiche vom Anfang des Jahrhunderts, die den Heiligen ersetzte.«

»Aber der Heilige lag für alle sichtbar unter seinem gläsernen Sargdeckel.«

»Inspectora, ein Toter ähnelt dem anderen, vor allem, wenn sein Gesicht mit Wachs behandelt wurde.«

»Gütiger Gott, das ist alles Wahnsinn, Bruder Magí!«

»Das ist es, Inspectora, der Fall selbst ist Wahnsinn. Ist Ihnen das noch nicht aufgefallen?«

Mein Verstand arbeitete auf Hochtouren, und ich fürchtete schon, aus meinem Haar könnte eine Dampfwolke aufsteigen. Aber der Bruder Historiker hatte sich auf seine Theorie eingeschossen.

»Wer auch immer es gewesen ist, er wollte nur, dass sein Verbrechen Aufsehen erregt, er will damit etwas anprangern: vielleicht eine Ungerechtigkeit in der Vergangenheit.«

»Welche?«

»Um Ihnen das zu beantworten, müsste ich nicht nur spekulieren, sondern auf meine Phantasie zurückgreifen, und das ginge nun wirklich gegen alle meine intellektuellen Prinzipien. Ein mögliches Motiv könnte die Rache eines Nachfahren eines Opfers der Niederschlagung des Aufstands sein, die auf das Anzünden der Klöster erfolgte, sowohl 1909 als auch 1936. Vielleicht weiß derjenige, dass statt des Heiligen ein Familienmitglied, das beim Anschlag auf das Kloster getötet wurde, im Sarg liegt.«

»Bitte, Bruder Magí, bitte, lassen wir Ihre Phantasie aus dem Spiel. Das ist alles zu viel. Zu kompliziert, zu absurd, zu ... weit hergeholt!«

»Spekuliert die Polizei nie?«

»Nein, und ich sage Ihnen auch, warum nicht: weil das Ziel unserer Arbeit nicht darin besteht, ein Buch zu schreiben oder zu promovieren, sondern den Schuldigen eines Verbrechens hinter Gitter zu bringen. Wissen Sie, was das bedeutet?«

»Ja.«

Angesichts meines plötzlich barschen Tonfalls war er ernst geworden und blickte nun zu Boden. In seinem sechzigjährigen Gesicht zeichneten sich die Falten deutlich ab, als er schießlich sanftmütig sagte: »Ich versichere Ihnen, dass ich diese Hypothese nur erarbeitet habe, um Ihnen behilflich zu sein.«

Ich bereute meine Reaktion. Nichts bringt den eigenen Hochmut besser ans Licht als die Bescheidenheit der anderen.

»Entschuldigen Sie, Bruder Magí, ich bitte Sie um Verzeihung. Aber Sie müssen versuchen, mich zu verstehen: In unserem Beruf arbeiten wir mit ganz konkreten Vorgaben: Verbrecherbanden, Drogenhändler, Gauner ... und die Mordfälle, die wir lösen oder zu lösen versuchen, liegen immer im Bereich des Grundlegenden. Wird Rache genommen, dann wegen Drogen oder aus Eifersucht, und sie erfolgt sehr schnell. Deshalb finde ich zu alldem keinen Zugang, es zwingt mich, meine Arbeitsmethoden komplett über den Haufen zu werfen, was mich ausgesprochen nervös macht.«

»Das verstehe ich gut. All das ist Wahnsinn, Sie haben völlig recht. Sie werden meine Ausführungen offiziell nicht einmal in Betracht ziehen, oder?«

»Doch, das werde ich. Sie müssten mir diese historischen Hintergründe knapp zusammenfassen, damit ich später einen Bericht darüber abfassen kann. Schicken Sie mir bitte alles per E-Mail an diese Adresse.«

»Aber ... Ich habe auch eine kleine Liste der zerstörten Klöster angefertigt und ...«

»Schicken Sie die bitte auch mit.«

Draußen im Klostergarten sog ich die Abendluft ein. Die Stille war großartig, erhaben, himmlisch, sie ruhte in sich selbst. Warum blieb ich nicht ein Weilchen hier? Vielleicht würden mir die Mönche eine Zelle überlassen. Sie lebten in dieser Stille, die nichts mit meinen normalen Lebensumständen zu tun hatte. Zwei gegensätzliche Welten. Deshalb erschienen mir

Bruder Magís Spekulationen so weit hergeholt. Deshalb war ihm die Welt des Verbrechens so fremd. Und trotzdem stimmten wir in einem wichtigen Punkt überein: Es musste etwas an diesem mumifizierten Körper geben, was den Sturm ausgelöst hatte.

Im Versuch, die in Poblet genossene Stille ein wenig anhalten zu lassen, fuhr ich ohne musikalische Untermalung nach Barcelona zurück. Was natürlich sinnlos war, denn der Motor brummte, das Schalten verursachte weitere Geräusche, und der Autobahnverkehr dröhnte. Ein schrilles Konzert, bei dem der Gedanke an Frieden erst gar nicht aufkam. Mein Kopf war voller stummer Gespenster: Mönche, Nonnen, Mumien, Tote vergangener Kriege ... Um der düsteren Vorstellung entgegenzuwirken, legte ich eine Jazz-CD ein. Charlie Parker in voller Lautstärke, noch ein Gespenst.

Garzón langweilte sich, als ich eintraf.

»Was ist passiert, Inspectora?«

»Nichts, alles, was passieren konnte, ist schon passiert. Das ist doch das Problem, oder?«

»Wie klingt die Interpretation des Bruders?«

»Ausgefeilter als die von Schwester Domitila, aber am Ende läuft es auf das Gleiche raus: Geschichte. Wenn Sie Genaueres wissen wollen, schauen Sie in meine Mailbox. Das Kennwort ist Kastanie.«

»Kastanie? Das haben Sie mir ja nie gesagt!«

»Eine Kastanie ist eine edle Frucht, aus der köstliche glasierte Maronen gemacht werden. Bis morgen, ich hau jetzt ab, ich kann nicht mehr.«

»Der Richter hat sich darüber beschwert, dass die Nonnen ihre Aussagen nicht unterschrieben haben. Und da sie niemand dazu bewegen kann, erneut ins Kommissariat zu kommen ...«

»Fahren Sie allein ins Kloster. Bei der Gelegenheit erzählen Sie Schwester Domitila die Version ihres Historikerkollegen, mal sehen, wie sie die findet.«

»Ich allein ins Kloster? Die lassen mich vielleicht gar nicht rein.«

»Doch ganz bestimmt, und die Mutter Oberin wird Sie zu einem Tee einladen. Plaudern Sie mit ihr, das mag sie.«

»Aber Inspectora ...«

»Bis morgen, Garzón, Spaniens Geschichte hat mich geschafft. Morgen ist ein neuer Tag.«

Ich ließ ihn stehen, denn ich wollte nichts mehr sagen müssen. Mein nächster Kommentar wäre höchst vulgär ausgefallen. Nach Hause zu fahren, klang himmlisch. Es war wie das Mekka für den muslimischen Pilger, wie der Staat Zion für den orthodoxen Juden, wie das Niederbrennen eines Klosters für den Anarchisten aus Barcelona.

Als ich die Tür zu meinem Refugium öffnete, klingelte das Telefon. Ich lief, ohne das Licht anzuschalten, ins Wohnzimmer und nahm ab.

»Sind Sie Petra Delicado?«, fragte eine Frauenstimme.

»Ja, am Apparat.«

»Hören Sie, Señora, es hat mich ja nie begeistert, dass meine Tochter mit einer Polizistin verkehrt ...«

Ich unterbrach sie augenblicklich.

»Wer sind Sie?«

»Ich bin Laura, Marinas Mutter. Und ich versichere Ihnen, dass ich nur toleriere, sie hin und wieder zu Ihnen zu lassen, weil mir nichts anderes übrig bleibt. Aber das bedeutet nicht, dass ich es hinnehme, wenn dem Kind solche Flausen in den Kopf gesetzt werden. Wie kann ein normaler Mensch zulassen, dass ein dahergelaufener Polizist meine Tochter in ein Kommissariat mitnimmt und ihr Gewaltszenen vorführt ...«

»Moment mal, entschuldigen Sie. Das hier ist ein Privatanschluss, und ich möchte nicht mit Ihnen sprechen. Wenn Sie mir was zu sagen haben, setzen Sie sich mit meinem Anwalt in Verbindung.«

»Unglaublich! Was für eine Unverschämtheit! Das werde ich,

darauf können Sie Gift nehmen. Und zu allem Überfluss haben Sie meine Tochter dazu angehalten, mir nichts zu erzählen, ich musste es von Dritten erfahren. Ich warne Sie, ich ...«

»Es reicht, ich habe Besseres zu tun, als mit einer überspannten Ziege wie Ihnen zu telefonieren!«

Ich legte krachend auf. Mein Herz klopfte außergewöhnlich heftig. Ich war so außer mir, als wäre mir ein gefürchteter Verbrecher über den Weg gelaufen. Ich genehmigte mir einen Whisky pur, den ich in raschen Schlucken trank wie Medizin. Da hörte ich, dass die Haustür geöffnet wurde. Mir fiel auf, dass ich nur im Schein der Straßenlaternen, der zum Fenster hereinfiel, telefoniert hatte. Ich war geblendet, als Marcos das Deckenlicht einschaltete. Er rief: »Was machst du denn im Dunkeln?«

Ich fiel über ihn her wie ein Raubtier, das beim Belauern seiner Beute stundenlang Hunger und Aggression zurückgehalten hatte.

»Tut mir leid, Marcos, aber ich kann nicht mehr. Meine Arbeit ist ein einziger Stress. Ich tappe in dem Fall total im Dunkeln, und ich muss dem Druck der Chefs, der Presse und meiner Mitarbeiter standhalten. Ich komme fix und fertig nach Hause, und mir platzt fast der Schädel, und ich ertrage es nicht, wenn dann an meinem vermeintlichen Ort der Ruhe und des Friedens deine Exfrauen wie eine wild gewordene Meute über mich herfallen.«

»Was ist passiert?«

»Marinas Mutter hat angerufen. Ich hab's dir gesagt, ich habe dir gesagt, dass das passieren wird. Sie hat ... nun, sie hat mir die Hölle heiß gemacht, weil ich Marina mit Garzón ins Kommissariat habe gehen lassen. Das war zu erwarten, und was hast du gemacht? Du hast den heiligen Hindu gespielt, der Maximen ausgibt wie: Jetzt ist es nicht mehr zu ändern.«

»Was hätte ich denn tun sollen?«

»Ich weiß nicht, ihr zuvorkommen, sie anrufen, um es ihr zu

erklären, die Gemüter beruhigen, bevor sie explodieren ... irgendetwas, das deine Exfrauen über dich herfallen lässt und nicht über mich.«

»Entschuldige, aber das hätte dazu geführt ...«

»Interessiert mich nicht, wozu das geführt hätte. Schließlich musste ich die Standpauken dieser Señoras über mich ergehen lassen!«

»Gut, Petra, du hast gesagt, was du denkst, und jetzt beruhigst du dich wieder. Aber ich möchte dich daran erinnern, dass du nicht die Einzige bist, die arbeitet, auch nicht die Einzige, die unter Stress steht. Oder glaubst du vielleicht, ich schaue den ganzen Tag in die Wolken? Du hast kein Recht, so mit mir zu reden, überhaupt keines! Vielleicht kannst du dich so im Kommissariat aufführen, aber ich bin keiner deiner Untergebenen.«

»Das ist ja alles schön und gut, aber du hast mir nicht geantwortet. Sag mir, was ich mit deinen Exfrauen zu schaffen habe?«

Er sah zu Boden. Er hatte noch nicht einmal seinen Mantel ausgezogen.

»Tut mir leid, dass sie dich belästigt haben, Petra. Ich dachte immer, die Probleme des einen seien auch die des anderen, aber offensichtlich habe ich mich geirrt. Ich gehe in mein Arbeitszimmer hoch, es wird besser sein, wenn ich heute Nacht dort schlafe.«

»Fein.«

Kaum war er verschwunden, spürte ich einen Kloß im Hals. Ich ging rasch in die Küche, bevor meine Wut verrauchte. Dort öffnete und schloss ich lautstark Schubladen und warf eine Tomate zu Boden. Sie zerplatzte. Ich betrachtete sie stumm. Ich war nicht mehr wütend, nur noch geknickt. Also beschloss ich, schlafen zu gehen, und legte mich ins Bett. Ich versuchte zu lesen, konnte mich aber nicht konzentrieren. Ich versuchte zu schlafen, das gelang mir aber auch nicht. Um ein Uhr nachts schlich ich in Marcos' Arbeitszimmer hinauf. Er lag angezogen und wach auf dem Sofa und starrte an die Decke. Wortlos schmiegte ich mich an ihn. Schließlich ließ mich der Kummer sagen: »Es tut mir sehr leid, verzeih mir.«

Seine Arme umfingen mich, ich spürte ihren zärtlichen Druck.

»Ich war aufgebracht.«

»Das verstehe ich, vergiss es. Es ist nicht wichtig.«

»Doch, das ist es. Damit eine Beziehung gut funktioniert, muss zwischen beiden Partnern Harmonie herrschen, und ich ... ich bin immer nur gereizt. Immer angespannt wegen der schäbigen Dinge, mit denen ich mich beschäftige. Glaubst du, wir werden uns trennen müssen, Marcos?«

»Niemals. Ich finde, du hast recht, meine Exfrauen sind Nervensägen. Und die Kinder auch, vielleicht sollten sie nicht so oft zu uns kommen.«

»Aber sie sind doch so selten da! Und außerdem finde ich es amüsant, sie um mich zu haben. Nein, ich will, dass alles so bleibt, wie es ist. Es war ein Ausrutscher.«

»Dann vergessen wir ihn.«

»Ja, es ist nur so ...«

»Was?«

»Es ist nur so, dass ich Laura eine überspannte Ziege genannt habe.«

»Im Ernst?«

»Ja, und dann habe ich aufgelegt.«

»Ich glaub's nicht!«

Meine traurige Miene wurde von Marcos' trockenem Lachen verscheucht. Ich hörte ihn wie zu sich selbst sagen: »Ich würde sonst was dafür geben, ihr Gesicht in diesem Moment zu sehen! Ich bin davon überzeugt, dass ihr zum ersten Mal jemand so unverblümt die Wahrheit gesagt hat.«

7

Wie alle tollpatschigen Menschen war Sonia unberechenbar und ihr Handeln unvorhersehbar. Ich werde nie erfahren, wie sie es anstellte, aber sie hatte bei ihrem kurzen Streifzug durch Psychiatrien und Tageskliniken in Rekordzeit eine Menge Verdächtiger herausgefiltert. Wenn sie auftauchte, schienen die Spinner mit religiösen Wahnvorstellungen im Rudel anzutreten. Doktor Beltrán war begeistert von ihr, und ich hätte sie erwürgen können. Ich saß zu Hause beim Frühstück, als der Comisario mir mitteilte, dass ich mit dem Psychiater reden müsse. Mein Chef verbrannte sich natürlich nicht selbst die Finger, es ist eine Sache, die Medizin zu empfehlen, und eine ganz andere, sie selbst einzunehmen.

Marcos sah mich über meinem Milchkaffee maulen. Meine ewige Gereiztheit von Berufs wegen amüsierte ihn.

»Warum lässt du die psychiatrische Ermittlungsschiene nicht einfach außen vor?«

»Das ist nicht so einfach, ohne Beweise können wir nichts ausschließen. Außerdem lenkt es die Leute ab, und wir können zeigen, dass auch wir mit modernen wissenschaftlichen Methoden arbeiten.«

»Unglaublich!«

»So ist es aber. Wir arbeiten immer mehr für die breite Masse. Wie du vermutlich auch, wie alle.«

»Ich dachte, der Polizei bliebe dieses Elend erspart.«

»Du irrst dich, niemandem bleibt dieses Elend erspart. Warum ziehen wir nicht auf die Galapagos-Inseln, Marcos?«

»Weil sie ein Naturschutzgebiet sind. Aber wenn du zurückgezogen leben willst, könnten wir uns auch in Los Monegros eine Ranch bauen.«

»Du magst das alles als Scherz auffassen, aber mich erschlägt diese Welt der Bilder. Der Spinner Beltrán versucht, das Bild des Gelehrten zu stärken. Meine Chefs wollen das Bild einer modernen Polizei rüberbringen. Deine Exfrauen möchten nicht, dass ihre Kinder politisch unkorrekte Bilder sehen. Wir leben in einer virtuellen Welt.«

»Deshalb sag ich doch, wenn du möchtest, verschwinden wir beide ans Ende der Welt.«

»Noch könnte ich das, ich würde nichts Wichtiges zurücklassen, aber du hast in dieser Stadt alles: deine Kinder, deine Arbeit, die dich begeistert ...«

»Petra, ein verliebter Mann hat keine andere Heimat oder Familie als die Frau, die er liebt.«

Fast hätte ich mich an meiner Magdalena verschluckt. Und ich glaube, ich wurde sogar rot.

»Wenn du so was zu mir sagst, kann ich nicht zur Arbeit gehen.«

»Wenn es dir lieber ist, gehen wir wieder ins Bett.«

Ich sprang auf.

»Weiche von mir, Verführer! Ich gehe jetzt arbeiten. Du bist eine Gefahr für mich.«

Er lächelte und schien entzückt, ein verliebter, verführerischer Teufel gewesen zu sein. Ich schlüpfte in den Mantel und rief ihm von der Tür aus zu: »Marcos, ich finde dich auch sehr anziehend!«

»Freut mich«, antwortete er und lachte laut auf.

Auf dem Weg ins Kommissariat fühlte ich mich gut. Verdammt, welch ein Glück hatte ich mit diesem Mann! Seine unvermittelten Liebeserklärungen hoben meine Stimmung. Doch wenn ich länger über seine Worte nachdachte ... Es ist eine große Verantwortung, so ausschließlich geliebt zu werden. Konnte eine Frau so lieben, wie er es beschrieben hatte? Vielleicht nicht, vielleicht reservieren wir Frauen, von Natur mit der Fähigkeit zur Mutterschaft ausgestattet, immer ein Plätzchen in unserem Herzen mit der Bereitschaft zu teilen. Und was würde im Verlauf der Zeit geschehen? Würde mich Marcos in einigen Jahren noch immer so lieben, oder hätte er sich so an meine Anwesenheit gewöhnt, dass er nicht mehr wahrnahm, mit wem er zusammenlebte? Würde er mich mit einer seiner früheren Frauen verwechseln? Ich hielt an einer roten Ampel. Wie kannst du nur so gemein sein, Petra Delicado!, sagte ich mir. Eines war klar: Liebe zu geben und zu erhalten, verändert nicht die Persönlichkeit. Typisch für mich: Die aufrichtige Liebeserklärung meines Mannes bewirkte, dass ich über die Pros und Contras einer Beziehung nachgrübelte. Ich würde nie lernen, das zu genießen, was ich in Händen hielt. Tröstlich erschien mir nur zu glauben, dass es sich dabei um einen Defekt meiner Generation handelte: Gefühle analysieren. Eine Geißel.

Garzón erwartete mich mit ausdruckslosem Gesicht.

»Inspectora, ich weiß, das wird ein Schlag für Sie sein, aber …«

»Ja, ich weiß schon, Doktor Beltrán erwartet mich. Wurde mir telefonisch mitgeteilt.«

»Sonia hat eine Kompanie von zwanzig Verdächtigen einbestellt, von denen er sich einen ausgesucht hat.«

»Wie hat das Mädchen das bloß hingekriegt, wie konnte sie in so kurzer Zeit so viele Psychopathen auftreiben? Hat sie in der Zeitung annonciert oder so was?«

Mein Kollege lachte wie ein Trottel. Das Ganze schien ihn außerordentlich zu amüsieren.

»Sehen Sie, jetzt müssen Sie Ihre Meinung über das Mädchen revidieren, Inspectora.«

»Ja, früher glaubte ich, sie wäre ein bisschen zerstreut, aber jetzt bin ich davon überzeugt, dass sie völlig unterbelichtet ist.«

»Eigentlich hat ihr niemand direkt gesagt, dass sie, sagen wir, nicht allzu eifrig ermitteln soll.«

»Vergessen Sie's, und erinnern Sie mich nicht dauernd daran. Wie war's gestern bei den Nonnen?«

»Gut. Die Aussagen sind unterschrieben, Richter Manacor wird zufrieden sein.«

»Hat die Mutter Oberin Sie zum Tee eingeladen?«

»Ja, aber ich musste ablehnen, es war schon spät.«

»Die Arme langweilt sich in diesen Mauern eingeschlossen zu Tode.«

»Wundert mich nicht. Aber wissen Sie, was mir aufgefallen ist? Ich habe Schwester Domitila von Bruder Magís Theorien erzählt. Sie hat mir höchst aufmerksam zugehört und ein Gesicht gemacht, als sei sie einerseits fasziniert und andererseits genervt. Ich glaube, ihr ist aufgefallen, dass die Theorie des Mönchs besser ist als ihre eigene, auch wenn sie das nicht zugegeben hat. Sie sagte, es sei eine sehr gewagte Hypothese.«

»Womit sie nicht unrecht hat. Haben Sie Coronas den Bericht gezeigt?«

»Ja, und er meinte, er sei hochinteressant, eine wirklich unterhaltsame Lektüre.«

»Ganz schön dreist! Ich bin davon überzeugt, dass es ihn in der jetzigen Situation einen Scheiß interessiert, ob wir den Fall lösen. Er hat alle Brennpunkte neutralisiert, den Polizeipräsidenten, die Reporter ... Er dürfte gar begeistert sein: Je länger der Fall sich hinzieht, desto leuchtender flackert unser Medienfeuer.«

»Sie sind hart wie Stein.«

»Nicht umsonst heiße ich Petra. Nomen est omen, Garzón. Wo ist der Seelenklempner?«

»Man hat ihn in Ihr Büro geschickt. Kann ich bei dem Gespräch dabei sein?«

»Natürlich, und nehmen Sie Ihre Kamera mit! Gehen wir.«

Der von Beltrán ausgewählte Verdächtige war ein fünfundfünfzigjähriger Mann, ambulanter Patient in einer städtischen Klinik für Psychiatrie. Die Diagnose seiner Krankheit lautete

Schizophrenie mit religiösen Wahnvorstellungen. Er hatte kleinere Vorstrafen, weil er wiederholt Unbekannte in einer Bar angegriffen und ihnen geringfügige Prellungen beigebracht hatte. Aufgrund des psychiatrischen Gutachtens war er dafür nicht mal zu einem Bußgeld verurteilt worden.

»Ich habe mich mit ihm unterhalten und bin zu dem Schluss gekommen, dass es sich eindeutig um einen mutmaßlichen Tatverdächtigen handelt.«

»Darf man erfahren, wie Ihre Schlussfolgerungen lauten?«

»Ich glaube nicht, dass Sie der medizinische Teil interessieren wird. Außerdem gibt es Dinge, die uns von einer gewissen Intuition diktiert werden, die wiederum aus der Erfahrung herrührt.«

»Doktor Beltrán, ich möchte ganz offen sein: Unsere Ermittlungen weisen in eine Richtung, die die Hypothese vom psychopathischen Mörder nicht bestätigt.«

»Dann haben Sie sie ausgeschlossen?«

»Noch können wir gar nichts ausschließen.«

»In dem Fall fände ich es nicht schlecht, den eingeschlagenen Weg weiterzuverfolgen.«

»Alle Möglichkeiten auszuleuchten, ist bestimmt interessant, aber wir haben nicht unendlich Zeit ...«

»Einen Moment, Inspectora Delicado! Ich wurde darum gebeten, das Profil eines möglichen psychopathischen Mörders zu erstellen, und das habe ich getan. Wenn Sie wünschen, dass ich meine Arbeit abbreche, habe ich nichts dagegen, aber ich möchte Sie daran erinnern, dass Sie mich hinzugezogen haben. Soll ich Ihnen die Charakteristiken besagten Mannes nun erläutern oder nicht?«

Ich biss mir auf die Zunge. Am liebsten hätte ich ihn an Ort und Stelle verbal und mit Zähnen und Klauen zerfleischt. Ich hätte ihm etwas von opportunistischen Ärzten, die Medienauftritte lieben, erzählt, aber im Grunde hatte der Kerl recht: Jemand hatte ihn hinzugezogen, wenn auch nicht ich.

»Ich höre Ihnen aufmerksam zu, Doktor.«

»Hier haben Sie alles schriftlich. Der Mann heißt Isaac Reverter, er ist ledig und lebt allein. Nach der Diagnose wurde er in eine psychiatrische Klinik eingewiesen, aus der er geflüchtet ist. Später wurde er erneut eingewiesen, und nachdem ihm eine Zeit lang Medikamente verabreicht worden waren, konnte er ambulant weiterbehandelt werden. Er arbeitet Teilzeit in einer Behindertenwerkstatt.«

»Das klingt ja nicht besonders verdächtig.«

Beltráns Blick war herausfordernd. Er war irritiert, vielleicht erlebte er zum ersten Mal, dass jemand angesichts seiner Autorität als Wissenschaftler nur geringe Ehrfurcht und mäßiges Interesse an seinen Theorien zeigte. Angespannt fuhr er fort.

»Gewiss, aber er musste schon zwei Mal den Arbeitsplatz wechseln, weil er einem Kollegen drohte, ihn auf Befehl Gottes umzubringen.«

»Das ist doch nicht ungewöhnlich bei Schizophrenen, nicht wahr?«

»Ich wusste nicht, dass Sie sich in der Materie auskennen.«

»Die Medien greifen solche Themen doch zu gerne auf. Ich glaube, heutzutage kennt sich jeder auf dem Gebiet ein bisschen aus.«

»Gestehen Sie mir zu, dass ich mich ein wenig besser auskenne als Sie, nur ein wenig?«

»Ich habe Ihre Kompetenz nie angezweifelt.«

»Vielen Dank. In dem Fall kann ich Ihnen noch sagen, dass ich den Mann untersucht habe, und mir scheint, dass er unter mörderischen Impulsen leidet. Außerdem wurde mir in der Tagesklinik gesagt, dass er großen Einfluss auf eine kleine Gruppe Patienten ausübt, denen er manchmal Vorträge über die Jungfrau und die Heiligen hält.«

»Welche Art Vorträge?«

»Das weiß ich nicht, Inspectora. Das Pflegepersonal hat es nicht spezifiziert. Dieser Mann ist kalt und intelligent. Er hat auf meine Fragen verhalten aggressiv reagiert. Außerdem glaube ich, dass er etwas verheimlicht.«

»Wir müssen herausfinden, wo er zum Zeitpunkt des Mordes war.«

»Das ist Ihre Sache. Wenn Sie beim Verhör psychiatrische Unterstützung brauchen, stehe ich Ihnen gern zur Verfügung.«

Als er ging, machte er den Eindruck, ernsthaft gekränkt zu sein. Garzón, der während des ganzen Gesprächs kein einziges Mal den Mund aufgemacht hatte, holte dies jetzt nach.

»Der wird sich ganz bestimmt bei Coronas beschweren und ihm sagen, dass wir seine Arbeit behindern und uns gegenüber seinen wissenschaftlichen Ausführungen taub stellen.«

»Kann gut sein, ist mir aber egal. Coronas soll die Konsequenzen seiner Anweisungen ruhig selbst tragen.«

»Dabei ist die Logik des Arztes einwandfrei: Er legt uns die Berichte vor, um die wir ihn gebeten haben.«

»Der Typ hat doch nichts anderes getan, als zur Jagd auf ein paar Bekloppte zu blasen, die in sein Scheißprofil passen.«

»Wer weiß, vielleicht kommen wir anhand seiner Hinweise zu einer überraschenden Schlussfolgerung?«

»Reine Theorie.«

»Und unsere Ermittlungen?«

»Reine Phantasie.«

»Also?«

»Also, ganz ruhig. Es wird sich schon was bewegen.«

»Wie gern ich Ihre Kaltblütigkeit hätte, Inspectora!«

»Und ich Ihren wunderschönen Schnurrbart, Fermín, aber jedem das Seine. Sagen Sie Yolanda, sie soll diesen Isaac Reverter mal verhören.«

»Ich weiß nicht, ob sie dafür genug Erfahrung hat.«

»Dann lernt sie was.«

»Übrigens, Inspectora, meine Frau hat mich gebeten, Sie und Ihre Familie für kommenden Samstag zum Abendessen zu uns einzuladen.«

»Meine Familie?«, fragte ich ungläubig.

»Aber, Inspectora! Ich meine Marcos und die Kinder.«

»Von mir aus gern, aber das wird ein großer Rummel für Sie werden.«

»Emilia freut sich sehr.«

»Na gut, einverstanden, wir kommen.«

Es war ein Schock für mich, plötzlich als Familie eingeladen zu werden, aber ich hätte mir nie erlaubt, die reizende Emilia vor den Kopf zu stoßen. Marcos war gewiss einverstanden, und was die Kinder anbelangte ... Seit Garzón ihnen die harte Verbrecherwelt vorgeführt hatte, erfreute er sich großer Beliebtheit. Ich las die Informationen, die mir Bruder Magí geschickt hatte und die vom Subinspector perfekt zusammengefasst und aufgelistet worden waren, und stieß auf die hinzugefügte Liste der Klöster.

Trienio Constitucional, 1820 – 1823 (säkularisierte Klöster)

1. Kapuzinerkloster von Santa Madrona: *Abriss für den Bau der Plaza Real.*
2. Kirche von Sant Jaume: *Abriss wegen Erweiterung der Plaza Sant Jaume.*
3. Kloster des beschuhten Trinitarierordens: *Abriss für den Ausbau der Calle Ferran.*
4. Kirche und Kloster des Karmeliterordens: *Abriss für die Erweiterung der Calle dels Àngels.*
5. Kloster de la Madre de Déu de la Bonanova des Trinitarierordens: *Abriss für den Bau des Gran Teatro del Liceo.*

So ging das noch ein paar Seiten weiter. Darauf folgten die Kirchen und Klöster, die in der Tragischen Woche niedergebrannt wurden, achtzehn Kirchen und neunundvierzig Klöster. Laut Bruder Magí wurden die meisten jedoch wieder aufgebaut. Völlig verschwunden waren nur die Klöster der Schwestern vom heiligen Hieronymus, der Claretiner, der Vinzentinerinnen, der Dominikanerinnen, der Mönche der Kongregation des Oratoriums des Heiligen Philipp Neri, der Zisterziensernonnen von Valdonzella sowie das Kloster Sant Antoni. Neben den Namen standen Adressen. Abschließend wies der Bericht darauf hin, dass die im Bürgerkrieg abgebrannten religiösen Gebäude später fast alle wieder aufgebaut wurden. Unter dieser Rubrik hatte der Mönch die am schwersten zerstörten Gebäude aufgelistet. Tadellose Arbeit, vielleicht einer Doktorarbeit würdig. Wie bedauerlich, dass das Ganze mir bezüglich unseres Falls noch immer wie ein Ammenmärchen vorkam. In dem Moment trat Garzón ein.

»Inspectora, tut mir leid, Sie zu stören, aber Coronas lässt ausrichten, wenn wir den Psychopathen nicht innerhalb der nächsten zwei Stunden verhören, sind wir von dem Fall entbunden.«

»Verdammter Psychopath! Ist gut, sagen Sie ihm, dass ich es mache. Wo ist er?«

»Im Verhörzimmer, bewacht von Domínguez. Sie erkennen ihn an dem Napoleonhut.«

»Sehr witzig.«

Domínguez erbot sich, zu meiner Sicherheit während des Verhörs im Raum zu bleiben. Ich schickte ihn energisch hinaus. Seit dieser Mann zu unserem offiziellen Psychopathen erklärt worden war, schien alle Welt vergessen zu haben, dass er kurz zuvor noch seelenruhig auf der Straße herumspaziert war.

Ich sah in das Gesicht des angeblichen Verrückten, der völlig normal aussah, nur etwas verschreckt.

»Hallo Isaac. Wissen Sie, warum Sie hier sind?«, fragte ich, ohne meinen Missmut zu verbergen.

»Ja, weil Sie glauben, dass ich einen Mönch umgebracht habe.«

»Genau. Und, haben Sie es getan?«

»Nein, ich würde nie jemanden umbringen, und schon gar keinen Mönch, denn ich glaube sehr an Gott.«

»Wo waren Sie in der Tatnacht?«

»Im Landhaus der Gemeinde Rius y Taulet. Unsere Werkstatt hat die Bühne für eine Theateraufführung am nächsten Tag aufgebaut. Wir haben bis zum frühen Morgen gearbeitet.«

»Kann das jemand bezeugen?«

»Ja, alle Kollegen aus der Werkstatt, auch die Lehrerin.«

»Gut, alles klar. Wissen Sie, mit welcher Waffe das Verbrechen begangen wurde?«

»Das habe ich in der Zeitung gelesen. Einem Messer?«

»Nein, es war kein Messer. Womit verdienen Sie Ihren Unterhalt, Isaac?«

»Ich bekomme eine Rente, weil ich nicht richtig im Kopf bin. Und ich arbeite in einer Behindertenwerkstatt, die mir auch etwas zahlt. Sagen Sie mal, Inspectora, komme ich ins Fernsehen, wenn ich behaupte, dass ich den Mönch umgebracht habe?«

»Warum wollen Sie denn ins Fernsehen?«

»Weil ich den Leuten sagen will, dass sie zur Messe gehen und beten sollen.«

»Hören Sie Isaac: Sie haben eine Wohnung, eine Arbeit, vielleicht sogar Freunde. Ich gebe Ihnen einen guten Rat: Vergessen Sie die Messen, Engel und Heiligen. Gehen Sie ab und zu ein Bier trinken und sonntags in der Sonne spazieren. Das ist viel wert, glauben sie mir. Und denken Sie nicht mehr daran, ob die anderen zur Messe gehen oder sündigen.«

»Sie gehen schon wieder?«

»Ja, ich werde mit Ihrem Hausarzt sprechen und denke, dass Sie schon bald wieder nach Hause können.«

Ohne jemandem Bescheid zu sagen, verließ ich das Kommissariat und fuhr in die Tagesklinik, wo der Mann ambulant betreut wurde. Ich sprach mit dem behandelnden Arzt, mit den Krankenschwestern, mit den Leitern der Gruppensitzungen.

Natürlich waren sich alle einig: Isaac konnte keinesfalls jemanden umgebracht haben, weder einen Mönch noch einen Hafenarbeiter. Sie waren bereit, das zu Protokoll zu geben und zu unterschreiben. Anschließend fuhr ich zu der Behindertenwerkstatt, in der Reverter arbeitete. Alle bestätigten sein Alibi in der Mordnacht. Mehr brauchte ich nicht. Ich rief Garzón an.

»Sie können den Psychopathen gehen lassen, Garzón, wir haben schon genug Zeit verschwendet.«

»Sind Sie sicher, Inspectora?«

»Das verantworte ich.«

»In Ordnung, wird gleich erledigt.«

Auf dem Weg zum Auto dachte ich nach. Was für ein Desaster! Der arme Teufel Isaac. Wir hatten ihn aus seiner Alltagsroutine gerissen, die vielleicht das Einzige war, was ihn aufrecht hielt. Und das alles wohl wissend, dass er unmöglich den Mord begangen und die Mumie gestohlen haben konnte. Schöne Scheiße! Ich war unendlich traurig und ziemlich mutlos. Als ich mich umsah, befand ich mich in der Nähe des alten Militärkrankenhauses. Ich hielt Ausschau nach einer Bar und wurde sogleich fündig. Zum Glück gibt es in Spanien an jeder Ecke eine. Diese war der Prototyp: Fernseher in voller Lautstärke, klingelnde Spielautomaten, ein Kellner, der ohrenbetäubend laut saubere Teller aufeinanderstapelte ... Perfekt! Ein Bier schien mir zu wenig, um nachzudenken. Also trank ich zwei. Mein Handy klingelte. Erst wollte ich nicht rangehen, tat es nach dem fünften Klingeln aber doch. Es war Sonia.

»Inspectora, ich habe noch einen psychisch Kranken gefunden, der mir ziemlich verdächtig vorkommt. Aber ich weiß nicht, ob ich es Doktor Beltrán sagen soll, da Sie ja schon einen verhören, vielleicht ...«

»Sonia.«

»Ja, Inspectora?«

»Schließ dich augenblicklich wieder der Suchmannschaft nach der Obdachlosen an.«

»Soll ich dann den anderen Suchauftrag abbrechen?«

»Ja. Ach, und noch was. Lass dich in den nächsten drei Tagen nicht bei mir blicken, hast du mich verstanden?«

»Ich …«

»Und wenn du mich siehst, gehst du in die andere Richtung, verstanden?«

»Ja, Inspectora«, hörte ich sie noch flüstern.

Dann zahlte ich bei dem erschrockenen Kellner, der gelauscht hatte, und verließ die Bar. Ich war nicht gerade gestärkt, hatte aber immerhin eine Entscheidung getroffen: Ich würde nach Hause fahren.

Unterwegs traf ich die nächste Entscheidung: Ich parkte den Wagen in einiger Entfernung zum Haus und wollte ein Stück zu Fuß gehen. Ich fand es unfair, derart zornig und verstört Marcos gegenüberzutreten. Langsam wurde ich etwas ruhiger. Als ich um die letzte Ecke bog, kam eine Frau direkt auf mich zu. Ich blieb stehen und wartete. Als sie näher kam, tastete ich in meiner Tasche nach der Pistole. Sie sah es und sagte laut: »Petra Delicado?«

»Wer sind Sie?«

Als sie fast vor mir stand, erkannte ich sie.

»Ich bin Laura, Marinas Mutter. Ich will nur einen Augenblick mit Ihnen reden.«

»Hören Sie Laura, ich wollte nicht unhöflich sein, aber …«

»Nur eine Minute. Wollen wir da drüben etwas trinken?«

Mir blieb nichts anderes übrig, als einzuwilligen. Vielleicht war es eine gute Gelegenheit, sie zu bitten, mich in Ruhe zu lassen. Wir überquerten die Straße und setzten uns an den Tresen der Bar. Ich bestellte ein Bier und sie ein Mineralwasser, das sie nicht anrührte.

»Zunächst möchte ich mich bei Ihnen dafür entschuldigen, dass ich Sie kürzlich am Telefon so angefahren habe.«

»Ich habe mich auch nicht besser benommen. Wie dem auch sei, sollten Sie mir mitteilen wollen, dass Sie nicht wünschen, dass Ihre Tochter je wieder ein Kommissariat betritt, kann ich Sie beruhigen, das wird nicht nötig sein. Dafür sorge ich.«

»Es ist noch etwas anderes. Marina schätzt Sie wirklich sehr. Ich habe den Eindruck, dass Sie großen Einfluss auf sie haben.«

»Sollte das so sein, kann ich nichts dafür.«

»Darum geht es nicht. Es ist nur so: Marina erzählt aller Welt, dass Sie Polizistin sind und dass sie Ihre Arbeit super findet. Ich nehme an, Sie erzählen ihr gelegentlich davon.«

»Sie irren sich, über dienstliche Angelegenheiten rede ich mit den Kindern nie.«

»Mir wäre es recht, wenn Sie noch etwas anderes tun würden.«

»Was schlagen Sie vor, soll ich meinen Beruf aufgeben?«

»Nein. Ich möchte, dass Sie etwas unternehmen, damit sie sich aus dem Kopf schlägt, zur Polizei zu gehen, wenn sie groß ist.«

»Hat sie Ihnen das erzählt?«

»Ja, und ich bitte Sie, tun Sie Ihr Möglichstes, um ihr die negativen Seiten dieser Arbeit klarzumachen. Besser noch, Sie reden es ihr aus.«

»Sie ist erst neun Jahre alt, wie soll ich ...«

»Ich möchte, dass sie sich diese Berufswahl aus dem Kopf schlägt.«

»So schrecklich finden Sie den Polizeiberuf?«

»Sollte meine Tochter eines Tages Polizistin werden, wäre das eine Tragödie für mich.«

»Gut, einverstanden. Ich kann Ihnen nicht versprechen, dass ich meine Arbeit schlechtrede, aber ich kann Marina die Glorifizierung ausreden.«

»Ich danke Ihnen von Herzen. Ich werde Sie nicht länger belästigen. Erlauben Sie mir, Sie einzuladen.«

Sie nahm Geld aus ihrer Tasche, und als sie schon fast zur Tür hinaus war, rief ich ihr nach: »Laura! Ich weiß nicht, was

Sie sich unter dem Beruf des Polizisten vorstellen, aber ich wünsche Ihnen, dass Sie uns nie brauchen werden. Wir sind dafür da, die Bürger zu schützen, wissen Sie?«

Über ihr attraktives, gut geschminktes Gesicht huschte ein arrogantes Lächeln. Dann verschwand sie. Sie war eine elegante Frau, die sich durchsetzen konnte. Kalt, resolut, selbstsicher, eine Frau von heute. Und ich blöde Kuh erzählte ihr was vom Schutz der Bürger. Zum Glück war mir nicht eingefallen, ihr mit Gesetz und Ordnung zu kommen, denn das wäre der Gipfel der Dummheit gewesen. Ich trank mein Bier in einem Zug leer, ich brauchte es dringend.

Obwohl wir noch nicht lange zusammenlebten, merkte Marcos sofort, dass mit mir etwas nicht stimmte. Er war ein sensibler Mann, oder es lag an meinem Gesicht eines Vampirs, der sich den Magen verdorben hatte.

»Ist was passiert, Petra?«

»Alles ist passiert.«

»Probleme in eurem Fall?«

»Ja.«

»Und im Privatleben?«

»Auch.«

»He, das war nur ein Spaß!«

»Ich habe gerade mit Laura gesprochen.«

Sein Gesicht verdüsterte sich. Sofort bedauerte ich, es ihm gesagt zu haben, aber es war zu spät, jetzt musste ich ihm alles erzählen.

»Sie hat mich auf der Straße erwartet. Wir haben zusammen was getrunken. Na ja, sie hat ihr Wasser nicht mal angerührt, damit nur ja nicht der Eindruck entsteht, wir hätten irgendetwas gemein. Sie hat mich gebeten, Marina auszureden, dass sie Polizistin werden will.«

»Das ist wirklich unerträglich!«

»Was willst du tun?«

»Sie anrufen.«

»Kommt nicht in Frage, lass es bitte. Sie hat sich anständig verhalten.«

»Es tut mir leid, Petra, es tut mir wirklich leid.«

»Vergiss es, und erspar mir diese Höflichkeitsfloskeln.«

»Soll ich besser vulgär sein?«

»Ja.«

»Dann essen wir jetzt endlich, verdammte Scheiße. Ich habe Hunger.«

Ich lächelte über seine treffende Ironie.

»Wusstest du, Marcos, dass Marina herumerzählt, sie wolle Polizistin werden?«

»Na ja, sie hat mal was erwähnt.«

»Und warum hat sie es mir nicht gesagt?«

»Sie glaubt, du würdest es ihr ausreden.«

Mein Handy klingelte. Es war Garzón.

»Inspectora, die Obdachlose ist gefunden worden.«

Mein Herz machte einen Satz. Aber Garzón sprach ernst weiter.

»Sie ist schon seit Tagen tot.«

Es schnürte mir die Brust ab. Ich notierte mir die Adresse und sah Marcos an.

»Sie haben die Obdachlose tot aufgefunden. Ich muss los.«

Er umarmte mich, ich lächelte ihn traurig an.

»Offensichtlich war das heute noch nicht genug, es fehlte noch etwas.«

»Sobald du diesen Fall abgeschlossen hast, machen wir Urlaub in der Karibik, was meinst du?«

»Nur wenn wir ihn lösen. Wenn wir den Täter nicht finden, habe ich was anderes vor.«

»Darf ich erfahren, was?«

»Ich werde mich im ganz großen Stil vor den Augen deiner beiden Exfrauen umbringen, sie werden das bestimmt zu schätzen wissen.«

Eulalia Hermosillas Leiche war im Zustand fortgeschrittener Verwesung in einer leer stehenden Autowerkstatt in der Calle Escornalbou gefunden worden. Kurz bevor die Glocke das Ende der Suchaktion einläutete, hatten die verbliebenen Kollegen der Sonderkommission sie gefunden. Der Haupteingang zur Werkstatt war verschlossen gewesen, doch es gab einen Zugang durch die Pförtnerloge des Nachbarhauses. Diese Tür war aufgebrochen und hinterher mit einem verrosteten Draht notdürftig wieder verschlossen worden. Kein Bewohner hatte sich über den starken Leichengeruch beschwert. Die Kollegen hatten Haus für Haus der Straße abgesucht, bis sie den schrecklichen Fund gemacht hatten.

Wie hypnotisiert beobachtete ich meine Kollegen bei der üblichen Absicherung des Tatorts. Angesichts des Zustands der Leiche beendete Richter Manacor seine Beschau sehr schnell und mit angewidertem Gesicht. Anschließend wurde die kleine, verfallene Werkstatt Zentimeter für Zentimeter nach Spuren abgesucht. Die Straße füllte sich mit Schaulustigen. Wir hatten den Eigentümer des Gebäudes ausfindig gemacht und ihn zur Befragung bestellt. Als sich die anfängliche Hektik langsam legte, fiel Garzón auf, dass ich eine geschlagene Stunde lang kein Wort gesagt hatte.

»Geht es Ihnen gut, Inspectora?«

»Nein, es geht mir nicht gut. Heute ist nicht der beste Tag meines Lebens, aber … ich halte durch.«

»Ich schlage vor, wir gehen in die Eckbar da drüben und trinken was.«

»Später, wenn wir mit dem Eigentümer gesprochen haben.«

Er kam, und wir redeten mit ihm. Das Gebäude stand seit seiner Pensionierung leer, und er wollte es nicht vermieten. Er kam nie her. Natürlich hatte er überhaupt nichts mit unserem Fall oder der ermordeten Frau zu tun. Er starrte auf die Blutspuren auf dem Boden, und der noch immer intensive Gestank verursachte ihm Übelkeit. Ich bat Yolanda, ihn im Taxi nach Hause zu bringen, und sagte zum Subinspector: »Jetzt trinke ich gerne ein Glas, Fermín. Wenn der ganze Zirkus vorbei ist, sollen sie uns benachrichtigen. Sagen Sie Bescheid, wo wir hingehen.«

Die schläfrige Atmosphäre einer weiteren schäbigen Bar hüllte uns schützend ein. Wir wählten einen Tisch am Fenster. Ich ließ mich wie ein Sack auf den Stuhl plumpsen, denn so fühlte ich mich. Die Gäste am Tresen redeten über den Mord und das Polizeiaufgebot im Viertel. Sie schienen alles genau zu wissen. Der Kellner kam an den Tisch.

»Cognac«, sagte ich. Vielleicht konnte das wohlschmeckende, starke Getränk den Gestank des Todes aus meiner Nase vertreiben.

»Sie sind deprimiert, stimmt's?«

»Was ein Wunder. Die einzige Zeugin, die wir haben, eine arme Frau, wird ermordet und ihr damit für immer der Mund gestopft. Und was haben wir zu diesem Zeitpunkt des Films? Nichts, zwei wilde Geschichtstheorien und einen falschen Psychopathen, den wir nach Hause schicken mussten. Das Panorama ist nicht sonderlich ermutigend, finden Sie nicht auch?«

»Mir steht dieser Fall bis hier oben.«

»Mir auch.«

»Sollen wir ihn abgeben?«

»Nein.«

»Und was machen wir jetzt?«

»Uns eine weitere Geschichtstheorie ausdenken. Also los.«

Ich trank den Cognac in einem Zug. Garzón sah mich überrascht an. Dann nickte er und tat es mir nach.

»Genehmigen wir uns noch einen?«

»Gut.«

In Schweigen gehüllt, folgten zwei weitere Gläser, auch in einem Zug, auch Cognac. Beim dritten sah uns der Kellner nicht mehr ganz so freundlich an. Egal.

»Soll ich Ihnen was sagen, Inspectora? Ich kann Ihnen meine persönliche Geschichtstheorie schon vortragen.«

»Schießen Sie los, ich bin ganz Ohr.«

»Ich glaube, dass Bruder Acisclo, oder wie er heißen mag, zu Lebzeiten ein großer Stecher war. Wahrscheinlich hatte er die Syphilis oder eine andere Geschlechtskrankheit, und die Nonnen wollten nicht, dass eine DNA-Analyse gemacht wird, damit es nicht auffliegt. Deshalb hat die Oberin Bruder Cristóbal umgebracht. Was halten Sie davon?«

»Gut, eine gute Theorie! Aber ich habe auch eine, Sie werden sehen. Ich glaube, dass unsere Erzfeinde, die Mauren, schuld sind. Vielleicht war dieser Asercio mal ein unerschrockener Krieger der Reconquista und ...«

»Waren es nicht doch vielleicht die Wikinger, soll heißen, die Barbaren?«

Erschöpft, niedergeschlagen, angetrunken und ohne eigentlich zum Scherzen aufgelegt zu sein, brachen wir in schallendes Gelächter aus. Da wurden wir in die Werkstatt gerufen.

»Inspectora«, verkündete der Chef der Spurensicherung, »wir haben großes Glück.«

»Was haben Sie gefunden?«

»Der Mörder hat Latexhandschuhe benutzt und sie dann in eine Ecke geworfen. Wenn wir die Handschuhe nach der neuesten Methodik untersuchen, haben wir seine Fingerabdrücke.«

»Noch gibt es keinen Tatverdächtigen, es ist aber trotzdem ein guter Fund. Sonst nichts?«

»Oberflächlich betrachtet, nein. Wir werden sehen, was die Obduktion ergibt, aber wir glauben, dass diese Frau schon tot hergebracht wurde. Es gibt getrocknetes Blut und Verwesungsreste an der Fundstelle, aber nicht in der Menge, die ein Mord *in situ* mit sich bringt.«

»Wie wurde sie ermordet?«

»Zu Tode geprügelt. Ihr Kopf war zu Brei geschlagen, mit Verlaub, aber da sie schon ein paar Tage tot war, konnten wir nichts Genaues feststellen und ...«

»Ist gut. Versiegeln Sie den Tatort, und bringen Sie die Beweismittel ins Kommissariat.«

Wir gingen langsam zum Wagen.

»Fällt Ihnen was auf?«, fragte ich Garzón. »Wir haben ein paar verrückte Ideen ausgetauscht, aber keine einzige ernst zu nehmende Hypothese zu diesem neuen Verbrechen.«

»Es gibt mehr als eine Hypothese: Sie wurde ermordet, damit sie nicht erzählt, was sie gesehen hat.«

»Sie hatte doch schon erzählt, was sie gesehen hat. Was haben die denn noch befürchtet?«

»Dass sie noch mehr sagt, sich an mehr Einzelheiten erinnert.«

»Bedeutet das, sie hat die Männer gekannt, die die Mumie gestohlen haben?«

»Scheint eher unwahrscheinlich bei einer Zeugin, die am Rande der Gesellschaft lebt.«

»Dann geht es um etwas anderes, den Lieferwagen vielleicht ... Ich weiß nicht. Ich bezweifle sehr, dass sie sich an das Kennzeichen erinnern konnte.«

»Völlig klar ist hingegen, dass die Mumiendiebe nicht darauf geachtet haben, ob sie beobachtet werden, und als sie es dann aus der Zeitung erfuhren, gingen sie wie wir auf die Jagd.«

»Woher sollten sie wissen, um wen es sich handelte? Der Name der Zeugin ist doch nicht genannt worden.«

Ich schlang beide Arme um meinen Oberkörper und klopfte mir auf die Rippen.

»Ich weiß es nicht, Garzón, ich weiß gar nichts mehr. Jedenfalls ist es gut möglich, dass dieser Mord unserem Versagen zu verdanken ist. Diese Frau hätte man nach ihrer Aussage nicht gehen lassen dürfen.«

»Das waren nicht wir, wir haben den Fall erst später übernommen.«

»Und das beruhigt Sie?«

»Ich fühle mich weniger schuldig.«

»Sie Glücklicher. Bis morgen, Garzón, wir sehen uns im Kommissariat.«

»Was haben Sie vor?«

»Schlafen!«

»Das brauchen Sie auch.«

»Ob ich es mir vornehme oder nicht, ob ich es brauche oder nicht, ich bezweifle stark, dass ich etwas anderes tun könnte.«

Ich schloss die Haustür auf, schlich ins Schlafzimmer und legte mich angezogen aufs Bett. Marcos schlief tief und fest. Ich bemühte mich sehr, ihn nicht zu wecken, und versuchte mir sein Gesicht vorzustellen, wenn er am nächsten Morgen seine Frau im Mantel neben sich im Bett liegen sah.

Der schlechte Zustand von Eulalias Leiche erforderte schnelles Handeln. Wenn wir nicht wollten, dass der Verwesungsprozess wichtige Hinweise zerstörte, musste die Obduktion so schnell wie möglich durchgeführt werden. Daher machte sich die Pathologie gleich an die Arbeit. Leider förderte der Schlussbericht nichts Aufregendes zutage. Eulalia Hermosilla, achtundsechzig Jahre alt, war an den Folgen eines heftigen Schlages auf den Hinterkopf gestorben. Die Tatwaffe war ein stumpfer, harter und großer Gegenstand. Soll heißen, die Obdachlose und der Mönch hatten mit größter Wahrscheinlichkeit denselben Mörder, und der ging brutal vor.

Die Theorie des Pathologen stimmte mit der Vermutung überein, die unser Sachverständiger am Tatort geäußert hatte: Die Frau war nicht in der Werkstatt erschlagen, sondern bereits tot dort abgelegt worden. An ihrem Körper konnten keinerlei Hautabschürfungen festgestellt werden, weshalb man davon ausgehen konnte, dass sie von zwei Personen getragen wurde.

Coronas war bestürzt. Er hatte nicht mit einem weiteren Mord gerechnet. Für ihn war die Existenz der Obdachlosen eher nebensächlich gewesen. Aus dem Grund hatte er im tiefsten Inneren das von mir geforderte Sonderkommando nie gutgeheißen. Und jetzt gab es diese tote Frau.

»Wie's scheint, hat der Mörder sie gefunden und umgebracht, bevor wir sie gründlicher befragen konnten«, schnaubte er, womit er das Offensichtliche aussprach.

»Das bedeutet, dass die Mumiendiebe zunächst gar nicht bemerkt hatten, dass die arme Frau sie beobachtete.«

»Aber wie konnten sie sie finden?«

»Ich weiß es nicht, Petra, wie wir erfahren haben, wurde die Frau in der Nähe der Calle Escornalbou gesehen. Der Mörder hat das anscheinend auch gewusst, das ist alles.«

»Der Mörder hatte keine Soko zur Verfügung.«

»Kann er einem Polizisten gefolgt sein?«

»Das glaube ich kaum.«

»Dieser Fall ist widerwärtig, absolut widerwärtig. Ein Mönch, diese arme Frau ... Wer kann ein Interesse daran haben, unschuldigen Menschen so etwas anzutun?«

»Das Fehlen von Motiven macht das Ganze ja so kompliziert, Comisario.«

»Sie wissen, wenn es keine logischen Motive gibt, weist das auf einen Verrückten hin.«

»Aber ich weigere mich zu glauben ...«

»Sie können gar nichts verweigern, Petra, und wissen Sie, warum? Weil Sie keine Alternative anbieten. Ich bewundere Ihre rationale Logik, aber sagen Sie mir, wie rechtfertigt man vernünftig, dass jemand mitten in der Nacht einen harmlosen Mönch umbringt, eine Mumie klaut und sie mit nach Hause nimmt? Antworten Sie mir.«

»Das kann ich Ihnen noch nicht beantworten.«

»Das ist das Werk eines Verrückten, Inspectora, eines Verrückten mit einem ebenso verrückten Komplizen! Ich sehe keine andere Erklärung für so viele Ungereimtheiten. Womit befassen Sie sich gerade?«

»Sämtliche Abfälle, die in der leer stehenden Werkstatt gefunden wurden, werden analysiert, falls wir Glück haben ... Und die Fingerabdrücke auf einem Paar Latexhandschuhen werden verglichen.«

»Hatte diese Frau Familie?«

»Bis jetzt hat sich niemand gemeldet.«

»Vielleicht, wenn die Nachricht in der Zeitung steht ...«

Ich zuckte mit den Schultern und blickte erschlagen zu Boden.

»Was ist mit diesen ganzen Geschichtstheorien, von denen ich in den Berichten gelesen habe?«

»Ich glaube nicht daran, Señor.«

»Wenn das so weitergeht und wir uns mit der Möglichkeit anfreunden müssen, dass hier ein völlig Durchgeknallter am Werk ist, müssen auch Sie Ihre Einstellung ändern. Der Mörder will uns mit diesem Zettelchen mit dem gotischen Schriftzug etwas sagen.«

Ich nickte müde, gelangweilt, ohnmächtig.

»Sie können gehen. Halten Sie das alles schriftlich fest.«

Langsam drehte ich mich um und schleppte mich hinaus. Da hörte ich Coronas' Stimme hinter mir: »Lassen Sie sich nicht entmutigen, Petra, Sie beide machen das gut.«

Ja, sehr gut, dachte ich, so gut, dass wir jetzt noch eine Tote hatten. Geschickter konnte man wahrlich nicht vorgehen. Aber klar, das Opfer zählte nicht, und sein Tod schien das kleinere Übel. Die Stadt ist voller überflüssiger Menschen, deren Verschwinden die Landschaft nicht verändert.

Auf meinem Arbeitstisch erwartete mich ein Bericht, den angefordert zu haben, ich mich nicht erinnern konnte. Es war die Auswertung der Ausgaben und Einkünfte der Herz-Jesu-Schwestern. Unterschrieben von Inspector Sangüesa und dazu eine Notiz von ihm: *Hier hast du den Abschlussbericht, Petra. Deine Nonnen hinterziehen weder Steuern noch sonst was in der Art. Sehr reich sind sie auch nicht. Ich würde sagen, es ist alles in Ordnung. Schau dir mal den regelmäßigen Geldgeber oder Spender an. Ich habe dir den Namen markiert, falls es wichtig sein sollte.*

Sangüesa war genial, einer der besten in der Policía Nacional. Ich suchte die Markierung und las: *Heribert Piñol i Riudepera.* Seine Familie unterstützte das Kloster seit 1912. Er zahlte jährlich 12 000 Euro durch die eigene Stiftung. Ja, vielleicht war das ein interessanter Hinweis, er sollte überprüft werden. Ich stellte mich im Geiste auf einen neuerlichen Besuch bei den Herz-Jesu-Schwestern ein. Vielleicht führte dieser Fall – auch wenn wir ihn nicht lösten – bei mir noch zu überraschender wahrer religiöser Berufung.

Mutter Guillermina war wie immer entzückt, mich zu sehen.

»Warum haben Sie sich nicht angekündigt? Ich hätte einen besseren Tee kaufen lassen. Ich fürchte, der vom letzten Mal war ziemlich alt. Aber da wir auf jeden Cent achten müssen ...«

»Deshalb bin ich hier, ich will mit Ihnen über Geld reden.«

»Das ist ja mal was Neues.«

»Es handelt sich um Schenkungen, genauer gesagt, um die von Señor Piñol i Riudepera.«

»Ach, Don Heribert! Ja, er ist unser Hauptspender. Seit undenklichen Zeiten bedenkt seine Familie unseren Orden mit Schenkungen. Zum Glück haben die jeweiligen Erben das immer beibehalten und die Summe den neuen Zeiten angepasst. Obwohl zehntausend Euro im Jahr für eine Gemeinschaft wie unsere und ihre Ausgaben nicht wirklich viel sind. Trotzdem hilft es uns natürlich, und ich bitte Gott, dass sie uns auch weiterhin zur Verfügung stehen werden.«

»Die Einrichtung der regelmäßigen Spende stammt aus früheren Zeiten?«

»Ja, so ist es. Die Piñols spenden den Herz-Jesu-Schwestern seit ... Ich erinnere mich nicht genau, aber ich glaube schon seit der Zeit vor der Industriellen Revolution.«

»Womit verdient die Familie ihr Geld?«

»Sie sind Großunternehmer, und ihre Beschäftigungen haben sich mit den Zeiten geändert: Großgrundbesitzer, Textilunternehmer, Importeure ... Jetzt haben sie, glaube ich, ein

Unternehmen für Ersatzteile und andere Dinge, und die Kinder arbeiten auch bereits in der Firma. Sie ist eine dieser katalanischen Patrizierfamilien, die es geschafft haben, sich den wirtschaftlichen Veränderungen anzupassen. Ich frage mich, ob die nächste Generation weiter wohltätig sein wird.«

»Sie haben eine Stiftung.«

»Ja, und wir sind nicht die Einzigen, die davon profitieren, aber bei ihren sonstigen Aktivitäten geht es mehr um soziales Engagement. Das ist auch ein Zeichen der Zeit.«

»Welche politische Richtung unterstützen die Piñols?«

»Das weiß ich nicht, Inspectora, die Familie ist groß, ich weiß nicht mal, wie viele Mitglieder sie hat.«

»Ja, aber so allgemein?«

»Ich nehme an, sie sind Rechte, wenn auch nicht sehr. Denn sie hatten immer einen Hang zum Nationalismus, sie identifizieren sich mit Katalonien.«

»Mutter Guillermina, sprechen wir von Revolutionen und Kriegen.«

Sie zuckte zusammen, was ihren ganzen Körper beben ließ, nahm die Brille ab und setzte sie wieder auf. Dann drückte sie die Klingel auf ihrem Tisch.

»Mein Gott, Inspectora, warum wollen Sie über diese schrecklichen Dinge reden! Ich bin 1951 geboren und keine Zeitzeugin. Ich bin Gott unendlich dankbar, dass er mir diesen schrecklichen Bruderkrieg erspart hat.«

»Ich möchte nur wissen, was mit dem Kloster im Bürgerkrieg passiert ist, ob es in der Tragischen Woche niedergebrannt wurde. Das müssten Sie doch wissen.«

Eine Nonne brachte ein Tablett mit Tee herein und stellte es auf den Tisch. Die Mutter Oberin fragte sie: »Wo ist Schwester Domitila?«

»In der Bibliothek, sie lernt mit Schwester Pilar, die in zwei Tagen eine Prüfung hat.«

Mutter Guillermina wandte sich an mich.

»Es stört Sie doch nicht, wenn sie Ihnen Ihre Fragen beantwortet, oder? Ich kenne die Umstände nur ganz oberflächlich.«

Ich nickte, und sie ließ Schwester Domitila kommen. Während wir auf sie warteten, schenkte sie uns Tee ein und drückte die Zigarette aus.

»Ich verheimliche den Schwestern nicht direkt, dass ich rauche, aber es ist respektvoller, es nicht in ihrer Gegenwart zu tun.«

Schwester Domitila bat um Erlaubnis, eintreten zu dürfen. Ihrem Blick entnahm ich, dass es sie glücklich machte, gebraucht zu werden. Auf ihrem intelligenten Gesicht stand ein Lächeln.

»Gibt es etwas Neues?«, fragte sie unumwunden.

»Die Zeugin, die gesehen hat, wie die Männer die Mumie wegschafften, ist tot aufgefunden worden, ermordet.«

Beide Nonnen reagierten gleichermaßen mit einem erstickten, schmerzlichen Aufschrei. Schwester Domitila bekreuzigte sich, die Mutter Oberin tat es ihr voller Mitgefühl gleich. Dann senkte Mutter Guillermina den Blick, während Schwester Domitila mich inquisitorisch ansah.

»Wissen Sie, wer es getan hat, Inspectora?«

»Nein, noch nicht.«

»Heiliger Gott!«, sagte die Mutter Oberin. »Was ist geschehen, dass wir derart vom Tod heimgesucht werden? Warum wir, warum hier?«

Ich wartete, bis sie sich von dem Schrecken erholt hatten. Die Mutter Oberin wirkte echt betroffen. Schwester Domitila, die ihre intellektuelle Seite herauskehrte, schien mit ihrer unbändigen Neugier zu kämpfen. Aber ich wollte nicht zulassen, dass sie mich mit Fragen löcherte, und wiederholte die zuvor der Mutter Oberin gestellte Frage. Sie schien zufrieden, dass wir sie als Historikerin so schätzten, und stellte einmal mehr ihr unangefochtenes Wissen unter Beweis.

»Unser Kloster brannte in der Tragischen Woche nicht,

wurde aber geschändet. Man hat Wertgegenstände gestohlen und eines der Heiligenbilder beschädigt. Das ist alles in der internen Denkschrift der Schwester, die damals die Klosterbibliothek betreute, festgehalten. Es gibt sogar eine Aufstellung der Reparaturen und was sie kosteten. Wenn Sie das interessiert, können Sie die Originalunterlagen einsehen, sie sind noch nicht digital erfasst.«

»Was passierte mit dem Heiligen?«

»Nichts, was registriert wäre. Er wurde wohl verschont. Wie in anderen Chroniken nachzulesen ist, hatten die aufständischen Gruppen offensichtlich Angst vor unversehrten Körpern, bestimmt aus Aberglauben. Deshalb rührten sie sie nicht an.«

»Verstehe. Und im Bürgerkrieg?«

»Während der Kampfhandlungen wurde unser Kloster nicht angegriffen, es diente aber als Unterkunft für eine Garnison republikanischer Soldaten, und das hatte ein paar Beschädigungen zur Folge, doch es wurde weder etwas entwendet noch geschändet.«

Ich notierte mir alles haarklein. Plötzlich sprach die Schwester zögerlicher.

»Inspectora, ich ... Na ja, Ihr Kollege, der Subinspector, hat mir von Bruder Magís Theorie über den Satz auf dem Zettelchen erzählt und ... aus Ihren Fragen leite ich ab, dass Sie ihr mehr Glauben schenken als meiner. Und ich muss mit aller Bescheidenheit einräumen, dass sie tatsächlich viel plausibler klingt, viel besser. Ich habe mich wahrscheinlich geirrt mit meiner Hypothese über die Bestattungen.«

»Es ist noch zu früh, um zu wissen, welche Theorie uns bei den Ermittlungen nützlich sein wird, jedenfalls hoffen wir, immer auf Ihre wertvolle Hilfe zurückgreifen zu können, Schwester Domitila.«

Sie strahlte. Den hierarchischen Vorgaben gehorchend, sagte ich der Mutter Oberin, sie könne ihr erlauben, sich zurückzuziehen. Als wir wieder unter uns waren, zündete sich Mutter Guillermina sofort eine Zigarette an.

»Diese Schwester ist Gold wert, das kann ich Ihnen sagen. Sie ist klug, aber zugleich willensstark und bescheiden. Als hätte sie mit ihrer Bibliotheksarbeit und der Betreuung von Schwester Pilars Studien nicht schon genug zu tun, hilft sie gelegentlich beim Putzen und unterstützt die Schwester Pförtnerin bei der Verwaltung. Für mich sind alle Schwestern gleich wichtig, aber ich weiß die Stärken zu schätzen, die unser Herrgott einigen von ihnen mitgegeben hat, und Schwester Domitila ist der ganze Stolz des Klosters, das können Sie mir glauben.«

Ohne weiter auf ihre irgendwie mütterlich klingende Lobeshymne einzugehen, stellte ich ihr unvermittelt eine Frage, deren Antwort ich schon kannte, die ich aber noch einmal hören wollte.

»Sagen Sie, Mutter Oberin, wer hat eigentlich diese ganze Geschichte mit der Restaurierung des Heiligen initiiert? Wer hatte die Idee?«

»Das war eine Anordnung unserer Landesoberin. Sie schließt auch die Inventur aller Schätze und Dokumente ein und betrifft nicht nur unser Kloster, sondern alle Häuser des Herz-Jesu-Ordens.«

»Und in welchem Kloster ist die Landesoberin?«

»In unserem Mutterhaus. Sie kommt nur einmal im Jahr, manche Jahre nicht mal das; aber alle Oberinnen müssen ihr vierteljährig Bericht erstatten.«

»Wusste Ihr Wohltäter, dass diese Arbeiten durchgeführt wurden?«

»Señor Piñol? Ja, er wurde informiert, denn wir haben alle, die uns unterstützen, für diese Untersuchungen um eine zusätzliche Spende gebeten. Aber ich verstehe nicht, warum Sie mich nach Señor Piñol fragen. Genauso wenig wie Ihre Fragen nach der Tragischen Woche oder dem Bürgerkrieg. Warum sagen Sie mir nicht, worum es geht, Inspectora?«

»Das kann ich im Augenblick noch nicht, weil ich es, offen gestanden, noch nicht weiß. Wenn ich mir im Klaren darüber bin, werde ich es Ihnen erklären, versprochen.«

Ich stand auf, und im selben Moment drückte sie die Klingel und sagte: »Aber Inspectora, Sie können noch nicht gehen. Sie haben Ihren Tee gar nicht getrunken. Schmeckt er Ihnen nicht?«

Ich entschuldigte mich und stürzte den erkalteten Tee hinunter, der tatsächlich ziemlich zu wünschen übrig ließ. Die Schwester Pförtnerin erwartete mich schon, um mir Schutzgeleit zum Ausgang zu geben, auf den ich, ohne weitere Zeit zu verlieren, schleunigst zustrebte.

Zu Hause war es absolut still. Als ich noch allein lebte, hatte ich mir nach einem stressigen Arbeitstag als Erstes immer einen Whisky genehmigt und mich bemüht, das Geschehene einzuordnen. Jetzt hatte ich nur noch Lust, mich an Marcos' warmen Körper zu schmiegen. Wenn ich allerdings mit dem Kopf voller Fragezeichen zu Bett ginge, würde ich sicher mindestens zwei Stunden kein Auge zumachen. Also ging ich in die Küche, schenkte mir ein Glas Milch ein und setzte mich damit an den Computer, um ins Internet zu gehen. Ich tippte in das immer dienstwillige Gerät die Stichworte *Klosterbrände in Spanien*. Zu meiner Überraschung gab es ziemlich viele Links und Blogs, in denen die Ereignisse kommentiert wurden. Ich surfte ohne konkretes Ziel. Es gab Seiten aus Geschichtsbüchern, Seminararbeiten, Zeitungsausschnitte ... und merkwürdigerweise eine Menge Forumsdebatten. Forumsdebatten über ein so altes Thema? Ich loggte mich in einige davon ein, und meine Überraschung hätte nicht größer sein können. Radikale Haltungen zugunsten und gegen diese geschichtlichen Ereignisse führten zu Antworten und Widersprüchen, die im Tonfall immer schärfer wurden. Da war beispielsweise zu lesen: *Die Arbeiter- und Bettlerhorden begingen in der Tragischen Woche unzählige Freveltaten an den Angehörigen religiöser Gemeinschaften. Angestiftet von den Anführern der Anarchisten und Kommunisten, beschränkten sie sich nicht darauf, heilige Gebäude in Brand zu stecken, historische Kostbarkeiten zu zerstören, Gold- und Silberobjekte zu plündern und Reliquien zu schänden. Nein, es heißt, dass die Ordensleute einiger Klöster jeder Art von Misshandlungen, Folter und Erniedrigungen ausgesetzt waren, bevor man sie schließlich umbrachte.*

Im Kloster des Oratoriums des Heiligen Philipp Neri beispielsweise wurde ein Mönch mit einem Kruzifix zu Tode geprügelt. Im Kloster der Klarissinnen wurde eine Nonne vergewaltigt und anschließend mit einer großen Altarkerze öffentlich penetriert. Bei den Jesuiten von Sarrià schnitt man einem jungen unschuldigen Novizen die Genitalien ab und stopfte sie ihm zusammen mit den geweihten Hostien aus dem Tabernakel in den Mund.

Was für ein Wahnsinn!, dachte ich, nicht mal der Marquis de Sade hatte eine so grässlich perverse Phantasie. Das andere Extrem klang gleichermaßen pittoresk. Ich las: *Die Tragische Woche war ein nachvollziehbarer, politischer Aufstand, und die Repressalien gegenüber der Kirche waren ein Akt der Volksjustiz. Die Klöster hatten nicht nur die Kapitalisten und die entsprechenden politischen Kräfte unterstützt, auch sonst waren dort schreckliche Dinge geschehen. So unterhielten sie Werkstätten, in denen die Arbeiter gezwungen waren, ohne jeglichen Verdienst von früh bis spät zu schuften. Sie wurden lediglich mit ein wenig Brot und einem Stück Speck versorgt. Die Nonnenklöster nahmen Waisenmädchen auf, die gnadenlos ausgebeutet wurden, auch sexuell. Wen wundert es da, dass die Leute gegen diese schändlichen Zustände aufbegehrten. Außerdem ist die angeführte Zahl der in der Tragischen Woche und im Bürgerkrieg angezündeten Klöster überhöht, um dem Volk die Schuld in die Schuhe zu schieben.*

Meine Güte, das war wie Radio Tirana in seinen besten Zeiten. In allen Chats fanden sich Beschimpfungen der anders Denkenden: Die Worte »Faschist!«, »Verdammte Kommunistenschweine!« und Ähnliches kamen in diesen virtuellen Gesprächen häufig vor. Ich rieb mir heftig das Gesicht. War das wirklich das Internet, die modernste Form der Kommunikation? Lebten wir tatsächlich im einundzwanzigsten Jahrhundert, in einer voll digitalisierten Welt? Woher kamen nur diese Horden von Dinosauriern, die sich in Diskussionen über geschichtliche Ereignisse verstrickten, als handelte es sich um brandaktuelle Themen? Standen wir uns denn immer noch so feindlich gegenüber? Was war mit der *Transición*, der Demokratie, mit dem modernen und multikulturellen Spanien? Ich spürte große Mutlosigkeit in mir aufsteigen. Vielleicht war es doch nicht ganz falsch, in unserem doppelten Mordfall der historischen Spur nachzugehen. In Spanien war die blutige jüngste Geschichte offensichtlich noch höchst lebendig. Wir stritten und prügelten uns noch immer darum, ob der wackere Kämpfer El Cid ein Held oder ein Trottel gewesen war oder ob der ruhmreiche Apostel Jakob wirklich existiert hatte.

Plötzlich vernahm ich Marcos' Stimme hinter mir: »Du arbeitest noch? Das lasse ich nicht zu! Komm ins Bett, du musst auch mal ausruhen.«

Er war im Pyjama und hatte ein verschlafenes Gesicht, aber ich war zu aufgeregt und erzählte ihm, was mich so durcheinandergebracht hatte. Er lauschte mir schweigend und rieb sich fortwährend die Augen.

»Verdammt noch mal, Petra, um diese Uhrzeit lamentierst du übers Vaterland! Ich glaube kaum, dass ich imstande bin, mich jetzt mit dieser Thematik zu beschäftigen.«

»Ich mache mir wirklich Sorgen. Ich finde es entsetzlich, dass sich viel weniger geändert hat, als wir glauben.«

»Bürgerkriege hinterlassen lange ihre Spuren, jahrzehntelang. Trotzdem würde ich mir an deiner Stelle keine allzu großen Sorgen machen. Leute mit dieser Dialektik sind Ausnahmen, denen schenkt niemand Glauben.«

»Aber es gibt einen enormen Zulauf im Internet!«

»Im Internet gibt es Gutes und Schlechtes, aber vor allem jede Menge Spinner, die sich in die Chats einklicken, um Schwachsinn zu verbreiten.«

»Glaubst du, dass unser Mörder ein von der Geschichte besessener Außenseiter ist?«

»Kann sein.«

Wir sahen uns schweigend an. Ich lächelte erschöpft. Da ergriff Marcos meine Hand und zog mich hoch.

»Es reicht! Ins Bett!«

»Ich werde nicht schlafen können.«

»Natürlich wirst du schlafen können! Du brauchst dringend Schlaf und musst den Fall für ein paar Stunden vergessen. Morgen ist zum Glück Samstag.«

»Stimmt, hatte ich ganz vergessen.«

»Und wir sind mit den Kindern bei Garzón zum Essen eingeladen.«

»Wie?«

»Das hast du auch vergessen, wie ich sehe. Emilia hat angerufen, sie erwarten uns um neun.«

»Jetzt werde ich erst recht nicht schlafen können!«

»Auch gut, dann lieben wir uns die ganze Nacht.«

Doch an seine Brust geschmiegt, schlief ich sofort ein. Eingehüllt von der Wärme eines geliebten Körpers, lässt sich nur schwerlich über Bruderkriege nachgrübeln.

8

Marina erschreckte mich fast zu Tode, als sie im Flur auftauchte.

»He, ich wusste gar nicht, dass du schon da bist.«

»Papa hat mich gestern Abend abgeholt, aber du hast mich nicht mehr gesehen, weil du so spät heimgekommen bist.«

»Klar.«

In der Absicht, mir einen Kaffee zu kochen, steuerte ich matt die Küche an, und sie folgte mir wie ein Schoßhündchen.

»Bist du müde?«

»Ich bin erschöpft, gestern war ein harter Tag.«

»Werdet ihr den Mörder bald finden?«

»Ja, schon bald.«

»Er hat eine Señora umgebracht, nicht wahr?«

»Glaubst du nicht, dass du zu viel fernsiehst?«

»Ich habe es nicht gesehen, aber Hugo schon, und der hat mich angerufen und es mir erzählt.«

»Ach, wie aufmerksam! Hast du schon gefrühstückt?«

»Nein.«

»Willst du ein Glas Milch?«

Sie setzte sich an den Küchentisch und schaltete den Fernseher ein, in dem ein Zeichentrickfilm lief. Ich stellte das Frühstück auf den Tisch und setzte mich zu ihr.

»Ich habe sehr gute Noten in der Schule«, verkündete sie unvermittelt.

»O, wie schön!«

»Wir haben uns gestern ja nicht gesehen, also konnte ich es dir nicht sagen.«

Ich hätte schwören können, dass in ihrem vorgeblich neutralen Tonfall ein gewisser Vorwurf mitschwang und war plötzlich verstimmt. In meinem Haus hatte keine Rotznase Erklärungen über mein spätes Heimkommen von mir zu verlangen. Ich wollte ihr schon eine freche Antwort geben, schwieg aber lieber. Sie war schlau wie ein Fuchs und spürte meinen Stimmungsumschwung. So fügte sie vorsichtig hinzu: »Ist doch klar, dass du spät nach Hause kommst, wenn du so viel zu tun hast.«

Ich wechselte das Thema.

»Wo ist dein Vater?«

»Oben in seinem Arbeitszimmer. Bist du nur erschöpft? Geht's dir sonst gut, Petra?«

Ich wusste nicht, worauf sie hinauswollte, beschloss aber, ihr alle Wege zu versperren.

»Mir geht's bestens. Mehr noch, ich habe mich noch an keinem Morgen im Leben besser gefühlt, okay?«

Sie lächelte kaum wahrnehmbar und frühstückte ungerührt weiter, während ich meinen Kaffee trank und versuchte, die schrillen Stimmen aus dem Fernsehen zu überhören. Himmel noch mal, wenn mir vor einem Jahr jemand gesagt hätte, dass ich mir am Samstagmorgen mit einem kleinen blonden Mädchen Zeichentrickfilme anschauen würde, hätte ich ihm ein Alkoholdelirium unterstellt. Das Leben ist seltsam und führt uns auf Pfade, die wir uns geschworen haben, nie zu betreten.

»Und der Subinspector, geht's dem Subinspector gut?«

»Marina! Darf man erfahren, was diese ganze Fragerei nach unserem Gesundheitszustand soll?«

»Ich habe mir gedacht, wenn ihr beide diese Woche so viel zu tun hattet und kaputt seid, gehen wir heute Abend vielleicht nicht zum Abendessen zu ihm und Emilia.«

»Ach, darum geht's? Natürlich gehen wir.«

»Schön! Werdet ihr ihnen was mitnehmen?«

»Blumen, nehme ich an, und vielleicht eine Flasche Champagner oder Sekt.«

»Ich habe ein Bild für ihn gemalt. Soll ich es dir zeigen?«

Sie lief rasch in ihr Zimmer, und ich nutzte die Gelegenheit, um gegen meine einsetzenden Kopfschmerzen ein Aspirin zu nehmen. Gleich darauf war sie mit einem Blatt Papier zurück, das sie mir stolz vor die Nase hielt. Sie hatte für den Subinspector in knallbunten Farben ein schönes, anspielungsreiches Bild gemalt. Darauf war ein dicker Mann mit dichtem Schnurrbart zu sehen, der eine große Pistole, ähnlich den früheren Waffen zum Duellieren, im Anschlag hielt. Aus dieser Waffe war eine Stichflamme auf jemanden gerichtet, der mit Mütze, Maske und einem Sack über der Schulter wohl ein Dieb sein sollte. Den armen Langfinger traf der Schuss mitten in die Stirn, und damit keine Zweifel am Ergebnis des Kugelfeuers aufkamen, spritzte eine Art graue Masse in alle Himmelsrichtungen. Das sollte wohl das Gehirn sein. Das ganze Ensemble war mit knallroten Blutstropfen umrahmt, auch die Blutlache auf dem Boden fehlte nicht. Ich betrachtete das Bild ungerührt.

»Das ist der Subinspector«, erklärte sie mir angesichts meiner ausbleibenden Reaktion.

»Aha. In Ausübung seiner Dienstpflicht?«

»Genau«, antwortete sie stolz.

Ich hätte ihr ausreden müssen, mit diesem reizenden Geschenk im Haus unserer Gastgeber aufzutauchen. Ich hätte ihr bestimmt zum zigsten Mal wiederholen müssen, dass die Aufgabe eines Polizisten nicht im Töten bestand und schon gar nicht im Töten eines unbewaffneten Räubers, der sich mit einem schweren Sack voller Diebesgut im Arm nicht wehren kann. Doch ich tat es nicht. Ich fand, Garzón sollte die blutigen Früchte seines eigenwilligen pädagogischen Kunstgriffs selbst kosten. Es würde ihm zu verstehen geben, wie gefährlich es ist, in beruflichen Dingen mit Kindern zu spielen. Zudem würde ich mich bei der Übergabe der kleinen Aufmerksamkeit köstlich amüsieren. Also beschränkte ich mich machiavellistisch auf die Frage: »Hast du dem Bild keinen Titel gegeben?«

»Muss es einen Titel haben?«

»Bilder haben meist einen.«

»Mir fällt keiner ein.«

»Wie findest du: *Subinspector Garzón und der Arm des Gesetzes?*«

Sie dachte eine ganze Weile darüber nach und sagte schließlich: »Mir gefällt besser, was du vorhin gesagt hast: *Subinspector Garzón in Ausübung seiner Dienstpflicht.*«

»Das ist auch gut«, erwiderte ich zufrieden.

»Um Polizist zu werden, muss man sehr mutig sein, nicht wahr, Petra?«

»Polizist zu sein ist sehr hart, es ist ein verrückter Beruf, glaub mir.«

»Ich würde gern Polizistin werden.«

Ich erinnerte mich an die Bitte ihrer Mutter.

»Oh nein, Marina, kommt nicht in Frage! Du kannst alles werden, Astrophysikerin, Gondoliere, eine auf Strauße spezialisierte Fotografin ... Was immer du willst, aber nicht Polizistin. Das ist mein Rat, hör auf mich.«

Sie schwieg eine Zeit lang und sagte dann seelenruhig: »Dann könnte ich Feuerwehrfrau werden, die gefährliche Brände löscht, oder Geheimagentin oder auch eine Ärztin, die Obduktionen macht, oder Privatdetektivin?«

Resigniert trank ich einen Schluck Kaffee. Mein Gott, ich hatte keine Lust mehr, didaktische Lehren zu erteilen! Also sagte ich mit Blick in ihre inquisitorischen und zugleich gelassenen Augen: »Besser, viel besser.«

Sie lief in ihr Zimmer, um das Bild mit dem Titel zu versehen, und ich ging hinauf ins Arbeitszimmer ihres Vaters, um zu erfahren, welche Pläne wir für den freien Tag hatten.

So erschöpft und des Falles überdrüssig, wie ich war, fand ich alles wunderbar, was dazu führte, dass die Stunden in Windeseile vergingen. Wir schlenderten über den Markt *La Boquería*, sahen uns im *Palau de la Virreina* eine Fotoausstellung an und aßen hinterher in einem deutschen Restaurant. Am Nachmittag, als Marina bei einer Freundin war, liebten Marcos und ich uns in aller Ruhe. Nach diesen wohltuenden Beschäftigungen fühlte ich mich wie neu geboren. Ich trug mir eine feuchtigkeitsspendende Maske auf und brauchte eine Ewigkeit, bis ich mich entscheiden konnte, was ich zu dem Abendessen bei Emilia und Garzón anziehen sollte.

Um sieben trafen die Zwillinge ein, und eine halbe Stunde später kehrte Marina zurück. Die drei Kinder hatten sich riesig über die Einladung gefreut. Hugo und Teo hatten eine Schachtel Katzenzungen gekauft: Wahrscheinlich hatte Garzón ihnen erzählt, das sei seine Lieblingsschokolade. Ich zog mich an und schminkte mich, während die Kinder im Wohnzimmer schwatzten. Die Situation war neu und amüsant für mich. Wir gingen als Familie zu Freunden. Ich hörte die Unterhaltung der Kinder, und mir gefiel der Gedanke, meinen Lebensraum mit so jungen Menschen zu teilen. Natürlich war das eine eher idealisierte Vorstellung, denn wären sie meine eigenen Kinder, wäre ich in dem Moment nicht so ruhig geblieben, sondern hätte mir als Erziehungsberechtigte über alles Mögliche Sorgen gemacht: ob die Kinder ordentlich angezogen waren, ob ihnen das Essen schmecken würde, ob sie sich anständig benahmen. Der Mensch ist schon merkwürdig, dachte ich, das einzige Tier, das sich ein idyllisches Bild malt von einer Realität, in der es nicht lebt. Ich selbst hatte mir angesichts so mancher Landschaften und Orte gesagt: »Hier wäre ich glücklich.« Erst die Zeit hatte mich gelehrt, dass man nur an einen neuen Ort gelangt, wenn man ein neuer Mensch ist. Denn wohin man auch geht, man schleppt immer seine Komplexe, seine Traumata und sein starrsinniges Innenleben mit sich herum; man kann sich nur sehr schwer neu erfinden, selbst wenn man es möchte. Daraus schloss ich, dass ich mich nicht von den momentanen angenehmen Gefühlen verführen lassen sollte. Ich war keine glückliche Mutter, sondern nur die Stiefmutter. Es war sinnlos, mir eine Modellfamilie auszumalen, also tuschte ich mir weiter hingebungsvoll die Wimpern.

Ich wählte ein moosgrünes Strickkleid, das sich an die Hüften schmiegte und den Busen betonte. Ich musste beweisen, dass ich zumindest eine sinnliche, aufgeschlossene Stiefmutter war, nicht so eine verbitterte und verknöcherte wie die von Schneewittchen. Da fiel mir auf, wie spät es schon war, und ich rief Marcos zu, er solle endlich aufhören zu arbeiten und sich fertig machen. Er war gewiss ein reizender Mann, aber seine Langsamkeit und vor allem seine Engelsgeduld mit dem Leben brachten mich manchmal – wie bei dieser Gelegenheit –, zur Verzweiflung. Als er in seiner verbeulten alten Hose und im T-Shirt im Schlafzimmer auftauchte, hätte ich ihm gern etwas Schlagkräftiges an den Kopf geworfen.

»Du siehst wunderbar aus!«, sagte er.

»Aber Marcos! Weißt du, wie spät es ist?«

»Spät?«

»Also zieh dich endlich um! Du hast doch nicht etwa vor, in diesem Aufzug zu Emilia und Fermín zu gehen.«

»Wir gehen doch nicht zu einer Soiree der Grafen von Colmenar!«

»Wer auch immer dich zum Essen einlädt, hat es verdient, wie die Grafen von Colmenar behandelt zu werden. Ich habe übrigens nicht den leisesten Schimmer, wer zum Teufel die Grafen von Colmenar sind.«

»Das war nur eine Redensart. Aber um dich zu beruhigen: Es ist noch Zeit, alle Zeit der Welt.«

Einigermaßen nervös ging ich ins Wohnzimmer. Die Zwillinge sahen mich ironisch an. Teo fragte ironisch: »Ist mein Vater immer noch nicht fertig?«

»Es ist noch Zeit, alle Zeit der Welt!«, imitierte Hugo seinen Vater sehr gekonnt. Sie kannten den Spruch zur Genüge und lachten alle drei.

»Euer Vater hat etwas von einem buddhistischen Mönch.«

Diese Bemerkung ließ sie noch mehr lachen. Ich fragte mich, ob es vernünftig gewesen war, sie mit einem Scherz noch zu animieren, denn sie fingen an herumzualbern. »Petra«, sagte Teo, der Lust hatte, seine Schwester aufzuziehen. »Marina will uns ihr Geschenk für den Subinspector nicht zeigen.«

Marina drückte eine Mappe an die Brust, die sie in Geschenkpapier gewickelt und mit einer Schleife versehen hatte.

»Recht hat sie«, lautete meine Antwort. Daraufhin lachte Hugo seinen Bruder aus, und der versuchte, ihm eine zu kleben, und sie lachten und rangelten miteinander, bis Marina rief: »Hört auf, ihr Brutalos!« Die Situation war völlig außer Kontrolle, als Marcos schick angezogen herunterkam und elastischen Schritts auf die Tür zustrebte.

»Ihr sitzt noch rum? Gehen wir, ich warte schon!«

Sprachlos angesichts seiner Unverfrorenheit, schob ich die Kinder eiligst raus zur Garage. Dort gab es neuerliches Gerangel, diesmal um die Sitzplätze. Marina beschwerte sich: »Warum muss ich immer in der Mitte sitzen?«

»Du brauchst am wenigsten Platz.«

»Und wer sagt, dass derjenige, der am wenigsten Platz braucht, in der Mitte sitzen muss?«

»Ich sage das, ich bin dein großer Bruder«, sagte Teo. Daraufhin rief Hugo: »Moment mal! Ich bin genauso ihr großer Bruder wie du, und es stimmt, dass sie schon das letzte Mal in der Mitte saß.«

»Dann setz du dich doch in die Mitte ...«

Marcos saß bereits hinterm Lenkrad, und ich verfolgte den Streit einigermaßen verblüfft, aber auch mir wollte keine Lösung einfallen. Dann hörte ich meinen Mann rufen: »In fünf Sekunden sitzt ihr alle!«

Es folgte ein kleiner Tumult auf der Rückbank, aber wir drehten uns nicht um, und nach exakt fünf Sekunden konnten wir losfahren. Ich schielte nach hinten, um zu sehen, wie der Kampf ausgegangen war. Hugo saß in der Mitte und schaute erbost, während Marina und Teo am jeweiligen Fenster triumphierend grinsten. Dieses Scharmützel lehrte mich zweierlei:

Erstens, hätte ich Kinder, wäre mein Leben eindeutig komplizierter, und zweitens hatte auch Marcos' Geduld ihre Grenzen. Letzteres schienen die Kinder zu wissen, was ihr Gehorsam auf einen einzigen lauten Befehl hin bewies, auch wenn ich Hugo noch »Das ist ungerecht« flüstern hörte, einen Protest, der unbeachtet verhallte.

Der Subinspector öffnete uns die Tür, und sein Anblick machte mich sprachlos. Er trug ein klein kariertes Hemd, leger, aber elegant, und einen grauen Cardigan, der ihm fantastisch stand. Wie fern waren die Zeiten, als er als einzige Konzession an die Ungezwungenheit nur die Krawatte ablegte. Emilia hatte wirklich ein Wunder vollbracht, was sein Äußeres und gewiss auch seinen Charakter anbelangte. Marcos' Kinder strahlten beim Anblick ihres Idols in Lebensgröße. Er begrüßte sie mit Handschlag wie Erwachsene und führte uns sogleich ins Wohnzimmer. Ich hatte ganz vergessen, wie schick die neue Wohnung des Subinspector war: riesig, eher konventionell eingerichtet, aber ruhig und gemütlich. Emilia kam herein, sie trug ein schlichtes marineblaues Kostüm und war reizend wie immer. Sie überschüttete die Kinder mit Küssen, Aufmerksamkeiten und Umarmungen, nahm ihnen die Mäntel ab und entführte sie dann, um ihnen die Miniaturzüge zu zeigen, die ihre Familie seit Urzeiten sammelte. Garzón, zum perfekten Gastgeber mutiert, servierte uns stilsicher einen Aperitif. Um sein jüngst erworbenes Savoir-faire herunterzuspielen, sah er sich zu dem Kommentar genötigt: »Ich habe unserer Hausangestellten gesagt, sie könne sich heute Abend frei nehmen. Sie ist Ukrainerin und spricht kaum Spanisch. Es macht mich nervös, wenn sie da ist und mich mit Eulenaugen anstarrt. Aber Emilia ist sehr zufrieden mit ihr.«

»Sie haben großes Glück mit Emilia, sie ist eine außergewöhnliche Frau.«

»Das ist sie, ich habe sie gar nicht verdient.«

»Wie hat sie sich denn an dein Polizistenleben gewöhnt?« Marcos und Garzón duzten sich natürlich.

»Es scheint sie nicht besonders zu interessieren, was mir sehr entgegenkommt. Ich möchte sie mit den Fällen, in denen ich ermittle, oder bezüglich meiner Sicherheit nicht beunruhigen.«

Als ich ihn in dieser feinen Atmosphäre und in passender Kleidung so zartfühlend reden hörte, wirkte er nicht mehr wie mein Kollege Fermín. Das irritierte mich und ließ mich den barschen Kollegen vermissen, mit dem ich meinen Arbeitstag verbrachte. Wir tranken und plauderten, bis Emilia mit den Kindern zurückkehrte. Die Zwillinge zeigten sich ausgesprochen begeistert von den Miniaturen, nur Marina war zappelig. Sie flüsterte mir ins Ohr: »Können wir ihnen die Geschenke jetzt geben?«

Ich nickte und spürte leichte Unruhe im Magen. Das Mädchen gab meine Erlaubnis an ihre Brüder weiter, und Teo überreichte Emilia im Namen der Zwillinge die Katzenzungen. Sie rief vergnügt: »Katzenzungen! So eine gute Schokolade und sehr spanisch. Das war eine gute Idee von euch.«

»Jetzt bist du dran«, animierte ich Marina, aber sie klammerte sich an ihre Mappe.

»Nein, ich will als Letzte.«

Daraufhin überreichte Marcos Garzón eine Flasche gelagerten Whisky und ich seiner Frau die obligatorische Orchidee. Logischerweise wurde alles erfreut und dankbar angenommen. Als Marina sah, dass die allgemeine Schenkerei beendet war, ging sie zum Subinspector und überreichte ihm mit Engelsgesicht ihr Geschenk. Hocherfreut und auf ihr Theater eingehend, löste er die Schleife und das Geschenkpapier. Schließlich kam das Bild zum Vorschein. Garzón starrte darauf, als hätte er ein Gespenst erblickt, und rief gedankenlos: »Verdammt!«

»Fermín!«, sagte seine Frau tadelnd und beugte sich zu ihm hinüber, um zu sehen, was ihn zu dem Fluch veranlasst hatte. Auch ihr Gesichtsausdruck änderte sich und ließ sie rufen: »Gütiger Gott!«

Ich amüsierte mich königlich, während sich Hugo und Teo, die spürten, dass etwas Seltsames vorging, neugierig auf die Zeichnung ihrer Schwester stürzten. Teo lachte boshaft und klärte das Rätsel auf: »Das ist der Subinspector in der Schlacht von Texas.«

Hugo lachte laut, und Marina zog einen Flunsch und rannte hinaus, damit niemand sie weinen sah. Marcos blickte verständnislos, und Garzón reichte ihm die Zeichnung. Auch Marcos hielt sich mit seiner Reaktion nicht zurück, denn er sagte nur: »Scheiße.«

Die immer sanfte Emilia mischte sich ein.

»Vielleicht sollte jemand der Kleinen erklären, dass Fermín nicht auf Menschen schießt, dass die Polizei nicht ...«

»Das haben wir ihr schon hundert Mal gesagt«, erwiderte Marcos. »Ich verstehe nicht, wie sie darauf gekommen ist, so was zu zeichnen.«

»Möglicherweise hat der Subinspector die kindliche Phantasie zu sehr angeregt«, sagte ich hinterlistig. Garzón nahm den Fehdehandschuh sofort auf.

»Ja, gut möglich, dass es meine Schuld ist, weil ich ...«

Marcos unterbrach ihn.

»Nein, es ist unsere Schuld, und wir müssen uns bei euch entschuldigen ...«

Unterbrochen von Teos gluckerndem Kichern, drehte er sich um und sah, wie sich seine beiden Söhne vor Lachen fast in die Hose machten. Da wurde er wütend.

»Und ihr beiden? Darf man erfahren, was ihr so witzig findet? Als Erstes werdet ihr euch für euer dämliches Gelächter bei eurer Schwester entschuldigen. Dann muss sie sich beim Subinspector und Emilia entschuldigen. Geht sie holen!«

»Nein, bitte, wir wollen es doch nicht übertreiben«, erwiderte Emilia. »Das Kind hat es doch nur gut gemeint, und unsere Reaktion hat sie verletzt. Ich gehe zu ihr, und wir essen, als wäre nichts geschehen.«

Als sie aufstand, fiel das verflixte Bild für alle sichtbar zu Boden. Da prusteten die Zwillinge wieder los. Angesteckt von ihnen, musste zu meinem größten Bedauern auch ich lachen. Inmitten dieses Trubels, als keiner so genau wusste, wie er sich verhalten sollte, klingelte mein Handy. Es war Yolanda. Ich trat zur Seite und nahm den Anruf entgegen.

»Was ist passiert, Yolanda?«

»Inspectora, es geht um Sonia, na ja, nicht wirklich um Sonia, aber ...«

»Yolanda, wenn es sich um eine von Sonias ... wie soll ich sagen ... Eigenheiten handelt, möchte ich dich bitten, dir gut zu überlegen, ob du es mir wirklich sagen willst. Ich bin zum Abendessen bei Garzón.«

»Ja, ich weiß, dass Sie dort sind, Inspectora, das Beste wäre, Sie kämen beide ins Kommissariat.«

Das Lachen war mir gründlich vergangen. Ich verließ mich auf Yolandas Klugheit.

»Wir sind gleich da.«

Für einen Abend mit der Familie war es ziemlich turbulent zugegangen, dachte ich auf der Fahrt, aber es war wenigstens nicht langweilig gewesen.

Das Geheimnis um Sonia wurde sogleich gelüftet, sie hatte eine leichte Panikattacke erlitten, von der sie sich in der Krankenstation erholte, nichts Besorgniserregendes. Der Auslöser? Ein Anruf und seine Folgen hatten sie erschreckt. Yolanda schilderte es uns recht plastisch.

»Eine Señora hat auf der Plaza de Sant Felip Neri ein verdächtiges Paket entdeckt und die Guardia Urbana gerufen. Da es keine explosiven Substanzen zu enthalten schien, haben die Kollegen es geöffnet. Der Inhalt verschlug ihnen die Sprache, doch dann vermutete einer der Polizisten eine Verbindung zu unserem Fall und brachte das Paket her. Hier war aber nur Sonia, sie hat fast einen Anfall gekriegt, als sie das sah.«

»Darf man erfahren, wovon hier die Rede ist, verdammt noch mal? Wo ist das Paket?«

»Im Büro des Comisario.«

»Verdammt, Yolanda! Was war denn drin?«

»Sieht aus wie der heilige Fuß.«

»Was?«

»Na ja, der Fuß der Mumie. Abgetrennt. Aber ich kann das nur so weitergeben, denn ich habe ihn selbst nicht gesehen. Comisario Coronas hat ihn wie einen Schatz versteckt.«

Ich schoss zur Tür hinaus und Garzón hinterher. Doch Bruder Asercios Fuß war auch nicht mehr bei Coronas.

»Ich habe ihn zur Untersuchung ins Labor geschickt, aber ich sage Ihnen, es würde mich sehr wundern, wenn das eine Fälschung wäre. Villamagna meinte das auch, als er ihn sah.«

»Wird er es der Presse mitteilen?«

»Ich habe ihn dazu autorisiert.«

»War außer dem Fuß noch etwas in dem Paket, eine Notiz, irgendein Hinweis?«

»Nichts, Petra, der nackte Fuß mit Sandale und allem, aber keine Botschaft. Wie finden Sie das?«

»Wahrscheinlich ist die Botschaft der Ort, wo er abgelegt wurde.«

»Ja«, sagte Garzón. »Ich erinnere mich genau. Die Plaza de Sant Felip Neri steht auf Bruder Magís Liste.«

»Stimmt«, bekräftigte ich. »Dort hat in der Tragischen Woche ein Kloster gebrannt.«

»Und was schließen Sie daraus?«, hakte der Comisario nach.

»Erst mal nichts. Doch mit Ihrer Erlaubnis werden wir mit den klösterlichen Historikern ein weiteres Treffen vereinbaren.«

»In Ordnung. Halten Sie mich auf dem Laufenden.«

Im Flur sagte Garzón: »Weil er mitgekriegt hat, wie ungern Sie Villamagna etwas zum Fraß vorwerfen, macht er es jetzt eben selbst.«

»Schön, sollen die das unter sich regeln. Wenn sie aus dem Fall ein Festgelage machen wollen, von mir aus. Ich werde mich unter keinen Umständen daran beteiligen.«

»Ich sehe es schon vor mir ... Morgen ist die Flosse dieses heiligen Asclepio von und zu Donnerwetter auf allen Titelblättern. Vielleicht dürfen wir dann auch mal einen Blick drauf werfen.«

»Von wegen. Wir fahren jetzt gleich ins Labor und besichtigen das gute Stück. Sagen Sie Yolanda und Sonia, sie sollen die Plaza de Sant Felip absuchen lassen, vielleicht gibt es Zeugen.«

»Das ist doch viel zu spät.«

»Man weiß nie.«

»Und was ist mit Sonias Panikattacke?«

»Schicken Sie sie zu mir. Einmal kurz angebrüllt, und sie ist wieder fit.«

Im Labor wurde der Fuß tatsächlich gerade untersucht. Eine junge Medizinerin wollte uns nicht einlassen, weil wir keinen dringenden richterlichen Beschluss vorweisen konnten. Zum Glück habe ich einen Freund in der Leitung der Ballistik, der sich für uns verwendete. Endlich konnten wir uns die verstümmelte Reliquie ansehen. Sie lag auf einer Bahre. Garzón und ich gingen vorsichtig näher, als könnte uns das Ding anspringen. Minutenlang starrten wir auf den abgetrennten unversehrten Fuß. Er sah schrecklich aus, war aber irgendwie faszinierend. Es handelte sich um einen knochigen Fuß wie aus bräunlichem Pergamentpapier, die Zehen dicht beieinander, keine Fußnägel. Er steckte in einer Sandale oder was davon übrig war: verfaulte und zerfressene Lederriemchen. Offensichtlich war der Fuß in Höhe des Knöchels sauber abgetrennt worden, denn an der Schnittstelle war als einziges organisches Element ein trauriger elfenbeinfarbener Knochen zu erkennen.

»Das ist ja eklig!«, rief Garzón plötzlich und ließ mich zusammenfahren. »Ich glaube, Inspectora, wir haben es nicht mit einem krankhaft Verrückten, sondern schlicht mit einem Spinner zu tun, der auf sich aufmerksam machen will. Und wer, wenn nicht ein Spinner, kommt auf die absurde Idee, bei sich zu Hause eine Mumie aufzubewahren und zu zerstückeln?«

»Natürlich ist der Kerl nicht normal. Und glauben Sie mir, auch ich habe gerade an so was gedacht. Bisher habe ich einen rationaleren Täter vermutet, aber das hier übersteigt jede Vorstellungsgabe.«

Garzón setzte seine Brille auf und beugte sich über die Reliquie.

»Uahh, aus dem könnte man glatt eine Suppe kochen!«

Neugierig streckte er einen Finger aus, aber eine Stimme von hinten ließ ihn zurückzucken.

»Sie wollen ihn doch nicht etwa anfassen, oder?«

Es war die junge Medizinerin, die uns unverhohlen kritisch anblickte.

»Wir nehmen noch Proben«, sagte sie und fuhr dabei mit einem feinen Pinsel über die Zehen des Heiligen, als wollte sie ihn kitzeln.

»Können Sie uns schon was sagen?«

»Wir können sagen, dass die Amputation mit einem großen und scharfen Gegenstand ausgeführt wurde, mit so etwas wie einem Fleischermesser, damit Sie verstehen, vielleicht sogar einer Machete, wegen des absolut sauberen Schnitts. Das Gewebe ist an einer Stelle angeritzt. Aber das rührt möglicherweise von der sonstigen Behandlung des Körpers her, nicht von der Amputation selbst, die sehr umsichtig ausgeführt wurde.«

»Können Sie schon bestimmen, aus welcher Epoche die Leiche stammt?«

»Wir haben noch keine absolute Gewissheit, aber Sie können davon ausgehen, dass sie ziemlich alt ist.«

»Der Comisario hat um eine DNA-Analyse gebeten.«

»Ich weiß, aber die dauert ein paar Tage. So lange müssen Sie sich gedulden.«

Am Ausgang stimmten der Subinspector und ich darin überein, dass diese junge Frau wahrscheinlich eine große Karriere vor sich hatte, aber schrecklich unsympathisch war.

»Was macht es schon aus, wenn ich die Mönchsflosse mal anfasse?«

»Ich glaube nicht, dass Ihnen das viel gebracht hätte, Fermín.«

»Ja, aber es hat mich gereizt.«

Er verlor nie seinen Humor, mein unbeschreiblicher Kollege, nicht einmal, wenn wir uns mit etwas derart Absurdem befassen mussten. Bei mir war das anders. Wenn wir in einem schwierigen Fall steckten und dabei unzählige Hindernisse überwinden mussten, zog ich selbst aus der Kleinmütigkeit noch Kraft, aber wenn die Geschehnisse meine Logik außer Gefecht setzten, begann der Boden unter meinen Füßen zu wanken.

»Was nun?«, fragte Garzón, als zeichnete sich auf einmal eine Vielzahl von Möglichkeiten am Horizont ab.

»Als Nächstes gehen wir zur Beerdigung.«

»Zu welcher Beerdigung?«

»Stimmt, die Auswahl ist groß. Zunächst geben wir dem Mönch die Ehre.«

»Hat der Richter ihn zur Beisetzung freigegeben?«

»So ist es. Bruder Magí hat uns das Privileg eingeräumt, an den Todesfeierlichkeiten im Kloster Poblet teilzunehmen. Ich denke, wir sollten es tun. Außerdem will ich Bruder Magí zu einer weiteren Expertenrunde einbestellen.«

»Mit Schwester Domitila?«

»Genau.«

»Sie werden wieder versuchen, sich gegenseitig zu übertrumpfen.«

»Vielleicht können wir von dieser Kinderei ja profitieren.«

Als wir am nächsten Arbeitstag auf der verstopften Autobahn Richtung Süden unterwegs waren, riefen wir beide unsere Ehepartner an, um ihnen mitzuteilen, dass wir wieder einmal erst spät heimkommen würden. Es war fünf Uhr nachmittags, und der Tag neigte sich dem Ende zu. Der winterliche Sonnenuntergang war wunderschön. Garzón stellte das Radio an, und die sanfte Musik von Saint-Saëns erfüllte den Wagen. Mein Kollege saß am Steuer. Normalerweise schimpfte er beim Fahren andauernd über den Verkehr: über Lastwagen, die sich gegenseitig überholten und Pkws nicht vorbeiließen, Raser oder Schleicher. Für viele Männer war die Straße eine Rennstrecke und ihr Auto Ben Hurs Wagen, der siegreich ankommen musste. Bei dieser Gelegenheit hingegen bewirkte die harmonische Sonate zusammen mit dem wunderbaren Licht bei meinem Kollegen, dass er friedlich und schweigend fuhr und den magischen Augenblick genoss. Ich verspürte unvermittelt Lust zu weinen, und da ich nicht genau wusste, woher dieser Anfall von Rührung kam, schob ich es auf unser erbärmliches Land. Mein Gott, dachte ich, was für ein trauriges und unmögliches Spanien. Ort der gefolterten Heiligen, der unversehrten Leichen, der errichteten, abgebrannten und wieder aufgebauten und wieder abgebrannten Kirchen. Was für eine Heimat! Spanier bekämpften Spanier und den Fortschritt ... Martialische Engel, verhöhnte Reliquien, geweihte Hostien, die Kathedrale von Burgos und der Heilige Gral. Ich wäre viel lieber Französin, schloss ich, dann könnte ich den Duft von frischem Baguette und Croissants auf dem Dorf genießen und zu meiner Landesgeschichte zählte diese großartige Revolution. Aber nein, wir hatten gerade den Fuß einer heiligen Mumie auf der Bahre bestaunt. Ergab das irgendeinen Sinn? Würden wir wirklich in der Stille eines Klosters mit zwei Geistlichen, einem Mann und einer Frau, ermitteln, die uns von Tragischen Wochen, vom hasserfüllten und gegen den Klerus aufgebrachten Pöbel und von geschändeten Kapellen erzählten? Ich sah zu Garzón hinüber, er war ein Mensch und fand das alles irgendwie normal. Und er war mit dem Echo des ausklingenden Bürgerkriegs im Ohr aufgewachsen. Ich kannte den Krieg nur aus Büchern oder hatte davon erzählen hören. Jedenfalls schien es keinem von uns beiden ausgeschlossen, dass Rachegelüste aus einer Zeit vor der unseren noch lebendig sein könnten. Spanien ist das traurigste Land der Welt, dachte ich.

»Inspectora, sind Sie eingeschlafen? Wir sind da.«

Ich schreckte hoch und öffnete die Augen. Die Schatten hatten das Licht verschluckt, und die Konturen des Klosters von Poblet zeichneten sich diffus vor uns ab. Garzón machte den Motor aus, und sogleich hörten wir das Läuten der Totenglocke.

»Gehen wir, die Trauerfeier scheint bereits begonnen zu haben.«

Wir wurden in die Kirche geführt, wo einen Augenblick zuvor die Zeremonie angefangen hatte. Alles lag im Halbdunkel, außer dem Hochaltar, der intensiv leuchtete. Drei Mönche zelebrierten die Messe, und in den vorderen Bankreihen saß die Zisterziensergemeinschaft mit ihren auffälligen schwarzweißen Ordenskleidern. Dahinter konnte ich Bruder Cristóbals Familie erkennen. Sie weinten. Obwohl er schon ein paar Tage tot war, verließ sein Körper erst jetzt für immer und ewig die Welt der Lebenden. Zur harmonischen Atmosphäre trug eine Orgel bei, und auch die gregorianischen Gesänge des kraftvollen Männerchors.

»Wie wunderbar!«, flüsterte ich Garzón zu.

»Man bekommt richtig Lust zu sterben«, erwiderte er etwas zu laut für meinen Geschmack.

Die Predigt zerstörte alles. Die Musik beflügelt die Phantasie, während das gesprochene Wort sie verdrängt. Dieses ganze Gerede über den Himmel, die Seele, den Dienst an Gott und die Auferstehung, den Moment, in dem wir glücklich und zufrieden erwachen, klang für mich nach abgedroschenen Floskeln, die lautstark nach Erneuerung riefen. Trotzdem rührte es mich zu hören, dass Bruder Cristóbal ein einfacher, demütiger Mann gewesen war, der bar jeglicher Eitelkeiten gelebt hatte. Mir ging durch den Kopf, dass man wirklich eine Bestie sein musste, um diesen Menschen mit einem kräftigen Schlag auf den Schädel umzubringen. Das weckte meinen Ermittlerinstinkt, und die restlichen Trauerfeierlichkeiten zogen sich für mich unendlich hin. Ich hatte genug von der Spiritualität! Unser Reich war diese Welt, und wir mussten schnellstens den Mörder finden. Einen zweifelsohne widerwärtigen Mörder, der zwei unschuldigen Menschen das Leben genommen hatte: einem Mönch und einer Obdachlosen, Menschen ohne Macht, ohne Geld. Möglicherweise machte das den Fall so außergewöhnlich: Diese beiden traditionellen Motive konnten wir von vornherein ausschließen.

Am Ende mussten wir noch den Auszug der Mönche abwarten. Wir beobachteten, wie sich die Eltern und Geschwister des Toten bedrückt und schweigsam verabschiedeten. Ich fand ihre Rolle traurig. Obwohl sie dem Toten am nächsten standen, besetzten sie nur die zweite Reihe, immer hinter der geistlichen Familie. Ich sah zu Boden, um sie nicht grüßen zu müssen, ich hätte nicht gewusst, was ich sagen sollte. Schließlich blieben Garzón und ich in der leeren Kirche zurück.

»Und was jetzt?«, fragte er.

»Wir müssen zum Eingang zurück und mitteilen, dass wir mit Bruder Magí sprechen wollen.«

»Ich werde mich nie an das ganze Brimborium mit der Erlaubnis für alles und jedes gewöhnen. Dass man hier drin nicht die Möglichkeit hat, sich frei zu bewegen oder zu reden, macht mich rasend!«

»Sie werden gewiss nie das Gelübde ablegen, Fermín.«

»Nein! Das Leben ist viel zu schön, um es auf diese Weise zu vergeuden.«

»Ist nicht jedes Leben irgendwie vergeudet?«

»Lassen Sie die religiöse Schwärmerei, und rufen Sie den Mönch an. Wenn die erst anfangen, ihre verdammten Messen zu beten, dürfen wir sie nicht stören und müssen bis zum Sankt Nimmerleinstag warten.«

Fermín Garzón war ein Realist in Reinkultur, ohne Färbungen oder Brüche, ohne Nuancierungen. Wenn ich einmal ins Unmögliche, Absurde oder Unvernünftige abdriften sollte, brauchte ich mich nur an ihn zu halten.

Bruder Magí ließ uns eine halbe Stunde warten und entschuldigte sich sogleich.

»Verzeihen Sie, ich habe meditiert.«

»Ja, natürlich«, bekräftigte Garzón, als wüsste er über meditative Praktiken bestens Bescheid.

»Bruder Magí, hat man Sie über die jüngsten Ereignisse informiert?«

»Wir sehen beim Abendessen die Nachrichten.«

»Dann wissen Sie von der Verstümmelung des Heiligen.«

»Ja. Ich kann es keinesfalls gutheißen, wie in den Medien mit der Nachricht umgegangen wird. Es klang, als ginge es um ein Detektivspiel.«

»Das ist immer so. Die Leute wollen keine einfache Information, sondern eine spektakuläre.«

»Sie können davon ausgehen, dass alle Welt darauf wartet, dass die andere Flosse auftaucht«, entfuhr es dem Subinspector ohne ersichtlichen Grund. Ich befürchtete, der Mönch könnte sich an seiner Ausdrucksweise stoßen. Doch ich meinte zu erkennen, dass er flüchtig lächelte.

»Sie werden auch gehört haben, dass der Körperteil an einem Ort gefunden wurde, der auf Ihrer Liste über die Tragische Woche steht.«

»Ja, das ist mir auch schon aufgefallen, genau dort, wo sich das Kloster der Mönche des Oratoriums des Heiligen Philipp Neri befunden hat. Die Klostermauern stehen noch, aber innen ist nichts mehr. Dort lebten die Säkulargeistlichen des Oratoriums, die sich der Wohltätigkeit verschrieben hatten.«

»Sie werden verstehen, dass wir uns unbedingt erneut mit Ihnen zusammensetzen müssen. Sie und Schwester Domitila müssen uns helfen. Vielleicht gelingt es Ihnen beiden, eine

Hypothese zu erarbeiten, die ein wenig Licht ins Dunkel bringt.«

»Ich werde es versuchen, Inspectora. Wo soll ich hinkommen und wann?«

»Gleich morgen. Ideal wäre es, wenn Sie beide ins Kommissariat kämen, aber ich bezweifle, dass Schwester Domitila die Erlaubnis bekommt.«

»Wir könnten den Vorschlag machen, dass sie wieder von dieser Novizin begleitet wird«, meinte Garzón.

»Schwester Pilar, keine schlechte Idee. Ich werde mit der Mutter Oberin reden.«

»Und ich versuche, mehr über dieses abgebrannte Kloster herauszufinden.«

»Ist Ihnen morgen um elf Uhr recht?«

»Ich werde den Prior um Erlaubnis bitten, ich glaube nicht, dass er etwas dagegen haben wird.«

Zurück fuhr ich, und mein Kollege, frei von geistlicher Verzückung, hatte einen Sportsender auf volle Lautstärke gestellt. Mehrere Kommentatoren unterhielten sich über die Fußball-Liga voller Intrigen und Exzesse, was sich anhörte wie Englands Geschichte in Shakespeare-Bearbeitung. Ich war zu einem ordentlichen Grad an innerer Einkehr gelangt, sodass es mich nicht störte. Ich beklagte mich nicht einmal über die Lautstärke. Wie ich gelernt hatte, waren Sportnachrichten für ausnahmslos alle Männer unentbehrlich. Ich fand das in Ordnung, es handelte sich um eine alte, ausgesprochen harmlose Tradition. Außerdem tat mir nach diesem der Welt so fernen Beerdigungszeremoniell ein Bad in der Realität gut. Ich dachte an meinen Mann und hatte das Gefühl, ihn seit Ewigkeiten nicht mehr gesehen zu haben. Wenn es stimmte, dass der tägliche Umgang die Zuneigung verstärkt, würde unsere Ehe eines schönen Tages zum Teufel sein.

Zunächst setzte ich Garzón ab, der vor lauter Müdigkeit

wie ein Zombie zum Abschied sagte: »Ich sehe Sie im Kloster.« Als ich kurz darauf nach Hause kam, aß Marcos gerade zu Abend.

»Ich habe dir nichts gemacht«, gestand er und fügte dann leicht vorwurfsvoll hinzu: »Ich wusste ja nicht, wann du heimkommst …«

»Ich war auf der Beerdigung des Opfers. Des ersten, du weißt ja, dass wir inzwischen zwei haben.«

»Ich hatte auch keinen guten Tag.«

»Ist was mit den Kindern?«

»Nein, es geht um das Projekt. Ein Partner des Kunden hat einen Teil der Pläne kritisiert, und jetzt müssen wir das Ganze umarbeiten.«

»Ist das nicht üblich?«

»Mehr oder weniger, aber es ärgert mich, denn seine Kritik ist absurd.«

»Das Absurde ist überall! Was isst du da?«

»Ein bisschen Roastbeef. Stand im Kühlschrank. Übrigens, Jacinta hat eine Nachricht hinterlassen, sie meint, wenn wir nicht bald einkaufen, müsste sie Mehlfladen zubereiten.«

Ich ließ mich auf einen Stuhl fallen. Es gelang mir nicht, die Ebenen der Wirklichkeit in meinem Kopf zu ordnen. In derselben Epoche und fast am selben Ort gab es Mönche, die ihre Toten mit Gesang bestatteten, ausgeflippte Mörder, deren Taten auf geschichtliche Ereignisse zurückzuführen waren, Architekten, die Häuser entwarfen, Hausangestellte, die Notizen hinterließen, und zu allem Überfluss musste man auch noch essen, immer musste man essen.

»Ich möchte Nonne werden«, flüsterte ich.

»Was hast du gesagt?«

»Nichts, Blödsinn. Ich mache das.«

»Was?«

»Einkaufen. Ich gehe morgen etwas später zur Arbeit.«

Er sah mich lächelnd an.

»Tut mir leid, ich habe dir einen denkbar schlechten Empfang bereitet, aber manchmal ist das Leben trübe, nicht wahr?«

»Trüber als eine Pfütze voller Frösche. Bei der Bestattung heute habe ich gedacht, dass Mönche für die Opfer, die ihnen das Mönchsein abverlangt, im Grunde nicht entschädigt werden.«

»Glaubst du das wirklich?«

»Ja, in der Kapelle in Poblet haben die Mönche gesungen. Was bedeutet das? Dass dir ein Haufen Kerle die Familie ersetzt. Und wenn du mal niedergeschlagen und genervt bist? Na gut, unter vierzig Brüdern wird sich immer einer finden, der dich aufmuntert. Anders als in der Ehe ...«

Plötzlich begann Marcos zu lachen.

»Für dich ist alles Schlechte der Schöpfung in der Ehe vereint. Und trotzdem hast du drei Mal geheiratet!«

»Drei schlechte Tage hat jeder mal. Außerdem ...«

»Außerdem?«

»Außerdem wirst du den Einkauf machen, wenn du dich mit mir anlegst.«

»Du bist dran.«

»Ist mir wurscht.«

Wir sahen uns ironisch und müde an.

»Gehen wir ins Bett«, schlug er vor. Ich nickte. Allein schlafen zu müssen, wäre für mich eindeutig einer der Nachteile am Klosterleben.

9

Die verfluchte Mutter Oberin wollte Schwester Domitila nicht noch einmal ins Kommissariat kommen lassen. Meinem Vorschlag, Schwester Pilar als Anstandsdame mitzunehmen, stimmte sie auch nicht zu.

»Selbst Schwester Domitila meint, und das zu Recht, dass die Novizin aufgrund ihrer Jugend nichts an einem solchen Ort zu suchen hat.«

Ich verlor die Beherrschung und hob die Stimme.

»Mutter Guillermina, ist Ihnen klar, dass ich die Schwester offiziell vorladen kann und Sie Ihre Erlaubnis dann nicht verweigern können?«

»Tut mir sehr leid, Inspectora, aber Sie bestellen sie zufälligerweise ja nicht wegen einer Zeugenaussage oder Ähnlichem ein, sondern weil sie Ihnen mit ihren Geschichtskenntnissen helfen soll, gewisse Aspekte des Falles auszuleuchten.«

Diese verfluchte Nonne! Sie war bestimmt nicht ohne triftigen Grund Oberin geworden. Das brachte mich unverhofft auf die ideale Lösung.

»Und wenn Sie sie begleiten? Sie müssten natürlich nicht im Flur warten, sondern könnten der Beratung beiwohnen.«

Am anderen Ende der Leitung war es einen Moment lang still. Ich hörte nur eine Art Schnauben. Sie blies den Zigarettenrauch aus. Schließlich sagte sie: »Um welche Zeit?«

»In zwei Stunden.«

»Ist gut«, ließ sie matt vernehmen, als wäre das ein großes Zugeständnis.

»Ich lasse Sie von einem Taxi abholen, was meinen Sie?«

»Ich habe doch schon Ja gesagt«, rief sie verstimmt und fügte dann mit gespielter Resignation hinzu: »Und alles nur, um der Polizei unter die Arme zu greifen. Ich will nicht, dass man hinterher behauptet, wir Herz-Jesu-Schwestern hätten in diesem kritischen Augenblick nicht unser Möglichstes getan.«

Zwei Stunden später stellte ich erfreut fest, dass die beiden Nonnen in ihren Ordenskleidern einen angenehmen Kontrast zum polizeilichen Umfeld boten. Aus Mutter Guillerminas lebendigen und intelligenten Augen sprach die Neugier. Während Garzón den Raum vorbereitete und den Mönch in Empfang nahm, erbot ich mich, den Schwestern die Räumlichkeiten zu zeigen. Die Mutter Oberin stimmte erfreut zu, und beide folgten mir durch Büros und Archive, wobei ich ihnen erklärte, was ich für einigermaßen interessant hielt. Dann sagte ich: »Wenn Sie möchten, können wir am Ende auch bei der Spurensicherung vorbeischauen. Oder ich habe sogar noch eine bessere Idee: Sie, Schwester Domitila, machen sich mit Bruder Magí an die Arbeit, und Mutter Guillermina und ich gehen ins Labor.«

Die Augen der Oberin verrieten mir, dass sie nichts auf der Welt lieber getan hätte. Sie strahlte, aber sofort verdüsterte sich ihr Gesicht wieder.

»Ich weiß nicht, ob das richtig ist, Inspectora.«

»Natürlich ist es das! Im Kloster mag alles reglementiert sein, aber jetzt sind Sie hier.«

»Und im Kloster sollte sich eine Herz-Jesu-Schwester auch aufhalten.«

»Ja, schon, aber warum nicht auch ein wenig vom Frieden des Klosters in die Spurensicherung bringen?«

Sie lachte auf. Da mischte sich Schwester Domitila ein.

»Gehen Sie, Mutter, das ist eine interessante Erfahrung, von der Sie später der Gemeinschaft erzählen können.«

Schließlich akzeptierte die Oberin das Angebot und wirkte auf der Straße regelrecht glücklich. Die Sonne strahlte, und sie holte ein kleines Etui heraus, dem sie eine altmodische Sonnenbrille entnahm. Sie setzte sie auf.

»Mit dieser Sonnenbrille sehen Sie aus wie eine Hollywood-Schauspielerin von früher«, sagte ich, und sie lachte.

»Sie können einem auch alles verkaufen, wie man in meinem Dorf sagt. Diese Brille habe ich schon sehr lange in der Tasche, und sie muss bis zu meinem Tod halten, was, mit Gottes Hilfe, nicht so bald sein möge.«

»Dürfen Sie sich gar nichts kaufen?«

»Nur das Nötigste, und auf dem Stand der Mode zu sein, gehört nicht dazu.«

»Ehrlich gesagt, wenn man es genau betrachtet, bringt Ihr Leben viele Opfer mit sich.«

Sie schwieg. Diese Frau gefiel mir. Sie hätte mir in dem Moment einen langweiligen Vortrag über bedürftigere Menschen oder die Liebe Gottes halten können, doch sie schwieg und beobachtete dabei alles mit großem Interesse und einem Lächeln auf den Lippen. Plötzlich fiel ihr etwas auf: eine junge Angestellte, die offenbar mit sich selbst redete. Sie sah mich fragend an.

»Sie telefoniert mit dem Handy und benutzt eine Freisprecheinrichtung, einen Knopf im Ohr«, erklärte ich ihr. Sie drehte sich um und sah der Frau nach.

»Das habe ich noch nie gesehen. Wirkt irgendwie verrückt, nicht wahr?«

»Manchmal wirkt auf mich alles ziemlich verrückt.«

Plötzlich blieb sie vor dem Schaufenster eines Sportgeschäfts stehen. Ich war überrascht. Sie sah sich zu einer Erklärung genötigt.

»Diese Hanteln sind aus einem neuen Material. Meine sind noch aus Metall.«

Damit überraschte sie mich noch mehr und erläuterte sogleich:

»Viele Nonnen machen Sport, das ist gut für die Gesundheit.

Wir ziehen Pumphosen und T-Shirts an und binden uns ein Tuch um den Kopf.«

Ich lächelte im Versuch, mir nicht anmerken zu lassen, wie sehr mich das irritierte, aber schlau, wie sie war, merkte sie es doch.

»Sie finden das lächerlich, nicht wahr?«

»Nein, keineswegs.«

»Doch. Ich bin davon überzeugt, dass Sie sich gerade eine Nonne in knielangen Pumphosen vorgestellt haben.«

Ich musste lachen.

»Sehen Sie?«

»Nein, mich amüsiert etwas anderes. Die Leute wollen immer wissen, wie Nonnen oder auch Polizisten leben, und wir beide sind davon nicht ausgenommen. Sie sind neugierig auf das Polizistenleben und ich auf das Leben im Kloster.«

»Was heißt, dass beide Gruppen irgendwie zum Rande der Gesellschaft zählen.«

»Das freut mich.«

»Zum Rande der Gesellschaft zu zählen?«

»Dass wir beide etwas gemein haben. Vielleicht unterscheiden sich unsere Leben gar nicht so sehr, wie es scheint.«

»Vielleicht nicht.« Wir lächelten uns an.

Der Ausflug in die Spurensicherung war ein voller Erfolg. Ich ließ die Mutter bei den Kollegen und holte sie später wieder ab. Sie zeigte sich beeindruckt.

»Inspectora, ich werde Ihnen nie genug danken können für diesen Besuch. Das alles wirkte so modern, nein, höchst spannend. So viele technische Neuerungen, so viel Weisheit im Dienst der Gesellschaft.«

Sie war aufgeregt wie ein kleines Mädchen.

»Haben Sie Lust, irgendwo einen Kaffee zu trinken, bevor wir zurückgehen?«

Sie zögerte, als hätte ich ihr ein unanständiges Angebot gemacht.

»Ich weiß nicht, ob es sich schickt, dass eine Nonne eine Bar aufsucht.«

»Es geht doch nur um einen Kaffee.«

Sie gab nach, und wir betraten eine Cafetería voller lärmender Gäste in der Vía Augusta. Mutter Guillermina sah sich voller Begeisterung und Verblüffung um wie ein Kind im Spielzeugladen. Wir setzten uns an den Tresen und bestellten zwei Tassen Kaffee. Die Gäste starrten uns an, heutzutage sieht man in Spanien nur noch selten Nonnen auf der Straße. Frauen im Ordenskleid waren eine gesellschaftliche Seltenheit geworden. Zum Glück schien meiner Begleiterin nicht aufzufallen, welches Aufsehen sie erregte. Während sie ihren Kaffee trank, amüsierte sie sich köstlich. Im Kloster wirkte sie selbstsicher, sie kannte das Umfeld und verfügte über großes Wissen, was sie dort zu einer würdevollen, erfahrenen Persönlichkeit machte. Hier jedoch, fern jeglicher klösterlicher Einkehr, wirkte sie irgendwie entzückend.

»Haben Sie diese Tapas gesehen?«, fragte sie und zeigte auf die mehrschichtigen Toasts auf dem Tresen. »Ich werde die Schwester Köchin bitten, uns sonntags so etwas zuzubereiten.«

Sie lachte über ihren Scherz, vielleicht amüsiert über den Vergleich dieser Delikatessen mit dem Kasernenfutter, das im Kloster vermutlich aufgetischt wurde. Ich lachte ebenfalls. Die Mutter Oberin gefiel mir immer besser. Statt Kritik zu üben an den modernen Veränderungen der Stadt, die ihr hätten empörend erscheinen können, sah sie eher das Erfreuliche und Positive.

Die Rückkehr ins Kommissariat war für uns beide ein kleiner Schock. Ich merkte, dass auch ich es genossen hatte, sie in etwas angeblich so Leichtes wie das Alltagsleben eingeführt zu haben. Aber jetzt erwarteten uns die Auswertungen unserer Experten, was uns unweigerlich aus dem Hier und Jetzt abrupt in die Vergangenheit katapultieren würde.

Garzón und die beiden Geistlichen hatten offensichtlich unermüdlich gearbeitet. Ich entnahm dem Blick meines Kollegen, dass die historische Spurensuche interessant gewesen sein musste. Wir setzten uns dazu, und Garzón übernahm mit seinem einzigartigen Sprachduktus die Rolle des Moderators.

»Diese beiden ... Experten hier haben ihre Schlüsse gezogen und glauben, dass die Flosse, Verzeihung, der Körperteil des Heiligen auf der Plaza de Sant Felip Neri aufgetaucht ist, weil sich dort das Kloster des Oratoriums des Heiligen Philipp Neri befand, das in der Tragischen Woche von der aufständischen Meute in Brand gesteckt wurde. Anschließend wurde der Aufstand niedergeschlagen und ein paar Arbeiter wurden sogar zum Tode verurteilt. Die beiden Fachleute haben hervorgehoben, dass es sich demzufolge um die Rache eines Nachfahren eines Verurteilten oder Verfolgten handeln könnte. Sie schließen jedoch aus, dass die Mumie nicht der Heilige sein könnte, also irgendwann ausgetauscht wurde, wie wir auch schon in Betracht gezogen haben, denn der Mörder hätte uns sicher nicht durch den abgetrennten Fuß eine DNA-Analyse ermöglicht, wüsste er, dass es sich um einen falschen Heiligen handelt. Ich weiß nicht, ob ich mich klar genug ausdrücke, denn um ehrlich zu sein, finde ich das Ganze unglaublich verwirrend.«

Die Mutter Oberin reagierte als Erste.

»Also noch mal, ich verstehe nicht, warum man sich im Falle eines Racheakts an Bruder Cristóbal rächt? Und warum stiehlt man die Mumie aus dem Kloster des Herz-Jesu-Ordens? Was haben wir mit dem Brand eines Klosters zu tun, das nicht unserem Orden gehört?«

»Das genau ist der Knackpunkt«, erwiderte der Subinspector lebhaft. »Es fehlt die Verknüpfung zwischen den einzelnen Hypothesen. Wir haben überlegt, ob der Mörder womöglich einen Resonanzboden für sein Tun suchte, wohl wissend, dass die Presse sich auf das Thema stürzen würde. Und wenn die Aufmerksamkeit am größten ist, gibt er das Motiv seiner Tat mittels eines seiner Zettelchen mit gotischen Schriftzeichen bekannt.«

»Reden Sie nicht von ›einem seiner Zettelchen‹, im Augenblick gibt es nur eins.«

»Das stimmt«, warf Bruder Magí schüchtern ein. »Es ist merkwürdig, dass am Fundort der ermordeten Zeugin nichts hinterlassen wurde, auch nicht in dem Paket mit dem Fuß der geschändeten Reliquie. Wenn der Täter seine Rätselspielchen fortführen wollte, müsste er es doch systematisch tun, oder?«

»Ja, ich finde das auch merkwürdig«, sagte Garzón.

»Vielleicht ist es nicht derselbe Mörder!«, rief Mutter Guillermina. Ich sah sie ernst an.

»Da Sie so gern das Vorgehen der Polizei studieren wollen, müssen Sie wissen, dass wir nicht den geringsten Kommentar machen sollten, dem nichts zu Grunde liegt. Warum sollte der Mörder nicht derselbe sein?«

Sie war irritiert und sah mich böse an.

»Eine mögliche Erklärung habe ich von Ihnen erwartet.«

»Der Mörder von Bruder Cristóbal ist auch der Mörder der Obdachlosen, Mutter Oberin. Und derjenige, der die Mumie in seinem Besitz hat. Das ist im Augenblick ein unverrückbares Axiom.«

»Ein Glaubensdogma«, scherzte Bruder Magí.

Dass ich mich Außenstehenden gegenüber so überzeugt gab, war nichts weiter als eine Fassade, um die Wahrheit zu verschleiern: Ich war mir in nichts sicher.

»Was schlagen Sie also vor, wie sollen wir weiter verfahren?«, fragte Garzón im Versuch einer Klarstellung.

»Meine bescheidene Meinung lautet, Schwester Domitila und ich sollten die geschichtlichen Quellen durchforsten und damit beginnen, alle Dokumente durchzusehen, die dem Herz-Jesu-Orden vorliegen und in denen die Brände während der Tragischen Woche erwähnt werden. Dann sollten wir die Dokumente der Diözese einsehen und herausfinden, was es dort über das Kloster des Oratoriums des Heiligen Philipp Neri und sein tragisches Ende gibt. Und wenn Schwester Domitila ihre Pflichten im Kloster nicht vernachlässigen möchte, übernehme ich das allein, wenn mein Prior es erlaubt, wovon ich überzeugt bin.«

Die angesprochene Schwester machte einen Satz auf ihrem Stuhl, als wäre sie von einer Wespe gestochen worden.

»Kommt nicht in Frage! Im Kloster gibt es Akten, deren Standort nur ich kenne. Außerdem wäre es nicht gerecht, mich ausgerechnet jetzt auszuschließen, wenn sich die Ermittlungen auf einen konkreten Punkt konzentrieren.« Plötzlich wurde sie gewahr, wie überrascht wir alle ihre Reaktion aufnahmen, und fügte nach einem Blick zu ihrer Oberin in wesentlich gehorsamerem und gemäßigterem Tonfall hinzu: »Natürlich nur, wenn Mutter Guillermina mir die Erlaubnis dazu erteilt und glaubt, dass meine Mitarbeit von Wert sein könnte.«

»Ich für meinen Teil denke, dass es sehr wichtig ist, dass Sie uns helfen«, sagte ich aufrichtig. Daraufhin fällte die Mutter Oberin ihre Entscheidung an Ort und Stelle.

»Natürlich hat sie meine Erlaubnis. Alles, was in diesen Ermittlungen weiterhilft, wird von den Herz-Jesu-Schwestern unterstützt.«

Ich hätte gern erfahren, ob diese Kirchenleute so uneigennützig waren, wie sie vorgaben, oder ob jeder Einzelne von ihnen aus Gründen handelte, die eher zu den menschlichen Schwächen zählten. Es konnte doch beispielsweise sein, dass Bruder Magí mit dem Angebot, allein zu arbeiten, versucht hatte, Schwester Domitila auszuschalten. Und es war verständlich, dass die Schwester sich keinesfalls ein mögliches Verdienst bei den Ermittlungen entgehen lassen wollte. Und selbst im Fall der Mutter Oberin war gut möglich, dass sie ihre Zustimmung gab, um sich nicht von den Ergebnissen der historischen Spurensuche ausgeschlossen zu sehen. Aber ich wollte nicht gemein sein, und außerdem waren mir ihre Gründe herzlich egal, wenn ich schon zwei Experten ersten Ranges zur Hand hatte, die eine Arbeit übernehmen wollten, zu der bei der Polizei niemand imstande wäre.

Ein Taxi brachte den geistlichen Hofstaat nach Hause, und Garzón und ich blieben allein zurück.

»Was halten Sie von alldem?«, fragte er. Ich konnte nur mit den Schultern zucken.

»Was soll ich sagen, Fermín? Stimmt schon, Rache nach so vielen Jahren klingt als Motiv eher unwahrscheinlich, aber wenn ich mir all die merkwürdigen Gestalten ansehe, die dieses Land bevölkern ...«

»Wir werden ja sehen, was dabei herauskommt. Und was machen wir? Sie wollen doch nicht etwa, dass wir den Geschichtssitzungen beiwohnen?«

»Nein, wir beide müssen uns mit Coronas und dem Pressesprecher beraten, bis die beiden Historiker ein wenig Licht ins Dunkel bringen.«

»Wie beraten?«

»Wir müssen den Psychiater bitten, noch einmal aktiv zu werden. Zu keiner Zeit wurde die öffentliche Meinung so gut im Zaum gehalten wie in den Tagen, als er auf den Pressekonferenzen auftrat.«

»Er könnte auch ablehnen, uns noch einmal zu helfen, weil wir ihn nicht gewürdigt haben.«

»Er wird uns helfen. Er füttert die Bevölkerung mit Brot und Spielen. Sagen Sie dem Comisario, dass wir noch einmal psychiatrische Unterstützung benötigen. Er wird begeistert sein. Ich rede mit Yolanda und Sonia.«

»Sonia wird einen Nervenzusammenbruch kriegen, wenn Sie ihr sagen, sie soll wieder nach Verrückten suchen.«

»Macht nichts, wir haben doch einen Psychiater zur Hand, der kann sich ihrer annehmen.«

»Gut, wir haben also zwei Ermittlungsstränge, aber Sie haben meine Frage nicht beantwortet: Und wir beide, was machen wir?«

»Natürlich einen dritten Ermittlungsstrang suchen. Aber vorher nehmen wir uns den Nachmittag frei.«

»Was Sie nicht sagen!«

»Sie haben richtig gehört. Ich habe Marcos versprochen, mich um die Kinder zu kümmern.«

»Soll ich mitkommen?«

»Nein danke, Fermín. Vielleicht komme ich auf das Angebot zurück, aber heute will ich mir vor meinen Stiefkindern nicht die Schau stehlen lassen.«

»Sie sind ja schlimmer als Schwester Domitila. Haben Sie gesehen, wie eifrig sie widersprach, als er sie ausbooten wollte?«

»Ob Geistliche oder Weltliche, wir sind uns alle sehr ähnlich, glauben Sie mir.«

Meine Stiefkinder zu bespaßen war eine Beschäftigung, die mir sehr gelegen kam. Es würde mir bestimmt helfen, den Kopf frei zu bekommen und kurzzeitig abzuschalten. Ich war es leid, den Ereignissen hinterherzulaufen, ohne akzeptable Hypothesen zu finden, anhand derer es sich vernünftig arbeiten ließe. Ich selbst hatte Marcos den Vorschlag gemacht, mich um die Kinder zu kümmern. Wir waren um fünf verabredet, und die drei trafen pünktlich ein.

»Wir haben Marina mit dem Taxi von zu Hause abgeholt«, teilte mir Hugo mit.

»Und wir drei sind allein Taxi gefahren«, fügte das Mädchen, zufrieden mit ihrer Heldentat, hinzu.

»Das zeigt, wie groß ihr schon seid«, antwortete ich im Versuch, sie zu loben.

»Ich bin schon öfter allein Taxi gefahren«, vermeldete Teo, überheblich wie immer.

Sie zogen ihre Mäntel aus und gingen seelenruhig ins Wohnzimmer, aber ich ließ sie sofort wissen, dass ich mir etwas Besonderes ausgedacht hatte.

»Euer Vater kommt nicht vor acht nach Hause, und ich muss heute Nachmittag nicht arbeiten, stehe euch also voll und ganz zur Verfügung. Wenn ihr Lust habt, könnten wir ins Kino gehen.«

Dieser Vorschlag überraschte sie. Sie sahen sich ratlos an und wussten nicht, was sie antworten sollten. Schließlich fragte Teo: »Und in was für einen Film? Denn wir drei können uns nie einigen.«

»Warum?«

»Marina will immer Zeichentrickfilme und diesen Kitsch mit Prinzessinnen sehen.«

»Das stimmt nicht!«, rief das Mädchen ohne weitere Erklärung.

»Und Hugo mag Hollywoodfilme mit Baseball oder Jugendbanden, die dumm rumquatschen.«

»Klar, du Schlauberger!«, protestierte der Angesprochene.

»Und du, welche Filme siehst du am liebsten?«

»Horrorfilme mit Gespenstern, die Leute aufschlitzen und ihnen die Eingeweide rausreißen«, kam Marina ihm rachsüchtig zuvor.

»Eigentlich mag ich am liebsten Thriller«, antwortete Teo.

»Die sind doch alle gleich, am Ende wird der Mörder immer geschnappt, und das ist total unglaubwürdig«, sagte Hugo.

»Also werden wir uns gütlich einigen müssen«, fasste ich zusammen. »Wenn es euch so schwerfällt, euch einen Film auszusuchen, dann schaue ich mir das Programm an und entscheide, in welchen Film wir gehen.«

Ihren verblüfften Gesichtern entnahm ich, dass sie eine derart kategorische Reaktion nicht erwartet hatten; sie protestierten aber nicht. Ich sah mir das Kinoprogramm in der Zeitung an und entschied mich für eine nicht sehr originelle Lösung.

»Im *Capitol* gibt's einen Dokumentarfilm über Tiere in der Arktis. Da ich Tiere liebe, schauen wir uns den an.«

Bestimmt glaubten sie, mein despotisches Verhalten wäre eine Folge meines Berufs, aber ich hielt mich nicht weiter damit auf, das klarzustellen. Nur der widerspenstige Teo wagte etwas zu erwidern, in dem leise Kritik mitschwang.

»Diese Tiere sind wegen des Klimawandels bestimmt alle

vom Aussterben bedroht, und wir sind schuld daran, weil wir zu viel warmes Wasser beim Duschen verbrauchen. Das ist doch immer das Gleiche.«

Ich tat, als hätte ich nichts gehört, und verließ mit dem Trupp im Schlepptau das Haus. Es war merkwürdig für mich, mit drei Kindern die Straßen entlangzugehen. Eine ganz neue Erfahrung. In einem Moment dachte ich, es wäre amüsant, einen Bekannten zu treffen, kurz danach versetzte mich diese Möglichkeit regelrecht in Panik. Aber wie vorherzusehen war, trafen wir niemanden.

Im Kino wurden wir in ein Universum aus Eis entführt, in dem uns das immer und überall präsente Spiel von Leben und Tod anhand der ums Überleben kämpfenden Tiere vorgeführt wurde. In manchen Momenten des harten Überlebenskampfes, zum Beispiel als ein Bär einen Haufen friedlicher Walrosse angriff, fürchtete ich, der Film sei doch nichts für Kinder. Dann kam mir der Gedanke albern vor, und mir wurde bewusst, wie schnell man übertrieben beschützend und rückschrittlich wird, wenn man Kinder hat. Ich dankte dem Himmel dafür, mir diese Verantwortung erspart zu haben. Wie dem auch sei, nach dem Film waren die Kinder fröhlich, während ich mich schlecht fühlte nach all den Exzessen der Wildnis: Kampf unter den Tierarten, schmelzende Gletscher und Bärenväter, die auf ihre eigenen Jungen losgingen, um keine männliche Konkurrenz zu haben. Besser, keine Vergleiche mit der menschlichen Welt zu ziehen.

»Lasst uns etwas essen«, schlug ich den Kindern vor, und wir setzten uns in eine Cafetería in der Avenida Diagonal, wo es köstliches Hefegebäck und heiße Schokolade gab. Das gefiel ihnen, und sie machten sich mit großem Appetit über die Süßspeisen her. Ich schlürfte einen Bourbon als gesunde Medizin gegen mein von den Polartieren angegriffenes Gemüt.

»Wie fandet ihr den Film?«, fragte ich wie nebenbei.

»Gut«, lautete das Urteil der Kinobesucher einmütig.

»Mir hat nicht gefallen, dass die Bären so böse zu ihren Jungen sind«, sagte Marina schließlich.

»Mir auch nicht, Schätzchen«, bestätigte ich ihr in einem Anflug weiblicher Solidarität.

»Man weiß doch, dass Tiere so sind«, behauptete Hugo herablassend.

»Ich wusste immer im Voraus, was als Nächstes passieren würde«, lautete Teos Beitrag.

»Du lässt dich lieber überraschen, stimmt's?«, fragte ich ein wenig maliziös.

»Aber das passiert nur selten.«

»Das ist aber schlimm.«

»Warum? Wirst du oft überrascht?«

»Nein, aber ich bin über vierzig, du jedoch erst dreizehn. Und wenn dich mit dreizehn nichts mehr überraschen kann, dann hast du offen gestanden ein langweiliges Leben vor dir.«

»Das kommt davon, weil man uns Kindern immer das Gleiche erzählt und alles andere verheimlicht.«

»Alles andere? Was ist denn alles andere?«

»Alles andere im Leben.«

Nachdenklich trank ich einen Schluck Whisky. Verdammt, wahrscheinlich stimmte es sogar, was dieser aufgeweckte Bursche sagte. Von wegen zarte Wesen, dachte ich, einige von ihnen haben einen so scharfen Verstand, dass der Versuch, sie zu überlisten oder mit kleinen Stückchen des Kuchens abzuspeisen, geradezu lächerlich ist. Aber das Beste stand noch bevor, denn Teo, weit davon entfernt, nach einer derart tiefschürfenden Behauptung zu schweigen, fügte rundheraus hinzu: »Du willst uns doch auch nichts von deinen Ermittlungen erzählen, weil du denkst, dass das nichts für Kinder ist ... Also erfahren wir nichts, und das Einzige, was wir geboten kriegen, ist immer das Gleiche: Tiere, Zeichentrickfilme, Indiana Jones ... bis wir es in- und auswendig können.«

Ich ließ die Eiswürfel im Glas klirren und räusperte mich. Er hatte so recht, dass ich am liebsten aufgelacht hätte, aber dafür war es nicht der geeignete Zeitpunkt. Und ein Gespräch darüber ginge sicher zu weit und würde möglicherweise zu Missverständnissen führen, die uns an den Anfang zurückwerfen würden. Ich riskierte es trotzdem.

»Vielleicht irrst du dich. Vielleicht erzähle ich euch deshalb nichts, weil ich glaube, dass es in einem laufenden Fall Dinge gibt, die ihr nicht wissen solltet. Kann sein, dass ich befürchte, ihr könntet euch verplappern oder loslaufen, um meine vertraulichen Informationen euren Müttern zu erzählen, wie es schon einmal geschehen ist.«

»Ich habe noch nie gepetzt!« Marina sprang darauf an wie eine Wildkatze und bewies damit, dass sie dem Gespräch sehr gut folgen konnte. Bei Teo hatte das gesessen, bei Hugo auch. Er druckste herum, rührte unnötigerweise in seiner Schokolade. Teo errötete, schluckte die bittere Wahrheit und zeigte sich zum ersten Mal, seit ich ihn kannte, demütig und zerknirscht.

»Wir wussten nicht, dass es so wichtig war, es für uns zu behalten.«

»In allem, was mit der Polizei zu tun hat, ist das aber entscheidend. Denn wenn ich sehe, dass ihr euren Müttern erzählt, was ihr von mir erfahren habt, müsste ich annehmen, ihr erzählt es auch euren Lehrern, euren Schulkameraden oder jedem, der euch danach fragt.«

»Nein, das nicht!«, rief Hugo.

»Warum nicht? Wenn man seine Glaubwürdigkeit verliert, verliert man sie für alles andere auch.«

Es folgte nachdenkliches, beschämtes Schweigen. Teos Kopf arbeitete schnell, und er fragte schließlich: »Und wenn wir dir versprechen und schwören …«

»Ist gut«, unterbrach ich ihn. »Abgemacht. Was wollt ihr wissen?«

Teo hatte nicht die geringsten Hemmungen und legte los: »Stimmt das mit dem religiösen Fanatiker?«

»Wir überprüfen das gerade, aber ich glaube nicht, dass dieser Fanatiker existiert. Trotzdem haben wir den Psychiater erneut um Hilfe gebeten, ihr werdet ihn wieder im Fernsehen sehen, aber das ist eher ein Schachzug, damit die Presse still hält und uns in Frieden lässt.«

Meine Zuhörer wirkten sichtlich zufrieden.

»Außerdem gibt es zwei Geschichtsexperten aus dem Kloster, die untersuchen, ob es sich möglicherweise um Rache handeln könnte, für etwas, das vor sehr langer Zeit geschehen ist. Für jemanden, der wegen der Ereignisse in der sogenannten Tragischen Woche verfolgt wurde. Ein Nachfahre könnte die Absicht haben, alte Rechnungen zu begleichen, und zwar so, dass es alle Welt erfährt.«

»War die Tragische Woche im Bürgerkrieg?«, fragte Hugo.

»Davor.«

»Das schauen wir uns im Internet an«, bestimmte Teo, der befürchtete, mein Anfall von Ehrlichkeit könne wegen fachlicher Details vorzeitig enden.

»Das ist was mit Franco, oder?«, fragte Marina, die nicht mehr so gut folgen konnte.

»So was Ähnliches. Es wurden viele Klöster in Brand gesteckt.«

»Ein Junge in meiner Klasse sagt, dass die Leute von Franco gar nicht so schlecht waren«, warf Hugo ein. Doch Marina stellte sofort klar: »Der Junge aus deiner Klasse hat keine Ahnung. Papa hat mir gesagt, dass Franco ganz schlimm war, schlimmer als die Bären, die wir heute gesehen haben.«

Verblüfft musste ich feststellen, dass der ewige Konflikt der spanischen Geschichte – persönliche Meinungen eingeschlossen – bis zu diesen kleinen Mitbürgern durchgedrungen war. Aber Teo war nicht bereit, die lange belauerte Beute so schnell freizugeben.

»Und was noch?«, insistierte er mit festem Blick in meine Augen.

»Wie, was noch?«

»Was denkst du? Glaubst du, das mit der Rache stimmt?«

»Alle Indizien, die wir haben, weisen darauf hin, aber wenn ich ehrlich sein soll, fällt es meinem Polizistinneninstinkt schwer, daran zu glauben. In diesem Fall muss es ein konkreteres Motiv geben, etwas Näherliegendes, Materielleres. Das ist bei allen Morden so.«

Meine Worte tanzten in der Luft, und die hungrigen Ohren der Kinder saugten sie auf. Bevor sie weitere Fragen stellen konnten, fuhr ich fort: »Und jetzt verrate ich euch, was ich vorhabe, aber ihr müsst euch darüber im Klaren sein, dass das noch niemand weiß. Noch nicht einmal Subinspector Garzón.«

»Nicht einmal er?«, fragte Hugo sichtlich beeindruckt.

»Nein. Ich sage es ihm morgen. Ich glaube, wir müssen das Umfeld der ermordeten Zeugin gründlicher erforschen.«

»Der Obdachlosen?«

»Ja. Da es sich um eine Obdachlose handelte, haben wir sie zu schnell abgehakt, und ich fürchte, es sind noch nicht alle Fäden verknüpft, die damit zu tun haben.«

»Aber sie ist doch schon vor Tagen ermordet worden. Warum habt ihr das nicht gleich gemacht?«

»Das passiert in komplexen Fällen wie diesem oft: Man läuft neuen Spuren hinterher und unterlässt eine gründlichere Überprüfung der älteren. Doch dann muss man das wiedergutmachen und zurückkehren. Das ist die übliche Praxis.«

Natürlich gab es vieles, das sie nicht verstehen konnten. Das war aber nicht wichtig, es überwog das Gefühl, ins Vertrauen gezogen worden zu sein, worüber ich mich freute, denn wenn ich mit meinen Erklärungen noch weiter hätte ausholen müssen, hätte ich wahrscheinlich nicht gewusst, wo ich anfangen sollte.

»Wenn ihr eure Schokolade ausgetrunken habt, können wir gehen. Euer Vater ist bestimmt schon zu Hause.«

Mit feierlichem Schweigen zogen sie ihre Mäntel an. Da sagte Teo wie nebenbei: »Danke, Petra.«

»Wie?«, fragte ich angelegentlich.

»Danke für alles, was du uns erzählt hast.«

»Aber ihr ...«

Marina unterbrach mich, um sie nachdrücklich zu warnen: »Wenn einer von euch das eurer Mutter erzählt, dann bin ich nicht mehr eure Schwester, das schwöre ich euch.«

»Sei nicht albern, wir werden nichts sagen. Wenn ihr etwas Neues herausfindet, erzählst du es uns dann, Petra?«

»Wenn es interessant ist, ja.«

Ich ging nach Hause mit dem Gefühl, in einem unerklärten Krieg einen Friedensvertrag oder zumindest einen Waffenstillstand unterzeichnet zu haben. Beim Zubettgehen erzählte ich Marcos davon.

»Gut gemacht«, sagte er und fügte dann hinzu: »Ich werde Teo fragen, wie sie es angestellt haben, dir so viele Informationen zu entlocken. Jetzt wissen sie mehr als ich.«

»Morgen erzähle ich dir alles, jetzt bin ich zu müde, um weiter den familiären Pressesprecher der Polizei zu spielen. Weißt du, was ich manchmal denke? Dass du eine Polizistin geheiratet hast, um einen Blick ins Gesicht des Bösen werfen zu können. Du warst ohne mich und das, was mich ausmacht, viel zu perfekt.«

»Das klingt so kompliziert, dass ich erst darüber nachdenken muss, um herauszufinden, ob es stimmt. Und ich bin auch müde. Morgen ist ein neuer Tag.«

»Ja«, säuselte ich, und wir umarmten uns schweigend.

Am nächsten Tag liefen die Ermittlungen in alle Richtungen auf Hochtouren. Doktor Beltrán hatte zugesagt, uns erneut als Berater zu unterstützen, nicht ohne vorab hochmütig zu erklären, er sei davon überzeugt gewesen, dass wir uns wieder melden würden. Er entwarf wie ein paranoider Maler noch mehr Porträts von religiösen Fanatikern. Yolanda und Sonia wurden ihm als polizeiliche Unterstützung zugeteilt, und ich war allzeit bereit, seine Berichte nach persönlicher Durchsicht an Villamagna weiterzuleiten und sie anschließend in den Papierkorb zu werfen.

Was die geistlichen Geschichtsexperten anbelangte, wusste ich, dass Bruder Magí den größten Teil des Tages im Kloster der Herz-Jesu-Schwestern verbrachte und mit Schwester Domitila arbeitete. Es würde reichen, wenn wir uns jeden zweiten Tag mit ihnen trafen, um ihre Fortschritte zu prüfen, sollten sie uns nicht vorher anrufen, weil sie etwas Spektakuläres entdeckt hatten, was ich bezweifelte.

Garzón und ich ermittelten nun ausschließlich zu zweit, was wir vielleicht von Anfang an hätten tun sollen.

»Fahren wir in die Unterkunft, wo Eulalia Hermosilla übernachtet hat, Fermín?«, fragte ich lächelnd.

»Gütiger Himmel, ich konnte mich nicht mal mehr an den Namen dieser Frau erinnern, weil so viel passiert ist!«

»Es bekümmert mich, dass Sie das sagen, denn tatsächlich war uns diese Frau in dem ganzen Durcheinander nicht wichtig genug. Der Flosse des Heiligen, wie Sie es nennen, haben wir mehr Bedeutung beigemessen.«

»Da sieht man mal wieder, wie oberflächlich der Mensch ist, alles eine Frage der Masse: Es gibt nun mal mehr Obdachlose als heilige Flossen.«

»Wie recht Sie haben«, sagte ich und musste lachen.

Die Heimleiterin wirkte nicht sehr erfreut, schon wieder die Polizei im Haus zu haben. Ich konnte sie gut verstehen: Zuerst hatte sie mit den Mossos d'Esquadra gesprochen, anschließend mit uns und dann noch mehrmals mit Kollegen von der Soko, die auf der Suche nach unserer Zeugin waren. Nicht ernsthaft verärgert, aber an unsere Vernunft appellierend, breitete sie die Arme aus und sagte: »Meine Herrschaften, ich weiß wirklich nicht, was Sie hier zu finden hoffen. Bei uns gibt es bezüglich der armen Eulalia nichts Neues. Niemand hat sich nach ihr erkundigt. Sollte sie eine Familie haben, die von ihrem

Tod erfahren hat, dann stellt sie sich offensichtlich taub, um nicht die Kosten und die Unannehmlichkeiten einer Bestattung übernehmen zu müssen.«

»Sie wird bereits bestattet?«

»Der Richter hat sie freigegeben.«

»Dieser Richter tut, was ihm beliebt«, flüsterte ich Garzón zu. Dann fragte ich: »Wird es eine Trauerfeier geben?«

»Da Eulalia keiner Konfession angehörte, wird sie in Collserola eingeäschert, und wir verlesen einen weltlichen Text, der uns für solche Gelegenheiten vorliegt. In der Regel übernehme ich das oder jemand vom Sozialamt. Die Leute aus der Unterkunft können auch an der Bestattung teilnehmen, wenn sie wollen, obwohl das meist nur wenige tun. Im Falle Eulalias weiß ich es nicht. Ihre Freundin Lolita wird wohl kommen, vielleicht die, mit denen sie immer zusammen gegessen hat ...«

»Wir kommen auch«, versprach ich in einem Anfall von Solidarität.

»Dafür wäre ich Ihnen wirklich dankbar. Manchmal habe ich den Eindruck, dass die Leute unserer Arbeit eher kritisch gegenüberstehen und sie nicht als soziale Hilfeleistung sehen.«

»Ist Lolita befragt worden?«

»Mehrfach, und die Arme hat kaum ein Wort herausgebracht.«

»Ja, ich erinnere mich, im Bericht darüber gelesen zu haben. Was ist sie für eine Frau?«

Die Heimleiterin lächelte bitter. Sie schüttelte den Kopf und sagte nüchtern: »Was glauben Sie, Inspectora? Wie alle, die hier herkommen, ist sie am Ende. Sie war ihr Leben lang Alkoholikerin, jetzt versuchen wir sie unter medizinischer Kontrolle vom Trinken abzuhalten, aber ihr Gehirn und ihre Leber sind zerstört, sie ist fast sechzig. Mit anderen Worten: Sie hat keine Zukunft mehr.«

Ihre harten Worte schockierten mich, doch sie war nur eine Sozialarbeiterin, die die Dinge beim Namen nannte.

»Ist sie heute da?«

»Nein, an einem Tag in der Woche führt sie ein paar Hunde des Tierschutzvereins spazieren. Wie Sie sehen, kann sie noch immer denjenigen helfen, denen es noch schlechter geht als ihr selbst. Aber morgen nach der Einäscherung können Sie sich sicher mit ihr unterhalten. Ich bin sicher, dass sie kommen wird; erwarten Sie sich aber nicht zu viel von dem Gespräch, sie hat große Verständigungsprobleme.«

»Können wir eine Kopie von Eulalia Hermosillas Akte haben?«

»Ja, warten Sie einen Augenblick.«

Als wir allein waren, sahen Garzón und ich uns an.

»Gehen wir wirklich zur Bestattung dieser Señora?«

»Wenn Sie nicht wollen, lassen Sie es, Fermín. Ich gehe hin.«

»Ich gehe, wohin Sie gehen, aber ich warne Sie, das wird traurig werden, vor allem im Vergleich zu Bruder Cristóbals Bestattung. Beide wurden Opfer desselben Arschlochs, aber ihre Bestattungen werden so unterschiedlich sein, wie es ihr Leben war.«

»War ihr Leben wirklich so unterschiedlich? Sind sie nicht beide auf unterschiedlichen Wegen zur größtmöglichen existentiellen Einfachheit gelangt, der angeblich Gott innewohnt?«

»Ich sehe mich außerstande zu verstehen, was Sie damit meinen.«

»Vergessen Sie's, war nur so ein Gedanke.«

Wir kehrten mit der Akte ins Kommissariat zurück und verbrachten den Nachmittag damit, sie und die Berichte über die erfolgten Befragungen im Umfeld Eulalia Hermosillas durchzugehen. Am nächsten Tag fuhren wir ins Krematorium von Collserola.

Der Subinspector sollte recht behalten, die Atmosphäre dieser Bestattung hatte nichts mit dem engelsgleichen Chor gemein, der Loblieder zu Ehren des Mönchs von Poblet gesungen hatte. Trotzdem tat die Heimleiterin, was sie konnte. Sie verlas den Text, den sie immer beim Tode eines allein stehenden Menschen vortrug, und sie tat es schlicht und würdevoll. Darin war die Rede von der Härte des Lebens und der verdienten Ruhe, die uns allen zustand. Es folgte eine Aufzählung der Tugenden der Verstorbenen, die sehr allgemein gehalten war: Verzicht, Solidarität und Tapferkeit. Dann erklang Musik vom Band, wahrscheinlich von Bach, und das Ganze endete mit einer Schweigeminute. Kaum jemand war gekommen: außer der Heimleiterin, einer ihrer Assistenten, ein paar geistesabwesenden alten Männchen und einer Frau, die Lolita sein musste und bitterlich weinte.

Am Ausgang sagte Garzón leise zu mir: »Ich bin wirklich nicht gläubig und finde Priester grässlich, aber ich muss einräumen, dass die katholische Kirche den Toten doch einiges zu bieten hat: Musik, das Versprechen auf ein besseres Leben und das alles mit Kelch und Gewand ... Ich bin fast geneigt, in meinem Testament festzuhalten, dass ich als Toter den Glauben wieder praktizieren möchte, damit auch mir dieser ganze Prunk zuteil wird. Das ist doch mit diesem gehaltlosen Akt nicht zu vergleichen.«

»Beeilen Sie sich, Lolita haut uns ab.«

Wir verabschiedeten uns knapp von der Heimleiterin und liefen der Frau hinterher, die schnellen Schritts bereits die Straße erreicht hatte. Sie war groß und mager und trug das Haar kurz und unmöglich zitronengelb gefärbt. Ihr Gesicht war durchzogen von tiefen Furchen, die sie älter als gerade sechzig erscheinen ließen; sie war bestimmt einmal sehr schön gewesen. Als wir ihren Namen riefen, drehte sie sich um und zeigte uns ihre vom Weinen verquollenen Augen.

»Lolita, warten Sie einen Moment. Wir sind von der Polizei und möchten kurz mit Ihnen reden.«

»Die Polizei, die Polizei, aber Eulalia ist doch gestorben.«

Ihre Aussprache war undeutlich, und ihr Blick verlor sich im Leeren. Ich versuchte, mich ihr verständlich zu machen.

»Sie ist nicht gestorben, sie wurde umgebracht, und wir wollen herausfinden, wer das getan hat.«

»Lassen Sie mich in Ruhe, ich will spazieren gehen.«

Sie drehte sich um und lief weiter. Wir folgten ihr, und ich sagte: »Stimmt es, dass Sie sich um herrenlose Hunde kümmern, Lolita?«

Abrupt blieb sie stehen. So etwas wie ein Lächeln huschte über ihren welken Mund.

»Sie lieben mich und warten darauf, dass ich komme, und wenn sie mich sehen, wedeln sie wie verrückt mit den Schwänzen.«

»Warum kommen Sie nicht mit uns einen Kaffee trinken? Sie könnten uns erzählen, wie die Hunde heißen, wo Sie mit ihnen spazieren gehen …«

Nach kurzem Zögern willigte sie ein. Garzón sah mich erfreut und überrascht an, weil wir einen Zugang zu ihr gefunden hatten. Sie stieg mit uns in den Wagen, und ich fuhr ohne weiteren Kommentar zur nächsten großen, unpersönlichen Cafetería. Dort angekommen, musste ich feststellen, dass selbst im äußerst diskreten Barcelona die Leute unseren Gast neugierig anstarrten. Ihr Gesicht war kaputt genug, um Aufmerksamkeit zu erregen. Am Tisch konnte ich genauer studieren, bis zu welchem Grad Lolita vom Leben gezeichnet war. Wir bestellten Kaffee, und sie fragte, ob sie einen Cappuccino trinken könne. Als sie mit weit aufgerissenen Augen und glücklich auf die duftende Tasse mit dem Milchschaum starrte, verspürte ich Mitleid. Da ich nicht Gefahr laufen wollte, dass sie sich benutzt fühlte und so schnell die Flucht ergriff, wie sie die Einladung angenommen hatte, erklärte ich ihr: »Wir möchten Ihnen ein paar Fragen über Eulalia stellen, aber ich würde mich wirklich freuen, wenn Sie uns vorher von den Hunden erzählen. Ich habe schon oft daran gedacht, einen Tierschutzverein zu unterstützen.«

»Du kannst zum selben Verein gehen wie ich. Dort behandeln sie die Hunde sehr gut, sie können frei herumlaufen und haben viel Platz zum Spielen. Ich gehe zweimal die Woche hin und führe ein paar von ihnen spazieren.«

»Was für eine wunderbare Idee! Und die Hunde vertragen sich?«

»Ja, sie sind Freunde. Hunde sind besser als Menschen.«

»Kein Zweifel. Sie verletzen nicht grundlos, und sie bringen auch niemanden um.«

»Eulalia war meine einzige Freundin, und sie wurde von zwei Männern umgebracht. Jetzt habe ich nur noch die Hunde.«

Meine Atmung beschleunigte sich. Ich bat Garzón mit einem Blick, sich zurückzuhalten und mich machen zu lassen.

»Es waren zwei Männer? Hast du sie gesehen?«

»Nein. Sie hat mir gesagt, dass sie verschwinden muss, weil zwei Männer sie suchen.«

»Hat sie dir erzählt, wer die Männer waren?«

»Nein.«

»Oder warum sie sie suchten?«

»Nein. Die Arme hatte große Angst.«

»Warum hast du das nicht der Polizei gesagt?«

»Eulalia hat mich gewarnt: Halt lieber den Mund, sonst sind die auch hinter dir her. Aber jetzt ist mir das egal, denn Eulalias Leiche wurde verbrannt, und es ist nichts mehr von ihr übrig.«

»Hat sie dir noch mehr erzählt?«

»Sie hatte große Angst. Und jetzt ist die Arme im Paradies, sie hat gesagt, sie würde ins Paradies kommen. Und ins Paradies kommen nur Hunde und Menschen wie sie und ich, also muss sie dort sein und wird auf mich warten, bis ich sterbe.«

Gerührt von der Dramatik ihrer schlichten Worte, musste ich schlucken, um weiterreden zu können: »Und wie sind Menschen, wie ihr es seid, Lolita?«

»Menschen, die niemand will, aber wir wollen auch niemanden.«

»Aber du hast die Hunde.«

»Ja, die Hunde. Und ich hatte Eulalia, aber jetzt nicht mehr.«

»Hat sie dir erzählt, wie diese Männer aussahen: jung, alt, kräftig, sahen sie aus wie Arbeiter oder eher heruntergekommen?«

»Davon hat sie nichts erzählt, nur von zwei Männern.«

Mit Lolita zu reden, war längst nicht so schwierig, wie man uns gesagt hatte. Ich verstand sie ganz genau. Während sie mich wie ein hilfloses Mädchen mit Milchschaum auf der Oberlippe anblickte, fragte ich mich, ob es nötig war, sie unter Polizeischutz zu stellen. Vielleicht war uns jemand gefolgt und sah sie genau in dem Moment mit uns zusammen. In einem Reflex sah ich mich um. Keiner der Gäste wirkte verdächtig. Doch einen Polizisten zu ihrem Schutz abzustellen, könnte ein allzu deutlicher Hinweis sein. Wenn sie beobachtet wurde, könnte derjenige denken, sie hätte uns etwas Wichtiges erzählt. Sie in der Unterkunft festzuhalten, schien mir allerdings fast unmöglich. Ich seufzte besorgt.

»Es wäre besser, wenn Du in den nächsten Tagen im Wohnheim bleiben könntest, Lolita. Wir könnten dich auch in einem Hotelzimmer unterbringen, bis wir die beiden Männer gefunden haben. Ich würde sogar sagen, du solltest so lange nicht mit den Hunden spazieren gehen.«

Wieder erschien das traurige Lächeln auf ihrem Gesicht.

»Ich gehe immer dahin, wo es mir gefällt, und tue, was mir gefällt, denn ich habe keine Angst. Und jetzt habe ich auch keine Angst. Ich werde alles so machen wie jeden Tag, und mit den Hunden gehe ich auch.«

Das Gehirn dieser Frau war nicht beschädigt, da war ich mir sicher. Die Entschlossenheit, mit der sie sprach, bewies, wie gut es funktionierte – vielleicht sogar besser als bei ihren angepassten und angeblich glücklichen Mitbürgern. Ich nahm einen Fünfzig-Euro-Schein aus meiner Tasche.

»Hier, Lolita, könntest du mir einen Gefallen tun? Kauf den

Hunden aus dem Tierheim was Schönes. Kekse oder ... was auch immer, du weißt besser, was sie mögen. So tue ich auch etwas für sie.«

»Ich kaufe ihnen ein paar Naschriegel, die mögen sie sehr. Das Geld reicht lange.«

Mit leicht zittriger Hand steckte sie den Schein in die Tasche. Als sie ging, gebeugt und knochig mit ihrem gelben Haar als letztem auffälligen Zeichen ihrer Identität, sah ich ihr nach. Garzón fragte mich: »Glauben Sie wirklich, dass sie davon den Hunden was kauft?«

»Ganz bestimmt, und wenn nicht, ist mir das auch egal.«

»Sie und Ihr verdammtes Mitleid mit den Schwachen!«

»Wer kein Mitleid hat, ist ein Monster, Garzón, oder so blöd, dass er nicht zu leben verdient.«

»Genau! Großes Mitleid, aber zur Hölle mit den Arschlöchern.«

»So soll es sein. Und jetzt laden Sie mich zu einem Cognac ein, ich fühle mich nicht gut.«

Ich bestellte einen kleinen Cognac, den ich in einem Zug trank. Die innere Wärme hatte einen wohltuenden Effekt. Garzón dachte laut nach.

»Zwei Männer; zwei Männer haben sie verfolgt.«

»Was halten Sie davon?«

»Ich weiß nicht, inwieweit man einer Frau glauben kann, die zugleich sagt, dass sie ins Paradies kommen wird. Besonders, wenn man bedenkt, dass sie nicht gläubig war.«

»Die beiden Kerle, die den Heiligen gestohlen haben, haben sie gesucht und umgebracht. Sie war die Einzige, die sie gesehen hat.«

»Zwei Kerle.«

»Ja, zwei Serienmörder laut der Version, die unseren Vorgesetzten so gut gefällt.«

»Vielleicht Zwillingsbrüder: die paranoiden Zwillinge!«

»Das klingt wie der Name einer Band.«

»Ja, das könnten wir Villamagna vorschlagen, die Presse wird begeistert sein.«

Ich lachte. Dem Humor ist nichts heilig, und deshalb ist er die richtige Medizin gegen alle Widrigkeiten.

»Los, Fermín! Ich will die Anwohner noch einmal befragen, die Eulalia in der Nähe der Calle Escornalbou gesehen haben.«

»Warum ist die arme Frau in die Calle Escornalbou gegangen und dort geblieben?«

»Das ist eine gute Frage. Und ich wette um ein Abendessen, dass wir eine Antwort darauf finden.«

»Wetten Sie lieber um fünfzig Euro, vielleicht kriegen Sie die dann wieder.«

»Es ist nicht zu glauben, wie knauserig Sie sind!«

»Knauserig, ich und knauserig? Ich bin nicht verschwenderisch, das ist etwas ganz anderes. Denn einer Obdachlosen fünfzig Euro zu geben, damit sie ihren Hunden was zu naschen kauft, ist wie das Geld zum Fenster hinauszuwerfen.«

»Soll ich Ihnen mal was sagen, Fermín? Wenn wir nach unserem Tod in das Paradies kommen, von dem Eulalia gesprochen hat, wissen Sie, was wir dort herausfinden werden?«

»Keine Ahnung.«

»Dort werden wir herausfinden, dass Gott auf seinem Thron ein echter Obdachloser ist: zerschlissenes Gewand, verfilztes Haar, Sandalen, die mal zum Schuster müssten ... Und um ihn herum, wissen Sie, was um ihn herumtoben wird?«

»Was?«

»Hunde, eine Menge Hunde: Mischlinge, Rassehunde, große, kleine, hässliche, hübsche, langhaarige, nackte, getigerte Hunde ... Hunde in rauen Mengen. Und genau dieser Gott wird es sein, der beurteilt und bestimmt, wen er in sein Reich aufnimmt.«

»Ihnen gewährt er bestimmt die Hochzeitssuite.«

»Und Sie verbannt er in den Abstellraum.«

»Das hab ich nun davon! Geschieht mir recht, weil ich den Mund aufgemacht habe.«

»Zu weit aufgemacht, wollten Sie sagen.«

Marcos lud mich ins beste Restaurant der Stadt zum Essen ein, um zu feiern, dass die Pläne für das Hotel endlich abgesegnet waren. Er war glücklich, und ich auch. Wir aßen köstliche Crêpes, gefüllt mit drei verschiedenen Pilzsorten, und einen erlesenen überbackenen Fisch. Ich hatte mich sorgfältig geschminkt und gekleidet und fand mich fast hübsch, und seine von dichten, langen Wimpern umrandeten Augen funkelten wie ein Theatervorhang. Mir wurde klar, dass wir ein ziemlich attraktives Paar fortgeschrittenen Alters waren, und zugleich ging mir durch den Kopf, wie wenig wir von einem traditionellen Ehepaar hatten. Ich dachte, dass ich allein schon wegen meines Berufs aus dem Rahmen fiel. Zum Charakter und dem Lebensstil meines Mannes hätte ein anderer Typ Frau sicher besser gepasst, eine Frau, die mehr im gesellschaftlichen Bereich tätig war. Ich dachte an eine renommierte Anwältin, eine Professorin oder eine Malerin. Doch im Grunde passte jeder Beruf gut zu Marcos. Das Problem stellte sich erst, wenn man andersherum ansetzte: Welcher Beruf ist ideal für den Ehepartner einer Polizistin? Meiner Meinung nach war keiner, absolut keiner, geeignet. Viele meiner männlichen Kollegen hatten eher biedere Frauen, die in Banken arbeiteten oder ein Geschäft führten. Die Männer von Inspectorinnen hingegen stammten fast alle aus demselben beruflichen Umfeld: Gerichtsmediziner, Untersuchungsrichter, Gefängnisbeamte ... wenn sie nicht sogar direkt zum Polizeikorps gehörten. Mir hatten bei der Vorstellung, einen Kollegen zu heiraten, immer die Haare zu Berge gestanden. Ich konnte mir nicht vorstellen, nach dem Essen mit einem Kerl zusammenzusitzen, der sich über die Neurosen seines Comisario beklagt oder, schlimmer noch, von unangenehmen Vorfällen bei den laufenden Ermittlungen berichtet.

Aus diesem und vielen anderen Gründen waren Marcos und ich offiziell verbunden, durch unsere verschiedenen Berufswelten jedoch getrennt. Er schien gut damit zurechtzukommen, ich aber hatte immer den Eindruck, eine Art Fremdkörper in seinem Leben zu sein. Vielleicht erzählte ich ihm deshalb nicht viel von meinen Ermittlungen, auch auf die Gefahr hin, dass er meine Verschlossenheit als Mangel an Vertrauen in seine Diskretion interpretierte.

»Woran denkst du?«, fragte er mich plötzlich.

»Ich weiß nicht, an alles Mögliche.«

»Den Mönchsfall?«

»Nein!«, rief ich lachend. »Ich habe diesen Fall so satt, dass ich mich sehr bemühe, nicht daran zu denken. Ich habe an Garzón gedacht«, log ich.

»Wenn ich ihn nicht so gut kennen würde, wäre ich eifersüchtig. Du verbringst mehr Zeit mit ihm als mit mir.«

»Er hat sich verändert.«

»Zum Besseren oder Schlechteren?«

»Vermutlich zum Besseren. Seit er verliebt ist, nimmt er Rückschläge viel leichter hin. Ich meine nicht, dass sich das negativ auf seine Arbeit auswirkt, aber es scheint, als würde ihn die Arbeit nicht mehr so begeistern.«

»Ich war schon immer der Meinung, dass die Liebe bei Männern viel konzentrierter ist als bei Frauen. Ihr Frauen könnt vieles und immer auf andere Weise lieben. Ihr könnt eure Arbeit, eure Kinder, Tiere, euren Partner lieben. Bei uns Männern ist es, als verfügten wir nur über eine begrenzte Menge an Liebe und immer nur derselben Art. Deshalb nimmst du unwiederbringlich jemandem etwas weg, wenn du woanders etwas gibst.«

»Ich finde es gar nicht witzig, das zu hören.«

»Warum?«

»Weil du deine Arbeit sehr liebst, woraus sich folgern lässt, dass ich ...«

»Stopp! Du bist die Erste, die Einzige und die Wichtigste. Früher war die Arbeit grundlegend für mich, und jetzt betrachte ich sie als eine Art Lebensunterhalt, sehr angenehm, ja, aber verzichtbar, sollte ich wählen müssen. Mehr noch, ich habe schon manches Mal gedacht, dass ich arbeite, um dich in dem, was du tust, nicht zu stören, als eine Art Beschäftigung, solange du nicht zu Hause bist.«

»Genug, genug! Ein bisschen fühle ich mich auf den Arm genommen.«

»Dann bist du die einzige Frau auf der Welt, die keine Liebeserklärungen hören will.«

»Ich bin schamhaft, du kennst mich doch.«

Er füllte mein Glas mit einem ausgezeichneten Sekt und schlug mir vor anzustoßen.

»Auf die Scham, die Liebe und die Arbeit.«

»Und auf die Policía Nacional«, fügte ich scherzhaft hinzu.

»Ach, Petra, zurück zum Praktischen. Ich habe ganz vergessen, dir zu sagen, dass nächstes Wochenende mein Ältester aus London zu Besuch kommt.«

»Federico kommt?«

»Er hat eine Woche Ferien und will ein paar Tage mit uns verbringen.«

»Gut, dann lerne ich ihn etwas besser kennen. Wir haben uns noch nie in Ruhe unterhalten können.«

»Du weißt ja, dass er einen recht eigenwilligen Humor hat.«

»Ich mag ironische Menschen, mach dir keine Sorgen. Versteht er sich gut mit seinen Geschwistern?«

»Sie lieben sich sehr. Die Zwillinge zieht er gnadenlos auf, aber sie können sich schon wehren. Und Marina ... Na ja, der Altersunterschied bewirkt, dass sie sich gegenseitig bewundern.«

»Soll ich irgendetwas vorbereiten?«

»Nein, nichts, am Samstagabend gehen wir zusammen essen.«

Eigentlich war die Nachricht nicht ganz unbedeutend. Kaum hatte ich eine gewisse Balance im Zusammensein mit den drei Kleinen gefunden, reiste der rätselhafte Älteste an. Nun ja, das Leben einer Frau, die mit einem vielfachen Vater verheiratet ist, ist mit Schwierigkeiten gespickt, die es zu umschiffen gilt. Wir würden sehen, wie mir das bei einem achtzehnjährigen Burschen gelang.

Das Mittagessen mit Marcos war wunderbar gewesen, aber als ich danach zur Arbeit zurückkehrte, verfluchte ich es. Nicht, weil es mir nicht bekommen wäre, sondern wegen des extremen Kontrasts zu unserem Fall. Garzón, der im *La Jarra de Oro* gegessen hatte, brauchte seinen Geist nicht erst auf das Schäbige umzuschalten. Ich hatte ihm nicht gesagt, dass ich zu Mittag etwas Besonderes vorhatte, weshalb er mich einigermaßen gelangweilt ansah und sagte: »Inspectora, ich habe jetzt die Liste von den Leuten, mit denen die Kollegen in der Calle Escornalbou gesprochen haben. Wenn Sie wollen, machen wir uns auf den Weg.«

Diese knappe Information war ein unbarmherziger Schlag für meine vom Genuss des Essens und der liebevollen Unterhaltung eingelullte Sensibilität. Wie eine Künstlerin, die in einer kreativen Schaffensphase gestört wird, sagte ich mit tragischem Desinteresse: »Gut, Fermín, holen Sie bitte den Wagen.«

Jetzt wusste ich, wie sich Beethoven gefühlt haben musste, wenn er mitten bei der Arbeit an seiner *Eroica* von seiner Hausangestellten gefragt wurde, was er zu Abend essen wolle.

10

In der Calle Escornalbou klapperten wir alle Häuser ab, die in unserem Bericht erwähnt waren. Da die Anwohner schon einmal befragt wurden, reagierten sie ungehalten, in einigen Fällen gar gereizt. Wie fern waren die Zeiten, als die Leute noch gern mit der Polizei zusammenarbeiteten. Heute treffen wir meist auf Misstrauen und Desinteresse. Wir versuchten, genauere Fragen zu stellen als unsere Kollegen, aber trotz aller Bemühungen blieben die Ergebnisse spärlich. Ja, einige hatten die Frau durch das Viertel streunen sehen, aber das war auch alles, was sollten sie noch sagen?

Wir beendeten das Unterfangen, für das wir den ganzen Tag eingeplant hatten, in etwa bei der Hälfte der uns zur Verfügung stehenden Zeugenaussagen ohne das geringste Resultat. Der Subinspector begann ernsthaft zu zweifeln.

»Glauben Sie wirklich, Petra, dass diese Wiederholung zu irgendetwas nützlich ist?«

»Wir müssen sie auf jeden Fall zu Ende bringen. So wie wir im Dunkeln tappen, müssen wir hartnäckig bleiben. Das führt bei Menschen, denen es an besonderen Talenten mangelt, schließlich auch zum Erfolg.«

»Auch wenn wir zugeben, Trottel zu sein, werden uns diese Zeugen nicht weiterbringen.«

»Wir haben genügend Sprünge ins Leere gemacht, Garzón, halten wir uns doch einmal ans Protokoll. Vielleicht belohnt uns Gott dafür. Gott ist ein Freund der Ordnung.«

»Da wir gerade von Gott reden, um welche Zeit treffen wir uns mit den Geschichtsexperten im Kloster?«

»Jetzt gleich.«

»Aber Inspectora, ich habe seit dem Menü heute Mittag nichts mehr gegessen.«

»Wir gehen hinterher essen.«

»Wird das Hungern auch von Gott belohnt?«

»Wussten Sie das etwa nicht? Das ist die Art von Verzicht, die in Sachen Belohnung an zweiter Stelle steht. Raten Sie mal, welchen Verzicht er vor allem belohnt?«

»Kann ich mir schon denken, unter diesen Umständen lasse ich mich lieber von Gott bestrafen, ehrlich.«

Schwester Domitila und Bruder Magí hatten hart gearbeitet. Wir fanden sie in der Bibliothek in Dokumente und ihre Überlegungen vertieft. Sie boten einen fast malerischen Anblick. Leider hatte er das Ordenskleid in der Abtei gelassen, er trug einen Anzug. Sonst hätten wir ein wahrhaft mittelalterliches Bild vor Augen gehabt: eine Nonne und ein Mönch, umgeben von Legaten und Büchern, auf die geistige Arbeit konzentriert.

Sie empfingen uns mit zunächst ermutigenden Neuigkeiten. Anscheinend waren sie zu einer ersten Schlussfolgerung gelangt. Bruder Magí setzte zu einem begeisterten Vortrag an.

»Wir sind bei unserer Arbeit von einer theoretischen Grundlage ausgegangen. Als Sie uns mit der Aufgabe betrauten, haben Schwester Domitila und ich, wie Sie uns nahelegten, eine Rachehypothese in Betracht gezogen. Wir haben sämtliche Dokumente des Klosters über die Tragische Woche durchforstet und schließlich herausgefunden, dass die Herz-Jesu-Schwestern darauf verzichteten, die Eindringlinge zu belangen, obwohl sie die Reliquien in der Kapelle entweiht hatten. Es gibt keine Klageschriften der Oberin aus jener Zeit und auch keine Anzeigen institutioneller Art. Das führte uns zur nächsten Frage. Rache aus geschichtlichen Gründen kann nur auf symbolische Weise an einer Institution verübt werden. Der Grund dafür ist klar: Die Tragische Woche liegt zu lange zurück, als dass es noch Überlebende geben könnte. Gut, wenn wir gleich zu Beginn den Herz-Jesu-Orden als Ziel eines Racheakts ausschließen konnten, wer oder was könnte sonst das Ziel des Racheaktes sein?«

Schwester Domitila unterbrach ihn und warnte bedrückt: »Ich bitte Sie, Bruder Magí, seien Sie sehr vorsichtig mit dem, was Sie sagen. Wir müssen unterstreichen, dass wir von einer eventuell weit hergeholten Hypothese sprechen.«

Der Mönch wirkte irritiert und schien bis drei zu zählen, um sich in Geduld zu üben, bevor er erwiderte: »Dann fahren Sie fort, und berichten Sie den beiden Inspectores, Schwester.«

»Nein, nein, besser, Sie reden weiter. Schließlich hatten Sie die entscheidenden Ideen.«

»Keineswegs, Schwester, Ihre Betrachtungen waren wesentlich zum Verständnis von ...«

Aus Angst vor einem neuerlichen Expertenkrieg sagte ich bestimmt: »Wir sind davon überzeugt, dass Sie beide gemeinsam zum Kern der Sache vorgestoßen sind. Aber wenn Sie schon mal dabei sind, Bruder Magí ...«

Sichtlich zufrieden setzte der Mönch seinen Bericht fort.

»Also gut, wie ich schon sagte, es gibt nur einen Namen, der in diesen ganzen Jahren immer wieder auftaucht: der der Familie Piñol i Riudepera in ihrer Eigenschaft als Spenderin und Förderin des Klosters.«

Garzón und ich waren gleichermaßen überrascht.

»Was sagen Sie?«, lautete die Frage, die mir aus tiefster Seele kam.

»Die Familie Piñol i Riudepera hat im Laufe der Generationen zu keiner Zeit die jährlichen Spenden an den Herz-Jesu-Orden ausgesetzt. Auf dieser Grundlage haben wir uns erlaubt, in den Annalen des Klosters nachzulesen, ob während der Tragischen Woche in besagter Familie etwas vorgefallen ist.«

»Und was haben Sie entdeckt?«, entfuhr es Garzón, der sich keine Sekunde länger beherrschen konnte.

»Wir haben Überraschendes herausgefunden. Don Luis Piñol i Riudepera spielte in der Zeit nach dem Konflikt, als gegen die Schänder der Klosterkirche vorgegangen wurde, tatsächlich eine entscheidende Rolle. Mehr noch: Er ließ sogar auf eigene Initiative die Täter verfolgen.«

»Verdammt!«, rief der Subinspector, als empörte ihn das bis ins Mark.

Meine nächste Frage konzentrierte sich auf den wesentlichen Fakt.

»Konnten Sie die Namen der verfolgten Personen herausfinden?«

»Nicht in den bis jetzt gesichteten Legaten, aber wir wollen noch in anderen Dokumenten nachsehen, dazu brauchen wir jedoch mehr Zeit.«

»Es gibt etwas, das ich nicht verstehe, Bruder Magí«, warf ich ein. »Wenn wir eine Einzelperson als Ziel eines Racheakts ausschließen, weil sie nicht mehr leben kann, aber eine Institution oder einen Nachfahren in Betracht ziehen, wer wäre dann der Rächer?«

»Das läuft auf das Gleiche hinaus, Inspectora: ein Nachfahre des Bestraften oder irgendeine Institution.«

»Es ist einfach, die Stammbäume einflussreicher Familien zu erforschen, aber glauben Sie, dass der normale Bürger noch weiß, was seinen Groß- oder Urgroßeltern widerfahren ist? Und eine Institution? Welche Institution erklärt sich zum Rächer und greift zu einem so drastischen Mittel wie Mord?«

Schwester Domitila, die anhand der Sachlage zutiefst verwirrt schien, ergriff noch einmal das Wort.

»Bruder Magí glaubt, dass vielleicht heute, angesichts der Wiedererlangung des historischen Gedächtnisses und all den Interessensgruppen, die entstanden sind, um die Massengräber des Bürgerkrieges zu öffnen ... Nun ja, dass ein Geheimbund gegründet worden sein könnte, der bereit ist zu handeln und die Ungerechtigkeiten der Vergangenheit öffentlich machen will.«

»Aber ein Mord …«

»Wie Sie selbst gesagt haben, kann der Mord ein Zufall gewesen sein. Es ging nur darum, die Mumie zu stehlen und die Polizei mit den abgetrennten Körperteilen herauszufordern. Bruder Cristóbal war zum falschen Zeitpunkt am falschen Ort, und … jemand schlug zu fest zu.«

Ich seufzte einigermaßen enttäuscht und ziemlich skeptisch.

»Geheimbünde! Ich weiß nicht, was ich denken soll, Schwester Domitila.«

»Nennen Sie es, wie Sie wollen. Es kann sich um einen Haufen Spinner handeln, um Mitglieder, die sich von bereits existenten Vereinigungen zur Wiedererlangung des historischen Gedächtnisses abgespalten haben. Und wir können auch einen direkten Nachfahren eines bestraften Arbeiters nicht ausschließen. Diese Art schrecklicher Begebenheiten wird durch mündliche Überlieferung von Generation zu Generation weitergegeben. Und plötzlich reagiert ein Einzelner auf die erhaltene Information irrational.«

»Ein Verrückter?«

»Ein Verrückter mit Motiv, oder er stützt sich auf falsche Motive, um seinen Wahnsinn auszuleben.«

Garzón schwieg, reglos wie eine Katze auf der Lauer. Vergebens versuchte ich mit Blicken, ihm eine Meinung zu entlocken, er schien von den Worten der beiden Geistlichen wie verhext. Als Bruder Magí merkte, dass wir nicht gerade begeistert reagierten, sagte er bescheiden: »Sie haben uns gebeten, anhand der historischen Quellen Erklärungsmöglichkeiten zu erarbeiten, und das haben wir versucht. Das heißt nicht, dass unsere Theorie zutreffen muss, und natürlich gibt es eine Fülle an Variationsmöglichkeiten.«

Nun machte auch Schwester Domitila ihr Unbehagen deutlich.

»Zudem wäre es uns viel lieber, wenn Sie nichts finden, was

unsere Hypothese untermauert. Denken Sie nur an den Skandal, den es verursachen würde, wenn ans Licht kommt, dass Vorfahren unserer wichtigsten Förderin, einer derart einflussreichen Familie, solch furchtbare Dinge getan haben? Das wäre entsetzlich!«

»Ja, vermutlich wäre Mutter Guillermina nicht gerade glücklich.«

»Sie ist erschüttert und möchte unbedingt mit Ihnen reden, bevor Sie das Kloster verlassen.«

»Haben Sie ihr das alles etwa schon erzählt?«

»Inspectora, als Erstes gilt mein Gehorsam der Oberin meines Ordens.«

»Darüber ließe sich streiten. Die Gesetze dieses Landes sollten absolute Priorität für Sie haben.«

Die Nonne sah mich mit stechendem Blick an. Der gelassene Bruder Magí versuchte in diesem unerwarteten Konflikt zu beschwichtigen.

»Inspectora, die Mutter Oberin wird bestimmt nichts unternehmen, bevor sie nicht mit Ihnen gesprochen hat.«

»Das will ich hoffen.«

Derart schroff und angespannt endete die Sitzung. Als wir ins Büro der Oberin geführt wurden, nahm meine Wut noch zu. Ein Kloster war tatsächlich ein Territorium, auf dem die polizeiliche Autorität nicht zählte. Wir konnten uns nicht frei bewegen, weder Geheimnisse bewahren noch spontan eine Befragung oder sonstige Ermittlungsstrategien initiieren. Es war, als gälten innerhalb dieser Mauern andere Gesetze als für die restliche Bevölkerung.

Zu allem Überfluss war die Mutter Oberin ähnlich schlechter Laune wie bei unserem Kennenlernen. Garzón und ich mussten eine ganze Weile warten, bis sie auftauchte. Sie grüßte knapp und ging sofort auf mich los.

»Inspectora, ich werde auf keinen Fall, wirklich auf gar keinen Fall, dulden, dass der Name Piñol i Riudepera öffentlich in den Dreck gezogen wird. Ich habe keine Ahnung, wie Sie darauf gekommen sind, in der schmutzigen Wäsche von vor hundert Jahren zu wühlen, um herauszufinden, wer Bruder Cristóbal ermordet hat, ich möchte Sie aber wissen lassen, dass ich das extrem unklug finde. Wenn das alles ist, was die spanische Polizei zu bieten hat, dann sind die Bürger dieses Landes ganz schön aufgeschmissen.«

Angesichts dieser Breitseite sprang ich wie von der Tarantel gestochen auf und sagte mit erhobener Stimme: »Freut mich sehr, dass Sie die Bürger dieses Landes erwähnen, und es freut mich deshalb, weil ich Sie somit daran erinnern kann, dass auch Sie, die Nonnen, zu diesen Bürgern gehören. Dies ist eine Ermittlung der Kriminalpolizei, und deshalb wird allen Spuren nachgegangen, ob sie dem Unterhalt der Herz-Jesu-Schwestern zuträglich sind oder nicht.«

»Wie können Sie es wagen zu unterstellen, ich wäre nur an der Unterstützung der Familie Piñol i Riudepera interessiert? Sie müssen wissen, dass es mir ausschließlich um deren guten Ruf und Ehre geht. Sollten Sie es also wagen, sie zu belästigen oder ihren Namen gegenüber der Presse verlauten zu lassen, werde ich ...«

Ich unterbrach sie wutschnaubend.

»Sie werden gar nichts, Ehrwürdige Mutter, und zwar deshalb nicht, weil Sie jenseits dieser Klostermauern nicht die geringste Autorität haben.«

Garzón, der sich im Beisein der Oberin immer passiv verhalten hatte, stand plötzlich auf.

»Bitte, meine Damen, beruhigen Sie sich!«

»Ich bin keine Dame, ich bin Nonne!«

»Ich bin auch keine Dame, ich bin Polizistin!«

»Ich bitte Sie nur, sich zu beruhigen. Das führt doch zu nichts. Mutter Oberin, warum lassen Sie uns nicht einen Tee kommen?«

Mit diesem Vorschlag schaffte er es, uns zwei Streithennen

aus dem Konzept zu bringen. Die Oberin konnte uns ihre Gastfreundschaft nicht verwehren, sie setzte sich und drückte auf die Klingel. Ich setzte mich ebenfalls. Dann sagte sie ins Haustelefon: »Schwester, bringen Sie uns bitte Tee für drei Personen.«

Zu meiner Überraschung fügte Garzón hinzu: »Und vielleicht ein wenig Gebäck?«

Ungemütliches Schweigen breitete sich aus, dazu das Unbehagen, so impulsiv reagiert zu haben. Dann trat die schreckliche Pförtnernonne ein und stellte das Tablett mit dem Tee auf den Tisch. Kaum dass sie uns den Rücken zudrehte, stürzte sich Garzón auf das Gebäck. Ich verzieh ihm seine Gier, weil ich wusste, dass er halbtot vor Hunger sein musste, und weil es ihm gelungen war, uns in unserem beidseitigen Aufbrausen zu bremsen. Der erste Schluck Tee beruhigte meine Nerven.

»Mutter Guillermina, dies alles geschieht weder aus Eitelkeit noch aus einer Laune heraus. Ich gebe Ihnen aber mein Wort, dass wir der Presse nichts darüber mitteilen, solange die Dinge nicht absolut fundiert sind. Diese Angelegenheit wird mit größter Diskretion behandelt. Trotzdem bleibt uns nichts anderes übrig, als Señor Piñol aufzusuchen. Wenn Sie ihn vorher anrufen und aufklären wollen, habe ich nichts dagegen.«

»Einverstanden, Inspectora, so machen wir es.«

Da das Kriegsbeil wieder begraben war, bevor es irreversiblen Schaden anrichten konnte, lobte der Subinspector das köstliche Gebäck und nutzte das, um noch mehr davon zu essen.

Ich hatte mit Marcos verabredet, nach Feierabend gemeinsam ein Bier trinken zu gehen. Er war hin und weg von Villamagnas und Beltráns Fernsehauftritt. Ich konnte es nicht glauben, aber es war so. Die Erklärungen des Psychiaters über einsame Menschen, die in der Religion geistigen Halt fanden und behaupteten, auf göttliches Gebot hin zum Verbrechen berufen zu sein, fand Marcos interessant und im höchsten Maße populärwissenschaftlich.

»Und was hat Villamagna gesagt?«

»Er hat den Experten zur Pressekonferenz begleitet, ihn vorgestellt und die Reporter aufgefordert, ihre Fragen zu formulieren … Er ist sehr geschickt.«

»Eine Pressekonferenz im Fernsehen?«

»Ja, ich habe sie während des Essens gesehen, aber ich gehe davon aus, dass auch in anderen Medien darüber berichtet wird.«

»Das ist doch alles völlig schwachsinnig! Fehlt nur noch der Spendenaufruf für die Waisen der im Dienst getöteten Polizisten!«

»Ich sage dir, es war interessant, was sie gesagt haben.«

»Kann ich mir vorstellen. Dennoch möchte ich dich daran erinnern, dass ein solcher Auftritt eigentlich über die Ermittlungen informieren und keine populärwissenschaftliche Psychosendung sein soll.«

Meinen eigenen Mann als ganz normalen Mitbürger zu erleben, der seine Meinung über die Polizeiarbeit zum Besten gab, missfiel mir außerordentlich. Obwohl das auch einen Vorteil hatte: Mit ihm hatte ich ein zuverlässiges Beispiel für die Reaktion der Leute. Ich massierte meine Schläfen, und er schwieg.

»Entschuldige, ich bin ein Trottel«, sagte er schließlich. »Dir steht der Fall, mit dem du dich den ganzen Tag abrackerst, bis hier oben, und mir fällt nichts Besseres ein, als dir zu erzählen, was ich darüber im Fernsehen gesehen habe.«

»Nein, im Gegenteil. Es ist gut für mich, das zu wissen.«

Wir sahen uns in die Augen. Marcos hob sein Glas.

»Prost. Reden wir von etwas anderem?«

»Ja. Hast du Marina heute gesehen?«

»Ich habe sie von der Schule abgeholt, und wir waren was essen. Danach habe ich sie heimgebracht. Sie hat sich übrigens vorgenommen, gegen alle Widerstände Polizistin zu werden. Und sie hat mich gebeten, es dir nicht zu sagen. Weder ihre Mutter noch ihre Brüder sollen davon erfahren.«

»Sei unbesorgt, das vergeht schon wieder.«

»Und wenn nicht, ist es auch egal. Dann habe ich zwei Frauen in der Familie, die für meine Sicherheit sorgen.«

Ich lächelte müde. Marcos ergriff meine Hand und beugte sich zu mir herüber.

»Petra, geht's dir gut? Ich meine, abgesehen von den ganzen Komplikationen in diesem Fall, bist du glücklich, zufrieden? Hältst du unsere Heirat für eine gute Investition?«

Ich lachte leise.

»Davon kannst du ausgehen. Und dieser Fall erscheint mir dabei wie von Gott gesandt.«

»Warum?«

»Weil er so schwierig ist, dass er mir zeigt, wie sehr ich mit deiner Unterstützung rechnen kann.«

Er war sichtlich verlegen, Worte der Wertschätzung aus meinem Mund zu hören, war ungewohnt für ihn. Auch wenn ich mutlos war und die Erschöpfung mich zu lähmen drohte, hätte ich in diesem Moment gern gewusst, wie ich ihn bei einer ähnlichen Gelegenheit aufmuntern könnte. Doch selbst wenn es dazu nicht kommen würde, wusste ich, dass ich einen sicheren Hafen gefunden hatte, in dem ich bei stürmischer See mein Boot festmachen konnte.

Als ich am nächsten Tag mit Garzón Richtung Calle Escornalbou fuhr, berichtete ich ihm von der Pressekonferenz mit Beltrán.

»Ja, Emilia hat es im Radio gehört. Sie meinte, es sei sehr interessant gewesen.«

»Das sagte mein Mann auch. Schrecklich, nicht wahr?«

»Das ist doch genau das, was Sie wollten. Die öffentliche Meinung ist abgelenkt, und der Druck wird nicht größer. Ein perfekter Schachzug.«

»Wir werden ja sehen, wie lange das vorhält. Wie viele Wohnungen müssen wir noch abklappern?«

»Drei. Drei Anwohner, die Eulalia herumstreunen gesehen haben.«

»Verben sind ungerecht: Soldaten marschieren, Kinder tollen, Alte hinken, und Bettler … streunen herum. Wir könnten Villamagna einen Tipp in Sachen Sprache geben, vielleicht hat er Lust, in diesen Medienrummel eine kleine Spanischstunde zu schmuggeln.«

»Inspectora, verlieren Sie bitte nicht den Mut.«

Es war nicht zu übersehen, dass alle Welt beabsichtigte, mich in diesen Momenten des drohenden Scheiterns aufzurichten. Ich fand es wunderbar, auch wenn es meiner Frustration nicht abhalf.

In der zweiten Wohnung, die wir aufsuchten, erfuhren wir genauso wenig Neues wie in der ersten. Wir sprachen mit zwei Schwestern, die dort lebten, und sie erzählten nur, was wir bereits wussten. Doch als wir schon im Begriff waren, mit hängenden Schwänzen zu gehen, trug eine von ihnen die politisch korrekte Klage der einfachen Leute vor: »Es ist nicht zu glauben, dass jemand eine schutzlose arme Frau ermordet, die Bedauernswerte!«

»Und diejenigen, die es hätten verhindern können, lässt das völlig kalt«, fügte die andere kryptisch hinzu.

Ich drehte mich um und fragte die beiden: »Können Sie mir sagen, was Sie damit meinen?« Ich war davon überzeugt, dass der Satz als Vorwurf gegenüber der Polizei gemeint war.

»Na ja, Sie wissen schon«, erwiderte die Frau ausweichend.

»Nein, weiß ich nicht.«

»Darüber reden doch alle hier: Hätte der Bruder die Frau aufgenommen, als sie ihn darum bat, würde sie jetzt vielleicht noch leben. Man weiß natürlich nie, aber …«

Garzón baute sich vor den beiden auf und forderte sie mit unmissverständlichen Handbewegungen zum Weiterreden auf.

»Señoras, wir haben keinen Hinweis auf diesen Bruder. Würden Sie uns das bitte von Anfang an erzählen? Und so klar und ausführlich wie möglich.«

Wir gingen in das winzige Wohnzimmer zurück, das von einem großen Esstisch fast komplett ausgefüllt wurde, und setzten uns. So, wie sich die Schwestern auf einmal anschauten und regelrecht begeistert zu erzählen begannen, hatten sie ganz genau erfasst, dass wir völlig im Dunkeln tappten.

»Eulalia hat einen Bruder, der in Hausnummer 18 wohnt. Das wissen alle, Inspectora.«

»Na ja, sie wissen es natürlich von der andern Seite«, stellte ihre Schwester richtig.

»Wie?«

»Die Leute wussten, dass Rogelio Hermosilla eine obdachlose Schwester hat.«

»Doch immer, wenn sie herkam und ihn um Hilfe bat, hat er sie zum Teufel gejagt.«

Als die beiden Schwestern sich plötzlich so redselig zeigten, stellte ich fest, dass sie ein harmonisches Duo bildeten, daran gewöhnt, sich in einer Unterhaltung gegenseitig die Bälle zuzuwerfen.

»Eigentlich ist Rogelio kein schlechter Mensch, aber er ist mit einer gefühllosen Schlange verheiratet.«

»Ein paar Tage bevor Eulalia tot aufgefunden wurde, hatte sie ihren Bruder gebeten, ihr Unterschlupf zu gewähren, und er hat sie schimpfend davongejagt.«

»Und woher wissen Sie das?«

»Das wissen alle, denn es passierte am helllichten Tag auf der Terrasse der Bar *Bigotes*.«

»Aber die Leute wollen der Polizei nichts sagen, um sich nicht in Schwierigkeiten zu bringen.«

»Wir nicht. Wir glauben, dass man als gute Bürger helfen muss.«

»Und warum haben Sie das dann den Kollegen, die vor uns da waren, nicht erzählt?«

»Ihre Kollegen haben uns nur gefragt, ob wir Eulalia gesehen hätten. Außerdem war die Arme zu dem Zeitpunkt auch noch nicht tot.«

Besser, das mit dem guten Bürgersinn nicht zu vertiefen, dachte ich. Immerhin hatten wir einen neuen Hinweis, und mein triumphierender Blick auf Garzón feierte meine Strategie der erneuten Anwohnerbefragung. Ohne ein weiteres Wort zu verlieren, eilten wir hoffnungsvollen Herzens zur Hausnummer 18.

Auf dem Weg kamen wir an der von den Schwestern erwähnten Bar vorbei. Das *Bigotes* verfügte natürlich über sämtliche typischen Merkmale der »Bar an der Ecke«, gekrönt von den obligatorischen gelblichen Serranoschinken über dem Tresen.

Der Eigentümer lauschte unseren Fragen mit andächtigem Schweigen. Als er alles geschluckt hatte, seufzte er traurig.

»Ja, das ist hier passiert, was Sie erzählen, und auch in etwa zu dem Zeitpunkt, aber ... Das war eine Familienangelegenheit, in so was mische ich mich grundsätzlich nicht ein. Die Familie ist heilig.«

»Die Familie ist heilig, aber wir ermitteln in einem Mordfall.«

»Wenn ich sonst irgendeinen Streit gesehen hätte, ... aber Familienangelegenheiten ...«

Garzón, der sich bewusst war, dass wir den Mann von seinem Standpunkt nicht abbringen konnten, sagte schließlich: »Wir finden es auch ohne Ihre Hilfe heraus, doch wenn Sie uns bestätigen, dass diese Leute in Nummer 18 wohnen, ersparen Sie uns Zeit und Ärger.«

»Ja, das kann ich.«

Angeregt plaudernd gingen wir zur Wohnung der Hermosillas hinauf.

»Fällt Ihnen auf, wie dieses Land funktioniert, Fermín? Hier ist alles heilig und kommt noch vor dem Gesetz: der gute Ruf und die Ehre, die innere Ordnung eines Klosters, die Familie … Was hält die spanische Bevölkerung eigentlich von der Polizei? Glauben die Leute etwa, wir ermitteln nur, um sie zu nerven? So gesehen, kommt es mir vor, als wären wir reine Dekoration, überflüssiger Luxus.«

»Sie wissen doch, Inspectora, niemand glaubt, dass wir wirklich zu etwas nütze sind. Vor etlichen Jahren hat mal ein Nachbar zu mir gesagt: ›Die gestohlenen Gegenstände und sichergestellten Drogen, die im Fernsehen gezeigt werden, sind die echt oder soll das nur beweisen, dass ihr was getan habt?‹ Sie können sich bestimmt vorstellen, wie ich mich aufgeregt habe!«

Während unseres Gedankenaustauschs öffnete uns überraschenderweise ein junges Mädchen. Wir starrten einander an, und dann brüllte sie, ohne ein Wort mit uns gewechselt zu haben, »Mamaaaaaaa!« und verschwand. Gleich darauf tauchte eine plumpe Frau mit krausem Haar und schmutzigem Hauskittel auf und sah uns misstrauisch an.

»Was wollen Sie!«, stieß sie hervor.

»Mit dem Bruder von Eulalia Hermosilla reden. Wir sind von der Polizei«, antwortete ich in dem Versuch, möglichst genauso unfreundlich zu sein.

»Du meine Güte, das hat mir gerade noch gefehlt! Mein Mann ist nicht da.«

»Wo können wir ihn finden?«

»Auf der Arbeit.«

»Können Sie uns die Adresse seiner Arbeitsstelle geben?«

»Nein, kann ich nicht. Auf der Arbeit können Sie ihn nicht belästigen, die Arbeit ist heilig.«

»Dann warten wir unten in der Bar auf ihn. Wenn er heimkommt, soll er runterkommen, oder er kriegt ernsthafte Probleme. Können Sie ihm das ausrichten?«

»Hören Sie, mein Mann hat nichts verbrochen. Wir sind einfache Leute und …«

»Richten Sie ihm das aus, oder Sie bekommen auch Probleme.«

Ohne ihr Zeit zu einer Reaktion zu lassen, eilten wir die Treppe hinunter. An der Haustür zweifelte der Subinspector am Erfolg meiner Methode.

»Glauben Sie wirklich, es ist klug, auf ihn zu warten?«

»In weniger als einer Stunde wird er auftauchen. Kann sein, dass alles andere wichtiger ist als die Polizei, aber immerhin können wir den Leuten noch ein wenig Angst einjagen, wenn das Gewissen nicht ganz rein ist.«

»Und Sie glauben, dass so ungehobelte Menschen ein Schuldbewusstsein haben?«

»Stellen Sie nicht so viele Fragen. Ich lade Sie zu einem Whisky ein, was wollen Sie mehr?«

»Ein kleines Bocadillo, wenn es Ihnen nichts ausmacht.«

Die Bar *Bigotes* hatte auf dem Gehweg ein paar rote Plastiktische mit Stühlen aufgestellt. Als wir unseren Whisky bestellten, war der Wirt so unverschämt zu fragen: »Haben Sie das Haus nicht gefunden?«

»Die Polizei spricht nicht über Dienstliches. Der Dienst ist heilig«, konnte ich mir nicht verkneifen zu antworten.

Garzón bestellte ein Tortilla-Bocadillo, und wir stellten uns auf eine längere Wartezeit ein, aber kaum fünf Minuten später setzte sich das Mädchen, das uns die Tür geöffnet hatte, grußlos an unseren Tisch.

»Ich habe gesehen, was passiert ist«, knallte sie uns vor den Latz.

»Na schön, dann erzähl mal. Weiß deine Mutter, dass du hier bist?«

»Meine Mutter ist eine Schlampe. Von mir aus kann sie krepieren. Mein Vater ist kein schlechter Kerl, aber das ist egal, sie sind beide Arschlöcher.«

Eindeutig saß uns jemand gegenüber, dem die Familie nicht heilig war und der reden wollte.

»Meine Tante Eulalia war hier, sie war verrückt, aber eine gute Frau. Sie hat meinen Vater in dieser Bar gebeten, sie ein paar Tage bei uns wohnen zu lassen, und mein Vater sagte wie immer, das komme nicht in Frage. Meine Eltern wollten nichts mit ihr zu tun haben, weil sie auf der Straße lebte. Aber sie sagte, dass zwei Männer sie verfolgen und sie umbringen wollen, weil sie etwas gesehen hatte, was sie nicht hätte sehen dürfen ... Mein Vater glaubte ihr, weil sie an dem Tag nüchterner war als sonst. Aber meine Mutter, die Schlampe, sagte, vorher würde sie Ratten aus der Kloake bei sich aufnehmen. Sie haben ja gesehen, wie die ist.«

»Was geschah dann?«

»Nichts, sie ist zwei oder drei Tage in der Gegend geblieben. Ich habe immer mal wieder nach ihr gesucht. Einen Tag lag sie im Vorraum einer Bank, einen anderen in einem Hauseingang ... Ich habe ihr was zu essen gebracht, damit sie nicht wie ein Hund krepiert. Sie hoffte wahrscheinlich darauf, dass meine Eltern ihre Meinung ändern, aber nein. Dann war sie auf einmal verschwunden.«

»Hat sie dir noch was erzählt?«

»Nichts, immer nur die gleiche Geschichte, dass man sie umbringen will. Sie hat mir leidgetan, denn sie hatte wirklich eine Scheißangst. Sie wiederholte die ganze Zeit, dass sie nicht ins Paradies will, nicht ins Paradies, nein. Und dann ist es passiert. Als wir aus der Glotze erfuhren, dass sie ermordet wurde, hat mein Vater geheult wie ein Schlosshund. Aber was nützt das meiner Tante jetzt noch ...«

»Sie haben ihre Leiche nicht angefordert.«

»Nein. Meine Mutter hat gesagt, dann müssten wir die Bestattung bezahlen, diese Kuh. Und sie wollten auch keine Schwierigkeiten mit der Polizei. Sie haben nichts für Tante Eulalia getan.«

Das Mädchen wandte den wütenden Blick, mit dem sie uns die ganze Zeit angesehen hatte, ab und fügte leise hinzu: »Ich habe auch nichts für sie getan. Ihr auch nicht.«

»Wir konnten sie auch nicht retten«, sagte ich, aufrichtig gerührt.

»Niemand tut etwas für den anderen, verstehst du? Das ist immer so. Für alles musst du dich selbst abrackern, und wenn du dann abrutschst und zu saufen anfängst, bist du am Ende. Und meine Tante Eulalia war am Ende. Werdet ihr den finden, der sie abgemurkst hat?«

Garzón, der anscheinend aus Respekt vor der tragischen Zeugenaussage sein Bocadillo weggelegt hatte, antwortete vollmundig: »Davon kannst du ausgehen, Mädchen. Wir werden diese Kerle finden.«

»Mein Vater ist gleich da. Sie hat ihn angerufen, kaum dass ihr gegangen seid.«

Ich stand auf und machte meinem Kollegen ein Zeichen.

»Dann werden wir nicht mehr da sein. Der Richter wird ihn zur Aussage vorladen.«

»Er wird sich Sorgen machen.«

»Kümmert dich das?«

Sie zuckte mit den Schultern, als wolle sie mit der Gleichgültigkeit der Welt in Einklang sein. Ich spürte ihren Blick im Rücken. Was sie wohl über uns dachte? Wahrscheinlich gar nichts, noch zwei Steine mehr in der harten Welt. Der Subinspector beklagte sich, weil ich ihn nicht hatte aufessen lassen. Ich sagte nichts, weil ich unendlich erschöpft war und schlafen musste oder wenigstens eine Weile vor dieser grausamen Welt die Augen verschließen wollte.

Kaum hatte ich den Hausflur betreten, hörte ich Marina aufgeräumt mit jemandem sprechen. Es kam mir vor, als wäre ich in einem glücklichen Idyll gelandet, Lichtjahre entfernt von der Welt, aus der ich gerade kam. Was gehörte zu meinem echten Leben, die vulgäre Ausdrucksweise und der vorwurfsvolle Tonfall des jungen Mädchens, das seine Mutter eine Schlampe nannte, oder die frische und fröhliche Stimme dieses ausgeglichenen, reizenden kleinen Mädchens? Ich wusste es nicht, in diesem Moment erschienen mir beide Möglichkeiten so fern wie die Polynesischen Inseln, unmöglich mit meinem Ich zu vereinbaren. Wo gehörte ich hin: auf die Arbeit oder nach Hause? War ich eine Polizistin, die zwei Morde aufklärte, oder eine Betrügerin, die einen Psychiater der Presse falsche Erklärungen geben ließ, während sie der unversehrten Flosse einer Mumie hinterherlief? War ich eine Ehefrau im normalen Sinne, oder hatte ich aus einer Laune heraus einen Mann geheiratet, den ich kaum sah? Ich war keine Mutter, aber war ich wenigstens eine akzeptable Stiefmutter, die von ihren Stiefkindern geschätzt wurde, oder tolerierten sie mich nur? Die Zweifel an meiner Identität, größer als die Doktor Jekylls kurz nach der erstmaligen Einnahme seines Arzneitrunks, lasteten wie Blei auf meinem Gewissen. Ich blieb im dunklen Flur stehen und lauschte Marinas fröhlichem Plappern, das mir erfrischend wie ein Bergbach erschien. Mit wem sie wohl redete? Mit ihrem Vater? So früh konnte er noch nicht zu Hause sein. Ich öffnete die Tür zum Wohnzimmer und erstarrte angesichts der eigenwilligen Szenerie. Marina redete mit einem Mann, der breitbeinig und mit weit gespreizten Armen in unübersehbar lebloser Haltung auf dem Teppich lag. Ich bekam keinen Ton heraus. Da stand der Mann auf. Er war ziemlich hoch aufgeschossen, hatte lange dünne Arme und Beine, eine Adlernase und glattes, schwarzes Haar. Zu meiner größten Verblüffung sagte er lächelnd: »Wir haben Mumie gespielt.«

Als Marina sah, dass sich auf meinem Gesicht keine Spur von menschlicher Intelligenz abzeichnete, klärte sie mich empört auf: »Aber Petra, das ist Federico! Hat Papa dir nicht gesagt, dass er kommt?«

Ich hatte Federico nur an unserem Hochzeitstag gesehen, und das war schon ein Jahr her. Ich zog ein verzweifeltes Gesicht.

»Natürlich hat er es mir gesagt! Tut mir leid, Federico, aber so ausgestreckt auf dem Boden ...«

»Mach dir nichts draus, Petra. Ist doch verständlich, schließlich habe ich mich bemüht, möglichst genau wie eine Mumie auszusehen ...«

Er küsste mich in seiner jugendlichen Unbekümmertheit lautstark auf beide Wangen. Da erkannte ich ihn wieder, an seinen lebendigen Augen, dem glänzenden Haar und dem angedeuteten Lächeln, das ständig um seinen Mund spielte. Er war ein großer nachlässiger Schlaks geworden, der auf Mädchen seines Alters bestimmt sehr sexy wirkte. Ich erinnerte mich vor allem an seinen ironischen Tonfall, seine ständige Lust zu scherzen. Tadelnd sah er seine Schwester an: »Und du, was machst du? Da kommt unsere Stiefmutter nach der Plackerei an einem komplizierten Fall nach Hause, und du bringst ihr weder die Hausschuhe, noch schenkst du ihr einen Whisky ein! Ich habe mehr von dir erwartet, Marina, als Stieftochter lässt du ziemlich zu wünschen übrig.«

»Der Whisky ist völlig ausreichend, mach dir keine Gedanken. Und den kann ich mir selbst einschenken. Möchtest du auch was trinken?«

»Nein danke, Jacinta hat Marina und mir was gekocht.«

»Sie hat Federico eine Schinkentortilla gemacht«, sagte die Kleine.

»Die ich mit Freudentränen in den Augen gegessen habe. Du weißt doch sicher, was man in London so zu essen kriegt, oder, Petra? Egal, welche Spezialität sie dir vorsetzen: Plumpudding, Fleischpastete, Porridge ... alles schmeckt grauenhaft.«

»Jacinta hat ihm auch Brot mit Tomate gemacht.«

»Ah, Brot mit Tomate ist eine großartige katalanische Erfindung, noch besser als das chinesische Schießpulver!«

Marina schüttete sich über die Einfälle ihres Bruders aus vor Lachen. Noch nie hatte ich sie so ausgelassen erlebt, sie schien ihn unendlich zu bewundern. Als wir drei uns gemütlich niederließen, ich mit meinem Whisky in der Hand, setzte sie sich zwischen seine Beine und stützte ihr Kinn auf seinen knochigen Oberschenkel.

»Du musst uns alles erzählen, Federico«, forderte ich ihn auf, um mich an die Situation zu gewöhnen. »Hast du deinen Vater heute schon gesehen?«

»Wir haben zusammen gegessen. Wie du siehst, bin ich hauptsächlich zum Essen nach Barcelona gekommen, und irgendwie ...«

»Wir geht's in London, wie läuft's mit dem Studium?«

»Ich kann mich nicht beklagen. Ich lerne viel und werde meine Prüfungen bestehen. Ich bringe es zwar nicht zum Stolz der Familie, bin aber auch keine Schande.«

Federico musste seiner Mutter ähnlich sehen, denn an Marcos erinnerte er mich überhaupt nicht. Ich war neugierig auf ihn, und zugleich wurde mir bewusst, dass es schwer werden könnte, einen gemeinsamen Nenner zu finden. Anders als seine Geschwister war er kein Kind mehr.

»Wie steht's im Mumienfall?«

»Das nennt man direkt zur Sache kommen! Wie ich sehe, haben sie dich schon auf den neuesten Stand gebracht.«

»Ach was, Petra! Die englische Presse berichtet ausführlich über den Fall.«

»Das ist nicht dein Ernst?«

»Doch! Sie nennen ihn genau so: den Mumienfall. Und es ist für sie ein gefundenes Fressen, denn das alles ist in ihren Augen so *typically spanish*: religiöse Fanatiker, unversehrte Heilige, geschändete Gräber ...«

An den Pressekonferenzen nahmen immer auch die internationalen Nachrichtenagenturen teil. Das Ganze war ihnen eindeutig aus dem Ruder gelaufen. Was mich am meisten ärgerte, war nicht, dass der Fall weiterhin die schwarze Legende über unser Land nährte, sondern dass die spanische Polizei ausgerechnet mit einem Fall, der so verrückt und so schwer zu lösen war, internationale Berühmtheit erlangte.

»Glaub ja nicht, dass ich es besonders witzig finde, wenn alle Welt auf uns schaut.«

»Kann ich mir vorstellen, das muss eine große Belastung sein. Und wie kommt ihr voran?«

»Schlecht, unsere Fortschritte sind verzögert und langsam.«

»Du wirst den Fall lösen, Petra, du wirst sehen«, warf Marina vertrauensvoll ein.

»Ich arbeite nicht allein, ich habe ein Team an meiner Seite. Und dann ist da noch der Subinspector, vergiss das nicht.«

»Ja, natürlich denke ich an ihn.«

Federico sah mich ironisch an.

»Das war die politisch korrekte Version, jetzt sag mir, was du denkst.«

»Willst du das wirklich wissen? Einverstanden, ich werde es dir sagen: Das ist der abartigste, verworrenste und lächerlichste Fall, an dem ich je gearbeitet habe. Jedes Mal, wenn ich an die Mumie und diese absurde abgeschnittene Flosse denke, habe ich Lust, sie nur deshalb zu finden, um hinterher aus dem restlichen Körper Trockenfutter zu machen.«

Beide lachten laut. Ich wagte es nicht, Federico zu fragen, was genau die englischen Zeitungen schrieben, es war besser, nicht zu viel zu wissen. Aber ich flehte zum Himmel, dass meine Vorgesetzten nichts von der Verbreitung unseres Abenteuers erfahren hatten. Ich traute ihnen nämlich zu, dass sie dann eine tägliche Pressekonferenz mit Beltrán und Villamagna einführen würden. Außerdem ließ sich aus der Tatsache, dass man in Großbritannien von der Mumie gehört hatte, ableiten, dass auch Tageszeitungen anderer Länder darüber berichtet haben mussten. Statt mich wie ein Star zu fühlen, verspürte ich auf meinen Schultern die Last eines schweren Felsblocks. Vielleicht war das der geeignete Augenblick, den Fall abzugeben. Aber wenn ich das tat, würde ich nicht nur gegen meine sprichwörtliche Hartnäckigkeit im Beruf verstoßen, sondern auch Marinas Vertrauen in mich zerstören. Komischerweise interessierte mich Letzteres mehr. Warum wohl? Aufgrund zärtlicher Gefühle für ein Kind? Nein, wenn ich es eingehender analysierte, war der Grund, dass ein Kind einen Menschen nicht wegen seiner Tugenden bewunderte, sondern einen Mythos aus ihm machte, ihn auf einen Sockel stellte, ihn vergötterte. Und wie tief fiel dieses fabelhafte Wesen, wenn es stürzte? Sehr tief wahrscheinlich, und das führte zu großer Enttäuschung, bis es sich in Nichts auflöste. Jedenfalls mochte ich nicht darauf verzichten, für meine kleine Stieftochter eine Göttin ohne Schwächen zu sein. Federico sah mich voller Sympathie an.

»Ich an deiner Stelle würde mir nicht den Kopf über die Reporter zerbrechen. Was ihr denen nicht sagt, denken sie sich aus.«

Ich lächelte ihn an und war erleichtert, die Haustür aufgehen zu hören. Marcos war genau im richtigen Moment heimgekommen, denn ich wusste nicht, was ich Federico antworten sollte. Marcos brachte die Zwillinge mit, sodass sich das Haus unvermittelt mit Leben füllte und wir nicht weiter über Mörder oder Mumien redeten. Es gab Scherze, Schreie, Herumgehüpfe, und ich konnte beobachten, dass Federico wie durch Zauberhand wieder zum Kind wurde. Er zog seine Geschwister auf, übte mit ihnen Freikampfstil ... Das war seine Rolle in der Familie, dachte ich, während er sich mir gegenüber wie ein Erwachsener verhielt, der er eigentlich auch war.

Wir aßen in einem Restaurant, wobei die Feierstimmung anhielt. Amüsiert beobachtete ich, wie wir alle unsere Persönlichkeit der Gruppe anpassten, alle außer Marcos, der seiner gewohnten Gelassenheit treu blieb. In meinem Fall war das anders. Aufgrund der Belastung und der Ärgernisse bei unseren Ermittlungen und vielleicht zu sehr an die Einsamkeit gewöhnt, verspürte ich große Lust, meine Haut vorübergehend abzustreifen, um mich in ein weiteres Mitglied dieser Familie zu verwandeln, allerdings nicht in die Mutter, sondern in eine Art große Schwester. Ich trank Bier, lachte, alberte herum und beteiligte mich mit größter Natürlichkeit an den verrückten Gesprächen der Kinder. Federico war ein Bindeglied, das mir größere Nähe zu den Kleinen ermöglichte und die Gelegenheit bot, der formellen Rolle zu entrinnen. Marcos sah mich amüsiert an, vielleicht verstand er in dem Moment, wie schwer es mir normalerweise fiel, eine Mutter zu spielen, die ich nie gewesen war.

Am selben Abend im Bett fragte er: »Wie findest du Federico?«

»Er ist genial. Glaubst du, er mag mich?«

»Davon bin ich überzeugt.«

»Der Umgang mit ihm ist viel einfacher als mit den Kindern. Vermutlich ist das immer so: Du gehst entspannter mit jemandem um, der nichts von dir erwartet. Findest du es unreif, so zu denken?«

»Vielleicht, ich habe noch nie darüber nachgedacht. Obwohl die Unreife vielleicht eher darin besteht, von anderen etwas zu erwarten.«

Ich wurde nachdenklich.

»Erwarte ich etwas von den anderen?«

»Ich weiß es nicht. Erwartest du etwas von mir?«

»Das ist unfair, wir haben nicht von uns beiden gesprochen!«

»Wenn im Gespräch über die eigene Beziehung die Gedanken anders sein müssen ... ist das ein schlechtes Zeichen.«

»Marcos, kannst du mir einen Gefallen tun?«

»Schieß los.«

»Lass uns aufhören zu philosophieren und endlich schlafen.«

Er lachte und umarmte mich, als wäre alles nur ein Scherz gewesen, aber ich war ein wenig verstimmt. Ich hatte an dem Abend an nichts Ernstes denken wollen und konnte es wirklich nicht brauchen, dass mir jemand Kopfzerbrechen aufnötigte. Ein Weilchen war es mir gelungen, nicht zu grübeln, und ich war nicht bereit, das wegen einer Reihe von analytischen Fragen und Antworten zu zerstören. Ich schlief ein. Im Traum war ich fünfzehn und fand alles einfach nur witzig.

11

Der Besuch bei der Familie Piñol i Riudepera ließ sich nicht länger hinausschieben. Wenn unsere klösterlichen Detektive tatsächlich eine Richtung entdeckt hatten, die sich zu erkunden lohnte, mussten wir ihre Hypothesen untermauern oder ausschließen können. Natürlich fand ich es überhaupt nicht witzig, solch illustre Katalanen aufsuchen zu müssen. Vor allem deshalb, weil ich unterstellte, dass sie sich hinter höchst resistenten Schutzwällen verschanzten. Bedauerlicherweise hatte ich mich nicht nur nicht geirrt, sondern meine Vorstellungen wurden von der Wirklichkeit noch übertroffen.

Garzón und ich fanden uns am späten Vormittag im Verwaltungsgebäude der Piñols ein. Es lag im Industriegebiet Montcada i Reixach vor den Toren Barcelonas. Unsere Eigenschaft als Polizisten ermöglichte uns direkten Zugang zu Don Heriberts Sohn Joan. Selbstverständlich war er über die »Schwierigkeiten« der Herz-Jesu-Schwestern, wie er es nannte, informiert. Dass wir jedoch seinen Vater befragen wollten, klang ihm eher nach Science-Fiction-Film.

»Das ist unmöglich«, sagte er gleich zur Einleitung.

»Darf man erfahren, warum?«

»Weil mein Vater sich zurückgezogen hat und an ersten Demenzerscheinungen leidet. Ich glaube auch nicht, dass es Ihnen viel nützen würde, mit ihm zu sprechen. An das meiste erinnert er sich nicht mehr, und den Rest bringt er durcheinander.«

»Es heißt, alte Menschen mit diesem Problem können sich sehr gut an weit Zurückliegendes erinnern, auch wenn sie nicht mehr wissen, was sie am Tag zuvor gegessen haben. Wenn es Ihnen recht ist, möchte ich doch mit Ihrem Vater sprechen.«

Er sah aus wie ein geschniegelter Manager mit einem Diplom in Betriebswirtschaft von einer Privatuniversität, und er verhehlte nicht seinen ausgeprägten Abscheu davor, dass die Bullen mit seiner Familie auch nur in Berührung kamen.

»Das ist ja alles schön und gut, Inspectora, aber ich müsste zumindest erfahren, aus welchem Grund Sie so dringend mit meinem Vater sprechen wollen, denn bis jetzt habe ich überhaupt nichts verstanden.«

Piñol junior die Hypothesen unserer geistlichen Amateurdetektive darzulegen, kam mir in dem Augenblick wie ein schlechter Witz vor, sodass ich sie knapp zusammenfasste, aber nicht mal mit der Kurzform konnte ich verhindern, dass er schallend, fast gemein auflachte. Ich bemühte mich, möglichst unbeeindruckt und gelassen weiterzusprechen.

»Vielleicht kann Ihr Vater sich noch daran erinnern, dass ihm sein Großvater etwas erzählt hat, was für unsere Ermittlungen interessant sein könnte.«

Von seinen dünnen, blassen Lippen aus formte sich eine Grimasse, die ironisch wirken sollte, aber nur sein Gesicht entstellte.

»Und wenn ich Ihnen wiederhole, dass Sie ihn nicht sprechen können?«

»Werde ich ihn vom Richter einbestellen lassen.«

»Ich bezweifle sehr, dass man Ihnen ein Gespräch mit meinem Vater gewährt, wenn die Familie aus gesundheitlichen Gründen etwas dagegen hat.«

»In dem Fall würden wir eine Pressekonferenz einberufen und ohne weitere Erklärungen bekannt geben, dass Heribert Piñol i Riudepera im Mumienfall seine Aussage verweigert. Sie können davon ausgehen, dass die das veröffentlichen, die lechzen geradezu nach neuen Details.«

Der Piñol-Erbe verzog hasserfüllt das Gesicht, was zu einem

so gut angezogenen Mann wie ihm gar nicht passte. Er verschluckte sich fast an seinen eigenen Worten, als er loslegte: »Sie sind eine verdammte …«

Garzón schnitt ihm mit donnernder Stimme das Wort ab.

»Passen Sie auf, was Sie sagen, Sie sprechen mit einer Inspectora der Policía Nacional, und ich kann Ihnen versichern, man verbringt schneller eine Nacht im Knast, als man glaubt!«

Mit verzerrtem Gesicht und Tränen des Zorns in den Augen stand er auf und wies uns die Tür.

»Ich werde mit meiner Familie sprechen und Sie heute Nachmittag benachrichtigen. Und jetzt habe ich zu tun, wenn Sie so freundlich sein wollen!«

Ich legte ihm unsere Visitenkarte auf den Schreibtisch, und wir verließen grußlos den Raum, aber noch bevor wir draußen waren, sagte Garzón unvermittelt: »Ich empfehle Ihnen, den Stress mit Golfspielen zu bekämpfen. Funktioniert wunderbar!«

Es war weithin zu hören, wie Joan Piñol die Tür hinter uns zuschlug, und das hatte zur Folge, dass uns die Sekretärin auf dem Weg zum Ausgang besorgte Blicke zuwarf. Auf der Straße ließ Garzóns Reaktion nicht lange auf sich warten.

»Was für ein Riesenarschloch! Nur mit uns zu reden, ist für den schon eine Schande. Als ginge ihn die Polizei nichts an.«

»Ich habe es Ihnen doch schon gesagt, Fermín, Spanien ist ein Land der Privilegien. Die Gesetze gelten hier höchstens für den Pöbel, die Leibeigenen.«

»Ach, vergessen Sie's! Wir gönnen uns besser ein Bierchen, um die bösen Geister zu vertreiben. Und eins muss man ihm zugestehen: Wenn man Ihnen damit käme, dass Ihre Vorfahren anno dazumal Repressalien gegen jemanden erwirkt haben, weil er eine Mumie entweiht hat … Wie würden Sie denn reagieren?«

»Fatal. Ich würde tausendfach auf die religionsgeschichtlichen Besonderheiten dieses verfluchten Landes scheißen, mich aber nicht am Boten abreagieren.«

»Das Einzige, was dieser Typ falsch gemacht hat, ist, dass er ein Arschloch ist, und das kann er nicht ändern.«

»Können Sie mir erklären, wieso Sie auf einmal so viel Verständnis für andere haben?«

»Emilia sagt immer zu mir, bevor man andere kritisiert, sollte man selbstkritisch sein.«

»Es war aber nicht besonders selbstkritisch von Ihnen, als Sie Piñol das mit dem Golfspielen an den Kopf geworfen haben.«

»Sie sind eine Nervensäge, Inspectora.«

»Und jetzt das. Steckt in diesem Satz auch nur ein Funke Selbstkritik?«

»Bei Ihnen ist es immer besser, die Klappe zu halten, aber das vergesse ich jedes Mal, lässt sich nicht ändern!«

Wir tranken träge unser Bier, was vielleicht auf unser Gefühl des ständigen Scheiterns zurückzuführen war.

»Was machen eigentlich unsere Mädchen?«, fragte ich plötzlich.

»Die stehen unter Beltráns Kommando, erinnern Sie sich nicht?«

»Und geben vor, Bekloppte zu suchen. Mit anderen Worten: Verschwendung von Steuergeldern.«

»Sie klingen wie ein Leserbrief, Petra.«

»Ich bin so müde, Fermín. Kürzlich haben Sie mich mal gefragt, ob wir den Fall nicht abgeben sollen? Vielleicht ist das gar keine schlechte Idee: Wir geben ihn ab und Schluss, sollen sich doch andere mit diesem rückschrittlichen Spanien herumschlagen.«

»O nein, kommt nicht in Frage! Jetzt, wo wir alles auf den Weg gebracht haben ...«

»Auf den Weg in den Abgrund. Aus dem Umfeld der Obdachlosen, was der einzige logische Weg erschien, haben wir nichts Wesentliches herausgeholt, und diese ganzen Nachforschungen in der Vergangenheit lassen mich erschaudern ... Stellen

Sie sich mal vor, wir finden auf diesem Weg den Täter, und er ist ein Nachfahre des Kerls, den man wegen der Schändung einer verdammten Mumie angeschissen hat. Das Ganze wäre nichts weiter als ein Akt der Genugtuung für eine alte Ungerechtigkeit …«

»Ich erinnere Sie daran, dass es in dieser Sache zwei Tote gibt: einen Mönch, der niemandem etwas zuleide getan hat, und eine arme Frau, deren einziges Verbrechen darin bestand, etwas gesehen zu haben, was sie nicht hätte sehen sollen.«

»Sie haben recht, ich weiß schon nicht mehr, was ich rede.«

»Warum nehmen Sie sich nicht den Nachmittag frei und gehen mit Ihrem Mann ins Kino oder einkaufen?«

»Dazu hätte ich mehr Lust als auf alles andere, glauben Sie mir.«

»Manchmal denke ich, dass wir inzwischen schneller dazu neigen, einen Fall abzugeben, weil uns zu Hause eine heile Welt erwartet. Dann fragen wir uns: Was habe ich hier verloren, wieso setze ich mich mit Verbrechern und ihrem erbärmlichen Leben auseinander, wenn ich doch eine wunderbare Alternative habe? Wir könnten uns beide in den Innendienst versetzen lassen, und gut wär's!«

»Das zu tun, wäre Verschwendung von beruflicher Qualifikation für ein glückliches Privatleben, womit ich als Frau nicht einverstanden bin. Das war immer das Argument gegen die Berufstätigkeit der Frau. Außerdem ist es auch jetzt noch Schwachsinn. Wären dann nur die einsamen, kaputten männlichen Arschlöcher mit inneren Konflikten die guten Polizisten?«

»Klar, Petra, wie die Detektive in den amerikanischen Krimis! Sehen Sie, das zeigt, dass wir uns gar nicht erlauben können zu scheitern? Wer hat denn behauptet, dass uns der Fall eine Nummer zu groß ist? Wo wir doch geradezu himmlische Hilfe haben!«

»Darin haben Sie recht, bei der Masse an Klosterbrüdern und -schwestern …«

»Nein, ich meinte damit Doktor Beltrán, dem die Gnade widerfuhr, ein naher Verwandter Gottes zu sein.«

Er hatte mich zum Lachen gebracht. Dafür lud ich ihn zu einem weiteren Bier ein, dafür und weil ich trotz des Lachens nicht auf natürliche Weise mein Gemüt beruhigen konnte, also vertraute ich auf den Alkohol.

Wir brauchten nicht lange auf die Antwort der Familie Piñol i Riudepera zu warten. Vierundzwanzig Stunden nach dem Besuch beim Erben setzten sich sein Anwalt und der Justiziar des Unternehmens mit uns in Verbindung. Die Bedingungen für die Befragung des Patriarchen waren nicht gerade großzügig. Erst mal mussten wir zur Finca de Cardedeu rausfahren, wo der Ruheständler lebte. Zudem war es unumgänglich, zuvor einen Fragebogen auszufüllen. Darüber hinaus würden bei unserem Gespräch ein Familienmitglied, der Anwalt selbst und Don Heriberts Hausarzt anwesend sein, in dessen Macht es stand, das Gespräch abzubrechen, wenn der Gesundheitszustand seines Patienten es erforderte.

»Ich habe große Lust, denen zu antworten, sie sollen sich zum Teufel scheren, und direkt den Richter einzuschalten«, sagte Garzón.

»Damit gewinnen wir nichts. Außerdem würde der Richter bei einem hochbetagten Mann mit prekärem Gesundheitszustand auch nichts anderes anordnen. Rufen Sie den Anwalt an, und sagen Sie ihm, das einzig Inakzeptable sei der Fragebogen. Alles andere nehmen wir in Kauf.«

Nach einem kurzen Wortwechsel wegen des Fragebogens, der zu unseren Gunsten ausging, vereinbarten wir den Besuch für vier Uhr nachmittags, wenn der alte Mann seine Siesta beendet hatte. Garzón war auf der Fahrt reichlich nervös.

»Wenn die Leute sagen, dass das Gesetz nicht für alle gleichermaßen gilt, haben sie natürlich recht. Bin ja neugierig, für wen dieser ganze Budenzauber veranstaltet wird.«

»Ich möchte Sie daran erinnern, dass Piñol nicht als Tatverdächtiger mit uns spricht.«

»Ist egal! Nicht mal der Papst legt den Leuten bei einer Audienz so viele Hindernisse in den Weg!«

Der arme Garzón musste noch eine letzte Schmach einstecken, die auch für mich eine große Überraschung war, denn als das vielköpfige medizinisch-juristische Komitee uns zu dem alten Mann führte, bekam der einen regelrechten Wutanfall, was folgendermaßen klang: »Was ist denn das, verdammt noch mal? Eine Regierungsdelegation, eine Geburtstagsfeier? Ich bin noch lange nicht hundert! Verschwindet! Verschwindet von hier!«

Er saß in einem bequemen Korbsessel, der ziemlich viel Platz in der großen Gartenlaube einnahm. Schlohweißes Haar, ein knochiges Gesicht, aber keine Spur von Altersdemenz, weder in seiner Stimme noch in der Gestik. Sein ältester Sohn versuchte ihn zu beruhigen, doch er schimpfte weiter und verlangte darüber hinaus: »Verschwindet alle, nur die Frau kann bleiben!«

Die Frau war ich. Mich überraschte zu sehen, wie diese getreuen Schatten, die eigentlich den aussetzenden Verstand des Alten ergänzen sollten, widerspruchslos gehorchten. Garzón sah mich unschlüssig an. Ich machte ihm unmerklich ein Zeichen, auch zu gehen. Als wir allein waren, forderte mich Heribert Piñol i Riudepera ernst und müde auf, Platz zu nehmen.

»Ich bin Petra Delicado, Inspectora der Policía Nacional.«

»Ich weiß ganz genau, wer Sie sind. Gut möglich, dass man Ihnen gesagt hat, ich sei gaga, aber ich versichere Ihnen, mein Kopf funktioniert besser als all diese Sturschädel zusammen.«

»Das bezweifle ich nicht.«

»Und wissen Sie, warum ich gesagt habe, dass ich nur mit einer Frau reden möchte? Weil Männer keinen Respekt vor dem

Alter haben! Da sie sich nur für Kraft und Macht interessieren, glauben sie, wenn man alt wird, ist man eine Null auf der Ersatzbank, verstehen Sie?«

»Ich verstehe Sie sehr gut. Wissen Sie auch, weshalb ich hier bin?«

»Natürlich weiß ich das! Ich sehe fern, und wenn meine Augen es zulassen, lese ich auch Zeitung. Übrigens, ich habe noch nie so viel Blödsinn auf einmal gehört wie jetzt über diesen Fall.«

»Diese Einschätzung teile ich mit Ihnen.«

»Ein religiöser Fanatiker, ein paranoider Mörder ... Wir sind doch nicht in den Vereinigten Staaten! Hierzulande sitzen die religiösen Fanatiker in der Bischofskonferenz, und dort ist bisher noch keiner umgelegt worden, obwohl mich das auch nicht wundern würde.«

Ich lachte herzlich auf. Er sah mich überrascht an.

»Sie haben ein schönes Lachen, Inspectora, auch darin übertrumpfen Sie die da draußen.«

Wollte er mit mir schäkern? Gewiss, Männer machen Frauen in jedem Alter Avancen, wollen sie selbst noch nach dem Tod erobern wie El Cid.

»Haben Sie eine eigene Theorie über das, was geschehen sein könnte, Señor Piñol?«

»Um darüber zu reden, müsste ich mir eine Vorstellung machen können, was Sie alles wissen, ohne dass Sie mir etwas verheimlichen.«

»Die Tragische Woche. Die Schändung des Klosters der Herz-Jesu-Schwestern. Eine mögliche Beschwerde eines Ihrer Vorfahren, die zu polizeilichen Maßnahmen gegen den oder die Schänder führte. Das ist alles.«

Sein heller, aber langsam arbeitender Geist benötigte einen Augenblick, meine Zusammenfassung zu verarbeiten. Dann nickte er ernst.

»Genau. Sie wissen nichts von Caldaña?«

Ich holte meinen Notizblock heraus, und dabei wurde meine Pistole sichtbar. Piñol wurde sofort auf sie aufmerksam.

»Können Sie mir die Pistole mal zeigen?«

Er starrte sie an wie ein Kind und machte dann eine abfällige Handbewegung.

»Ich mag keine Waffen, auch keine Kriege. In Spanien gab es zu viele Kriege.«

In der Befürchtung, er könnte abschweifen, bat ich ihn, fortzufahren.

»Wer ist Caldaña?«

»Der Mann, der nach der Schändung im Herz-Jesu-Orden von meiner Familie angezeigt wurde, hieß Diego Caldaña. Er saß viele Jahre im Gefängnis wegen dieser Anzeige. Es war eine übertriebene Strafe, an die wir Piñols uns immer schmerzlich erinnern. Es handelte sich um einen ungebildeten Textilarbeiter, der die Kleinigkeit von sieben Kindern hatte. Bestimmt hat diese Gefängnisstrafe fatale Auswirkungen auf die wirtschaftliche Situation der Familie gehabt, Sie können sich vorstellen, wie hart die Zeiten damals waren. Wir wissen, dass die Frau meines Großvaters, eine Wohltäterin, versuchte, die Familie finanziell zu entschädigen, aber ihr Angebot wurde abgelehnt, die Caldañas waren arm, aber stolz. Diese schmachvolle Geschichte wurde in der Familie nicht verschwiegen. Mein Vater erzählte sie mir, wie man sie ihm erzählt hatte, und ich erzählte sie später meinen Kindern. Es ist eine Art Buße für die Fehler der Ahnen.«

Ich wusste weder, was ich ihn noch fragen könnte, noch welchen Punkt seiner Ausführungen ich aufgreifen sollte, und bevor ich ein Wort sagen konnte, redete er weiter: »Im Bürgerkrieg war ich noch jung. Als Katalanist sympathisierte ich mit den Republikanern, obwohl sich meine Aktivitäten während des Krieges darauf beschränkten, in Militärbüros herumzusitzen. Eine meiner Aufgaben bestand darin, mit dem Dienstwagen die Aufträge meiner Vorgesetzten zu überbringen. Eines

Tages, im Sommer 1938, wurde mein Wagen Ziel eines Attentats. Ich war allein unterwegs und habe die Explosion wie durch ein Wunder überlebt. Nach ein paar Tagen im Krankenhaus war ich wiederhergestellt, doch als ich entlassen wurde, bekam ich einen anonymen Brief, in dem stand: ›Schufte vergisst man nie.‹ Ich glaubte, ein Nachfahre der Caldañas hätte etwas damit zu tun und wollte mich aus dem Weg räumen.«

Plötzlich verstummte er.

»Und was haben Sie gemacht?«

»Nichts, ich habe den Brief zerrissen und geschwiegen.«

»Warum?«

»Sie werden denken, aus Angst vor neuerlicher Rache oder um diese unrühmliche Familienepisode nicht ans Licht der Öffentlichkeit kommen zu lassen, aber ich versichere Ihnen, ich habe aus einem merkwürdigen Gerechtigkeitsgefühl heraus geschwiegen. Ich fühlte mich befreit, als wäre die schmähliche Schuld der Piñols gegenüber den Caldañas, wer auch immer sie gewesen sein mochten, mit meiner Person gesühnt. Ich schuldete ihnen nichts mehr, wir waren quitt.«

»Und später?«

»Später … nichts.«

»Sie haben nichts über den Briefschreiber erfahren, Sie haben nie nachgeforscht?«

»Nein, nichts. Es gab auch kein Gericht, das in so einem Fall hätte ermitteln wollen. Die Zeiten waren stürmisch genug, Attentate waren an der Tagesordnung. Ich habe immer geglaubt, die Angelegenheit sei erledigt und wollte nicht mehr daran denken.«

»Verstehe.«

»Sollten Sie das jetzt der Presse mitteilen, ist mir das jedenfalls egal. Wen interessieren schon diese alten Geschichten?«

»Señor Piñol, glauben Sie, dass es sich in unserem Fall um späte Rache an Ihrer Familie handeln könnte?«

»Weiß der Teufel! Vielleicht gehört zu jeder Epoche eine

andere Form der Rache. Im Bürgerkrieg waren es Bombenattentate. Heutzutage ... sind es Skandalreporter, die wegen einer verschwundenen Mumie so lange Staub aufwirbeln, bis die Vergangenheit ans Licht kommt und alle Welt erfährt, dass die Piñol i Riudeperas Verräter waren. Was weiß ich, ich verstehe immer weniger, was eigentlich passiert, Inspectora! Daran merke ich, dass ich alt werde.«

Ich lächelte.

»Sie haben nichts von einem Greis, das kann ich Ihnen versichern. Wären Sie nicht der, der Sie sind, würde ich Sie zu meinem Assistenten machen.«

Er lachte schwerfällig, was seinen eingefallenen Körper zum Beben brachte.

»Sagen Sie das mal meinem ältesten Sohn, der ist da ganz anderer Meinung.«

»Señor Piñol, wenn Sie sich ein wenig ... Verzeihen Sie den Ausdruck, und verstehen Sie ihn nicht falsch, aber wenn Sie sich von Ihrer Familie irgendwie bevormundet fühlen und glauben, dass ich Ihnen offiziell irgendwie behilflich sein kann, verspreche ich Ihnen ...«

Er lachte traurig auf und hob eine Hand voller Altersflecken und hervortretenden Adern.

»Es ist schon in Ordnung, wie es ist. Es mag anders auf Sie wirken, aber wenn ich das Familienunternehmen noch leiten würde, wären wir schon längst ruiniert. Die Zeit vergeht nicht umsonst, Sie werden schon sehen. Jedenfalls freut es mich, dass mir eine Frau anbietet, mich auf einem weißen Pferd zu befreien. Früher war es umgekehrt. Sie sind reizend, Petra. Früher hätte ich Ihnen den Hof gemacht. Finden Sie das lächerlich?«

»Nein.«

»Das tröstet mich. Könnte ich Sie um einen Gefallen bitten, bevor Sie gehen? Ich hätte gern ein Foto von uns beiden, Sie mit der Pistole in der Hand.«

»Abgemacht.«

Er ließ einen seiner Leute die Digitalkamera holen. Die Gesichter aller, einschließlich Garzóns, sprachen Bände, als sie uns beide à la James Bond posieren sahen. Dann verabschiedeten wir uns so herzlich mit gegenseitigen Komplimenten, dass alle perplex waren.

Als wir gingen, wirkte Piñol junior verstimmter als bei unserer Ankunft. Er drohte unumwunden: »Überlegen Sie sich gut, was Sie den Reportern über diese Sache mitteilen, ansonsten schwöre ich Ihnen, dass ich Himmel und Hölle in Bewegung setzen werde, damit Sie Ihren Job verlieren.«

Ich betrachtete ihn wie eine lästige Fliege, doch mangels Insektengift knallte ich ihm vor den Latz: »Sie sollten freundlicher zu mir sein, nicht dass ich ganz plötzlich Ihre Stiefmutter bin.«

Als wir auf der Straße waren, prustete der Subinspector laut los.

»Verdammt, Inspectora! Hat sich der Alte an Sie rangemacht?«

»Nicht mehr als jeder andere Mann, der mich kennenlernt.«

»Das werde ich Ihrem Mann stecken.«

»Und ich werde Emilia stecken, dass Sie zwischen den Mahlzeiten essen.«

»Ich hasse Sie.«

»Es ist nur ein kleiner Schritt von der Liebe zum Hass, Fermín.«

»Kann sein, aber vom Hass zur Liebe ...«

Meine momentane Euphorie nach dieser Episode entsprang mehr der Zufriedenheit, den alten David gegen den jungen Goliath unterstützt zu haben, als den positiven Neuigkeiten, die er zu unserem Fall beigesteuert hatte. Diese Geschichte von den Caldañas und den über Generationen hinweg lebendig gebliebenen Gespenstern ließ mich eher kalt. Wo sollte man bei einer solchen Posse ansetzen? Der Subinspector dagegen setzte nach meinem Bericht große Erwartungen in die neuen Rahmenbedingungen, wie ich merkte.

»Das war das fehlende Teil im Rätsel!«

»Erlauben Sie mir, Sie zu korrigieren. Das war das fehlende Teil in *einem* Rätsel, aber: Entspricht dieses Rätsel der Wirklichkeit?«

»Inspectora, lassen Sie uns diesen Caldaña suchen. Ich bin sicher, wir finden ihn, und er wird singen.«

»Hören Sie, Garzón, gehen wir mal davon aus, dass ein besonders hartnäckiger und streitbarer Nachfahre von Diego Caldaña auf Rache sinnt, sich einen Komplizen sucht und beschließt, die Mumie von Bruder Asercio zu stehlen, damit eine hundertjährige Schmach ans Licht kommt und den guten Ruf der Piñol i Riudeperas beschmutzt. In Ordnung. Es ist sicher vorstellbar, dass ein junger, verantwortungsloser Typ seine Freude an einem solchen Halbstarkenstreich hat und sich einen Kumpel sucht, der ihm dabei hilft. Dabei stolpern die beiden Kumpane laut unserer Theorie über Bruder Cristóbal und bringen ihn mit einem Schlag, der nicht tödlich sein sollte, um. Gut, einverstanden, bis hierher alles okay. Aber der Mörder geht weiter und hinterlässt der Polizei ein Zettelchen, um einen Medienskandal heraufzubeschwören. Hier beginne ich zu zweifeln, denn nach dem Schock, versehentlich einen Menschen umgebracht zu haben, bleibt da noch die Lust zu Spielchen? Und nicht zufrieden damit, macht er noch weiter und trennt dem Heiligen den Fuß ab. Da stellt sich doch die Frage: Wozu den Heiligen zerstückeln, wenn er uns damit nur Spuren liefert? Was will der Kerl? Dass wir ihn finden und wegen Mordes einsperren? Es ist eine Sache, des Diebstahls einer Mumie bezichtigt zu werden, aber würde jemand, der nicht einen, sondern zwei Morde auf dem Buckel hat, uns wirklich derart herausfordern? Entschuldigen Sie, aber das kann ich nicht glauben.«

Garzón kratzte sich wie üblich, wenn er angestrengt nachdachte, am ergrauten Kopf. Dann vermittelte mir seine Antwort, dass er offensichtlich Gefallen an dem Gespräch fand.

»Ihre Vorstellung führt zu weit, Inspectora, wenn Sie dem mutmaßlichen Täter diese Persönlichkeit unterstellen. Warum sollte Caldaña ein junger Mann sein, ein eleganter Gauner, dem es Spaß macht, Reliquien zu stehlen? Nein, nein, ich würde eher sagen, es handelt sich um einen Verwirrten, der wegen seiner Besessenheit für eine seiner Familie zugefügten Ungerechtigkeit, von der ihm von klein auf immer wieder berichtet wurde, aus dem Gleichgewicht geraten ist. Und in seiner Verwirrung bedenkt er die Konsequenzen seines Handelns nicht und spielt weiter.«

»Und der Komplize?«

»Sagen wir, der Komplize half ihm, die Mumie zu stehlen, weiter nichts.«

»Und der Mord an der Obdachlosen? Die Zeugen sagen, sie habe von zwei Männern gesprochen, die sie verfolgen .«

»Daran war der Komplize ebenfalls beteiligt, aus Eigennutz oder vielleicht unter Drohung, aber vom Zerstückeln der Mumie und dem Spielchen mit den gelegten Spuren weiß er nichts und versucht jetzt verzweifelt, sich irgendwie aus der Affäre zu ziehen. Wissen Sie, was ich denke? Wir sollten diese neuen Erkenntnisse Doktor Beltrán zukommen lassen, damit er sich ernsthaft an die Arbeit macht und das Profil eines besessenen Verrückten in dem Sinne anfertigt, statt irgendein Gewäsch zur Unterhaltung der Reporter abzusondern.«

»Ich gebe es ungern zu, aber Sie haben recht. Rufen Sie ihn an, und teilen Sie ihm unsere Neuigkeiten mit. Und sagen Sie Yolanda und Sonia, dass sie keine fiktiven Spinner mehr suchen müssen. Sie sollen heute Nachmittag in mein Büro kommen und anfangen, sämtliche Männer mit Namen Caldaña in Barcelona aufzutreiben.«

Trotz allem machte ich mir keine Illusionen. Diese Hinweise auf eine bestimmte Person bedeuteten nicht, dass wir einfach zu ihr gehen und ihr den Fehdehandschuh hinwerfen konnten. Denn sollte dieser verrückte Caldaña existieren und der Täter sein, würde er wohl kaum zu Hause sitzen und auf uns warten.

Ich berichtete unseren Detektiven im Ordenskleid, was das Gespräch mit Don Heribert gebracht hatte. Schwester Domitila freute sich.

»Fein!«, rief sie. »Wir sind auf dem richtigen Weg!« Ihre Begeisterung für die Ermittlungen war derart, dass sie zur Selbstzensur augenblicklich hinzufügte: »Sie müssen wissen, dass ich mich wie eine Wissenschaftlerin fühle, der ein Experiment gelungen ist. Dabei habe ich nicht an die unangenehmen Folgen gedacht, die das für die Familie Piñol haben könnte.«

»Ich verstehe Ihre spontane Reaktion sehr gut, Schwester, keine Sorge. Eine Polizistin fühlt sich genauso, wenn sich eine Vermutung bestätigt.«

»Ich möchte Sie daran erinnern, dass die Idee, sich mit den Konflikten der Tragischen Woche zu beschäftigen, von Bruder Magí stammt, nicht von mir«, fügte sie bescheiden hinzu. Doch Bruder Magí sah gar nicht glücklich aus.

»Stimmt etwas nicht?«, fragte ich ihn. Er antwortete rätselhaft: »Mein Gott, ich komme schon so lange jeden Tag nach Barcelona, dass ... Meinen Sie, wir sollten weitermachen?«

»Ja, ich bitte Sie darum. Sie sollten nach Gerichtsakten oder Zeitungsartikeln aus jener Zeit forschen, die uns mehr Fakten über den Fall Caldaña liefern können.«

»Aber so was finden wir nicht in den Archiven der Herz-Jesu-Schwestern!«

»Wo müssten Sie danach suchen?«

»Hm ...« Er sah seine Kollegin der kriminalgeschichtlichen Forschungen an. »Vielleicht im Gerichtsarchiv oder in den Archiven der großen Tageszeitungen.«

»Im Archiv der Diözese!«, rief die Schwester fast jubilierend. »Gut möglich, dass sich in den kirchlichen Annalen Prozessunterlagen finden lassen. Zur damaligen Zeit war die Distanz zwischen Kirche und Staat noch nicht so groß wie heute. Ich glaube zudem, dass Kopien der Akten von den Prozessen, die mit der Kirche zu tun hatten, dort aufbewahrt werden.«

»Eine gute Idee«, räumte der Mönch ein. »Nur dass ich ...«

»Wir haben Ihr Leben völlig auf den Kopf gestellt, Bruder, das ist mir klar. Aber ich bitte Sie, nur noch ein paar Tage mit uns zusammenzuarbeiten, es ist wichtig. Wissen Sie, was wir tun werden? Ich rufe den Abt an und bitte ihn, Sie noch eine Woche freizustellen. Die Polizei besorgt Ihnen ein Hotelzimmer und übernimmt die Kosten.«

Er zögerte einen Augenblick verlegen. Die Nonne ermunterte ihn.

»Ach kommen Sie, Bruder Magí, nehmen Sie den Vorschlag der Inspectora an! Ich bin davon überzeugt, dass ich das allein nicht schaffe.«

Zum Zeichen der Zustimmung zuckte er mit den Schultern. Die Arbeit hatte ihn in seinem fortgeschrittenen Alter bestimmt erschöpft. Ich versuchte, ihm meine Bitte aus einer anderen Perspektive schmackhaft zu machen.

»Ich denke, Sie haben jedes Recht, diese Zusammenarbeit sofort zu beenden. Wir haben Sie beide tatsächlich schon mehr als genug in Anspruch genommen. Ich bitte Sie lediglich darum, nochmals zu rekapitulieren und vielleicht darüber nachzudenken, ob Bruder Cristóbal, der uns von einer höheren Ebene aus zusehen kann, sich nicht vielleicht auch wünschen würde, dass am Ende die Gerechtigkeit siegt.«

Bruder Magí nickte ernst und sagte mit sanfter, aber fester Stimme: »Ich wäre Ihnen sehr dankbar, wenn Sie den Abt anrufen würden. Ich glaube, es ist respektvoller, wenn Sie ihn informieren.«

»Wenn das so ist ...«, mischte sich Schwester Domitila ein. »Könnten Sie auch bei der Mutter Oberin nachfragen? Denn auch ich werde das Kloster verlassen müssen.«

»Machen Sie sich keine Sorgen, ich kümmere mich darum.«

Kaum hatte ich den Wagen angelassen, parodierte mich Garzón mit dröhnender Stimme: »Der uns von einer höheren Ebene aus zusehen kann! Mal ehrlich, dem haben Sie aber einen Schmonzes verkauft, Inspectora. Warum haben Sie nicht gesagt: Bruder Cristóbal, der bei den Engelchen ist und vom Himmel runterschaut? Das wäre noch deutlicher gewesen!«

»Sie sind ein Stoffel und haben keine verdammte Ahnung von Theologie.«

»Aber das mit der höheren Ebene klingt schon irgendwie merkwürdig ... Ganz zu schweigen vom ›uns zusehen kann‹, denn ohne Teleskop kann der arme ...«

»Hören Sie auf, sich wie ein verdammter Esel zu benehmen!«

»Ja ja, ich bin der Esel, und Sie reden geschraubt daher.«

Er lachte gutmütig, und ich musste mich sehr anstrengen, weiter die Empörte zu spielen und nicht in sein Lachen einzufallen.

»Wissen Sie, was Ihre zynischen Bemerkungen Sie kosten werden, Fermín?«

»Ich kann's mir vorstellen, ein Ave-Maria und drei Vaterunser?«

»Nein, Sie werden den Abt und die Mutter Oberin anrufen, ihnen die Situation erklären und den Weg ebnen.«

»Tun Sie mir das nicht an, Inspectora. Ich komme mit der geistlichen Oberschicht wirklich nicht zurecht.«

»Sie werden das schon hinkriegen. Erzählen Sie denen doch einen Ihrer antiklerikalen Witze.«

»Sie sind rachsüchtig bis zum Tod, wirklich!«

Maulend wie ein kleiner Junge, betrat er das Kommissariat. Auf dem Weg in sein Büro hörte ich ihn noch immer meckern. Wunderbar, das bewies, dass sein Arbeitsgeist in Hochform war. Ich rief Yolanda und Sonia an. Offensichtlich hatten sie nichts zu tun, denn zwanzig Minuten später standen sie vor mir. Ich freute mich, sie zu sehen, seit Tagen hatte ich nichts von ihnen gehört, und ich merkte, dass uns ihr jugendlicher

Eifer gefehlt hatte. Dabei wirkten sie nicht glücklich, vor allem Yolanda nicht.

»Also, wie viele tobsüchtige Verrückte habt ihr ausgegraben?«

Sonia schaute verwirrt, und Yolanda verzog das Gesicht.

»Inspectora, kann ich offen mit Ihnen sprechen?«

»Wenn du irgendeine Unverschämtheit loswerden willst, besser nicht.«

»Ich werde mich ganz respektvoll ausdrücken, aber ich finde es wirklich nicht in Ordnung, dass Sie uns von den Ermittlungen ausgeschlossen haben und zur Untätigkeit verdammen, was uns zu Tode langweilt.«

»Ihr hattet einen Auftrag.«

»Ja, möglichst erfolglos Psychiatrien abzuklappern, den ganzen Tag in Bars rumzuhängen und Kaffee zu trinken.«

»Das war ein Befehl von oben.«

»Aber ich kenne Sie gut genug, um zu wissen, dass Ihnen immer was einfällt, wenn Ihnen die Befehle von oben nicht passen.«

»Gut, Yolanda, ist ja gut. Jetzt ist es überstanden, denn ich brauche euch für etwas anderes.«

Ich ersparte Yolanda eine Rüge, weil sie eher wie ein ungehorsames Mädchen als eine vorwurfsvolle Untergebene klang. Plötzlich meldete sich Sonia mit zuckersüßer Stimme.

»Ich habe Yolanda gesagt, sie solle sich keine Gedanken machen, Inspectora, denn früher oder später hätten Sie sicher einen nützlicheren und besseren Job für uns. Und weil wir gerade so vertraulich reden, muss ich Ihnen sagen, dass das mit den Bars nichts war, verglichen mit dem Psychiatrie-Quatsch, den uns Doktor Beltrán aufgebrummt hat.«

Wie immer, wenn das arme Mädchen den Mund aufmachte, sprang ich empört darauf an.

»Wie war das eben? ›Weil wir gerade so vertraulich reden?‹ Niemand hat dir erlaubt, dich so respektlos über einen Mitarbeiter der Polizei zu äußern! Hast du verstanden?«

»Ja, Inspectora«, sagte sie erschrocken, was eher klagend als gehorsam klang.

»Und jetzt zu unserem Fall.«

Ich erklärte ihnen das mit der Suche nach dem Caldaña-Nachfahren, der uns interessierte, und wie sie sich organisieren sollten, um ihn zu finden. Während ich ihnen unübersehbar verstimmt die Einzelheiten erklärte, bereute ich meine übertriebene Reaktion auf Sonias Einwurf. Doch ich war unfähig, mich zu entschuldigen; wenn ich diese unnötige Zu-Befehl!-Haltung und diesen Ausdruck der Verzweiflung eines ins Netz gegangenen Fisches in ihren Augen sah, gingen die Gäule mit mir durch. Mir wurde meine Verachtung für tollpatschige und unbesonnene Menschen bewusst, oder ich verachtete mich einfach nur selbst, weil ich mich derart vom subjektiven Empfinden hinreißen ließ. Yolanda lehnte sich vor meiner Nase auf, und ich klopfte ihr anerkennend auf die Schulter. Sonia erlaubte sich einen schlichten Kommentar, und gleich hetzte ich die Kavallerie auf sie. Im Versuch, mich zu beruhigen, erteilte ich die letzte Empfehlung so beschwichtigend, dass sie fast unehrlich klang.

»Ihr müsst sehr aufmerksam sein und auf jede Kleinigkeit achten, auch auf die Reaktionen der Leute, die ihr befragt. Ihr dürft keinesfalls Unruhe auslösen, müsst aber alle Verdächtigen registrieren. Ihr müsst klug und diskret vorgehen. Wenn euch etwas auffällt, haltet ihr euch ans Protokoll und verabschiedet euch ohne viel Aufhebens, beobachtet das Haus und ruft sofort mich oder Subinspector Garzón an. Noch Fragen?«

»Nein«, antwortete Yolanda.

»Und du, Sonia?«, fragte ich mit ausgesuchter Vorsicht.

»Nein!«, kreischte sie fast.

»Sehr gut, dann fangt mal an. Und ihr bleibt natürlich immer schön zusammen.«

Der Anfang war schnell erledigt. Weder bei uns noch bei den Mossos d'Esquadra noch bei der Guardia Civil war ein Caldaña gespeichert, also war der einfache Weg gleich ausgeschlossen.

Es blieb nur das übliche Vorgehen, im Telefonbuch und im Anmelderegister zu suchen. Die Mädchen meldeten mir schon bald, dass es nur dreizehn Personen mit diesem Namen in Barcelona gab, eine Zahl, die mich beruhigte. Weniger beruhigend war der Gedanke an die keinesfalls abwegige Möglichkeit, dass der Caldaña, der uns interessierte, irgendwo anders in Katalonien lebte. Im Versuch, positiv zu denken, gab ich den Befehl, mit der Suche zu beginnen.

Ich befand mich inzwischen in dem Stadium der Ermittlungen, dass ich vor lauter Konzentration zu essen vergaß. Wieder allein in meinem Büro, fühlte ich mich unendlich ausgelaugt. Ich zündete mir eine Zigarette an, die bitter schmeckte, und dachte an die Möglichkeit, mir aus dem *Jarra de Oro* etwas zu essen kommen zu lassen. Doch schon bei der Vorstellung eines fettigen Bocadillo ekelte es mich. Ich schaltete den Computer aus und rief Garzón zu mir. Bei seinem Anblick wurde mir klar, dass auch er eine Pause brauchte: Sein Gesicht wirkte eingefallen, seine normalerweise sanften Hundeaugen waren gerötet und der Blick trübe.

»Was halten Sie davon, wenn wir jetzt gehen, Fermín?«

»Wohin?«

»Nach Hause, wohin denn sonst.«

»Ich kann nicht, Mutter Guillermina hat mir zwar die Erlaubnis gegeben, dass die Schwester das Kloster verlassen kann, wann immer sie will, aber seit zwei Stunden versuche ich den Abt von Poblet zu erreichen, und jedes Mal heißt es, er bete noch.«

»Hinterlassen Sie ihm die Nachricht, dass er Sie zurückrufen soll.«

»Ich versuch es lieber weiter, das vergisst der vor lauter Beterei doch. Was meinen Sie, Inspectora, wozu kann so viel Beten gut sein?«

»Sie reden mit Gott.«

»Gott muss es doch leid sein, denen andauernd zuzuhören. Vielleicht antwortet er deshalb nicht.«

»Woher wollen Sie wissen, ob er antwortet oder nicht?«

»Es würde in der Zeitung stehen.«

Mein Lachen gab meine Erschöpfung preis.

»Ich gehe. Ich habe meinen Mann schon eine Ewigkeit nicht mehr angebetet.«

»Ich vernachlässige meinen Engel auch, und das, obwohl sie mir alles gewährt, worum ich sie bitte!«

Ich lachte wieder und sah ihn neugierig an.

»Verlieren Sie nie Ihren Humor?«

»Humor ist das Einzige, was einem bleibt, wenn man alles andere verloren hat. Deshalb ist derjenige angeschissen, der keinen hat.«

Als er mein Büro verließ, blickte ich auf seinen breiten, kräftigen Rücken, und mir ging durch den Kopf, dass dieser Mann bei seiner Geburt einen Pakt mit dem Leben geschlossen haben musste, dessen Druckvorlage mir niemand angeboten hatte. Plötzlich machte er kehrt, um abschließend hinzuzufügen: »Wenn all das vorbei ist, wird sich der nächstbeste Priester, der mir auf der Straße über den Weg läuft, einen ordentlichen Anschiss einhandeln. Einfach so, aus dem Bauch heraus und ohne Erklärung. Denn das ganze heilige Zeug geht mir langsam mächtig auf den Sack, das schwöre ich Ihnen.«

Damit verscheuchte er jeglichen Anflug von möglicherweise im Raum schwebender Tragik, und die Windböe seines Überschwangs reinigte die Atmosphäre von kriminellen Ausdünstungen. Im Geiste segnete ich ihn.

Beim Aufschließen der Haustür fragte ich mich, wen ich diesmal antreffen würde. Früher war nie jemand da gewesen, aber jetzt ... Ich konnte mich nicht daran gewöhnen, obwohl es auch nicht schlimm war, im Gegenteil, diese Ungewissheit hatte etwas von Spannung und Abenteuer. Tatsächlich war es diesmal Federico, der mich überraschte. Er saß mit einem Buch auf dem Sofa und hörte über Kopfhörer Musik von seinem iPod.

»Petra, geliebte Stiefmutter!«

»Ich bin halb tot, allerliebster Stiefsohn. Bist du allein?«

»Mutterseelenallein. Ich habe mit meinem Vater telefoniert, und er sagt, er kommt erst zum Abendessen nach Hause.«

»Was für eine schreckliche Familie, nicht wahr?«

»Ach was, ganz im Gegenteil. Ich sollte eigentlich bei meiner Mutter sein, aber die hat die gewissenhafte Erwachsene gespielt und mir jede Menge Ratschläge erteilt, sodass ich unter dem Vorwand, mit euch verabredet zu sein, abgehauen bin. Jacinta hat mir aufgemacht und Zuflucht geboten. Genehmigen wir uns einen Whisky? Du kannst ihn brauchen, und ich werde dich nicht allein trinken lassen, ich bin nämlich ein Gentleman.«

Ich ließ mich auf das gegenüberstehende Sofa fallen, streifte die Schuhe ab und seufzte.

»Her mit dem Whisky. Ich habe gern schlechten Einfluss auf die Jugend.«

Ich betrachtete seine dünne, nervöse Gestalt, während er leger die Getränke einschenkte, mir ein Glas reichte und sich wieder hinsetzte.

»Ich werde nicht nach der Mumie fragen, ich schwöre es! Ich bin besser erzogen als meine Geschwister.«

»Deine Geschwister sind völlig in Ordnung. Es fällt ihnen einfach nur schwer, sich an den Gedanken zu gewöhnen, eine Polizistin zur Stiefmutter zu haben. Und das wundert mich nicht, alle Partnerinnenwechsel deines Vaters müssen eine gewisse Instabilität für sie mit sich gebracht haben.«

»Glaub das nicht. Ihr Erwachsenen unterschätzt uns Kinder oft. Ich erinnere mich noch ganz genau an den Zeitpunkt, als ich spürte, dass meine Eltern sich trennen werden. Du kriegst alles mit, du kennst die beiden, ihre guten und schlechten Seiten, ihre Manien, ihre Fehler, das, was sie vergeblich vor dir geheim halten wollen. Ihr Erwachsenen scheint zu glauben, wir wären Zwerge, die in einer besseren Welt leben.«

»Du bist sehr intelligent.«

»Ja, ich kann nicht klagen. Mir ist ziemlich schnell klar geworden, wie viele Vorteile es mit sich bringt, das Kind von geschiedenen Eltern zu sein.«

»Welche, zum Beispiel?«

»Du fühlst dich freier, weniger gebunden an die Familie, verantwortlich für das eigene Leben, kannst unbeeinflusster denken, Entscheidungen treffen ...«

»Schlecht daran ist nur, dass du das erst in einem bestimmten Alter merkst, anfangs dürfte das anders sein.«

»Anfangs ist es ein bisschen hart, das gebe ich zu, du glaubst, dass du irgendwie schuld bist, und fragst dich, ob du dich immer richtig verhalten hast und was du zum Familienfrieden hättest beisteuern können. Aber wenn sich alles normalisiert hat und du wieder im Alltagsleben gelandet bist und erkennst, dass alles mehr oder weniger an seinem Platz ist, dann willst du es dir nur noch gut gehen lassen und keine Unannehmlichkeiten haben. Denn deine Eltern sind deine Eltern, sie sind wichtig, aber du bist du.«

Ich sah ihn voller Sympathie an. Vielleicht machte er auf andere den Eindruck, dass er das Leben nicht sonderlich ernst nahm, aber Federico war alles andere als ein leichtsinniger, gedankenloser junger Mann. Nach einem ordentlichen Schluck Whisky fuhr er fort.

»Es freut mich, dass du mit meinem Vater verheiratet bist. Ich finde, von all seinen Frauen bist du die beste für ihn.«

Um meine Verblüffung zu verbergen, lachte ich auf.

»Darf ich fragen, warum? Deine Meinung interessiert mich sehr. Dein Vater spricht nicht gern über die Vergangenheit.«

»Er ist sehr verschwiegen, ich weiß. Ich kann dir auch keine genaue Begründung nennen, aber ich habe den Eindruck, dass sowohl meine Mutter als auch seine zweite Frau zu viel von der Ehe erwarteten. Und das hat meinen Vater erschlagen. Die Liebe ist etwas Grundlegendes, schön und gut, aber es gibt noch was anderes im Leben, oder? Denn du als Polizistin und ebenfalls mehrfach Geschiedene ...«

»Zwei Mal.«

»Wie oft auch immer ... Du hast dein eigenes Leben, deine Probleme, deine Vergangenheit und gehst ihm nicht den lieben langen Tag damit auf die Nerven, wie sehr du ihn liebst und den ganzen Kitsch. Ihr seid beide unabhängig.«

Ich lachte.

»Ich weiß nicht, wie ich das verstehen soll, ehrlich.«

»Versteh es positiv. Ich bin ja kein Psychologe oder Eheberater, aber ich beobachte gerne und ziehe meine Schlüsse.«

»Hast du eine Freundin?«

»Gelegentlich, aber ich möchte mich noch nicht festlegen. Heiraten werde ich jedenfalls nicht. Eure Generation heiratet andauernd und lässt sich wieder scheiden, ich habe keine Lust auf dieses ganze Gefühlschaos.«

»Das ist eine weise Haltung.«

»Kann gut sein, dass ich meine Meinung eines Tages ändere und mich ernsthaft verliebe, aber ich werde nicht heiraten, das schwöre ich dir. Und ich werde keine Kinder haben.«

»Gut, Kinder sind eine große Verantwortung.«

»Und nervtötend.«

»Das auch.«

»Wenn ich ein paar Tage mit meinen Geschwistern zusammen war, stehen sie mir bis hier oben.«

»Ich mag sie.«

»Ich weiß. Und du gefällst ihnen. Sie sind völlig von der Rolle, weil du Polizistin bist und Fälle mit ausgetickten Mördern hast und all das.«

»Freut mich. Es gab auch schon Momente, in denen ich dachte, sie würden mich nie akzeptieren.«

»Blödsinn, die wollen nur ein bisschen nerven und sich wichtig machen.«

Wir hörten die Haustür auf- und zugehen. Marcos' Schritte

kamen näher. Rasch fragte ich noch: »Wann fliegst du zurück?«

»Morgen.«

»Sollten wir nicht mehr allein sein, möchte ich dir sagen, dass ich sehr glücklich bin, einen Stiefsohn wie dich zu haben.«

Es blieb ihm keine Zeit zu einer Antwort. Besser so, denn ich hasse Gefühlsduseleien. Marcos war überrascht, uns so ganz entspannt zusammensitzen zu sehen.

»He, was macht ihr denn hier im Dunkeln?« Er schaltete eine Lampe an. »Saufen wie die Kosaken? Gibt's was zu feiern?«

»Ich hab versucht, Petra anzubaggern, aber sie will nichts von mir wissen.«

Marcos schnappte sich ein Kissen und warf es seinem Sohn an den Kopf.

»Schweig, du Monster!«

Dann ließ er sich schwer in einen Sessel fallen.

»Möchtest du auch einen Drink?«

Er schüttelte den Kopf, rieb sich die Augen und seufzte.

»Wisst ihr, was passiert, wenn ich jetzt etwas trinke? Ich würde sofort einschlafen. Ich habe einen besseren Vorschlag: Wir gehen zum Italiener an der Ecke. Das ist dann zwar nur eine kleine Feier, aber wir könnten in Ruhe essen und plaudern.«

»Und was feiern wir?«, fragte Federico.

»Dass du endlich wieder abhaust. Einen besseren Grund gibt es nicht.«

Als wir uns zum Ausgehen fertig machten, hatte ich den Eindruck, dass Marcos ebenso müde war wie ich. Zugleich wirkte er glücklich, denn er hatte gesehen, dass sein ältester Sohn und seine Frau gut miteinander auskamen. Natürlich verlor er darüber kein Wort und ich auch nicht. Es gibt Dinge, die muss man nicht extra aussprechen.

12

Doktor Beltrán leistete für uns wahrscheinlich zum ersten Mal hervorragende psychiatrisch-polizeiliche Arbeit. Im Grunde konnten wir ihm auch nicht nachsagen, dass seine bisherigen Berichte nutzlos gewesen wären, hatten wir ihn doch selbst mit einer Aufgabe betraut, von der wir uns nur wenig versprachen. Er mochte ja ein verdammter Pedant sein und sich wichtiger fühlen als Sigmund Freud, aber nach der Lektüre seiner Expertisen und im Gespräch mit ihm begriff ich, dass er ganz genau wusste, wovon er sprach.

»Was Ihren Caldaña angeht, bin ich zu dem Schluss gekommen, dass es sich tatsächlich um einen unangepassten jungen Mann handeln könnte. Nachdem er wiederholt von der unverhältnismäßigen Bestrafung seines Urgroßvaters für die Schändung des Klosters gehört hatte, könnte er auf zweierlei Weise reagiert haben. Erstens, er wendet sich gegen die Familie und fühlt sich von dieser Art ›geerbten Geheimnisses‹ gedemütigt, was so weit gehen kann, dass er es leugnet oder verdrängt. Die zweite Möglichkeit ist für uns interessant: Traumatisiert von der Schande, empfindet er sein noch junges Leben als gescheitert und beschließt eines Tages, sein Schicksal selbst in die Hand zu nehmen und einen aufsehenerregenden Rachefeldzug zu initiieren, der ihn rehabilitieren soll. Besagtes Individuum hat höchstwahrscheinlich geistigen Schaden erlitten und ist von dem Thema besessen. Er gehört zur Arbeiterklasse und hat kein Glück im Leben. Doch während ein normaler Mensch das, was ihm zustößt, auf die jeweiligen Lebensumstände zurückführt, glaubt er, sein Unglück hätte mit der Ungerechtigkeit zu tun, die seinem Ahnen widerfuhr. Diese Ungerechtigkeit erscheint ihm plötzlich als der Ursprung allen Übels, das drohend über ihm schwebt und es ihm unmöglich macht, diesen unglücklichen Zustand zu überwinden.

Vermutlich haben wir es mit einem Individuum von höchstens dreißig Jahren zu tun, das in der Schule und auf der Arbeit Probleme hatte und gern zu Drogen greift, einem Einzelgänger, der zu Gewalt neigt. Ich könnte darauf wetten, dass er arbeitslos ist, wenig Kontakt zu Frauen hat, dafür aber zu ähnlich gescheiterten Freunden, die ihn bei seinen verrückten Einfällen unterstützen. Laut Ihrer Theorie, dass Bruder Cristóbals Tod auf einen übertrieben heftigen Schlag zurückzuführen ist, hatten die Eindringlinge nicht von vornherein die Absicht, ihn zu töten, sondern nur, die Mumie zu stehlen. Nun ja, hier möchte ich einen gerechtfertigten Zweifel anbringen, denn nach dem uns vorliegenden psychologischen Profil wäre es gar nicht unwahrscheinlich, dass auch ein Mord geplant war. Der Diebstahl der Mumie und das Spielchen mit der Polizei anhand dieses Zettelchens, die Verstümmelung der Leiche et cetera verweisen auf den Wunsch nach Exhibitionismus und darauf, Rache und Genuss an der Tat zu verlängern.«

»Glauben Sie, dass ein junger Mann mit diesen Charakteristiken sich freiwillig stellen würde? Ich meine, wenn wir ihm durch die Medien eine Botschaft zukommen ließen oder wenn er sich in die Enge getrieben fühlt.«

»Das bezweifle ich sehr. Je mehr Zeit vergeht, desto stärker genießt er seine Tat, weil er sich selbst als Feind der Gesellschaft betrachtet, die an seinem Unglück schuld ist.«

»Woraus schließen Sie, dass es sich um einen jungen Mann handelt?«

»Diese Art, so zornig zu agieren, aber vor allem der Exhibitionismus sind typisch für junge Menschen. Außerdem fällt es in jungen Jahren leichter, Freunde zu finden, die einem bei einem solchen Unterfangen helfen.«

Die Schlussfolgerungen waren gut, aber welcher unerfahrene junge Mann wäre fähig, einen Mord zu begehen und eine mumifizierte Leiche zu stehlen, ohne Spuren zu hinterlassen? Und die Notiz in gotischer Schrift? Und der Komplize? Vielleicht ist es möglich, jemanden zu finden, der nicht vor einem Mord zurückschreckt, aber vor zwei Morden? Das leuchtete mir nicht ein, deshalb hakte ich nach.

»Gut, angenommen, der Wahnsinn dieses Jungen verstärkt seine obsessive Motivation, aber was bringt den Freund dazu, sich darauf einzulassen, ist der auch verwirrt?«

»Um Ihre Frage zu beantworten, möchte ich Sie auf die Berichte aufmerksam machen, die ich kürzlich über die psychopathische Mentalität geschrieben habe. Ich weiß nicht, an welcher Art von geistiger Verwirrung der junge Mann leidet, von dem hier die Rede ist, aber es ist oft der Fall, dass schwerwiegende psychische Erkrankungen von nicht zu unterschätzender Intelligenz begleitet werden und von einer ungewöhnlich großen Fähigkeit zur Überredungskunst. Manchmal haben diese Individuen eine beachtliche Führungsstärke und reißen andere mit weniger starkem Willen mit.«

Ich nickte wie eine brave Schülerin und bedankte mich in aller Bescheidenheit.

»Wenn Ihre Schlussfolgerungen zutreffen und wir diesen Jungen finden, müssen wir wahrscheinlich noch einmal auf Sie zukommen, damit Sie ihn befragen und seine Persönlichkeit analysieren.«

»Sie wissen doch, dass ich großes Interesse daran habe, der Polizei zu helfen; gelegentlich hatte ich sogar den Eindruck, dass mein Interesse an dem Fall größer ist als das der Polizei an meinen Berichten«, sagte er verschmitzt.

»Ich versichere Ihnen, dass wir uns Ihrer Verdienste und der Bedeutung Ihrer Arbeit sehr wohl bewusst sind, Doktor Beltrán«, antwortete ich, um mich so elegant wie möglich aus der Affäre zu ziehen. »Allerdings bitte ich Sie von jetzt an um allergrößte Vertraulichkeit. Es wird keine Auftritte mehr mit unserem Pressesprecher geben, und verzichten Sie bitte auch auf jegliche Erklärungen in Eigeninitiative.«

Kann sein, dass er ein verdammt eitler Pfau war, aber dumm war er nicht. Er wusste ganz genau, mit welcher Skepsis wir ihm entgegengetreten waren, und es freute ihn sichtlich, dass wir ihm nun aus der Hand fraßen. Wenn ich ehrlich war, fand ich sein psychologisches Profil durchaus interessant. Wenn es tatsächlich so war, dass ein Nachfahre der Caldañas diesen absurden und publikumswirksamen Rachefeldzug initiiert hatte, dann sah der folgendermaßen aus: Er war jung, spielte gern, war rasend vor Wut und absolut wahnsinnig. Garzóns Begeisterung über die skizzierten Wesenszüge des Kandidaten oder mutmaßlichen Täters war noch größer als meine, und er zerstreute ohne zu zögern meine letzten Zweifel.

»Wenn es sich um einen armen Jungen handelt, der sich selbst ausgegrenzt hat und in der Schule gescheitert ist, wie hat er dann die versierte Kenntnis der gotischen Schrift erworben?«

»Inspectora, Sie unterschätzen die Möglichkeiten des Internets!«

»Also gut, angenommen, aber ...«

»Hören Sie auf mit Ihren Einwänden. Vertrauen Sie doch einmal in diesem verfluchten Fall ein wenig auf die Spuren, denen wir nachgehen. Ich habe Sie von Anfang an noch keinen überzeugten Schritt auf einem der eingeschlagenen Wege gehen sehen.«

»Sie haben recht, denn alle Wege, die wir beschritten haben, kamen mir so unsicher vor wie die Hängebrücken im Wilden Westen.«

»Diesmal können Sie richtig fest auftreten. Ich wette meinen Hals drauf.«

»Dann öffnen Sie mal den Hemdkragen ... Also gut, einverstanden, wenn wir uns schon mit der Religion herumschlagen müssen, werde ich auch daran glauben.«

Wir sahen Villamagna in einem der Outfits seiner B-Persönlichkeit auf uns zusteuern.

»Lassen Sie ihn nicht zu dicht ran, Fermín, jetzt weniger denn je«, flüsterte ich meinem Kollegen zu, doch wir konnten nicht mehr entwischen. Villamagna kam mit beschwichtigenden Gesten näher.

»Ganz ruhig. Bleibt, wo ihr seid!«

»Tut mir leid, Villamagna, aber wir sind schon spät dran, und die Zeit ist knapp.«

»Beantwortet mir nur eine Frage: Wieso sagt mir der Seelenklempner plötzlich, er darf den Schnabel nicht mehr aufmachen, verdammt noch mal?«

»Geben die Reporter denn immer noch keine Ruhe?«

»Ich kann nicht glauben, dass eine gebildete Frau wie du keine Zeitung liest.«

»Ich habe Wichtigeres zu tun, zum Beispiel den Richter zum x-ten Mal darum zu bitten, verdammt noch mal endlich die Geheimhaltung des Ermittlungsverfahrens zu verfügen.«

»Was soll das? Habt ihr etwas herausgefunden? Warum sagst du es mir nicht zumindest im Vertrauen?«

»Eher würde ich ein Nacktfoto meiner Großmutter ins Internet stellen.«

»Komm schon, Petra, verarsch mich nicht, ich platze vor Neugier.«

»Kommt nicht in Frage! Du wirst es zu gegebener Zeit erfahren.«

»Du bist unerbittlich! Ich habe die Schmierfinken mit dem dummen Gequatsche des Seelenklempners brav abgelenkt, und jetzt behandelst du mich so.«

Ich winkte ihm zum Zeichen des Abschieds, und er zeigte mir dreist den Stinkefinger, was Garzón aufs Höchste empörte. Als wir mein Büro betraten, sagte er: »Ich werde mich nie an das vulgäre Verhalten von Inspector Villamagna gewöhnen.«

»Das ist nicht vulgär, das ist modern oder zumindest eine sehr zeitgemäße Vulgarität. Aber schweifen wir nicht vom Thema ab. Sie haben gehört, was ich gesagt habe? Gehen Sie sofort zu diesem jungen Richter, der zu unserem großen Glück für uns zuständig ist, und sagen Sie ihm ...«

»Ist nicht nötig, das hat Comisario Coronas schon erledigt. Er hat es mich vor einem Weilchen wissen lassen und gebeten, dass ich Sie informiere.«

»Wieso das auf einmal?«

»Das können Sie sich doch denken. Piñol junior hat fuchsteufelswild angerufen, Coronas hat sofort gespurt und ... Geheimhaltung des Ermittlungsverfahrens!«

»Was Sie nicht sagen, der beleidigte Sohnemann! Ich dachte, Richter Manacor hält sich immer an die Vorschriften?«

»Das Gebrüll unseres geliebten Chefs hat ihn wohl einknicken lassen.«

»Ja, das hasst Coronas wie die Pest: wenn eine angesehene Familie in die polizeilichen Ermittlungen verwickelt wird und sich beschwert. Warum hat uns der Mistkerl einfach übergangen?«

»Er ist der Kapitän, und wir sind die Matrosen. Natürlich hat er es mir erzählt, weil er vor Ihnen Angst hat.«

»Vor mir hat wegen der verfluchten Mumie kein Schwein mehr Respekt!«

»Sie bewegen sich langsam, aber sicher auf Villamagnas Niveau zu.«

»Warten Sie erst mal ab, wenn ich das T-Shirt trage, das ich mir bedrucken lasse: Auch ich fackle Klöster ab.«

»Sehen Sie? Das hat mir gefallen. Lassen Sie mir auch gleich eins machen.«

»Ich glaube nicht, dass Ihre distinguierte Frau das zulassen würde. Rufen Sie Yolanda und Sonia an, wir treffen uns in einer Stunde in meinem Büro.«

Auf meinem Schreibtisch lag eine Liste mit Anrufen und Mitteilungen. Zu meiner Überraschung entdeckte ich den Namen Schwester Domitilas darunter. Hatte sie meine Handynummer nicht? Schnell wählte ich die Nummer des Klosters, doch die Eile zerschellte wie immer an den Klostermauern. Zehn Minuten später und wahrscheinlich beim gemeinschaftlichen Beten gestört, erklang Schwester Domitilas Stimme gebieterisch aus dem Hörer.

»Ich höre, Inspectora?«

»Entschuldigen Sie, wenn es ungelegen ist, aber ich habe gesehen, dass Sie mich im Kommissariat angerufen haben, und mich gewundert, warum Sie es nicht auf dem Handy probiert haben.«

»Ich habe Ihre Nummer nicht.«

»Wie kann das sein! Sie sind doch so was wie eine meiner Assistentinnen.«

Sie lachte geschmeichelt und erklärte mir dann mit lebhafter, energischer Stimme und voller Begeisterung: »Inspectora, Bruder Magí und ich haben zwar noch nichts Entscheidendes herausgefunden, aber im Archiv der Diözese haben sie uns zumindest gesagt, wo wir suchen müssen.«

»Ich verstehe nicht.«

»Wir haben erfahren, dass es eine Kirchenbibliothek namens Balmesiana gibt, die auf die Ereignisse während der Tragischen Woche spezialisiert ist. Und ich kann Ihnen auch sagen, was diesen Hinweis so wichtig macht: Der Direktor dieser Bibliothek hat Zugriff auf das Geheimarchiv des Vatikans!«

»Aber hallo!«, rief ich, Überraschung vortäuschend.

»Und er ist auch der Chefarchivar des Generalarchivs der Kapuziner.«

»Hören Sie auf!«, rief ich nun, weil ich langsam nervös wurde. »Und was heißt das?«

»Inspectora, das bedeutet, dass wir eine Menge Dokumente einsehen können, die über diese Epoche zusammengetragen wurden. Vielleicht können wir dort mehr über diesen Caldaña erfahren, wo er lebte, woher seine Familie stammte, was genau während des Prozesses geschah ...«

»Und was haben Sie diesbezüglich unternommen?«

»Wir haben für morgen einen Besuch vereinbart, und der Direktor wird uns persönlich empfangen!«

»Wunderbar. Sobald Sie etwas herausgefunden haben, lassen Sie es mich wissen.«

»Selbstverständlich, zu Befehl, Inspectora!«, sagte sie feierlich und lachte.

Vielleicht machten wir Polizisten eine schwierige Phase durch, doch wie es aussah, waren wir die Einzigen. Unsere außerpolizeilichen Mitarbeiter amüsierten sich wie Kinder. Doktor Beltrán berauschte sich an der Entwicklung eher fiktiver Spekulationen, und für die beiden Geistlichen schien die Zusammenarbeit mit der Polizei ein Geschenk des Himmels zu sein, das sie aus ihrer Routine holte. Ich konnte mir die große, kräftige Domitila problemlos als Sherlock Holmes verkleidet vorstellen. Am Ende ließen die mystisch-folkloristischen Begleitumstände der verfluchten mittelalterlichen Mumie alle die tragische Realität vergessen: zwei echte Tote. Das Ganze entwickelte sich zu einer unterhaltsamen Pantomime.

Garzón machte ein Pokerface, als ich ihm die wundervolle Neuigkeit von der Balmesiana-Bibliothek überbrachte. Damit er begriff, dass dies ermutigend war, verlangte ich eine Antwort.

»Sie haben nichts dazu zu sagen, keine Fragen?«

»Was soll ich denn sagen? Die sind die Gelehrten, und sie werden es schon wissen, aber ich glaube nie und nimmer, dass die Geheimarchive des Vatikans wegen eines einfachen Mönchs und einer Obdachlosen für uns zugänglich sind.«

»Niemand hat gesagt, dass sie das sein müssen. Was wir suchen, ist ...«

Plötzlich überkam mich eine Mischung aus Müdigkeit, Gereiztheit, Ohnmacht und Verzweiflung. Ich brach ab, suchte nach einer Zigarette, und als ich sie angezündet hatte, blies ich als eine Art Hilferuf eine steile Rauchsäule aus.

»Ist was mit Ihnen?« Der Subinspector merkte gleich, dass etwas nicht stimmte.

»Mir steht das alles bis hier oben, Fermín. Und ich würde den Fall liebend gern gegen ein Verbrechen aus Leidenschaft, eine tödliche Messerstecherei auf der Straße, einen Unfall mit Fahrerflucht oder was auch immer eintauschen.«

»Sollen wir was trinken gehen?«

»Ich glaube kaum, dass das eine gute Lösung wäre, vor allem, weil Yolanda und Sonia draußen warten.«

»Gut, aber wenn wir mit den beiden fertig sind, betrinken wir uns, was meinen Sie? Trinken wir auf das Wohl der Kirche, des Papstes und der Kapuziner in ihren Stofflatschen.«

Ich lächelte. Ich wusste seine Freundschaftsdienste immer zu schätzen, vor allem, wenn es sich um ein Besäufnis handelte, das uns außer Gefecht setzte.

»Da sage ich nicht Nein«, murmelte ich und ließ die beiden jungen Polizistinnen eintreten.

Ich war davon überzeugt, dass sie sich abgesprochen und vereinbart hatten, dass nur Yolanda redete. Das dürfte die letzte Methode sein, die ihnen noch auszuprobieren blieb, damit ich nicht beim geringsten Einwand Sonias in die Luft ging.

»Kommen wir zu den Caldañas, die ihr schon aufgesucht habt«, versuchte ich es kurz zu machen.

»Vier ganz normale Familien, die nichts zu verbergen haben.« Yolanda holte ihren Block heraus und las vor: »Gerardo Caldaña Ortiz, vierzig Jahre, hat einen Fischstand auf dem Markt in Concepción. Am Tag des Verbrechens ...«

»Einen Augenblick«, stoppte ich sie. »Gibt es in der Familie einen jüngeren Mann?«

»Wie?«, fragte sie verwirrt.

»Ihr müsst euch an diesem Bericht orientieren.« Ich reichte ihnen die Unterlagen des Psychiaters.

»Schon wieder der Psychiater?« Yolanda hauchte die Frage fast.

»Findet heraus, ob es in diesen Familien junge Männer gibt, ob sie mit Außenseitern zu tun haben, wo sie leben, was sie machen ... Und wenn euch etwas auffällt, sagt ihr uns und auch Doktor Beltrán Bescheid.«

Sonia gab einen Laut von sich, sie wollte etwas sagen, aber Yolanda beeilte sich, sie mit einem funkelnden Blick abzuwürgen. Da ich diese Art von Zensur nicht gutheißen konnte, sagte ich wie nebenbei: »Du wolltest etwas sagen, darf man erfahren, was?«

»Ich habe mich gefragt, na ja, ich wollte Sie fragen, ob wir jetzt ernst nehmen sollen, was Doktor Beltrán uns sagt?«

Yolanda ballte die Fäuste und entspannte sich erst, als sie keinen spitzen Schrei vernahm, sondern mich ganz im Gegenteil verhalten murmeln hörte: »Ja, mein Kind.«

Als sie den Raum verlassen hatten, sagte ich entschlossen: »Jetzt brauche ich dringend was zu trinken, Fermín!«

Das *La Jarra de Oro* platzte aus allen Nähten. Die weiß Gott weswegen aufgekratzten Gäste prosteten einander zu und stießen unmenschliche Laute aus, was in Spanien Glücklichsein bedeutet. Der Subinspector erfasste die Situation auf den zweiten Blick. Den einen warf er auf die Gäste, den anderen auf den Fernseher.

»Barcelona hat gerade das Spiel gewonnen«, verkündete er.

»Aha, mir kommt es eher vor, als wäre die Revolution ausgebrochen. Warum gehen wir nicht woanders hin?«

»Warten Sie, gleich werden die wichtigsten Szenen wiederholt, ich möchte sie auch sehen.«

Er ging mit seinem Bier zum Fernseher, und ich blieb am Tresen sitzen und pustete in den Bierschaum. Ob all diese von Fußballtaumel und Torsiegen berauschten Mitbürger sich auch für unsere Mumie interessierten? Welche war die reale Welt, ihre oder unsere? Denn ich hatte langsam die Befürchtung, dass beide Welten in einem unmöglichen Widerspruch zueinander standen. Mitten in dieser philosophischen Erkenntnis klingelte mein Handy. Da ich kein Wort verstand, ging ich auf die Straße hinaus, wo die Kälte und Mutter Guillerminas eisige Stimme mich erschaudern ließen.

»Inspectora, ich muss ein ernstes Wort mit Ihnen reden. Können Sie ins Kloster kommen?«

»Nein«, erwiderte ich selbst für mich überraschend ruhig.

»Und darf man erfahren, warum Sie nicht kommen können oder wollen?«

»Hören Sie, Mutter Oberin, Barça hat ein superwichtiges Spiel gewonnen, und ich habe die Absicht, mich zu betrinken.«

»Was sagen Sie?«

»Vielleicht verstehen Sie das nicht, aber so ist es nun mal. Menschen interessieren sich für lebendige, reale Dinge wie zum Beispiel Fußball. Was Sie und mich interessiert, Mumien, Mörder und Geheimnisse, interessiert niemanden sonst, glauben Sie mir.«

Sie schwieg einen Augenblick und sagte dann aufrichtig besorgt: »Geht es Ihnen gut, Inspectora?«

»Ich komme morgen früh zu Ihnen, Mutter Oberin, ich verspreche es Ihnen.«

Ich hielt Wort, unter anderem, weil Garzón und ich uns doch nicht so sehr betranken, wie wir uns vorgenommen hatten. Nein, nicht bei der Gelegenheit. Wir hatten zu viel zu tun, um uns in den Rausch zu stürzen, und der gesunde Menschenverstand hinderte uns im letzten Moment daran. So war ich am nächsten Morgen, vor Gesundheit und klarem Verstand strotzend, gerade noch rechtzeitig im Herz-Jesu-Kloster, bevor die Mutter Oberin sich zum Morgengebet zurückzog. Ich wusste, was kommen würde: Beschwerden und Bitten, Bitten und Beschwerden. Trotzdem blieb mir nichts anderes übrig, als auf das Spiel der höflichen Diplomatie einzugehen. Schließlich arbeitete eine ihrer nicht sehr zahlreichen Nonnen für uns, und als wäre das nicht schon genug, stellten wir ihre wichtigste Einnahmequelle, die Familie Piñol i Riudepera, öffentlich an den Pranger. Doch vor allem war ich dort, weil mir Mutter Guillermina sympathisch war.

Ich hatte mich nicht geirrt. Sie begann mit den Bitten, zusammengefasst in eine einzige: Diskretion. Dann folgten die Beschwerden, was mich auch nicht überraschte.

»Mit Ihren Ermittlungen haben Sie mir das Kloster auf den Kopf gestellt. Ich spreche nicht nur von der Unruhe, die seit Bruder Cristóbals Tod in allen Klöstern herrscht, sondern auch von Schwester Domitila, die so in ihrer Rolle der Detektivin aufgeht, dass sie die meiste Zeit außerhalb dieser Mauern verbringt.«

»Und was soll ich Ihrer Meinung nach tun? Wissen Sie eigentlich, was ich im Augenblick für eine Last trage?« Damit wollte ich sie überrumpeln. »Ich stehe von allen Seiten unter Druck, Mutter Guillermina, großem Druck. Meine Vorgesetzten schwingen die Peitsche, die Reporter auch, und natürlich auch der Sohn von Señor Piñol und die Familienangehörigen der Opfer ... Alle verlangen Ergebnisse, die nicht nur von mir abhängen! Und außerdem kann ich Ihnen versichern, dass ich schon lange kein normales Familienleben mehr führe, keinerlei Zeit für Persönliches habe. Ich denke nur noch an den Mörder von Bruder Cristóbal und dieser Frau, an den Dieb, der Ihre verfluchte Mumie hat, an die Geschichte Spaniens, an ...« Ich brach ab und senkte die Stimme: »Tut mir leid, ich wollte nicht unhöflich sein.«

Mein plötzlicher Ausbruch ließ sie schuldbewusst schweigen. Sie sah mich betroffen an und schnalzte schließlich mit der Zunge.

»Donnerwetter! Ich hatte ja keine Ahnung, dass es so ernst ist.«

»Jetzt wissen Sie es.«

»Ich will keinesfalls ungerecht sein. Es ist nur so, dass … Na ja, Schwester Domitila scheint ihre Pflichten im Kloster vergessen zu haben. Sie vernachlässigt sogar die arme Schwester Pilar! Vorher hat sie immer über ihr Studium und ihre Fortschritte gewacht. Jetzt hingegen lebt sie nur noch für diese Morde und nicht, um an unseren Herrgott zu denken, und das nur, weil sie in Begleitung von Bruder Magí von einem Archiv zum nächsten rennt.«

»Das ist meine Schuld, sie hat sich das nicht ausgesucht.«

»Ja, natürlich, und was den Sohn von Señor Piñol anbelangt …«

»Die Sache wird mit größter Diskretion behandelt. Der Untersuchungsrichter hat endlich die Geheimhaltung der Ermittlungen angeordnet. Ich fürchte zwar, dass doch etwas zur Presse durchsickert, das wird sich wohl kaum verhindern lassen, aber wir haben ein Auge darauf. Wissen Sie übrigens, dass ich mit Don Heribert gesprochen habe?«

»Natürlich weiß ich das!«

»Er ist ein Kavalier, ein intelligenter Mann mit Sinn für Moral.«

»Genau das ist er.«

»Was für ein Unterschied, nicht wahr?«

»Unterschied?«

»Zu seinem Sohn. Sein Sohn ist ein arroganter, flegelhafter und eingebildeter Fatzke.«

Ihre Augen strahlten, sie widersprach nicht. Vermutlich hatte er ihr am Telefon eine Szene gemacht. Damit das nicht so deutlich wurde, sagte sie nur: »Nun ja, jeder ist, wie er ist. Trinken wir ein Käffchen?«

Die Feindseligkeiten erst mal ausgeräumt, nahm ich lächelnd an. Ich holte meine Zigaretten heraus und bot ihr eine an. Sie zögerte.

»So früh am Morgen …«

»Geben Sie sich einen Ruck, Mutter Oberin, und behalten Sie das Päckchen.«

»Nein, kommt nicht in Frage! Obwohl ... Wissen Sie, was ich manchmal tun muss? Meine Familie bitten, mir heimlich eine Stange zu schicken. Ich schäme mich, die Zigaretten über die Verwaltung zu bestellen, dann würden die Nonnen offiziell von meiner Schwäche erfahren ...«

»Sie haben recht, wer die Macht hat, sollte seine Schwächen den anderen besser nicht preisgeben.«

»Ich tue es nicht deshalb! Die Macht interessiert mich nicht sonderlich, ohne sie wäre ich ruhiger. Es ist nur so, wenn ich schwach werde, gebe ich ein schlechtes Beispiel. Die Schwestern werden denken: Wenn die Mutter Oberin unfähig ist, auf Zigaretten zu verzichten, darf sich jede von uns etwas erlauben.«

»Und darüber machen Sie sich Sorgen?«

»Eigentlich nicht wirklich. Diese kleinen Zugeständnisse lassen uns weitermachen, man kann sich einbilden, dass man sein Leben doch nach eigenen Vorstellungen lebt, wenn auch nur ein bisschen. Andernfalls wären wir perfekte Wesen, und Perfektion ist ein Synonym für Monstrosität.«

Ich sah sie voller Sympathie an. Unter dieser Kappe, Schwesternhaube oder wie zum Teufel man es nannte, war das Oberstübchen gut ausgestattet.

»Das nächste Mal bringe ich Ihnen eine Stange Zigaretten mit!«

»Oh nein, auf keinen Fall! Außer ... Sie lassen sie mich bezahlen.«

»Ich werde Ihnen den Schwarzmarktpreis abknöpfen.«

Sie lachte aufgeräumt.

»Was Ihnen auch immer einfällt, Inspectora! Wenn Sie eines Tages diesen Fall lösen ...«

»Wagen Sie daran zu zweifeln? Glauben Sie etwa nicht an mich?«

»Ich glaube mehr an Gott.«

»Dann sagen Sie ihm, er soll uns helfen, Mutter Oberin, denn die Ermittlungen ziehen sich schon viel zu lange hin.«

Ich verließ das Kloster gut gelaunt, obwohl mir die Schwester Pförtnerin einen ihrer schrägen Blicke zuwarf. Vielleicht sollte ich diesem Kloster als Nonne beitreten, ein Leben ohne Aufregungen, ohne Stress, ohne weltliche Wünsche oder Ziele. Hin und wieder ein philosophisches Gespräch mit Mutter Guillermina, eine Zigarette ... Da fiel mir plötzlich Marcos ein, und meine Berufung war dahin. Es gab doch noch Dinge auf der Welt, die mich interessierten.

Ich sah auf die Uhr und war verblüfft, wie viel Zeit ich im Kloster verplempert hatte. Und Garzón? Wie seltsam, dass er nicht angerufen hatte. Mein Gott, ich hatte heute Morgen völlig vergessen, das Handy einzuschalten. Deshalb diese Ruhe. Ich rief ihn an.

»Wo sind Sie, Subinspector?«

»Inspectora, Sie waren nicht zu erreichen, ich habe es schon mehrmals versucht ...«

»Ja, ich weiß. Was ist passiert, Fermín?«

»Die andere Flosse.«

»Was?«

»Der zweite Fuß von Assumpto, dem Heiligen oder was auch immer, ist vor dem Eingangsportal des Piaristenklosters aufgetaucht.«

»Verflucht noch mal, die standen nicht auf der Liste! Sagen Sie mir die Adresse.«

»Ronda de Sant Pau Nummer 72.«

»Ich komme sofort.«

Er war genauso knochig, deformiert und widerwärtig wie der erste. Er steckte ebenfalls noch in der Sandale und schien unter den gegebenen Umständen keinen weiteren Schaden genommen zu haben. Wieder gab es keine Notiz oder sonst etwas, das auf die Handschrift des seltsamen Metzgers hinwies.

»Und wie isst man das?«, fragte ich den Subinspector gereizt.

»Mit Kartoffeln, Inspectora, was soll ich sagen?«

Er hatte fast so miese Laune wie ich.

Das fürs Putzen zuständige Ehepaar, umringt von unseren Kollegen und ein paar Mönchen, plagte sich damit ab, immer wieder die gleiche Geschichte zu erzählen. Als sie am Morgen zur Arbeit gekommen waren, hatten sie eine Plastiktüte vor der Eingangstür gefunden. Darin steckte ein Säckchen und in diesem das Ding.

»Erst wollte ich es in den Müll werfen«, betonte die Frau, »weil ich es wirklich eklig fand. Doch bei genauerem Betrachten erkannte ich, dass das so was wie Fußzehen waren und … es schien irgendwie menschlich. Wissen Sie, was ich dachte, Inspectora? Ich dachte an diese Weihgeschenke aus Wachs, die früher von den Leuten als Versprechen in der Sakristei abgelegt wurden. In der Kirche meines Dorfes gab es viele davon, bis ein moderner Priester kam und meinte, das sei eine Schweinerei, und alles wegräumen ließ. Daran erinnerte es mich jedenfalls, aber trotzdem wusste ich gleich, dass ich die Polizei anrufen muss, falls es eine Drohung ist, ein Voodoozauber oder so was.«

Ich beendete diesen Wortschwall, weil ich ihn nicht mehr ertrug.

»Haben Sie jemanden gesehen, oder hat Ihnen jemand gesagt, ob er etwas Besonderes gesehen hat?«

»Niemand, Inspectora. Niemand hat etwas gesehen, das haben wir als Erstes gemacht: Wir haben die von der Motorradwerkstatt gegenüber gefragt, obwohl ich mir schon gedacht habe, dass sie nichts wissen, weil wir immer die Ersten hier sind.«

»Haben Sie in den letzten Tagen jemanden gesehen oder etwas Verdächtiges beobachtet?«, fragte ich sie und die Mönche.

»Verdächtiges? Nein, nichts, hier kommen immer dieselben

Leute her. Ich will nicht sagen, dass nicht auch mal ein Unbekannter vorbeikommt, aber im Allgemeinen ...«

»Danke, die Herrschaften. Sie werden das noch zu Protokoll geben müssen.«

Bevor die Señora mir noch erzählte, was sie über den Klimawandel dachte, wandte ich mich an die drei anwesenden Piaristenmönche.

»Wissen Sie, ob Ihr Kloster 1909 in der Tragischen Woche in Brand gesteckt wurde?«

Sie sahen mich an, als hätten sie eine Verrückte vor sich, und wussten keine Antwort.

»Kann ich mit Ihrem Prior sprechen?«

»Der ist nicht da, er ist zu Besuch im Vatikan.«

Wie es schien, reisten Geistliche aus arbeitstechnischen Gründen viel in der Weltgeschichte herum. Ich suchte mir andere Informationsquellen.

Ich bat die Kollegen, in den Eingangsbereichen der Häuser und in den Nebenstraßen nach Zeugen zu suchen. Garzón schaute vorsichtig in die Tüte mit dem abgetrennten Fuß.

»Verdammt, der arme Heilige muss fürchterlich zugerichtet sein.«

»Schicken Sie die Tüte sofort ins Labor, obwohl ich wette, dass es keine Fingerabdrücke darauf gibt. Raten Sie, worauf ich noch wette.«

»Das ist nicht schwer zu erraten.«

»Dann wollen wir das mal überprüfen.«

Wir gingen ins Rathaus des Stadtteils und fragten nach dem für die Abteilung Stadtplanung zuständigen leitenden Beamten. Es war etwas schwierig zu erklären, aus welchem Grund wir wissen wollten, welches Gebäude 1909 an dem Ort stand, wo jetzt der Piaristenorden residierte, also beschränkten wir uns auf die Erklärung, dass wir von der Polizei seien und für unsere Ermittlungen eine Information bräuchten. Natürlich war der arme Mann verblüfft, aber zum Glück handelte es sich um einen jungen Mann, der keinen Sinn darin sah, uns Steine in den Weg zu legen. Er verkniff sich seine Neugier, sollte er welche verspürt haben, und antwortete ganz freundlich: »Wir können im digitalen Archiv nachsehen, aber wenn Sie mir vertrauen, weiß ich einen schnelleren und vertrauenswürdigeren Weg.«

»Dann los«, sagte Garzón.

Der junge Mann stand pflichtbewusst auf und sagte geheimnisvoll: »Bitte kommen Sie mit.«

Ich dachte schon, er wolle uns vor die Tür setzen, denn wir gingen den Weg zum Ausgang, aber kurz davor bat er uns in ein kleines Wächterhäuschen, wo der Pförtner sein Ohr an ein Transistorradio presste.

»Wie geht's uns heute, Demetrio?«, begrüßte er den Mann.

»Muss ja«, lautete die Antwort des ungefähr Sechzigjährigen.

»Hören Sie, diese Herrschaften wollen wissen, was es früher auf der Ronda de Sant Pau gab, wo heute die Piaristen sitzen.«

»Die Piaristen?«

Garzón und ich nickten fasziniert von dem ganzen Manöver. Ohne zu zögern, befand der Mann, dass diese Frage wichtig genug sei, um das Radio auszuschalten und danach wie ein emeritierter Professor zu dozieren: »Ja klar, da stand das alte Kloster Sant Antoni, das abbrannte, oder besser gesagt, in der Tragischen Woche abgebrannt wurde. Es stand eine Zeit lang leer, und dann kauften es die Piaristen für ihre Kongregation. Ich glaube, die Kirche sieht noch fast genauso aus wie früher, nur der Chor fehlt.«

Wir gingen in der Überzeugung, dass ein Computer nichts weiter war als ein Notbehelf gegen den Verlust des traditionellen menschlichen Gedächtnisses. Garzón wirkte zufrieden wie ein Koch, dem ein kompliziertes Rezept gelungen war.

»Gut, das läuft ja wie geschmiert. Brauchen wir noch mehr Hinweise, die bestätigen, dass wir einen Volltreffer gelandet haben? Ich glaube in aller Bescheidenheit – Sie kennen ja meine sprichwörtliche Bescheidenheit, Inspectora –, dass wir die Verstärkung unserer beiden jungen Polizistinnen brauchen und uns auf die Suche nach Caldaña machen sollten wie auf die Pilzsuche nach einem Sommergewitter. Die Theorie mit der Tragischen Woche funktioniert.«

»Wir sollten abwarten, bis das Labor die zweite Flosse analysiert hat, finden Sie nicht?«

»Ich würde nicht länger warten. Sie wissen, dass diese Flosse sauberer sein wird als die eines Minenarbeiters nach dem Samstagabendbad. Der Kerl hatte nach dem Abschneiden der ersten doch schon Erfahrung und wusste, wie er es anstellen musste. Oder glauben Sie etwa, der macht jetzt einen Fehler, den er vorher nicht gemacht hat?«

Eine Art seltsamer Verzweiflung veranlasste mich, mit den Knöcheln zu knacken, was ich sonst nie mache.

»Mit anderen Worten, der Mörder verweist immer deutlicher auf sich selbst. Er erklärt uns praktisch zu Dummköpfen, weil wir ihn noch nicht gefunden haben.«

Garzón war einen Moment lang verblüfft.

»Aus dem Profil des Psychiaters ist doch abzuleiten, dass dieser Typ darauf wartet, dass wir ihn finden, um seine Heldentat gekrönt und sich in der Öffentlichkeit zu sehen, Inspectora. Wir haben es nicht mit einem normalen Menschen zu tun. Ich versichere Ihnen, dass normale Menschen nicht einfach so Heilige stehlen und ihnen noch viel weniger hinterher das Fahrgestell abschneiden.«

»Gehen wir in eine Bar.«

»In welche?«

»In irgendeine. Ich brauche einen Schluck.«

»Hat die Flosse Sie beeindruckt?«

»Ich muss nur nachdenken.«

Er begleitete mich, aber ich merkte, dass er meine kühle Reaktion auf die Ereignisse keinesfalls guthieß. Pech für ihn, denn ich war nicht in der Verfassung, das Rätsel um das Spiel des Mörders zu lösen, ohne wenigstens ein bisschen geistigen Widerstand zu leisten. Ich habe es nie gemocht, wenn mir der Weg gewiesen wurde, und noch viel weniger von einem erklärten Gegner. Aber es war nicht nur dieser Widerstand, der mich dieser Option, die wir immer stärker vertieften, misstrauen ließ. Ich verspürte großen Verdruss, einen Missmut, den ich nicht loswurde. Ergab das alles einen Sinn? Führten die komplizierten Deduktionen, zu denen wir dank unserer klösterlichen Assistenten gekommen waren, zu einem logischen, verständlichen, vernünftigen Ziel? Es gab einen entscheidenden Bestandteil in unserem Fall: Wir verfolgten einen Schatten, der eine völlig absurde Spur hinterließ. Und das führte dazu, dass ich mich immer wieder fragte: Wer in unserer praktischen, materialistischen Welt voller Eigennutz und Hetze war fähig, sich solch barocken und gespenstischen Unsinn auszudenken? Dieser Schuh passte mir nicht, sosehr ich auch versuchte, den Fuß hineinzukriegen. Plötzlich spürte ich, dass mich der Subinspector mit seinem Bier in der Hand böse anfunkelte.

»Es ist sicher unverzeihlich, Ihre faszinierenden Meditationen zu stören, aber ich wollte Sie daran erinnern, dass es ein Zeichen von Zivilisation ist, wenn man hin und wieder anstößt.«

»Entschuldigen Sie, Fermín, ich bin unverbesserlich! Ich war in Gedanken.«

»Es schien mir so.«

»Ich möchte Sie etwas fragen«, sagte ich, um ihm nichts von meinen Zweifeln erzählen zu müssen, die nur zu einer fruchtlosen Debatte geführt hätten. »Erzählen Sie Emilia von den Umständen unseres Falles?«

»Mensch, Petra, Umstände, was man so Umstände nennt ... Um ehrlich zu sein, ja. Früher habe ich meiner besseren Hälfte nur wenig von der Arbeit erzählt, aber seit wir in dieser Sache mit der Mumie stecken, hat sie mich so subtil und geschickt ausgefragt, dass ich am Ende … Ich muss gestehen, dass ich ihr das Wichtigste erzählt habe. Aber ich vertraue auf ihre Verschwiegenheit.«

»Eigentlich müsste ich Ihnen jetzt eine Standpauke halten, aber dazu fühle ich mich ehrlich gesagt nicht imstande.«

»Und Sie, erzählen Sie Ihrem Architekten nichts?«

»Wir sehen uns doch kaum!«

»Begleiterscheinung der Arbeit, kennt man ja.«

»Ja, kennt man, aber ich hatte die Hoffnung, die Ehe würde mir helfen, gewisse Dinge zu ändern, wie zum Beispiel die Prioritäten meines Lebens, aber dem ist nicht so.«

»Und warum wollen Sie immer etwas ändern?«

»Das Leben ist ständige Veränderung, Fermín, und diese Veränderung sollte auf Perfektionierung ausgerichtet sein, wenn man es gut machen möchte.«

Er sah mich neugierig und zugleich ironisch an.

»Ich gebe Ihnen recht, dass nicht zu arbeiten eine tolle Veränderung wäre, aber sagen Sie mir, wie man das anstellen soll.«

»Ich meine nicht, ganz mit dem Arbeiten aufzuhören, sondern dem Alltagsleben in allem, was dazugehört, mehr Raum zu geben.«

»Vielleicht können sich Marcos und Emilia diesen Luxus leisten, aber Sie und ich … Wir sind Polizisten, Inspectora, und ein Polizist, der in einem Fall ermittelt, wird zu einer Art abgerichtetem Hund, der nur den Befehl im Kopf hat, der ihm gegeben wurde.«

»Verdammt, das Beispiel führen Sie doch bestimmt an, um mich aufzumuntern, oder?«

»Nein, damit Sie mir nicht ganz verblöden, denn in letzter Zeit sind Sie etwas neben der Spur. Lassen Sie den Scheiß, Petra, Sie sind Polizistin bis ins Mark, genau wie ich. Ich sehe Sie nicht früh nach Hause gehen, weil Ihr Mann auf Sie wartet, auch keine Blümchen im Garten pflücken, um einen schönen Strauß auf den Tisch zu stellen.«

»Warum sehen Sie mich nicht in dieser Rolle?«

»Dafür gibt es viele Gründe. Erstens verfügen Sie, auch wenn Sie das ungern zugeben, über großes Pflichtbewusstsein. Zweitens ermitteln Sie gern. Wenn wir mit einem komplizierten Fall beschäftigt sind, stellt ihr Kopf die rote Alarmleuchte an und hört keinen Moment auf, darum zu kreisen. Und drittens gefällt Ihrem Mann, wie Sie sind: hoch konzentriert und bis zur Nasenspitze in die Suche vertieft. Würden Sie ein harmonischeres Leben führen und dem Familienleben mehr Raum geben, würde sich der Architekt mit Ihnen zu Tode langweilen.«

»Es wird besser sein, wenn wir jetzt gehen, denn wenn Sie mich weiter mit derartigen Argumenten aufmuntern wollen, laufe ich Gefahr, spektakulär Selbstmord zu begehen, sobald sich die Gelegenheit bietet.«

Er lachte wie ein Satyr, der es geschafft hat, eine komplette Mädchenschule in Wallung zu versetzen. Vielleicht unterstellte er meinem Mann die eigenen Erfahrungen und würde sich selbst mit einer ausgeglichenen Petra langweilen. Obwohl das Gespräch mit meinem Kollegen mir nur wenig Trost spendete, konnte ich nicht leugnen, dass es mir gutgetan hatte. Und das Wichtigste dabei war seine Fähigkeit, die Begleiterscheinungen des Lebens in den normalen Rahmen einzupassen. Möglicherweise fehlten ihm ebenso wie mir die Erklärungen, doch er gab ihnen in der echten Welt ihren Platz, und da die Welt ist, wie sie ist, wozu soll man sich dann ständig mit Konflikten herumschlagen, die lediglich dazu führen, alles in Frage zu stellen? Ach Fermín Garzón! Männern wie ihm wohnte das Wesen des Glücks inne.

Marcos war auch nicht gerade ungeschickt in Fragen der positiven Philosophie. An diesem Abend gönnte er sich gerade einen Joghurt, und als er mich erblickte, begrüßte er mich wie eine alte Freundin, die man erfreut wiedersieht.

»Wie schön, Petra, ich dachte, du kämst später.«

»Ja, und wenn man bedenkt, dass ich gar nicht hätte kommen können, noch viel schöner.«

Er ergriff mit beiden Händen meine Wangen und küsste mich auf den Mund. Ich versuchte mich ihm zu entwinden, und gab ihm einen Klaps.

»Lass mich los! Bist du verrückt geworden?«

»Ich bin glücklich! Endlich sind alle Änderungen des Hotelprojekts abgesegnet!«

»Fantastisch, wie schön!«

»Das bedeutet zwar nur, dass wir mit dem Bau beginnen können, aber nach den ganzen Schwierigkeiten ist das schon eine Menge. Was hältst du davon, wenn wir ausgehen und das feiern?«

Ich war so müde, als hätte ich mit Garzón auf dem Rücken den Mount Everest erklommen, aber ich sagte mir, dass dies einer der Momente war, in denen eine liebende Frau zum Wohle ihres Mannes keine Rücksicht auf sich selbst nehmen durfte. Schließlich hatte er mir nicht vorgeschlagen, uns zusammen vor ein Erschießungskommando zu stellen, also gingen wir in ein französisches Restaurant.

13

Als das Telefon klingelte, hatte ich das Gefühl, dass mein Kopf noch immer von dem wundervollen Burgunder, den wir zum Essen getrunken hatten, umnebelt war. Ich warf einen Blick auf den Wecker. Es war sieben Uhr morgens, und Marcos lag nicht mehr neben mir. Zu allem Überfluss rief nun auch noch Garzón an. Ich meldete mich mäßig begeistert.

»Fermín, was zum Teufel ist denn los?«

»Die Kacke ist am Dampfen, Inspectora.«

»Sagen Sie mir erst, wer dafür verantwortlich ist.«

»Richter Manacor.«

»Schießen Sie los, lassen Sie sich nicht alles aus der Nase ziehen.«

»Dieser Fatzke hat einem Reporter untersagt, etwas über den Mumienfall zu veröffentlichen. Natürlich fühlte sich der Schmierfink geradezu herausgefordert, weil er wegen der angeordneten Geheimhaltung den Richter extra um Erlaubnis gebeten hatte …«

»Um was ging es denn?«

»Nichts weiter, Blödsinn, ein Interview mit dem verdammten Bruder der armen Eulalia, der sicher eine Menge Knete dafür kassierte, dass er nichts zu sagen hat. Aber niemand hat den unerfahrenen Richter davor gewarnt, dass jetzt die gesamte Presse über ihn herfallen würde.«

»Denken Sie, das betrifft uns auch?«

»Die Medien werden uns noch mehr unter Druck setzen, statt uns in Ruhe zu lassen.«

Er machte eine Pause, Schweigen meinerseits.

»Inspectora, wenn Sie mich nichts fragen, weiß ich nicht, was ich noch sagen soll. Sagen Sie doch was.«

»Die können mich mal.«

»Wer?«

»Alle.«

»Das ist eine Grundsatzerklärung, aber aus einem praktischen Blickwinkel?«

»Wir machen unsere Arbeit weiter wie bisher.«

»Und wenn wir auf der Titelseite landen?«

»Gehe ich zum Friseur, um anständig auszusehen.«

»Gut«, lautete sein knapper Kommentar. »Kommen Sie jetzt ins Kommissariat?«

»Sobald ich es schaffe, aufzustehen.«

»Gut«, wiederholte er ernst. Und legte auf.

Es gelang mir nur mit Mühe, hochzukommen. Ich zog einen Morgenmantel über und suchte Marcos. Er saß fertig angezogen am Frühstückstisch.

»Warum bist du heute so früh auf?«

»Es ist die gleiche Zeit wie immer, du bist nicht aus den Federn gekommen.«

Er hatte recht, ich fühlte mich wie ein Zombie. Ich rieb mir die Augen und setzte mich. Marcos schenkte mir Kaffee ein, und ich war ihm dankbar dafür.

»Ich habe heute einen anstrengenden Tag vor mir«, sagte er. »Es klingt absurd, kaum ist die schwierige Vorbereitungsphase des Baus abgeschlossen, geht es erst richtig los.«

»Zumindest weißt du, was dich erwartet. Das ist viel mehr, als ich von mir behaupten kann. Wenn man mich jetzt fragen würde, an welchem Punkt der Ermittlungen wir stehen, wüsste ich keine Antwort. Außerdem erscheint mir momentan alles so seltsam, als ereignete sich das Ganze kilometerweit von hier entfernt.«

Marcos ergriff meine Hand und sah mich mit seinen schönen Augen an.

»Petra, ich traue mich nie, dir das zu sagen, weil ich fürchte, dass du es mir übel nehmen könntest, aber ich möchte, dass du weißt, wenn du deine Arbeit irgendwann satt haben solltest, wenn du sie aus irgendeinem Grund aufgeben möchtest ... Nun ja, dass ich dich bedingungslos unterstütze. Eigentlich brauchen wir nicht so viel Geld zum Leben, und egal, welche Entscheidung du auch triffst, ich werde immer zu dir stehen.«

Ich trank einen Schluck Kaffee und klopfte ihm auf den Rücken.

»Ich bin dir wirklich dankbar. Es tut gut zu wissen, dass man sich jederzeit erlauben kann, alles zum Teufel zu jagen, mittelalterliche Mumien eingeschlossen.«

Er gab mir einen Kuss und machte sich eilig auf den Weg. Ich blieb in der gemütlichen, warmen Küche sitzen. Der Kaffeeduft machte mich munter. Wäre es gut für mich, den Polizeidienst zu quittieren? Garzóns Gerede über unsere Zugehörigkeit mit Leib und Seele zur Policía Nacional war nichts weiter als ein Mythos. Niemand wird geboren, um eine bestimmte Funktion zu erfüllen. Lebensumstände und vor allem Persönlichkeitsstruktur bringen einen Menschen dazu, mehr oder weniger leidenschaftlich in einem Beruf aufzugehen. Wer seine Berufstätigkeit so wichtig nimmt, dass sie einen Großteil seines Lebens ausfüllt, tut das in Wirklichkeit, um die Mängel in anderen Bereichen auszugleichen. Oder etwa nicht? Nur Theorien, wie Garzón sagen würde. Wozu dienen Theorien, wenn man hinterher unfähig ist, angemessen zu agieren? Wollte ich nicht mehr Polizistin sein? Was würde ich den Rest meines Lebens über tun? Da fiel mir so manches ein: mehr lesen, Freunde besuchen, mit Marcos zusammen sein, mich sonnen, mir mehrere Hunde zulegen, mit denen ich spazieren gehen konnte ... Natürlich durfte ich dabei nicht vergessen, dass andere ihr eigenes Leben, ihren Beruf, ihre Prioritäten und so weiter hatten. Beispielsweise an einem Morgen wie diesem ... An einem Morgen wie diesem könnte ich einkaufen gehen, mich mit einer Freundin zum Essen treffen und warten, dass Marcos nach Hause käme, dass mich jemand anriefe ... warten. Ich machte mir einen Toast und bestrich ihn mit Butter. Warten gehörte nicht gerade zu meinen Stärken. Ich würde sogar sagen, dass ich es hasste zu warten. Tatsächlich störte es mich schon, in einem Geschäft zu warten, bis ich an der Reihe war, oder auf den Bus. Nein, ich hatte überhaupt keine Lust, nur den Platz einzunehmen, den geliebte Menschen mir einräumten. Ich wollte mein Leben selbst bestimmen, und deshalb tat ich das Einzige, was ich konnte: ermitteln. Ich stand auf und ging ins Schlafzimmer. Beim Blick in den Spiegel sah ich eine Frau mittleren Alters in einem blau gestreiften Morgenmantel, die sich fragte, wie sie den Tag herumbringen sollte. Entschlossen ging ich duschen, und als ich mich einseifte und anschließend abtrocknete, spürte ich eine fast teuflische Energie in mir aufsteigen. Der verdammte Mörder-Mumienaufschlitzer konnte sich auf was gefasst machen! Wir würden ihn schnappen, ob er nun Caldaña oder Luis Candelas hieß. Jetzt würde ich mich gnadenlos an seine Fersen heften, auch wenn es mich meine geistige Gesundheit und meine Ehe, Steuergelder und meinen Frieden kosten würde.

Kaum war ich angezogen, klingelte das Telefon erneut, und wieder war es Garzón.

»Inspectora, wo bleiben Sie?«

»Ich bin gleich da. Ist was passiert?«

»Ja, aber ehrlich gesagt, fällt es mir schwer, es Ihnen zu sagen.«

»Ich verstehe Sie nicht.«

»Inspectora, jetzt ist Bruder Ambrosio auch noch einarmig. Im Tennisclub von Horta ist eine Hand aufgetaucht. Sie brauchen erst gar nicht zu fragen, es ist wieder einer der Orte, an denen in der Tragischen Woche eine romanische Klosterkirche in Flammen stand. Ich habe unsere Experten schon konsultiert. Es handelt sich um die Kirche San Juan, gebaut Anfang des XX. Jahrhunderts, und sie gehörte dem Adelsgeschlecht de Cortada. Wie Sie hören, habe ich es auswendig gelernt. Sie brannte in besagter Woche und ging 1912 in den Besitz des Clubs über.«

»Wo sind Sie?«

»Ich bin auf dem Weg zum Fundort, in der Calle Campoamor, aber …«

»Aber was?«

»Mein Gott, Inspectora, das Kommissariat ist ein einziger Hexenkessel! Coronas ist hysterisch, der Psychiater behauptet, das seien Warnsignale des Mörders, bevor er wieder mordet. Villamagna versucht, die Reporter in Schach zu halten, die uns inzwischen belagern wie die Geier. Besser, Sie fahren da gar nicht erst hin, und wir treffen uns in Horta.«

»Geben Sie mir die genaue Adresse. Und sagen Sie dem Labor Bescheid, etwas mehr Tempo würde uns ganz guttun.«

Die linke Hand des Heiligen befand sich in einer Papiertüte und war von einem Anwohner gefunden worden, der morgens auf dem Weg zur Arbeit als Erster an der Eingangstür des noch geschlossenen Tennisclubs vorbeigekommen war. Ich sah sie mir gar nicht erst an. Die Kollegen von der Spurensicherung waren vor mir eingetroffen und suchten nach weiteren Hinweisen, wenn auch ohne große Hoffnungen. Alles schien wie bei den ersten beiden Funden abgelaufen zu sein, absolute Keimfreiheit war das Hauptkriterium. Die Bewohner der umliegenden Häuser versicherten, dass die Straße nachts nicht sehr belebt sei. Was bedeutete, dass die Hand schon eine ganze Weile dort gelegen haben konnte, ohne dass sie von den Nachbarn bemerkt wurde.

Ich ging zum Chef der Spurensicherung und sah ihn fragend an. Er zuckte machtlos mit den Schultern.

»Wir sammeln Haare und ein paar Zigarettenkippen ein, aber an einem so gut besuchten Ort ist das, ehrlich gesagt, ziemlich sinnlos. Wenn wir die Hand ins Labor gebracht haben, kann ich dir mehr sagen, allerdings sind die noch mit der Analyse des zweiten Fußes beschäftigt. Soweit ich es bisher einschätzen kann, ist es das gleiche Vorgehen: sauberer Schnitt mit einem sehr scharfen und großen Instrument. Du siehst es ja.«

»Ja, ich sehe schon.«

»Wenn er dem Heiligen den Kopf abschneidet, haben wir mehr Oberfläche, die wir untersuchen können.«

Ich schätzte seinen Galgenhumor, der so typisch war für unser Land. Doch ich wurde von meinem Handy abgelenkt, das ununterbrochen bimmelte und blinkte wie ein Kinderkarussell.

»Wollen Sie nicht rangehen?«, fragte der Subinspector.

»Nein, sollen sie doch weiter auf die Mailbox jammern und schimpfen, denn das werden sie wohl tun. Geben Sie mir Ihr Handy. So trickse ich meine hartnäckigen Verfolger aus, die sollen ihre Arbeit machen.«

Ich wählte Bruder Magís Nummer, der sich mit der gelassenen Stimme eines mit Gott in Verbindung stehenden Feingeistes meldete.

»Bruder Magí, wie sieht's aus?«

»Wir kommen voran, Inspectora, glauben Sie mir, wenn auch nur langsam. Wir haben bereits ein paar Dokumente gefunden, in denen dieser Caldaña auftaucht, aber wir brauchen natürlich eine Spur, die uns zur Familie selbst führt: Wohnort, Herkunft, Beruf ... und dazu müssen noch etliche Archive durchforstet werden, natürlich ohne zu wissen, ob diese Daten überhaupt irgendwo auftauchen.«

»Machen Sie weiter, und nehmen Sie sich die Zeit, die Sie brauchen. Wir haben gerade die linke Hand des Heiligen in einem Tennisclub gefunden.«

Ich hätte gerne gewusst, wie jemand, der weder fluchen noch schimpfen darf, auf eine solche Nachricht reagiert und war etwas enttäuscht, als der Mönch das tat, was wir alle in derartigen Situationen machen.

»Mein Gott, mein Gott!«, wiederholte er und fragte dann: »Wann ist dieser Albtraum endlich zu Ende?«

Ich hingegen war davon überzeugt, dass der Albtraum schon zu Ende war. Ich glaubte nicht, dass der Täter noch einmal morden würde. Nein, das alles war ein Spiel, das uns zu ihm führen sollte. Und gemäß der Ermittlungsstrategie, die unser Vorgehen stützte, lautete das Motiv, die Mumie zu stehlen und Aufmerksamkeit zu erregen. Ich durfte mich also nicht unter Druck setzen lassen, denn wenn wir es eilig hatten, dann wegen des großen öffentlichen Interesses und nicht wegen des Risikos, dass es weitere Morde geben könnte.

So erklärte ich es auch Comisario Coronas, aber selbst mein überzeugtes Auftreten ersparte mir seinen harschen Verweis nicht.

»Petra, so geht das nicht weiter, selbst wenn es keine weiteren Morde geben sollte, zwei sind mehr als genug, sehen Sie sich den Zirkus doch an. Und Sie wissen ganz genau, dass wir uns auf dünnem Eis bewegen: die Kirche, ein bekannter Name aus den höchsten Kreisen der Stadt …«

»Señor, wir tun unser Menschenmöglichstes.«

»Den Eindruck hat man aber nicht. Haben Sie mal in die Zeitung geguckt? Nach der Glanzleistung des Untersuchungsrichters stehen wir jetzt unter heftigem Beschuss. Und zwar so sehr, dass ich den Richter gebeten habe, die Geheimhaltung des Verfahrens und das Veröffentlichungsverbot für diesen Reporter zugunsten unserer Ermittlungen wieder aufzuheben. Mich interessiert das alles einen Feuchten, verstehen Sie, einen Feuchten! Aber das Ansehen der Polizei nimmt Schaden, wenn wir so eine schlechte Figur machen. Das Ganze zieht sich viel zu lange hin. Anfangs haben Sie mich wenigstens noch um eine Soko gebeten! Was ist denn jetzt los, woher kommt dieses plötzliche Auf-der-Stelle-Treten?«

»Señor, Sie haben unsere täglichen Berichte gelesen und wissen genau, an welchem Punkt wir sind.«

»Ja, ich weiß, scheint mir ein toter Punkt zu sein.«

»Das ist er aber nicht. Wie soll ich es ausdrücken? Wir stecken mitten in einem Fall mit historischem Kontext und haben zu seiner Lösung Ermittlungsschritte in Sachen geschichtlicher Ereignisse initiiert. Aber das braucht natürlich Zeit. Geschichte ist eine Angelegenheit von Jahrhunderten, logischerweise gehen auch die Ermittlungen entsprechend langsam voran. Es passt also alles prima zusammen.«

»Soll das heißen, dass wir im Falle des Mordes an einem Formel-Eins-Fahrer mit Höchstgeschwindigkeit ermitteln würden?«

»Nein, Señor, ich meine es ernst. Denken Sie an die langen Missionen von Archäologen, an die vielen Jahre, die sie investiert haben, um den Stein von Rosetta zu entschlüsseln.«

»Himmel noch mal, Petra! Wollen Sie, dass sich das hier in den ›Ewigen Fall des dritten Milleniums‹ verwandelt und der Mörder irgendwann innerhalb der nächsten drei Generationen gefunden wird? Ich kann mir nicht vorstellen, gegen wen der Richter dann noch Anklage erheben soll.«

Dass er über die verfahrene Situation Scherze machte, beruhigte mich außerordentlich. Und ich irrte mich nicht, denn nachdem er sich in typischer Manier heftig die Augen gerieben hatte, sagte er abschließend: »Soll ich Ihnen was sagen? Vielleicht wäre es keine schlechte Idee, wenn Sie das alles Villamagna erzählen würden, damit er es den Reportern weitergibt, das gefällt denen bestimmt, und sie lassen uns ein Weilchen in Ruhe.«

»Und der Richter?«

»Ich scheiß auf den verdammten Richter! Der hat uns schon genug Probleme gemacht. Ich gehe jetzt gleich zu ihm. Und Sie tun, was ich gesagt habe.«

Ich war noch mal glimpflich davongekommen, was bewies, dass in dem alten Sprichwort »Hunde, die bellen, beißen nicht« viel Wahrheit steckte.

Für Villamagna klang das mit der archäologischen Methode eher nach einem alten Volkslied.

»Verdammt noch mal, Petra! Ihr seid ganz schön dreist. Ich sage dir, wenn ich so ein Schmierfink wäre und sich ein Bullensprecher vor mir aufbaut und was vom Stein der Rosetta faselt, würde ich den ...«

»Sag mir lieber nicht, was du tun würdest, erspar mir das! Schließlich ist das eine Anweisung vom Chef, also überleg's dir.«

»Scheiße! Erst das Tamtam mit dem Psychiater, jetzt dieser Geschichts-Quatsch. Ich sehe mich schon den Kollegen von der Presse empfehlen, über Ozeanographie oder giftige Pilze zu berichten.«

»Prima, ein wenig Bildung für die Masse. Wer sagt, dass einer, der nur die Klatschspalten liest, notwendigerweise im geistigen Elend versinken muss?«

Wenig überzeugt, aber mir prophezeiend, dass das seiner Meinung nach nicht funktionieren würde, schob er ab. Ich seufzte. Gut, nachdem nun die internen Klippen umschifft waren, rief ich Garzón an.

»Fahren Sie zur Balmesiana-Bibliothek, und überprüfen Sie, was unsere beiden Detektive so machen. Sie sollen die Zeit bloß nicht mit unwichtigen Dingen verschwenden.«

»Und Sie?«

»Ich werde mich Sonia und Yolanda anschließen. Wir müssen sehen, dass wir mit den Caldañas vorankommen.«

»Könnten wir es nicht umgekehrt machen? Sie sind besser in Bildungsfragen und ich im Pflastertreten.«

»Möglich, aber so ungehalten, wie der Comisario ist, fühle ich mich außerstande, mich jetzt in einer Bibliothek zu vergraben.«

»Sie sind der Boss.«

Die Mädchen hielten sich gerade im Stadtteil Carmelo auf. Wie sie mir berichteten, lebte dort eine Familie Caldaña, deren

Oberhaupt Maurer war. Ich verabredete mich mit ihnen in Teixonera und lud sie in eine Bar ein.

»Wie kommt ihr voran?«

»Haben Sie die Berichte nicht gelesen?«

»Nur überflogen.«

»Wir waren bei einem Haufen Caldañas, ohne dass etwas dabei herausgekommen wäre.«

Yolanda zog ihren superflachen Laptop aus der Tasche und platzierte ihn neben ihrer Tasse Schokolade auf dem Tisch. Sonia holte ihr abgewetztes Notizbuch heraus und sagte zu ihr: »Den brauchst du erst gar nicht anzumachen, ich habe alles notiert. Das verbraucht nur Batterie, Mensch.«

Zum ersten Mal war ich ihrer Meinung. Sie gingen ihre seitenlangen Notizen durch. Ich betrachtete die beiden jungen Polizistinnen aufmerksam. Sie mussten früh aufgestanden sein, denn sie waren nachlässig gekleidet und hatten sich nicht, wie gewohnt, die Augen geschminkt. Sie gefielen mir: so jung, so hübsch, beide mit den alterstypischen Problemen in ihrem Privatleben, und trotzdem beschäftigten sie sich eingehend mit dieser verflixten Mumie und dem Groll und der Rache aus einer Epoche, die ihnen völlig fremd war. Yolanda zog ihre Schlüsse.

»Eigentlich war es gar nicht nötig, nachzusehen, Inspectora, ich erinnere mich genau. Verdächtig, was man so verdächtig nennt, ist uns nichts vorgekommen. Es gibt in drei Familien junge Männer. Hier haben Sie die Adressen, falls Sie sie noch einmal befragen möchten. Und von allen Caldañas auf der Liste fehlen uns noch vier. Sagen Sie uns also, wie wir uns organisieren.«

»Perfekt. Sonia und ich kümmern uns um die jungen Caldañas. Du suchst die restlichen Familien auf.«

»Zu Befehl, Inspectora«, rief Yolanda ganz in ihrem Element.

Plötzlich kam mir in den Sinn, sie zu fragen: »Ihr seid müde, nicht wahr?«

Neugierig sahen sie erst mich und dann einander an. Es

schien sie zu überraschen, dass das Monster in mir so was wie ein menschliches Gesicht zeigte. Aber sie blieben auf der Hut. Ich sah, wie Yolanda ihrer Kollegin bedeutete: Du hältst besser den Mund.

»Das Ganze ist eine ziemlich harte Nuss, Inspectora. Wir arbeiten, ohne genau zu wissen, wohin das alles führt. In anderen Fällen gibt es Fakten, die einem auch beim nervigen Teil der Ermittlungen helfen zu verstehen, wozu es gut ist, was man macht, aber hier ... Ich weiß nicht, das ganze Theater mit der Mumie, die in Einzelteile zerlegt wird, die Rache dieser Familie ... Ich weiß nicht, Inspectora, eigentlich verstehen wir gar nichts. Mir ist klar, dass wir nicht immer alles überblicken müssen, aber ich sage Ihnen ehrlich, selbst Gott dürfte seine Probleme haben, hier den Durchblick zu behalten.«

»Vielleicht tröstet es dich zu erfahren, dass es mir genauso geht wie euch.«

»Ja, aber Sie haben mehr Informationen. Es muss doch etwas passiert sein, dass plötzlich überall die abgehackten Teile der Mumie auftauchen, oder?«

Ich überlegte. Ja, der Zerstückelungsprozess von Bruder Asercio hatte sich beträchtlich beschleunigt, aber die schlichte Frage, die diese junge, relativ unerfahrene Polizistin in den Raum stellte, hatten wir uns nicht wirklich gestellt. In der Tat, was hatte das vermehrte Abtrennen der Körperglieder veranlasst? Es musste etwas passiert sein. Offensichtlich hatte unsere Kräftezersplitterung dazu geführt, dass es mir unmöglich schien, ein vernünftiges Gerüst zu bauen, in dem jedes Ereignis seinen Platz hatte.

»Ich habe nicht viel mehr Informationen als ihr. Aber ich verstehe, dass es frustrierend ist, wenn man sich ohne den Gesamtüberblick mit Teilen der Ermittlungen beschäftigen muss. Morgen mache ich euch eine Kopie der täglichen Berichte, und ihr schaut sie euch an, was meint ihr?«

»Danke, Inspectora Delicado, Sie sind wirklich schwer in

Ordnung«, sagte Yolanda in ihrem jugendlichen Überschwang. Sonia nickte nur heftig, was mir bestätigte, dass ihre Kollegin sie gebeten hatte, in meinem Beisein den Mund zu halten. Gut, die Maßnahme war gar nicht schlecht. Ein kluger Schachzug, den eine weitere Geste der Sympathie nicht beeinträchtigen würde: »Findest du das auch, Sonia?« Nein, ein Lächeln genügte, denn jegliche Beteiligung am Gespräch barg eine Vielzahl an Risiken.

Und so machte ich mich mit meiner schweigsamen Begleiterin und der Adressenliste auf die Suche nach rebellischen und gerechtigkeitsfanatischen Mitgliedern aller Caldaña-Sippen in Barcelona. Sonia nahm die Empfehlung zur Vorsicht mir gegenüber so ernst, dass sie mich kein einziges Mal ansprach. Und als ich sie um die Wegbeschreibungen zu den Häusern bat, antwortete sie sachlich und deutlich wie ein Anrufbeantworter. Mein Gott, dachte ich, es ist sinnlos, vor dem eigenen Schicksal davonzulaufen: Dieses Mädchen war sprechend oder schweigend, tot oder lebendig mit dem Fluch belegt, mein Nervenkostüm zu reizen. Trotzdem geboten die Umstände, tief durchzuatmen und mich wie eine erwachsene Frau zu benehmen. Ich versuchte, meine Fragen so knapp wie möglich zu stellen.

»Ist es hier?«

Sonia nickte. Wir waren nicht weit vom Kloster der Herz-Jesu-Schwestern entfernt.

»Wie viele junge Männer gibt es in dieser Familie?«

Sie hob den Daumen zum Zeichen für die Eins.

»Weißt du, ob er im Augenblick arbeitet oder studiert?«

Sie zuckte mit den Schultern. Ihre Zeichensprache raubte mir den letzten Nerv. Es reichte nicht, dass ich tief Luft holte, ich musste wie beim Tauchen die Luft anhalten. Es funktionierte. Mit einem bemühten Lächeln, für das ich den Nobelpreis verdient hätte, sagte ich: »Lass uns hochgehen.«

Die Tatsache, dass ich so lange an Sonias Seite durchgehalten hatte, ohne sie anzuschnauzen, würde sie sicher aufmuntern und ihr Selbstwertgefühl heben. Wir warteten an einer roten Ampel. Ein Lieferwagen versperrte uns die Sicht auf die einfache alte Haustür, die wir ansteuerten. Der Lieferwagen gehörte einem Gemüsehändler. Aus einem Restaurant kam ein kräftiger großer Mann, der die Hecktür öffnete und leere Plastikkisten hineinwarf. Ich war so in meine Gedanken vertieft, dass ich glaubte, Garzón stünde neben mir.

»Sagen Sie mal, Garzón, kommt Ihnen dieser Lieferwagen nicht bekannt vor?«

Das Auto war auf beiden Seiten üppig mit Bananen, Erdbeeren und Melonen bemalt. Dazwischen war zu lesen: *Obst und Gemüse El Paraíso*. Als der Mann den Wagen anließ, war ich noch immer wie betäubt. Doch plötzlich traf mich der Blitz der Erkenntnis. Ich packte Sonia am Arm und rief: »Lauf, Sonia, lauf, er darf uns nicht entwischen!«

Wie im Traum vernahm ich die erschrockene Stimme des Mädchens: »Wer denn, Inspectora, wer darf uns nicht entwischen?«

»Der Lieferwagen, der Lieferwagen«, konnte ich noch rufen und rannte selbst los. Der, wie mir schien, junge Mann hatte uns bemerkt und legte krachend den ersten Gang ein. Mein Spurt war vergeblich, ich konnte den Wagen nicht mehr einholen. Mit einer Riesenwut im Bauch blieb ich keuchend stehen. Ich sah, wie Sonia, jünger und besser in Form als ich, hinter dem Wagen herrannte und schon fast die Fahrertür erreicht hatte.

»Anhalten, Polizei, anhalten!«

Mit unglaublichem Tempo und Durchhaltevermögen gelang es ihr, den Türgriff zu erwischen und aufs Trittbrett zu springen. Doch statt die Geschwindigkeit zu drosseln, gab der Fahrer Vollgas. Die Leute blieben stehen und beobachteten aufgeregt die Verfolgungsjagd. Ich rannte wie eine Verrückte hinter dem Lieferwagen her und konnte erkennen, dass sich Sonia nur mit Mühe festhalten konnte. Um zu erreichen, dass das Mädchen losließ und zu Boden fiel, trat der barbarische Fahrer voll in die Bremsen. Ein paar Fußgänger schrien erschrocken auf. Als ich fast aufgeholt hatte, sah ich, wie eine kräftige Faust mit irgendeinem Gegenstand Sonia brutal ins Gesicht schlug. Sonia sackte zusammen und stürzte auf die Fahrbahn. Ich zog meine Pistole, schrie: »Polizei! Geben Sie auf!« und gab einen Schuss in die Luft ab, da es auf einer so belebten Straße zu gefährlich war, in die Reifen zu schießen. Es war sinnlos, dieser verfluchte Kerl verschwand mit einem infernalischen Aufheulen des Motors in einer Seitenstraße. Verzweifelt sah ich mich um und erblickte einen Mosso d'Esquadra, der auf uns zugelaufen kam.

»Wer sind Sie? Was ist hier passiert?«

»Inspectora Petra Delicado, Policía Nacional. Haben Sie einen Streifenwagen in der Nähe?«, antwortete ich hektisch.

»Nein, Inspectora, ich bin allein und zu Fuß.«

»Um Gottes willen, rufen Sie einen Krankenwagen, schnell.«

Ich beugte mich über Sonia, unter dem vielen Blut waren ihre Gesichtszüge kaum zu erkennen.

»Sonia, bist du in Ordnung? Antworte mir, bist du in Ordnung?«

»Er ist mir entwischt«, sagte sie mit schwacher Stimme.

»Vergiss es. Gleich ist der Krankenwagen da, beruhige dich.«

»Haben Sie das Kennzeichen notiert?«

»Ich glaube nicht, dass das nötig sein wird, die Paradiesfrüchte reichen uns.«

Als ich aufschaute, waren wir umringt von Schaulustigen. Ich sprang auf und brüllte: »Was glotzen Sie so, verdammt noch mal? Verschwinden Sie von hier, aber schnell!«

Der Mosso erfasste meine Nervosität und nahm sich sofort der Situation an. Höflich drängte er die Leute zurück. Eine Minute später waren drei Streifenwagen zur Stelle: die Policía Autónoma, die Policía Nacional und die Guardia Urbana. Gleich darauf fuhr auch der Krankenwagen vor.

»Wo bringen Sie sie hin?«, fragte ich den Fahrer.

»Ins Clínico.«

Ich rief Yolanda an und trug ihr auf, zu Sonia in die Notaufnahme zu fahren. Anschließend informierte ich Sonias Familie. Sie stellten keine einzige Frage und machten auch keine dämlichen Bemerkungen. Als ich danach Garzón am Telefon hatte, redete er los, bevor ich ein Wort sagen konnte.

»Inspectora, unsere Kloster-Detektive sind höchst zufrieden; wie es scheint, haben sie die Prozessakte dieses Caldaña gefunden, worin steht, dass er in L'Hospitalet wohnte, vielleicht ...«

»Hören Sie mir zu, Garzón. Fahren Sie sofort ins Kommissariat, und warten Sie dort auf mich. Ach, und geben Sie den Streifen im Bezirk Mitte durch, dass sie nach einem weißen Lieferwagen mit der Aufschrift *Obst und Gemüse El Paraíso* suchen sollen. Ich möchte, dass der Fahrer verhaftet wird. Und schicken Sie eine Einheit in dieses Gemüsegeschäft.«

»Was ist passiert?«

Ich drückte den Aus-Knopf. Meine Polizeikollegen sahen mich an. Der Mosso d'Esquadra, der mir geholfen hatte, meinte: »Inspectora, die Kollegen von der Guardia Urbana sagen, sie müssen ein Protokoll aufsetzen, weil wir in ihrem Zuständigkeitsbereich sind, und auch ich muss Bericht erstatten.«

»Ich habe jetzt keine Zeit, meine Herren. Ich muss kurz ein paar Leute verhören, dann komme ich wieder. Warten Sie hier auf mich.«

Athletischen Schritts machte ich mich auf den Weg zu dem Restaurant, aus dem der Fahrer gekommen war. In der Tür standen zwei Kellner mit Schürze und beobachteten das Spektakel. Als sie mich näher kommen sahen, verschwanden sie im Inneren des Lokals. Ich folgte ihnen, und sogleich tauchte ein älterer Mann auf. Ich zeigte ihm meine Dienstmarke.

»Sind alle anwesend, die hier arbeiten?«

»Es fehlt nur der Koch.«

Ich ließ ihn rufen. Er war Chinese. Sie standen in einer Reihe vor mir und sahen mich an, wagten aber nichts zu sagen.

»Wer von Ihnen ist der Eigentümer?«, fragte ich. Der ältere Mann hob die Hand. Er schien verdattert.

»Kennen Sie den jungen Mann mit dem Lieferwagen?«

Er nickte mit weit aufgerissenen Augen.

»Nennen Sie mir seinen Namen.«

»Das ist Juanito, der Fahrer des Gemüsehandels.«

»Sie sehen ihn also öfter.«

»Ja natürlich. Er liefert dreimal pro Woche die Bestellungen.«

Die Verwirrung des Mannes hielt an. Er verstand nicht, was los war.

Ich wandte mich an die sprachlose Versammlung.

»Weiß jemand von Ihnen mehr über ihn?«

»Er ist in Ordnung«, sagte einer der jungen Kellner und fügte, etwas zu ängstlich für meinen Geschmack, hinzu: »Na ja, ich kenne ihn kaum, aber manchmal machen wir Scherze, wissen Sie, das Übliche, ob Barça verliert oder ob er vom vielen Gemüseausfahren nicht bald eine Gurkennase kriegt, so was eben.«

»Hat er Ihnen mal etwas aus seinem Privatleben erzählt?«

»Mir?«, fragte der Mann zurück, als wäre er viel zu unbedeutend, als dass ihm jemand etwas anvertrauen würde. »Nein, nichts, ich sagte ja schon, Blödsinn, Flachsereien eben, das Übliche.«

»Wie lange beliefert er Sie schon?«

»Mindestens vier Jahre«, antwortete der Besitzer. »Die sind anständig und haben ordentliche Qualität zu einem guten Preis.«

»Und es ist immer derselbe Fahrer?«

»Nein, manchmal kommt sein jüngerer Bruder, aber normalerweise kommt er.«

Der chinesische Koch sah uns lächelnd an. Wahrscheinlich

hatte er in der Küche nichts von dem Scharmützel auf der Straße mitgekriegt, es war aber auch gut möglich, dass er kein Wort Spanisch verstand. Ich gab dem Besitzer meine Karte.

»Wenn Ihnen noch etwas einfällt, rufen Sie mich an.«

»Was hat der Junge denn angestellt, können Sie uns das nicht sagen?«

»Ich weiß es noch nicht«, erwiderte ich ehrlicherweise und ging.

Direkt daneben befand sich das Haus, in dem die Caldañas wohnten, die wir aufsuchen wollten. Ich ging die drei Stockwerke zu Fuß hinauf, es gab keinen Fahrstuhl. Eine ungefähr sechzigjährige Frau öffnete die Wohnungstür.

»Ich bin Petra Delicado, Inspectora der Policía Nacional«, wies ich mich aus.

»Schon wieder?«, rief sie sichtlich besorgt. »Die Polizei war doch schon hier, und ich schwöre Ihnen, dass ich immer noch nicht weiß, warum. Jedenfalls ist mein Mann nicht da.«

»Kann ich mit Ihnen reden? Könnten Sie mich reinlassen?«

Sie trat beiseite. Sie trug ein altes geblümtes Kleid, und ihr Haar war ungekämmt.

»Lassen Sie mich bitte erst den Herd abstellen, ich koche gerade.«

Ich sah sie durch den dunklen Flur in der Küche verschwinden. Sie stellte den Gasherd ab und kam sofort zurück, um mich ins Wohnzimmer zu bitten. Es war klein und typisch für die Unterschicht eingerichtet: ein Regal ohne Bücher, der Fernseher dominierte den Raum, ein Esstisch mit Tischdecke. Alles war sauber und ordentlich.

»Setzen Sie sich. Möchten Sie etwas trinken?«, fragte sie ergeben. Ihr Gesicht war durchzogen von tiefen Furchen, die ihm einen dramatischen Ausdruck verliehen. Ich schüttelte den Kopf.

»Señora Caldaña, haben Sie Kinder?«

»Das haben mich die anderen Polizistinnen auch gefragt.«

»Antworten Sie bitte, auch wenn ich Ihnen die gleichen Fragen stelle.«

»Ich habe zwei Töchter, sie sind verheiratet. Von der älteren habe ich einen Enkel. Die andere hat erst vor einem Jahr geheiratet.«

»Keinen Sohn?«

Ihr Gesicht verzog sich schmerzlich.

»Doch, meinen Julio.«

»Wie alt ist er?«

»Achtzehn. Ich habe ihn ziemlich spät bekommen, Inspectora, so ist das Leben.«

Ich nickte kühl.

»Wo ist er jetzt?«

»In der Werkstatt.«

»Sie müssen mich dorthin begleiten, Señora Caldaña, ich muss sofort mit ihm sprechen.«

Unvermittelt brach sie in Tränen aus. Ich sah sie stumm an, diese Reaktion war vielsagend, ich straffte mich.

»Er ist ein so guter Junge, ich weiß nicht, was Sie von ihm wollen. Manchmal macht er Dummheiten, stiehlt eine Apfelsine, schreit plötzlich jemanden auf der Straße an, aber nichts Ernstes, Señora. Ich kann Ihnen versichern, dass von allen unseren Kindern er uns trotz allem das meiste Glück schenkt.«

»Ich verstehe«, sagte ich auf der Suche nach Worten, die nicht unverschämt klangen. »Nennen Sie mir die Adresse der Werkstatt, in der Ihr Sohn arbeitet. Ich bestelle meinen Kollegen dorthin.«

»In der Calle Numancia«, sagte sie und trocknete sich die Tränen. »Die Nummer weiß ich nicht, aber es ist eine von der Generalitat eingerichtete Werkstatt.«

Ich sah sie irritiert an.

»Warum arbeitet Ihr Sohn in einer solchen Werkstatt, wurde er mal zu einer Jugendstrafe verurteilt?«

Sie sah mich mit hervorquellenden, geröteten Augen an.

»Aber Señora, mein Sohn leidet am Down-Syndrom. Wussten Sie das nicht?«

Ich verarbeitete diese Information in weniger als zehn Sekunden und sah mich plötzlich um, als wäre ich in einer Mondlandschaft gelandet. Was tat ich hier? Was hatte ich hier verloren? Genug, Petra, genug, sagte ich mir, genug Fehler, genug Blödheit.

»Señora Caldaña, entschuldigen Sie, ich glaube, es handelt sich hier um einen Irrtum. Wir brauchen nirgendwohin zu gehen. Ich bitte Sie nochmals um Verzeihung.«

Weit davon entfernt, mir böse zu sein, lächelte mich die Frau sichtlich erleichtert an.

»Ich wusste es, ich war mir ganz sicher, das habe ich Ihnen ja gesagt. Was kann ein Junge anstellen, der jeden verdammten Tag direkt von der Werkstatt nach Hause kommt? Außerdem ist er so gut!«

Ich floh, so schnell ich konnte, aber das Gefühl von Lächerlichkeit und Schuld ließ sich nicht abschütteln. Was, zum Teufel, spielten wir hier eigentlich? Wieder auf der Straße, sah ich in einiger Entfernung das Grüppchen Polizisten der verschiedenen Korps miteinander plaudern. Ich mischte mich rasch unter die Leute und konnte mich ungesehen davonstehlen. Ich hätte es nicht ertragen, ihnen kilometerlange, absurde Erklärungen geben zu müssen.

Im Kommissariat warteten Garzón und Comisario Coronas, die von den Mossos d'Esquadra über den Vorfall informiert worden waren.

»Wie's aussieht, sind Sie abgehauen, ohne sich von den Kollegen zu verabschieden. Die haben Sie ganz schön im Regen stehen lassen!«

»Ich kann es nicht glauben, Comisario! Normalerweise funktioniert die Kommunikation zwischen den Sicherheitskräften sauschlecht, aber ich krieg gleich einen auf die Mütze, bloß weil ich eine Formalität nicht erfüllt habe; die Neuigkeiten fliegen anscheinend schneller als die Vögel.«

»Ich erspare mir, Ihnen zu sagen, was ich über diese Bemerkung denke, weil wir keine Zeit haben. Sie wollen vermutlich sofort diesen Gemüsehandel El *Paraíso* aufsuchen.«

»Wo ist er?«

»In Sant Pau més Baix.«

»Ich bin hergekommen, um von Ihnen zu erfahren, wie wir jetzt vorgehen sollen.«

»Wie ich schon sagte, wir haben keine Zeit für irgendwelche Besprechungen. Befragen Sie die Inhaber des Geschäfts, und währenddessen warten wir ab, ob die Männer, die ich losgeschickt habe, den flüchtigen Fahrer finden. Sagen Sie mir nur, warum Sie glauben, dass dieser Mann in die Sache verwickelt ist.«

»Auf dem Lieferwagen steht El *Paraíso*, und Eulalia Hermosilla hat wiederholt vom Paradies gesprochen, als sie verfolgt wurde. Ich bin mir ganz sicher, Señor. Es war seltsam, dass diese ungläubige Frau so oft vom Paradies geredet hat. Aus diesem Lieferwagen sind die beiden Männer gestiegen, die sie umgebracht haben. Vielleicht war es auch dieser Lieferwagen, nur mit abgeklebten Seiten, mit dem in der Nacht von Bruder Cristóbals Ermordung der Leichnam des Heiligen weggeschafft wurde. Die Flucht des Fahrers und sein Angriff auf Sonia weisen darauf hin, dass wir auf der richtigen Spur sind.«

Der Comisario senkte zum Zeichen seiner Zustimmung kurz den Blick. Wir beide harmonierten wie ein routiniertes Tanzpaar. Schon mit einem Fuß in der Tür fügte er hinzu: »Sie haben mein vollstes Vertrauen. Gehen Sie schon, verlieren Sie keine Zeit.«

Ich lächelte, und Garzón ebenfalls.

Wortlos setzten wir uns ins Auto. Ich fuhr und wandte den Blick nicht vom Verkehr ab. Der Subinspector schien zu dösen. Plötzlich erklang seine Stimme wie von einem anderen Stern.

»Sie lesen die Aufschrift und haben gleich die Fäden verknüpft?«

»Es kann nicht anders sein, Fermín, die Angst der Frau vor dem Paradies konnte nur daher kommen. Wie erklären Sie sich sonst die Reaktion des Kerls?«

»Wie sah er aus?«

»Ich konnte ihn nicht genau erkennen, aber er war kräftig genug, um der Mörder zu sein.«

»Der Mörder ...«, flüsterte er wie in Trance.

»Falls er nicht abgehauen ist, weil er drogensüchtig ist oder sonst was auf dem Kerbholz hat. Obwohl, nein, der kannte uns, der wusste sofort, dass Sonia und ich Polizistinnen sind. Es ist sogar möglich, dass er uns die ganze Zeit über nachspioniert hat.«

»Hat es was zu bedeuten, dass sie ihn nahe der Wohnung der Caldañas, die Sie befragen wollten, entdeckt haben?«

»Das schließe ich aus.«

»Warum?«

»Der Sohn besagter Caldañas hat das Down-Syndrom. Er arbeitet in einer Behindertenwerkstatt.«

»Also?«

»Ich habe diesen Lieferwagen nicht zum ersten Mal gesehen, Fermín. Sie kennen ihn auch.«

Aus dem Augenwinkel bemerkte ich, dass Garzón mich wie eine Eule anstarrte.

»Ich kann Ihnen nicht folgen«, sagte er schließlich.

»Es ist derselbe, der die Küche des Herz-Jesu-Klosters mit Gemüse beliefert. Er stand einmal vor der Tür, als wir da waren, und der Fahrer ist uns über den Weg gelaufen, erinnern Sie sich?«

Garzón trug eine elegante graue Krawatte, die er losband, als blockierte sie seine Auffassungsgabe.

»Ich weiß nicht, ob ich mich daran erinnere, schlecht ist nur, dass ich immer noch nichts verstehe, Inspectora.«

»Ich verstehe es auch nicht, aber plötzlich hat jemand einen Pfeil aufgestellt, der zum Kloster weist.«

»Zum Kloster?«

»Der Mann, der das Gemüse ausliefert, der Sonia geschlagen hat und dann geflüchtet ist, hat Eulalia Hermosilla ermordet.«

»Und das ...?«

»Fragen Sie nicht weiter, Fermín, denn ich werde Ihnen immer wieder das Gleiche antworten: Ich weiß es nicht.«

Er vertiefte sich wieder in seine Gedanken, und ich vermied es, weiterzugrübeln. Irgendeine Hypothese aufzustellen, war nicht nur riskant, sondern einfach unmöglich, aber zum ersten Mal während der Ermittlungen in diesem Fall war ich aufgeregt und empfand etwas Ähnliches, wie es Jagdhunde spüren müssen, wenn sie die Witterung der Beute aufgenommen haben.

Das El *Paraíso* war ein moderner Großhandel. Alles wirkte so sauber und ordentlich wie in einem Operationssaal. Ein paar Männer stapelten Kisten mit appetitlich aussehendem Obst. Beim Gang durch die Haupthalle sahen wir, wie ein älterer Mann im weißen Kittel, der aussah wie der Chef, aufgeregt telefonierte. Befremdet kam er auf uns zu.

»Tut mir leid, Herrschaften, wir sind ein Großhandel.«

»Sind Sie der Geschäftsführer?«, fragte Garzón in unverwechselbarem Polizistentonfall.

»Ja«, antwortete der Mann zögerlich.

»Mein Name ist Fermín Garzón, Subinspector der Policía Nacional, und das hier ist Inspectora ...«

Er riss die Augen auf und griff sich ans Herz.

»Meine Söhne! Was ist passiert? Sind Sie von der Verkehrspolizei?«

Ich sah, dass seine Beine zitterten. Einer der Arbeiter eilte ihm zur Hilfe. Wir stützten ihn, und ich erklärte: »Keine Sorge, Señor, keine Sorge. Wir sind nicht von der Verkehrspolizei, Ihre Söhne sind wohlauf.«

Wir führten ihn in ein kleines Büro, wo er sich setzte und

langsam beruhigte. Er war an die siebzig und wirkte schwach. Wir mussten ihn mit größtmöglicher Diplomatie befragen.

»Verzeihen Sie, aber Sie haben mich zu Tode erschreckt. Ich versuche seit über einer Stunde vergeblich, meine Söhne telefonisch zu erreichen. Und als Sie auftauchten und sagten, Sie seien von der Polizei, dachte ich als Erstes, dass ...«

»Einer Ihrer Söhne ist mit dem Lieferwagen geflüchtet, als die Polizei ihn stoppen wollte, und er hat eine junge Kollegin angegriffen, sie liegt im Krankenhaus«, legte der Subinspector los und machte damit alle meine Vorsichtsmaßnahmen zunichte.

»Was sagen Sie da? Das kann nicht sein. Welcher meiner Söhne?«

»Juanito«, antwortete ich.

Er erstarrte, als hätte ihn jemand ins Gesicht geschlagen, und versuchte, sich zusammenzureißen.

»Aber ... Wovon reden Sie eigentlich?«

Mit einer Fähigkeit zu Euphemismen, die mich selbst überraschte, versuchte ich ihm zu erklären, was geschehen war. Bei Juanitos Schlag in Sonias Gesicht wurde es komplizierter mit den harmlosen Worten. Mir wurde klar, dass dem Mann diese Seite seines Sohnes völlig unbekannt war. Der Gedanke, er könne uns was vormachen, war absurd, nicht einmal Sir Alec Guiness konnte so perfekt Theater spielen. Nachdem wir gerade noch verhindert hatten, dass er einen Herzinfarkt erlitt, musste es uns nun gelingen, ihm wenigstens irgendeine nützliche Information zu entlocken, wie zum Beispiel seinen Namen.

»Augstín Lledó.«

»Wissen Sie, Señor Lledó, Ihr Sohn könnte in eine unschöne Sache verwickelt sein.«

Die Frage ließ nicht lange auf sich warten.

»Was für eine unschöne Sache?«

»Wir wissen es nicht mit Sicherheit, aber ...«

Kaum hatte er sich wieder erholt, schien sein Verstand bestens zu funktionieren.

»Sie wissen nicht mit Bestimmtheit, in was er verwickelt ist, und wollen ihn festnehmen? O nein, zuerst werde ich hier die Fragen stellen, dann sind Sie dran.«

»Ich erinnere Sie daran, dass Ihr Sohn eine Anzeige wegen Körperverletzung bekommen wird.«

»Ich will meinen Anwalt anrufen.«

»Einverstanden, tun Sie das.«

Er holte sein Handy heraus und wählte die Nummer. Dann drehte er sich zur Seite und sprach Katalanisch.

»Er kommt.«

»Gut, aber warum sagen Sie uns bis dahin nicht, wo Ihr Sohn ist? Mit ein wenig Zeit finden wir es auch selbst heraus, aber Sie wollen sich doch nicht der Behinderung der Polizeiarbeit schuldig machen, oder?«

»Ich rede nur in Anwesenheit meines Anwalts«, rief er, und ich hörte eine gewisse Befriedigung darüber heraus, einmal in seinem Leben einen Satz aus einem Krimi formuliert zu haben.

Wir mussten uns über eine halbe Stunde gedulden, bis der Anwalt endlich eintraf, ein Schnösel um die vierzig, dem wir alles noch mal von vorn erzählen mussten, diesmal ohne Rücksicht auf allzu große Sensibilität. Zum Glück empfahl der Schnösel seinem Mandanten, alle unsere Fragen zu beantworten, und wir erfuhren endlich Juanitos Adresse.

»Er wohnt bei mir, hier in der Nähe.«

»Spricht was dagegen, wenn wir jemanden zu Ihrer Wohnung schicken, um ihn zu holen?«

»Keineswegs, aber er ist nicht da, er geht nicht ans Telefon.«

»Wir werden das überprüfen.«

»Aber Sie können nicht in die Wohnung, wenn ich nicht dabei bin.«

»Natürlich nicht, wir wollen nur die unmittelbare Umgebung überprüfen.«

Garzón gab telefonisch die entsprechenden Angaben durch und fuhr dann mit der Befragung fort, auf die Lledó nun ohne Vorbehalte reagierte. Die Anwesenheit seines Anwalts schien sein Misstrauen aufgelöst zu haben. Dank Lledós Mitarbeit konnten wir uns eine ziemlich klare Vorstellung von den Umständen der Familie machen. Er war Witwer, und seine beiden Söhne, Juanito und Miguel, waren siebenundzwanzig und zwanzig Jahre alt. Nur der ältere wohnte noch bei seinem Vater, der jüngere war zwar auch nicht verheiratet, aber schon ausgezogen. Beide arbeiteten im Familiengeschäft.

»Miguel kümmert sich um alles, was mit Zahlen zu tun hat. Juanito ist schüchterner. Er wollte keine Ausbildung machen, er liefert lieber die Bestellungen aus und kümmert sich um die Kunden, alles andere ist ihm zu kompliziert. Anfangs war ich enttäuscht über seinen mangelnden Ehrgeiz, aber jeder ist, wie er ist.«

»Besitzen Sie unter Ihrem Namen oder dem Ihrer Söhne noch andere Gebäude, Lagerräume oder Geschäfte?«

»Nein, besitzen wir nicht.«

»Wir müssen wissen, mit welchen Leuten Ihre Söhne Umgang haben, welchen Hobbys sie nachgehen.«

»Sie treffen sich mit Freunden, auch mit Mädchen ... Was weiß denn ich, Inspectora! Wäre meine Frau noch am Leben, könnte sie Ihnen das sagen, aber ich habe schon genug damit zu tun, dass zu Hause und in der Firma alles einigermaßen läuft. Ich habe spät geheiratet und Kinder bekommen. Dann ist meine Frau, die viel jünger war als ich, an einem Krebsleiden gestorben, und ich saß mit zwei pubertierenden Jungen da. Ich habe getan, was ich konnte. Obwohl ich Ihnen eines versichern kann: Die beiden sind gute Jungs, alle beide, sie sind fleißig und geben keinen Anlass zu Gerede. Der Kleine hat öfter mal eine Freundin, das weiß ich, aber von Juanito weiß ich nur, dass er sonntags mit einer Gruppe junger Leute aus dem Gemeindezentrum Ausflüge macht. Reden Sie mit dem Priester von Santa Madrona, der kann Ihnen besser Auskunft geben als ich.«

Der Anwalt mischte sich ein.

»Inspectora, Sie werden verstehen, dass ich Sie darum bitten muss, meinem Mandanten zu sagen, was seinem Sohn vorgeworfen wird.«

»Im Augenblick nur der Angriff auf eine Polizistin, aber wir haben den begründeten Verdacht, dass er in etwas Ernsteres verwickelt ist.«

Ich warf dem Anwalt einen Blick zu, der ihm zu verstehen geben sollte, mich nicht zu zwingen, deutlicher zu werden. Er verstand. Als wir gingen, begleitete er uns zum Ausgang. Er brauchte nicht erst zu fragen, ich sagte es ihm bereitwillig.

»Der Sohn Ihres Mandanten könnte in einen Mordfall verwickelt sein.«

»Unmöglich! Erzählen Sie mir mehr.«

»Das werde ich, wenn wir ihn gefunden haben und ihm konkret etwas zur Last legen können.«

Wir postierten einen Mann vor dem Großhandel, einen gegenüber von Lledós Wohnung und einen dritten vor dem Haus, in dem der jüngere Bruder lebte. Ich war davon überzeugt, dass keiner der beiden Sprösslinge auftauchen würde, aber wir durften die Möglichkeit nicht ausschließen, dass sie den Fehler begehen und etwas aus ihren Wohnungen holen wollten. Unser Gespräch hatte den Vater sehr mitgenommen. Anscheinend glaubte er inzwischen auch, dass seine beiden Jungs in Schwierigkeiten steckten. Doch er war weder ihr Komplize noch versteckte er sie.

»Was Neues vom Lieferwagen?«, fragte ich Garzón. Er schüttelte den Kopf; er war ausgesprochen still, fast geistesabwesend.

»Der arme Señor Lledó! Er tut mir leid, Inspectora, so alt, Witwer, und jetzt dieser Schlag mit seinem Sohn …«

»Ich schätze Ihre große Sensibilität, aber statt den Vater

eines Verdächtigen zu bemitleiden, täten Sie besser daran, herauszufinden, wo diese Gemeinde von Santa Madrona ist.«

»Die suche ich morgen raus, ich weiß nicht, ob Sie bemerkt haben, wie spät es ist.«

»Das kann nicht warten, Fermín.«

»Doch, Inspectora. Ich widerspreche Ihnen ungern, das wissen Sie, aber wir müssen warten. Zunächst muss der Lieferwagen gefunden werden. Juanito soll ruhig ein Weilchen abtauchen, damit wir einen Haftbefehl gegen ihn erwirken können. Und wir müssen schlafen. Abgesehen davon, dass meine äußerst sensiblen Neuronen sehr angegriffen sind, wie Sie bereits festgestellt haben, brenne ich vor Verlangen, meine Frau zu sehen. Wenn Sie also erlauben, verschwinde ich ...«

»Selbst wenn ich es Ihnen nicht erlaube, Sie gehen ja trotzdem, also ...«

Er machte sich federnden Schritts auf den Weg, und ich rief ihm nach: »Garzón, morgen früh bei Dienstbeginn will ich wissen, wo diese verfluchte Gemeinde ist! Und ich will auch, dass Sie hinfahren und mit dem Priester sprechen!«

Er nickte bedächtig, drehte sich aber nicht um. Ich hörte ihn noch maulen: »Gemeinden, Mönche, Priester, Nonnen, Heilige ...! Himmel noch mal, das ist wirklich ein Fall Gottes!«

14

Ich kehrte in dem Gefühl heim, meine Polizistenpflicht zu verletzen. Als ich eintrat, fiel mir Marina um den Hals und umarmte mich stürmisch.

»Marina, mein Schatz! Ich habe dich so lange nicht gesehen.«

»Ja, wir sehen uns nie. Papa sagt, dass ihr gerade viel zu tun habt.«

»Das stimmt. Dein Vater und ich sehen uns auch nur selten. Schrecklich!«

»Na ja, er muss ja Häuser bauen, und du musst einen Mörder fangen.«

Ich fand diese Kurzfassung witzig und lächelte sie an.

»Du bist doch nicht allein, oder?«

»Nein, Jacinta bügelt.«

»Und deine Brüder?«

»Kommen später mit Papa.«

Ich ging in die Küche und schickte Jacinta nach Hause. Im Flur hatte ich den genialen Einfall, Beruf und Familie kurzzeitig zu verbinden.

»Marina, möchtest du mich zu einem dienstlichen Besuch begleiten?«

»Einem Polizeibesuch?«

»Klar, wir fahren ins Krankenhaus zu einer Polizistin, die von einem bösen Mann angegriffen wurde.«

Ihre Augen wurden kugelrund. Sie nickte und fragte sogleich: »Hat er sie mit einer Pistole angegriffen?«

»Er hat ihr ins Gesicht geschlagen, vielleicht mit einer Pistole. Das wissen wir noch nicht.«

»Fahren wir, bevor Teo und Hugo kommen?«

»Ja, wir werden mit ihnen zurück sein.«

Sie verschwand und stand einen Augenblick später in ihrem rosafarbenen, dicken Anorak wieder vor mir.

Als wir das Zimmer 22 des Clínico betraten, ergriff ich ihre Hand. Die arme Sonia sah ziemlich schlimm aus: die Wangen geschwollen, zwei große dunkle Blutergüsse um die Augen und einen dicken weißen Verband auf der Nase. Ich sah, wie Marina sie mit Blicken verschlang.

»Inspectora, wie geht es Ihnen?«

»Gut, Sonia, mir geht's gut. Und dir?«

»Mir geht's auch gut, ich kann schon wieder arbeiten, wenn Sie möchten.«

»Damit wirst du noch ein wenig warten müssen.«

»Wer ist das Mädchen?«

»Das ist Marina, meine Stieftochter.«

»Wie niedlich.«

Marina, die sich erwachsener verhielt als Sonia, hielt ihr die Hand hin und sagte leise: »Sehr erfreut.«

»Wie schade, Inspectora, meine Mutter wollte etwas essen und ist gerade in die Cafetería hinuntergegangen. Wenn ich gewusst hätte, dass Sie kommen, hätte ich sie Ihnen vorgestellt. Soll ich sie anrufen?«

»Nein, lass sie nur essen, das machen wir ein andermal. Außerdem ist sie mir bestimmt böse.«

»Weil ich geschlagen wurde? Ach was, meine Eltern sind geradezu glücklich. Ich habe alles ein wenig beschönigt. Damit sie stolz auf mich sein können, habe ich ihnen erzählt, dass ich fast einen Mörder gestellt hätte.«

»Was absolut wahr ist.«

»Finden Sie? Jedenfalls hat mich der Kerl nur wegen des kräftigen Schlags abgeschüttelt, Inspectora ... Sonst würde ich jetzt noch immer auf dem Trittbrett stehen, auch wenn er tausend Stundenkilometer gefahren wäre.«

Marina, die klug, wie sie ist, bisher geschwiegen hatte, fragte jetzt direkt: »Hast du auf einem fahrenden Auto gestanden?«

»Ja, draußen vor dem Seitenfenster des Fahrers, aber der Typ hat mich so brutal geschlagen, dass ich auf die Straße gestürzt bin.«

»Toll!«, rief das Mädchen unpassenderweise.

»Konntest du sehen, womit er dich geschlagen hat?«, mischte ich mich ein.

»Ich würde sagen, es war der Griff eines Messers, aber ich bin mir nicht sicher.«

»Hat es sehr wehgetan?«, fragte Marina neugierig und ließ mich schlecht aussehen, weil mir die Frage nicht eingefallen war.

»Nicht besonders, Schätzchen, es hat mehr wehgetan, dass er mir entwischt ist. Jetzt habe ich Schmerzen, aber ich bekomme Schmerzmittel«, sagte Sonia und lächelte, so gut sie konnte.

»Hast du bei der Verfolgung etwas beobachtet, das im Bericht stehen sollte?«

»Na ja, ich weiß nicht, ob das für den Bericht wichtig ist, Inspectora ... Aber ich habe Yolanda schon gesagt, dass ich den Typ irgendwie merkwürdig fand.«

»Wie merkwürdig?«

»Ich weiß nicht, er hatte einen Blick wie ein geprügelter Hund. Auch, als er mir die Fresse poliert hat ...«, sie brach ab, sah Marina an und bereute es offensichtlich, sich in ihrem Beisein so vulgär ausgedrückt zu haben. Ich spürte wieder die übliche Ungeduld in mir aufsteigen, riss mich aber zusammen.

»Los, red weiter, ist schon in Ordnung.«

»Selbst als er mich angegriffen hat, war es nicht Hass, was in seinen Augen stand, es war eher so was wie eine Entschuldigung in seinem Blick zu lesen. Vielleicht kam mir das auch nur so vor, weil seine Augen schön waren, blaugrau.«

»Würdest du ihn wiedererkennen?«

»Natürlich, ganz bestimmt.«

»Ist gut Sonia, jetzt werd erst mal wieder gesund. War Yolanda da?«

»Den ganzen Nachmittag, sie ist erst vorhin gegangen, auch ihr Mann war hier, Wachtmeister Domínguez. Sie sind so lieb, sie haben mir eine Schachtel Pralinen mitgebracht! Und du, Kleine, bist du gut in der Schule?«, fragte sie plötzlich Marina in lächerlich kindischem Tonfall. Die beschränkte sich auf ein Nicken und verabschiedete sich förmlich: »Adios, gute Besserung.«

»Wie gut erzogen sie ist!«, rief Sonia. »Das fehlt Yolanda und mir noch, Inspectora, zwei oder drei Kinder wie sie und nicht mehr arbeiten. Aber Sie wissen ja, das ist nur ein Scherz, ich bin ja nicht mal verheiratet. Außerdem bin ich nichts lieber als Polizistin.«

Bevor wir uns auf die gefährlichen Klippen des Privatlebens vorwagten, lachte ich albern und klopfte ihr aufmunternd auf die Schulter. Dann jagte ich Marina durch die Krankenhausflure zum Ausgang.

»Warum gehen wir so schnell?«, wollte sie wissen.

»Ich will Sonias Mutter nicht über den Weg laufen, sie soll eine ziemliche Nervensäge sein.«

»Aha«, sagte meine Stieftochter lakonisch und fügte tadelnd hinzu: »Aber Sonia ist sehr mutig.«

»Das ist sie«, bestätigte ich und meinte es auch ernst.

Die Zwillinge und Marcos warteten schon besorgt auf uns.

»Ich habe dich nicht angerufen, weil ich nicht stören wollte, habe mich aber gefragt, wo ihr wohl steckt.«

»Wir waren im Krankenhaus und haben eine Polizistin besucht, der ein sehr gefährlicher Mörder das Gesicht zu Brei geschlagen hat«, erklärte Marina ihren Brüdern.

Ich erläuterte meinem Mann die Umstände, die uns ins Clínico geführt hatten, während Marina auf dem Weg in ihr Zimmer den Brüdern eine blumigere Version servierte.

»Hast du schon zu Abend gegessen?«, fragte Marcos.

»Ich habe den ganzen Tag noch nichts gegessen.«

Plötzlich umarmte und küsste er mich.

»Ich habe so große Lust auf dich! Aber jetzt ... wo die Kinder da sind ...«

»Macht nichts. Wenn das alles vorbei ist, flüchten wir auf eine einsame Insel.«

»Dann freu ich mich schon mal drauf.«

In der Tür stand Hugo und räusperte sich, um auf sich aufmerksam zu machen.

»In der Küche liegt ein Zettel von Jacinta, darauf steht, dass im Backofen eine Lasagne steht und im Kühlschrank ein Salat.«

»Na dann los! Deckt schon mal den Tisch.«

In dem Moment kam Teo herein und holte zusammen mit seinem Bruder das Besteck aus der Schublade. Nach kurzem Schweigen sagte er: »Petra, nimmst du uns auch mal mit zu der verletzten Polizistin?« Ich hörte deutlich einen Vorwurf aus seinen Worten.

»Na klar!«, antwortete ich ganz natürlich und fügte hinzu: »Ich hätte nicht gedacht, dass ihr euch auch für verletzte Menschen interessiert.«

Wir setzten uns zu Tisch. Marcos trug das Essen auf, und in dem Moment klingelte fatalerweise das Telefon. Marina sprang sofort auf und brachte mir wie die perfekte Assistentin den Apparat. Ich meldete mich. Der Fluch, den ich als Erstes vernahm, stammte von einem sehr verärgerten Garzón.

»Der Lieferwagen ist gefunden worden, Inspectora!«

»Wo?«

»Auf einem Parkplatz am Montjuic.«

»Ich komme.«

»Was für eine Scheiße, wir sind gerade beim Abendessen!«

»Was für ein Glück für Sie, Fermín, ich habe noch nicht mal angefangen.«

Ich stand auf, Marcos ebenfalls.

»Du kannst nicht gehen, ohne vorher etwas zu essen, Petra.«

»Ich esse unterwegs eine Kleinigkeit. Ich glaube nicht, dass es lange dauern wird. Sie haben den Lieferwagen gefunden, und er muss zur Spurensicherung gebracht werden. Ich erledige die paar Formalitäten und bin gleich zurück. Hebt mir ein Stück Lasagne auf.«

»Kann ich mitkommen?«, drängte Marina, zu allem bereit.

»Nein, meine Liebe, jetzt nicht.« Ich lächelte sie an.

Als ich meinen Mantel anzog, hörte ich, wie Teo und Hugo sie aufzogen.

»Klar, Chefinspectora Marina wird den Mörder festnehmen und ohne Pistole, einfach so!«

Aus der wütenden Reaktion des Mädchens konnte ich nur »Scheißkerle« heraushören, aber ich verstand ganz deutlich Marcos Mahnung zur Ruhe und seinen gebieterischen, wohlbekannten Schlusssatz: »Und jetzt Ruhe, alle miteinander!«

Trotz der Streiterei hatte ich das Gefühl, einen gemütlichen, friedlichen Ort verlassen zu müssen.

Der Lieferwagen von *Obst und Gemüse El Paraíso* war nahe der Fundació Joan Miró abgestellt worden. Es war kein sehr belebter Platz, vor allem nachts nicht, trotzdem hatten unsere Kollegen einen Zeugen aufgetan, einen jungen Mann, der dort joggte. Viel hatte er nicht gesehen, nur einen korpulenten jungen Mann, der den Wagen parkte, ausstieg und seelenruhig Richtung Innenstadt verschwand. Der Zeuge war auf ihn aufmerksam geworden, weil er es ungewöhnlich fand, dass dort ein Geschäftsauto abgestellt wurde. Garzón hatte eine Saulaune.

»Die Spurensicherung ist gleich da und nimmt die Schrottkiste mit! Können Sie mir vielleicht sagen, warum wir herkommen mussten?«

»Ich erinnere Sie daran, dass wir in diesem Fall ermitteln.«

»Aber es gibt noch mehr Leute bei der Polizei, oder nicht? Ich habe auch ein Privatleben und das Recht, mit meiner Frau zu Abend zu essen und mich auszuruhen.«

»Kommen Sie mir jetzt nicht mit der Leier des frisch verheirateten Ehemannes. Wir müssen uns alle über wichtigere Dinge Gedanken machen!«

Er sah mich grollend an. Aber gleich darauf bereute er es und sagte: »Entschuldigen Sie, Petra, tut mir leid. Dort unten in einer Straße von Poble Sec gibt es eine Bar, die machen ganz gute Toasts.«

»Aber Sie haben doch schon gegessen und hatten es eben noch so eilig, zurückzukehren.«

»Jetzt benehme ich mich wieder anständig«, brummte er. »Außerdem hat die Gemüsesuppe geschmeckt wie Spülwasser. Tut mir leid für Emilia, wenn ich das sage, aber es stimmt. Ein paar schmackhafte Tapas und ein frisches Bier kämen mir ganz gelegen.«

»Finde ich gut.«

»Was finden Sie gut?«

»Dass wir uns anständig benehmen.«

Die Bar war furchtbar, und die vier oder fünf Gäste, in der Nacht Gestrandete, tranken ein letztes Bier, bevor sie von der Dunkelheit verschluckt wurden. Garzón entschuldigte sich.

»Diese Bar habe ich nicht gemeint, aber ich kann mich nicht erinnern, wo genau die andere war.«

»Ist schon gut, Fermín, ich finde den Laden wunderbar. Und sehen Sie, es gibt eine museumsreife Tortilla, die mir bei meinem Hunger himmlisch schmecken wird.«

»Ich neige eher zu den Chorizos, die sind bestimmt auch nicht schlecht.«

Wir aßen gierig und tranken frisch gezapftes Bier. Als ich etwas im Magen hatte, fühlte ich mich besser. Der Subinspector blickte mich ernst an.

»Welchen Weg schlagen wir ein, Petra?«

»Ist das eine philosophische Frage?«

»Rein beruflich. Wohin führt uns Juanito?«

»Ich sage es Ihnen mit der Hand auf dem Herzen: Ich weiß es nicht. In diesem Fall hatte ich die ganze Zeit über das Gefühl, danebenzupinkeln, wenn Sie mir die vulgäre Ausdrucksweise erlauben.«

»Ich erlaube sie Ihnen.«

»Gut. Und jetzt, nachdem dieser Hase uns unverhofft über den Weg gehoppelt ist, bin ich nicht weniger verwirrt.«

»Sagen wir es so, Sie glauben nicht, dass das Ganze mit den Caldañas und der Geschichte dieses Landes zu tun hat.«

»Sagen wir, der Hase führt uns zum Kloster, und ich habe keine Ahnung, was wir dort vorfinden werden. Denn sagen Sie mir: Kann es ein Zufall sein, dass der Gemüselieferant der Nonnen auf diese Weise die Flucht ergreift und verschwindet?«

»Hat er uns beschattet?«

»Vielleicht.«

»Ich ahne schon, dass uns morgen ein langer Arbeitstag bevorsteht.«

»Sie ahnen richtig. Wir müssen abwarten, was die Kollegen in diesem Lieferwagen finden, mit den Nonnen sprechen, mit dem Priester dieses Gemeindezentrums, wo Juanito Lledó immer hingeht …«

»Finden Sie es nicht auch frustrierend, dass der gefürchtete Mörder und Mumien-Metzler am Ende ein Artischocken- und Bananenlieferant namens Juanito ist?«

»Was sollen wir machen! Wie ich Ihnen schon sagte: Wir sind nun mal in Spanien!«

In jener Nacht schlief ich tief und fest und ohne jegliche Beeinträchtigung durch die Ereignisse in unserem Fall oder die Neugier, die sie in mir weckten. Nicht einmal die Möglichkeit, dass der Mörder Juanito heißen könnte, hinderte mich daran, zu schlafen wie ein Stein. Ich erwachte gestärkt wie ein Tier, das mit dem Öffnen der Augen erneut zu leben beginnt. Ich spürte Marcos neben mir und kuschelte mich auf der Suche nach seiner Wärme an ihn. Plötzlich brach die Realität in meine glückliche Welt ein und fatalerweise auch die Erinnerung: der heilige Asercio, das Obst- und Gemüseparadies, Mord und das Böse, alles typisch Menschliche. Bevor ich noch in Versuchung geriet, sprang ich aus dem Bett und ging duschen. Marcos seufzte enttäuscht im Halbschlaf.

Telefonisch wurde ich darüber informiert, dass keiner der beiden Lledó-Brüder bisher gefunden worden war, obwohl auf Anweisung des Comisario eine Sondereinheit nach ihnen suchte. Danach sagte ich, Prioritäten folgend, die ich mit niemandem abgesprochen hatte, zum Subinspector, dass wir als Erstes zu dem Ausflugspriester dieses Gemeindezentrums fahren würden. Wir trafen auf einen freundlichen Frühaufsteher um die vierzig, der sich überaus bereitwillig zeigte, uns zu unterstützen. Doch als wir nach Juanito Lledó fragten, verschlug es ihm die Sprache.

»Warum suchen Sie ihn? Was hat er getan? Er ist ein guter und fleißiger Junge, ich kann mir nicht vorstellen, dass er etwas Schlimmes angestellt hat.«

»Wir glauben, dass er mit dem Mord an dem Zisterziensermönch Bruder Cristóbal vom Kloster in Poblet zu tun hat, ich weiß nicht, ob Sie davon gehört haben.«

»Natürlich, die Presse hat das doch breit ausgewalzt. Aber das meinen Sie doch nicht ernst?«

»Wir müssen uns ausführlich mit Ihnen unterhalten.«

»Bitte sehr.«

Er führte uns in ein unordentliches Büro und ließ uns auf einem durchgesessenen Sofa Platz nehmen.

»Legen Sie los.«

Er war ernst geworden.

»Wir müssen einiges über Juanito Lledó erfahren, alles, was

Sie wissen: Wie er lebt, welche Freunde er hat, seine Charaktereigenschaften ...«

»Ich finde es keine so gute Idee, Ihnen Persönliches von diesem guten Jungen zu erzählen, wenn ich nicht einmal weiß, weshalb genau Sie ihn suchen.«

Ich wollte ihm schon einen Vortrag über seine Bürgerpflicht halten, aber der Subinspector kam mir zuvor.

»Hören Sie, Bruder ...«

»Pater.«

»Pater oder was auch immer. Wir ermitteln in einem Mordfall, und dieser Mann ist ein Tatverdächtiger. Hören Sie also auf, den kämpferischen Priester zu spielen, oder wir bitten den Richter, Sie wegen Begünstigung zu belangen. Das hier ist kein amerikanischer Krimi über gute Jungs aus der Bronx. Haben Sie mich verstanden?«

Ich war verblüfft, der Priester auch. Jedenfalls fand ich die Mahnung nicht schlecht, unsere Zeit war zu kostbar, um sie mit langen diplomatischen Einleitungen zu verschwenden. Der Abgemahnte räusperte sich, zog ein Gesicht, als tue er all dies nur für seinen Gott, und begann mit frommer Stimme zu reden.

»Juanito ist etwas speziell, ein Einzelgänger, sensibel, dem es nicht leichtfällt, sich mit jemandem anzufreunden oder überhaupt mit anderen in Kontakt zu kommen. Ihm fehlte schon früh die Mutter, und weil sein Bruder sich allein durchzuschlagen wusste, war das Dasein als Waise sehr schlimm für ihn. Trotzdem kann man nicht behaupten, dass er nicht normal wäre, er ist nur ein wenig unreif für sein Alter. Er arbeitet für seinen Vater als Fahrer, was nicht viel Verantwortung erfordert, am Wochenende kommt er her, um mir mit den Jüngeren zu helfen, und sonntags machen wir Ausflüge.«

»Wobei hilft er Ihnen genau?«

»Wir arbeiten mit Jugendlichen aus einkommensschwachen Familien. Wir organisieren Fußballspiele, Filmvorführungen, Discos ... Alles Mögliche, um diese Jugendlichen zu beschäftigen, damit sie nicht unter schlechten Einfluss geraten oder Drogen nehmen. Juanito unterstützt mich bei der Organisation, und er macht das sehr gut.«

»Dann hat er keine Freunde?«

»Mir helfen noch ein paar andere Jungs, mit denen versteht er sich gut, aber ich glaube nicht, dass er außerhalb der Gemeinde Freunde hat.«

»Auch keine Freundin.«

»Obwohl das sehr privat ist, denke ich behaupten zu können, dass er keine Freundin hat. Wenn er sich in ein Mädchen verliebt hätte, hätte er es mir erzählt, er vertraut mir sehr. Allerdings habe ich nie die Hoffnung aufgegeben, dass er hier in der Gemeinde ein gutes Mädchen findet, das er bestimmt sehr glücklich machen würde.«

»Wenn er Ihnen derart vertraut, hat er Ihnen dann nicht erzählt, dass etwas vorgefallen ist, dass er sich Sorgen macht?«

»Nein, phasenweise ist er schweigsam und geistesabwesend, aber mir ist nichts Besonderes an seinem Verhalten aufgefallen.«

»Was für eine Beziehung hat Juanito zum Kloster der Herz-Jesu-Schwestern?«

»Verzeihung, die Frage verstehe ich nicht.«

»Er beliefert das Kloster schon lange mit Obst und Gemüse. Hat er Ihnen nie davon erzählt?«

»Nein, ganz bestimmt nicht.«

»Als die Zeitungen über den Mord an Bruder Cristóbal und den Diebstahl des Leichnams von Bruder Asercio berichteten, haben Sie mal mit ihm darüber gesprochen?«

»Nein, Inspectora, nie. Wie Sie sich vorstellen können, drehen sich unsere Gespräche eher um positive Dinge. Außerdem hatte ich, wie gesagt, keine Ahnung, dass Juanito das Kloster der Herz-Jesu-Schwestern beliefert.«

»Es ist doch merkwürdig, dass er das nicht erwähnt hat, der Fall war schließlich in aller Munde.«

»Dass wir einen vertrauten Umgang haben, bedeutet nicht, dass er sehr gesprächig ist. Wir reden natürlich miteinander, aber unsere Gespräche drehen sich ausschließlich um die Aktivitäten des Gemeindezentrums.«

»Was ist mit seinem Bruder Miguel?«

»Ich kenne ihn nur flüchtig, die beiden haben nichts gemein. Miguel kommt gut im Leben zurecht, allerdings ist er nicht so hilfsbereit wie sein großer Bruder.«

»Ist Miguel vielleicht in schlechte Gesellschaft geraten?«

»Glaube ich nicht, aber Juanito macht sich oft über ihn lustig, weil es heißt, er sei ein Don Juan.«

»Verstehen sich die beiden gut?«

»Juanito bewundert ihn, und Miguel mag seinen Bruder sehr. Manchmal holt er ihn mit dem Motorrad ab.«

»Pater, hören Sie mir gut zu: Sollte sich aus irgendeinem Grund einer der beiden Brüder bei Ihnen melden ...«

Er sah zu Boden und flüsterte: »Ich weiß, dann bin ich dazu verpflichtet, Sie anzurufen.«

Ein Freak. Dieser Juanito schien ein echter Freak zu sein, was ich wirklich problematisch fand. Ein Mensch, der zum Pöbel gehört, hat viel gemein mit jedem anderen Mitglied dieses Umfelds. Handelt es sich um einen normalen Mitbürger, stützt sich seine Existenz auf die gleichen Interessen und Leidenschaften wie bei den anderen Menschen. Was aber verbirgt sich im Kopf eines schweigsamen, in sich gekehrten Mannes, dessen einziger Vertrauter ein Priester ist und der sich karitativ betätigt? Alles Mögliche und nichts, das leicht zu verstehen wäre. Also musste ich wohl erneut Doktor Beltrán bemühen. Ich bat Garzón, sich mit ihm zu treffen und ihm zu berichten, was wir in Erfahrung gebracht hatten, doch er zeigte sich nicht gerade begeistert.

»Aber Inspectora, das verlangsamt die Ermittlungen, und wir haben keine Zeit, wir müssen handeln.«

»Handeln, handeln! Und wie, wo, bei wem?«

»Sie haben gesagt, dass Juanito irgend etwas mit dem Kloster zu tun hat, dass wir noch mal hin müssen.«

»Ja, richtig, aber sagen Sie mir, was sollen wir im Kloster tun, mit wem reden, was fragen? Zuerst müssen wir nachdenken.«

»Gut. Einverstanden, Inspectora, ich mache mich auf die Suche nach dem Seelenklempner, wie Villamagna ihn nennt. Und was tun Sie?«

»Nachdenken, Fermín, nachdenken, Sie wissen schon, diese praktische und unübliche Beschäftigung.«

»Wir sehen uns in einer Stunde. Im Kommissariat?«

»Ich werde da sein.«

Endlich allein, betrat ich eine Bar, setzte mich an einen Tisch und bestellte einen Kaffee. Wie beabsichtigt, dachte ich nach. Was konnte Lledó dazu gebracht haben, den Leichnam des Heiligen zu stehlen? Eine Obsession? Aus welchem Grund? Woher rührte sie? Bei einem Menschen mit Persönlichkeitsdefiziten ließen sich nicht immer nachvollziehbare Gründe finden, so weit, so gut, pathologische Charaktere neigten zu krankhafter Besessenheit, ohne dass deren Ursprung leicht zu erklären war. Vielleicht hatte ihm der Priester viel von Heiligen erzählt, oder er glaubte, der Besitz der Reliquie könne ihm als eine Art Talisman Glück bringen. Aber wie war es ihm dann gelungen, seinen Bruder für den Transport der Reliquie und als Komplizen beim Mord an Eulalia Hermosilla einzuspannen? Wahrscheinlich war es furchtbar für ihn gewesen, Bruder Cristóbal niederzuschlagen und hinterher festzustellen, dass er ihn umgebracht hatte. Also suchte er in seiner Verzweiflung nach Hilfe. Aber sein Bruder war ein ganz normaler junger Mann, der auf das Vorgefallene entsetzt reagiert hätte, der nie und nimmer eingewilligt hätte, bei diesem Wahnsinn mitzumachen, der bestimmt auch versucht hätte, ihn davon abzuhalten ... Und die Herz-Jesu-Nonnen? Wusste eine von ihnen von Juanitos Obsession?

Und die rätselhafte Nachricht in gotischer Schrift? War dieser junge Mann, der nur handwerkliche Arbeiten verrichtete und nur eine geringe Schulbildung hatte, imstande, sich so etwas Spitzfindiges auszudenken und mit derartigem Geschick gotische Lettern zu malen? Kam wirklich nur der Bruder als Komplize in Frage? Vielleicht ein anderer ihm ähnlicher Bursche aus seinem Umfeld? Aber vor allem: Wozu und warum brachte sich jemand in solche Schwierigkeiten? Die absurde Hypothese, dass ein verrückter Sammler mittelalterlicher Mumien sie mit diesem Diebstahl beauftragt hatte, scheiterte an der Tatsache, dass der Heilige inzwischen wie Schlachtvieh zerstückelt worden war. Mein Gott, das war zweifellos der verzwickteste Fall in meiner ganzen Polizeilaufbahn! Aber es war nicht die Verzwicktheit, die meine Nerven überstrapazierte, sondern die offensichtliche Dummheit, Absurdität und Grundlosigkeit. Jedes Motiv, das mir einfiel, wirkte an den Haaren herbeigezogen, so fern von allem, was Menschen im Leben normalerweise motiviert, dass ich es schon bald ausschließen musste. Und diese ganzen sorgfältig erarbeiteten historischen Nachforschungen, die so gut zum Stand der geringen Beweislage passten, waren sie nur eine Sinnestäuschung gewesen, ein Mittel, um auf die Dinge einzuwirken? Niemand konnte bestreiten, dass die Körperteile des armen Heiligen an Orten gefunden wurden, an denen in der Tragischen Woche Klöster brannten, und jemand hatte sie dort abgelegt. Wer? Juanito Lledó? War Juanito Lledó der Rächer, den wir in der Gestalt eines Caldaña gesucht hatten? Mein intensives Grübeln, gepaart mit der Frustration, die Fragen ohne logische Antwort in mir hervorriefen, ließen mich erste Anzeichen einer Migräne verspüren. Zum Glück rettete mich ein Anruf von Garzón.

»Inspectora, sind Sie noch immer mit Nachdenken beschäftigt?«

»Ich habe mein Monatspensum erfüllt.«

»Mit irgendeinem Ergebnis?«

»Einsetzenden Kopfschmerzen. Je länger ich grüble, desto weniger plausible Gründe finde ich für die Geschehnisse.«

»Ich hab's Ihnen doch gesagt, Nachdenken ist fatal. Warum kommen Sie nicht ins Kommissariat? Es liegt ein erster Bericht der Spurensicherung über den Lieferwagen vor. Es wurden Haare gefunden, vielleicht von Lledó.«

»Ich bin gleich da.«

Möglicherweise hatte der Subinspector recht, und man musste angesichts der Ereignisse erst handeln und die Schlüsse hinterher ziehen.

Als ich eintraf, fand in Coronas' Büro eine Besprechung statt, an der diesmal auch der Kriminaloberrat teilnahm. Während ich noch nachgedacht hatte, waren sie bereits aktiv geworden.

»Petra, im Lieferwagen sind Reste von sehr alten Muskelfasern gefunden worden. Und Lledós Fingerabdrücke stimmen mit denen auf den Latexhandschuhen überein«, sagte der Comisario zur Begrüßung. »Womit also bewiesen ist: Juan Lledó ist zumindest der Dieb der Mumie, wir werden ja sehen, ob er auch der Doppelmörder ist.«

»Seit er Sonia so brutal geschlagen hat, habe ich nicht daran gezweifelt, Señor. Spannender finde ich, warum er es getan hat.«

»Spannung ist was für Drehbuchautoren. Wir müssen dem Faden folgen, der zum Knäuel führt.«

»Aber man muss auch versuchen zu verstehen, wie die Fäden dort hingelangt sind ...«

Der Kriminaloberrat lächelte mich an.

»Ich habe Ihre Berichte gelesen und muss Ihnen ehrlich sagen, dass alles gut zusammenpasst, es gibt nur einen Kritikpunkt: Die Ermittlungen sind zu theoretisch und intellektuell, Geschichte, Psychiatrie ... Allerdings bewegen Sie sich auf ungewöhnlichem Terrain, was all diese Methoden rechtfertigt.«

»Señor, wir sind den verschiedenen Fäden gefolgt, wie es der Comisario nennt, aber am Ende scheint das Knäuel so unentwirrbar, als hätte ein Kätzchen damit gespielt. Und zu allem Überfluss taucht jetzt dieser Typ auf, den wir nicht einordnen können.«

Coronas unterbrach mich.

»Petra, konzentrieren wir uns. Welche praktischen Anordnungen würden Sie in diesem Moment erteilen?«

»Einen Suchbefehl an alle Polizeieinheiten.«

»Richtig, den habe ich vor einer Weile rausgegeben. Was noch?«

»Einen Durchsuchungsbeschluss für Lledós Wohnung und einen für das Gemüselager.«

»Perfekt, dann kümmern Sie sich darum. Ordnen Sie erst an, und versuchen Sie anschließend zu verstehen. In Fragen polizeilicher Ermittlungen ist noch nichts Besseres erfunden worden.«

Wir verließen das Büro mit einer Menge Aufgaben. Garzón war zufrieden, vor allem, weil die Chefetage seine Strategie des Handelns gutgeheißen und abgesegnet hatte. Und ich hatte schlechte Laune.

»Genau, setzen wir uns alle in Bewegung, damit nur niemand untätig bleibt. Frohes Schaffen! Und wer benutzt beim Arbeiten seinen Grips? Drehbuchautoren, wie bekannt ist! Wir Bullen brauchen weder die verdammte Logik noch nachzudenken. Ist das derselbe Comisario, der uns den Psychiater aufgehalst hat, derselbe, der uns zu geschichtlichen Nachforschungen ermuntert hat?«

»Werden Sie nicht aufsässig, Petra. Wenn wir einen dieser Lledó-Jungs erwischen, wird sofort Licht ins Dunkel kommen.«

»Ist Ihnen nicht klar, dass das Monate dauern kann, Fermín? Wir müssen sie unter Druck setzen, damit sie auftauchen.«

»Ja, aber wie?«

»Ich weiß es noch nicht. Vielleicht lassen wir Villamagna

eine Pressekonferenz anberaumen und den Reportern mitteilen, dass wir dem Mörder auf der Spur sind. Ohne weitere Erklärungen.«

»Einverstanden, diese Art Druck könnte dazu führen, dass Juanito sich stellt.«

»Rufen Sie Yolanda an, und sagen Sie ihr, sie soll sich mit Schwester Domitila und Bruder Magí in Verbindung setzen. Sie können die Nachforschungen in der Balmesiana-Bibliothek vorerst einstellen.«

»Sehr gut. Und wir?«

»Sie kümmern sich darum, dass diese Anordnungen ausgeführt werden, und auch die, die ich den Chefs genannt habe.«

»Und Sie?«

»Ich fahre ins Kloster.«

»Wozu?«

»Um das Gelübde abzulegen. Umzingelt von all diesen Dämonen ist mir bewusst geworden, dass ich eine starke religiöse Berufung verspüre.«

»Hören Sie, Inspectora, warum warten Sie nicht auf mich, und wir fahren zusammen?«

»Mönche und Nonnen legen die Gelübde niemals gemeinsam ab. Wir sehen uns später hier.«

Das Auto ließ ich diesmal stehen. Ich hoffte, beim Gehen auf neue Ideen zu kommen. Vielleicht sollte ich mich mal mit Aristoteles beschäftigen; wenn Geschichte und Psychiatrie schon versagt hatten, konnten wir ja mal die Philosophie bemühen. Dabei würde all das zusammen nicht ausreichen, um für diesen Besuch im Kloster eine gewisse Ordnung in meinen Kopf zu bringen. Ich wusste zwar, dass ich schleunigst dorthin musste, aber nicht, wie ich die mir bevorstehende Befragung beginnen sollte.

Beim Gedanken an die schöne, diskrete Pförtnernonne dachte ich, dass ich vorher Doktor Beltrán anrufen sollte. Ich erreichte ihn auf dem Handy.

»Das Profil Ihres Tatverdächtigen? Ja, ich habe es mehr oder weniger umrissen, ich schreibe gerade den Bericht.«

»Geben Sie mir eine kurze Zusammenfassung, ich bitte Sie.«

»Die Person, die Sie beschreiben, leidet nicht an einer bestimmten Geisteskrankheit. Um es auch für Laien verständlich zu machen, würde ich sagen, dass er nicht verrückt ist. Doch er verfügt über eine konfliktive Persönlichkeitsstruktur. Es gibt viele solcher Menschen, die wegen der fehlenden Mutter beim Heranwachsen und in der Erziehung Entbehrungen erfahren, die sich verschlimmern können, wenn derjenige nicht fähig ist, sich dem sozialen Umfeld anzupassen. Es gibt den aggressiven und den regressiven Typ. Ihr Verdächtiger gehört zu Letzterem.«

»Entschuldigen Sie, Doktor. Ich weiß, dass Sie mir das nicht klar beantworten können, aber wäre dieser nicht aggressive Mensch unfähig zu töten?«

»Wie Sie richtig vermuten, gibt es darauf keine eindeutige Antwort. Wir können jedoch unterstellen, dass er, unter gewissen Vorbehalten, töten könnte, wenn er von einem hochemotionalen Motiv getrieben ist.«

»Wie beispielsweise?«

»Ich weiß es nicht genau, große Liebe, großer Hass, der Wunsch, einen geliebten Menschen zu schützen, die Vergötterung eines Menschen, mit dem er besonders eng befreundet ist ... Oder das Gegenteil, Rache an jemandem, der ihn beleidigt oder verletzt hat. Bedenken Sie, Inspectora, eine Persönlichkeit dieses Typs kann jeden Moment ins Krankhafte umkippen. In dem Fall reichen Motive, die Ihnen oder mir trivial und undenkbar für das Begehen eines Verbrechens vorkämen, für diesen Mann aus, je nachdem, wie sehr er von ihnen besessen ist.«

»Verstehe.«

»Aber ich bitte Sie, von dem, was ich Ihnen gesagt habe, keinen leichtfertigen Gebrauch zu machen. Ich möchte einen ausführlichen und vernünftig dokumentierten Bericht vorlegen, den ich mit meinem Namen unterzeichnen kann.«

»Ich habe noch nie im Leben etwas Leichtfertiges getan, Doktor. Das liegt mir nicht.«

Mein ruhiger, höflicher Tonfall musste ihn irritiert haben, denn nach kurzem Schweigen lachte er nur töricht über meinen Scherz. Unter normalen Umständen hätte ich nach dem Gespräch wegen seiner Eitelkeit einen grässlichen Wutausbruch bekommen, aber in dem Moment war mein Kopf so besetzt von unserem Fall und seinen Winkelzügen, dass ich Doktor Narziss sofort wieder vergessen hatte. Da ich ebenso den anstehenden Besuch vergessen hatte, wirkte das Klostertor einigermaßen bedrohlich und abstrakt auf mich. Was sollte ich den Nonnen sagen? Ich wusste nicht einmal, wo ich ansetzen sollte. Ich hatte weder eine Strategie noch einen Befehl noch Prioritäten, keine Liste möglicher Tatverdächtiger, und ich wusste auch nicht, was Lledó mit den Herz-Jesu-Schwestern verband. Ich atmete tief ein und ging weiter. Wenn es stimmte, was meine erfahrenen Polizeikollegen mir wiederholt gesagt hatten, führte die Handlung zur Erklärung. Außerdem gab es einen kleinen logischen Ansatz: Die Schwester Pförtnerin hatte mit Juanito zu tun gehabt, und sie wäre die Erste, mit der ich reden würde.

Doch das Schicksal wollte es mir nicht einfach machen: Nachdem ich mich durch die Gegensprechanlage angekündigt hatte, öffnete eine mir unbekannte Nonne.

»Wo ist die Schwester Pförtnerin?«, fragte ich.

»In der Kapelle, es ist Gebetszeit.«

»Dann warte ich«, erwiderte ich entschlossen. Die viel jüngere und viel weniger hässliche Nonne führte mich in den altbekannten Raum. Wie zu erwarten gewesen war, tauchte wenige Minuten später Mutter Guillermina auf.

»Inspectora! Warum haben Sie mir nicht angekündigt, dass Sie kommen?«

»Ich ahnte schon, dass Sie es auch so erfahren würden, Mutter Oberin.«

»Ja, es stimmt, meine geistigen Schwestern informieren mich über alles. Und das ist manchmal eine Belastung, glauben Sie mir. In diesem Fall natürlich nicht, denn ich freue mich, Sie zu sehen.«

»Ich freue mich auch, Sie zu sehen.«

»Wollen wir in mein Büro gehen?«

»Um ehrlich zu sein, bin ich nicht gekommen, um mit Ihnen zu reden, Mutter Oberin.«

»Ja, ich weiß, Sie wollen mit der Schwester Pförtnerin reden, aber lassen wir sie doch ihr Gebet beenden und dann zu uns kommen.«

»Ich muss vielleicht unter vier Augen mit ihr sprechen.«

Über Mutter Guillerminas leutseliges, offenes Gesicht huschte ein Schatten des Befremdens.

»Mit der Schwester Pförtnerin? Was ist passiert?«

Ich schwankte einen Augenblick zwischen Vertrauen und Nichtvertrauen in diese Frau, doch ich war verraten und verkauft, denn früher oder später würde sie von der Sache Lledó ja doch erfahren, und zudem war es innerhalb des Klosters unmöglich, einen Schritt ohne ihre Zustimmung zu machen, also erzählte ich ihr, was mit Juanito passiert war. Sie sah mich verständnislos an.

»Verzeihen Sie, aber ich habe keine Ahnung, wovon Sie reden. Wer ist Juanito Lledó?«

»Der Obst- und Gemüselieferant des Klosters. Kennen Sie ihn nicht?«

»Ich? Nein, natürlich nicht, ich kenne keinen der Lieferanten des Klosters. Ich beschränke mich darauf, die Rechnungen zu unterschreiben, die mir die Schwester Buchhalterin vorlegt, aber natürlich habe ich nie einen dieser Männer je zu Gesicht bekommen. Das ist nicht meine Aufgabe.«

»Natürlich. Aber sagen Sie mir, Mutter Oberin, wissen Sie, wie viele Schwestern mit den Lieferanten zu tun haben?«

»Warum sagen Sie mir nicht, was Sie herausfinden wollen?«

Ich seufzte tief, wappnete mich mit Geduld und ließ es sie spüren.

»Mutter Guillermina, wir können nicht immer die gleiche Diskussion führen, Sie sind die Herrscherin dieses Klosters, aber ich bin Polizistin und ermittle in einem Fall ...«

»Sie fangen doch immer wieder damit an! Das mit der Herrscherin haben Sie mir schon öfter gesagt, aber hören Sie mir gut zu: Wenn ich Sie frage, dann um Ihnen zu helfen, um zu erfahren, was Sie suchen, und Ihnen den Weg zu weisen, wenn es in meiner Hand liegt. Niemand weiß mehr über das, was in diesem Kloster geschieht, als ich.«

»Aber ...«

Sie sah mich zugleich sprachlos und verletzt an.

»Aber Sie vertrauen mir nicht, stimmt's?«

»Im Moment kann ich niemandem vertrauen, nicht einmal mir selbst.«

Würdevoll wie eine besiegte Generalin auf dem Schlachtfeld sagte sie ernst zu mir: »Ich schicke Ihnen sofort die Schwester Pförtnerin«, und machte sich hochmütig auf den Weg. An der Tür drehte sie sich noch einmal um und verkündete in gespielt unterwürfigem Tonfall: »Ich möchte Sie wissen lassen, dass es hier und überall nur eine wahre Herrscherin gibt: unsere Heilige Mutter Gottes, die Jungfrau Maria, sonst niemand. Etwas anderes zu behaupten, wäre Blasphemie.«

Sie verschwand hoheitsvoll wie eine Laienschauspielerin in der Rolle der Maria Stuart. Was mir klarmachte, dass ich es mir mit ihr versaut hatte, einfach vollkommen versaut. Denn mal abgesehen von unserer einzigen Herrscherin, der Jungfrau Maria, war es hier, auf diesem Territorium, in diesen heiligen Mauern, nur die Mutter Oberin, sie und nur sie, die den Ton angab. Wenn ich eine Nonne befragen wollte, musste ich sie um Erlaubnis bitten, wenn ich wünschte, dass alle zu Befragenden in angemessen geistigem Zustand für eine Aussage wären, musste ihnen die Mutter Oberin vorab das *nihil obstat* erteilen, das sie von der persönlichen Verantwortung für ihre Aussage freisprach. Bar jeglicher Würde lief ich ihr hinterher.

»Mutter Guillermina, bitte!«

Sie drehte sich um, und über ihr Gesicht huschte ein glückliches, kleines Lächeln der Entschädigung angesichts der erniedrigten Gegnerin.

»Ja, Inspectora?«

»Nehmen Sie es mir bitte nicht übel. Bestimmt wäre es sinnvoller, wenn Sie bei der Befragung dabei sein würden. Ich wollte nur vermeiden, dass sich die Schwester Pförtnerin durch Ihre Autorität befangen fühlt.«

»Eine Oberin ist kein General.«

»Ich weiß, und ich bitte Sie um Verzeihung. Können Sie die Schwester rufen lassen und bei der Befragung dabeibleiben?«

»Sehr gerne, und keine Sorge, ich habe nicht die Absicht, den Grund Ihrer Fragen zu hinterfragen.«

Sie verschwand, und ich machte mir Vorwürfe, eingeknickt zu sein. Und wenn Mutter Guillermina etwas mit der Sache zu tun hatte? War auch egal, in dem Fall würde ihre Anwesenheit lediglich ihre Schuld zutage fördern. Ihre Schuld? Was zum Teufel dachte ich da, konnte diese Nonne zwei Morde auf dem Kerbholz haben? Das war unmöglich, davon war ich überzeugt.

Die Mutter Oberin kehrte in Begleitung der schrecklichen Pförtnernonne zurück. Ich hätte nicht sagen können, welchen geistigen Zustand ihr Gesicht ausdrückte, denn die charakteristische Ausdruckslosigkeit machte die Einschätzung unmöglich. Sie machte eine grüßende Handbewegung in meine Richtung und faltete die verbrauchten Hände vor der Brust.

»Geht es Ihnen gut, Schwester?«, fragte ich ausgesucht höflich. Als ich die Ohren spitzte, konnte ich so was wie ein zustimmendes Brummeln vernehmen.

»Die Schwester wird Ihre Fragen beantworten, Inspectora«, sagte die Mutter Oberin als Hinweis darauf, dass ich keine Zeit mit Höflichkeitsfloskeln verlieren sollte.

»Schwester, das Kloster wird doch vom Großhandel *Obst und Gemüse El Paraíso* beliefert, nicht wahr?«

»Ja«, sagte sie mit dem Ausdruck einer aufgescheuchten Fliege und starrte dann konzentriert ins Leere.

»Der Junge, der Sie beliefert, heißt Juanito, richtig?«

»Ja, aber seit ein paar Tagen ist er nicht mehr gekommen, und wir können ihn nicht erreichen, also haben wir gewechselt. Jetzt werden wir von *Frutas Garrido* beliefert, wenn Sie die Anschrift wollen ...«

»Nein danke, das ist nicht nötig. Wer hatte normalerweise mit Juanito zu tun?«

»Ich.«

»Sonst noch jemand?«

»Manchmal hat er mit Schwester Asunción abgerechnet.«

»Wer ist Schwester Asunción?«

»Sie macht die Buchhaltung des Klosters«, erläuterte Mutter Guillermina.

»Ich dachte, das machen Sie.«

»Nein, ich unterschreibe die Rechnungen einer jeden Abteilung und kümmere mich um das gesamte Budget des Klosters. Die tägliche Buchhaltung machte Schwester Asunción del Sagrado Corazón.«

»Hat sonst noch jemand mit dem Jungen gesprochen?«

Die Schwester antwortete ungerührt: »Nein.«

»Wie war dieser Juanito so?«

»Normal.« Wieder trug sie ihre düstere Kurzangebundenheit zur Schau. Die Oberin wurde ungehalten.

»Schwester, bei der Liebe Gottes, es ist ja in Ordnung, wenn wir keine unnötigen Worte machen, aber die Inspectora braucht ein paar mehr Informationen als bei einer Umfrage.«

»Aber ich weiß nicht, was ich sagen soll, Mutter Oberin. Juanito erschien mir normal, der Junge hat das Gemüse gebracht, das ist alles.«

Mutter Guillermina bat mich mit einem Blick um die Geduld,

die ihr fehlte. Plötzlich übernahm sie die Befragung und schrie fast: »War er sympathisch, unsympathisch, gesprächig, freundlich, hilfsbereit ... irgendwie wird er doch gewesen sein, oder?«

»Mir hat er das nicht offenbart, Mutter Oberin, ich habe schon genug mit den ganzen Lieferanten zu tun, um auch noch herausfinden zu wollen, wie Gott sie geschaffen hat.«

Ich ergriff wieder das Wort.

»Wohin brachte er die Lieferung?«

»In die Küche.«

»Na schön, dann muss er dort doch auch mit jemandem gesprochen haben«, rief die Oberin verärgert.

»Mit der Schwester Köchin und der Küchenhilfe, nehme ich an.«

»Holen Sie die beiden her, auch die Schwester Buchhalterin, einfach alle Nonnen des Ordens, mit denen der Junge Ihrer Meinung nach Kontakt hatte, so kurz und oberflächlich er auch gewesen sein mag!« Als die Schwester Pförtnerin gegangen war, sagte Mutter Guillermina entschuldigend: »Man muss sie verstehen, die arme Schwester macht schon so lange immer das Gleiche, dass ihr für alles, was nichts mit dem Türöffnen zu tun hat, jegliches Verständnis fehlt.«

»Mir macht das nichts aus«, sagte ich boshaft.

»Mir schon! Weil es meine mangelnde Barmherzigkeit beweist. Außerdem müssen Sie gemerkt haben, Inspectora, wie nervös es mich macht, nicht zu wissen, wonach genau Sie in unserer Gemeinschaft suchen.«

Ich lächelte nachsichtig, sie hatte es verdient.

»Juanito Lledó ist flüchtig und wird von der Polizei gesucht. Als ihn eine unserer Polizistinnen in seinem Wagen anhalten wollte, hat er sie geschlagen. Wir glauben, dass er in den Fall verwickelt ist. Vielleicht hat er Eulalia Hermosilla umgebracht, die gesagt hatte, dass sie von zwei Männern verfolgt wurde.«

»Zwei Männern?«

»Der zweite könnte Miguel, Juanitos Bruder, sein.«

Mutter Guillermina trank meine Worte wie Quellwasser gegen ihren Wissensdurst und versuchte, diese Informationen zum besseren Verständnis einzuordnen, was ihr schnell und präzise gelang.

»Wie sind Sie auf Juanito gekommen?«

»Die Obdachlose redete in ihrer Verwirrung immer wieder vom Paradies. Anfangs haben wir das als Angst vor dem Tod interpretiert, aber dann habe ich die Aufschrift *El Paraíso* auf dem Lieferwagen gesehen, und da hat's gezündet. Als wir uns dem Wagen näherten, ist der Junge geflüchtet. Vorher schlug er eine meiner Kolleginnen nieder, die ihn daran hindern wollte.«

»Und wie geht es der Frau?«

»Wieder gut.«

Die Augen der Oberin waren vor lauter Konzentration gerötet. Dann zögerte sie keinen Moment mit ihren Schlussfolgerungen.

»Sie glauben, dass dieser Junge etwas mit dem Fall zu tun hat, aber kann das nicht auch Zufall sein?«

»Was für ein Zufall?«

»Er kann etwas anderes getan haben, das nichts mit dem Mord an Bruder Cristóbal zu tun hat, Sie wollen ihn aufhalten, er erschrickt und …«

»Nein, Mutter Oberin, die Erfahrung lehrt uns, dass es im Umfeld eines Verbrechens selten Zufälle gibt. Dieser Junge hat etwas mit dem Fall zu tun. Wir haben seine Fingerabdrücke auf den Latexhandschuhen gefunden, die beim Mord an der Obdachlosen benutzt wurden. Im Lieferwagen fanden sich Fasern der Mumie. Brauchen Sie noch mehr Zufälle? Schlecht ist nur, dass es auch kein Zufall sein dürfte, dass er das Kloster beliefert hat. Was uns zu dem Schluss führt, dass das Motiv für die Morde etwas mit dieser Gemeinschaft zu tun haben muss.«

»Wollen Sie sagen, mit meinen Nonnen?«

»Ich schließe das nicht aus. Deshalb will ich mit allen sprechen, die mit dem jungen Mann Kontakt hatten.«

»Aber merken Sie gar nicht, dass das überhaupt keinen Sinn ergibt? Das ist absurd, Inspectora, absurd! Nennen Sie mir eine einzige Hypothese, was passiert sein könnte, eine einzige.«

»Ich habe keine.«

»Also?«

»Ermitteln dient dazu, Hypothesen zu erstellen, selten umgekehrt. Klar, dass Sie nicht wünschen, dass ich in die Welt Ihrer Nonnen eindringe.«

»Blödsinn, Inspectora, Blödsinn! Sie können tun, was Sie für notwendig befinden, ich werde Ihnen helfen. Übrigens, was ist mit der ganzen Arbeit von Schwester Domitila und Bruder Magí? Haben Sie diese Möglichkeit inzwischen ausgeschlossen?«

»Wir haben den beiden gesagt, sie sollen ihre Forschungen vorerst einstellen, doch was sie bis jetzt herausgefunden haben, ziehen wir natürlich weiterhin in Betracht.«

»Und die ganze negative Publicity, die Sie unserem Wohltäter Don Heribert verschafft haben! Und jetzt?«

»Wollen Sie bitte aufhören, mich unter Druck zu setzen? Sie sind ja noch schlimmer als mein Comisario!«

Sie war verblüfft und errötete.

»Entschuldigen Sie, aber ich verstehe diesen ganzen Unsinn immer noch nicht.«

»Ich auch nicht! Würde ich es verstehen, stünde der Tatverdächtige schon vor dem Haftrichter. Die Frage lautet: Wollen Sie mir helfen oder nicht?«

»Selbstverständlich will ich Ihnen helfen, das habe ich Ihnen schon zehn Mal gesagt. Reden Sie mit den Schwestern, wenn es nötig ist, unterziehen Sie sie erschöpfenden Befragungen, martern Sie sie! Tun Sie, was Sie für richtig halten, Sie haben meinen Segen. Aber ich weise Sie darauf hin, dass Sie nur Ihre Zeit verschwenden werden. Unter den Schwestern nach Schuld zu suchen, ist wie inmitten der Wüste nach Wasser zu graben, das versichere ich Ihnen.«

Ich sah sie nur an. Im Augenblick war ich offensichtlich die einzige Erschöpfte. Wenn sie glaubte, mir mit diesem kämpferischen und theatralischen Stil zu helfen, wäre es mir tausend Mal lieber, sie zur Gegnerin zu haben. Doch ich hielt mich zurück und sagte nur: »Wären Sie so freundlich, alle Schwestern herzubitten, die in der Küche arbeiten?«

Sie nickte und ging. Vielleicht würde dieser Fall nicht gelöst werden, aber die Zeichen standen gut, dass die von mir dafür aufgebrachte Geduld den Prozess meiner Heiligsprechung einläutete. Ich holte Luft, atmete aus, stand auf und lief im Raum auf und ab. Zu allem Überfluss konnte ich weder eine Zigarette rauchen noch etwas trinken, um meine Anspannung zu lösen. Und was würde ich als Nächstes tun? Die Mutter Oberin bitten, bei den Befragungen zugegen zu sein? Ich verspürte wenig Lust dazu, doch wenn ich es nicht täte, müsste ich mich allein mit den lakonischen Antworten der Nonnen auseinandersetzen. Na schön, aber ich würde sie darauf hinweisen, dass ich keinerlei Unterbrechung ihrerseits wünschte.

An die Gesichter der Köchin und der Küchenhilfe konnte ich mich nicht erinnern. Als wir am Anfang unserer Ermittlungen die Nonnen alle gemeinsam befragt hatten, hatten sie für mich alle gleich ausgesehen. Ich begrüßte die beiden, und sie antworteten mit einem Lächeln. Zugegebenermaßen wirkte sich die Anwesenheit der Mutter Oberin positiv aus, denn die beiden Zeuginnen wirkten ziemlich entspannt. Die eine war schon älter, kräftig und eher rund, und ich dachte, sie müsste die Köchin sein. Die andere schien nicht besonders helle, denn in ihrem Gesicht stand ein einfältiges Lächeln, was mich unterstellen ließ, dass sie nicht so ganz folgen konnte.

»Haben Sie Juanito oft gesehen?«

Die Köchin sah die Oberin fragend an. Ein Kopfnicken erteilte ihr die Erlaubnis zu antworten.

»Er hat seit drei Jahren die Bestellungen geliefert.«

»Was für einen Eindruck hat der Junge auf Sie gemacht?«

»Nun, er ist höflich und eher wortkarg.«

»Wie kam es dazu, dass er Sie belieferte, wurde das Geschäft von jemandem empfohlen?«

»Vorher kam immer ein gewisser Señor José, und als er in Rente ging, empfahl er uns *Obst und Gemüse El Paraíso*. Er meinte, die seien seriös und hätten gute Preise. Die Mutter Oberin war einverstanden, und so fing es an.«

»Kam er, abgesehen von Ihnen beiden, noch mit anderen Schwestern in Kontakt?«

»Die Schwester Buchhalterin hat ihn bezahlt.«

»Hat er Ihres Wissens aus irgendeinem Grund mal mit einer anderen Schwester gesprochen?«

»Ich denke, nicht. Kann sein, dass er einer von ihnen zufällig auf dem Flur begegnet ist. Da wir ihm vertrauten, ließen wir ihn nicht warten, bis sich alle Schwestern zurückgezogen hatten, aber dass er mit einer gesprochen hat … glaube ich, offen gestanden, nicht.

»Ist es möglich, dass Juanito irgendwann einmal Bruder Cristóbal getroffen hat? Lassen Sie sich Zeit, und denken Sie darüber nach.«

Sie heftete ihren gutmütigen Blick an die Decke und versuchte offensichtlich, sich zu erinnern. Dann sagte sie ein wenig ängstlich: »Ich weiß nicht, was ich antworten soll. Ich habe ihn natürlich nicht mit ihm sprechen sehen, denn ich bin dem Bruder auch nie begegnet. Nur einmal: Als er seine Arbeit im Archiv aufnahm, kam er kurz in die Küche und bat uns, ihm nie Stockfisch zu servieren, auch nicht in der Karwoche. Er sagte, das sei das einzige Nahrungsmittel auf der Welt, das er nicht hinunterbekomme, ihm grause davor. Abgesehen davon …«

»Frittierte Sardinen mochte er auch nicht«, entfuhr es plötzlich dem Küchenmädchen. Dabei versuchte sie, möglichst scharfsinnig zu gucken, denn offensichtlich war sie davon überzeugt, dass dies ein entscheidender Hinweis für unsere Ermittlungen war.

»Sehr gut, Sie können gehen.«

Nachdem sie ihre Oberin mit einem Blick um Erlaubnis gebeten hatten, verschwanden sie, ich würde sagen, glücklich darüber, für einen Augenblick in ihrem Leben im Fokus gestanden zu haben. Mutter Guillermina sah mir forschend in die Augen.

»Was meinen Sie?«

Ihr professioneller Ton wie der einer echten Polizeimitarbeiterin amüsierte mich.

»Nichts Besonderes.«

»Nein, natürlich nicht. Ich habe es Ihnen ja gesagt, Inspectora. Bei den Nonnen dieses Klosters werden Sie keine einzige Spur finden. Wir leben doch gar nicht in dieser Welt! Jede hat ihre Aufgaben, die tägliche Arbeit und die Gebete. Was könnten wir wissen?«

»Dass ich sie befrage, heißt nicht, dass sie wirklich etwas wissen. Aber jede bisher unbeachtete Kleinigkeit kann nützlich sein. Lassen Sie bitte die Schwester Buchhalterin kommen.«

Sie flitzte aus dem Raum. Ihr Verhalten ließ mich denken, dass sie das alles trotz der Störungen eigentlich genoss. Nach wenigen Minuten war sie mit der Schwester Buchhalterin zurück. Diese war um die sechzig und überraschte mich mit ihrem Angebot, kaum dass sie den Raum betreten hatte.

»Wenn Sie Fragen zur Buchhaltung haben, kann ich Ihnen die entsprechenden Excel-Seiten ausdrucken.«

»Wie ich sehe, sind Sie auf dem neuesten Stand der Technik.«

»Ich habe immer die linierten Soll- und Haben-Bücher benutzt, aber die Mutter Oberin meinte, ich müsste mit dem Fortschritt gehen.«

»Viele Leute schaffen das nicht.«

»Bei aller Bescheidenheit kann ich behaupten, dass ich mit dem Computer ganz gut zurechtkomme.«

»Wunderbar, Schwester, aber darum geht es jetzt gar nicht. Heute möchte ich, dass Sie mir etwas zu Juanito Lledó sagen.«

»Dem Jungen von *Obst und Gemüse El Paraíso?*«

»Ich glaube, Sie hatten mit ihm zu tun.«

»Ich habe ihm die wöchentlichen Lieferungen bezahlt.«

»Erzählen Sie mir alles, was Sie über den jungen Mann wissen.«

Sie war verblüfft, versuchte aber, ihre Neugier nicht allzu deutlich werden zu lassen; wahrscheinlich, weil Mutter Guillermina zugegen war. Neugier war wohl eine Sünde.

»Er ist ein ganz normaler Junge, eher schüchtern und wortkarg. Ich mochte ihn, weil er nicht wie die anderen Lieferanten andauernd redet und Fragen stellt. Jetzt kommt ein Pakistani, der auch kaum den Mund aufmacht; das ist zwar gut, aber er lächelt nie. Juanito schon, Juanito lächelte immer und sagte, er komme gern ins Kloster.«

»Gab es irgendetwas an Lledó, das Ihnen aufgefallen ist?«

»Nein, nichts. Daran würde ich mich erinnern. Trotz meines Alters habe ich, Gott sei Dank, ein gutes Gedächtnis.«

»Wissen Sie, ob ihm mal jemand die Mumie des Heiligen gezeigt hat?«

»Soweit ich weiß, nein. Falls er sie nicht mal privat während der Öffnungszeiten besichtigt hat.«

»Es freut mich, dass Sie so ein gutes Gedächtnis haben, Schwester, und bitte denken Sie über die Frage, die ich Ihnen jetzt stellen werde, gut nach. Nehmen Sie sich ruhig Zeit: Glauben Sie, dass sich Juanito noch mit anderen Schwestern unterhalten hat außer mit Ihnen, der Köchin, dem Küchenmädchen und der Schwester Pförtnerin?«

»Was meinen Sie mit unterhalten?«

»Jede Art von Gespräch, Kommentare, vielleicht ein Wortwechsel.«

»Darüber brauche ich nicht lange nachzudenken. Gespräche, nein, ausgeschlossen. Der Junge musste manchmal kurz im Flur warten, und da der nicht zum Klausurbereich gehört, kann es gut sein, dass eine der Schwestern vorbeigekommen ist und ihn gegrüßt hat, aber mehr nicht. Und einen Wortwechsel ... das kann ich mir nicht vorstellen.«

»Aber er hätte im Flur auf eine der anderen Nonnen treffen können?«

»Aber das ist ...«

»Antworten Sie bitte auf meine Frage.«

»Ja, ich antworte Ihnen gern, ich wollte sagen, selbst wenn er dort eine der Schwestern getroffen haben sollte, wäre kaum Zeit zum Reden geblieben. Ich habe ihn nie lange warten lassen.«

Ich entließ sie, und mit Mutter Guillerminas Erlaubnis zog sie sich zurück. Die Mutter Oberin sah mich herausfordernd an.

»Sie wollen mir jetzt aber nicht sagen, dass Sie noch einmal alle Nonnen des Klosters befragen wollen?«

»Das brauche ich nicht mehr zu sagen, weil Sie es bereits ausgesprochen haben. Genau, ich möchte alle dazu befragen.«

»Also wirklich, Inspectora, Gott bewahre! Wegen der höchstens fünf Minuten, die irgendeine Schwester mit diesem Jungen gesprochen haben könnte, wollen Sie sie alle noch mal mit Fragen quälen? Was suchen Sie eigentlich in diesem Kloster? Sagen Sie es mir.«

»Ich will die Wahrheit herausfinden.«

»Ihre Wahrheiten, die hinterher keine sind, kosten uns vielleicht die Unterstützung der Familie Piñol i Riudepera. Was haben Sie jetzt vor? Wollen Sie eine meiner Nonnen des Mordes beschuldigen?«

»Zwei tote Menschen bedeuten Ihnen weniger als diese verdammten Mauern, stimmt's?«, warf ich ihr empört über ihr Verhalten vor.

»Nehmen Sie die ›verdammten Mauern‹ zurück!«

»Ich nehme es zurück, Mutter Oberin. Wäre es Ihnen lieber, wenn ich sie ›heilige Mauern der Verschleierung‹ nenne?«

Wir schwiegen beide, wir hatten an Schwung verloren und

waren es leid, uns zu bekämpfen, auf unseren absurden Rollen zu beharren und ständig unvermittelt aneinanderzugeraten, Geweih an Geweih in dem unsinnigen Kampf zweier Rentiere. Ich brauchte ihr nicht zu drohen, die größere Macht hatte ich, und sie konnte sie höchstens behindern.

»Ich komme morgen wieder, Mutter Guillermina. Bestellen Sie die Gemeinschaft der Schwestern für neun Uhr ein.«

»Um neun beten alle, kommen Sie um zehn. Und bitte allein, es ist besser, Ihr Kollege begleitet Sie nicht.«

Diesen letzten Einwand ließ ich ihr durchgehen. Ich wollte nicht mehr reden, sondern nur noch das Gebäude verlassen und frische Luft atmen.

Auf der Straße hatte ich das Gefühl, nicht nur ins normale Leben, sondern auch in die Gegenwart zurückzukehren. Ich verspürte die unbändige Lust, in einer Bar ein Bier zu trinken und eine Zigarette zu rauchen. Doch plötzlich fiel mir ein, dass ich verheiratet war und dass mich zu Hause ein liebevoller Ehemann erwartete. Nicht dass ich es vergessen hätte, aber das angestrengte und konzentrierte Nachdenken hatte bis zur Verleugnung meiner selbst geführt. Ich lief nach Hause und warf mich in Marcos' Arme.

»Heute will ich nicht reden«, sagte ich. Ich erwartete, dass er mich in erotischer Absicht ins Bett trug, um meine Anspannung zu lösen, aber ich hatte mich geirrt. Stattdessen baute er sich vor mir auf und sagte: »Hast du mal in den Spiegel geschaut, Petra?«

»Nein, in den letzten zwölf Stunden nicht. Warum?«

»Du bist blass, hast dunkle Ringe unter den Augen ... Geht es dir nicht gut?«

»Doch, eigentlich habe ich mich seit geraumer Zeit nicht besser gefühlt.«

»Hast du heute schon was gegessen? Wie lange hast du pausenlos gearbeitet?«

»Bist du jetzt mein Vater?«

»Ich mache mir Sorgen um deine Gesundheit.«

»Sorge ich mich etwa um deine?«

»Nein, keineswegs. Du sorgst dich um nichts, was mich anbelangt.«

»Bevor ich nach Hause gekommen bin, habe ich gezögert, ob ich ein Bier trinken oder heimgehen soll. Und weißt du was? Ich habe mich falsch entschieden. Adios!«

»Dieser verdammte Fall bringt dich völlig durcheinander. Warum gibst du ihn nicht endlich ab?«

»Ich habe weder Lust zu reden noch den Fall abzugeben, noch zu streiten. Also werde ich in einer dieser einsamen Bars, die immer meine Zuflucht waren, ein Bier trinken.«

Bevor er noch etwas erwidern konnte, öffnete ich die Tür und schlug sie hinter mir zu. Von den verschiedenen Arten des Streitens entfacht sich der Ehestreit wahrscheinlich am schnellsten, er ist auch der dümmste.

15

Sonia verließ wiederhergestellt, aber traurig das Krankenhaus. Ich saß in meinem Büro und schrieb Berichte, als Yolanda es mir verkündete. Ich glaubte, schnell klarstellen zu müssen: »Ob Sonia traurig ist oder nicht, ist im Augenblick meine geringste Sorge. Und du, was machst du hier? Solltest du nicht nach Lledó suchen?«

»Ich hatte Nachtschicht, und bevor ich nach Hause gehe, wollte ich Ihnen das von Sonia mitteilen, aber wenn es Sie nicht interessiert ...«

Ich sah vom Bildschirm auf und die junge Polizistin an.

»Es interessiert mich, und ich freue mich, dass es ihr besser geht, aber warum ist sie traurig?«

»Weil sie sich an der Suche beteiligen will, Inspectora.«

»Aber sie ist doch noch krankgeschrieben?«

»Das ist das Problem. Sie hat Schuldgefühle, weil ihr der Tatverdächtige entwischt ist, und sie möchte, dass Sie ihr gestatten, wieder ihren Dienst anzutreten.«

»Ich war immer der Meinung, dass Schuldgefühle, die in alle vier Himmelsrichtungen hinausposaunt werden, nichts anderes sind als der Wunsch nach Aufmerksamkeit.«

»Sie sind viel zu streng, Inspectora Delicado.«

»Sollte es dich trösten, kann ich dir versichern, auch mit mir selbst.«

Sie machte eine Geste der Verständnislosigkeit und wandte sich ab. In ihrem Gesicht stand große Erschöpfung. Ich rief ihr hinterher: »Wenn es sie denn glücklich macht, kann sie ihren Dienst wiederaufnehmen!«

Sie drehte sich lächelnd um und wollte sich schon bedanken, als ich sie unterbrach.

»Wir geben ihr die Chance, den Tatverdächtigen noch einmal entwischen zu lassen.«

Das Lächeln in ihrem Gesicht gefror. Mit vorwurfsvollem Blick sagte sie ernst: »Sie kennen keine Barmherzigkeit.«

»Barmherzigkeit ist bei der Arbeit fehl am Platze.«

Ich bereute es nicht, das gesagt zu haben. In dem Moment schien mir nur wichtig, dass alle Welt mit geschärften Sinnen arbeitete, und das Gefühl von Kollegialität und Freundschaft ließ die Menschen eher entspannen und in einer Blase des Glücks verharren. Eine Minute später kam Garzón herein.

»Verflixt, Inspectora, die Suche bringt nicht viel! Die Lledós gehören nicht zur Gaunerszene, und demzufolge sind sie in den einschlägigen Schuppen auch nicht zu finden.«

»Guten Morgen, Subinspector.«

»Verzeihung, aber mir steht wirklich nicht der Sinn nach Begrüßungsfloskeln.«

»Weder Höflichkeit noch Bildung nehmen viel Zeit in Anspruch.«

»Wir müssen etwas tun, Inspectora. Wie Sie schon sagten, Pfeffer in den Bau streuen, damit das Mäuschen rauskommt. Haben Sie nicht mal etwas von einem Trick über die Presse erwähnt?«

»Ich wollte noch ein wenig warten, aber vielleicht ist jetzt der richtige Zeitpunkt. Jedenfalls brauchen wir dazu die Zustimmung des Comisario und wahrscheinlich auch die des Kriminaloberrats. Gehen Sie die Genehmigungen einholen.«

»Genehmigungen wofür?«

»Ich will, dass der Spinner Villamagna jetzt eine Pressekonferenz abhält und denen erzählt, dass uns Beweise gegen die Brüder Lledó vorliegen, gegen beide. Ich hoffe, dass der Kleine wirklich nur der Komplize war und derart unter Druck gerät, dass er den anderen im Stich lässt oder ihn gar verrät.«

»Richter Manacor wird einen Anfall kriegen.«

»Deshalb brauchen wir die Genehmigungen und, wenn's sein muss, auch vom Papst.«

»Und was machen Sie inzwischen?«

»Ich werde hier bis gegen zehn Uhr Berichte schönen. Dann fahre ich zu den Herz-Jesu-Schwestern und befrage diesmal alle Nonnen zusammen. Gestern haben sie mich auf die Palme gebracht, und ich musste unverrichteter Dinge gehen.«

»War es so verrückt?«

»Was glauben Sie, warum ich die Berichte schöne?«

»Ich sehe Sie später, Inspectora, die Bessere möge gewinnen.«

Ich überging die boshafte Anspielung auf die Kraftprobe zwischen Mutter Guillermina und mir. Garzón hatte einen so guten Riecher, dass er die Situation sofort erfasst hatte.

Pünktlich um zehn öffnete mir Mutter Guillermina höchstpersönlich. Das Scharmützel würde gleich beginnen, und allein ihr Anblick reizte mich sofort zum Widerspruch. Diesmal würde mich der Respekt nicht davon abhalten, meine besten Waffen einzusetzen: Zynismus und Bissigkeit.

»Aber hallo! Ist über Nacht die Demokratie ins Kloster eingezogen, oder ist die Schwester Pförtnerin abgehauen und hat ein Blutbad hinterlassen?«

»Ich habe keinerlei Verständnis für Ihren Ton, Inspectora. Die Schwester Pförtnerin ist nicht an ihrem Platz, weil sie so nervös ist. Alle Schwestern sind völlig aus dem Häuschen.«

»Wirklich? Und was haben Sie ihnen gesagt, um sie in diesen Zustand der Aufregung zu versetzen?«

»Ich habe ihnen die Wahrheit gesagt: dass Sie eine von uns verdächtigen.«

»Das ist Ihre Schlussfolgerung.«

»Sie haben gesagt, dass es zwischen diesem Jungen, dem

mutmaßlichen Täter, und dem Kloster eine Verbindung geben muss!«

»Tut mir leid, wenn ich Ihre große Sensibilität verletzt habe. Wo sind Ihre Töchter?«

»Im Refektorium, wie beim letzten Mal.«

»Na dann los, führen Sie mich wie gewohnt zu ihnen. Denn ich habe gelernt, dass man sich in diesem Kloster nicht frei bewegen darf.«

»Betrete ich einfach Ihr Haus und laufe frei darin herum?«

»Ich möchte nicht mit Ihnen streiten, Mutter Oberin. Nicht einmal mit meiner eigenen Mutter habe ich zu ihren Lebzeiten so viel gestritten!«

»Ich kann mir vorstellen, wie Ihre arme Mutter zu leiden hatte.«

Sie war wie ein Jagdhund, der die Beute nicht loslässt, wie ein Inquisitor, der immer das letzte Urteil spricht, sie war kämpferischer als seinerzeit Cassius Clay. Im Refektorium fand ich das schon bekannte Szenario vor: Die Nonnen standen mit gesenktem Blick und schweigend in einer Reihe vor dem großen Esstisch. Ich räusperte mich und sagte laut: »Wären Sie bitte so freundlich, mich anzusehen?«

Die eine oder andere sah flüchtig auf. Mutter Guillermina übernahm das Zepter.

»Schwestern, ich möchte, dass Sie genau das tun, worum die Inspectora Sie bittet. Ich möchte auch, dass Sie alle Fragen absolut aufrichtig und wahrheitsgetreu beantworten. Und wenn Sie etwas nicht verstehen, fragen Sie einfach. Es ist wichtig, dass die Inspectora von dem, was Sie sagen, wirklich überzeugt ist.«

Sie sahen mich an. Es war schwer, in ihren Gesichtern zu lesen. Das Ordenskleid und die Haube uniformierten sie derart, dass es sogar schwerfiel, persönliche Züge zu unterscheiden oder ihr Alter einzuschätzen.

»Sind alle anwesend?«

Mutter Guillermina nahm mich beiseite und sagte so laut, dass alle es verstanden: »Schwester Pilar fehlt. Schwester Domitila hat mir gesagt, dass sie heute eine Prüfung in der Fakultät hat, und ich hätte es schade gefunden, wenn sie die hätte ausfallen lassen. Und da sie sich nicht im Kloster aufhielt, sondern in ihren Seminaren saß, wenn dieser Junge hier war …«

Ich sah sie unverhohlen neugierig an und versuchte zu ergründen, was sie wirklich sagen wollte. Sie merkte es natürlich und fügte hinzu:»Aber wenn Sie es für nötig befinden, lassen wir sie holen.«

»Nein, ist nicht nötig«, erwiderte ich, ohne etwas Ungewöhnliches festgestellt zu haben. Dann verriet mich die Sprachgewohnheit, als ich ansetzte: »Señoras …« Sofort korrigierte ich mich: »Ich meine, Schwestern, ich habe nicht vor, Sie lange zu belästigen, im Gegenteil, es handelt sich nur um ein paar wenige Fragen. Bevor Sie mir antworten, sollten Sie gründlich und sorgfältig nachdenken.«

Völliger Gleichmut war die einzige Reaktion. Ich sah nur Schwester Domitila eifrig nicken.

»Ich möchte lediglich wissen, ob und unter welchen Umständen jemand von Ihnen mit dem Obstlieferanten, dem jungen Juanito Lledó, gesprochen hat oder ihm begegnet ist.«

Wäre dies eine Runde aus Hausbewohnern, hätten jetzt alle gleichzeitig geredet, aber die Herz-Jesu-Schwestern waren auf Schweigen konditioniert, und sie schwiegen. Ich spürte, dass Mutter Guillermina ungeduldig wurde.

»Schwestern, Sie werden den jungen Mann doch mal gesehen haben, nicht wahr?«

Eine von ihnen hob die Hand und sagte: »Ich habe ihn einmal im Flur getroffen.«

»Haben Sie ihn angesprochen?«

»Nein!!!«, rief sie so empört, als hätte ich sie gefragt, ob sie Oralverkehr mit ihm hatte.

»Ist Ihnen an dem Jungen etwas aufgefallen?«, fragte ich weiter.

»Ich habe ihn nicht angesehen.«

»Wie haben Sie ihn dann überhaupt gesehen?«

»Ich habe ihn von Weitem gesehen, aber den Blick gesenkt, als ich an ihm vorbeiging; das gehört sich so für eine Nonne.«

»Verstehe.«

»Hat ihn noch jemand so gesehen, ich meine, indem sie, ohne mit ihm zu sprechen, an ihm vorbeiging?«

Einige Nonnen, einschließlich Mutter Guillermina, hoben schüchtern die Hand.

»Hat irgendeine von Ihnen mal mit ihm gesprochen, wenn auch nur übers Wetter?«

Keine einzige Hand kam unter den schwarzen Ordenskleidern hervor.

»Hat eine von Ihnen mitbekommen, dass er etwas Auffälliges gesagt oder getan hat?«

Schweigen und absolute Reglosigkeit in der Gruppe. Mir wurde klar, dass es sinnlos war, weiter zu fragen. Ich sah Mutter Guillermina an und raunte ihr zu: »Sagen Sie ihnen, sie können sich zurückziehen.«

Ich ging in den Flur hinaus und beobachtete, wie die Nonnen, ohne ein Wort miteinander zu wechseln, in ihre Zellen gingen. Die Oberin und ich blieben allein zurück.

»Mutter Guillermina«, setzte ich an, aber sie unterbrach mich augenblicklich.

»Was auch immer Sie mir zu sagen haben, tun Sie es in meinem Büro.«

Sie sagte das so bestimmt, dass ich ihr, ohne zu zögern, folgte und mich fragte, ob sie mir in ihrem Büro vielleicht etwas Interessantes enthüllen wollte. Aber nein, sofort verstand ich, warum sie es so eilig hatte, in diesen privaten Winkel zu gelangen: Kaum hatte sie den Raum betreten, holte sie aus einer verborgenen Tasche ihres Ordenskleides eine Schachtel Zigaretten hervor, zündete sich eine an und begann wie eine Drogensüchtige zu rauchen.

»Entschuldigen Sie ...«, sagte sie einigermaßen erholt. »Aber unser Gespräch vorhin war so angespannt, dass ich unbedingt eine Zigarette brauchte.«

Ich betrachtete sie voller Sympathie wie immer, wenn sie mir ihre menschlichen Schwächen offenbarte. Auch ich nahm meine Zigaretten heraus.

»Tut mir wirklich leid, Mutter Oberin. Ich hatte nie die Absicht, mit Ihnen zu streiten, aber Sie müssen verstehen, dass sich die Lösung dieses Falls viel zu lange hinzieht, und das verursacht allgemein große Nervosität. Wir haben schon viel zu viele Fehler gemacht, und ich will weitere vermeiden.«

Sie nickte ernst und blies mit geschlossenen Augen den Rauch aus.

»Ich möchte Sie auch um Verzeihung bitten. Glauben Sie mir, dass ich Ihnen wirklich helfen will, diese abscheulichen Verbrechen endlich aufzuklären, und natürlich will ich auch, dass wieder Frieden ins Kloster einkehrt. Das alles ist eine große Belastung für mich, Inspectora. Es ist ... wie ein schrecklicher Fluch. Glauben Sie, dass Sie den Täter bald finden werden?«

»Ganz bestimmt, ich spüre, dass wir ganz nah dran sind.«

»Ich werde innig dafür beten, dass es Ihnen gelingt.«

»Ich danke Ihnen.«

Langsam verließ ich den Raum, und dann fiel mir auf, dass ich zum ersten Mal in diesem unsäglichen Fall allein, ganz ohne Begleitung, durch die Klosterflure ging. Nicht mehr bewacht zu werden, fühlte sich komisch an. Dieser Ort war ein nicht zu überwindendes Bollwerk, ein geschlossener Kreis, dem Geheimnisse zu entreißen, sollte es denn welche geben, offen gestanden sehr schwerfiel.

Erst mittags brachte ich genügend Kraft und Gelassenheit auf, um Marcos anzurufen. Er reagierte mürrisch.

»Bist du noch böse auf mich?«

»Du warst gestern ziemlich ungerecht.«

»Ja, ich weiß«, erwiderte ich, noch immer gehüllt in den Geist des heiligen Zusammenlebens, den ich aus dem Kloster mitgenommen hatte.

»Es zu wissen, ändert auch nichts.«

»Ich weiß, und ich bitte dich um Entschuldigung.«

»Gut«, flüsterte er.

»Wenn du möchtest, unterwerfe ich mich einer harten Strafe.«

»Welcher, zum Beispiel?«

»Ich könnte mit dir Sushi essen gehen, das mir nicht bekommt, wie du weißt.«

Er lachte.

»Ich hole dich in zwanzig Minuten ab.«

Wir aßen glücklich und zufrieden in einem beliebten japanischen Restaurant. Die Liebe war zweifelsohne ein sehr empfindliches Pflänzchen, das ständig gegossen werden musste, ganz im Gegensatz zu dem, was man uns immer weisgemacht hatte: Wahre Liebe übersteht Zyklone! Konnte ja sein, aber wenn sie nicht regelmäßig gepflegt wurde, verwelkte sie.

»Ich glaube, heute Abend kann ich früher Schluss machen«, versprach ich beim Nachtisch riskanterweise.

»Das wäre toll, denn heute kommen die Kinder, und die fragen ständig nach dir.«

»Bist du dir sicher, dass sie nach mir fragen und nicht nach der Mumie oder dem psychopathischen Mörder?«

»Na ja, nach denen auch.«

»Dann weiß ich nicht, ob ich nicht doch länger arbeite, denn ich habe nichts Neues zu erzählen und sie werden mich zur Schnecke machen.«

»Das Risiko musst du eingehen.«

Nach dem Essen war ich mit der Welt im Reinen, ein Gefühl, das augenblicklich verflog, als Garzón vor mir stand.

»Verdammt, Inspectora, ich habe mich gefragt, wo Sie stecken!«

»Dann fragen Sie sich nur weiter, ich denke nicht daran, es Ihnen zu verraten. Ist etwas Interessantes passiert?«

»Die Chefetage hat für Villamagnas Auftritt vor der Presse grünes Licht gegeben. In einer halben Stunde wird die Pressekonferenz abgehalten.«

»Weiß der Richter davon?«

»Ich glaube nicht. Die Chefs waren sehr kooperativ.«

»Die Chefs waren kooperativ, aber wenn Manacor gemein sein will, wird niemand den Kopf für uns hinhalten, und dann sind wir beide dran. Ist Ihnen das bewusst?«

»Ich bin ja kein Kleinkind mehr. Sehen Sie etwa Windeln in meinem Schritt?«

»Ich sehe in Ihrem Schritt nichts Auffälliges.«

»Ich schätze Ihren Sinn für Humor, schade, dass Ihr Sinn für die Pflicht nicht ebenso groß ist.«

»Dieser ganze Aufstand wegen einer halben Stunde Verspätung!«

»Sind Sie sicher, dass Villamagna weiß, was er sagen soll?«

Wie in einem Bühnenschwank tauchte Villamagna just in dem Moment in der Tür auf. Er trug die schicke Uniform der Policía Nacional, die ihm ausgezeichnet stand. Sein Gemütszustand schien nicht dazu zu passen, denn er wetterte in seiner typischen Wortwahl sofort los: »Verdammt noch mal! Dem Kerl, der diese Uniform entworfen hat, sollte man zwanzig Jahre aufbrummen, ohne die Möglichkeit einer vorzeitigen Entlassung.«

»Du bist sehr schick, Villamagna.«

»Schick? Schau dir mal meinen Hals an, rot wie ein Paviansarsch. Das kommt von diesem Scheißhemd!«

»Haben die Chefs dich dazu angehalten, in Gala-Uniform aufzutreten?«

»Ja, um die Erklärung hübsch zu verpacken. Wie's scheint, soll ich die Schmierfinken mit der angeblichen Schuld der Flüchtigen anheizen, oder?«

»Wir wollen, dass vor allem einer der beiden Jungs Schiss kriegt und sich stellt. Gut möglich, dass seine Schuld nicht so groß ist wie die seines Bruders.«

»Gibt's wenigstens eine handfeste Grundlage für das, was ich sagen werde?«

»Wir haben Beweise.«

»Na schön, ich will das mal glauben. Jedenfalls werdet ihr sie mir nicht verraten, oder?«

»Bring das von den Brüdern, mach die Schmierfinken heiß und beantworte keine einzige Frage.«

»Scheiße, wie ich es hasse, Pressesprecher zu sein!«

»Ach was, du liebst es! Du bist dazu geboren.«

»Das wirst du mir eines Tages büßen, Petra Delicado, das schwöre ich dir.«

Punkt acht war ich zu Hause. Ich hatte es versprochen und hielt mich daran – ganz schön frech, angesichts der Tatsache, dass ich die Stadt mit Polizisten gepflastert hatte, die nach den Tatverdächtigen suchten, während ich über die häusliche Harmonie und meine neue Familie wachte. Allerdings hätte ich eh nicht viel ausrichten können, da ich bis zum Hals im Sumpf der Ermittlungsberichte steckte, die immer ambivalenter, verworrener und zielloser klangen.

Die Kinder zeigten sich hocherfreut über mein Eintreffen. Marina kam auf mich zugelaufen und umarmte mich, die Zwillinge küssten mich auf die Wangen. Kaum war die stürmische Begrüßung abgeklungen, folgten die Fragen.

»Petra, was macht der Fall?«

»Alle Welt redet davon!«

»Ein Mädchen aus meiner Klasse sagt, dass sie weiß, wer der Mörder ist, und sie sagt es dir, wenn du willst.«

Angesichts dieser Lawine wusste ich nicht, wo ich anfangen sollte. Ich lächelte mit der Miene einer zutiefst gerührten Stiefmutter und sagte: »Also, meine Lieben, alles zu seiner Zeit. Warum erzählt ihr mir nicht erst mal, wie es euch in den letzten Tagen ergangen ist?«

»Mir schlecht«, antwortete Marina.

»Warum?«

»Weil ich nicht an der Tanznummer teilnehmen darf.«

»Und warum nicht?«

»Die Lehrerin sagt, ich mache es zwar gut, aber eines Tages werde ich besser sein, und dann darf ich mitmachen.«

»Ja, wenn das Stück *Tote Schwäne im See* heißt«, sagte Teo boshaft. Marina sprang gereizt darauf an.

»Blödmann, und du bist eine tote Kröte.«

Die Antwort schien Teo zu amüsieren, denn er lachte herzlich. Daraufhin schlug Marina, wütend über seine Reaktion, auf seine Brust ein, was ihn nur noch mehr zum Lachen brachte. Hugo, weit davon entfernt, den schlichtenden Schiedsrichter zu spielen, hatte die Haltung eines Zuschauers beim Boxkampf eingenommen und rief: »Gib's ihm, fester, hau ihn k.o.«

Erschlagen von dem Gebrüll, müde und gereizt, wie ich war, stieß auch ich einen Schrei aus.

»Es reicht, genug jetzt!«

Mein Brüllen musste nach ernsthaftem Verweis geklungen haben, denn meine drei Stiefkinder hörten schlagartig auf, sich zu zanken, und sahen mich überrascht an.

»Ihr müsst wissen, dass ich wegen euch so früh aufgehört habe zu arbeiten! Und was finde ich vor? Drei verzogene Gören, die verrückt spielen.«

Sie sahen mich erschrocken an, und bevor sie noch ein Wort sagen konnten, rauschte ich aus dem Wohnzimmer. Da klingelte mein Handy. Ein schlechter Moment, aber ich musste rangehen. Es war Mutter Guillermina, und sie klang ausgesprochen verängstigt.

»Was ist passiert, Mutter Oberin?«

»Es handelt sich um Schwester Pilar, sie ist verschwunden.«

»Moment mal, was verstehen Sie unter verschwunden?«

»Sie hätte um zwei von der Universität zurück sein müssen, und jetzt ist es schon halb neun.«

»Das ist kein Verschwinden, Mutter Guillermina. Sie wird sich verspäten, vielleicht hat sie ein zusätzliches Seminar oder eine Prüfung.«

»Sie wissen ja nicht, was Sie sagen. Schwester Pilar käme nie später, ohne uns zu informieren. Das hat sie noch nie getan. Außerdem hat sie ein Handy, auf dem wir sie wiederholt angerufen haben, aber sie geht nicht ran.«

»Und was soll ich jetzt tun?«

»Wie, was Sie tun sollen? Wenn jemand verschwindet, informiert man die Polizei, also habe ich Sie informiert. Kommen Sie gar nicht auf den Gedanken, dass es dieser schreckliche Mörder sein könnte, der ...? Mein Gott, ich will es mir gar nicht ausmalen!«

»Mutter Oberin, lassen Sie uns nicht nervös werden. Es ist unwahrscheinlich, dass Schwester Pilar wirklich verschwunden ist. Vom Verschwinden eines Menschen kann erst die Rede sein, wenn ein ganzer Tag ohne Nachricht von ihm vergangen ist. Und dass Schwester Pilars Abwesenheit, ich sagte Abwesenheit, etwas mit dem Fall zu tun hat, ist noch unwahrscheinlicher. Machen Sie sich also keine Sorgen.«

Bevor ich auflegte, hörte ich sie noch schimpfen. Dann kehrte ich auf das Schlachtfeld im eigenen Haus zurück und entdeckte, dass die drei Geschwister mich ohne zu blinzeln anstarrten.

»Es war nicht meine Schuld«, rief Marina mit Tränen in den Augen.

»Jemanden zu schlagen, hat noch nie ein Problem gelöst, das solltest du wissen.«

»Wer ist verschwunden?«, fragte Teo frech.

»Und du solltest wissen, dass Jungs in deinem Alter ihre Nase nicht in die Angelegenheiten von Erwachsenen stecken sollen. Die Arbeit ist kein Spiel, verstehst du?«

Kaum hatte ich das letzte Wort meiner Moralpredigt gesprochen, ging die Wohnzimmertür auf, und ein unglaublich heiterer Marcos trat ein.

»Ich sehe schon, Familienversammlung! Und alle sind da!«

Ein Blick auf seine Kinder reichte für die Frage: »Ist was passiert?«

Um die Stimmung zu heben, rief ich: »Ach was, wir haben nur geredet. Und weißt du, zu welchem Schluss wir gekommen sind? Wir würden gern essen gehen, stimmt's, Kinder?«

Die Angesprochenen, die sich offenbar überrumpelt fühlten, nickten zögerlich. Marcos lächelte wieder.

»Wunderbar. Dazu habe ich auch Lust. Vor Kurzem hat ein neuer Chinese aufgemacht, ich glaube, der wird euch gefallen.«

Wir machten uns fertig, das Scharmützel wurde verschwiegen. Im Auto musste Teo noch einmal nachlegen und fragte ungeniert: »Petra, wie lange muss jemand verschwunden sein, bis die Polizei nach ihm sucht?«

Mit einem tödlichen Blick sagte ich: »Fragst du das aus einem bestimmten Grund?«

»Nein, ich habe da was gelesen.«

»Ich empfehle dir, die Klassiker zu lesen. Ein bisschen Quevedo und Lope de Vega wäre ausgezeichnet für deine Bildung.«

Der ahnungslose Marcos lachte albern.

Wir bestellten Frühlingsrollen, Chop Suey mit Huhn, süßsaures Schweinefleisch und viel Reis. Marina war schweigsam. Ihr Vater wollte wissen, warum.

»Nichts, ich habe Kopfschmerzen.«

»Vielleicht hat sie sich in der Schule mit jemandem geschlagen«, sagte Hugo.

»Das glaube ich nicht. Marina schlägt niemanden, stimmt's, Schatz?«, erwiderte ihr Vater mit seiner Schwäche für die

Kleine. Die Zwillinge mussten sich ein Lachen verkneifen und ich auch. Die kindliche Albernheit hatte mich angesteckt, was gut war, denn diese stille Komplizenschaft hatte das Eis zwischen uns schmelzen lassen. Doch mir blieb keine Zeit, es zu genießen, denn wieder klingelte mein Telefon. Es war Coronas. Coronas um diese Zeit? Und genau das regte ihn auf.

»Inspectora Delicado. Sie wissen doch noch ganz genau, wie meine ersten Anweisungen in dem Fall lauteten, oder?«

Ich hatte keine Ahnung, wovon er sprach.

»Ich weiß nicht, was Sie meinen, Señor.«

»Ich glaubte, Ihnen unmissverständlich klargemacht zu haben, dass Sie die Mönche und die Nonnen ruhig halten sollen.«

»Ich verstehe noch immer nicht, was Sie meinen«, antwortete ich mit aufsteigendem Ärger.

»Die Mutter Oberin hat den Polizeipräsidenten angerufen und ihm gesagt, dass eine Nonne verschwunden sei und Sie sie nicht ernst nähmen.«

Eine Welle der Empörung vernebelte mir den Blick.

»Diese verdammte Teufelsnonne! Die Novizin ist erst seit fünf oder sechs Stunden abgängig, Señor. Unter normalen Umständen ...«

»Wie, unter normalen Umständen? Seit wann zählt ein Kloster, das in ein Verbrechen verwickelt ist, zu den normalen Umständen? Das ist schon per Definition das Anormalste auf der Welt. Verstehen Sie?«

»Ich glaube nicht, dass diese Angelegenheit etwas mit dem Fall zu tun hat. Aber keine Sorge, ich werde zu Mutter Guillermina fahren und versuchen, sie zu beruhigen.«

»Tun Sie, was nötig ist, Petra, beruhigen Sie diese Nonne, und wenn nicht anders machbar, anästhesieren Sie sie, aber ich will, dass Sie mir die Herz-Jesu-Schwestern, die Zisterzienser, die Trappisten oder die Spinner von Gethsemani vom Hals halten, hören Sie?«

»In Ordnung, Señor, zu Befehl.«

Ich wechselte einen Blick mit Marcos, der die Situation augenblicklich erfasste. Er gab nicht nur kein Zeichen des Unmuts oder Protests von sich, sondern kam mir zu Hilfe.

»Du musst gehen, nicht wahr? Mach dir wegen uns keine Sorgen, Liebste. Es tut mir nur leid, dass man dich nicht mal in Ruhe was essen lässt. Ich hoffe, sie geben dir nach der Lösung dieses Falls mindestens vierzehn Tage Sonderurlaub.«

Ich lächelte lustlos, aber in meinem tiefsten Inneren bewunderte ich ihn. Die Kinder schauten beiläufig, wenn auch ziemlich neugierig. Ich erhob mich wie ein Roboter, küsste alle und verließ das Restaurant, nachdem ich das Angebot meines Mannes, mich zu fahren oder ein Taxi zu rufen, abgelehnt hatte. Erst auf der Straße entfesselte sich meine Wut. Da ich sie auf niemanden abwälzen konnte, beschränkte ich mich auf beleidigende Gedanken über Mutter Guillermina, die wegen ihrer religiösen Eigenschaft Züge von frevelhaftem Sakrileg annahmen. Als ich über meine höhnische Phantasie selbst erschrak, stand ich wie durch Zauberhand vor dem Klosterportal. Es war halb elf Uhr nachts. Ich klingelte in der Hoffnung, dass mir niemand öffnen würde, aber nein, die Mutter Oberin tat es persönlich.

»Alle Schwestern schlafen schon«, sagte sie zur Begrüßung. Plötzlich hatte ich einen verrückten Einfall und versuchte mir vorzustellen, was die Herz-Jesu-Schwestern wohl zum Schlafen trugen. Ein langes weißes Baumwollnachthemd wie Mr. Scrooge? Schliefen sie im Ordenskleid? Trugen sie Haarnetze? Dann fiel mir wieder ein, weshalb ich hier war.

»Mutter Guillermina, ich habe Ihnen klar und deutlich gesagt …«

Sie bat mich mit einer Handbewegung, die Stimme zu senken.

»Seien Sie mir nicht böse, Inspectora. Ich weiß, was Sie mir gesagt haben, aber ich bin krank vor Sorge. Da kam mir in den

Sinn, dass Ihr Chef vielleicht etwas tun könnte, und dann habe ich ihn angerufen.«

»Ich bedaure, feststellen zu müssen, dass auch Sie sich Lügen erlauben, Mutter Oberin. Sie haben den Polizeipräsidenten angerufen, damit der sich beim Comisario beschwert und der Comisario mich herschickt.«

»Gott kennt meine Gründe und wird mir vergeben.«

»Kann sein, dass Gott Ihnen vergibt, aber ich ...«

»Lassen Sie uns nicht unnötig streiten. Kommen Sie bitte in mein Büro.«

Es begann das Raucherritual. Ihre Hand mit der Zigarette zitterte. Noch nie hatte ich sie so nervös erlebt, nicht einmal an dem Tag, als Bruder Cristóbals Leiche gefunden worden war. Ich beschloss, ernst zu nehmen, was sie sagte, denn ich wusste inzwischen um ihre Schwächen, aber sich grundlos Sorgen zu machen, gehörte nicht dazu.

»Erzählen Sie mir, was passiert ist, Mutter.«

»Nichts, nichts Ungewöhnliches. Schwester Pilar ist heute Morgen wie üblich zur Universität gegangen. Heute Nachmittag, kurz nach halb vier kam Schwester Domitila zu mir und sagte, Schwester Pilar sei noch nicht wieder da.«

»Wann kommt sie normalerweise zurück?«

»Um zwei. Schwester Domitila hatte versucht, sie anzurufen, ohne Erfolg. Das hat ihr Angst gemacht.«

»Schläft Schwester Domitila schon?«

»Ich habe ihr gesagt, sie soll wach bleiben, falls Sie mit ihr reden wollen. Sie wirkte so besorgt, dass ich eh bezweifle, dass sie schlafen kann.«

Eine Minute später stand Schwester Domitila vor uns, und ich erkannte sie kaum wieder. Ihr sonst entspanntes, gelassenes Gesicht war so verkrampft, dass sie um Jahre älter wirkte. Ihre Augen waren vom vielen Weinen gerötet.

»Ich war in der Kapelle und habe gebetet«, flüsterte sie. Die Mutter Oberin versuchte sie etwas raubeinig aufzumuntern.

»Gott im Himmel, Schwester Domitila! Können Sie aufhören, so zu tun, als wäre Schwester Pilar nicht mehr am Leben? Es ist nichts passiert, das Sie sich so zu Herzen nehmen müssten! Bewahren wir Ruhe!«

»Ich fürchte nur, dass …« Sie brach ab, zog ein Taschentuch aus ihrem Ordenskleid und rieb sich damit die Augen.

»Fanden Sie Schwester Pilar heute Morgen normal, als sie ging?«

»Ich habe sie nicht gesehen, Inspectora. Sie geht sehr früh.«

»Hat sie sich in den letzten Tagen normal verhalten, haben Sie Besorgnis oder Unruhe an ihr bemerkt?«

»Nein, nichts. Vorgestern erst haben wir an einer Hausarbeit gearbeitet, einem Thema über die Reconquista. Ich habe ihr zu ihren Büchern aus der Universität noch ein paar andere Bücher empfohlen. Sie war aufmerksam, motiviert, gelassen wie immer.«

»Andererseits …«, warf die Oberin ein. »Ich habe in der Küche nachgefragt, und mir wurde gesagt, dass sie in den letzten Tagen kaum etwas gegessen hat. Die Köchin wollte mich schon darauf ansprechen, falls es nötig sein würde, einen Arzt zu rufen.«

»Ach, das war nur eine vorübergehende Unpässlichkeit!«, sagte Schwester Domitila. »Seelisch ging es ihr bestens.«

»Aus Erfahrung wissen wir, dass es innerlich brodelt, wenn eine junge Nonne nichts isst.«

»Das mag eine allgemeine Erfahrung sein, Mutter Oberin, aber keine Norm«, wagte die andere Nonne ihr zu widersprechen.

»Wie dem auch sei, um diese Uhrzeit ist es schlicht unmöglich, irgendetwas zu überprüfen oder eine Suchaktion zu starten. Am besten, Sie bleiben ruhig und gehen zu Bett. Für all das wird es eine Erklärung geben, und höchstwahrscheinlich wird Schwester Pilar morgen gesund und munter wiederauftauchen. Niemand verschwindet so einfach. Ich verspreche Ihnen, dass ich morgen früh zur Universität fahre und alle Schritte Schwester Pilars rekonstruiere, falls sie bis dahin nicht wieder im Kloster ist.«

»Aber ich habe Angst, dass ...«

Ich sah Schwester Domitila an, die von meinen Worten nicht beruhigt zu sein schien.

»Wovor haben Sie Angst, Schwester?«

»Und wenn Pilar in der Gewalt dieses Lledó, dieses mutmaßlichen Mörders ist?«

»Es gibt keinen Grund, das anzunehmen.«

»Doch, Inspectora, es heißt, dieser Junge sei verrückt, und wenn er um das Kloster herumgeschlichen ist, hätte er Schwester Pilar sehen können, als sie zur Uni ging. Sie verlässt als Einzige allein dieses Gebäude.«

»Selbst Verrückte handeln aus bestimmten Gründen, Schwester. Diese Möglichkeit erscheint mir sehr weit hergeholt. Außerdem wird die Umgebung von der Polizei bewacht.«

»Er hätte ihr trotzdem zur Universität folgen können.«

»Das glaube ich wirklich nicht. Ich wüsste auch nicht, warum er das tun sollte.«

»Gehen Sie, Inspectora. Wir verstehen, was Sie meinen. Aber bitte informieren Sie uns gleich morgen«, schloss die Oberin.

»Kann ich Sie zur Universität begleiten?«

»Ich finde, das ist keine gute Idee, Schwester Domitila.«

»Aber ich habe Ihnen doch immer geholfen, Inspectora.«

Mutter Guillermina sah sie streng an.

»Schwester Domitila, wenn die Inspectora Ihre Begleitung nicht für nötig erachtet, wird es besser sein, wenn Sie hier bleiben. Vielleicht stören Sie nur mit Ihrer Nervosität.«

»Aber ...«

»Gehen Sie in Ihre Zelle, und versuchen Sie zu schlafen. Vertrauen wir auf Gott, er entscheidet.« Mutter Guillerminas Worte klangen trotz ihrer eigentlichen Sanftheit so bestimmt wie ein oberstes Gebot. Ich nutzte das, um mich zu verabschieden.

Marcos hatte auf mich gewartet, und wir liebten uns wortlos. Er war taktvoll genug, mir keine Fragen über die Arbeit zu stellen. Aber diese Vorsichtsmaßnahme hinderte mich nicht daran, weiterzugrübeln. Die Bilder der beiden Nonnen im Gespräch mit mir, ihre Worte und Ausdrucksweisen geisterten mir durch den Kopf und ließen mich nicht einschlafen. Abgesehen von allem, was ich ihnen zur Beruhigung hatte sagen können, war Schwester Pilars Abwesenheit durchaus besorgniserregend, selbst wenn das Ganze nichts mit dem Fall zu tun hatte. Schwester Domitila schien am Boden zerstört. Zu den wenigen Dingen, die ich über religiöse Orden wusste, zählte komischerweise eine Art Verbot, Mitgliedern der Gemeinschaft seine Gefühle zu zeigen. Theoretisch konnte man sie sogar in andere Klöster versetzen, wenn jemand zu viel Zuneigung zu einer bestimmten Person entwickelte. Das hatte damit zu tun, dass familiäre oder freundschaftliche Bande in einem Umfeld versagt bleiben, das nur auf die Liebe zu Gott und die Konzentration auf die Seele ausgerichtet ist. Zumindest hatte ich das bisher angenommen. Und trotzdem zeigte diese Nonne offen ihre Zuneigung zu der jungen Studentin. Vielleicht irrte ich mich, und diese Regel gehörte der Vergangenheit an oder gar zu den vielen Legenden, die sich um die abgeschottete Welt der Geistlichen rankten.

Am nächsten Morgen begleitete mich Yolanda zur Fakultät für Geschichte. Wir hatten telefonisch bei Schwester Domitila angefragt, welche Fächer und Seminarzeiten Schwester Pilar belegt hatte. Schwester Domitila war darüber genau informiert. Daraufhin suchten wir einen Professor nach dem anderen auf, um herauszufinden, ob die studierende Nonne am Vortag an ihren Seminaren teilgenommen hatte. Unser Auftauchen provozierte keinerlei Neugier. Yolanda wirkte ebenfalls wie eine Studentin, und ich verzichtete wie immer darauf, an gut besuchten Orten meine Polizeimarke zu zeigen. Die einhellige Antwort lautete, dass Schwester Pilar nirgendwo aufgetaucht war.

Alle waren sich sicher, denn das Ordenskleid hob sie deutlich von den anderen Studentinnen ab. Außerdem stellte ich fest, dass die Professoren ihre Studenten recht gut kannten, was zu meiner Studienzeit undenkbar gewesen war, weil die Masse den Umgang mit Einzelnen unmöglich machte.

Während ich von Büro zu Büro zog, ging Yolanda in die Seminarräume und befragte Pilars Kommilitonen. Sie hatte Glück, oder vielleicht wäre es richtiger zu sagen, dass sie es, wie immer, gut machte. Am Ende erwartete sie mich zusammen mit einer jungen Frau ihres Alters, die ein Palästinensertuch trug. Sie wiederholte mir, dass sie Pilar am frühen Morgen mit einem jungen Mann das Gebäude hatte verlassen sehen. Mein Herz klopfte heftig. Yolanda sah mich eindringlich an.

»Wie sah der junge Mann aus?«

»Na ja, er war groß und kräftig und wirkte irgendwie brutal. Es hat mich überrascht, dass Pilar mit ihm weggegangen ist. Ich kenne sie ein bisschen, wir haben manchmal geredet, und ich fand, sie ist eine richtige Nonne, die ganz in ihrer Rolle aufgeht, ich meine, ziemlich altmodisch. Sie redet wenig mit anderen, und ich habe sie noch nie in männlicher Begleitung gesehen. Deshalb dachte ich, er wäre vielleicht ihr Bruder, war aber verblüfft, dass sie zu Beginn des Seminars gegangen ist. Sie hat nie gefehlt, und außerdem haben wir Prüfungen.«

»Wie haben sie sich verhalten?«

»Weiß nicht, normal.«

»Hat der Mann auf sie gewartet?«

»Ich habe sie nur das Gebäude verlassen sehen, das war alles.«

»Hat er sie am Arm ergriffen, eingeschüchtert?«

»Sie gingen nebeneinander her, ganz ruhig. Mir fiel nur auf, dass sie so ernst waren.«

»Ernst soll heißen, angespannt, besorgt?«

»Ernst soll heißen, dass sie nicht lachten. Als ich sah, dass sie mit einem Typen weggeht, wollte ich wissen, ob sie was miteinander haben. Aber nein, sie gingen ernst und schweigend nebeneinander her.«

Das Mädchen begleitete uns aufs Kommissariat. Dort wollten wir feststellen, ob der Mann, den sie gesehen hatte, Juanito Lledó war. Deshalb zeigten wir ihr das Foto, das uns sein Vater überlassen hatte. Sie betrachtete es aufmerksam und zuckte mit den Schultern.

»Weiß nicht, ich bin mir nicht ganz sicher. Da ich ihn nur von Weitem gesehen habe, ist mir weniger das Gesicht als der Körper aufgefallen. Der Typ war riesig.«

»Schauen Sie weg und dann noch einmal das Foto an«, bat ich sie. Sie sah zur Decke hoch und nach einer kurzen Pause wieder auf Juanitos Foto. Ihr Ausdruck veränderte sich.

»Ja, das ist er. Ich kann mich irren, aber nein, das ist der Mann.«

Das änderte den Verlauf der Ermittlungen vollkommen oder vielleicht auch nicht. Hatte Juanito Lledó Schwester Pilar als Geisel genommen, für den Fall, dass wir ihn schnappten? Unmöglich, absurd, sinnlos. Kannten sie sich? Keine der Nonnen hatte erwähnt, dass sie sich kannten, die Schwestern meinten sogar, die beiden hätten sich wegen der Uhrzeiten nie treffen können. Mein Gott, das Ganze war wirklich ein schöner Mist! Ich musste es sofort Coronas mitteilen; diese Entführung oder was auch immer es war durfte nicht an die Öffentlichkeit gelangen. Nicht einmal die Herz-Jesu-Schwestern durften davon erfahren.

»Unmöglich, Petra, unmöglich!«, wiederholte der Comisario. »Die Nonnen müssen es erfahren. Anstelle der Familie sind sie verantwortlich für die Schwester.«

Garzón, der dabei war, versuchte mir zu helfen.

»Die Inspectora hat Hinweise darauf, dass sich im Kloster etwas zusammenbraut, Señor.«

»Keinesfalls, kommt nicht in Frage. Wenn Sie es den Nonnen nicht mitteilen, tue ich es.«

Natürlich traf mich das unerwünschte Los, ins Kloster fahren zu müssen. Ich bat Garzón, mich zu begleiten, denn auf diese Weise konnte ich verhindern, dass Mutter Guillermina nicht mehr als das Nötigste redete. Außerdem war das Aufsuchen dieses Orts inzwischen zum Albtraum für mich geworden, und in Begleitung war es leichter. Während der Fahrt stellte Garzón ununterbrochen Vermutungen an.

»Also, Petra, versuchen wir doch mal, logisch an diesen Fall heranzugehen. Stellen wir uns die notwendigen Fragen: Wusste Bruder Cristóbal etwas, das mit dem Kloster zusammenhing? Ist Schwester Pilar irgendwie darin verwickelt? Haben Juanito Lledó und sein Bruder beide Opfer getötet? Und was hat der Diebstahl der Mumie mit diesen ganzen Übergriffen zu tun? Haben sie die mitgenommen, um uns bezüglich des Motivs hinters Licht zu führen? Und Caldaña und die Familie Piñol?«

»Sie machen mich nervös, Fermín. Ihre Fragen machen nur deutlich, dass wir von Anfang an wie zwei Blinde herumgetappt sind.«

»Stimmt, es stellen sich die gleichen offenen Fragen wie zu Beginn. Und was haben wir die ganze Zeit über getan? Spuren verfolgt, die uns nur von den neuralgischen Punkten der Ermittlungen weggeführt haben. Psychiater, Experten in Kirchengeschichte, buchhalterische Überprüfungen ... Fein, nichts hat Licht ins Dunkel gebracht. Im Gegenteil, alles passte wie die Faust aufs Auge: ein religiöser Fanatiker, Rache für die Tragische Woche, Familien, die dem Kloster spenden ... nichts, wir haben nichts herausgefunden. Es ist, als hätte uns jemand absichtlich auf die falsche Fährte gesetzt.«

»Alle diese Berichte haben wir angefordert.«

»Das stimmt, aber auf der Basis von logischen Schlussfolgerungen. Das Zettelchen mit der gotischen Schrift schien auf einen historischen Kontext oder einen absoluten Spinner hinzuweisen. Dann hat die mögliche Verbindung zur Spenderfamilie und der Tragischen Woche dem Ganzen die Krone aufgesetzt. Es war eine gut ausgearbeitete, fundierte Theorie. Alles passte zusammen.«

»Zu gut. Aber vergessen Sie nicht, dass bei Theorien immer alles gut zusammenpasst, sonst wären sie reine Spekulationen. Und es waren zwei Theoretiker, die sie aufgestellt haben. Wie heißt es so schön: Suchet, so werdet ihr finden. Nur dass das, was unsere Experten gefunden haben, offenbar nichts mit dem Fall zu tun hat.«

»Das spricht uns auch nicht frei von Schuld. Unsere Aufgabe ist es, alles auszuschließen, was außerhalb des Mittelpunkts unseres Interesses liegt.«

»Subinspector, wenn Sie noch ein einziges Wort sagen, halte ich an und lasse Sie aussteigen.«

»Das wäre eine ungerechte und launische Maßnahme.«

»Ich weiß, aber davon hängt im Augenblick mein emotionales Gleichgewicht ab.«

»In dem Fall werde ich schweigen.«

Mutter Guillermina war von Garzóns Auftauchen überhaupt nicht begeistert. Sie schien das Ganze noch immer als eine Art Freizeitbeschäftigung aufzufassen, die ihr erlaubte, mit Menschen jenseits der Klostermauern – wie mit mir – engere Beziehungen zu knüpfen. Ich war kategorisch und ein bisschen unverschämt: »Mutter Oberin, es ist nicht nötig, uns in Ihr Büro zu führen und zu einer Tasse Tee einzuladen. Unser Besuch wird nur von kurzer Dauer sein. Der Besucherraum reicht uns. Wir sind hier, um Ihnen zu sagen, dass sich Schwester Domitilas Vermutungen bewahrheitet haben: Eine Zeugin hat Schwester Pilar zusammen mit dem Verdächtigen die Universität verlassen sehen.«

Ich beobachtete ihre Reaktion. Sie lief rot an und griff sich an die Brust, als litte sie an Atemnot.

»Mein Gott!«, stöhnte sie verhalten.

»Wir wissen nicht, ob er sie unter Druck gesetzt hat, ihn zu begleiten, oder ob ... Sind Sie absolut sicher, dass die beiden sich nicht kannten?«

Ich merkte, dass sie keinen Ton herausbrachte. In ihren Augen standen Tränen.

»Warum bestraft uns Gott so? Sagen Sie mir, warum trifft es dieses der Welt so ferne Kloster, was haben wir getan?«

»Lassen wir die rhetorischen Fragen, Mutter Oberin, ich bitte Sie.«

Sie riss sich augenblicklich zusammen und antwortete mit fester Stimme: »Gott ist für mich keineswegs Rhetorik, Inspectora, er ist eine greifbare Realität, der ich mein ganzes Leben geweiht habe! Und wenn ich sage, dass Gott uns bestraft, weil wir Schlechtes getan haben, dann glaube ich das wirklich! Nicht umsonst haben all diese schrecklichen Geschehnisse mit diesem Kloster zu tun, verweisen die darin verwickelten Menschen immer auf uns. Anfangs war ich noch davon überzeugt, dass es sich um einen schlichten Reliquiendieb handelt, dann glaubte ich, dass unser Wohltäter oder sein Sohn ... Aber es gibt einen Tatverdächtigen, der zweimal die Woche herkam, und jetzt Schwester Pilar ... Hier muss etwas sein, das Gott schmäht, ich spüre das. Etwas, das sich zwischen diesen Wänden verbirgt und faul ist.«

Garzón und ich schwiegen einigermaßen verblüfft. Dann ergriff ich begierig das Wort, ich wollte mir diese Gelegenheit nicht entgehen lassen.

»Wir sind zum gleichen Schluss gekommen, Mutter Oberin, aber wir wissen noch nicht, wo es hinführt. Helfen Sie uns.«

»Aber, was kann ich denn tun?«

»Das Wichtigste haben Sie schon getan: Sie haben eingesehen, dass jemand aus dem Kloster in diesen Schlamassel verwickelt ist. Sie könnten unsere Augen und unsere Ohren sein, hier drin, nur Sie. Sagen Sie den Nonnen nicht, dass Schwester Pilar mit Lledó gesehen wurde. Beobachten Sie, forschen Sie diskret nach, folgen Sie einfach Ihrem Verdacht.«

Traurig schüttelte sie den Kopf, nahm ihre Brille ab und säuberte sie. Schließlich sah sie uns wieder an und sagte: »Ich werde es versuchen. Aber nur Gott weiß, wie schwer es mir fällt, das zu tun, worum Sie mich bitten, und wie traurig mich das macht.«

»Das wissen wir auch, glauben Sie mir. Aber Sie schaffen das, und noch viel mehr ...«, erwiderte Garzón spontan. Als sich die Nonne derart sportlich gelobt sah, war sie sichtlich verlegen, nahm wieder ihre gewohnte Haltung an und begleitete uns persönlich zum Ausgang. Bevor sie uns gehen ließ, flehte sie noch: »Suchen Sie Pilar, sie ist in Gefahr.«

Der Subinspector und ich gingen ohne jeglichen Kommentar zum Auto. Erst nachdem wir ein paar Kilometer gefahren waren, sagte er: »Glauben Sie, das nutzt etwas?«

»Gut möglich, ich weiß es nicht.«

»Ja, ich glaube auch, dass es möglich ist, solange ...«

»Solange was?«

»Die Oberin nicht selbst mit drin steckt.«

»Ich vertraue ihr.«

»Ich nicht.«

»Man muss der Truppe vertrauen, wenn sie nur aus wenigen Soldaten besteht.«

»Das Problem ist zu wissen, welche Soldaten auf deiner Seite stehen und welche nicht.«

»Haben Sie Hunger?«

»Mehr als ein streunender Hund.«

»Mit leerem Magen traut man keinem.«

»Dann schlagen wir uns den Bauch voll, und danach sehen wir weiter.«

16

Es war nicht einfach, das letzte Gespräch mit Mutter Guillermina in meinen Bericht aufzunehmen, aber ich tat mein Bestes. Ich hatte keine große Lust, Coronas wissen zu lassen, dass wir in unserer Verzweiflung die Mutter Oberin im eigenen Kloster als Spionin einsetzten. Damit er und alle anderen Vorgesetzten die damit zusammenhängenden Schwierigkeiten verstünden, hätten sie die Herz-Jesu-Schwestern in ihrem Umfeld erleben müssen, wie kompliziert es war, sich dort zu bewegen, zu reden, sich ein unzensiertes Bild von der Situation zu machen. Natürlich kam mir nicht in den Sinn, das in meinem Bericht festzuhalten. Alles hatte sich derartig verkompliziert, es gab so viele offene Fragen, die wir nicht beantworten konnten, dass es klüger war, der Chefetage mit Taktgefühl und chamäleonartiger Strategie zu begegnen. Doch vielleicht war es dafür schon zu spät, und dies war der letzte wichtige Fall, der Garzón und mir übertragen wurde. Dieser Fall hatte an allen Fronten so heftige Reaktionen hervorgerufen, dass Köpfe rollen würden, falls wir das Schild »Ungelöst« aushängen müssten, und es bestand kein Zweifel daran, wessen Köpfe das sein würden.

Ich wollte rechtzeitig zu Hause sein, um noch ein wenig mit Marcos reden zu können. Ich hatte nicht vergessen, dass einer der Gründe für meine Entscheidung, noch einmal zu heiraten, gewesen war, mich hin und wieder an einer geliebten Schulter ausweinen zu können. Nun ja, bisher hatte ich dieses Geschenk wenig genutzt, entweder es fehlte die Zeit dafür oder ich fürchtete, meinen Mann mit meinem beruflichen Kummer zu sehr zu belästigen, oder die Kinder waren da, und es gab keine Gelegenheit. Aber an diesem Tag war ich bereit, Marcos' Schulter mit Tränen zu durchnässen. Am Ende meiner Kräfte und mit dem ständigen Gefühl zu scheitern, sah ich keinen anderen Weg, als mich von ihm trösten zu lassen. Doch – wie Mutter Guillermina gesagt hätte – war Gott nicht einmal bereit, mir diesen kleinen Ausgleich zu gönnen. Gottes Wege sind unergründlich, denn dass ich nicht nach Hause konnte, um mich trösten zu lassen, hatte einen guten Grund.

Unterwegs rief Coronas an.

»Wo sind Sie, Petra?«

»Ich bin auf dem Heimweg.«

»Kommen Sie sofort zurück.«

»Gibt's was Neues?«

»Ihre Strategie ist aufgegangen. Miguel Lledó hat sich soeben gestellt.«

»Ich bin gleich da.«

Ich rief Marcos an, doch er war nicht erreichbar. Ich hinterließ ihm eine Nachricht: »Marcos, mein Schatz, warte nicht mit dem Essen auf mich. Auch nicht mit dem Zubettgehen. In unserem Fall scheint sich etwas Entscheidendes zu bewegen.«

Garzón und Coronas erwarteten mich im Flur. Sie hatten ihn noch nicht verhört.

»Er ist da drin«, der Comisario zeigte auf das Verhörzimmer. »Wir haben seinen Vater angerufen, aber er ist noch nicht da.«

»Wo hat er sich gestellt?«

»Bei den Mossos d'Esquadra in der Calle Enric Granados.«

»Gut, hat er was gesagt?«

»Dass er nur mit denen redet, die hinter seinem Bruder her sind.«

»Bestens, vielleicht wird es ein Geständnis nach allen Regeln der Kunst. Keine Spur von Juanito oder der Nonne?«

»Im Moment nicht. Brauchen Sie mich noch?«, fragte der Comisario.

»Ich denke, nicht.«

»Berichten Sie mir anschließend, es gibt großen Erklärungsbedarf. Und rufen Sie mich an, wenn es was Wichtiges gibt.«

Lledós Vater traf erst eine Stunde später im Kommissariat ein. Ich erstarrte bei seinem Anblick. Er war in wenigen Tagen um zehn Jahre gealtert. Er wirkte eingefallen, und an seinen Schläfen traten die Adern derart hervor, als wäre sein Kopf ein Kunstfasermodell aus der Anatomie. Dennoch war sein Schritt fest und entschlossen. Todernst fragte er grußlos: »Wo ist er?«

»Er sitzt seit ein paar Stunden im Verhörzimmer und hat darum gebeten, mit Ihnen sprechen zu dürfen. Wir werden dabei sein.«

Er nickte energisch. Wir drei betraten den Raum, und ich sah Lledós Bruder zum ersten Mal. Äußerlich hatte er nichts mit Juanito gemein, er war schlank und nervös, in seinem Gesicht fielen die großen, von langen Wimpern gerahmten Augen auf. Beim Anblick seines Vaters stieß er einen Seufzer der Erleichterung aus, ging auf ihn zu und wollte ihn umarmen. Doch zur allgemeinen Überraschung streckte der alte Lledó den sehnigen Arm aus und ließ ihn nicht näher kommen.

»Hurensohn!«, warf er ihm auf Katalanisch an den Kopf. Das gesamte Gespräch erfolgte auf Katalanisch.

»Papa, ich kann es dir erklären, ich erzähle dir, was passiert ist. Ich habe nichts mit der Sache zu tun, ehrlich. Ich habe nur versucht, Juanito zu schützen.«

»Ich schäme mich für euch beide. Ihr verdient nicht mal das Brot, das ihr esst.«

»Papa, wir reden später, zuerst musst du Sales, unseren Anwalt, anrufen.«

»Den kannst du vergessen und mich auch. Besorg dir einen Pflichtverteidiger. Sieh zu, wie du klarkommst!«

»Aber Papa, ich bin dein Sohn!«

»Jetzt nicht mehr. Ich hätte mich nie von deiner Mutter überreden lassen sollen, Kinder in die Welt zu setzen, und als sie starb, hätte ich euch wie Hunde davonjagen sollen.«

Der alte Mann drehte sich auf dem Absatz um und ließ den verzweifelten Miguel mit weit aufgerissenen Augen einfach stehen. Garzón blieb bei ihm, ich lief dem Vater hinterher. Als ich ihn eingeholt hatte, sah er mich verächtlich an und sagte: »Rufen Sie mich nur an, wenn Sie mich für eine Aussage vor Gericht brauchen. Ich will weder von dem da noch von dem anderen mehr etwas wissen, sie sind nicht mehr meine Söhne. Dafür habe ich nicht mein Leben lang gearbeitet und die beiden großgezogen.«

Seine hagere Gestalt verlor sich im Flur, sein Schritt zeugte von dem lastenden Gewicht auf seinen Schultern. Das eben Geschehene begünstigte und behinderte uns gleichermaßen. Einerseits hatte die zornige Reaktion des Vaters den Jungen in eine psychologisch schwächere Position gebracht, die wir bei unserem Verhör nutzen konnten. Doch wir hatten auch darauf gehofft, dass der Vater dem Sohn zum Geständnis raten würde, das konnten wir jetzt vergessen.

Ich ging ins Verhörzimmer zurück. Miguel Lledó weinte verzweifelt. Garzón hatte sich entgegen den gesetzlichen Vorschriften eine Zigarette angezündet und sah ungerührt zum Fenster hinaus.

»Du hast das Recht, dir zum Verhör einen Pflichtverteidiger zu bestellen.«

»Ich will keinen Pflichtverteidiger! Ich weiß, dass die nichts taugen. Außerdem habe ich nichts zu verbergen.«

»Besser so. Fangen wir an. Wo ist dein Bruder?«

»Das weiß ich nicht.«

»Hör auf mit dem Unsinn und sag uns, wo er ist. Desto schneller sind wir fertig.«

»Ich sage Ihnen doch, ich weiß es nicht! Vor ein paar Tagen

rief er mich an und hinterließ eine Nachricht. Sie können sie sich anhören, sie ist noch auf der Mailbox.«

Er holte sein Handy aus der Hosentasche, suchte die Nachricht und reichte mir das Telefon. Ich hörte eine seltsam ernste und unpersönliche Stimme auf Katalanisch sagen: »Miguel, es ist was Schlimmes passiert, wir werden gesucht. Verschwinde ein paar Tage, ich rufe dich wieder an.« Ich gab dem Subinspector das Handy. Die Nummer war unterdrückt, und das Datum stimmte mit Juanitos Fluchttag überein.

»Ich habe ihn zig Mal angerufen, aber das Handy war immer aus. Da bekam ich Angst und bin abgehauen.«

»Wohin?«

»Ich war mit meiner Freundin zusammen.«

»Das stimmt nicht. Unsere Leute haben sie zu Hause befragt, und sie wusste nicht, wo du bist. Sie wurde die ganze Zeit überwacht und hat sich weder mit dir getroffen noch hat sie dich angerufen. Ein Zeichen dafür, dass du ihr davon abgeraten hast.«

»Ich habe mich falsch ausgedrückt. Ich will sagen, dass sie mit einer Freundin gesprochen hat, und die hat mir ihre leer stehende Wohnung in Les Corts überlassen. Ihre Freundin weiß nicht, dass ich gesucht werde, sie glaubte, wir bräuchten die Wohnung zum Vögeln. Dort war ich die letzten Tage, allein, bis mir klar wurde, dass ich mich auch stellen könnte, weil ich nichts getan habe. Ich habe nichts mit den Problemen meines Bruders zu tun.«

»Das werden wir überprüfen. Schreib die Adresse dieser Wohnung auf.«

Während er das tat, wechselten Garzón und ich einen Blick. Der Subinspector fragte weiter.

»Also gut. Gehen wir mal davon aus, dass es stimmt, was du sagst, und du nichts mit den Problemen deines Bruders zu tun hast. Dann kommen wir jetzt mal zu den besagten Problemen deines Bruders.«

»Das ist seine Sache, fragen Sie ihn, wenn Sie ihn finden.«

Drei große Schritte, und Garzón stand dicht vor dem jungen Mann. Er schnappte ihn am Hemd und zischte ihm verhalten, aber drohend ins Gesicht: »Hör mal, Bürschchen, mir wäre es lieb, wenn du begreifen würdest, dass das kein Computerspiel ist. Wenn es hier zur Sache geht, dann bist du dran, verstanden?«

Der Junge hatte nicht die Absicht, eine große Klappe zu riskieren, sodass Garzóns Satz sofort Wirkung zeigte.

»Ich will doch nur meine Ruhe haben! Ich habe mich in die Angelegenheiten meines Bruders nie eingemischt.«

»Einverstanden. Fangen wir noch mal von vorn an: Was sind das für Angelegenheiten?«

»Ich sage Ihnen alles, was ich weiß.«

»Wir hören.«

Zum ersten Mal seit Beginn des Verhörs saßen wir alle um den Tisch.

»Vor einiger Zeit sagte mir mein Bruder, er bräuchte meine Hilfe. Das hat mich gewundert. Um es gleich vorauszuschicken, was auch immer Juanito getan hat, er ist nicht der Typ, der sich in Schwierigkeiten bringt. Im Gegenteil, er arbeitet die ganze Woche wie besessen und geht am Wochenende in die Kirchengemeinde, um Gutes zu tun. Ich habe ihn nie verstanden, ehrlich.«

»Konzentrieren wir uns auf das, was er getan hat.«

»Er wollte, dass wir einer Obdachlosen einen Schrecken einjagen, weil sie ihn belästigt hatte. Er wollte, dass wir ihr drohen. Ich fand das merkwürdig, aber er ist ja auch merkwürdig, und ich dachte, warum soll ich ihm den Gefallen nicht tun. Schließlich hat er mir auch schon mal geholfen. Also haben wir sie gesucht, ihr gedroht, und das war's.«

»Das war's?«, schrie der Subinspector und sprang wie von der Tarantel gestochen auf. Ich ergriff das Wort.

»Miguel, du denkst doch nicht, dass wir das schlucken?«

»Aber es ist die Wahrheit!«

»Na schön, die Wahrheit, aber das ist nicht die ganze Wahrheit. Da fehlen noch die anderen Wahrheiten, die die Dinge verständlicher machen.«

»Ich weiß nicht, was Sie meinen.«

»Ich meine, dass du wusstest, wer die Obdachlose war.«

»Das wusste ich nicht.«

»Schaust du nicht fern?«

»Ich habe es erst hinterher erfahren, ich schwör's. Tage später hab ich im Fernsehen gesehen, dass diese Frau ermordet worden war, und dachte, dass mein Bruder ganz schön in der Scheiße steckt.«

»Und von dem Mord an dem Mönch und dem Mumiendiebstahl hast du nichts gehört? Merkwürdig! Ich kann dir versichern, dass sich alle Medien eingehend mit dem Fall befasst haben.«

»Kann sein, aber ich kriege so was nicht mit. Ich schaue keine Nachrichten und lese auch keine Zeitung. Ich mach meinen Kram, und was andere Leute machen, ist mir egal.«

»Sehr weise, geradezu buddhistisch. Gut, das verstehe ich. Du kümmerst dich um deinen Kram, und auf der Arbeit oder in der Bar erfährst du auch nichts von dem Mumienfall. Fein, gehen wir mal davon aus. Und sag mir, hast du deinen Bruder gar nicht gefragt, was er gegen diese Obdachlose hatte? Und als dir der Verdacht kam, dass er sie umgebracht haben könnte – denn das hast du ja sehr wohl aus dem Fernsehen erfahren –, wolltest du lieber auch keine Fragen stellen, um niemanden zu belästigen, ist es so?«

»Inspectora, wissen Sie eigentlich, von wem wir hier reden? Mein Bruder ist nicht normal, das war er von Geburt an nicht. Er ist ein bisschen autistisch oder so was. Ich weiß nicht, wie man das nennt, aber er ist nicht wie die anderen. Er redet nicht viel, er erzählt nichts von dem, was ihm durch den Kopf geht. Er lebt in seiner Welt, und niemand weiß, was darin vorgeht. Er hat weder Freunde noch Freundinnen. Wenn man ihn etwas fragt, antwortet er einsilbig.«

»Ist er behindert?«, fragte Garzón in der Absicht, den Verdächtigen zu provozieren.

»Nein, er arbeitet gut, und in der Schule hatte er auch keine Probleme. Er ist keine Leuchte, aber ziemlich intelligent. Nur sein Charakter ist seltsam, seine Art. Mein Vater sagt, zu Lebzeiten unserer Mutter war er gesprächiger, aber dann wurde er immer verschlossener. Ich kann mich nicht daran erinnern, kann sein, dass es so war.«

»Und worauf willst du mit all dem hinaus?«

»Dass ich ihn nie etwas frage, weil es nichts nützt. Wenn er mir etwas erzählt, gut, wenn nicht ... dann ist das auch in Ordnung.«

»Okay, dann räumst du also ein, dass er dir erzählt hat, Bruder Cristóbal umgebracht und die Mumie aus dem Kloster gestohlen zu haben. Falls du ihm dabei nicht auch geholfen hast«, unterstellte mein Kollege äußerst schlagfertig.

»Ich? Ich glaub, ich flipp aus, ehrlich! Warum soll Juanito einen Priester umbringen? Und eine Mumie stehlen?«

»Aber als Juanito dich um Hilfe bat, da bist du nicht ausgeflippt? Und als er eine Obdachlose einschüchtern wollte, bist du logischerweise auch nicht ausgeflippt? Wozu und warum wollte er das tun?«

Es wurden erste Anzeichen von Schwäche sichtbar. Miguel rieb sich die Augen und schwieg eine ganze Weile; wir auch. Dann sagte er: »Dauert das noch lange? Ich bin müde.«

»Nein, wir sind gleich fertig«, erwiderte Garzón. »Sobald du uns alles gesagt hast, lassen wir dich in Ruhe.«

»Was wollen Sie denn noch von mir hören?«

»Fangen wir noch mal von vorn an. Wo ist dein Bruder?«

Er begann zu heulen und schlug die Hände vors Gesicht.

»Ich will gehen, ich will weg von hier!«

»Brauchst du immer noch keinen Anwalt?«

»Ich will keinen verdammten Anwalt, ich brauch keinen! Ich will nur weg hier, ich habe nichts damit zu tun.«

»Magst du Schinken?«

»Was?«

»Wir holen dir ein Bocadillo und was zu trinken. Dann kannst du ausruhen.«

»Kann ich dann nach Hause?«, fragte er naiv. Garzón sah ihn verächtlich an.

»Du bist verhaftet, Junge, verhaftet und ganz allein. Ich möchte nicht in deiner Haut stecken.«

Wir ließen ihn von Domínguez bewachen und gingen ins *La Jarra de Oro*. Nachdem ich ein Steak bestellt hatte, fragte ich den Subinspector: »Was meinen Sie?«

»Er ist schwach, er wird singen.«

»Das weiß man nie. Wenn wir wenigstens wüssten, welche Fragen wir stellen müssen ... Aber wir haben nicht mal eine schlechte Theorie!«

»Besser so, so werden wir überrascht, das ist spannender«, sagte er und biss in ein Stück Brot.

Ich war nicht seiner Meinung. Alles, was wir tun konnten, war, wie die Aasgeier um den Jungen zu kreisen und darauf zu warten, dass er ein Stück Beute rausrückte, mit dem wir Motive nähren konnten, die diesen Wahnsinn erhellten und etwas logischer machten. Garzón, der sich über seinen Teller hermachte, als gäbe es nichts Wichtigeres, sagte zwischen zwei Happen: »Am wahrscheinlichsten ist, dass wir am Ende vollkommen verwirrt sind, Inspectora, aber das macht nichts. Es geht darum, dass dieser Knirps uns sagt, wo sein Bruder ist, und das wird er. Bei dem finden wir die Nonne und wahrscheinlich auch die Reste der Mumie.«

»Glauben Sie wirklich, was Sie da sagen?«

»Kein Wort, aber er wird auspacken.«

»Und wie bringen wir ihn dazu?«

»Indem wir ihn noch mehr unter Druck setzen. Ich glaube

nicht, dass er noch lange durchhält. Er ist nicht stark. Haben Sie gesehen, wie er geheult hat, als sein Vater ihn zurückgewiesen hat?«

»Manchmal verwandeln sich Schwache in Felsbrocken. Er scheint daran gewöhnt zu sein, gegen den Strom zu schwimmen.«

»Das glaube ich nicht. Möchten Sie ein Törtchen?«

»Mir ist nicht nach Süßem.«

»Dann werde ich uns eine Thermoskanne Kaffee machen lassen. Die Nacht wird lang.«

Während er sich darum kümmerte, rief ich Marcos an. Diesmal erreichte ich ihn.

»Hast du meine Nachricht gehört? Ich werde heute Nacht nicht heimkommen.«

»Ja, Petra, habe ich. Ist was passiert?«

»Wir müssen einen Verdächtigen verhören.«

»Und das dauert die ganz Nacht?«

»Zumindest so lange, bis der Kerl erschöpft ist.«

»Wie unangenehm!«, lautete sein Kommentar, und das störte mich.

»Ich muss dich daran erinnern, dass ich Polizistin bin und nicht Innenarchitektin.«

Er hörte meinen feindseligen Ton heraus und ging zum Gegenangriff über.

»Das weiß ich sehr wohl, denn wenn du Innenarchitektin wärst, würde ich dich vielleicht mal sehen.«

»Gute Nacht, ich habe keine Zeit für Ehestreitigkeiten.«

Ich legte auf. Missverständnisse zwischen Ehepaaren klärt man am besten mit ein paar Scherzen und einem Friedenskuss, aber dazu muss man sich sehen, zusammenleben und normal miteinander reden. Noch ein paar gestohlene Mumien, und meine Ehe wäre im Eimer. Es braucht etwas mehr als Liebe und Reife, damit eine gute Beziehung fortdauert, und zwar Zeit.

»Wollen wir?«, fragte mein Kollege mit der Thermoskanne in der Hand, als gingen wir picknicken.

»Gehen wir.«

Domínguez informierte uns darüber, dass der Verdächtige gegessen und getrunken hatte und auf dem Klo gewesen war. Er wartete im Verhörzimmer auf uns. Garzón betrat zufrieden den Raum.

»Wie geht's, Junge, nun also noch mal von Anfang an?«

Besagter Junge sah uns finster an. Er wirkte einigermaßen erholt, zog aber ein gelangweiltes Gesicht. Diesmal übernahm ich.

»Bevor wir dir Fragen stellen, solltest du wissen, dass der Richter Anklage gegen dich erheben wird. Und zwar wegen Mordes oder der Mithilfe zum Mord, wegen Behinderung der Justiz ...«

»Der Richter hat nichts gegen mich in der Hand.«

»Gewiss nicht«, sagte der Subinspector ironisch. »Vielleicht umarmt er dich noch und gibt dir als Entschädigung Küsschen. So wie dein Vater, was?«

»Mein Vater ist ein Scheißkerl«, erwiderte der Junge gelassen. »Sie haben ihn doch erlebt, oder? Er hat klar und deutlich gesagt: Er hat nur Kinder, weil meine Mutter es unbedingt wollte. Und wenn er uns nach ihrem Tod hätte verschwinden lassen können, hätte er es getan. Er hat sich nur für uns interessiert, wenn wir für ihn gearbeitet haben. Zumindest hat er nie einen Hehl daraus gemacht, da war er immer ehrlich. Manchmal hatte ich das Gefühl, er gibt uns die Schuld am Tod unserer Mutter.«

»Hör mal, Junge«, erwiderte mein Kollege brutal. »Kann ja sein, dass dich das Leben schlecht behandelt hat und du einen Haufen Kindheitstraumata mit dir rumschleppst. Tut mir wirklich leid. Aber wir haben zwei Opfer, denen man das Leben genommen hat, und eine Nonne, die offensichtlich von deinem Bruder entführt wurde. Keiner von denen ist schuld an deiner traurigen Existenz, kannst du mir folgen?«

»Ich habe mit diesen Toten nichts zu tun! Und mein Bruder bestimmt auch nicht!«

»Ach, und die Mumie!«, fügte Garzón hinzu, als hätte er ihn gar nicht gehört. »Macht es Spaß, Bruder Abulio wie eine Wurst in Scheiben zu schneiden?«

»Dieser Typ spinnt!«, rief der Junge mir zu.

»Dieser Typ könnte dein Vater sein. Etwas mehr Respekt also!«, sagte ich ruhig. »Übrigens, was hast du uns zu der Nonne zu sagen?«

»Welcher Nonne?«

»Der jungen Nonne, Schwester Pilar. Hatte sie Kontakt zu deinem Bruder?«

»Ich kenne keine Nonne.«

»Aber vielleicht hat Juanito dir von ihr erzählt?«

»Ich habe Ihnen doch schon gesagt, dass Juanito nie was erzählt hat.«

Möglicherweise wegen seiner Übermüdung wechselte er jetzt zur Taktik der kontrollierten Apathie. Er antwortete gleichgültig und träge, was uns nicht gefiel. Sollten wir es vorerst dabei belassen? Nein, er konnte jeden Moment einknicken.

»Was weißt du über das Kloster?«

»Dass die pünktlich bezahlen.«

»Was noch?«

»Nichts weiter.«

»Hatte dein Bruder eine besondere Beziehung zu den Herz-Jesu-Schwestern? Ich meine, hat er für das Kloster Gutes getan, wie du es nennst?«

»Das weiß ich nicht, mein Bruder sagt doch nie was. Ich habe es satt, das andauernd zu wiederholen.«

So machten wir ein paar Stunden lang weiter. Um fünf Uhr in der Früh entschieden wir, abzubrechen, weil ihm die Augen zufielen und er kaum noch verständlich sprechen konnte. Domínguez' Schicht war bereits zu Ende, und jetzt war ein junger Polizist zuständig, den ich noch nie gesehen hatte.

»Bringen Sie ihn in eine Zelle. Um acht ist er wieder hier.«

Garzón war ziemlich am Ende.

»Wollen Sie schlafen?«, fragte ich.

»Wenigstens ein paar Stündchen.«

»Ich glaube, ich bleibe hier. Ich schlafe in Coronas Büro, der hat ein Sofa.«

»Fahren Sie nach Hause, Inspectora, ein paar Stunden Schlaf werden auch Ihnen guttun.«

»Es lohnt sich nicht, heimzufahren und kurz danach wieder herzukommen. Außerdem habe ich Marcos schon gesagt, dass ich heute Nacht hier bleibe. Ich will ihn nicht wecken.«

»Wie Sie meinen, ich hau jetzt ab.«

Seine Schritte wurden immer schleppender, bis sie ganz verklungen waren. Am frühen Morgen war das Kommissariat ein ungastlicher Ort. Der Nachteil des Dableibens war, dass ich mich später nicht würde duschen und umziehen können. Außerdem hatte ich nicht bedacht, dass schon bald die Putzkolonne eintreffen würde. Würde ich mich in Coronas' Büro hinlegen, würde sie mich wecken und ich sie bei der Arbeit stören. Klüger wäre es, dem Rat des Subinspector zu folgen und heimzufahren. Um Marcos nicht zu wecken, konnte ich im Wohnzimmer schlafen.

Auf dem Weg zum Ausgang tauchte plötzlich eine weibliche Gestalt auf und erschreckte mich. Es war Sonia. Ich konnte es nicht fassen.

»Was, zum Teufel, machst du hier?«

»Ich ... nun ja, ich habe erfahren, dass Sie diesen Jungen verhören, und ich wollte wissen, ob er gesagt hat, wo sich der Tatverdächtige versteckt, der mir entwischt ist.«

Angesichts dieses übertriebenen Pflichtgefühls hätte ich weich werden müssen, aber wie üblich brachte mich Sonia auf die Palme. Ich zählte bis zehn und sagte dann: »Der Tatverdächtige ist entwischt, Sonia, er ist nicht *dir* entwischt. Ich sehe keinerlei Grund dafür, dass du bis zum Morgengrauen hier ausharrst. Du hast doch heute Frühdienst, oder?«

»Ich werde pünktlich sein, Inspectora, Sie werden sehen.«

»Gute Nacht.«

»Adiós.«

Da ich fand, zu streng mit ihr gewesen zu sein, rief ich ihr nach.

»Hast du dich gut erholt?«

»Ja, ich bin wieder völlig in Ordnung«, antwortete sie lächelnd, als glaubte sie, ich interessierte mich ernsthaft für ihren Gesundheitszustand.

Ich sank im Mantel aufs Wohnzimmersofa. In dieser Nacht hatte das Schicksal offenbar ein Sofa für mich vorgesehen. Mein Handy legte ich auf den Couchtisch, weil ich glaubte, so aufgewühlt zu sein, dass ich nicht würde schlafen können. Doch das war ein Irrtum. Kaum hatte ich die Augen geschlossen, fiel ich in tiefen Schlaf.

Stunden später wachte ich wieder auf. Ich fuhr hoch und setzte mich. Hektisch tastete ich nach meinem Handy, aber es war verschwunden. Ich sah auf die Uhr, zwanzig vor neun. Mein Gott, eine Katastrophe! Im Haus duftete es appetitlich nach Kaffee, was mich in die Küche lockte. Dort bereitete Marcos, frisch geduscht und angezogen, gerade das Frühstück zu.

»Wo ist mein Handy?«

»Hier.« Er hatte es in der Hand. »Diese Nonne hat angerufen.«

»Die Oberin?«

»Ja, sie wollte mit dir sprechen. Ich habe ihr gesagt, du schläfst noch. Sie meinte, es sei in Ordnung.«

»Aber ...« Ich war fassungslos und konnte nicht weitersprechen. Ich entriss ihm das Handy und rief Mutter Guillermina an. Es dauerte eine Weile, bis man sie gefunden hatte, aber schließlich war sie am Apparat.

»Kommen Sie, so schnell Sie können, ins Kloster, Inspectora. Ich muss dringend mit Ihnen sprechen.«

»Ich bin gleich da.«

»Hetzen Sie sich nicht, ich rühre mich nicht vom Fleck.«

Marcos stellte mir eine Tasse dampfenden Milchkaffee und frischen Toast hin.

»Frühstücke bitte etwas.«

»Marcos, wie konntest du ...«

»Das Telefon hat mindestens fünf Mal direkt neben dir geklingelt. Du bist nicht davon aufgewacht. Also habe ich den Anruf entgegengenommen. Du sahst so erschöpft aus, dass ich es für klüger hielt, dich noch ein wenig schlafen zu lassen.«

»Klug? Du fandest das klug? In stecke in diesem Fall wie in einem schrecklichen Labyrinth fest, bekomme einen wichtigen Anruf, und dir fällt nichts Besseres ein, als mich schlafen zu lassen.«

»Petra, du kannst nicht von mir verlangen, dass die Sicherheit der Stadtbewohner das Wichtigste für mich ist. Für mich bist du das Wichtigste.«

»Aber du musst verstehen ...«

»Ich verstehe alles, was ich verstehen muss. Ich bin nicht blöd, auch kein Kind mehr. Also würde ich jederzeit wieder genauso handeln. Die Mutter Oberin kann warten, und du solltest das auch lernen. Und jetzt gehe ich in mein Arbeitszimmer. Übrigens, wenn ich du wäre, würde ich frühstücken und duschen. So wie du aussiehst, bezweifle ich stark, dass man dich irgendwo reinlässt, nicht mal in dein Kommissariat.«

Er verschwand, wirkte aber nicht verärgert. Marcos glaubte zu verstehen, aber er verstand gar nichts, er hatte keine Ahnung von der Polizeipraxis, von der Unmittelbarkeit, die sie erforderte, von der Hingabe. Vielleicht übertrieb ich ein wenig und machte genau den Fehler, den ich an anderen gerne kritisierte: die Mystifizierung der Arbeit. Nur ist unsere Arbeit manchmal lebenswichtig, kann nicht warten, und wir sind tatsächlich unentbehrlich. Nein, vielleicht hatte mein unbeirrbarer Mann recht, und es war besser, sich ein gehaltvolles Frühstück zu gönnen, wieder zu Kräften zu kommen, heiß zu duschen und die zerknitterten und nach Zigaretten stinkenden Klamotten gegen frische einzutauschen. Vielleicht hatte ich dann wieder Ähnlichkeit mit mir selbst.

Es funktionierte. Vom Wagen aus rief ich Garzón an, den es nicht wunderte, dass ich mich ein wenig verspätet hatte.

»Ich möchte, dass Sie mich ins Kloster begleiten, Fermín. Mal sehen, was für eine Überraschung Mutter Guillermina für uns hat.«

»Und Miguel Lledó?«

»Soll warten, das beruhigt die Nerven.«

Die Pförtnernonne öffnete uns. Sie war wieder in üblicher Stimmung, einer Schleiereule ziemlich ähnlich, und führte uns zum Büro der Mutter Oberin. Diese ließ uns nicht wie gewohnt eintreten, sondern erschien im Türrahmen. Ich wusste sofort, warum, denn der Raum war völlig vernebelt, und das wollte sie vor der Pförtnerin verheimlichen. Sie sah Garzón misstrauisch an, und ich musste ihn mal wieder in Schutz nehmen.

»Der Subinspector ist auf dem Laufenden.«

»Ich weiß, ich weiß, aber gerade heute müssen wir von Frau zu Frau reden. Ich bezweifle, dass ich in seinem Beisein sprechen kann. Verzeihen Sie, Señor Garzón, es hat nichts mit Ihnen zu tun, es ist eine Frage der Gewohnheit, der Erziehung. Ich sehe mich außerstande, in Ihrem Beisein zu erzählen, was ich zu sagen habe.«

»Keine Sorge, ich warte draußen.«

»Fahren Sie besser ins Kommissariat, Sie haben zu tun. Wir sehen uns dort«, lautete meine Anweisung.

Wir Frauen saßen uns gegenüber. Die Nonne nahm die Brille ab, setzte sie wieder auf, zündete eine Zigarette an, drückte sie aus. Ihr Gesicht war angespannt und gerötet. Endlich fand sie die Kraft zum Reden.

»Inspectora, ich muss Ihnen etwas Schlimmes gestehen.

Wahrscheinlich wird mich die Landesoberin abmahnen, weil ich sie nicht um Erlaubnis gebeten habe, bevor ich Sie kommen ließ. Aber ich halte es keinen Moment länger aus, ich muss es loswerden.«

»Reden Sie, die Landesoberin muss es ja nicht erfahren.«

»Als Sie gestern gegangen waren ... habe ich mich zu einer außergewöhnlichen Entscheidung durchgerungen und eine Schwester nach der anderen zu mir gerufen und unter Druck gesetzt, damit sie mir sagen, was sie über den Fall wissen und ich nicht. Die Gespräche mit den ersten fünf Schwestern blieben ohne Ergebnis, aber das sechste ... mit Schwester Bárbara, die sich um die Krankenstation kümmert ... Schwester Bárbara fing an zu weinen und erzählte mir heulend und klagend etwas furchtbar Schreckliches.« Sie verstummte und trank einen Schluck Wasser. Es fiel ihr augenscheinlich schwer, weiterzusprechen.

»Was immer es auch sein mag, Mutter Oberin, bei Gott, sagen Sie es mir endlich!«

»Schwester Bárbara hat Schwester Pilar geholfen abzutreiben. Anders ausgedrückt, sie hat einen Schwangerschaftsabbruch eingeleitet. Eine unbeschreibliche Sünde vor dem Gesetz des Herrn.«

Meine Verblüffung machte mich stumm. Ich erholte mich rasch, aber in meinem Kopf drehte sich alles.

»Könnten Sie das bitte wiederholen?«

»Nein, lassen Sie es mich nicht noch einmal aussprechen. Sie haben mich ganz genau verstanden. Die Schwester leidet sehr unter ihren Schuldgefühlen, und als ich Druck auf sie ausübte, brach es aus ihr heraus. Sie beschuldigt Schwester Domitila, mit dieser abscheulichen Sache zu tun zu haben.«

»Erzählen Sie weiter, ich bitte Sie.«

»Daraufhin habe ich Schwester Domitila zu mir bestellt und sie gefragt, aber sie hat alles abgestritten. Dann habe ich die beiden einander gegenübergestellt, und dann ... konnte ich nicht mehr. Schwester Bárbara beschuldigte Schwester Domitila der Anstiftung, Schwester Domitila erklärte Schwester Bárbara für verrückt. Ich dachte, es wäre besser, beide in ihre Zellen zu schicken und Sie anzurufen.«

»Wissen Sie, ob …« Mein Handy unterbrach uns. Es war der Subinspector, der gerade im Kommissariat eingetroffen war.

»Inspectora, fahren Sie sofort in die Calle Sant Eloi Nummer 24, in der Freihandelszone, da ist ein Lagerhaus. Ich komme mit fünf Männern. Miguel Lledó hat endlich ausgepackt. Wie es scheint, hat sich sein Bruder dort mit der Nonne versteckt.«

»Gut!«, rief ich, nach Luft schnappend. »Wie haben Sie das geschafft, Fermín?«

»Nicht ich, das war Sonia. Als ich zurückkam, redete sie gerade mit ihm und berichtete mir kurz darauf, dass er alles erzählt habe. So war's.«

Der Papst tritt als Transvestit verkleidet auf den Balkon, der Präsident der Vereinigten Staaten löst die CIA auf, ein Orang-Utan entdeckt den Impfstoff gegen Krebs. Nichts hätte mich mehr überrascht als die beiden gerade erhaltenen Neuigkeiten: Schwester Pilar hatte abgetrieben, und Sonia war unverhofft zur genialen Polizistin mutiert. Ich sah Mutter Guillermina an und war noch fähig, ihr zu befehlen: »Mutter Guillermina, schließen Sie das Kloster ab, hören Sie? Es darf niemand herein oder hinaus. Wir wissen, wo sich der Tatverdächtige und Schwester Pilar aufhalten.«

»Geht es ihr gut?«

»Das wissen wir noch nicht. Machen Sie sich keine Sorgen, ich werde Sie anrufen. Im Augenblick stelle ich nur zwei Polizisten vor das Kloster, damit es keinen Skandal gibt.«

»Der Skandal ist mir inzwischen egal!«

»Ich komme so schnell wie möglich zurück.«

Ich raste in die Freihandelszone, ohne genau zu wissen, was mich dort erwartete. Ich konnte es noch nicht glauben, war viel zu überrascht, nach der langen Durststrecke der Lösung so nah zu sein. Ich war die ganze Zeit davon überzeugt gewesen, dass Miguel Lledó den Aufenthaltsort seines Bruders kannte, und ich war mir eigentlich auch sicher gewesen, dass er ihn unter Druck früher oder später offenbaren würde. Doch wie hatte es ausgerechnet Sonia geschafft, seinen Widerstand zu brechen? Hatte sie ihm etwas versprochen? Während sich in meinem Kopf immer größere Skepsis breitmachte, versuchte ich, die neuen Informationen einzuordnen, und das war entscheidend. Aber wohin damit, um einen logischen Zusammenhang herzustellen? Schwester Pilar hatte mit Hilfe einer Art Krankenschwesternonne abgetrieben und war jetzt bei Juan Lledó. Ich musste meine rasenden Gedanken beiseiteschieben, weil ich fürchtete, sonst über eine rote Ampel zu fahren und einen Unfall zu verursachen.

Vor Ort traf ich auf den Subinspector und die fünf mitgebrachten Polizisten. Sie alle hatten die Waffen gezogen.

»Inspectora, wir haben auf Sie gewartet. Das Lager ist abgeschlossen, und von außen ist kein Lebenszeichen festzustellen. Wollen wir reingehen?«

»Los geht's«, sagte ich wie in Trance und zog meine Glock.

Einer unserer Männer hatte das Schloss in Sekundenschnelle aufgebrochen. Vorsichtig steckte ich den Kopf durch die Tür. In eine große, augenscheinlich leere Halle fielen ein paar Sonnenstrahlen durch die schmutzigen Fensterscheiben. Staub tanzte in der Luft. Mit den Waffen im Anschlag, traten wir ein und suchten Deckung an der Wand.

»Gehen wir nach vorn«, befahl ich. »Aber Vorsicht, wir wissen nicht, ob der Mann bewaffnet ist.«

Wir verteilten uns schnell und leise in der Halle. Weiter hinten gab es zwei geschlossene Türen, sie waren unser Ziel. Ich näherte mich der ersten und sagte laut und deutlich: »Ist da jemand? Aufmachen! Hier spricht die Polizei!«

Meine Worte hingen kurz in der Luft und riefen ein gespenstisches Echo hervor. Keine Antwort. Ich versuchte es noch einmal.

»Aufmachen, Polizei, wir wissen, dass Sie da sind!«

Absolute Stille. Garzón positionierte sich auf der einen Seite, ich auf der anderen, und zwei der Kollegen taten das Gleiche an der anderen Tür. Ich gab ihnen ein Zeichen, und wir brüllten unisono: »Aufmachen, Polizei!« Inmitten des Geschreis gab ich dem kräftigsten unter den Kollegen mit dem Kopf das Zeichen. Er stellte sich vor die Tür und trat mit großer Wucht gegen den Griff. Die Tür sprang auf. Ohne zu zögern, wiederholte er das Prozedere mit der anderen Tür, die ebenfalls aufsprang. Mit der Pistole in beiden Händen, betrat ich den ersten Raum. In einer Ecke kauerten Juanito und Schwester Pilar so eng umschlungen, dass sie wie ein Körper wirkten.

»Kommen Sie hierher!«, rief ich.

Zwei der Männer und Garzón, alle mit gezogener Waffe, stellten sich im Kreis um die beiden. Da schrie Schwester Pilar: »Tun Sie ihm bitte nicht weh!«

Die beiden Polizisten wollten die Novizin hochziehen, doch es war sinnlos, Lledó ließ sie nicht los. Garzón hielt ihm die Pistole an den Kopf und krächzte: »Lass sie los, rück ab von ihr!«

Die Nonne flehte weinend: »Lassen Sie ihn, er ist nicht bewaffnet.«

Mit knallrotem Gesicht und geschlossenen Augen drückte Lledó Pilar fest an sich. Da sah ich, dass auch sie ihn weinend umarmte und ihn küsste, um ihn zu beruhigen.

»Mein Schatz, mein Schatz«, flüsterte sie verzweifelt. Ich ging näher und ließ die Männer zurücktreten. Als ich sprach, versuchte ich, meine Worte beruhigend klingen zu lassen.

»Begleiten Sie uns aufs Kommissariat. Wir werden Ihnen nichts tun.«

Endlich versuchte die Schwester, sich von ihm zu lösen, was nicht einfach war. Juanito schüttelte den Kopf, und er wirkte wie hypnotisiert. Langsam rückte die Nonne von ihm ab und stand auf. Da öffnete der junge Mann die Augen und bewegte sich abrupt, um sie zurückzuhalten, aber Garzón und die beiden Kollegen erfassten ihn. Er schrie wie ein Tier, das in die Falle gegangen ist. Die drei hatten Mühe, ihn festzuhalten, und ich musste die Nonne an den Armen packen, um zu verhindern, dass sie zu ihm zurücklief. Da schrie Pilar weinend: »Lassen Sie ihn! Sie haben unser Kind umgebracht, sie haben es umgebracht! Was wollen Sie uns noch antun? Sagen Sie es mir!«

Einer der anderen Polizisten rief mich in den zweiten Raum.

»Schauen Sie mal, Inspectora!«

Garzón und ich liefen hinüber. Drinnen fanden wir, in alte Leinentücher gehüllt, etwas, das wie ein Holzpfahl aussah. Bei genauerem Hinsehen wurde klar, dass es sich um den heiligen Bruder Asercio de Montcada handelte.

Ich befahl den Männern, Juanito und Pilar in getrennten Wagen unter höchster Sicherheitsstufe ins Kommissariat zu bringen. Lledó wurden Handschellen angelegt. Der Subinspector und ich gingen in den zweiten Raum zurück.

Eine ganze Weile standen wir schweigend vor der Mumie. Was ich für alte Leinentücher gehalten hatte, stellte sich als weiße Plastiksäcke mit dem Aufdruck *Kartoffeln aus Galicien* heraus.

»Verdammt!«, lautete der knappe Kommentar meines Kollegen. Dann war er wieder stumm. Bruder Asercio hatte gewaltigen Schaden genommen. Abgesehen von den abgetrennten Gliedern, war das gegerbte Gesicht zerkratzt und das Ordenskleid an mehreren Stellen aufgeschlitzt. Unvermittelt sagte ich zu Garzón: »Sehen Sie, Subinspector? Dieses hässliche, zerlumpte Etwas ist ein Symbol für unser Land in früheren Zeiten: zerstört, arm, lächerlich …«

»Werden Sie nicht spitzfindig, Petra. Verstehen Sie den ganzen Scheiß?«

»Ich glaube schon.«

»Dann tun Sie mir den Gefallen und erklären es mir.«

»Zuerst muss ich meine Pflicht erfüllen.«

Ich holte mein Handy heraus und rief Coronas an.

»Comisario, wir haben Lledó und Schwester Pilar gefunden, es geht ihr gut.«

»Bestens, Petra, ich habe schon so was gehört. Und die Mumie?«

»Haben wir auch. Wenn Sie herkommen, bringen Sie jemanden mit, der sie vorsichtig auf einer Bahre abtransportieren kann.«

»In Ordnung, ich bin gleich da. Übrigens, haben Sie schon für alles eine Erklärung, Petra?«

»Noch nicht, Señor. Wenn Sie eintreffen, werden Garzón und ich nicht mehr hier sein. Wir müssen noch einige Verhöre durchführen.«

»Schön. Dann ist es noch zu früh, Villamagna zu informieren.«

Ich legte auf und sagte zu Garzón: »Wissen Sie, was unseren Chef am meisten interessiert? Wann er die Presse über alles informieren kann.«

»Die Reporter werden nicht genug kriegen können, was?«

»Sie werden genügend Material für einen mehrbändigen Roman kriegen.«

»So viel?«

»Sie werden schon sehen.«

17

Schwester Pilar stellte viele Fragen, bevor sie unsere beantwortete. Sie wollte wissen, was mit Lledó geschehen würde, wie die Anklage lautete, wie viele Jahre er bekommen könnte, welchen Anwalt er zugeteilt bekäme und bis zu welchem Grad ihre Zeugenaussage zu seinen Gunsten oder Ungunsten ausfallen könnte. Was auf sie selbst zukam, schien sie nicht zu interessieren. Ich machte sie darauf aufmerksam.

»Auch gegen Sie wird Anklage erhoben, Schwester Pilar, Sie sollten sich darüber im Klaren sein.«

»Hören Sie auf, mich Schwester Pilar zu nennen. Ich heiße Pilar Tolosa.«

Als wir sie in der Lagerhalle der Freihandelszone gefunden hatten, trug sie noch das Ordenskleid, hatte aber die Haube abgenommen. Ihr kurzes Haar ließ sie ein wenig aussehen wie Jeanne d'Arc. Jetzt, in einem von Yolanda geliehenen Kleid, wirkte sie wie eine gewöhnliche junge Frau. Auch ihr Charakter schien sich verändert zu haben. Sie trat energisch und entschlossen auf, keine Spur mehr von dem schüchternen und schweigsamen Nönnchen, das wir kennengelernt hatten. Sie wollte reden, sie tat es sturzbachartig, als müssten die lange zurückgehaltenen Worte alle auf einmal heraus. Und der erste Name, den sie nannte, war der, auf den ich gewartet hatte.

»Domitila, Schwester Domitila hat mich zur Abtreibung gezwungen. Damit hat alles angefangen.«

»Nein, Schwester …«, sagte ich energisch. »Angefangen hat es damit, dass Sie schwanger wurden. Ich will wissen, von wem und wie es dazu kam.«

»Ich …« Sie schien in ihre frühere Unsicherheit zurückzufallen, aber wie von einer inneren Bestimmung getrieben, fuhr sie fort: »Juanito und ich begegneten uns manchmal auf dem Flur im Kloster, wenn er die Bestellung lieferte. Eines Tages folgte er mir zur Universität, und wir haben geredet. Das wiederholte sich. Bis er mir eines Tages sagte, dass er in mich verliebt sei. Ich war noch nie mit einem Jungen zusammen gewesen, und er war sehr sensibel, gut, zärtlich und nicht besonders glücklich mit seinem Leben. Wir trafen uns, wir schliefen miteinander, und einige Zeit später merkte ich, dass ich schwanger war. Ich bekam Angst und beging den großen Fehler, es nicht Juanito, sondern Schwester Domitila zu sagen. Sie hat sich immer um mich gekümmert und behauptet, sie wolle nur das Beste für mich.«

»Wie hat sie reagiert?«

»Schrecklich, ganz schrecklich. Sie war völlig außer sich, so hatte ich sie noch nie erlebt. Und sie hat mir noch mehr Angst gemacht. Sie sagte, Juanito dürfe nichts davon erfahren, weil er es rumerzählen würde, und die Herz-Jesu-Schwestern auch nicht, denn sie würden mich rauswerfen. Am Ende hatte sie mich davon überzeugt, dass eine Abtreibung das Beste wäre und dass sie wisse, wie man das machen müsste, ohne dass jemand davon erfährt.«

»In welchem Monat waren Sie?«

»Im fünften.«

»Im fünften? Und Sie haben Ihren Zustand die ganze Zeit verheimlicht?«

»Ich habe sehr gelitten, aber ich habe, so gut ich konnte, durchgehalten, zu lange. Nach der Abtreibung ging es mir sehr schlecht. Ich blieb eine Woche im Bett. Schwester Domitila wollte keinen Arzt rufen, sie sagte der Gemeinschaft, ich hätte eine schwere Grippe. Und, na ja, die Idee hatte sie schon vorher.«

»Welche Idee?«

»Wir wussten nicht, wohin mit dem Fötus. Ihn in den Müll zu werfen, erschien uns zu gefährlich, selbst wenn wir ihn zerstörten, hätte man ihn finden und zurückverfolgen können, woher die Mülltüte stammte. Dass ich ihn in der Universität wegwerfe, war auch zu riskant, es hätte mich jemand beobachten können. Außerdem hat mich die Pförtnernonne immer von oben bis unten durchsucht, wenn ich das Kloster verließ. Es Juanito zu sagen, der noch immer ahnungslos war, kam nicht in Frage. Dann ... Dann hatte sie die Idee, den Sarkophag des Heiligen zu öffnen und den Fötus zu der Leiche zu legen.«

In meinem Kopf flog mit einem Knall ein großes Fenster auf. *Voilà le mystère!*, dachte ich. Garzón musste das Gleiche gedacht haben, aber aus seinem Mund klang es so: »Ach du heilige Scheiße!«, rief er mit weit aufgerissenen Augen.

»Fahren Sie bitte fort«, flüsterte ich sichtlich mitgenommen.

»Domitila und ich konnten den Deckel nicht heben, er ist sehr schwer. Also mussten wir Schwester Bárbara mit einspannen, die ja schon alles wusste, aber auch zu dritt schafften wir es nicht. Daraufhin mussten wir auch noch Schwester Asunción einweihen.«

»Die Buchhalterin?«

»Ja, es war nicht schwer, denn Schwester Domitila kann Menschen sehr gut manipulieren. Zu viert schafften wir es dann. Schwester Bárbara schnitt mit einem Skalpell den mumifizierten Körper auf und legte meinen kleinen, in ein Küchenhandtuch gewickelten Sohn hinein. Dann zupfte sie die Kleidung des Heiligen zurecht, und er sah aus wie vorher. Den Verwesungsgeruch konnte man von außen nicht wahrnehmen, weil der schwere, hermetisch abgeschlossene Glasdeckel keinen Geruch durchdringen ließ.«

Ich sah den Subinspector an und vermittelte ihm wortlos meine Fassungslosigkeit. Nicht in einer Million Jahre wären wir darauf gekommen! Niemals! Ich war aufgewühlt, fast fiebrig. Mir wäre lieber gewesen, wenn die Schwester ein Weilchen geschwiegen hätte, damit ich das eben Gehörte hätte verarbeiten können, aber es wäre unklug gewesen, sie in diesem Moment zu unterbrechen. Ihr Gemütszustand konnte sich ändern und sie dieses spontane Geständnis nicht beenden lassen.

»Danach sagte ich Juanito, dass ich Gewissensbisse hätte und wir uns nicht mehr treffen könnten. Er akzeptierte es, weil er mich sehr respektiert. Doch zwei Jahre später trat ein Problem auf, mit dem wir nicht gerechnet hatten: Die Landesoberin rief an und bat darum, die Heiligenmumie restaurieren zu lassen, wie es auch in anderen Klöstern Spaniens gemacht wurde. Wir erfuhren davon, weil Mutter Guillermina Schwester Domitila bat, professionelle Hilfe auszusuchen. Domitila versuchte die Mutter Oberin davon zu überzeugen, dass nur sie für diese Aufgabe in Frage käme. Das hat natürlich nicht geklappt, und die Mutter Oberin setzte sich mit dem Kloster in Poblet in Verbindung, wo es Spezialisten in diesen Dingen gibt. Schwester Domitila musste sich mit der Helferrolle zufriedengeben, wenigstens etwas, denn dadurch war sie die ganze Zeit über die Arbeiten auf dem Laufenden.«

Ich hatte Lust, sie zu fragen, warum sie in diesen Plan eingewilligt hatte, was sie gefühlt hatte, warum sie geschwiegen hatte, warum sich Juanito so schnell damit abgefunden hatte, sie nicht mehr zu sehen. Doch ging es dabei schlicht um meine Neugier, zum Fall würde es nichts beitragen. Sie machte das sehr gut, und ich musste sie weiterreden lassen.

»Die Bombe platzte natürlich, als Bruder Cristóbal davon sprach, die Mumie instand zu setzen, ihr Substanzen zu injizieren und eine DNA-Analyse an ihr vorzunehmen. Das Risiko war zu groß, sodass Schwester Domitila einen neuen Plan austüfteln musste. Es war mehr als wahrscheinlich, dass bei der Behandlung der Leiche das junge Gewebe des Fötus entdeckt würde.«

»Sie plante den Mord an Bruder Cristóbal?«

Pilar zögerte einen Augenblick, ballte die Fäuste und antwortete entschlossen: »Genau! Und dafür brauchte sie Juanito. Sie sprach ihn auf dem Flur an, wo er auf die Bezahlung wartete. Sie sagte ihm, ich hätte gesündigt, und das käme ans Licht, wenn der heilige Asercio angerührt würde. Juanito glaubte ihr nicht, denn er liebte mich noch sehr. Also musste sie ihm von der Abtreibung erzählen. Er war am Boden zerstört, aber ihm war auch klar, dass zu viel Zeit vergangen war, dass nun nichts mehr zu ändern war, also blieb ihm nichts anderes übrig, als mitzumachen. Sich zu widersetzen, hätte nichts gebracht, es hätte mir nur geschadet. Die Schwester zählte ihm all die schrecklichen Dinge auf, die mir passieren könnten, wenn er ihr nicht helfen würde.«

»Sollte er Bruder Cristóbal töten oder nur die Mumie entwenden?«

Pilar antwortete nicht direkt, sie sagte nur: »Er sollte die Mumie mitnehmen und sie verstecken, ohne sie anzurühren.«

»Warum hat er sie nicht zerstört und in einen Container geworfen oder sie auf einem Feld verbrannt?«

»Ich weiß es nicht. Domitila sagte, dass wir sie vielleicht noch als Alibi bräuchten oder dass wir sie einem Museum im Ausland verkaufen könnten, sollte Juanito Geld verlangen. Ich weiß nicht, ich glaube, ihr ist nach all den Jahren, die sie den Heiligen angebetet hat, nichts Besseres eingefallen, als ihn verschwinden zu lassen, und als Historikerin wäre ihr etwas anderes sicher auch schwergefallen.«

Ich unterbrach sie und versuchte, ruhig zu klingen.

»Pilar, das hier ist noch keine offizielle Aussage vor dem Richter, deswegen muss ich Sie auf einen möglichen Fehler hinweisen.«

»Ich sage die Wahrheit«, erwiderte sie heftig.

»Bitte hören Sie mir zu! Ich weiß, dass Sie die Wahrheit sagen, aber Sie müssen sich auch darüber im Klaren sein, dass Sie im Versuch, Juanito zu schützen, ihm auch schaden können. Juanito hat Bruder Cristóbal umgebracht, stimmt's?«

Sie sah zu Boden und biss sich auf die Lippen.

»Ja«, sagte sie fast lautlos.

»In dem Fall müssen Sie wissen, dass eine Anklage gegen ihn schwerer ausfällt, wenn er einen Auftragsmord ausgeführt hat, was ihn zu einer Art Berufskiller macht, als wenn Bruder Cristóbal beim Diebstahl der Mumie überraschend auftauchte und er ihn im Affekt getötet hat.«

Sie schwieg, ohne uns anzusehen, starrköpfig.

»Uns ist schon klar, wie wütend Sie auf Schwester Domitila sind, und Sie haben gute Gründe dafür. Aber wenn diese Wut Sie lügen lässt, wenn auch nur ein einziges Mal und geringfügig, wird die ganze Aussage wertlos sein.«

Sie nickte und sagte fest: »Juanito hat Bruder Cristóbal angegriffen, weil der plötzlich auftauchte, das stimmt. Juanito hat sich erschreckt und ihm einen Schlag versetzt, doch der war so heftig, dass er ihn getötet hat.«

»Was geschah dann?«

»Schwester Domitila, die bei dem Diebstahl dabei war, reagierte entsetzt und nannte Juanito einen Geistesgestörten, sie hat ihn wie einen Hund behandelt. Sie musste die beiden Schwestern wecken, die uns beim Anheben des Sargdeckels geholfen hatten. Die beseitigten die Spuren, und Schwester Domitila trug zusammen mit Juanito die Mumie zum Lieferwagen.«

»Wir müssen Sie etwas sehr Wichtiges fragen«, mischte sich Garzón ein. »Miguel Lledó, Juanitos Bruder, war er irgendwie an der Sache beteiligt?«

»Er hat den Wagen zum Kloster gefahren. Dabei hat ihn die Obdachlose gesehen.«

»War es der Lieferwagen?«

»Ja, aber das Geschäftslogo hatten sie mit einem Stück Blech abgedeckt, das Juanito irgendwann mal in seiner Werkstatt angefertigt hatte. Da er kein eigenes Auto besaß, benutzte er den Lieferwagen auch privat.«

»Wie kam die Obdachlose dann auf das Paradies?«

»Weil später, als sie ihr drohten, der Trottel von Miguel vergessen hatte, dass Blech anzubringen.«

»Wer von den beiden hat Eulalia Hermosilla ermordet?«

»Das weiß ich nicht«, sagte sie seufzend.

»Das war auch Juanito, stimmt's, Pilar?«

Verzweifelt brach sie in Tränen aus. Wir waren bereit, zu warten, bis sie sich wieder beruhigt hatte, aber das Weinen mündete sogleich in einen herzzerreißenden Schrei.

»Ja, er war es. An dem Tag war Miguel nicht dabei. Und auch das hat Schwester Domitila ihm befohlen, dieses Monster, diese schreckliche Frau!«

»Er hätte sich weigern können.«

»Er hätte nie etwas getan oder verweigert, von dem er glaubte, dass es mir schaden könnte, verstehen Sie das nicht? Obwohl ich ihn verlassen hatte und nie wieder sehen wollte, liebte er mich noch immer.«

»Ist gut, machen wir weiter.«

»Mehr gibt es nicht zu erzählen. Schwester Domitila nahm wieder die Fäden in die Hand und hat das Zettelchen mit der gotischen Schrift verfasst. Sie wollte die Aufmerksamkeit der Polizei auf Sekten und Psychopathen lenken. Dann haben Sie ihr den Weg geebnet, indem Sie sie aufforderten, zusammen mit diesem Mönch für Sie zu arbeiten. Sie hat Sie dahin geführt, wohin sie wollte. Und als Sie eine andere Theorie bevorzugten, machte auch sie einen Schwenker, und gut. Juanito bewahrte die Leiche in der Lagerhalle auf, wo Sie uns gefunden haben. Und Domitila musste wieder auf ihn zurückgreifen, damit er dem Heiligen die Gliedmaßen abschneidet. Er sollte die falschen Spuren legen, denen Sie dann in Ihren Ermittlungen folgten. Juanito hat die Glieder mit dem großen Messer abgeschnitten, mit dem er normalerweise Bananenstauden zerlegt.«

»Wem gehört die Lagerhalle?«

»Dem Vater eines Freundes von Miguel; er hat ihm die

Schlüssel überlassen, und Juanito hat sich dort versteckt, als Sie ihn gesucht haben.«

»Hat er Sie von der Universität abgeholt?«

»Ja, er hat den Druck nicht mehr ausgehalten, nachdem sein Bruder sich gestellt hatte. Er bat mich, mit ihm ins Ausland zu fliehen. Armer Juanito! Er hat nicht bemerkt, dass es schon zu spät war.«

»Wie viele Nonnen wussten von der ganzen Geschichte?«

»Eigentlich nur zwei, aber es würde mich nicht wundern, wenn auch andere etwas mitgekriegt hätten. Doch wie Sie wissen, ist kein Laut aus dem Kloster gedrungen. Wir sind darauf getrimmt zu schweigen.«

»Glauben Sie, dass Mutter Guillermina etwas wusste?«

»Mutter Guillermina? Nein, bestimmt nicht! Die weiß von gar nichts. Sie glaubt, sie wäre eine superstrenge Oberin, aber sie hat keine Ahnung, was im Kloster wirklich abläuft. Manchmal hat sie mir leidgetan.«

»Haben Sie nie daran gedacht, sich ihr anzuvertrauen und zu erzählen, was geschehen ist?«

»Nein, sie hätte mich nicht verstanden. Für sie gibt es im Kloster keine Sünden, die ereignen sich in einer anderen Dimension, vor der wir geschützt sind.«

»Aber Schwester Domitila hat Sie verstanden, auch wenn sie Sie zur Abtreibung zwang.«

Pilar schaute ins Leere, schüttelte den Kopf und vergoss dabei ihre letzten Tränen.

»Ich wollte das Kind auch nicht, Inspectora. Wozu? Was hätten wir, der Trottel von Juanito und ich, mit einem Kind gemacht? Es wäre ein lebenslanges Spießrutenlaufen gewesen.«

»Sie haben Juanito nie geliebt, stimmt's, Pilar?«

Sie wischte sich die geröteten Augen, sah mich herausfordernd an und stellte unerwartet eine Gegenfrage: »Von wie vielen Menschen sind Sie in Ihrem Leben geliebt worden, Inspectora? Und ich meine damit nicht die Liebe zwischen Mann und

Frau, sondern die Zärtlichkeit, die Sorge darum, was dem anderen passieren könnte ...«

Die Rührung ließ sie innehalten. Im Versuch, sich zu beherrschen, sah sie mich an.

»Antworten Sie mir bitte, ich flehe Sie an.«

»Ich weiß es nicht, diese Frage habe ich mir noch nie gestellt«, erwiderte ich aufrichtig.

»Das beweist, wie sehr Sie geliebt wurden. Soll ich Ihnen sagen, wie viele Menschen mich geliebt haben? Zwei, nur zwei: Schwester Domitila und Juanito, sonst niemand.«

»Dessen können Sie nie sicher sein. Es gibt bestimmt viele Menschen, die Sie geliebt haben«, betonte Garzón in einem Anflug von Mitleid.

Sie schüttelte den Kopf und schluckte die Tränen hinunter.

»Ich war nicht in Juanito verliebt, aber er liebte mich und liebt mich noch, wie Sie sehen. Kann sein, dass er nicht ganz normal ist, aber er ist gut, trotz allem, was er zu tun gezwungen war.«

»Tut mir leid«, war das Einzige, das zu sagen mir einfiel. Um nicht in Gefühlsduselei abzugleiten, beendete ich das Verhör. Daher fügte ich ganz sachlich hinzu: »Es wird noch weitere Verhöre und Fragen geben. Noch heute werden Sie Ihre Aussage vor dem zuständigen Untersuchungsrichter machen müssen. Haben Sie einen Anwalt?«

»Ich will keinen, und keine Sorge, ich werde meine Aussage genau so wiederholen.«

»Man wird Ihnen einen Pflichtverteidiger zuweisen. Seien Sie klug, und lehnen Sie das nicht ab. Das Leben liegt noch vor Ihnen.«

»Ich will nicht mehr leben.«

Wir standen auf und ließen sie allein. Sie kauerte sich zusammen wie ein Tierchen in fötaler Haltung. Im Flur sagte ich zu Garzón: »Benachrichtigen Sie Doktor Beltrán, er soll mit ihr reden und eine psychologische Betreuung empfehlen.«

»Fürchten Sie einen Selbstmordversuch?«

»Ja. Außerdem wird dem Psychiater dieses Schlusskapitel gefallen. So kann er sich an der Lösung des Falls beteiligt fühlen. Fahren wir zum Kloster?«

»Müssen wir Verstärkung mitnehmen?«

»Ja, einen Mannschaftswagen mit möglichst wenig Polizisten, damit die vielen Nonnen hineinpassen, die wir festnehmen müssen.«

»Hätten wir nicht noch Zeit, ein kleines Bierchen zu trinken? Nach dem, was wir gerade gehört haben, habe ich das dringend nötig.«

»Ja, bis die Männer bereit sind. Sie sollen uns benachrichtigen.«

Während Garzón die nötigen Anrufe tätigte, ging ich auf die Toilette, betrachtete mich im Spiegel und kämmte mich. Mein Blick erschien mir leer, als wäre er irgendwo verloren gegangen. Ich kehrte zum Subinspector zurück, und wir gingen ins *La Jarra de Oro*, wo wir zwei Gläser Bier bestellten. Plötzlich musste Garzón lachen.

»Ah, ich kann es einfach nicht glauben, wirklich! Bruder Asmundo de Montcada als Empanada. Der arme Heilige, gefüllt wie Cannelloni, gespickt wie Rollfleisch, mit Sahne getränkt wie eine Biskuitrolle! Die Lösung des Falls können Sie sich auf die Fahnen schreiben!«

»Ich?«

»Natürlich! Sie haben Hermosillas Gerede über das Paradies mit der Aufschrift auf dem Lieferwagen in Verbindung gebracht. Deshalb ...«

»Besonders stolz bin ich nicht darauf. Man könnte eher sagen, der Zufall hat gewaltig nachgeholfen.«

»Überhaupt nicht! Juanito Lledó ist abgehauen, und Sie hatten die Idee, Pfeffer in den Bau des Bruders zu streuen, weil Sie ahnten, dass seine Schuld nicht so groß ist und er freiwillig rausgekrochen kommt.«

»Eine Auszeichnung werde ich dafür aber nicht bekommen. Ach, übrigens, wissen Sie eigentlich, wie Sonia den Jungen zum Reden gebracht hat?«

»Ich hatte noch keine Zeit, mich zu erkundigen. Aber ich kann Ihnen sagen, dass ich sehr gespannt bin.«

»Ich auch.«

»Ganz schön schlau, diese Schwester Domitila, finden Sie nicht auch? Sie hat uns bis zum Ende an der Nase herumgeführt. Und die Idee, Körperteile der Heiligenmumie an Standorten abgefackelter Klöster abzulegen, ist einfach genial. Mit dem Thema Caldaña und Tragische Woche hatte sie uns fast an der Angel. Daran hätten wir ewig rumgerätselt.«

»Sie scheinen sich ja köstlich zu amüsieren.«

»Man muss ihr Genie und großartige Geschichtskenntnisse zugestehen.«

»Mir gefällt nicht, wie alles gelaufen ist. Wir waren nicht besonders gut.«

»Aber Inspectora, die Deduktionsmethode ließ sich hier einfach nicht anwenden! Damit hätte nicht mal Sherlock Holmes Erfolg gehabt.«

»Da gebe ich Ihnen recht. Holmes war Engländer, und dieser ganze Kram von Klöstern und Mumien hätte ihn aller Argumente beraubt. Solche Fälle gibt es nur in diesem verfluchten Land, in dem noch immer Obskurantismus und Aberglauben existieren.«

Der Subinspector ließ sich noch ein Weilchen spöttisch über meinen unpatriotischen Kommentar aus. In dem Moment wurde uns mitgeteilt, dass der Mannschaftswagen bereitstand. Auf der Fahrt zum Herz-Jesu-Orden trieb mich eine grundsätzliche Frage um: Sollte ich der Mutter Oberin all das erzählen, was ich gerade erfahren hatte? Das konnte für diese ahnungslose, unschuldige Frau ein allzu harter Schlag sein. Wobei das Gleiche auch für den Mörder galt. Auch er war irgendwie unschuldig, eine unschuldige Tötungsmaschine.

Als ich dann vor Mutter Guillermina stand, wusste ich nicht, wie ich anfangen sollte, was dazu führte, dass ich die Diplomatie vergaß und ihr an den Kopf knallte: »Ich bin gekommen, um drei Ihrer Nonnen festzunehmen: Schwester Bárbara, Schwester Asunción und die Hauptverdächtige in diesem Fall, Schwester Domitila.«

Sie nickte demütig. Ihre Konfliktfreudigkeit und ihre Streitlust waren verschwunden. Sie war so niedergeschmettert, dass sie kaum sprechen konnte.

»Ich lasse sie holen«, murmelte sie entschuldigend.

»Ich will Schwester Domitila gleich hier ein paar Fragen stellen und hätte Sie gern dabei. Dann werden Sie alles erfahren. Wissen Sie, dass im Inneren der Heiligenmumie …« Sie unterbrach mich.

»Ja, Schwester Bárbara hat es mir inzwischen erzählt. Viel zu spät, aber sie hat es schließlich gewagt. Wenn die Schwestern gleich kommen, werden Sie sehen, dass sie keine Ordenskleider mehr tragen. Die Landesoberin sitzt bereits im Zug aus Tutla hierher. Sie hat mir telefonisch mitgeteilt, dass die drei Nonnen vom Orden ausgeschlossen werden. Wir haben ihnen auf die Schnelle etwas zum Anziehen gekauft.«

»Auch eine Art, sich der Verantwortung zu entziehen, finden Sie nicht, Mutter Oberin?«

»Ich finde gar nichts mehr, Inspectora. Ich habe aufgehört zu urteilen. Ich vertraue mich nur noch Gott an und bitte ihn auf Knien um Vergebung dafür, so etwas Schreckliches zugelassen zu haben, auch wenn ich keine Ahnung davon hatte.«

Die drei Frauen betraten den Raum in billigen, hässlichen Hosenanzügen. Alle drei trugen das Haar kurz. Ich erstarrte. Schwester Domitila erkannte ich nur an der Brille. Jetzt wirkte sie wie eine Frau in mittleren Jahren mit harten Gesichtszügen, zu langen Gliedmaßen, dünn und angespannt. Um ihren Mund spielte ein kaltes, verächtliches Lächeln. Sie sah mich herausfordernd an und sagte, bevor ich auch nur den Mund aufmachen konnte: »Wären diese beiden Brüder nicht so dämlich gewesen, hätten Sie diesen Fall nie gelöst.«

»Macht Sie das stolz?«

»Ich hätte jede Geschichtstheorie entwickeln können, jede. Aus jeder Epoche und jedweder Couleur, die Sie dem Ganzen hätten geben wollen, ich hätte Sie dahin gebracht, wohin ich wollte. Obwohl ich einräumen muss, dass Sie es mir ziemlich leicht gemacht haben. Bruder Magís Idee mit der Tragischen Woche kam mir wie gerufen, und das mit den Piñols i Riudepera war wirklich ein Geschenk der Vorsehung.«

»Im Gefängnis werden Sie bestimmt genug Zeit haben, Ihren Studien und Forschungen weiter nachzugehen. Sie werden eine brillante Historikerin, nur eben im Gefängnis.«

»Ich bereue nichts. Und hoffe, alle anderen müssen für ihre Schuld auch bezahlen. Vor allem dieses dämliche Mädchen.«

»Pilar?«

»Ich dachte, sie hätte Talent. In diesem Haus hatte sie jede Chance, es zu entfalten. Und ich habe ihr mein Bestes gegeben. Ich half ihr beim Lernen, ermutigte sie zum Studium, ermöglichte ihr, in einer Atmosphäre der Konzentration und des Respekts für das Wissen zu leben. Und was tut sie, um andere für ihre Opfer zu entschädigen? Was tut sie, um ihr Leben in die richtigen Bahnen zu lenken? Sie lässt sich mit einem Versager ein, einem Kerl ohne Beruf oder richtiges Auskommen, sozial unangepasst und unterbelichtet. Wunderbar! Sie hätte mit einem Kommilitonen eine Liebschaft anfangen können, das wäre zwar auch ein ziemliches Theater gewesen, aber das hätte sie nicht auf diese miserable Weise moralisch abstürzen lassen. Aber nein, sie musste auf den nächstbesten Tölpel hereinfallen, der sich für sie interessierte, und wurde zu allem Überfluss auch noch schwanger von ihm. In Wirklichkeit hat sie nichts von dem, was sie bekommen hat, verdient, gar nichts.«

Mutter Guillermina sprang auf wie eine Furie.

»Ich verbiete Ihnen, so zynisch zu reden!«

»Sie sind nicht mehr meine Oberin, Sie können mir also nicht verbieten, was ich sage und wie ich es sage.«

»Sie haben so viel Schaden angerichtet!«

»Schauen Sie in den Spiegel, Guillermina, und sagen Sie mir, was Sie sehen: eine nutzlose Frau, die nichts von dem bemerkt, was um sie herum vorgeht, nur darauf konzentriert, dass diese absurde Organisation aus ihr unbekannten Frauen funktioniert, dass alles harmonisch wirkt ... Vielleicht sind Sie kein schlechter Mensch, aber Ihre Welt ist so beschränkt, dass sie in einen Fingerhut passt.«

Im Gesicht der Oberin ließ sich die Betroffenheit ablesen, die Domitilas Worte bei ihr auslösten. Diese wagte sich auf ein Terrain, das man besser nicht betrat. Der Subinspector ergriff sie am Ellenbogen, aber sie riss sich los, als hätte sie einen elektrischen Schlag erhalten.

»Ich kann allein gehen, machen Sie sich keine Mühe.«

Die beiden anderen Ausgestoßenen folgten ihr. Ich ging zu Mutter Guillermina und stellte fest, dass sie nur mit größter Mühe die Tränen zurückhalten konnte.

»Ich komme an einem anderen Tag wieder, um mich zu verabschieden, Mutter Oberin.«

Sie nickte traurig und drehte sich weg, unfähig, ihre Tränen länger zurückzuhalten.

Im Kommissariat war der Teufel los. Coronas spielte den großen Zampano und nahm die Glückwünsche des Kriminaloberrats und des Polizeipräsidenten entgegen. Mich sah er wohlwollend an.

»Gut, Petra, sehr gut. Eine kurze Zeit lang befürchtete ich schon, dass dieser Fall in der Schublade vergammeln würde, bei all dem Staub, den er aufgewirbelt hat ...«

»Ach was, Comisario, die Leute hätten ihn binnen Kürzestem wieder vergessen.«

»Kann sein, aber es ist unsere Pflicht als Polizei, Mörder nicht frei herumlaufen zu lassen, und wenn ein Fall so große

Aufmerksamkeit erregt, sollten wir besser betonen, dass wir diese Pflicht erfüllt haben.«

»Wann werden Sie eine Pressekonferenz einberufen, Señor?«

»Erst wenn der Richter seine Erlaubnis gibt. Anschließend sollte unserer Meinung nach die Polizei an einer Zeremonie teilnehmen, die im Kloster des Herz-Jesu-Ordens abgehalten wird.«

»Wie bitte?«

»Sie haben richtig gehört. Die Landesoberin und der Polizeipräsident haben sich dahingehend verständigt. Der Körper des Heiligen wird in allen Ehren in seinen Sarkophag zurückgelegt. Natürlich wird ein Mönch von Poblet ihn vorher wiederherstellen. Das wird eine gute Gelegenheit für die Fotografen sein. Ich hoffe, Sie und Garzón kommen auch.«

»Wir werden sehen.«

Als Coronas die Mönche von Poblet erwähnte, erinnerte ich mich an Bruder Magí. Ich fragte den Comisario nach ihm, aber er schien nicht zu wissen, wer er war, und es schien mir nicht der geeignete Augenblick, ihn an den Mönch zu erinnern, der uns bei der falschen Hypothese unterstützt hatte. Als ich im Gang Yolanda traf, fragte ich sie und war überrascht zu erfahren, dass sich der Mönch im Kommissariat aufhielt.

»Er ist gekommen, um seine Aussage zu machen. Er sitzt im Verhörzimmer.«

»Danke, Yolanda, ich werde mal nachsehen, ob er noch da ist.«

Wir lächelten uns an, und als wir beide schon ein paar Schritte gegangen waren, rief ich ihr nach: »Yolanda, wo ist Sonia?«

»Im großen Saal. Wollen Sie sie sprechen?«

»Ja, sag ihr, sie soll in meinem Büro auf mich warten.«

»Sie werden Sie doch an so einem Tag nicht herunterputzen.«

»Kein Kommentar.«

Im Verhörzimmer hatte sich Richter Manacor eingerichtet. Da es so viele Aussagen aufzunehmen galt, war er lieber gleich in unsere Räume umgezogen. Domínguez hielt vor der Tür Wache.

»Wer ist da drin, Domínguez?«

»Ein Mönch.«

»Wenn er rauskommt, lassen Sie ihn nicht weggehen, bringen Sie ihn in mein Büro.«

»Ja, Inspectora.«

Als ich mein Büro betrat, saß Sonia schon im Besuchersessel. Sie erblickte mich, erhob sich und stand still.

»Setz dich wieder, Sonia.«

Ich setzte mich auf meinen Stuhl und betrachtete sie schweigend. Sie war nervös und schien auf etwas zu warten, das sie nicht genau bestimmen konnte.

»Sonia, ich habe dich hergebeten, um dich zu fragen, wie es dir gelungen ist, Miguel Lledó zu entlocken, wo sich sein Bruder aufhält.«

»Ach das! Ich hatte gehört, dass Juanito Lledó nicht ganz normal ist. Im Kommissariat hieß es, er sei ein wenig autistisch oder so ähnlich. Also ... also dachte ich, dass ich wüsste, wie man mit Miguel reden muss.«

»Ach ja? Ich wusste gar nicht, dass du dich mit Psychologie auskennst.«

»Nein, Inspectora, von Psychologie verstehe ich nichts. Aber ... nun ja, ich habe eine Schwester, die ist geistig etwas zurückgeblieben. Wir sind vier, und sie ist die Jüngste, die Kleinste. Für meine Eltern war es ein harter Schlag, und anfangs kamen sie nur sehr schlecht damit zurecht. Aber sie ist ein unglaublich liebes Mädchen; sie geht auf eine Sonderschule und macht sich ausgezeichnet. Deshalb weiß ich, wie sich Leute fühlen, die wie Miguel Lledó einen etwas besonderen Bruder haben. Die Geduld, die man als Bruder oder Schwester mit so einem Kind haben muss; dass die Eltern dich vergessen und sich nur um das Kind kümmern, das Probleme hat ... Ich dachte, wenn ich Lledó das sage, würde er sich verstanden fühlen. Und so war es auch. Als ich sah, dass Sie nicht in dem Raum waren, bin ich reingegangen. Dann hab ich ihm von meiner Schwester erzählt. Es hat ihn bewegt, und er wusste, dass er mit mir reden konnte. Dann habe ich ihn davon überzeugt, dass das Beste, was er für seinen Bruder tun könnte, wäre, diesem Albtraum ein Ende zu machen und uns zu sagen, wo er sich versteckt. Und wie Sie wissen ...«

»Gut, ich vermute, du weißt, dass du das nicht durftest.«

»Ja, ich weiß.«

»Ein Polizist darf nicht nach persönlichen Impulsen handeln und die Hierarchie übergehen. Du hättest das auch tun können, nachdem du mich oder Subinspector Garzón gefragt hättest.«

»Ich weiß, Inspectora, ich bitte Sie um Verzeihung.«

»Dieses eine Mal noch, aber in Zukunft ...«

»Ja, Inspectora, seien Sie unbesorgt.«

Sie schien glücklich, einer Bestrafung oder einem ernsten Verweis entgangen zu sein. Als sie schon aufstehen wollte, sagte ich: »Bleib sitzen, ich sage dir schon, wann du gehen kannst.«

»Ja, Inspectora«, flüsterte sie wieder eingeschüchtert.

»Ich wollte dir mitteilen, dass ich beabsichtige, dich für eine Auszeichnung vorzuschlagen.«

Sie starrte mich verdattert an. Ich sprach weiter und mied es, sie anzusehen.

»In diesem Fall hast du weit mehr riskiert, als es deine Pflicht ist, und du hast einen Diensteifer an den Tag gelegt, der weit über deinen Zuständigkeitsbereich hinausgeht. Deshalb bin ich davon überzeugt, dass mein Antrag für eine Auszeichnung bei den Vorgesetzten auf keinerlei Einwände stoßen wird.«

Sie lief rot an, als hätte sie plötzlich Fieber.

»Ja, Inspectora, ich möchte Ihnen sagen, dass mein Dank ... mein ... ich bin Ihnen sehr dankbar.«

»Hör mir gut zu: Solltest du mir einmal, nur ein einziges Mal, jetzt oder in Zukunft, diesen Dank aussprechen, von dem du sagst, dass du ihn fühlst ... werde ich sofort darum ansuchen, dass du aus meinem Team ausscheidest. Ist das klar?«

»Ja, Inspectora«, rief sie stolz. Ihre Freude war größer als ihr ewiges Nichtverstehen dessen, was ich eigentlich wollte. Im Begriff aufzustehen, fragte sie lächelnd: »Inspectora, geben Sie mir Ihre Erlaubnis, aufzustehen?«

»Mein Gott, ja, verschwinde schon.«

Sie kicherte albern und machte fast Luftsprünge vor Glück. Eine geistig behinderte Schwester, eine Familie mit geringem Einkommen, vier Kinder ... Ich fühlte mich, wie sich Mutter Guillermina fühlen musste: Man verbringt sein Leben umgeben von Menschen, von denen man praktisch nichts wusste. Nur das allgemeine Funktionieren scheint zu zählen, aber so ist es nicht, die Menschen haben ihre Geschichte, ihre Nöte, ihre Konflikte, ihre Liebesgeschichten und ihre Leidenschaften ... Natürlich konnte ein Vorgesetzter unmöglich all das im Auge behalten. Unsere Rolle bestand darin zu agieren, als machte nur die Arbeit den Menschen aus. Eine erbärmliche, aber hilfreiche Reduzierung.

Da fiel mir Bruder Magí wieder ein, und ich trat auf den Flur. Da stand er, diesmal im Ordenskleid.

»Kommen Sie herein, Bruder Magí. Haben Sie es eilig?«

»Nein«, antwortete er, während er eintrat und Platz nahm.

»Ich habe Sie nämlich nur kommen lassen, um mit Ihnen zu plaudern. Wie läuft es im Kloster?«

»Nun ja, gut könnte man sagen. Der Prior ist verständlicherweise sehr zufrieden mit der Lösung des Falls. Auch wenn der Mord natürlich weiterhin unsere Gemeinschaft überschattet. Auch für Bruder Cristóbals Familie ist es eine Erleichterung. Sie wissen nun, dass ihr Sohn von niemandem gehasst wurde.«

»Ein trauriger Trost.«

»Ja, aber wir klammern uns an das, was wir haben, um weitermachen zu können.«

»Und Sie, wie geht es Ihnen?«

»Ich muss Ihnen ehrlich sagen, dass ich erschüttert bin. Die ganze Zeit mit einer ... na ja, mit Schwester Domitila zusammengearbeitet zu haben und dann erfahren zu müssen ...«

»Hatten Sie nie einen Verdacht?«

»Nein, ganz bestimmt nicht. Nur manchmal ... nur manchmal hat mich gewundert, mit welchem Enthusiasmus diese Nonne historische Thesen erarbeitete. Sie empfindet wahre Leidenschaft für die Geschichte, und Leidenschaft ist auf jedem Gebiet gefährlich.«

»Manche Leute sagen, ohne Leidenschaft kann man nichts Großartiges bewerkstelligen.«

»Das trifft auch zu, aber es erklärt nicht, ob etwas gut oder schlecht ist, und das interessiert mich mehr. Jedenfalls ist meine Meinung zu diesem Thema nicht maßgeblich. Ich war nie so gelehrt wie Bruder Cristóbal oder Schwester Domitila, Gott möge ihr vergeben. Für die weniger Talentierten ist die Versuchung nicht so groß.«

Bei so viel Bescheidenheit musste ich lächeln. Er fuhr fort.

»Der Mensch steckt voller schrecklicher Widersprüche. Schwester Domitila war unfähig, die Heiligenmumie in den Müll zu werfen, ließ sie aber später verstümmeln. Wie sich bei unseren Gesprächen herauskristallisierte, war sie fundamentalistisch und schrecklich präkonziliar in ihren Überzeugungen, und dann treibt sie Schwester Pilar zu dem schrecklichen Verbrechen der Abtreibung. Nun ja, ich glaube nicht, dass man Erbarmen mit ihr haben sollte, denn höchstwahrscheinlich ist sie nicht ganz bei Verstand.«

»Das wird man sehen. Und Sie, was machen Sie jetzt?«

»Nichts, in mein Klosterleben zurückkehren, das einen vor Entscheidungen bewahrt. Ich wollte Ihnen mitteilen, dass für Bruder Cristóbal und Eulalia Hermosilla eine Totenmesse anberaumt ist. Diese arme Frau scheint niemanden zu haben, der für sie betet.«

»Es gibt viele einsame Menschen.«

»Deshalb ist das Mönchsein eine egoistische Wahl.«

Ich lächelte wieder, und er lächelte fromm zurück. Was für ein glücklicher Mann, dachte ich. In Wirklichkeit gab es an keinem Ort Frieden, weder im Kloster noch im Bordell, sondern nur den wertvollen Schatz eines ausgeglichenen Wesens, auch wenn das bedeutet, auf Genialität oder Leidenschaft oder Vortrefflichkeit verzichten zu müssen.

Der Mönch ging, und Garzón kam.

»Was machen Sie, Inspectora?«

»Ich habe philosophiert.«

»Dann entschuldigen Sie die Störung, aber Inspector Villamagna sucht Sie.«

»In dem Fall mache ich mich schnell aus dem Staub.«

»Deshalb warne ich Sie ja. Was soll ich ihm sagen, wenn er nach Ihnen fragt? Er will wissen, in welchem Stil er die Presseerklärung verfassen soll.«

»Sagen Sie ihm im kubistischen.«

»Gut.«

»Und dass er nicht nerven soll.«

»Das auch?«

»Das vor allem.«

Und schon huschte ich eilends davon, bevor noch jemand etwas von mir wollte.

Zum Glück war Marcos zu Hause, und ich fiel über ihn her.

»Fall gelöst!«, sagte ich und biss ihn ins Ohrläppchen.

»Wirklich?«

»Wirklich! Jetzt bin ich bereit, wieder zu leben. Wie steht's mit deiner Arbeit?«

»Ich fürchte, ich habe viel zu tun! Aber komm, setz dich, und erzähl mir alles ganz genau. Aber jetzt wirklich, hörst du?«

Ich erzählte, und er lauschte mir, wie man einer Geschichte mit diesen Versatzstücken und dieses Kalibers lauscht: stumm, ernst, respektvoll, ohne neugierige Zwischenfragen zu stellen, ohne sich an schlüpfrigen Details zu weiden. Nach meinem Bericht seufzte er.

»Das ist ja eine heftige Geschichte.«

»Das ist es.«

»Wir leben gut behütet, während es gleich nebenan schreckliche Gefühle, verborgenes Leid, unglückliche Menschen gibt.«

»So ist es.«

»Werden sie alle angeklagt?«

»Ja, bestimmt, zwar unterschiedlicher Verbrechen und verschiedener Verwicklungsgrade, aber alle Beteiligten werden ihre Strafen bekommen.«

»Vielleicht kommt die Anstifterin des Ganzen besser davon als die anderen. Schließlich hat sie nicht mit eigenen Händen getötet.«

»Könnte passieren. Aber darüber muss ich mir nicht mehr den Kopf zerbrechen, ich habe meine Pflicht erfüllt.«

»Du hast einen merkwürdigen Beruf, Petra, er führt dich überall hin und lässt dich in den Geist der unterschiedlichsten Menschen eindringen. Inzwischen müsstest du das menschliche Wesen ziemlich gut kennen.«

»Kann sein, aber je besser ich es kenne, desto weniger verstehe ich es.«

»Ist auch besser so. Diese ganze Marter von psychologischen Prozessen zu kennen, kann nicht sehr gesund sein.«

»Deshalb erbarme ich mich öfter des Verbrechers, weil ich denke, er hat schon genug damit zu tun, sich selbst und die Umstände, die ihn dazu gemacht haben, zu ertragen.«

Er lächelte mich stolz an.

»Du hast Erbarmen, aber du lässt ihm keine Ruhe.«

»Das ist die gefürchtete und gerechtigkeitsliebende Petra Delicado!«

»Gut für sie!«

»Wir waren in letzter Zeit ziemlich auf Distanz zueinander, oder?«

»Getrennt, ja. Auf Distanz glaube ich nicht. Das ist wohl normal so. Wir haben zusammengefunden, als unsere Leben schon fest etabliert waren, und wir müssen sie weiterführen.«

»Und wir flüchten nicht auf eine einsame Insel?«

»Das würde nichts bringen, wir sind beide aktive Menschen.«

»Was für ein Elend!«

»Wohl wahr.«

»Deine Ausgeglichenheit nervt mich.«

»Mich auch, glaub mir. Zumindest betrinke ich mich hin und wieder gern. Essen wir heute Abend in einem dieser Restaurants, in denen man total abgezockt wird?«

»Abgezockt?«

»Ja, weil die Gerichte sündhaft teuer sind und die Weine ein Vermögen kosten.«

Ich lachte auf, gab ihm einen freundschaftlichen Kuss, und wir gingen aus, um auf das Wohl des heiligen Asercio anzustoßen.

Ein paar Tage nach Abschluss des Falls und nachdem Villamagna den Presseleuten schon alle schlüpfrigen Details preisgegeben hatte, fand ich, dies sei der geeignete Augenblick, um ein letztes Mal Mutter Guillermina aufzusuchen. Sie war in ihrem Büro und packte Unterlagen zusammen.

»Was tun Sie da?«

»Packen, Inspectora, ich gehe. Die oberste Instanz des Herz-Jesu-Ordens hat mich in ein kleines Kloster in einem Dorf nahe Valladolid versetzt.«

»Ist das eine Strafe?«

»Sie glauben, es sei das Beste für mich. Und natürlich werde ich nie wieder ein Kloster leiten.«

»Ist es auch das Beste für Sie?«

»Wenn es meine Landesoberin so bestimmt, gewiss.«

»Ich persönlich mag es nicht, wenn andere bestimmen, was besser oder schlechter für mich ist. Ich entscheide lieber selbst.«

»Sie sind auch eine freie Frau.«

»Das ist ja das Problem.«

»Das Problem?«

»Dass Sie es nicht sind.«

»Ich habe mich einst dafür entschieden.«

»Lassen Sie den Blödsinn, Mutter Guillermina! Das klingt, als schwebe eine Art fatales Schicksal über Ihnen. Sie haben jetzt auch die Freiheit, aus Ihrem Leben zu machen, was Sie wollen. Warum verlassen Sie den Orden nicht?«

»Weil mein Leben in Gottes Händen liegt.«

»Aber Gott ist doch überall, nicht wahr? Er hält nicht nur über den Klöstern Wache.«

Sie konnte sich ein Lächeln nicht verkneifen.

»Sie sind brutal, Petra!«

»Die Wahrheit ist immer brutal.«

»Und was sollte ich in der Welt da draußen anfangen? Ich bin Ende fünfzig!«

»Sie? Sie sind doch ein Energiebündel, Mutter Guillermina, mit Ihrer Vitalität, Ihrem Organisationstalent, Ihrem Händchen für Hauswirtschaft und Ihren psychologischen Kenntnissen der Gruppenanleitung ... Jedes Unternehmen würde Sie mit Handkuss nehmen!«

»Hören Sie auf, das ist doch Blödsinn. Ich werde hingehen, wohin man mich schickt. Eigentlich ist es mir egal. Es schmerzt mich nur zweierlei: nichts von diesem ganzen Elend und Hass in meiner nächsten Umgebung gewusst zu haben und ... na ja, nicht mehr Oberin zu sein, finde ich auch nicht witzig. Aber nur, weil ich kein eigenes Büro mehr haben werde, in dem ich rauchen kann.«

»Natürlich! Gehorchen Sie nur, Mutter Oberin, gehorchen Sie! Ist Ihnen denn nicht klar, dass einer der Gründe für das

Vorgefallene die Struktur des Klosterlebens ist? Es ist wider die Natur: ein Haufen Frauen hinter Mauern gesperrt und abgeschirmt von der Außenwelt! Das ist ein Relikt aus anderen Zeiten, ein Auslaufmodell, ungesund.«

Sie sah mich streng an und war wieder sie selbst, als sie entgegnete: »Gehen Sie nicht zu weit, Inspectora, so schrecklich ist es auch wieder nicht!«

»Ich werde die Streitereien mit Ihnen vermissen, Mutter Guillermina.«

Wir lachten beide, und ich gab ihr die Hand, die sie fest drückte: »Rufen Sie mich an, wenn Sie etwas brauchen, Mutter Guillermina. Und versprechen Sie mir, dass Sie darüber nachdenken, das Ordenskleid an den Nagel zu hängen, denken Sie zumindest mal darüber nach.«

»Ich verspreche es Ihnen.«

Wir verabschiedeten uns herzlich, und ich ging im Bewusstsein, dass ich sie wahrscheinlich nie wiedersehen würde.

Eine schwierige Begleiterscheinung zum Abschluss des Falls war das Treffen mit meinen Stiefkindern. Schon vor dem Donnerstagnachmittag, an dem ich ein paar Stunden mit ihnen allein sein würde, peinigte mich der Gedanke daran. Die drei Kinder würden über mich herfallen und ausführliche Erklärungen über den Ausgang des Mumienfalls verlangen. Auch wenn sie Villamagna im Fernsehen gesehen hatten, wusste ich, dass sich der Kollege bezüglich der schlüpfrigsten Details der Geschichte ziemlich technisch und euphemistisch ausgedrückt hatte, was bestimmt über das Verständnis der Kinder hinausging. Doch ich war es ihnen schuldig, weil ich sie immer auf den Moment vertröstet hatte, wenn die Ermittlungen definitiv abgeschlossen wären. Also blieb mir jetzt nichts anderes übrig, als mein Wort zu halten. Und wie erzählt man drei Kindern, vor allem der kleinen Marina, von heimlichen Abtreibungen, versteckten Föten, eigentümlichen Männern und betrügerischen

Nonnen? Die Bestandteile der Geschichte eigneten sich nicht gerade für eine Kinderstunde. Würde ich offen reden, könnte das Reaktionen zur Folge haben, denen ich mich nicht stellen mochte. Und wenn ich die Tatsachen verniedlichte ... aber wie verniedlichte man solche Tatsachen? Schließlich entschied ich mich für die Improvisation und bat den verdammten Heiligen um spirituelle Hilfe.

Als wir uns schließlich trafen, hatte ich das Gefühl, dass ihr Vater irgendwie auf sie eingewirkt hatte, weil sie mich so förmlich begrüßten und nach den obligatorischen Küssen sagten: »Glückwunsch zum gelösten Fall, Petra.«

»Habt ihr es im Fernsehen gesehen?«

»Ja, der Polizist, der immer redet, hat es erklärt.«

Mutig und ohne das Thema zu wechseln, ließ ich einen Augenblick verstreichen. Niemand sagte etwas. Gut, vielleicht hatte es funktioniert, mich dem Heiligen anvertraut zu haben, oder vielleicht hatte ich übertrieben, was die Gefahren dieses Zusammentreffens anbelangte. Ich schlug ihnen vor, eine Kleinigkeit zu essen, bis ihr Vater eintraf, und sie schienen mit dem Vorschlag äußerst zufrieden. Also stellten wir Oliven, Kartoffelchips, Maisfladen, Erfrischungsgetränke und ein kaltes Bier für mich auf den Küchentisch und setzten uns gut gelaunt. Zunächst brachten mich die Zwillinge auf den neuesten Stand des Verlaufs der Motorradmeisterschaften. Das taten sie immer, und ich habe nie genau verstanden, warum, vielleicht weil ich beim ersten Mal zu großes Interesse an ihren Schilderungen gezeigt hatte. Ich hörte ihnen aufmerksam zu. Nach zwanzig Minuten, als ich die Gefahr schon gebannt glaubte, fragte Teo in ganz normalem Tonfall: »Petra, es gibt etwas bei dem Fall, das wir nicht verstehen. Oder von dem wir glauben, dass es nicht richtig erklärt wurde.«

Ich klammerte mich an meine Serviette, als könnte mir das helfen.

»Hatten die böse Nonne und die Novizin was miteinander?«

Aufsteigende Hitze schnürte mir die Luft ab, und ich sah zu Marina hinüber, die ungerührt Kartoffelchips aß. Da präzisierte Teo seine Frage, als wäre sie nicht eindeutig genug gewesen.

»Es ist doch seltsam, wenn sie nur ihre Tutorin war und glaubte, sie könne mit ihrem Geschichtsstudium sehr weit kommen. Hat sie sie deshalb zur Abtreibung gezwungen? Sie hatten doch bestimmt was miteinander, oder?«

Jegliche Erklärung mit dem Ziel, nicht noch Öl ins Feuer zu gießen, hätte mich dazu genötigt, weit auszuholen, wozu ich definitiv keine Lust hatte.

»Ich weiß es nicht«, sagte ich.

»Wie, du weißt es nicht? Aber ihr habt doch den Fall abgeschlossen!«

»Ja, aber das hätte nichts am Ausgang geändert. Welche Motive sie auch immer hatten, für das Gesetz zählt, was diese Nonne getan hat, nicht warum.«

»Also wirklich!«, protestierte Hugo. »Ich finde es nicht gut, dass das so läuft, denn wenn die Nonne die Absicht hatte ...«

Ich unterbrach ihn energisch.

»Wenn euch das nicht gefällt, müsst ihr warten, bis ihr achtzehn seid, dann könnt ihr das einem Richter vortragen.«

»Ich würde es jetzt gleich machen«, sagte Teo.

»Daran habe ich nicht den geringsten Zweifel. Nur würde man dir keinen Funken Aufmerksamkeit schenken.«

»Kann ich mir vorstellen.«

Da mischte sich Marina ein.

»Ich habe auch eine Frage.«

So wie das Gespräch verlief, konnte die Neugier des Mädchens jede Überraschung für mich bereithalten. Ich lächelte sie verkrampft an.

»Wie kleben sie der Mumie die Hände und die Füße wieder an? Ein Mädchen aus meiner Klasse sagt, mit Draht innen drin, aber ich glaube, das würde man sehen.«

Ich liebte sie. Das war eine Frage, die ich beantworten konnte, ohne dass es mir die Schamesröte ins Gesicht trieb.

»Ein anderer Mönch aus Poblet, der auch viel von Mumien versteht, wenn auch nicht so viel wie Bruder Cristóbal, wird in das Kloster der Herz-Jesu-Schwestern kommen und den Heiligen reparieren. Ich weiß nicht, wie er das macht, aber wenn du möchtest, können wir ihn fragen.«

»Wer weiß, ob sie den Mönch nicht auch umlegen!«, entfuhr es Hugo, und wir mussten alle lachen.

So fand uns Marcos vor, der erfreut zu glauben schien, dass wir eine glückliche Patchworkfamilie wären, die über Alltägliches plauderte.

Epilog

Einen Monat später konnte der Heilige wieder ausgestellt werden. Wie uns Coronas bereits angekündigt hatte, sollte jemand in Vertretung der Polizei an der Einweihungszeremonie im Kloster teilnehmen. Eigentlich hatten wir alle den Fall, der so viel Staub aufgewirbelt hatte, schon ein wenig vergessen, sodass niemand wirklich Lust verspürte, bei den Nonnen den Botschafter zu spielen. Vielleicht wollte Coronas deshalb uns Ermittlern die Ehre zuteil werden lassen. Ich war nicht sehr angetan, aber Garzón schon, also gab ich nach. Schließlich bedeutete das, den Morgen frei zu haben, vielleicht sogar den ganzen Tag. Mir war nicht klar, was den Subinspector an dem Ereignis faszinierte, und ich war auch nicht seiner Meinung, als er es mir erklärte. Er fand, dass im Mumienfall alle Welt eine Art Entschädigung erhalten hätte, nur wir beide nicht. Sonia wurde gewürdigt, Villamagna hatte sich aufgeplustert wie ein Pfau, desgleichen Doktor Beltrán, und nicht genug damit, hatte er von einer nationalen Tageszeitung den Auftrag bekommen, eine Reihe Artikel über die Mentalität von Psychopathen zu schreiben. Uns blieb nur die Genugtuung, dass die Familie Piñol i Riudepera Anzeige wegen Rufmordes gegen uns erstattet hatte, die laut der polizeilichen Rechtsabteilung nicht die geringste Aussicht auf Erfolg hatte. Mir reichte das, aber der Subinspector wollte bei der Wiedereinsetzung des Heiligen dabei sein. Für ihn war dies eine symbolische Wiedergutmachung für die Schmach, nirgendwo öffentlich gewürdigt zu werden.

Also fuhren wir hin, natürlich in Zivil, und mischten uns unter die Leute, die sich vor der Klosterkirche des Herz-Jesu-

Ordens drängten. Außer zwei oder drei Fernsehsendern waren so viele Schaulustige gekommen, dass nicht alle hineinpassten und die Kapellentür offen gelassen werden musste. Alle Nonnen waren anwesend, desgleichen die Landesoberin, der Bischof und ein paar Priester, die zusammen die Messe zelebrierten. Es gab Mariengesänge, Orgelspiel und einen Dankgottesdienst. Alles gut organisiert und ziemlich theatralisch. Das musste man der katholischen Kirche lassen, ihre Messen übertrafen an Pomp die jeder anderen Religion. Zum Schluss, aber noch bevor der Bischof den *Urbi-et-orbi*-Segen sprach, bildeten die Gläubigen eine lange Schlange, um einer nach dem anderen am Sarg des Heiligen vorbeizudefilieren und ihm die Ehre zu erweisen. Noch nie war Bruder Asercio so gut besucht gewesen, obwohl mir diese ganze Ehrerbietung verdächtig vorkam. Die Leute gingen an ihm vorbei und starrten neugierig die Mumie an, bestimmt, um herauszufinden, ob die Nähte seiner Restaurierung zu sehen waren. Der Subinspector flüsterte mir ins Ohr: »Ich schaue ihn mir auch genau an.«

»Ich warte hier auf Sie«, erwiderte ich und blieb auf meiner Kirchenbank sitzen. Von dort aus beobachtete ich matt den Zug normaler Leute, die einmal Zeugen von etwas Außergewöhnlichem sein wollten. Plötzlich entdeckte ich in einem Seiteneingang eine Frau, die ich zu kennen glaubte. Sie war groß und kräftig, trug kurzes Haar und ein schwarzes Kleid mit winzigen Punkten. Ich musterte ihr Gesicht und versuchte mich zu erinnern, woher ich sie kannte, als sie mich plötzlich anlächelte. Mutter Guillermina! War sie es? Unmöglich! Ich starrte sie an, und sie holte eine Brille aus ihrer altmodischen Tasche und setzte sie auf. Sie war es, kein Zweifel! Nur nicht mehr als Nonne, sondern ganz weltlich. Ich stand auf, bat die Sitzenden rechts von mir um Entschuldigung, doch als ich wieder aufschaute, war sie verschwunden. Schließlich entdeckte ich sie vor der Kirche mit einem Koffer in der Hand und im Begriff, in ein Taxi zu steigen, das am Haupteingang auf sie wartete. Ich konnte ihr nichts hinterherrufen, und es war unmöglich, durch den Menschenandrang zu ihr zu gelangen. Ich kämpfte mich mühsam weiter, doch sie stieg seelenruhig in den Wagen, nicht ohne mich vorher noch einmal angelächelt und mit der rechten Hand das Victory-Zeichen gemacht zu haben. Ich blieb zwischen den Gläubigen stehen und ging dann einfach wieder zurück zu meinem Platz. Als ich wieder auf der Bank saß, begann ich vor lauter Rührung zu weinen. Eine ältere Señora neben mir sagte: »Keine Sorge, Schätzchen, der Heilige ist sehr gut geworden. Sie haben ihm alles mit einem besonderen Klebstoff befestigt, man sieht die Schnitte kaum noch. Außerdem war er ja schon tot ...«

Plötzlich überkam mich große Lust zu lachen, obwohl es keinen Grund dafür gab, denn für Mutter Guillermina begannen jetzt die Probleme eines normalen Lebens. Ich riss mich zusammen, weil Garzón dem Heiligen inzwischen seine persönliche Ehrerbietung gezollt hatte, und bevor er sich setzen konnte, sagte ich: »Lassen Sie uns von hier abhauen.«

Auf der Straße füllte ich meine Lungen mit der trockenen, frischen Luft. Der Subinspector sah mich an.

»Ist Ihnen nicht gut?«

»Nein, mir ist nicht gut.«

»Sie sehen aus, als hätten Sie geweint.«

»Das war die Rührung, Bruder Asercio wiederhergestellt zu sehen und bereit, weitere fünfhundert Jahre in der Horizontalen zuzubringen.«

»Sie müssen sich auch über alles lustig machen, aber die Zeremonie war sehr gut. Wie sich diese Priester in Schale geworfen haben, der Lobgesang der Nonnen, die stinkenden Altarkerzen, die herausgeputzte Mumie ... Ich werde dem Comisario vorschlagen, unser nächstes Betriebsfest zu Ehren unseres Schutzheiligen hier zu veranstalten.«

»Halten Sie das für einen Festsaal wie für Taufen und Kommunionen?«

»Wenn man bezahlt, sagen die bestimmt Ja.«

»Werden Sie nicht zum Ketzer, Fermín. Und lassen Sie uns von hier verschwinden. Inzwischen hasse ich Klöster. Ich lade Sie zum Essen ein! Hätten Sie nicht Lust auf ein gutes kalorien- und cholesterinreiches Menü?«

»Darauf können Sie wetten.«

»Na, dann los.«

»Was feiern wir, dass der Heilige wieder da ist?«

»Lassen Sie den Heiligen schlafen. Wir feiern die Erweckung der Lebenden.«

»Klingt merkwürdig.«

»Aber tiefsinnig.«

»Das will ich nicht bestreiten.«

»Zum Streiten finden wir genug andere Themen.«

Und so machten wir uns davon. Wir aßen, wir tranken, wir stritten, wir lachten ... Ich war ziemlich glücklich. Am Ende besteht das Leben nicht nur aus Krümmungen, Irrwegen, Tunneln, Fluren und Winkeln, in denen man ausweglos gefangen ist. Es gibt auch Wege, Alleen, weite Flächen, Wiesen und Horizonte zu erforschen. Man darf lediglich keine Angst davor haben, sie zu betreten, und nie in die Vergangenheit zurückblicken.